# MADGE SWINDELLS

# DAS ERBE DER LADY GODIVA

Ins Deutsche übertragen von
C. E. Kilch

BASTEI LÜBBE

BASTEI LÜBBE TASCHENBUCH
Band 15340

1. Auflage: Juli 2005

Vollständige Taschenbuchausgabe der im Ehrenwirth Verlag
erschienenen Hardcoverausgabe

Bastei Lübbe Taschenbücher und Ehrenwirth
in der Verlagsgruppe Lübbe

Titel der englischen Originalausgabe: Winners and Losers

Textredaktion: Claudia Alt
Umschlaggestaltung: Gisela Kullowatz
Titelbild: Getty Images, Tomek Sikora
Satz: Bosbach Kommunikation & Design GmbH, Köln
Druck und Verarbeitung: Ebner & Spiegel, Ulm
Printed in Germany
ISBN 3-404-15340-5

# Prolog

*Coventry, den 4. Juni 1057*

Godiva, nein, bey meiner Ehr', tu's nicht,
Drauf ist der lüstern' Plebs doch nur erpicht.
Nacktärsch'ge Rebellion, nimmer soll sie mich erweichen!
Ich war zu mild. Züchtigen lass ich dich, mit Ruten streichen!
An den Pranger mit dir, die Flausen will ich dir austreiben,
Und bis die Syph' dich niederrafft, so lange sollest du dort
bleiben!

So wütete der Graf. Godiva nahm's gelassen.
Vom morgendlichen Ritte, nackt und bloß, wollt' sie
nicht lassen.
Damit Leofric gelobte, die Armen von der Steuern Last
zu lösen,
Wollt' sie wie eine Hure sich entblößen.
Plötzlich aber, gepackt von kaltem Grausen,
Schickt' sie nach dem Schreiber, diesem furzenden Banausen,
Anzuweisen die Gemeinen, jeden Plebsgenossen,
Dass ihre Vorhäng' und auch die Augen sie verschlossen,
Wenn sie auf ihrem Stutengaule durch die Gossen rauschte;
Nur für den Falle, dass der Wind ihr Haar hochbauschte.

Langsam kroch die Nacht dahin, die Dämm'rung graute.
Schlaflos wälzte sich der Graf im Bett und schaute
Bängiglich auf den kommenden Morgen. Jahrhundertelang,
deucht' ihm, würde man noch spotten
Über den Grübchenarsch seiner Frouwe, den entblößten,
den flotten.

Wohl wahr, unter seiner Raffgier litten die Bauern,
machten Bankrott,
Hatten weder Heller noch Penny, noch nicht mal 'ne Coke.
Dann aber, welch erlösender Gedanke: Nimmermehr
wird sie sich trauen. An solchem Mute mangelte es sehr.
Doch keiner ahnt' den Eid, den seine Frouwe versprochen,
Die Steuern zu fällen
Und beider der Schande anheim zu stellen.

I Sie hatten also verloren. Wie hatte das nur geschehen können? Sie und alle anderen aus der Kreativabteilung von Ogden's hatten sich doch weit über das übliche Maß hinaus eingesetzt und wochenlang durchgeschuftet. Sam konnte sich nicht erinnern, dass sie in der letzten Zeit einen Abend, geschweige denn einen ganzen Tag freigehabt hatte. Mittlerweile träumte sie schon von den Slogans, schreckte morgens aus dem Schlaf, tastete nach dem Lichtschalter und ihrem Notizblock, der immer griffbereit lag; die Einfälle kamen ihr in den seltsamsten Momenten, sogar im Schlaf.

Sie versuchte, die Magenschmerzen und das Pochen in ihren Schläfen zu ignorieren, während sie an ihrem Daumen kaute und traurig zu Walter blickte, ihrem Boss und Liebhaber. Er stand hinter seinem Schreibtisch und erklärte ihnen mit trübsinniger Miene die Situation. Sein gesamtes Vermögen steckte in der kleinen Agentur – ein Grund mehr, warum sie so hart gearbeitet hatte.

»Hörst du überhaupt zu, Sam?«, stieß Walter gereizt hervor.

»Hat es denn noch einen Sinn?«

»Um Gottes willen, sei still!«, fauchte Fiona. Das schmerzte. Sam ließ ihren Blick über die ausgelaugten, äußerst fähigen und unterbezahlten Mitarbeiter schweifen, die sich in Walters kleinem Büro drängten. Keiner riss Witze. Walter trug einen anthrazitfarbenen Mohair-Anzug, dazu ein weißes Hemd mit dunkler Krawatte. Er war wie für eine Beerdigung gekleidet. Wie passend! Sie trugen Ogden's zu Grabe.

»Wir haben uns wacker geschlagen.«

Sie rutschte unruhig hin und her. Walter drückte sich doch sonst nicht so platt aus. Und warum lag etwas Schuldbewusstes in seinem Blick? Sie sah ihn lange und eindringlich an.

»Die Bank hat mir den Boden unter den Füßen weggezogen. Ich habe nach den Verhandlungen, die die gesamte Nacht angedauert haben, Punkt Mittag die Agentur an M & M verkauft. Zu den guten Neuigkeiten: Ich habe uns alle mitverkauft, bis zum letzten Kreativen. Alle bekommen Zwölf-Monats-Verträge, Samanthas Vertrag läuft sogar noch länger; die einzelnen Bedingungen sind – natürlich innerhalb gewisser Grenzen – noch separat auszuhandeln.«

Sam verzog das Gesicht. M & M war ihre interne Bezeichnung für Meredith & Munrowe, ihren größten Rivalen um BMI, einen der mächtigsten Computerhersteller der Welt. Es war ein Kampf David gegen Goliath, bei dem Ogden's gegen den etablierten Konkurrenten lediglich seine Kreativität ins Feld führen konnte. Vergangenen Monat waren die Präsentationen vorgelegt worden, und eigentlich hätten sie gewinnen müssen.

»Wir haben es also nicht verbockt?«

»Was?«

»Den Griff nach den Sternen.«

»Beruhige dich, Sam! Manche von uns brauchen auch was zu essen.«

»Zu welchem Preis? Indem wir nach bedingungsloser Kapitulation zum Feind überlaufen?«

Walter räusperte sich gereizt. Sam war so verdammt naiv. Aber sie hatte mit ihrem herausragenden innovativen Potenzial sein finanzschwaches Unternehmen am Laufen gehalten. Den Scheck, den er gerade auf der Bank eingereicht hatte, hatte er zum Teil ihren brillanten Ideen zu verdanken. Aber an den Geschäftsdschungel wollte sie sich nicht gewöhnen. Sie schätzte Werte wie Idealismus und Ehre. Schuldbewusst erinnerte er sich daran, dass sie ihn ebenfalls schätzte. Er hatte sie ausgenutzt. Er zwang sich zu einem Lächeln.

»Sam, die Kapitulation war alles andere als bedingungslos. Ganz im Gegenteil. Schau dir die Verträge an. Du stehst jetzt sehr viel besser da.«

Irgendetwas stimmte nicht, spürte sie. Und plötzlich regte sich ein schrecklicher Verdacht. Hatte er den BMI-Vertrag deswegen gewollt? Damit die Konkurrenz ihn aufkaufen würde? Hatte sie deswegen monatelang jedes Wochenende und jeden Abend geschuftet? Sie hatte die Agentur retten wollen, für ihn, für sich und für alle anderen.

»Warum sollten M & M ein Verlierer-Team übernehmen? Kannst du uns das erklären?« Sie sah, dass Walter zusammenzuckte.

Es folgte ein langes Schweigen, währenddessen er an seiner Krawatte nestelte. Sein Gesicht lief rot an, er schluckte, und auf seinen Brauen sammelten sich Schweißtropfen.

»Weil wir gewonnen haben«, sagte er. »Wir haben den Auftrag. Was noch? Deine Slogans, Sam. Du wirst ihre neue Kreativabteilung leiten … Ruhe, Ruhe!«

Er musste schreien, um sich in dem ausbrechenden Lärm Gehör zu verschaffen. »Lasst mich ausreden! Ich werde aussteigen, aber ihr werdet den Auftrag übernehmen, für den ihr so hart gekämpft habt. Welchen Unterschied macht es schon, wo euer Büro liegt? Ihr habt größere Sicherheiten, bekommt eine bessere Bezahlung und Sonderzulagen. Ihr müsst lediglich eine Konkurrenzklausel unterschreiben, das ist alles. Aber erst einmal muss hier einiges umorganisiert werden. Nehmt euch ein langes Wochenende frei. Wir sehen uns Dienstag wieder. Das gilt auch für dich, Samantha.« Er blieb an der Tür stehen, während alle gleichzeitig aufeinander einbrüllten.

»Du hast von Anfang an nichts anderes gewollt, nicht wahr, Walter?«

»Den großen Reibach.«

»Wir waren also überhaupt nicht pleite.«

»Ich werde dir meine Spesenabrechnung schicken, Walter.«

»Ich habe es niemandem erzählt, aber ich habe eine Bankauskunft eingeholt. Wir waren nicht in den roten Zahlen.« Rupert, der Artdirector, ergriff nur selten öffentlich das Wort. Er nahm seine Brille ab und putzte sie mit einem Taschentuch.

»*Wir* sind verkauft worden, nicht die Agentur«, versuchte Sam zu erklären. »Und Walter fährt den Profit ein. Sie konnten es sich nicht leisten, BMI als Kunden zu verlieren, nicht wahr, Walter? Und das hast du gewusst.«

»Das habe ich nicht gesagt, Sam.«

»Du bist ein verdammter Lügner, Walter.«

Als die einzelnen Stimmen im allgemeinen Getöse untergingen, warf Walter hinter sich die Tür zu und floh.

Das Telefon klingelte. Jemand hob ab. »Es ist für dich, Sam.«

»Tut mir Leid«, kam die Stimme aus der Telefonzentrale, »ich weiß, keine Anrufe, aber das hier klang sehr dringend. Ein John Carvossah ist am Apparat.«

»Hallo, John. Ist mit Großvater alles in Ordnung?«

In Johns tiefer Stimme lag ein leichtes Zittern. Stirnrunzelnd nahm Sam zur Kenntnis, dass der Geschäftsführer ihres Großvaters sie zum Essen einladen wollte. »Klar. Treffen wir uns um eins. Aber damit ich mir bis dahin keine Sorgen zu machen brauche – was gibt es?«

»Nichts! Na ja, nichts Unmittelbares. Ich will nur eines sagen: Trevor vertreibt sich die Zeit mit sinnlosem Zeug, während alles um ihn herum in die Brüche geht.«

»Das hört sich nicht so an, als ob nichts los wäre«, antwortete sie besorgt.

»Ich erklär es dir beim Essen. Bis dann.«

Sam sah auf ihre Uhr. Sie musste sich beeilen. Sie packte ihre Tasche und ging zum Garderobenraum. Fiona eilte ihr nach.

»Nimm's nicht so schwer, Sam. Es wird dir dort gut gehen. Du hast mehr Urlaub, wirst besser bezahlt. Sie haben sogar einen Tennisplatz.«

»Sie sollen zur Hölle fahren! Ich werde keine Konkurrenzklausel unterzeichnen. Außerdem muss ich den unangenehmen Geruch hier aus der Nase bekommen. Vielleicht kehre ich für eine Weile nach Hause zurück.«

Fiona sah sie mit ihren großen blauen Augen mitleidsvoll an. Sie richtete ihren Prada-Rock, schüttelte die blonde Mähne und schnallte den Gürtel enger. »Wo liegt dein Zuhause?«

»In der Provinz, ein abgelegenes Kaff. Besser bekannt als einer der letzten noch unberührten Flecken des alten Englands, wo die Hinterwäldler, die dort leben, durch nichts außer dem steigenden Bierpreis aus der Ruhe zu bringen sind. Mein Großvater besitzt eine kleine Brauerei.«

»Walter wird dich vermissen.«

»Nicht lange. Keiner von uns beiden hat es sonderlich ernst genommen.« Zumindest jetzt nicht mehr. Sam wusste, dass sie ihm das nie verzeihen würde.

»Ich habe schon immer ein Auge auf ihn geworfen.«

»Dann nur zu!«

Sam beobachtete Fiona, die sich vor dem Spiegel zurechtmachte.

»Sam, ich habe nie verstanden, was euch beide verbindet«, sagte sie.

»Dann frag ihn doch!«

»Das hab ich schon.« Ihr Gesichtsausdruck wurde feindseliger. »Er sagte, du würdest ihn mit deinem Talent verblüffen und ihm permanent einen Ständer bescheren. Und er müsste sich anstrengen, um mit dir intellektuell mitzuhalten.«

»Das hat er gesagt? Ich bin erstaunt.«

Und vieles mehr, erinnerte sich Fiona, aber das wollte sie nicht sagen. Um ihren neidischen Blick vor Sam zu verbergen, drehte sie sich zum Spiegel um und zog den Lippenstift nach. Manche Frauen hatten einfach alles, es war nicht fair. Sam besaß eine glatte, weiche Haut, sinnliche Lippen, buschige Brauen, dunkle, samtene Augen, und ihr Haar bestand aus einer unordentlichen, beinahe tiefschwarzen Lockenpracht. Dennoch, Walter war nicht wegen ihres Aussehens ins Schwärmen geraten, sondern wegen ihres impulsiven und warmherzigen Wesens.

»Sam, glaubst du *wirklich*, dass Walter und ich …« Sie sah sich um, doch Sam war bereits verschwunden.

2 John wartete vor dem Restaurant Good Earth. Er hatte das gesamte Register gezogen, um seiner männlichen Ausstrahlung Ausdruck zu verleihen. Er zeigte unverhohlen Begierde und Bewunderung, trug ein konspiratives Grinsen und einen Anflug von Fassungslosigkeit zur Schau. Warum sind wir nicht mehr zusammen?, schien er zu fragen, aber das alles war bis ins Kleinste einstudiert. Unzählige Male hatte sie miterlebt, wie er seinen Charme mit unterschiedlicher Intensität anknipsen konnte, abhängig davon, wen er damit betören wollte.

»O Gott, es tut gut, dich zu sehen, Sam! Du siehst bezaubernd aus. Ich habe dich vermisst.«

An Johns Äußerem war nichts Außergewöhnliches. Er hatte große blaue Baby-Augen, die in einem kantigen Schädel saßen, regelmäßige, grobe Gesichtszüge und hellbraunes, von der Sonne gebleichtes Haar. Ein ganz normaler Typ, Langstreckenschwimmer, Segler, ehemaliger Rugby-Spieler am College. Durch und durch ein Macho, auf den jede Frau hereinfiel – bis auf die Frau, die er liebte.

Sam besuchte noch die High School, als John nach Woodlands kam, und sie verliebte sich mit der Inbrunst und Leidenschaft eines Teenagers in ihn. Noch immer wurde ihr am ganzen Körper heiß, wenn sie daran dachte, wie er ihr an ihrem siebzehnten Geburtstag einen Antrag gemacht hatte.

»Falls du mich heiraten willst, wenn du alt genug bist, dann sage ich ja«, hatte er ihr versprochen. Er zog sie gern damit auf, wenn sie wütend auf ihn losging, jetzt aber war, zumindest von ihrer Seite aus, zwischen ihnen nur noch geschwisterliche Zuneigung vorhanden. Sein Arm lag auf ihrer Schulter. Sie schüttelte ihn ab, ließ sich nicht auf seinen Smalltalk ein und musste sich gedulden, während ihnen ihr Tisch in der Ecke gezeigt wurde.

»Okay, John, komm ohne Umschweife zur Sache«, sagte sie.

»Jemand muss deinen Großvater zur Räson bringen.«

»Erzähl weiter.«

»Wir stecken in Schwierigkeiten, aber er will den Tatsachen nicht ins Auge sehen. Bierbrauen ist nicht mehr das, was es mal war. Traditionelles britisches Bier ist sowieso ein Verlustgeschäft, was in Kent durch illegale Importe nur noch beschleunigt wird. Die Steuern sind himmelschreiend. Die Leute kaufen ihr Bier in Frankreich und holen es rüber, wenn sie gerade Lust dazu haben.«

»Nicht jeder kann einfach über den Kanal, um sich eine Flasche Bier zu besorgen.«

»Schon, aber in Dover sitzen genügend zwielichtige Typen, die arbeitslose Jugendliche auf den Fähren und Hovercrafts hin- und herschicken.«

»Werden die nicht vom Zoll aufgegriffen?«

»Bei einundzwanzig Millionen Reisenden, die jährlich durch Dover geschleust werden?«

»John, siehst du das alles nicht ein wenig zu schwarz?«

»Es kommt noch schlimmer. Was Trevor im Moment besonders erbost, ist eine kriminelle Bande, die Bier und Alkohol ins Land schmuggelt, die aus gestohlenen Lieferungen stammen. Er hat sich in den Kopf gesetzt, herauszufinden, wer dahinter steckt. Er meint, sie hätten es vor allem darauf abgesehen, unsere Position zu schwächen, damit wir gezwungen sind zu verkaufen. Das ist verrückt, wir sind doch nur ein kleiner Fisch. Wir zählen überhaupt nicht.«

»Trevor muss einen Grund haben, wenn er das annimmt.«

»Hör mir zu, Sam. Ich sag's dir ganz offen. Er wird langsam alt – akzeptier es. Er glaubt, er sei wieder im SAS, der alte Trottel!«

Sam spürte, dass Johns Kritik an ihrem Großvater sie allmählich verärgerte. »Wer gibt dir das Recht, ihn als …«

John fasste nach ihrer Hand. »Okay, tut mir Leid. Du weißt, wie nahe mir Trevor steht – schließlich hat er mir mal das Leben gerettet. Aber wir müssen etwas unternehmen. Er jagt hinter Schmugglern her, statt sich auf die Brauerei zu konzentrieren. Wir sind tief in den roten Zahlen, Sam. Die Bank drängt darauf, dass er verkauft, jetzt, nachdem ein gutes Angebot vorliegt.«

»*Was?*« Einige Köpfe drehten sich in ihre Richtung. »Davon hat mir niemand was gesagt!« Sie war wütend. Jeder schien es darauf abgesehen zu haben, ihr den Boden unter den Füßen wegzuziehen. Erst Walter, jetzt Großvater. Und warum hatte es ihr keiner erzählt?

»Sei nicht so verbittert, Sam. Eine alteingesessene tschechische Brauerei namens Balaton ist seit einiger Zeit an Woodlands interessiert. Trevor hat bislang jedes Angebot ausgeschlagen, obwohl man bereit ist, einen großzügigen Preis zu bezahlen. Die Bank setzt ihn unter Druck, das Angebot anzunehmen.«

»Und wie will sie das tun?«

»Indem sie sein Kreditvolumen zusammenstreicht. Er verfügt nicht über genügend Bargeldreserven, um Hopfen zu kaufen oder die Löhne zu bezahlen.«

Das war ein Schock. Sams Wangen brannten. »Was meinst du, John? Bist du der Meinung, Großvater sollte verkaufen?«

»Ich will es folgendermaßen formulieren: Mir liegt das Wohlergehen der Familie am Herzen. Ich glaube nicht, dass Trevor noch in der Lage ist, eine Brauerei zu leiten. Es tut mir Leid, wenn ich das sage, aber es sieht so aus, als sei er senil geworden …«

Dies war eine geradezu unerhörte Beleidigung ihres Großvaters, bei der Sams Blut in Wallung geriet. Nachdem John mit seinem eigenen Unternehmen Pleite gegangen war, hatte Trevor ihn aufgenommen, ihm Anteile vermacht und einen Job auf Lebenszeit zugesichert. Sam hatte den Grund dafür nie in Erfahrung bringen können. Und so wollte John es ihm nun vergelten? Mit eisiger Miene schlug sie zurück. »Ich habe einen Brief von Shireen bekommen«, sagte sie. »Sie heiratet. Sie kommt vielleicht nach England, um sich die Brautausstattung zu kaufen und sich von allen zu verabschieden.«

Es war nicht zu übersehen, dass sie ins Schwarze getroffen hatte. Nur selten hatte sie ihn so betroffen erlebt. Sie erhob sich. »Ich hoffe, du hältst mich nicht für unhöflich, aber ich muss ins Büro zurück. Ich werde mit Großvater reden. Danke für das Essen.«

An der Tür holte John sie ein und packte sie am Arm. »Du hast dich nicht geändert, was? Aus dem Nichts heraus zuschlagen und sofort wieder verschwinden! Das ist dein Stil.«

»Lass meinen Arm los! Und verschone mich mit deinen Beleidigungen Trevors. Sollte er jemals senil werden, wird er immer noch doppelt so schlau wie du sein.«

Sie entwand sich seinem Griff und ging davon.

John bezahlte die Rechnung und ging die wenigen Häuserblocks zum Parkplatz. Dann rief er im Büro an, um nachzufragen, ob Nachrichten eingetroffen seien. Mona, die Schreibkraft der Brauerei, die er gerne als seine Sekretärin ausgab, meldete sich bei seiner Durchwahl.

»Mr. Carvossah ist heute nicht im Haus«, leierte sie herunter und legte auf.

»Diese dumme Schlampe!« Er wählte erneut. »Mona, hör zu, ich bin's, John.«

»Ach, du bist es!« Sie kicherte. »Ich dachte, ich würde dich heute nicht mehr zu Gesicht bekommen.«

»Irgendwelche Anrufe für mich?«

Sie las die beiden vor, die er erwartet hatte. »Halt, da war noch was! Ein Mr. Kupi! Hier ist seine Nummer.«

Der Name versetzte John in Panik. Er nahm kaum noch wahr, wie Mona ihn mit einem kurzen »Bis dann« aus der Leitung warf, und war bereits in seine Erinnerungen an jenen Tag versunken, an dem er – vor gut acht Monaten – Hans Kupi kennen gelernt hatte.

Es war ein Tag wie jeder andere gewesen; schwarz-graue Wolken hingen tief über den Dächern, Seemöwen kreisten und kreischten, als wollten sie einem die Trommelfelle zum Platzen bringen; die Brandung donnerte an den Kieselstrand, dass es noch in einem Kilometer Entfernung zu hören war. Fast hätte er das Smugglers' Arms nicht betreten, doch als er noch unentschlossen vor der Tür stand, setzte heftiger Regen ein, und er riss die Schwingtüren auf.

Im Pub war es finster und schmuddelig. Rob, der Barmann und Besitzer des Ladens, schien seinen Kater zu pflegen. Ein Blick in seine grauen Augen – und John wusste, dass die Umsätze sanken und der Trübsinn zunahm. John setzte ein Grinsen auf. »Wie geht's, Kumpel? Schon den mit dem Seemann und der Meerjungfrau gehört?«

»Den hast du mir schon das letzte Mal erzählt. Du lässt nach, John. Geht das Geschäft so schlecht?« Für einen großen Mann hatte Rob eine überraschend hohe Stimme.

»Sei nicht albern, wir wissen nicht wohin mit unseren Gewinnen.«

»Das hast du das letzte Mal auch erzählt, und ich hab's dir nicht abgenommen. Was soll's sein? Das Übliche? Ich sag dir, wo das Problem liegt – aber ihr unternehmt ja nichts dagegen. Wir haben hier die Jugendlichen, und für die brauchen wir eben diese neumodischen Bier-Mix-Getränke. Nur die Alten stehen noch auf richtiges Ale. Du bist ein guter Zuhörer, John, aber gibst du das, was ich dir erzähle, auch weiter?«

»Klar mach ich das.«

Rob war wieder bei seinem Lieblingsthema. Ein Glas Apfelsaft kam auf John zugeschlittert. Er hätte ein Bier vorgezogen, hatte aber Probleme mit seiner Leber, obwohl er erst achtundzwanzig Jahre alt war.

Eine belgische Touristenmeute betrat das Lokal. John suchte das Weite und nahm mit seinem Glas in einer Ecke am Fenster Platz, um einen Bericht abzufassen. Eine Minute später stieß jemand an seinen Tisch und setzte sich ihm gegenüber. John sah sich kurz im Lokal um und stellte fest, dass es nur zur Hälfte gefüllt war und es genügend freie Plätze gab. Als er sich dem Eindringling zuwandte, um sich zu beschweren, ließ ihn der Blick des anderen verstummen.

»Hans Kupi lautet mein Name. Ich kenne Sie vom Sehen. John Carvossah, nicht wahr?« Er trug einen maßgeschneiderten grauen Anzug und eine handgefertigte Seidenkrawatte; sein kurz geschnittenes graues Haar, der durchdringende Blick und ein Metallzahn verliehen ihm dennoch eher das Aussehen eines ehemaligen Sträflings.

»Woher kennen Sie meinen Namen?«, fragte John.

»Es gehört zu meinem Geschäft, das herauszufinden. Sie und ich, wir sollten uns unterhalten, John.«

»Ich kann Ihren Akzent nicht einordnen.« John runzelte die Stirn und überlegte, wie er den Mann wieder loswerden konnte.

»Ich bin Tscheche, Bierbrauer aus Pilsen, habe aber vor, sehr bald zu expandieren. Ich habe mir Woodlands angesehen und in den Pubs der Brauerei mit ein paar Leuten geplaudert. Ich hab Großes von Ihnen gehört, John. Sie versuchen, den Betrieb ins zwanzigste Jahrhundert zu hieven, auch wenn wir schon das einundzwanzigste erreicht haben. Aber Sie hatten damit bislang wenig Erfolg, oder? Der Alte will, dass alles nach seiner Pfeife tanzt.«

»Er ist ein großartiger Kerl«, sagte John abwiegelnd. »Vielleicht ein wenig konservativ, aber das ist alles.«

»Sie sind loyal. Das gefällt mir, John, aber wenn Sie so weitermachen, werden Sie bald ohne Arbeit dastehen. Deswegen würde ich mich gerne einschalten.«

Kupi verstummte, nippte an seinem Bier und starrte auf die alten Eichenbalken, den gewienerten Boden und die leeren Tische.

»Was meinen Sie damit, Sie wollen sich ›einschalten‹?«, fragte John, nun doch neugierig geworden.

»Nun, einige meiner Mitarbeiter haben sich in den vergangenen Jahren nach einer Brauerei umgesehen, und Woodlands scheint exakt unseren Vorstellungen zu entsprechen. Rosslyn wird allmählich zu alt dafür, und als Erben des stark verschuldeten Betriebs gibt es nur die beiden Enkeltöchter.«

»Warum erzählen Sie mir das?« John wusste sich nicht zu entscheiden, ob ihn die Sache interessierte oder er sich einfach nur belästigt fühlen sollte.

»Ich hätte Sie gern auf meiner Seite, John. Ich suche nach einem guten Mitarbeiter, der die Leitung von Woodlands übernimmt, und ich rühme mich, ein guter Menschenkenner zu sein. Ich werde bald ein Angebot für den Betrieb vorlegen. Stellen Sie sich nicht dagegen. Das ist alles, worum ich Sie bitte.«

John fühlte sich überrumpelt und in die Ecke gedrängt. Er fuhr sich durchs Haar. Er war für die harte Geschäftswelt nicht geschaffen, das wusste er. »Sie haben Ihre Hausaufgaben gemacht, Kupi, das muss man Ihnen lassen. Aber Sie kennen mich doch überhaupt nicht. Lassen Sie das schöne Gerede und kommen Sie zur Sache. Was wollen Sie wirklich?«

Kupi zuckte mit den Schultern. »Warum haben Sie sich nie darum gekümmert, Ihr Bier zu exportieren?«

»Aus dem gleichen Grund, warum wir die Pubs nicht modernisieren oder andere Biersorten herstellen, denke ich.« Noch in dem Augenblick, in dem er es ausgesprochen hatte, wünschte er sich, er hätte es nicht getan. Er lief rot an, was Kupi nicht verborgen blieb.

»Es ist nicht einfach zu entscheiden, wem Sie sich mehr verpflichtet fühlen sollen, nicht wahr? Der Brauerei, Ihren Kumpels, die dort arbeiten und auf ihre Jobs angewiesen sind, oder Ihrem Chef Trevor Rosslyn. Reden Sie mit ihm. Es gibt in Russland einen riesigen Wachstumsmarkt für Starkbier, und glauben Sie mir, ich kenne den russischen Markt wie meine Westentasche. Bringen Sie ihn dazu, starkes dunkles Ale oder Stout zu produzieren.« Er verstummte für einige Augenblicke, dann legte er eine Aktentasche auf den Tisch. »John«, fuhr er fort, »betrachten Sie das als eine Anzahlung auf zukünftige Prämien, denn eines ist sicher: Ich werde die Brauerei übernehmen. Im Moment aber brauche ich gutes starkes Ale, und zwar eine Menge; ich kann die Nachfrage im Osten nicht befriedigen. Stellen Sie das richtige Bier her, und Sie werden ein Vermögen machen.«

»Wir haben versucht, nach Russland zu exportieren, aber die Eisenbahnlinien werden vom organisierten Verbrechen kontrolliert. Wir bekamen keinen Fuß in die Tür.«

»Machen Sie sich darüber keine Sorgen. Ich verfüge über die richtigen Kontakte.«

John sah ihn fragend an.

»Das Leben geht an Ihnen vorüber, John. Was haben Sie vor? Woodlands wird in einem Jahr bankrott sein, und Sie werden dann ohne Arbeit dastehen.«

Kupi hatte Recht. John wusste, dass er sich im alten Trott

eingerichtet hatte. Sein Wagen, seine Wohnung, seine Freundinnen beziehungsweise keine Freundinnen: Das alles bewies – er war ein vollkommen durchschnittlicher Typ. Wenn er von dem Reichtum las, den andere sich erwarben, wurde ihm regelrecht schlecht. Die Medien wurden niemals müde, einen auf die Erfolge der anderen hinzuweisen. Er wusste, er bewegte sich auf einem schmalen Grat und stand kurz davor abzustürzen. Er erhielt einen niedrigen Festlohn und arbeitete auf hoher Provisionsbasis – aber man konnte nichts verkaufen, wenn man das falsche Gebräu im Angebot hatte.

Doch was hatte Kupi soeben gesagt? Es durchfuhr ihn wie ein Stromstoß. Zehntausend Pfund in bar befänden sich in der Aktentasche, die er unter den Tisch stellte?

»Unterstützen Sie mich bei der Übernahme, und es wird Ihnen an nichts fehlen«, sagte Kupi. »Halten Sie mich über die Vorgänge auf dem Laufenden. Überreden Sie Rosslyn, ein neues Stout auf den Markt zu bringen, und wir können in den Export gehen.«

John fühlte sich schwindelig, als Kupi ihm die Hand schüttelte und dann ging. Es ist nichts Schlimmes geschehen, dachte er. Ich habe nichts unterschrieben, ich habe mich nicht verpflichtet, für diesen Dreckskerl auch nur einen Finger zu rühren. Und außerdem, was ist so schlimm daran, Bier nach Russland zu exportieren?

Vorsichtig bewegte er die Füße unter dem Tisch, bis sie gegen die Aktentasche stießen. Er schob sie zu sich heran und sah sich um, ob ihn jemand beobachtete. Keiner schien sich für ihn zu interessieren. »Bis zum nächsten Mal, Rob«, rief er, als er das Lokal verließ.

Draußen vor der Tür öffnete er die Aktentasche einen Spalt breit und sah die sauberen Geldbündel. Er blickte zu seinem verbeulten Ford Sierra. Ein Liebhaberstück, redete er sich immer ein, aber plötzlich erschien ihm der Wagen als das, was er war:

eine Schrottkiste. »Du hast auch schon bessere Tage gesehen.« Er klopfte auf die Motorhaube.

Vielleicht konnte er die Aktentasche irgendwo verschwinden lassen oder, noch besser, der Polizei übergeben. Aber das konnte sich als vertrackt oder vielleicht sogar als gefährlich herausstellen. Er konnte sie Kupi auch einfach zurückgeben, wenn er von ihm das nächste Mal kontaktiert wurde. Ja, das wäre das Beste. Aber zehntausend Pfund? Und noch dazu steuerfrei!

Als John nun auf die Begegnung zurückblickte, dachte er, dass das Schicksal einen doch mit der Nase voran in den Dreck stoßen konnte, wenn ihm gerade danach war. Denn am nächsten Tag brannte sein Motor aus, und so verwendete er das Geld als Anzahlung für einen neuen Wagen. Wie komisch, dachte er. Ich habe das Pub als freier Mann betreten und habe mich dann für lächerliche zehntausend verkauft. Er spürte, wie ihm die Galle in die Kehle stieg.

## 3

Sam verbrachte den Nachmittag damit, ihr Büro auszuräumen. Die Hälfte der Angestellten war trunken vor Rührseligkeit, und Walter tänzelte andauernd um Sam herum und erklärte ihr, welch wunderbaren Vertrag sie bekommen würde. »Du kannst mich nicht einfach hängen lassen, Sam. Ich kann dich verklagen. Du hast noch einen Arbeitsvertrag, du musst die Kündigungsfrist einhalten. Oder ist dir dieser Punkt entgangen?«

»Walter, komm auf den Boden der Tatsachen. Mein Vertrag läuft in drei Wochen aus. Willst du mich deswegen noch verklagen?«

Er stürmte davon; sie musste die beiden schweren Kartons allein zum Auto schleppen. Als sie zu Hause ankam, fühlte sie sich deprimiert.

Sam musste sonst nur ihre Wohnung in Hampstead betreten und die Tür hinter sich schließen, um mit sich und der Welt im Reinen zu sein. Zugegeben, die Wohnung lag im Souterrain und war an bewölkten Tagen sehr dunkel, aber sie befand sich direkt an der Hampstead Heath, und von den Fenstern aus war die Böschung mit Blumen zu sehen, die sie im Frühjahr bepflanzt hatte. Sie legte Händels »Messias« auf, machte Tee und bewunderte ihre Landschaftsgemälde. Noch immer spürte sie die Anspannung des Tages. Sie brauchte frische Luft. Sie durchwühlte einen Schrank, suchte nach ihren Joggingschuhen und machte sich auf den Weg. Jock, der Collie des Hausmeisters, lief bellend hinter ihr her, und bald darauf umrundeten sie beide einen der Teiche. Als sie um sieben zurückkehrte, stürzte sie sich in die lange vernachlässigte Hausarbeit. Sie verstaute gerade ihre Bürosachen in einem Schrank, als es an der Tür klopfte.

Es war Walter.

»Du bist hier nicht erwünscht, Walter. Verschwinde.«

»Manchmal benimmst du dich wie ein Kind.« Er drängte sich an ihr vorbei in den Flur, schlenderte ins Wohnzimmer und lümmelte sich auf die Couch. »Sam, du willst mich verletzen, aber du schadest dir damit nur selbst. Du wärst mit deinen vierundzwanzig Jahren der jüngste Artdirector in London. Eine Chance wie diese bekommst du nie wieder. Wie kannst du auch nur in Erwägung ziehen, deine Karriere zu ruinieren, nur um mir eins auszuwischen? Du bist sauer, weil ich dir nichts gesagt habe. Aber ehrlich, Sam, ich wusste es selbst nicht. Wie hätte ich es denn wissen sollen?«

»Ich komm da nicht mit, Walter. Wie sollte ich dir eins auswischen? Es kann dir doch egal sein, ob ich den Vertrag annehme oder nicht!«

»Verstehst du das denn nicht? Kannst du es dir nicht selbst denken?«

»Nein, verdammt noch mal.«

»Im BMI-Vertrag ist ausdrücklich festgelegt, dass jenes Team den Auftrag ausführt, das auch die Kampagne entworfen hat. Damit bist du gemeint! Ohne dich gibt es keinen Vertrag! Und das Angebot von M & M beinhaltet ausdrücklich den BMI-Vertrag und das Team, das ihn gewonnen hat.«

»Dann hast du also eigentlich mich verkauft!«

»Du musst es nur ein Jahr lang machen.«

»Mit einer auf zwei Jahre festgelegten Konkurrenzklausel! Wo soll ich dann hin, wenn ich gehe? Hör auf, mich für dumm zu verkaufen, Walter!«

»Ich kann das auf ein Jahr reduzieren, und ich könnte dir einen Anteil geben. Zehn Prozent. Was hältst du davon?«

»Du hast Nerven. Dreckskerl! Du hast mich benutzt.«

»Sei nicht voreilig, Sam. Artdirector in einer der größten Londoner Werbeagenturen – das ist eine ziemliche Leistung mit vierundzwanzig.«

»Du wiederholst dich.«

»Was soll ich denn tun, wenn ich nicht verkaufe? In meinem Alter bekommt man nur noch schwer einen Job.«

Warum war ihr noch nie die schlaffe Haut unter seinem Kinn aufgefallen, die Tränensäcke unter den Augen? Was hatte sie dazu verführt, in ihm einen dynamischen, faszinierenden Menschen zu sehen? Im Augenblick jedenfalls sah er einfach erledigt aus.

»Walter, deine Zeit ist vorbei. Wahrscheinlich war sie niemals da.«

»Dann mach es aus Freundschaft. Wir haben eine ziemlich gute Zeit miteinander verbracht.«

»Haben wir das? Ich erinnere mich nur, dass wir bis spät in die Nacht gearbeitet haben und du mich angetrieben hast, immer größere, bessere Ideen, Slogans, Bilder und schließlich die gesamte Kampagne zu entwerfen. Und dafür hast du mir so gut wie nichts bezahlt. Es ist vorbei, Walter. Bitte geh!« Aber er ging nicht. Erst als sie damit drohte, die Polizei zu holen, begab er sich widerstrebend zur Tür.

»Muss ich dich bitten, Sam? Ist es das, was du willst? Oder hoffst du vielleicht, dass ich dich heirate?«

Er wich ihrem Wurfgeschoss aus, knallte die Tür hinter sich zu und ließ Sam mit den Scherben der antiquarischen Vase zurück, ein Erbstück ihrer verrücktesten Tante.

Nachdem er fort war, setzte sie sich, um die Dinge auf die Reihe zu bekommen. Sie war ausgenutzt worden. Die Tatsache schmerzte, aber sie hatte eine wertvolle Lektion gelernt – so etwas sollte ihr nicht noch einmal passieren. Walters moralische Maßstäbe waren seine Sache, nicht ihre. Und was den Job anbelangte, vielleicht nahm sie ihn trotzdem an – aber erst, nachdem sie zu Hause ihren Urlaub verbracht hatte. Ein langer, ruhiger Sommer schien eine verlockende Vorstellung. Vielleicht konnte Trevor Gesellschaft brauchen.

Sie sah auf die Uhr. Zweiundzwanzig Uhr – es war noch nicht zu spät, um ihn anzurufen; vor Mitternacht ging er selten zu Bett. Sie wählte und hörte es lange klingeln. Warum ging niemand dran? Sie spürte, dass sie unruhig wurde, aber das war absurd: Er konnte mit Freunden beim Essen oder beim Bridge sein oder mit dem Vikar eine Partie Schach spielen.

In Bourne-on-Sea schien die Zeit stehen geblieben zu sein. Das kleine Dorf stammte aus dem Mittelalter, es hatte noch Reihen von Tudor-Cottages, mehrere Darren, vier alte Pubs, enge Gassen mit Kopfsteinpflaster und eine alte Steinkirche, die von einer Eibenhecke umgeben war. Ganz in der Nähe, auf einem Hügel über dem Meer, erhob sich eine halb verfallene Burg mit einem Turm; sie gehörte seit Generationen Sams Familie und überblickte einen herrlichen, von Kastanienbäumen gesäumten Dorfanger, einen der schönsten in ganz Kent. Gleich daneben stand die alte Scheune, die Rosemary, Trevors Sekretärin, für ihr Laientheater wieder hergerichtet hatte.

Sam verspürte Heimweh, als sie an das Dorf und ihren Großvater dachte. Plötzlich wurde ihr bewusst, dass ihr nichts lieber war als ein ruhiger Sommer zu Hause.

4 Trevor stieg aus seinem Geländewagen und erinnerte sich an eine lang zurückliegende Nacht wie diese. Auch damals hatte am Himmel die dünne weiße Sichel des Mondes gestanden, und vom Boden hatte sich fahl schimmernder Nebel erhoben. Es war kalt gewesen für den Monat Mai, aber damals hatten sie die Kälte nicht gespürt. Er und seine Gruppe, George, Robin, Vim und Michel, hatten zwischen den Bäumen gekauert. Er hatte, so wie jetzt auch, Georges Atem in seinem Nacken gespürt, und Michel, der schon immer zu ungeduldig war, hatte sich danach gesehnt, endlich in Aktion treten zu können.

Aber warum musste er gerade jetzt an den Krieg denken? Und warum ausgerechnet an jene Nacht?

»Los, machen wir schon, verdammt noch mal!« Michel, natürlich. Manche Dinge änderten sich nie.

»Vergiss nicht, so lange zu warten, bis die Boote komplett ausgeladen sind.«

Michel zwinkerte ihnen zu und hielt den Daumen nach oben. »Viel Glück.«

Sie ließen Michel beim Geländewagen oben auf der Klippe über der Bucht zurück. George und er schnallten ihre Rucksäcke auf und machten sich auf den Weg. Ihre Route führte über Klippen hinab zu einer kleinen Kieselbucht, etwa eineinhalb Kilometer von St. Margaret's Bay entfernt, zu der eine aufgelassene Straße führte. Infrarotferngläser, eine Kamera mit einem Teleobjektiv, eine Armbrust und eine halb volle Flasche Talisker-Whisky, der die Feuchtigkeit aus ihren alten Knochen vertreiben sollte, vervollständigten die Ausrüstung. Damals hatten sie solche Luxusgüter nicht gehabt.

Er erinnerte sich an jene Nacht, als läge sie erst einige Monate und nicht fünfundfünfzig Jahre zurück: Sie hatten damals nur ihre Gewehre und drei große Sprengladungen bei sich, lange, gleichmäßige Würfel aus Sprengstoff, in denen die weißen Zünder saßen, aus denen die Zündschnur ragte. Sie hatten den See hinter sich gelassen, sich durch Bäume und Unterholz entlang des Mže-Flusses vorgearbeitet, hatten Nýřany umgangen, bis sie auf die Vororte von Pilsen gestoßen waren. Dort hatten sie gewartet.

Trevor spürte die gleiche Feuchtigkeit des Nebels auf seinem Gesicht wie damals, diesmal aber fühlte er sich warm und behaglich in seiner Vortex-Windjacke. Eine solche Jacke hätte er damals auch gebrauchen können. Vielleicht würde er dann nicht so an Rheuma leiden, wie das mittlerweile der Fall war.

»Alles in Ordnung, George?«

George nickte.

Als Trevor seinen Freund betrachtete, verspürte er ein Gefühl kameradschaftlicher Verbundenheit, wie er es seit jenen Zeiten nicht mehr empfunden hatte, als sie im tschechischen Untergrund gekämpft hatten. Die Freundschaft und seine Probleme hatten die drei Männer wieder zusammengeführt.

»Alles so wie früher, was?«

»Meine Knie fühlen sich anders an.« Aber mit George schien alles in Ordnung zu sein.

Halb joggend, halb marschierend erreichten sie nach einer halben Stunde den Strand. Trevors Atem ging laut und rasselnd, und sein Rücken schmerzte fürchterlich.

»Trevor, glaubst du, sie landen wieder an der gleichen Stelle an? Was ist, wenn sie sich einen anderen Platz suchen?«

»Dann fangen wir wieder von vorne an.«

Wochenlang hatte Trevor nachts den Strand beobachtet, um

herauszufinden, wo sie den geschmuggelten Alkohol an Land schafften. Er hatte hinter Felsen auf dem harten Strandkies gekauert, während die Minuten nur langsam verstrichen. Auch der Krieg hatte für ihn vor allem aus einem bestanden: Warten.

Er erinnerte sich, wie er in jener Zeit, nachdem sie sich getrennt hatten, zwei Stunden lang hinter einem Stapel Schwellen gekauert hatte. Endlich, von Nervosität getrieben, war er zum Stellwerk des Pilsener Bahnhofs gekrochen, hatte seine Ladung platziert und war mit klopfendem Herzen über die Gleise zurückgerannt. Er sah die dunkle Silhouette des Stellwerks, die schwachen Lichter im Führerstand der Lokomotiven, eingehüllt vom Geruch des Öls und des Kohlenrauchs. Die nächsten zehn Minuten kamen ihm vor wie zehn Stunden. Dann zündete er die Ladung. Nur Augenblicke später spurtete er zu den Bäumen zurück; das Geräusch seiner Füße wurde übertönt von der Explosion, gefolgt von Schreien, Schüssen und Schritten.

Warum waren die drei Sprengladungen nicht gleichzeitig hochgegangen? Er blickte auf das leuchtende Zifferblatt seiner SAS-Uhr. Dreißig Sekunden … dann eine Minute. Was war schief gelaufen? Schon sah er George und Michel vor sich, die bewusstlos in die Gestapo-Zellen geschleift wurden. Zwei Minuten … fünfundvierzig Sekunden … drei Minuten … Dann hörte er die zweite Explosion über das Bahnhofsgelände hallen.

»Und jetzt die Dritte. Komm schon, lass sie hochgehen.« Fünfzehn Minuten später ertönte die dritte Explosion. Sie war gedämpft, schwächer und schien weiter entfernt zu sein als geplant.

Im Morgengrauen waren George und Michel zu ihrem Treffpunkt auf der anderen Uferseite der Mže zurückgekehrt. Das Haar klebte ihnen an der roten, verschwitzten Stirn, ihre Füße waren mit Blasen überzogen. George hatte sich eine Zigarette angesteckt, lehnte an einem Baum und sah stirnrunzelnd zu Trevor.

»Es hat geklappt, aber nicht so, wie geplant. Sie werden die Schäden relativ schnell beheben können. Trevor, wir brauchen mehr Sprengladungen.«

Robin kam als Nächster. »Warum hat es so lange gedauert, bis die dritte Ladung gezündet wurde?«, fragte er. »Das gefällt mir nicht. Verschwinden wir von hier!«

Aufgeschreckt von den Erinnerungen, wälzte sich Trevor unruhig hin und her. Die Scheinwerfer eines Lasters, der auf dem alten Weg zum Strand hinabrumpelte, brachten ihn in die Gegenwart zurück. Er griff sich sein Fernglas, stieg auf den Felsen und sah aufs Meer hinaus. Weit draußen in der Dunkelheit blitzte dreimal kurz eine Taschenlampe auf; der Laster antwortete mit dem Aufblenden des Fernlichts.

»Unterschätze den Feind nicht! Das sind skrupellose Mistkerle; die schrecken vor nichts zurück. Sie sind in wenigen Minuten hier. Pass auf, George, mit großer Sicherheit sind sie bewaffnet.«

Trevor trat einen Schritt nach hinten, fand keinen Halt, verlor das Gleichgewicht und spürte einen scharfen Schmerz im Rücken, als er auf den Kieseln aufschlug.

»Verdammt!« Einen kurzen Augenblick der Verwirrung lang glaubte er, in einem tschechischen Flussbett zu liegen. Er rappelte sich auf, versuchte die stechenden Schmerzen zu ignorieren und riss sich zusammen. Seine Glieder schienen eingerostet zu sein, ihm war fürchterlich kalt. Die schrecklichen Erlebnisse, die er bislang durchgemacht hatte, waren nichts verglichen mit den Gebrechen des Alters. Er sah zu George, der neben ihm kauerte und dessen geschwollenes Gesicht das reine Leiden auszudrücken schien. »Alles in Ordnung, George?«

»Ein wenig außer Atem, das ist alles«, keuchte er.

Ihr Plan war ganz einfach. Sobald die Boote anlandeten, würde Michel über sein Handy die Polizei verständigen und ihren Standort durchgeben. Er würde warten, bis die Kisten ausgeladen waren, und dann den mächtigen Suchscheinwerfer anschalten, der auf dem Geländewagen montiert war. Während die Schmuggler geblendet und verwirrt waren, würde George mit seiner Armbrust auf die Reifen des Lasters schießen, während Trevor Fotos vom Fahrer und seinen Komplizen machte. Anschließend wollten die drei im Schutz der Dunkelheit fliehen und den Rest der Polizei überlassen.

Der Motor des Lasters heulte auf, er drehte um und stieß dann rückwärts zum Strand hinab; sechs Motorboote kamen durch die Brandung. »Position einnehmen«, murmelte Trevor, während die Schmuggler die Boote entluden.

Die Minuten vergingen wie Stunden. Dann trat Michel in Aktion. Die kleine Bucht wurde in ein surrealistisches Licht getaucht. Jede Bewegung schien im folgenden Bruchteil einer Sekunde eingefroren zu sein. Dann drückte Trevor auf den Auslöser seiner Kamera, und George bediente seine Armbrust. Der rechte Vorderreifen platzte. Die Schmuggler verteilten sich. George zielte erneut. Wieder ein Volltreffer! Der Laster neigte sich gefährlich zur Seite.

»Gut! Und jetzt nichts wie weg!« Trevor wandte sich um, er wollte den Weg über die Klippen hochlaufen, bemerkte aber, dass er die Beine kaum bewegen konnte.

Der Fahrer rannte vom Laster weg, hob ein Gewehr und feuerte in schneller Folge mehrere Schüsse auf den Suchscheinwerfer ab. Ein Schrei hallte über die Bucht, während alles plötzlich wieder in Dunkelheit lag.

Der gewundene Pfad durch die Klippen lag direkt vor Trevor. Er hatte ihn fast erreicht, als er hinter sich ein Geräusch hörte. Er erstarrte; eine hoch gewachsene Gestalt mit einer wollenen Gesichtsmaske ging mit einem Totschläger auf ihn los. Er wehrte den Angriff ab und bekam den Totschläger zu fassen; sein Körper erinnerte sich an längst vergessene Nahkampftechniken, doch die Glieder wollten den Befehlen nicht mehr gehorchen. O Gott! Er hätte sich fit halten sollen. Wie hatte er es so weit kommen lassen können? Er spürte, wie er zu Boden ging. Er nahm eine schnelle Bewegung wahr, vor seinen Augen blitzte es auf, gleichzeitig fuhr ein stechender Schmerz durch seinen Schädel. Jemand trat ihn. Die Schmerzen waren schrecklich, noch schlimmer aber war seine Sorge um Michel und George. Er wollte aufstehen und kämpfen, konnte sich aber nicht rühren. In der Ferne hörte er Polizeisirenen. Dann nichts mehr.

5 Auf dem Schild stand: »Sie befinden sich im Herzen von Woodlands Country.« Zwölf weitere Schilder würden noch folgen, bevor sie die Abzweigung zu ihrem Zuhause erreichte, und nochmals vier befanden sich auf dem Weg nach Bourne-on-Sea. Die halb ausgewachsenen Lämmer, die sich gegenseitig über die Felder jagten, den karmesinroten Mohn in den Hecken nahm sie kaum wahr. Sie war unterwegs zum Krankenhaus, ihre Gedanken waren bei ihrem Großvater. Wer sollte einen alten, siebenundsiebzigjährigen Mann krankenhausreif schlagen wollen? Seit Johns Anruf war sie völlig aufgelöst. Am liebsten hätte sie die Täter eigenhändig ermordet. Sie würde es tun, wenn sie es könnte. Dreckskerle! Sie liebte Trevor und hatte ihm viel zu verdanken. Das Glück ihrer Kindheit beruhte auf ihm.

Es war ein grauer Märzmorgen gewesen, als sie und Julie, ihre fünfjährige Schwester, in seine Obhut gekommen waren. Damals war sie elf gewesen und trauriger, als je ein Kind sein sollte, weil sie und ihre Schwester alles hinter sich lassen mussten, was sie geliebt hatten. Sie hatten sich beide halb tot vor Angst gefühlt. Nach der langen, schlaflosen Nacht im Flugzeug, einer Reise, bei der sie von ihrer früheren, verwitweten Nachbarin begleitet wurden, erreichten sie ein kaltes, schreckliches Land, in dem der Wind heulte, wo der Himmel so tief hing, dass man glaubte, man müsse ersticken, und in dem die Feuchtigkeit einem bis in die Knochen kroch. Sam hatte versucht, sich ihren Großvater vorzustellen, der sie zwei Jahre zuvor in Zimbabwe besucht hatte. Aber sie hatte sich an sein Gesicht nur undeutlich erinnern können.

Als Werbetexterin, die versiert war im Umgang mit Slogans und Bildern, konnte sich Sam ausrechnen, mit wie viel Sorgfalt Trevor seinen Eröffnungszug geplant hatte. Er hatte sie am Tor empfangen, an dem ihre Begleiterin ihm seine beiden Enkelkinder förmlich übergeben hatte.

»Ich werde mich in Kürze um Sie kümmern, Madam«, hatte er gesagt. »Sie müssen müde und durchgefroren sein. Im Wohnzimmer stehen Tee und Crumpets bereit. Die Haushälterin wird sich Ihrer Sachen annehmen.«

Und dann hatte er die beiden Mädchen an der Hand genommen und über den Hof zu den Stallungen geführt.

»Also«, hatte er begonnen, »dann werft mal einen Blick auf alles. Seht ihr dort die Shetland-Ponys? Die stammen vom Pony eures Vaters ab. Das hat ihm gehört, also gehören sie jetzt euch.«

»Wie heißt das da?«, hatte Julie gefragt.

»Shaka. Wenn du willst, kannst du auf ihm reiten. Und wie gefallen euch unsere Zugpferde? Es sind die besten in ganz England. Unsere Familie ist berühmt für ihre Zucht. Das hier hat eurem Vater gehört – er hat daran gedacht, es nach Zimbabwe zu holen.« Er hielt inne. »Hier, schaut euch das an.«

Sie spähten in einen Korb, in dem eine schwarze Hündin mit samtigen Augen acht schwarze Welpen säugte.

»Darf ich eins anfassen?« Sam war hin und weg von den zappelnden Hündchen mit ihren rosaroten Schnauzen.

»Natürlich.«

»Sie sieht aus wie Caesar, aber der wurde beim Überfall getötet«, sagte Julie.

»Sie ist ja auch Caesars Schwester. Siehst du, Julie, der Lieblingslabrador deines Vaters, Brutus, hat eine ganze Reihe preisgekrönter Nachfahren hervorgebracht, und Sarah gehört auch dazu. Sie ist sehr stolz auf ihre Welpen. Natürlich gehören sie ebenfalls euch, denn schließlich stammen sie von den Hunden eures Vaters ab.«

Sam erinnerte sich, wie in der unverhofften Freude darüber, dass nicht alle geliebten Dinge unwiderruflich verloren waren, für einen kurzen Augenblick alle Trauer vergessen war.

»Euer Vater hatte vor, eines Tages hierher zurückzukehren und die Brauerei zu übernehmen. Vielleicht wollt ihr beide ja seine Stelle einnehmen. Seht in mir also jemanden, der sich um alles kümmert, was eurem Vater gehört hat und einmal in euren Besitz übergehen wird. Wir werden gute Freunde werden, das weiß ich.«

Sam musste daran denken, dass sie den Stall niedergeschlagen, verloren und im Bewusstsein, eine Waise zu sein, betreten und ihn eine halbe Stunde später als Landbesitzerin wieder verlassen hatte – in Begleitung eines Großvaters, der sie liebte, sowie eines eigenen Welpens. Sie hatte damals entschieden, ihn Brutus zu nennen und ihn zu sich zu nehmen, sobald er von seiner Mutter getrennt werden konnte. Julie hatte ihre Hand losgelassen. Aufgeregt hatte sie davon gesprochen, die Reitschule am Ort zu besuchen.

Niemand konnte Sam die geliebten Eltern ersetzen, aber sie wurde geliebt und gehörte hierher. Hier lagen ihre Wurzeln. Plötzlich hatte das kalte Wetter seinen Schrecken verloren. Seit diesem Tag war Trevor immer, wenn sie ihn brauchten, für sie da gewesen und hatte sie beide mit Freiräumen und mit viel Liebe erzogen.

Und jetzt diese schreckliche Sache. Erst hatte John sie informiert, dann, um siebzehn Uhr, hatte Rosemary, Großvaters Sekretärin, angerufen und ihr erzählt, dass Trevor niedergeschlagen worden sei. Unter Tränen hatte Rosemary erklärt, die Polizei habe ihn in die Notaufnahme gebracht, allerdings sei er auf eine andere Station verlegt worden, da sein Oberschenkel gebrochen war. Sam hatte sich vorgenommen, am nächsten Morgen als Erstes einen Spezialisten aus der Harley Street anzurufen.

Sie hatte das Notwendigste eingepackt und sich sofort auf den Weg gemacht. Sie parkte den Wagen, eilte zur Krankenhausrezeption, gab ihren Namen an und wurde in den angrenzenden Raum gewiesen, wo sich ein Mann erhob und ihr die Hand entgegenstreckte. Er war groß, besaß ein schmales, knochiges Gesicht, schwarze, buschige Brauen und metallischgraue Augen. Nur sein warmer, leicht amüsierter Gesichtsausdruck bewahrte ihn davor, hässlich zu sein. Sie mochte ihn sofort.

»Samantha Rosslyn? Ich habe auf Sie gewartet. Ich bin Inspektor Neville Joyce. Nehmen Sie doch bitte Platz.«

»O Gott!«

»Er befindet sich auf dem Weg der Besserung, Miss Rosslyn. Entspannen Sie sich.«

Sam fiel eine schwere Last von der Schulter. »Sie? Du … erinnerst dich doch sicherlich«, sagte sie erleichtert. »Du bist doch der Neffe von Onkel George. Seit wann bin ich für dich Miss Rosslyn?«

»Ein gutes Gedächtnis! Es muss mindestens zehn Jahre her sein, dass wir uns das letzte Mal gesehen haben. Ich will dich nicht lange aufhalten. Ich wollte mit dir nur über deinen Großvater sprechen. Wir sind uns schon immer in die Quere gekommen. Ich bewundere ihn sehr, aber diesmal hat er meine Toleranzgrenze eindeutig überschritten. Ich möchte dich bitten, ihn davon zu überzeugen, das Herumschnüffeln doch lieber uns zu überlassen.«

»Welches Herumschnüffeln? Du musst mir erklären, was eigentlich geschehen ist.«

»Letzte Nacht haben Trevor, mein Onkel und einer ihrer Freunde einer ausländischen Bande aufgelauert, die eine große Ladung gestohlenes Bier ins Land schmuggeln wollte. Dein Großvater hat Fotos geschossen, allerdings haben die Schmuggler die Kamera zerstört. Ich weiß, dass er glaubt, wir würden uns nicht genügend um den Bierschmuggel kümmern. Das Problem ist: Für die Sache ist der Zoll zuständig, uns wurde bislang die Einsicht in die Angelegenheit verwehrt. Glaub mir, ich habe es versucht. Durch den gestrigen Vorfall fällt jedoch alles in meine Zuständigkeit.

Trevor ist schwer verprügelt worden. Er hat sich dabei eine Gehirnerschütterung und eine Oberschenkelfraktur zugezogen. Michel Cesari, ein Korse, wurde angeschossen. Er liegt auf der Intensivstation, wird aber überleben. Und Onkel George hat einen kleineren Herzinfarkt erlitten.

Die drei Alten haben versucht, die Schmugglerbande aufzuhalten, bis die Polizei eintraf. Aber sie können die Uhr nicht zurückdrehen, auch wenn sie das gerne wollten. Wusstest du, dass George, Michel und dein Großvater im Zweiten Weltkrieg im tschechischen Untergrund gekämpft haben? Hat dir Trevor jemals seine Auszeichnungen gezeigt? Eine davon ist das Viktoriakreuz.«

Sam war überrascht. »Ich hatte keine Ahnung …« Sie holte tief Luft. »Er hat Julie und mir nie von seinen Kriegserlebnissen erzählt, Neville. Vielleicht hat er sich gedacht, dass wir vom Krieg genug hatten. Und damit hatte er ja Recht.«

»Jedenfalls, die drei haben eine große tschechische Untergrundgruppe geleitet. Es ist ihnen gelungen, die verschiedenen Fraktionen zusammenzubringen, ohne dass es zu internen Auseinandersetzungen kam.«

»Wenn ich das gewusst hätte.«

»Na ja, es ist schon lange her, aber eine Zeit lang war er sehr berühmt. Genau wie deine Großmutter. Sie ist ebenfalls vom König ausgezeichnet worden. Ich bewundere deinen Großvater, Sam.«

Sie versuchte zu lächeln, musste sich jedoch auf die Lippen beißen, um ihre Tränen zurückzuhalten. »Das tun viele«, flüsterte sie. »Ich gehöre auch dazu.«

»Dann versuch ihn doch bitte davon abzuhalten, sich in kriminelle Machenschaften einzumischen. Es gibt Leute, die dafür bezahlt werden, sich darum zu kümmern.«

Sie war fest entschlossen, ruhig zu bleiben. »Jemanden lieben und jemanden überwachen, das sind zwei grundverschiedene Dinge, Neville. Aber ich denke, mit einem gebrochenen Oberschenkel wird er dir kaum noch Probleme bereiten.«

»Du klingst genau wie er.«

»Weißt du, wie es seinen Freunden geht?«

»Besser, als es diese komischen alten Käuze verdient hätten!«

Was für ein netter Ausdruck! Sie wollte ihn sich merken; vielleicht könnte sie ihn beim nächsten Mal anbringen, wenn sie einen Slogan für Senioren entwerfen musste.

»Das freut mich. Haben Sie gegen das Gesetz verstoßen?«

»Onkel George hatte eine Armbrust bei sich. Ihre Wirkung ist tödlich und der Besitz illegal. Er hat damit die Reifen des Lasters zerschossen.«

»Eine Armbrust! Die Sache wird ja immer grotesker. Wird man Anklage gegen ihn erheben?«

»Wahrscheinlich nicht.«

Sam wollte aufstehen, doch Neville hielt sie mit seiner schweren Hand auf der Schulter zurück. »Sam, ich denke, dein Großvater hat Recht. Hinter dem Alkoholschmuggel steht ein weit verzweigtes Netzwerk des organisierten Verbrechens. Ich sage dir das, damit er einsieht, dass er in diesem Fall nichts auf eigene Faust unternehmen darf. Er hätte nicht die geringste Chance. Ich kann es nicht oft genug wiederholen. Er darf sich in diese Sache nicht einmischen.«

6 Trevor schlief. Seine Nase war verbunden, die Lippen waren geschwollen und aufgerissen. Weiß Gott, wie sein restlicher Körper aussah. Sam fasste nach seiner linken Hand und legte sie sanft zwischen ihre Hände.

Wie friedlich er aussah. Sie hatte ihn noch nie so reglos gesehen. Sonst war er immer in Bewegung, gestikulierte und besaß eine lebhafte Mimik. Sein drahtiges, kurz geschnittenes weißes Haar war zerzaust, die Augenbrauen waren buschig und kohlrabenschwarz. Zusammen mit seiner Hakennase und seinen hohen Wangenknochen verliehen sie ihm beinahe südländische Züge.

Sie spürte, wie Trevor ihre Hand drückte. Sie sah ihm in die schwarzen Augen und versuchte, möglichst ernst zu blicken. »Ah, bist du endlich wach? Wie geht es dir?«

»Ganz in Ordnung. Ein wenig angeschlagen vielleicht. Was machst du hier?«

»Rosemary hat mich angerufen. Du hattest kein Recht, dich in Gefahr zu bringen. Du solltest an deine Familie denken. Wir sind hier nicht im Krieg.«

»Dessen wäre ich mir nicht so sicher, Sam.« Er wollte sich bewegen, stöhnte aber vor Schmerzen auf. »Das ist eine neue Form von Krieg. Die Unschuldigen gegen das organisierte Verbrechen und seinen alles unterminierenden Einfluss, durch den alle anständigen Werte hinweggeschwemmt werden.«

»Wow! Was für Worte von jemandem mit einer Gehirnerschütterung. Aber, würde es dir nicht besser anstehen, wenn du versuchen würdest, Woodlands vor der Übernahme zu retten?«

»John hat es dir erzählt?«

»Ja. Warum hast du mir nichts davon gesagt?«

Wieder drückte er ihr die Hand. »Vielleicht, weil alles auf einmal kam. Noch vor einigen Monaten lief alles wunderbar. Wir haben keinen Gewinn gemacht, aber ich hatte einige Pläne, um das zu ändern.« Er verzog das Gesicht und streckte sich nach dem Glas mit Wasser. Sam reichte es ihm. »Das Braugewerbe ist im Umbruch begriffen. Wir mussten schnell modernisieren. Um die Finanzierung zu gewährleisten, habe ich bei der Bank meine Anteile als Sicherheit hinterlegt. Von dem Geld habe ich einige Pubs renovieren lassen.

Vor einem Monat kam dann von Balaton ein Übernahmeangebot für Woodlands. Zur gleichen Zeit hat die Bank unseren Überziehungskredit mit der Begründung zurückgeschraubt, unsere Aktien hätten an Wert verloren. Dann haben sie mir mitgeteilt, sie hätten ein gutes Angebot von Balaton, uns zum marktüblichen Preis aufzukaufen – ein Angebot, das aber weit unter dem wahren Wert lag. Und weißt du warum? Ich habe den Wert des Lands immer nach seinem Hopfenertrag berechnet. Als Immobilienanlage ist es jedoch wesentlich mehr wert.«

»Die können doch nicht unsere Anteile kaufen? Wir sind ein Privatunternehmen.«

»Doch, das können sie, wenn sie uns mit angemessener Frist dazu auffordern, das Bargeld aufzutreiben, um unsere Anteile selbst auszulösen. Und das können wir nicht. Ich hab ein paar Fehler gemacht, Sam. Wir haben zu viel Kapital in Stout-Lagerbestände gebunden. Ich bin davon ausgegangen … Na ja, lassen wir das! Wenn wir unsere Anteile nicht abtreten oder innerhalb von sechs Monaten nicht das nötige Kapital auftreiben, droht die Bank uns zu liquidieren.«

»Das ist doch kriminell!«

»So läuft das Geschäft nun mal. Auch wenn wir solche Praktiken nicht anwenden, sind sie nicht minder legal. Hilf mir auf, Sam, ich fühl mich so verdammt schwach.«

Sie fasste ihn unter den Schultern und versuchte, ihn umständlich in eine sitzende Stellung zu hieven. »Du wiegst ja eine Tonne.«

Während er ihr zu helfen versuchte, öffnete sich seine Pyjamajacke und ließ seine Verletzungen erkennen. Es gab kaum einen Fleck an seinem Oberkörper, der nicht purpurrot oder schwarz verfärbt und geschwollen wäre.

»O Gott! Du musst ja schreckliche Schmerzen haben! Sie haben dich ziemlich in die Mangel genommen. Was war das? Ein Schlagstock?«

»Genagelte Stiefel. Ich bin mir sicher, der hatte einige Erfahrung darin. Aber ich wachs schon wieder zusammen.« Trevor lehnte sich zurück und schloss die Augen. Dann sagte er: »Sam, wenn ich beweisen könnte, dass das organisierte Verbrechen in Osteuropa versucht, in der britischen Brauindustrie Fuß zu fassen, dann wäre die Bank moralisch verpflichtet, nicht an sie zu verkaufen – denk nur daran, welch schlechte Publicity das für sie wäre. Aber so, wie es jetzt aussieht und ich nun mal im Krankenhaus bin, werden wir ihr Angebot annehmen müssen. Ein alter Krüppel und ein Mädchen können sich nicht gegen das organisierte Verbrechen stellen. Zehn Millionen Pfund sind viel zu wenig, aber es könnte schlimmer sein. Ich will, dass du den Verkauf abwickelst. Wenn Balaton erfährt, dass ich im Krankenhaus liege, könnten sie versucht sein, das Angebot noch weiter zu verringern.«

Sam konnte die Situation noch immer nicht recht begreifen. Wie um alles in der Welt könnten sie Woodlands verkaufen? Es war seit Generationen im Besitz der Familie.

»Was ist, wenn wir nicht verkaufen?«

»Dann steht uns – wie gesagt – wahrscheinlich in sechs Monaten die Liquidierung bevor. Oder Balaton kontrolliert die Mehrheit, falls die Bank ihnen unsere Anteile verkauft. Und dann haben sie uns im Sack. In jedem Fall bleibt dann für uns nichts übrig. Rosemary war vorhin mit unserem Anwalt Michael Johnson hier. Du bist ihm einige Male begegnet. Ich habe dir die uneingeschränkte Vollmacht übertragen lassen.« Er lächelte. Es war nicht zu übersehen, wie viel Anstrengung es ihn kostete, fröhlich zu scheinen. »Wie geht's Michel?«, murmelte er.

»Neville Joyce sagt, er kommt durch, er liegt aber noch immer auf der Intensivstation.«

»Sam, bitte finde heraus, wie es ihnen geht. Ich werde mir das nie verzeihen.«

»Du hättest die Schmuggler nicht stellen dürfen. Neville hat Recht, du bist nicht mehr der Jüngste. Und außerdem, was hättet ihr schon ausrichten können? Ihr wart doch noch nicht mal bewaffnet.«

Trevor zuckte zusammen, dann seufzte er. »Was für ein Mist! Es heißt, ich bräuchte ein künstliches Hüftgelenk. Das wird mich einige Wochen zurückwerfen. Kannst du in der Agentur Urlaub nehmen?«

»Das ist nicht mehr nötig. Walter hat uns einfach an die Konkurrenz verkauft.«

»Und das war nicht vorherzusehen?«

»Ich hab keinen Gedanken daran verschwendet.«

»Ein zweites Mal wird dir das nicht passieren. Ich nehme an, das tut ziemlich weh.«

»Ja, aber nicht lange.«

In diesem Moment erschien die Schwester, um mitzuteilen, dass der Spezialist eingetroffen sei. Eine halbe Stunde später kam er zu ihr hinaus. »Ich muss den Oberschenkel sofort nageln. Er wird zwei Wochen im Krankenhaus sein, und danach wird er es langsamer angehen müssen. Binnen eines Monats wird er sich mit einer Krücke wieder bewegen können. In der Zwischenzeit würde ich ihn gerne in eine nahe gelegene Privatklinik verlegen. Er sagt, er verfüge über eine Krankenversicherung.«

»Ja, natürlich, danke. Ich werde es ihm mitteilen.«

Trevor nahm die Neuigkeiten mit stoischer Gelassenheit auf. »Du solltest jetzt gehen«, sagte er. »Du musst den Laden übernehmen. Kopf hoch! Wir fangen wieder von vorne an. In einem Monat bin ich wieder ganz der Alte.«

Sam war weder beruhigt noch überzeugt, als sie ging.

Trevor schloss die Augen und sank auf sein Kissen zurück. Er lauschte Sams Schritten, die im Gang immer leiser wurden. Sie glich in vielem ihrer Großmutter, die ebenso einfallsreich und loyal, wenngleich vielleicht ein wenig starrköpfig gewesen war. Er wusste, Sam würde mit allem wunderbar klarkommen.

Als er aufgewacht war und sie auf seiner Bettkante hatte sitzen sehen – ihr schwarzes Haar fiel ihr nach vorn ins Gesicht, ihre braunen Augen betrachteten ihn voller Mitgefühl –, da hatte sie exakt wie Anna ausgesehen, damals, als er aus seiner Bewusstlosigkeit erwacht war und erwartet hatte, sich in einer Gestapo-Zelle wiederzufinden. Stattdessen hatte er sich in der Scheune der Gräfin Anna Steppinac befunden. Er lächelte, als er sich wieder an die kurzen Augenblicke, die verstohlenen Momente in Gräben, Wäldern und Höhlen erinnerte. Nach einigen Monaten hatte er angefangen, das Ende des Krieges zu fürchten; er glaubte, es werde ihre Trennung bedeuten. Doch sie hatte ihn geheiratet. Der Krieg war seine schlimmste, aber auch seine beste Zeit gewesen.

## 7

Warum sollten sie Woodlands verlieren? Woodlands gehörte Trevor – sowie ihr und Julie – von Geburt an. Wie konnte sie zweimal in ihrem Leben alles verlieren?

Sam erinnerte sich an das letzte Bild, das sie von dem anderen Woodlands, jenem in Zimbabwe, hatte. Julie und sie hatten nach einer Geburtstagsfeier die Nacht bei Nachbarn verbracht. Als sie nach Hause kamen, hatten sie nur noch Soldaten vorgefunden, die zwischen den rauchenden Trümmern und den abgeschlachteten Tieren standen. Keiner hatte ihr erklären wollen, wo ihre Eltern geblieben waren, bis ... Sie zwang sich, wieder an die Gegenwart zu denken. Erinnerungen wie diese waren tabu.

Ihr jetziges Zuhause war eines der schönsten Güter in ganz Kent. Ihr Großvater leitete zusammen mit John die Brauerei, und Tom Bowles hatte in den vergangenen fünf Jahren die Landwirtschaft geführt.

Als sie nun in die Anfahrt einbog und das Haus erblickte, spürte sie, wie eine innere Ruhe sie überkam. Sie sehnte sich danach, einzutreten und den Frieden und die Sicherheit zu genießen. Aber sie fuhr weiter.

Brutus, ihr Labrador, der ihren Wagen an den Motorengeräuschen erkannte, kam angerannt. Sie hielt an und ließ sich von ihm überschwänglich begrüßen; er wurde langsam alt, dennoch sprang er zu ihr in den Wagen, und sie fuhr am Haus vorbei zu dem neuen Bürokomplex und parkte davor. Der vertraute, leicht säuerliche Geruch der Brauerei, die sich hinter einem kleinen Fichtenhain auf der anderen Seite der Koppel befand, wehte zu ihr herüber.

Der Bürokomplex bestand aus einem einfachen einstöckigen Gebäude: einem Empfangsbereich, einem Konferenzzimmer und einer Kantine im Erdgeschoss, darüber lagen insgesamt sechs Büroräume. Sam eilte zu Trevors Büro hinauf, das nun für die nächste Zeit ihres sein sollte.

Rosemary starrte aus dem Fenster. Als sie sich umdrehte, war Sam entsetzt über ihr hageres Gesicht. Rosemary glich einem Schilfrohr; sie war dünn, hoch aufgeschossen und leicht nach vorne gebeugt, als wäre sie von heftigen Winden gepeitscht. In ihrem einst schönen Gesicht aber saßen lebhafte, jugendliche blaue Augen.

Sam musste daran denken, wie Trevor Wochen damit zugebracht hatte, Rosemary an den Umgang mit einem Computer zu gewöhnen. »Rosemary sperrt sich gegen alles Neue, da Veränderungen in ihrem Leben meistens nur Schlimmeres gebracht haben«, hatte er ihr erklärt. »Durch Verständnis erreicht man mehr als durch Kritik.«

»Werden sie ihn operieren, Sam?«, fragte Rosemary. »Ich hab mir solche Sorgen gemacht. Gott sei Dank bist du jetzt da.«

»Er ist sehr entschlossen und dickköpfig. Er übersteht das schon.«

»Jedenfalls bin ich froh, dass du hier bist. Michael Johnson wartet schon im Konferenzraum. Du kennst ihn doch, oder? Du musst noch einige Papiere unterzeichnen vor der Konferenz heute Nachmittag um drei. Es kommt eine Abordnung von Balaton.«

»Mein Gott, Rosemary, warum hat mir das niemand gesagt?«

»Ich denke, es war mein Fehler. Ich vergesse so was sonst nicht, aber bei all den Sorgen ... Ich hätte das Treffen abgesagt, aber sie sind eigens von Prag angereist.«

»Keine Sorge, ich werde auf Zeit spielen.«

»Die Bank wird dir nicht viel Zeit zubilligen, und Matthew Dearlove besteht darauf, ebenfalls anwesend zu sein.«

Sam streckte den Rücken durch. »Gut, Rosemary, ich brauche die letzten Zahlen – Bankauszüge, Bilanzen ...«

»In fünf Minuten hast du alles. Möchtest du Kaffee?«

»Hmm, danke.«

Rosemary machte sich an der Gegensprechanlage zu schaffen, und kurz darauf erschien Mona mit einem Stapel Unterlagen.

»Hallo, Mona, danke. Leg sie einfach hier ab«, murmelte Sam. Monas Aufmachung wurde mit jedem Mal verrückter. Sie trug den kürzesten, engsten Rock, in den sie sich noch hineinzwängen konnte, eine fast durchsichtige weiße Bluse, darunter einen schwarzen BH und fünfzehn Zentimeter hohe Plateauschuhe. Ihr langes tizianrotes Haar schlenkerte, zu einem Pferdeschwanz gebunden, über ihren Rücken. Seit neuestem hatte sie sich angewöhnt, so zu gehen, als würde sie ständig Rumba tanzen; aber vielleicht hatte das nur damit zu tun, dass sie seit dem letzten Mal ordentlich zugenommen hatte.

Sam vertiefte sich in die Bilanzen. Kurz darauf sagte sie zu Rosemary: »Das kann nicht stimmen. Wir können nicht so tiefrote Zahlen schreiben. Warum verkaufen wir nicht mehr Bier? Wo liegt unsere Kapazitätsgrenze?« Sie ging die Auflistung durch, bis sie die Produktionskennziffern gefunden hatte. »Hier steht, wir könnten im Jahr mehr als fünfundsechzigtausend Hektoliter produzieren, aber es ist mehr als zehn Jahre her, dass wir unsere Kapazität ausgeschöpft haben. Wir verkaufen weniger als die Hälfte dessen, was wir früher umgesetzt haben, obwohl uns vierzig Pubs gehören, die im Jahr jeweils mindestens vierhundert Hektoliter ausschenken sollten – das wäre ein Viertel der Gesamtproduktion. Und der Rest ging früher an Supermärkte, Großhändler, andere Pubs und in den Export.«

Rosemary lächelte nachsichtig. »Wir verlieren in allen Märkten. Zum Teil liegt es an der Steuer, vor allem aber an den Jugendlichen in den Pubs der Gegend, die meinen, Bier sei nur was für Tattergreise. Sie stehen eher auf Bier mit rotem Johannisbeersaft und solche Sachen.«

»Warum produzieren wir dann keine neuen Marken?«

»Trevor denkt, es sei nicht richtig, die Jugend zu Alkoholikern zu machen.« Sam wusste, dass einige dieser neuen Fun-Getränke einen Alkoholgehalt von bis zu sechseinhalb Prozent hatten.

»Warum sollte das unsere Sorge sein? Jugendlichen unter achtzehn ist der Kauf von Alkohol sowieso untersagt.«

»Hast du dir schon mal die Etiketten angesehen, Sam? Schau dich um und entscheide dann selbst, ob die Werbebotschaften wirklich für die über Achtzehnjährigen bestimmt sind.«

»Was die Jugendlichen machen, liegt in erster Linie im Verantwortungsbereich der Eltern«, erwiderte Sam entschieden. »Zu unserer Verantwortung gehört es, keine roten Zahlen zu schreiben. Wo ist eigentlich John?«

»Er wartet auf dich.«

John verströmte überschäumendes Selbstvertrauen und gute Laune, als er kurz darauf mit Sam zusammentraf. »Hallo, Sam! Na komm, mach ein fröhlicheres Gesicht.«

»Warum sollte ich?«

»Ich bin hier, um dir bei der Sitzung am Nachmittag meine moralische Unterstützung anzubieten.«

»Ich brauche keine moralische Unterstützung. Ich brauche Ideen. Was würdest du an meiner Stelle tun?«

Es folgte ein langes Schweigen. »Hast du dir die Zahlen angesehen?«

»Ja.«

»Es müsste so ziemlich alles aufgemöbelt werden: die Biersorten, die Etiketten, die Werbung, die Einrichtung in den Pubs, alles. Und dafür brauchst du Geld. Ich persönlich würde verkaufen.«

John sah besorgt aus, als sie ihm die Kopie der Vollmacht vorlegte. »Das ist eine hohe Verantwortung, Sam. Halte dich bei der Sitzung zurück. Vertraue mir. Mir liegen deine Interessen sehr am Herzen, und ich denke, dir bleibt nichts anderes übrig, als das Angebot von Balaton anzunehmen. Ein sehr großzügiges Angebot, darf ich anfügen. Ich zweifle, ob Woodlands in seinem gegenwärtigen Zustand und mit dem Verlustgeschäft zehn Millionen wert ist.« Abrupt ließ er sie stehen.

Aber wie könnte man den Wert eines Zuhauses ermessen,

überlegte Sam traurig, als sie aus dem Fenster sah. Wie könnte man die Bäume, die Ottern im See, die Burg am Fluss, in dem Forellen schwammen und Enten brüteten, kaufen oder verkaufen? Könnte man die Jahrhunderte währende Geschichte, die in den alten ledergebundenen Büchern in der Bibliothek aufgezeichnet war, beziffern? Woodlands war mehr als eine Brauerei, es war eine Welt, ein Leben, das sie bewahrt und für das sie gekämpft hatten. Sie war ein Teil von Woodlands, und Woodlands war ein Teil von ihr.

Rosemary platzte herein; sie war sichtlich bemüht, ihre Unruhe zu verbergen. »Solltest du dich vor der Sitzung nicht noch umziehen? Deine Jeans ablegen? Wie wär's mit dem schwarzen Anzug?«

»Als würde ich auf eine Beerdigung gehen? Woodlands ist noch nicht tot. Damit warte ich noch.«

Solange sich Sam erinnern konnte, hatte sich Rosemary Gedanken über angemessene oder unangemessene Kleidung gemacht. Ihr maßgeschneiderter grauer Seidenanzug, die pinkfarbene Bluse und die Perlenkette sahen fast wie ein Theaterkostüm aus. Rosemary war seit über zwanzig Jahren Trevors Sekretärin und Buchhalterin. Sie kam früh und ging spät. Sam wusste, dass sie die örtliche Theaterspielgruppe leitete, hatte sie aber nie auf der Bühne gesehen.

»Rosemary, was hast du eigentlich gemacht, bevor du nach Woodlands kamst?«

Die Frage überraschte Rosemary. Sie errötete. »Ein wenig Theater gespielt und getanzt. Ich gehörte zur Bluebell-Schauspieltruppe. Wir waren zu unserer Zeit sehr berühmt. Man musste dafür groß sein und lange Beine haben. Jahrelang sind wir durch Europa und den Nahen Osten getourt. Ein Scheich hat mir einmal einen Rubin in den Bauchnabel gelegt. Manchmal trage ich ihn noch an einer Kette.«

Damit schloss sie hinter sich die Tür, und Sam hörte nur noch das Klacken ihrer Absätze im Gang. Sie sah auf ihre Uhr. Fast zwei. Verdammt! Sie spürte ein kribbelndes Gefühl im Magen, ihre Handflächen waren feucht vor Nervosität, und das Atmen fiel ihr schwer. In wenigen Stunden würde alles vorbei sein. Sie würde auf Zeit spielen und letztendlich doch einlenken müssen. Großvater könnte dann seinen Lebensabend genießen und hätte genügend Geld, um überall leben zu können, wo er nur wollte. Es gab Schlimmeres.

*Als sein Geburtsrecht an hinterhältige Kriminelle zu verlieren?*

8 Sam kam sich wie ein kleiner, unbedeutender Fisch inmitten eines Piranhaschwarms vor. Die Gegenseite war in beeindruckender Stärke angetreten: Zoltan Hemzo war erschienen, Anwalt und Vertreter der Familie Balaton, ein grimmig blickender, muskulöser Mann mit eisgrauem Stoppelhaar, dazu seine hartherzig wirkende blonde Sekretärin, die nicht vorgestellt wurde; Hans Kupi, ein Rechnungsprüfer um die fünfzig, der aussah, als habe er sein Leben lang harte körperliche Arbeit geleistet, und zwei Männer unbestimmten Alters, die als Berater bezeichnet wurden. Alle trugen graue Anzüge und weiße Hemden, sogar die Sekretärin, und allen haftete etwas an, was nicht unbedingt Vertrauen erweckte, auch wenn Sam den Grund dafür nicht genau zu benennen wusste. Die eigene Partei bestand aus Matthew Dearlove, dem Bankdirektor, Michael Johnson, ihrem Anwalt, John, Rosemary und ihr selbst.

Hemzo, der Sam gegenübersaß, faltete die Hände auf dem Tisch, fixierte sie mit seinen blassen Augen und zwang sich zu einem verkrampften Lächeln. »Herzliche Grüße von der Familie Balaton. Wenn Ihnen, meine Liebe, etwas auf dem Herzen liegt, dann fragen Sie nur. Aber machen Sie sich bewusst, dass zehn Millionen Pfund ein überaus großzügiges Angebot sind. Ihr Bankvertreter und Ihr Anwalt stimmen damit überein.«

Sams eigene Leute wirkten so eifrig wie abgerichtete Hunde. John troff fast der Speichel von den Lippen. Zweifellos dachten sie bereits daran, dass einige der Millionen auch in ihre Tasche fließen würden.

»Mein Klient hat Woodlands ausgewählt, da Sie ein ausgezeichnetes Bier herstellen und über einen alten und ehrwürdigen Namen verfügen«, fuhr Hemzo fort. »Einen Namen, den mein Klient ebenfalls erwerben möchte. Wir haben einen Markt, können die Nachfrage aber nur zum Teil befriedigen. Daher unser Interesse an Ihrer Brauerei. Legen wir also die Karten offen auf den Tisch.«

Trotz ihrer feindseligen Haltung musste Sam zugeben, dass Hemzo überzeugend klang. Ihre Zweifel schwanden allmählich, ihre Gewissensbisse jedoch nahmen zu. Ihr wurde bewusst, dass er das Geschäft so schnell wie möglich zum Abschluss bringen wollte. »Kann ich also mit Ihrer Zustimmung rechnen, dass der Verkauf sofort besiegelt wird?«

»Unter Vorbehalt gewisser Garantien.« Sam schlug ihr Notizbuch auf. »Sollen wir sie durchgehen?«

»Wie Sie wünschen.«

»Das Haus bleibt in unserem Besitz.«

Ihr Bankvertreter lachte. Die Runde stimmte mit ein. Sie schienen sich alle darüber verständigt zu haben, dass man junge Frauen sehen, hören und tolerieren, aber nicht ernst nehmen konnte.

»Das steht außerhalb jeglicher Diskussion.« Kupi hatte erstmals das Wort ergriffen. »Aus dem Haus wird ein Fortbildungszentrum für Führungskräfte. Wir haben weitgehende Um- und Anbaumaßnahmen ins Auge gefasst.«

Sam versuchte, ihr Entsetzen zu verbergen; in Gedanken sah sie bereits, wie alle über ihr geliebtes Zuhause herfielen, beinahe meinte sie, das Ächzen des Gebäudes im Wind zu hören, während sie in ihrem Notizbuch blätterte.

»Ihr Angebot für die Brauerei, die Pubs, das Haus sowie das landwirtschaftliche Gut ist mehr als erbärmlich. Daneben gibt es einen weiteren Punkt. Die meisten Dorfbewohner sind auf Woodlands angewiesen. Ich brauche also Arbeitsplatzgarantien – zuallererst einen Arbeitsvertrag für unsere festen Mitarbeiter über mindestens ein Jahr. Natürlich ist das nur das Minimum, einige müssen länger als ein Jahr beschäftigt werden.« In diesem Punkt war sie zu keinen Kompromissen bereit. Sie erinnerte sich, wie erleichtert die Mitarbeiter bei Ogden's gewesen waren, als sie erfahren hatten, dass sie von der neuen Firma übernommen wurden.

Hemzos Augen glänzten vor Belustigung. Sam kam sich wie eine Maus in den Krallen einer verspielten Katze vor.

»Ich bedauere, keine Arbeitsplatzgarantien«, sagte er abweisend.

Sam war irritiert. »Sie bringen also Ihre tschechischen Arbeiter mit?«

»Vielleicht. Einige wenige.«

»Was ist mit unserem Sudhaus …« Sie hielt inne. »Sie wollen hier überhaupt kein Bier brauen, nicht wahr? Sie führen Ihr tschechisches Bier ein und kleben unser Etikett darauf!« Sie hielt sich an der Tischkante fest, beugte sich vor und blickte sie alle der Reihe nach an.

»Miss Rosslyn, wie unser Klient diesen Betrieb zu führen gedenkt, muss Sie nicht mehr interessieren, wenn Sie erst einmal verkauft haben«, antwortete Hemzo herablassend. »Aber lassen Sie uns eines klarstellen: Ihr Großvater hat Sie gebeten, den Verkauf von Woodlands in die Wege zu leiten, und als seine Vertreterin werden Sie, so nehme ich doch an, seine Wünsche befolgen. Ich gehe davon aus, dass er mit dem Preis einverstanden war.«

»Er bat mich zu verhandeln. Das ist nicht das Gleiche wie in den Verkauf einzuwilligen. Und deshalb bestehe ich auf Arbeitsplatzgarantien, bevor ich unterschreibe.«

Ein langes, eisiges Schweigen folgte. Schließlich ergriff Sam erneut das Wort. »Ich glaube, Sie verstehen mich nicht. Unser Dorf ist auf Woodlands angewiesen. Wir beschäftigen zwar nur vierzig Anwohner, aber es gibt Lieferanten, einen Sportverein, mehrere Pubs, einen Lebensmittelladen, einen Metzger. Muss ich fortfahren? Woodlands hält das Dorf am Leben.«

»Alles verändert sich. Sie können Veränderungen nicht aufhalten.« Kupi lächelte; sein Metallzahn blinkte.

Sam fühlte sich dieser neuen Entwicklung nicht gewachsen. Sie stand auf und schritt hinter ihrem Konferenzstuhl auf und ab.

»Es gefällt mir ganz und gar nicht. Mein Großvater hat nichts davon gesagt, dass die Brauerei geschlossen werden soll. Er würde niemals zustimmen, dass so viele Leute entlassen werden.« Sie blickte zu Rosemary, die reglos und wie erstarrt dasaß. Vielleicht überlegte sie, wo sie als Nächstes hingehen sollte. Johns Gesicht war tiefrot angelaufen; sie sah, dass sich auf seiner Stirn Schweiß sammelte.

Der Bankvertreter feuerte eine Breitseite auf sie ab. »Welche andere Möglichkeit haben Sie denn noch, Sam? Ihr Kreditlimit ist seit Monaten überzogen. Es liegt nicht mehr in meinen Händen. Sie können noch nicht einmal mehr die Löhne zahlen oder den Hopfen ernten. Es werden dann sowieso alle ihre Arbeit verlieren. Wer soll den Betrieb leiten, solange Trevor im Krankenhaus liegt? Sie dürfen nicht Geschäft und Gefühl verwechseln, Sam.«

»Nur meine Freunde nennen mich Sam.« Sie wandte sich an Hemzo. »Warum wollen Sie einen Betrieb übernehmen, der hohe Verluste einfährt? Sehen wir doch den Tatsachen ins Auge. Der Markt schrumpft mit jedem Tag; dazu befinden wir uns hier in einem Land, in dem jeder, der so dämlich ist und noch Bier braut, durch die Steuerlast um seine Existenz gebracht wird. Warum also wollen Sie uns? Warum überschwemmen Sie den Markt mit Billigbier, das mit Etiketten versehen ist, die unseren zum Verwechseln gleichen?«

Hemzo warf ihr einen tödlichen Blick zu.

Johnson legte die Hand auf Sams Arms. Er drückte gerade so fest zu, dass es schmerzte. »Miss Rosslyn steht noch sehr unter dem Eindruck des schlimmen Unfalls ihres Großvaters. Natürlich meint sie es nicht so. Wir waren starkem Wettbewerbsdruck ausgesetzt, der von billigem ausländischem Bier ausging, was sich verheerend auf unsere Marktanteile ausgewirkt hat. Wir wissen aber, dass dies nichts mit Ihrem Unternehmen zu tun hat.«

»Wissen wir das?«

Sam schüttelte die Hand des Rechtsanwalts ab und beugte sich über den Tisch. Hemzos Blick verfinsterte sich. »Wenn ich keine Arbeitsplatzgarantien erhalte, sehe ich mich außerstande, weiter zu verhandeln«, sagte sie.

Wieder folgte ein langes Schweigen, das Kupi schließlich beendete. »Es wird keine Arbeitsplatzgarantien geben. Das ist unser letztes Wort. Unser Angebot steht noch für die nächsten vierundzwanzig Stunden. Treffen Sie bis morgen um diese Zeit eine Entscheidung, oder der Deal platzt.«

»Mr. Kupi, ich brauche für meine Entscheidung nicht einmal vierundzwanzig Minuten. So, wie die Dinge liegen, lautet meine Antwort *nein.*«

Rosemarys Stimme hallte schrill durch den Raum: »Will noch jemand Kaffee? Vielleicht sollten wir eine kleine Pause einlegen, bevor wir uns erneut zusammensetzen?«

Von der Gegenseite allerdings kam keine Antwort. Streng in hierarchischer Reihenfolge marschierten sie aus dem Raum, wobei der deprimierte John den Abschluss bildete.

Sobald Sam in Begleitung Rosemarys ihr Büro betreten hatte, griff sie zum Telefon und wählte das Krankenhaus. »Ja, verbinden Sie mich bitte mit Station C6.« Ihre Hände waren so feucht, dass ihr der Hörer aus der Hand zu rutschen drohte.

Als ihr die Schwester versicherte, Trevor gehe es gut, allerdings schlafe er noch, wäre sie fast in Tränen ausgebrochen. Sie riss sich schnell zusammen. »Die Operation ist erfolgreich verlaufen, Rosemary. Allerdings waren wir weniger erfolgreich. Wir brauchen Geld, Rosemary, viel Geld, und vor allem schnell.«

»Wir könnten eine Bank ausrauben.«

»Ich hab einige Ersparnisse«, sagte Sam.

»Nein, tu das nicht! Genauso gut könntest du das Geld in den Gully schütten.«

»Uns bleibt nichts anderes übrig. Wir müssen die Löcher stopfen, bevor wir uns neu organisieren können. Warum hat Trevor das nicht gemacht?«

»Es brach alles so unvermittelt herein. Der Betrieb lief mehr recht als schlecht, aber plötzlich kamen die Verluste. Er hat die Situation falsch eingeschätzt. Er glaubte, der Geschmack würde sich ändern, deswegen ließ er große Vorräte an Stout produzieren. Das geschah auf Johns Rat hin. Trevor hat das wahrscheinlich nicht erwähnt.«

Sam sah sie nachdenklich an. »Woher hatte John diese Informationen?«

»Aus seinen Berichten, sagte er. Er führt jeden Monat eine Art Marktanalyse durch. Eigentlich hängt er dabei nur in den Pubs herum und hört sich an, worüber die Leute so nörgeln.«

Sam seufzte. »Und stattdessen wollen sie süße Fun-Biersorten. Wie konnte er nur so ein Idiot sein?« Sie fing sich sofort wieder. »Gut, das lässt sich machen. Wir brauchen professionelle Marktanalysen über das, was gerade in ist. Vielleicht könnte Walter …«

Rosemary betrachtete sie neugierig. Sam hatte die Hände hinter dem Rücken verschränkt, schritt im Büro auf und ab und starrte vorwurfsvoll an die Wand. Plötzlich schnippte sie mit den Fingern und drehte sich zu Rosemary um. Ihre Augen leuchteten vor Aufregung. »Wir fangen sofort an. Ruf Walter an. Sag ihm, er soll mit seinem Team morgen vorbeikommen. Und melde dich bei John. Sag ihm, er soll einige neue Geschmacksrichtungen für ein Marketing-Meeting vorbereiten. Ach, und, Rosemary, setz eine Anzeige … Nein, vielleicht solltest du dich im Gewerbe nach einem Brauleiter umhören. John ist ständig unterwegs, ich übernehme die Verwaltung und das Marketing; wir brauchen also einen Produktionsleiter. Das hat doch Großvater gemacht, oder?«

»Mehr oder weniger.«

Sam setzte sich. »Rosemary, ich will wöchentliche Verkaufszahlen, von den Pubs, den Großhändlern, Supermärkten und dem Export.«

»Kein Problem.« Rosemary seufzte erleichtert. »Übrigens«, fragte sie, »wo steckt eigentlich Julie?«

»Sie treibt sich mit einer Tierschutzgruppe irgendwo in Sibirien rum. Gerüchten zufolge gibt es dort Tanzbären, Zobel werden in Fallen gefangen und solche Dinge.«

»Großer Gott! Hoffentlich kommt sie heil wieder nach Hause.«

»Oh, keine Sorge. Sie ist da nicht allein, sie reist in einer ziemlich großen Gruppe.«

»Wenn du nichts dagegen hast, gehe ich jetzt nach Hause. Ich dachte, ich fahre vorher noch am Krankenhaus vorbei.«

»Sag Großvater alles Liebe von mir. Er wird von der Narkose noch halb benebelt sein. Es wäre besser, wenn du ihn nicht mit all den schlechten Neuigkeiten beunruhigen würdest.«

»Ich denke nicht im Traum daran, ihm vom Geschäft zu erzählen.«

»Sag ihm, ich komme später vorbei. Wir sehen uns dann morgen.«

Als Rosemarys Schritte verstummt waren, kam Sam sich sehr einsam vor. Dann klingelte das Telefon.

»Sam, Mona hat mir erzählt, dass du zurück bist. Aber wenn du nicht anrufst…« Das Schweigen war schlimmer als eine Zurechtweisung.

»Tut mir Leid, Helen, es war ein schrecklicher Tag. Ich hab soeben im Krankenhaus angerufen. Trevor geht es gut.«

»Natürlich. Er ist eine Kämpfernatur. Mona sagt, du bleibst zum Abendessen. Stimmt das?«

»Stell mir nur eine Kleinigkeit in den Kühlschrank. Ein Sandwich… irgendwas. Ich hab keine Ahnung, wann ich komme.«

»Ich hab dein Bett gelüftet, dein Zimmer ist fertig.«

»Danke, Helen.«

»Ich habe gehört, du übernimmst hier für eine Weile die Leitung. Und mir kommt es noch immer so vor, als sei es erst gestern gewesen, dass du als kleines Mädchen mit Zöpfen…«

Sie fuhr noch eine Weile lang so fort, während Sam Schuldgefühle beschlichen. Wie hatte sie das tschechische Angebot nur ablehnen können, ohne Trevor vorher zu fragen?

Sobald Helen aufgelegt hatte, nahm sie sich erneut die Bilanzen vor und sah sie ein zweites Mal durch. Das Ergebnis wurde dadurch nicht besser. Sie vergrub ihr Gesicht in den Händen. »Es ist ein Kampf gegen Windmühlen. Was hab ich nur getan?«

Wenn Woodlands ihretwegen unterging, würde Trevor nicht nur zehn Millionen verlieren, er wäre nahezu mittellos. Irgendwie musste sie dem Unternehmen aufhelfen – und zwar schnell. Die Lösung lautete: neue Geschmacksrichtungen und neue Etiketten, renovierte Pubs, verstärkter Export, dazu erstklassiges Marketing und Werbung. Nun, sie wusste nur zu genau, dass für

Marketing eine Menge Geld erforderlich war. Sie hatte exakt neunundachtzigtausend Pfund in Investmentfonds angelegt. Einiges davon waren Ersparnisse, der Rest von einer Tante geerbt. Sie beschloss, am nächsten Morgen als Erstes das Geld auf das Geschäftskonto zu überweisen. Die Summe sollte für die Entwicklung und Vermarktung einer neuen Biersorte ausreichen, versuchte sie sich einzureden. Und sie wollte einen neuen Markennamen einführen.

Wenn Sam sich inspirieren lassen wollte, begab sie sich gern in die Bibliothek, einen langen, schmalen Raum an der Westfront des Hauses mit Blick über die Koppel. Der Raum strahlte Ruhe, Beständigkeit und zugleich Energie aus. Eine Wand war für die Familiengeschichte reserviert: Grafen und Admiräle, Huren, Gauner und Kleriker, alle hatten sie ihre Rolle in der Vergangenheit der Rosslyns gespielt. Sogar Lady Godiva und ihr Ritt nackt durch Coventry waren verzeichnet, da sie in direkter Linie mit Trevors Mutter verwandt war.

Sam blätterte durch die Folianten. Sie handelten von den Liegenschaften der Burg, auf der 1040 der erste Lord of the Manor, der Ritter und Gutsherr von Bourne-on-Sea, in seine Rechte eingesetzt und aufgrund seiner Verdienste für die Krone mit der Burg und den Ländereien bedacht worden war. Es war alles im »Domesday Book« verzeichnet.

Der Titel »Lord of the Manor« war mittlerweile mehr oder weniger obsolet geworden. Interesse daran bestand nur noch seitens der amerikanischen Touristen, die mit dem Bild der halb verfallenen Burg und dem Familienwappen verzierte Becher und Humpen kauften. Sam saß da, ließ ihre Gedanken schweifen und verwarf eine unergiebige Idee nach der anderen. Es schien keine Möglichkeit zu geben, aus diesem historischen Schatz in irgendeiner Weise Kapital zu schlagen. Konnte sie die Burg verkaufen? Sie war im Grunde eine Ruine, und ihre Renovierung würde ein Vermögen kosten. Außerdem war sie nur ein Teil des Pakets, zu dem noch der Titel, die beiden Felder, Fischereirechte und einige alte Dokumente gehörten, die allerdings schon vor einigen hundert Jahren verloren gegangen waren.

*Aber warum nicht einfach den Titel verkaufen?*

Der Gedanke durchfuhr sie wie ein Stromstoß. Ihr ganzer Körper kribbelte, dann brach sie in schallendes Gelächter aus. Natürlich! Das war die Lösung. Warum hatte sie nicht gleich daran gedacht? Sie wusste, dass amerikanische Millionäre eine Menge Geld für Burgen und Titel bezahlten. Wie viel konnte sie verlangen? Eine halbe Million Dollar? Trevor wäre es ziemlich gleichgültig, und selbst wenn er etwas dagegen hätte, gab es für sie keine andere Möglichkeit. Gleich morgen würde sie die Manorial Society verständigen und den Titel zum Kauf anbieten.

9 Sie war spät dran. Die Zeit war wie im Flug vergangen, während sie in der Bibliothek ihren Gedanken nachgehangen hatte. John stand über das Geländer gebeugt und sah auf den Teich hinaus, neben ihm ein Laib Brot und ein Pint Lager. Woodlands' Best, nahm Sam an. Er riss Krumen vom Brot und fütterte damit ein Dutzend gierige Gänse und zwei schwarze Schwäne.

Es war ein idyllischer Ort: Das alte Tudor-Pub war neu hergerichtet worden; die dunklen, frisch eingelassenen Fachwerkbalken hoben sich von den weißen Wänden ab, auf den Fenstersimsen leuchteten Geranien, und eine neue, schreiend pinkfarbene Markise verlieh allem einen kontinentalen Anstrich. Das Castle Arms war ihr ältestes Pub, sie mochte es am liebsten. Es lag im Schatten der Burgruine und befand sich seit dem siebzehnten Jahrhundert im Besitz der Familie. Seit jener

Zeit, vor allem aber im letzten Jahrhundert, waren neununddreißig weitere Pubs hinzugekommen. Mit anderen Worten, erinnerte sich Sam, vierzig Verlustbringer, die in die Gewinnzone geführt werden mussten.

Johns Gesicht hellte sich auf, als er sie erblickte. »Hallo, Sam. Wie lange bist du denn schon da?«

»Gerade eben erst gekommen. Entschuldige, dass es so spät geworden ist.«

»Kein Problem. Wie läuft es?«

Sie zuckte mit den Schultern. »Könnte besser sein. Na ja, es könnte eigentlich kaum schlimmer sein.«

»Ja, nichts Neues also. Wie geht's Trevor?«

»Die Operation ist Gott sei Dank erfolgreich verlaufen. Rosemary ist im Moment bei ihm.«

»Sie ist ganz verrückt nach ihm. Wusstest du das?«

Sie hakte sich an seinem Arm ein und lehnte sich mit ihm über das Geländer. »Ich hab's mir fast gedacht. John, wir müssen uns über das Geschäft unterhalten. Können wir uns setzen?«

»Ich hol dir erst was zu trinken. Was soll's sein?«

»Na, was glaubst du? Woodlands natürlich.« Sie lachte, richtete sich auf und betrachtete die Landschaft. Zum ersten Mal in ihrem Leben, bemerkte sie, trat sie John nicht unbefangen gegenüber. Die Rolle war neu für sie; sie war nun sein Boss und nicht mehr nur seine Freundin. Sie hatte ihm Anweisungen zu erteilen, aber bislang waren sie immer gut miteinander ausgekommen.

John kehrte mit zwei Pints Woodlands' Best zurück.

»Wir schreiben tiefrote Zahlen, John«, sagte sie, als er sich setzte.

»Ich weiß – jeder weiß es. Und du hast dir den Job aufgehalst, ein Kaninchen aus dem Hut zu zaubern. Komm, setz dich, hier ist es schön und ruhig, ich werd mich an deiner Schulter ausweinen.«

Sam hörte ihm zu, während er von seiner betrüblichen Aufgabe erzählte, Supermärkten und Großlieferanten Woodlands-Bier zu verkaufen. »Sam, es fällt mir schwer, nicht wütend zu werden. Ich liebe den Alten, aber seit Jahren liege ich ihm in den Ohren, die Getränke den heutigen Bedürfnissen anzupassen. Jedes Mal wenn meine Provisionsabrechnung wieder eine Null ausweist, wird mir regelrecht schlecht. Es könnte alles ganz anders laufen.«

Und jedes Mal wenn ich an Kupi denke, ist mir noch mehr zum Kotzen zumute, dachte er. »Hör zu«, fuhr er fort, »ich hab im Wagen einige Proben von Getränken, die sich im Moment sehr gut verkaufen. Die liegen da schon seit einigen Tagen rum. Ich hatte einen weiteren Anschlag auf deinen Großvater vor. Bin gleich wieder da.«

Sam nippte an ihrem Bier. Aus Verbundenheit hatte sie schon immer Woodlands getrunken. In London allerdings führten nur die wenigsten Pubs die Marke, weshalb sie meistens Scotch trank, wenn sie sich mit ihren Freunden traf. Sie stellte fest, dass sie im Grunde Bier nicht so gerne mochte. Kein guter Anfang.

John kam mit einem großen Karton zurück, den er neben sich auf die Bank abstellte. Er war voller Flaschen und Papierbecher. »Schau sie dir an. Man sieht sofort, dass das Design auf Jugendliche ausgelegt ist. Sie schreien dich förmlich an: Hol mich, kauf mich, trink mich! Also, Zeit für die Geschmacksprobe.« Er holte sechs Becher heraus und stellte sie der Reihe nach auf den Tisch, dann schenkte er aus den jeweiligen Flaschen ein. »Bring die Becher nicht durcheinander, damit wir wissen, zu welchem Produkt sie gehören.«

Sam nippte am ersten. Es schmeckte so gut, dass sie sofort den gesamten Becher leerte. Fünf Minuten später lehnte sie sich zurück. »Also, das ist am besten«, sagte sie und deutete auf einen Becher. »Dann das, und an dritter Stelle das hier.«

Was versuchte sie immer ihren Kunden einzutrichtern? Es gab keine Probleme, nur Gelegenheiten zur Korrektur und Verbesserung. Nach drei weiteren Bierproben schien der Erfolg greifbar nahe.

John erhob sich. »Ich geh mal kurz auf die Toilette.«

Sam versuchte sich hinter dem Baum zu verbergen, als Tom Bowles, der Leiter ihres landwirtschaftlichen Betriebs, an ihrem Tisch vorbeikam. Sie hatten sich noch nie sonderlich gemocht. Er war ein kühler Mensch, besaß eine Hand voll Agrardiplome, war ein Ordnungsfanatiker und profitbesessen. Sie hatten einige Auseinandersetzungen hinter sich, bei denen es darum ging, ob Bäume gefällt, Hecken ausgegraben und Wiesen umgepflügt werden sollten. Schweine waren für ihn nichts anderes als Kotelettlieferanten und Haustiere ein eindeutiges Anzeichen für die Idiotie ihrer rührseligen Halter. Glücklicherweise hatte sich Trevor immer auf ihre Seite gestellt.

Als John zurückkam, meinte sie zu ihm: »Was hältst du davon, wenn wir den Titel ›Lord of the Manor‹ verkaufen?«

»Das solltest du lieber Trevor fragen.«

»Das werde ich morgen auch. Aber glaubst du, jemand könnte daran interessiert sein?«

»Der Titel ist nicht viel wert, oder?«

»Der Titel allein nicht, aber vielleicht der Grundbesitz.«

Aber auch wenn sie ihn verkaufen konnte, würde es einige Zeit dauern, bis das Geld eintraf. Sie brauchte es allerdings sofort.

John fühlte sich erbärmlich. Er sah ihr an, wie unsicher sie war, und hätte ihr nur zu gern geholfen. Er hätte alles getan, um die Brauerei und die Arbeitsplätze der Dorfbewohner zu retten. Aber das Geld, das er von Kupi bekommen hatte, war ausgegeben, und nun saß er in der Falle. Kupi hatte ihm aufgetragen, den Schuldenstand sowie die finanziellen Außenstände der Brauerei herauszufinden. John fühlte sich ziemlich mies, weil er die Rosslyns ausspionierte. Er kippte sein Bier und überlegte, was er tun sollte.

Sam riss ihn aus seinen Gedanken. »Alles hier sieht aus wie immer. Kaum zu glauben, dass wir *hier* Verluste machen.«

»Wir haben die alten Stammgäste, aber die jüngere Generation kehrt uns den Rücken zu. Wir *könnten* sie zurückgewinnen, aber dafür brauchen wir neue, gute Mix-Getränke. Bier und Cidre, Bier und Apfelsaft, Bier und roter Johannisbeersaft. Wie wär's mit Bier und Met? Und dann brauchen wir bessere Produktnamen und ein besseres Marketing. Wir brauchen neue Ideen. Wir wär's mit einem Pop-Konzert? Lass einen Song zu einem der neuen Sorten schreiben, dazu eine junge Sängerin, die fast nichts anhat und sich die Lunge aus dem Leib brüllt. Es könnte auf der Burg stattfinden. Das Mondlicht würde für eine schöne schummrige Atmosphäre sorgen, das Publikum könnte sich auf den Feldern oder im Wald niederlassen und unsere Getränke in sich hineinschütten.«

»Oder ein Bierfest«, sponn Sam weiter.

»Oder vielleicht beides miteinander verbinden.«

»Glaubst du, das könnte klappen?«, fragte Sam.

»Ich sehe keinen Grund, warum es nicht funktionieren sollte. Kannst du noch Geld auftreiben?«

»Vielleicht. Ehrlich gesagt, John, ich hab so vielen Kunden aus den Miesen geholfen… aber das ist eben wesentlich einfacher, wenn es nicht um das eigene Geld geht oder den eigenen Überziehungskredit oder den eigenen Hals, um den die Bank die Schlinge legen möchte. Ich habe Angst. Ich will für Trevor nicht alles noch schlimmer machen.«

Eine Stunde später war der Tisch voll mit halb leeren Gläsern und Bechern, und Sam wusste alles, was es über die Herstellung von Bier-Mix-Getränken zu wissen gab. Plötzlich bemerkte sie, wie schwindlig ihr war. »Huch, ich glaub, ich bin beschwipst.«

»Du brauchst was zu essen. Komm, gehen wir rein, ich lade dich zu einer Lasagne ein.« Er rumpelte mit seinem Probenkarton in das Lokal; Sam folgte ihm. Im weichen Licht schimmerten die Eichenbalken und die Vertäfelung, die aufgereihten Flaschen und die Fässer. Es roch stark nach Alkohol, Tabak und Bohnerwachs. Ein Pub, wie man es überall in England finden konnte. Die Gästeschar war klein, aber laut – Sam kannte sie alle. Jemand begann in die Hände zu klatschen, ein schwacher Jubelruf ertönte. Dann rief jemand: »Ein dreifaches Hoch auf Sam!«

»Ich hab keinen Geburtstag«, brüllte Sam.

»Nein, aber wir«, rief Mona. »Wir haben noch unsere Jobs, und das haben wir dir zu verdanken.«

John ging zur Bar. Sam setzte sich an einen Tisch, an dem sich bald darauf Greg Selo einfand. »Ist das hier ein privates Fest, oder kann ich mich noch dazugesellen?«

»Es ist eine Bierprobe«, erwiderte sie. »Komm, hilf uns, ich schmecke sowieso nichts mehr.«

Greg sah mit seinen hohen Wangenknochen und seinem schwarzen Haar, das in alle Richtungen abstand, wie ein Kosake aus. Gerüchten zufolge war er Tscheche. Manchmal erinnerte er sie an ein wunderbares, nicht zu zähmendes Pferd; seine Nasenflügel bebten, seine dunklen Augen glänzten, und seine Lippen verrieten ein hohes Maß an Eigensinn. Er hatte immer etwas ungemein Lebendiges an sich, und aus ihr unerfindlichen Gründen weckte er ihre Libido. Er war vor etwa einem Jahr im Dorf aufgekreuzt und hatte ein großes, altes Haus erworben. Seitdem führte er ein ruhiges Leben, sah man von seinen häufigen Auslandsreisen ab. Man konnte ihm nicht das Geringste nachsagen. Für Sam allerdings stand seine bescheidene Lebensart in seltsamem Gegensatz zu seiner ungestümen, außergewöhnlichen Attraktivität und seiner unglaublichen Männlichkeit. Also, was will er uns beweisen, überlegte sie. Und warum gebe ich mich so verdammt abweisend? Vor wem habe ich Angst? Vor ihm oder vor mir? Sein schiefes Grinsen war so reizvoll, seine Augen blieben jedoch undurchdringlich. Er ist ein knallharter Typ, der so tut, als wäre er ein Softie, dachte sie. Sie stellte fest, dass sie sich fragte, wie er wohl im Bett sei.

Er nahm ihre Hand und streichelte sie sanft. »Ich habe dich vermisst, Samantha.« Sam nickte nervös. Sie spürte, wie ihr in seiner Nähe heiß wurde. »Sam«, murmelte sie.

»Sam klingt für dich zu jungenhaft. Mir ist noch keine Frau begegnet, die so sexy gewesen wäre wie du.«

John kam mit zwei Tellern und weiteren Bieren zurück. »Hier, iss«, sagte er zu Sam. »Verschwinde, Greg, das hier ist ein Geschäftstreffen. Wir haben keine Zeit, uns dein Gequatsche anzuhören.«

Greg grinste, zog einen Stuhl unter dem Tisch hervor und setzte sich.

Er führte in London ein Import-Export-Geschäft, schien sehr wohlhabend zu sein und war in der Gegend für seinen Humor sehr beliebt. Er sang im Pub, tanzte bei jeder Gelegenheit und hatte John als größten Herzensbrecher in der Gegend abgelöst. Er flirtete mit jeder Frau, hatte aber niemals eine feste Freundin.

Mittlerweile hatten sich auch die anderen um ihren Tisch versammelt. Alle wollten Sam die Hand schütteln und ihr gratulieren.

»Wie konnte sich das so schnell herumsprechen?« Sam runzelte verärgert die Stirn.

»Da musst du sie fragen«, flüsterte Greg, während Mona auf sie zugetrippelt kam; ihre Ohrringe baumelten hin und her, die Brüste hopsten, ihre Augen funkelten, und die leuchtend roten Lippen hatten sich zu einem Lächeln verzogen.

»Mona, schon mal gehört, dass Sekretärinnen gewisse Dinge auch *vertraulich* behandeln können?«

»Klar hab ich davon gehört, und ich weiß auch, was ich dann verdienen müsste. Ich bin doch nur die letzte Tippse. Aber mach dir keine Sorgen, Sam. Wenn es nur irgendwie zu deinem Nachteil gewesen wäre, hätte ich nichts gesagt. Ich weiß nämlich auch, was Freundschaft und Loyalität wert sind.«

»Da fällt mir aber ein Stein vom Herzen.« Sam beschloss, dass sie am nächsten Morgen mit Mona ein Wörtchen zu reden hatte.

»Dein Problem, junge Dame, ist fehlendes Bargeld.« Paul, der Gärtner, legte Sam seine schwere Pranke auf die Schulter und nahm neben ihr Platz. Er war ein dunkler, massiger Mann mit groben Gesichtszügen und kleinen braunen Augen, die unter buschigen schwarzen Brauen saßen.

Sam lächelte ihm zu, während sie über die Mysterien des Sexappeals nachdachte. Paul hatte ihn. Greg hatte ihn. Agatha, die örtliche Dressurreiterin, konnte sich ihrer zahlreichen Bewunderer kaum erwehren. Aber Mona, so schön und ausladend sie war, konnte keinen Mann finden.

»Ich denke daran, den Titel zu verkaufen«, sagte Sam, um vorzufühlen, wie die allgemeine Stimmung dazu war. »Was haltet ihr davon?«

»Titel?«, fragte Paul.

Maria, seine dunkelhaarige, schlanke und überaus zierliche Tochter, beugte sich über seine Schulter. »Du weißt doch, Dad, das, was auf deiner Teetasse steht, die Mum unten im Pub gekauft hat. ›Lord of the Manor of Bourne-on-Sea‹ – mit diesen blöden Katzen, die ihre Pfoten hochheben.« Sie sprach breitesten Cockney-Dialekt, was in starkem Gegensatz zu ihrem exotischen Aussehen stand.

»Löwen«, korrigierte Sam sie. »Zu dem Titel gehören die Burg und einige Felder.«

»Natürlich, so ein Titel findet sicherlich einen Liebhaber«, rief Agatha, die sich gern den höheren Gesellschaftsschichten zurechnete, wovon nicht nur ihr Akzent oder der Dior-Schal zeugten, den sie um die Schultern geschlagen hatte. »Vielleicht sogar für eine halbe Million. Erst vor kurzem hat Lady Jean Fforde den Titel ›Earl of Arran‹ zusammen mit einer Burgruine verkauft und bei der Auktion vierhundertfünfundzwanzigtausend eingenommen.«

»Das ist nicht zu vergleichen. Lord of the Manor of Bourne-on-Sea hat im Grunde nichts zu bedeuten.«

»Lord Bourne klingt für mich aber ganz in Ordnung«, mischte sich Rosemary von der Tür aus ein.

»Oh, hallo, Rosemary! Seit wann bist du denn hier?«

»Gerade erst gekommen. Trevor geht es gut. Er lässt dich grüßen.«

»Versteht ihr, der Titel ist nicht ...« Sam gingen die Worte aus.

»Das ist doch alles nicht so wichtig, Sam.« Greg legte ihr beiläufig die Hand auf den Rücken, seine Finger aber strichen über den Ansatz ihres Nackens.

Sie versuchte sich zusammenzureißen. »Den Titel als Eintrittskarte ins Establishment zu verkaufen wäre unmoralisch und vielleicht sogar illegal.«

»Komm schon, Sam«, kreischte Agatha, »das sind doch alles völlig überholte Vorstellungen. Für Ausländer spielt das doch alles keine Rolle, Titel ist Titel. Nimm dir das Geld und verschwinde. Das sagt mein Dad immer.« Ihr Vater war ein renommierter Chirurg in der Harley Street, ihre Eltern allerdings waren geschieden. Das Gerücht ging um, dass ihre Mutter, die die Stallungen beaufsichtigte, eine Affäre mit dem Schmied hatte.

Rosemary kam mit einem Glas Woodlands' Apfelsaft zurück. »Sam, Trevor lässt dir ausrichten, du sollst ihn heute Abend nicht mehr besuchen. Er möchte schlafen. Aber morgen würde er sich sehr darüber freuen.«

»Oh, gut.« Sie war enttäuscht.

Jim, der Wirt, stand hinter Rosemary; auch er wirkte beunruhigt. »Setz hoch an, Sam. Du hast nichts zu verlieren.«

»Nur den Familientitel.«

»Was bist du nur für ein Snob!«, sagte Mona.

»Halt den Mund, Mona!«, mischte sich John ein. »Verpachte ihn doch und verlange eine halbe Million dafür.«

»Pfund?«

John sah sie zweifelnd an. »Okay, Dollar.«

»Ich geh nach Hause.« Sam erhob sich. »Es war schön, euch alle wiederzusehen.«

In ihrem Kopf drehte sich alles; ihr war schwindlig vom Alkohol und all den Ideen. »Gute Nacht, alle zusammen.«

»Ich fahr dich nach Hause.«

»Danke, John, aber der Spaziergang wird mir gut tun. Wir sehen uns.«

Sie brauchte mehr als zehn Minuten, bis sie das Pub verlassen hatte. Alle wollten ihr nochmals die Hand schütteln – der Doktor, der Tierarzt, der Vikar, Jeff Brink, der den Vogelpark gegenüber betrieb, alle guten Freunde und Stammgäste. Es wäre jammerschade, wenn sich das alles ändern würde, dachte Sam.

## 10

Es war erst zehn Uhr abends, aber Sam wollte am nächsten Tag früh raus. Um den Kopf frei zu bekommen, lehnte sie sich über den Zaun und lauschte den Enten, die sich in den sumpfigen Niederungen für die Nacht zurückzogen. Die Dämmerung legte sich auf die Landschaft, dunkle purpurfarbene Nebel trieben über die dunklen Gewässer. Frösche quakten unter den Weidensträuchern, und alles war so, wie es immer gewesen war und wie es sein sollte. Welchen Einfluss sollten Geschäftsverluste und Marketing-Strategien auf die Enten und die Bäume und den leise murmelnden Fluss haben? Das alles schien von der Welt der Profite und Verluste meilenweit entfernt zu sein. Und dennoch, wer wusste, was hier geschehen mochte, wenn es nach Balaton ging.

Sie überquerte den Parkplatz, als sie plötzlich eine flüsternde Stimme hörte: »Sam! Hier bin ich, Sam.«

Neben einem weißen Mercedes erblickte sie eine hoch gewachsene, schlanke Gestalt. »Mein Gott, Shireen! Oh, wie schön, dich zu sehen!«

Ihre Traurigkeit war mit einem Schlag vergessen. Sam rannte zu der jungen Frau, die seit ihrer Kindheit ihre beste Freundin gewesen war, und umarmte sie. »Wow! Du bist…« Sie suchte nach dem richtigen Wort. »Wunderschön« lag ihr bereits auf der Zunge. Aber Shireen wirkte vor allem traurig, ihre Lebendigkeit schien völlig ausgelöscht. Sie hatte ihr Strahlen verloren, und zwischen beiden Frauen schien eine Barriere zu liegen; Shireens große braune Augen, in denen sich einst ihre Lebenslust gespiegelt hatte, wirkten wie verschleiert.

»Du siehst so elegant, so … betörend aus.« Sam umarmte sie erneut.

»Wir beide mussten schnell erwachsen werden. Ich habe gehört, du leitest jetzt Woodlands.«

»Wer hat dir das gesagt?«

»Mein Vater.«

Sam kam es sehr seltsam vor, dass Shireen bereits davon wusste. Schließlich hatte sie es selbst erst vor wenigen Stunden erfahren, nachdem sie Balatons Angebot abgelehnt hatte.

»Wo können wir uns unterhalten? Gehen wir ins Pub. Wir haben so vieles nachzuholen. Bist du glücklich? Ich habe gehört, du bist verlobt. Wer ist es?«

»So viele Fragen! Du bist noch immer so impulsiv, du hast dich überhaupt nicht verändert, Sam.«

Sam versetzte es merkwürdigerweise einen Stich. Nach der

Grundschule hatten sie und Shireen insgesamt sechs Jahre zusammen auf einem Internat verbracht, und obwohl ein Elternteil Shireens aus Indien stammte, waren sie immer für Schwestern gehalten worden. Sie waren in schlechten Zeiten füreinander da gewesen und hatten zusammen eine aufreibende Phase durchgemacht, als Shireens Mutter die Familie verlassen hatte. Sie waren zusammen auf ihren ersten Rendezvous erschienen, hatten sich im ersten Verliebtsein gegenseitig getröstet, hatten miteinander Spaß gehabt, das Taschengeld und sogar die Liebhaber geteilt.

»Ich hab dich vermisst, Shireen. Ich hab dir anfangs so viele Briefe geschickt. Hast du überhaupt eine Vorstellung davon, wie sehr ich dich vermisst habe?«

Shireen fasste ihre Freundin am Handgelenk, als müsste sie sich selbst stützen. »Ich bin nicht der Mensch, für den du mich gehalten hast«, sagte sie. »Deswegen habe ich dir nicht geschrieben. Ich habe drei Jahre in Indien bei meiner Großmutter und ihren täglichen Unterweisungen verbracht – so lange hat es gedauert, bis mir bewusst geworden ist, dass ich nichts über mich weiß. Ich war voller begehrlicher Wünsche und verrückter Ideen. Wir haben uns ausschließlich den Kopf darüber zerbrochen, wie wir im Leben mehr Spaß haben konnten.«

»Und das ist uns doch auch ganz gut gelungen, oder? Vor allem freitagnachts.«

Freitags und samstags hatten sie die Nächte traditionell in der Disco verbracht. In Trainingsanzügen, die sie über ihr Disco-Outfit gestülpt hatten, waren sie aus dem Fenster des fünften Stocks gestiegen und hatten sich über Fenstersimse und Regenrinnen auf Dächer und weitere Simse hinabgelassen, bis sie schließlich unten auf dem Boden angelangt waren. Sie waren zum Nachtclub gejoggt, hatten im Garderobenraum die Trainingsanzüge abgelegt und getanzt, bis der Club morgens um vier Uhr schloss. Dann hatten sie noch drei Stunden totschlagen müssen, bis sie zur Schule zurückjoggen konnten, wo sie sich zu den eifrigen Sportlern gesellten, die bereits die ersten Trainingsrunden auf dem Sportplatz absolvierten.

»He, Shireen«, flüsterte Sam, »kannst du dich noch an die Fünfzehn-Zentimeter-Regel und an Klecks erinnern?«

»Wie sollte ich das vergessen? Sie hatte wirklich ein Lineal.«

»Sie hatte es immer in ihrer Tasche.«

»Und hat es zwischen uns geschoben, wenn wir uns unterhalten haben.« Sie brachen beide in schallendes Gelächter aus.

»Im Nachhinein muss man zugeben, dass wir ihr das Leben zur Hölle gemacht haben«, sagte Sam. »Du warst eine ziemliche Draufgängerin.«

Sam wurde von nostalgischen Gefühlen gepackt, und plötzlich fühlte sie sich wieder in das Frühjahr 1992 versetzt. Sie war achtzehn Jahre alt, Shireen siebzehn, und beide wollten ihren Spaß haben. Die Schule, ursprünglich eine renommierte Einrichtung für Jungen, hatte mit dem Beginn der Koedukation die Fünfzehn-Zentimeter-Regel eingeführt. Schüler unterschiedlichen Geschlechts hatten fünfzehn Zentimeter Abstand einzuhalten, und Shireen war von Klecks ertappt worden, als sie mit einem niedlichen Elftklässler den nötigen Abstand bei weitem unterschritten hatte.

Klecks, ihre Internatsleiterin, so genannt wegen eines Leberflecks auf der Wange, hatte daraufhin Shireen ein freies Wochenende gestrichen und ihrem Vater einen Brief geschrieben, in dem sie erklärte, warum seine Tochter nicht wie geplant nach Hause kam. Sam hatte beschlossen, aus Solidarität bei ihr zu bleiben, was Klecks' Argwohn nur noch vergrößert hatte.

»Ich werde nie vergessen, wie sie uns mit ihrem Fernglas beobachtet hat. Erinnerst du dich noch? Ich höre sie noch immer brüllen: ›Was geht da vor?‹, während ich auf der Fensterbrüstung herumturnte. Und du hast getan, als würdest du gleich Selbstmord begehen.«

»Keinen Schritt weiter, oder ich springe«, fügte Shireen hinzu. »Versuch nicht, mich aufzuhalten!«

»*Genau* das hast du gesagt!«

»Ich bin auf allen vieren zu dir gekrochen. Ich weiß noch, wie ich gesagt habe: ›Ich werde meinem Vater nicht mehr ins Gesicht sehen können, wenn er davon erfährt.‹«

»Und da hat Klecks angefangen zu weinen«, brach es nun aus beiden gleichzeitig heraus.

»Komm zurück, ich werde deinem Vater nicht schreiben!« Shireen ahmte den Glasgower Akzent der Internatsleiterin nach. »Versprochen, bei Gott!« Sie konnten nicht mehr aufhören zu lachen.

»Sie hat uns dann mit Kuchen und heißer Schokolade bewirtet und über die unerträgliche Anstrengung gejammert, mit hundert ungehobelten Jungs, die nur eines im Sinn hätten, und vierzig attraktiven Jungfrauen zurechtkommen zu müssen.«

»Vierzig *Jungfrauen*!« Wieder bogen sie sich vor Lachen.

»Wenn es hoch kam, waren es vier«, sagte Sam. »Und wir haben uns geschämt, weil wir zwei davon waren.«

Shireen verstummte, runzelte die Stirn und musste daran denken, wie sie ihre Jungfräulichkeit verloren hatte. Und das alles für nichts. »Bist du noch immer …«, fragte sie Sam.

»Ich hatte eine Affäre mit Walter, meinem Boss, aber es hat sich herausgestellt, dass er ein Mistkerl ist.«

»Wir haben es in jener Nacht noch in den Nachtclub geschafft.«

»Ja«, antwortete Sam. »Es war unsere beste Nacht.«

»Wir haben hart gebüffelt. Wir haben die Prüfungen bestanden. Warum sollten wir dann nicht auch unseren Spaß haben?«

Sie hingen beide schweigend eine Weile ihren Erinnerungen nach.

Sam spürte die Traurigkeit ihrer Freundin; sie wollte ihr entgegenkommen. »Also gut, ich verzeihe dir. Du warst noch nie eine große Briefschreiberin. Eines der wenigen Dinge, in denen wir uns unterscheiden.«

Als Shireen ihr den Kopf zuwandte, sah Sam die Tränen in ihren Augen.

»Sam! Ich bin hier, um meine Brautausstattung zu kaufen.«

»Ich hab schon glücklichere Bräute gesehen. Liebst du ihn?«

»Ich habe meinen zukünftigen Ehemann noch nie gesehen. Noch nicht mal auf Fotos. Ich weiß nur, dass er alt ist. Na ja, über fünfzig. Und reich. Ein Witwer mit zwei erwachsenen Söhnen.«

»Wie kann dein Vater dir so was antun, Shireen? Du bist nach westlichen Maßstäben erzogen worden. Du bist britische Staatsbürgerin.« Sam schlang die Arme um ihre Freundin und drückte sie an sich.

»Vater hat sich verändert, nachdem meine Mutter uns verlassen hat«, fuhr Shireen mit zitternder Stimme fort. »Er hat sich mehr und mehr gegen die westlichen Werte gewandt. Er will in Indien seinen Ruhestand verbringen und dort seine Familie um sich haben. Er ist zu den alten Traditionen zurückgekehrt. Ich kann nicht tun, was Mutter getan hat. Er wäre am Boden zerstört.«

»Aber das gibt ihm nicht das Recht, über dein Leben zu bestimmen. Du bist dreiundzwanzig, Shireen. Du kannst verdammt noch mal tun und lassen, was du willst. Setz dich für deine Rechte ein. Erinnere dich an deine Mutter, Shireen – auch sie hat um ihre Rechte gekämpft.«

»Genau das ist das Problem. Sieh dir den Schaden an, den sie damit angerichtet hat. Ich will nicht so sein wie sie. Das Leben besteht nicht nur darin, nachgiebig mit sich selbst zu sein.« Sie seufzte. »Ich geh jetzt lieber, Sam. Verzeih mir, aber ich musste dich einfach sehen. Ich wollte dir sagen, wie Leid mir die Sache mit deinem Großvater tut. Wenn es nach mir ginge, wären unsere Supermärkte nicht voll gestellt mit irgendwelchen Billigbieren, sondern würden nur Woodlands führen. Ich versuche mich noch einmal mit dir zu treffen. Es ist besser, wenn du keinen Kontakt mit mir aufnimmst.«

Der Anblick Shireens, die mit Sam auf dem Parkplatz stand, war für John ein Schock. Er hatte ihr zugewunken, aber sie hatte sich abgewandt und war dann mit Sam in den Wagen gestiegen. Dennoch war er sicher, dass sie ihn gesehen hatte. Es wäre besser, überlegte er, wenn er sich nicht einmischte, wenn er die beiden Frauen im Wagen nicht bei ihrer Unterhaltung störte. Dann war sie weggefahren. Er hatte noch nicht einmal gesehen, ob sie einen Ehering trug.

Als er ins Pub zurückkehrte, war er außer sich vor Freude. Shireen war wieder da, und er liebte sie. Nun war alles möglich.

Während Rosemary sich mit Greg unterhielt, entging ihr nicht, dass Johns Miene sich aufhellte. Schon lange hatte sie ihn nicht mehr so glücklich gesehen. Sie zog die Stirn in Falten und hörte nicht mehr zu, was Greg ihr erzählte.

Greg wartete auf ihre Antwort. »Entschuldige, was hast du gesagt?« Sie versuchte, dem Gespräch zu folgen, doch Greg war heute ungewöhnlich gesprächig. Das Castle Arms war Rosemarys zweites Zuhause, auch wenn sie nie mehr als zwei Glas Bier gemischt mit Limonade trank.

Jeff Brink war leicht angetrunken, sah sie. Er hatte allen Grund zum Feiern, wie er ihr vorher erzählt hatte. Er war ein seltsamer Mann: Sein ganzes Gesicht schien asymmetrisch zu sein, ein Auge war größer und saß etwas höher als das andere, seine breite, gerade Nase war leicht aus der Mitte verschoben. Sogar seine Wangenknochen waren unterschiedlich ausgeprägt, und der Haaransatz verlief an einer Seite weiter hinten. Er stammte aus Zimbabwe und leitete den Vogelpark gegenüber von Woodlands. Vor zehn Jahren hatte er begonnen, erfolgreich exotische Vögel zu züchten, mittlerweile hatte er das Gelände mit UV-Licht in einen dicht mit Bäumen und Sträuchern bewachsenen tropischen Urwald verwandelt. »Eine Lokalrunde«, hörte sie ihn zum Wirt hinter der Theke sagen. »Und für Peter hier einen Talisker.« Er schlug dem schmächtigen Vikar auf den Rücken, sodass diesem Tränen in die Augen traten.

»Schließlich brütet man nicht jeden Tag ein Emu-Gelege aus!«, rief Brink. Die Getränke kamen. Der Vikar hielt mit einem verträumten Blick in den Augen sein Glas Single Malt.

Rosemary hörte Greg nicht mehr zu. Sie lehnte sich zurück und genoss die Atmosphäre ringsum. Die frisch gewienerten Dielen verströmten noch den Geruch von Bohnerwachs, das durchdringende Aroma von Woodlands' Ale hing in der Luft, dazu der Tabakrauch aus Jeff Brinks Pfeife und der vom Meer aufsteigende Nebel, der durch das offene Fenster hereinzog; und alles war in das sanfte Licht getaucht, das von den dunklen Balken reflektiert wurde. Sie sog alles in sich auf – es musste lange, lange vorhalten, falls Woodlands wirklich Pleite gehen sollte.

»He, Rosemary! Was haben wir da gehört: Ein Pop-Konzert und ein Bierfest sollen hier stattfinden?«, rief Dearlove, der Bankier.

»Das ist das Letzte, was wir in Bourne-on-Sea wollen. Kannst du das Sam nicht wieder ausreden?« Agathas Gesicht war knallrot; es geschah öfters, dass sie ihre üblen Launen und Allüren an den anderen ausließ. »Das zieht das ganze Pack an, und wenn das erst mal rausfindet, was für Strände wir hier haben …«

»Wir wollen nicht, dass sie um den See herumtrampeln«, grummelte Paul.

»Wir werden sie nie wieder loswerden«, fügte Greg hinzu. Alle redeten durcheinander.

»Lasst euch eines sagen«, mischte sich Mona ein. Sie hielt der Wirkung wegen kurz inne. »Sam verkauft den Titel nur deswegen, weil die Brauerei pleite ist. Aber sie braucht auch das Pop-Festival.«

»Und es liegt an uns, ihr zu helfen.« Rosemary warf Mona einen finsteren Blick zu.

»Der Titel ist ja nichts Besonderes«, fuhr Jeff fort. »Man wird dadurch noch nicht mal zum Sir.«

»Für einen Amerikaner ist ein Titel ein Titel. Ich denke, es kommt nur darauf an, wie wir den Käufer behandeln. Wir sollten ihm das Gefühl geben, dass er wichtig ist«, sagte Rosemary.

»Indem wir uns verbeugen und Kratzfüße hinlegen?«

»Warum nicht? Wir könnten ihn mit ›Euer Lordschaft‹ anreden.«

»Er wird erwarten, dass er dann mit der Queen plaudern darf und einen Sitz im Oberhaus bekommt.«

»Nichts ist unmöglich«, warf Mona ein. »Der Vetter meiner Mutter arbeitet im Buckingham Palace in der Küche. Einmal im Jahr gibt es für die Angestellten ein Gartenfest, bei dem sie sich mit der Queen unterhalten können. Mama darf immer einen Gast mitbringen. Sie könnte dann ihn nehmen. Es würde sie freuen, wenn sie helfen könnte.«

»Das wäre wunderbar, Mona. Er wird alle für feine Pinkel halten.«

»Aber er wird einen Stetson tragen.«

»Und ein halbes Dutzend Kameras um den Hals hängen haben.«

»Zehn zu eins, dass er aus Texas kommt«, sagte John. »Mit einem Mundwerk, das so groß ist wie ein Ölbohrturm.«

»Keine Sorge, Rosemary, wir werden ihn mit Verbeugungen und Kratzfüßen begrüßen, so viel er nur will«, sagte Mona.

»Ich wusste, ich kann mich auf euch verlassen. Mal sehen, vielleicht kann ich die Pfadfinder dazu überreden, dass sie das Gelände am Fluss und am See und um die Burg etwas säubern. Ach ja, und wer es noch nicht wissen sollte, ich gebe in der

Scheune Unterricht in höfischem Benehmen. Jetzt geh ich aber lieber, ich muss früh ins Bett.«

Greg schlug die Hacken zusammen, ergriff Rosemarys Hand und verbeugte sich vor ihr.

»Greg, das war perfekt. Du musst unbedingt zu unserer Gruppe kommen.« Sie verabschiedete sich mit einem herzlichen Winken.

II Sobald Rosemary das Pub verlassen hatte, nahm ihre Miene ängstliche Züge an. Sie eilte am Ufer entlang und nahm die Treppe neben dem Wasserfall hinunter zu dem Weg, der in engen Windungen zu der auf Kreidefelsen liegenden Anhöhe hinaufführte, auf der ihr Cottage stand. Es war nur eine Viertelstunde zu Fuß, aber als sie sich ihrem Haus näherte, lief sie fast. Würde es noch stehen? Würde Qualm aus den Fenstern schlagen, oder hatte sich vielleicht eine Gasexplosion ereignet? Oder war vielleicht ihr Boiler geborsten? Sie konnte alle diese Möglichkeiten ausschließen, was sie aber nicht verdrängen konnte, war das Bild ihres Cottage, das nur noch ein einziger, großer Trümmerhaufen war.

Sie hörte es miauen. Auf dem Weg erblickte sie Tibby, der ihr bereits entgegengelaufen war.

»Oh, Tibby, du sollst doch nicht zur Straße runterkommen, das ist gefährlich.« Sie nahm den großen, von zahlreichen Narben gezeichneten getigerten Kater auf den Arm, der seine Vorderpfoten in ihre Schulter krallte und laut schnurrte. Als sie den Kamm der Anhöhe erreicht hatte, sah sie im Mondlicht ihr Cottage sicher und wohl behütet vor sich. Sie stieß ein stummes Dankgebet aus und griff nach dem Schlüssel. Drinnen schaltete sie alle Lichter und den Fernsehapparat an, öffnete eine Dose Katzenfutter und goss Milch in eine Schale. Zufrieden betrachtete sie ihre ordentlich aufgeräumten Vorräte. Damit konnte sie eine Belagerung überstehen. Sie berührte jede Tasse, die an den Haken hingen, und ließ ihren Blick über die Gabeln und Messer schweifen, die in den Fächern der beigefarbenen Schubladen lagen. Alles war so, wie es sein sollte. Tibby war zu Hause, und sie war es ebenfalls. Nichts hatte sich in den vergangenen vierundzwanzig Stunden verändert.

Rosemary ging nach draußen und setzte sich auf die Gartenbank. An einem klaren Tag konnte man von hier bis über den Kanal sehen. Es sah so friedlich aus, als werde es immer so bleiben. Aber sie hatte selbst miterlebt, wie schnell Veränderungen über ein Zuhause hereinbrechen konnten – so schnell wie die Blitze eines sommerlichen Gewitters.

Rosemary hatte bereits in jungen Jahren Veränderungen zu hassen gelernt. Alles hatte mit der Faszination begonnen, die ihre Eltern dem Radio entgegenbrachten. Bis auf den heutigen Tag hasste Rosemary Rundfunkgeräte. Punkt sechs Uhr abends hatten ihre Eltern jedes Interesse an ihr verloren. Dann drehte Dad an den Knöpfen des großen Gehäuses aus Walnussholz mit dem stoffbespannten Lautsprecher. Nach einigen Versuchen, die von einem hohen, schrillen Pfeifen begleitet wurden, war eine Stimme zu hören, die ihnen Nachrichten vorlas – und an jenem Tag war Dad auf ein Bier davongeeilt, und auf der Stirn ihrer Mutter waren Sorgenfalten erschienen.

Die kleine Rosemary hatte sich die Katze gegriffen, sich in ihren winzigen Schaukelstuhl mit dem Kissen verzogen, auf dem die Arche Noah abgebildet war, und hatte sanft hin- und hergeschaukelt. Bis zum heutigen Tag hörte sie noch Chamberlains traurige Worte, die er an jenem schicksalsschweren Morgen, dem dritten September 1939, an die Nation gerichtet hatte. Damals hatte sie nicht verstanden, was sie zu bedeuten hatten, aber sie spürte das drohende Unheil, das sich in Dads kreidebleichem Gesicht und den Tränen ihrer Mutter zeigte.

Einen Monat später zog Dad in den Krieg und Mum weinte viel. Sie sprach nun mit Rosemary, als wäre sie eine Erwachsene. Das kleine Mädchen spürte die Einsamkeit seiner Mutter; es versuchte die Person zu sein, die sie jetzt brauchte, und tat so, als würde es alles verstehen, auch wenn dies nicht der Fall war.

Rosemary seufzte. Mum hatte den Krieg überlebt, Dad nicht. Ihre Mutter war nie darüber hinweggekommen. Sie war mittlerweile nicht mehr ganz richtig im Kopf, aber in dem Heim in Brighton kümmerte man sich ganz gut um sie.

Rosemary ging ins Haus und verriegelte die Tür. Sie würde heute Abend den Krieg nicht aus ihren Gedanken verbannen können. Mum war so stark gewesen, und dann war sie doch daran zerbrochen.

Sie beschloss, eine Tasse Tee zu kochen und Musik zu hören. Das beruhigte sie immer. Die verdammte Sitzung hatte ihr einen gehörigen Schreck eingejagt.

»Meine Herren, es ist an der Zeit.«

Nur widerwillig verließ John das Pub. Er machte sich auf den Weg zu seinem Cottage, nahm dabei die Abkürzung, die über die Felder führte, und musste voller Freude an Shireen denken, die wieder hier war. Einmal hatte er gedacht, sie liebe ihn …

Es war Sommer gewesen, ein Sonntagnachmittag. Er hatte ausgestreckt im Gras gelegen, wo er nach dem Mittagessen im Pub eingeschlafen war, und als er erschrocken aufwachte, kniete Shireen über ihm, ihr schwarzes Haar fiel wie ein Schleier auf sein Gesicht, ihre Knie hielten seinen Körper umschlungen, und sie sah ihn mit ihren großen samtigen Augen an.

»Schlaf mit mir«, flüsterte sie.

»Nein. Shireen, ich liebe dich dafür viel zu sehr, und außerdem bist du erst achtzehn.«

»Idiot!« Zu seiner Verblüffung zog sie ihm die Shorts nach

unten und setzte sich auf ihn. Von Leidenschaft erfüllt, verlor er die Kontrolle und kam viel zu schnell.

»War's das schon?« Sie sah so enttäuscht aus.

»Du musst es nicht tun.« Er suchte nach einem Taschentuch für sie. »Du weißt, was ich für dich empfinde, Shireen. Heirate mich – und ich werde dich glücklich machen. Ich liebe dich, seit ich dich zum ersten Mal gesehen habe.«

Sie lachte schallend los. »Mein Vater hat mich einem Mann versprochen, den ich noch nie gesehen habe. Aber vielleicht will er mich nicht mehr – jetzt, da ich keine Jungfrau mehr bin, und außerdem bin ich sowieso nur eine halbe Inderin.«

Dann hatte sie sich neben ihn gesetzt und geweint, und John war bewusst geworden, wie nichtig seine Träume waren. Danach hatten sie sich nur noch heimlich getroffen, und mit Sam als Alibi hatten sie sogar einen Urlaub zusammen verbracht. Er hatte sie etwas näher kennen gelernt und in Ansätzen den Ehrgeiz wahrgenommen, der in ihrer Familie zu liegen schien. Ihr Vater, Shun Desai, ein großer, distinguierter Mann mit dichten schwarzen Brauen und stechendem Blick, war als mittelloser Jugendlicher nach Großbritannien gekommen und hatte kaum ein Wort Englisch gesprochen. Und nun besaß er eine Supermarktkette und einen Großhandel, der fast ganz Kent mit importierten Alkoholika belieferte. Desai war viel zu sehr mit der Mehrung seines Vermögens beschäftigt, um von ihrem Verhältnis zu erfahren. So ging es etwa ein Jahr lang. Doch dann kam er dahinter, und er handelte schnell. Shireen wurde noch mit der nächsten Maschine nach Neu-Delhi ausgeflogen.

John hatte ihrem Vater geschrieben, er hatte ihn angerufen, er hatte sogar einen Privatdetektiv darauf angesetzt, aber Shireens Adresse niemals herausfinden können.

Als er bei seinem Cottage ankam, einem kleinen, geweißten Schmuckstück von Haus, das fast ganz hinter Sträuchern und

Büschen verborgen lag, hoffte er insgeheim, Shireen würde auf ihn warten. Natürlich tat sie das nicht.

Er schenkte sich einen Scotch ein, ging dann auf die Terrasse hinaus und lauschte den Geräuschen, die vom Fluss und dem Wind zu ihm drangen. Mit ihrer elfenbeinfarbenen Haut und den großen Gazellenaugen war Shireen die schönste Frau, die er jemals getroffen hatte. Sie hatte allen Grund zu glauben, dass ihre Schönheit ihr Ruhm und Reichtum einbringen würde, doch die Arbeit in den Supermärkten ihres Vaters hatten gerade ihr nicht ermöglicht, diesen Ehrgeiz zu entwickeln.

Das Telefon klingelte. John rührte sich nicht. Er nahm an, dass es Hans Kupi war, und er wusste, warum er anrief. Dann verstummte das Telefon. John war verstört. Er hasste sich dafür, dass er die zehntausend Pfund angenommen hatte, aber wenn er Kupis Spiel mitspielte, dann würde er vielleicht so reich werden, dass er Shireen für sich gewinnen könnte.

Mitten in der Nacht schreckte Shireen aus dem Schlaf. Sie hatte geträumt, sie stehe auf einem Podest, trage ihr Hochzeitskleid, und neben ihr befinde sich ein Mann, der so alt war, dass ihm bereits alle Zähne ausgefallen waren. Er drehte sich zu ihr und sagte: »Komm, meine Frau.« Sie erkannte, dass die Falle zugeschnappt war und es kein Entrinnen mehr gab.

Sie war noch immer in England, vergewisserte sie sich. Sie hatte noch Zeit, um zu entkommen. Doch in den zurückliegenden drei Jahren hatte sie gelernt, das Schicksal zu akzeptieren. Sie dachte an ihre Großmutter, an das Haus am Fluss und an ihre vielen Verwandten, die sie auf eine bestimmte Art sogar liebte.

Sie erinnerte sich an die Hitze der Mittagssonne, die die Ebenen verdorren ließ und in der Lunge stach, wenn man atmete. In der ersten Zeit hatte sie gelitten; sie hatte ihren Vater vermisst, England, ihre Freiheit und Sam, bis ihre Großmutter sie Duldsamkeit gelehrt hatte.

»Lass es durch dich hindurchfließen. Werde ein Teil davon. Werde stark dadurch.«

Nimm das Leben, wie es eben kommt, und überwinde das Begehren. Dieser Weg wird zu Frieden und Glück führen. Sie hörte die Stimme ihrer Großmutter, die wie das trockene Rascheln des Laubs klang, wenn es über Kies geweht wurde; und sie hatte ihr zugeflüstert: »Stirb, bevor du tot bist.«

Persönlicher Ehrgeiz sei falsch, Begierde schaffe nur Leiden. Aber was war mit dem Leiden, ein Leben lang, Nacht für Nacht, einen Mann lieben zu müssen, den sie nicht ertragen konnte?

12 Sam war bereits in der Morgendämmerung wach. Sie wollte ihren Großvater besuchen, bevor sie ins Büro ging. Da Helen noch nicht da war, schüttete sie nur eine Tasse Instantkaffee in sich hinein und verschlang ein Hörnchen, griff sich ihre Tasche und öffnete die Eingangstür. Es würde ein schöner Tag werden, bemerkte sie, als sie den Wagen anließ.

Als sie auf die Straße einbog, sah sie am Rand eine schwarze Gestalt liegen. Keine Sekunde später wusste sie, was es war. Sie bremste, stieg aus, rannte zu dem Hund und rief seinen Namen, aber seine Glieder waren bereits steif, seine Augen von einem Schleier getrübt.

»Oh, Brutus, was hast du hier draußen nur getrieben?« Sie kniete sich nieder, streichelte sein Fell und hatte damit zu kämpfen, die Tränen zurückzuhalten. Wer hatte das Gatter geöffnet, und warum war Brutus in der Nacht auf die Straße gerannt? Einem Impuls folgend, zerrte sie seinen Leichnam zum Wagen und fuhr zum Tierarzt.

Steve war fünfundsechzig Jahre alt, wirkte aber zwanzig Jahre jünger. Er war ein groß gewachsener, athletischer Mann, der sich ausgezeichnet in Form hielt.

»Es kommt mir äußerst seltsam vor, Steve. Es ist einfach unmöglich. Er konnte nicht raus. Ich möchte eine vollständige Autopsie.«

Trevor war gerade beim Frühstück. Sie beschloss, ihm nichts von Brutus zu erzählen. Es wäre für ihn nur ein weiterer Schlag gewesen. Sie hatte schon genug schlechte Neuigkeiten für ihn.

Sam fragte ihn nach dem Krankenhaus, dem Essen und den Schwestern, erzählte ihm dann vom vergangenen Abend im Pub, von Shireen und ihrer schrecklichen Situation.

»Ist es nicht an der Zeit, dass du dich langsam auf den Weg machst? Du musst nicht den ganzen Tag hier bleiben«, meinte Trevor schließlich.

»Großvater, ich muss dir was sagen. Es ist wohl am besten, wenn ich es dir erzähle … Aber, na ja, wahrscheinlich hab ich dich ruiniert.« Sie zwang sich, ihm unverwandt in die Augen zu sehen. »Ich habe Balatons Angebot abgelehnt.«

Statt des erwarteten Entsetzens zeigte er jedoch nur ein amüsiertes Lächeln.

»Verstehst du, sie wollten die Brauerei schließen und sie nur noch als Bierdepot nutzen. Alle Arbeitsplätze sollten wegfallen. Und unser Haus … Aber ich habe einige Ideen, wie wir die Brauerei und die Pubs wieder auf Vordermann bringen könnten, und John unterstützt mich dabei.«

Trevor drückte ihre Hand. »Wenn der Unfall nicht gewesen wäre, hätte ich das Gleiche getan. Ich vertraue deinem Urteil, Sam. Nein wirklich, ich habe großes Vertrauen in dich. Falls du mich brauchst, weiß du ja, wo ich zu finden bin. Ich bin bald wieder zu Hause. Und was Balatons Angebot betrifft, denke ich, ist das letzte Wort noch nicht gesprochen.«

»Im Moment brauchen wir sofort Bargeld, vor allem für das Marketing. Was hältst du davon, wenn ich den Titel verkaufe?«

»Wer will ihn denn haben?«

»Vielleicht irgendein neureicher Einwanderer, der schnell ein wenig Tradition erwerben möchte.«

»Aber es geht doch nicht nur um den Titel. Dazu gehören auch noch die Burg und die umliegenden Felder. Frag bei der Manorial Society nach; die helfen dir weiter.«

»Aber was hältst du davon?«

»Versuch es ruhig. Vielleicht funktioniert es. Ich hatte den Titel schon lange vergessen. Sam, hör mir zu! Ich habe mich immer nur als jemanden gesehen, der sich um dein und Julies Erbe kümmert. Unternimm, was deiner Meinung nach unumgänglich ist, und wenn du mich irgendwie brauchst, dann helfe ich dir gern. Und wenn es dir zu viel werden sollte, kann ich alles wieder in die Hand nehmen, sobald ich hier entlassen bin. Aber du scheinst sehr genau zu wissen, was du tust.«

Das Telefon neben Trevors Bett klingelte. Sam reichte ihm den Hörer.

»Mir geht's gut, Rosemary«, sagte er. »Ich fühle mich toll. Du musst dir keine Sorgen mehr machen …«

Sam winkte ihm noch zu und verließ dann sein Zimmer. Als sie die Schnellstraße erreicht hatte, schwirrten ihr lauter neue Slogans und Namen für Biersorten durch den Kopf.

Rosemary legte auf, schaltete die Kaffeemaschine an und öffnete die Hintertür. Die Sonne war aufgegangen, der Himmel war klar und blau. Es hatte in der Nacht geregnet, und an allem haftete ein frischer, erdiger Geruch. Sie konnte den Duft des Grases und der Minze riechen, die büschelweise vor ihrer Tür wuchs. Das Meer glitzerte, und die weiche morgendliche Brise brachte kühle Luft mit sich.

Tibby sprang aus der Holzscheune und schmiegte sich an Rosemarys Fußknöchel, während sie ihm das Frühstück auf seinen Teller häufte.

Trotz des wunderschönen Morgens fühlte sich Rosemary ein

wenig zerschlagen. Sie hatte kaum geschlafen. Wo blieb Julie nur? Vor drei Tagen hatten sie zuletzt etwas von ihr gehört. Eine Freundin hatte angerufen und ihnen mitgeteilt, dass sie auf dem Landweg zurückkommen würden. Anscheinend hatten sie ihre Flugtickets versetzt; dennoch hätte sie längst hier sein müssen.

Julie war überaus verletzlich, ein verlorenes Kind, das sich erst noch finden musste. Sie war immer liebenswert und freundlich gewesen, hatte aber nicht die Liebe bekommen, die Trevor Sam entgegenbrachte. Würde man ihm das sagen, würde er es entschieden abstreiten. Aber es war nicht zu leugnen: Die dunkelhaarige Sam erinnerte ihn an seine Frau und Julie, blond, blauäugig, mit blasser Haut, eben nicht.

Auch um Trevor sorgte sich Rosemary. Er versuchte seine Schmerzen herunterzuspielen, aber er hatte zu leiden. Und seine Schuldgefühle machten die Sache nicht besser. Er hatte sich ziemlich dämlich benommen, und nun musste Sam Woodlands durch eine sehr schwierige Phase führen.

Rosemary eilte ins Badezimmer und stellte die Dusche an. Fünf Minuten später trat sie, noch dampfend und mit geröteter Haut, heraus, wickelte sich in ein Badetuch und trank ihren starken, frischen Kaffee. Als sie mit der Tasse in der Hand ins Bad zurückkehrte und in den Spiegel blickte, zuckte sie zusammen. Im schräg einfallenden Licht trat jede Falte und Linie in ihrem Gesicht deutlich hervor. Sie sah eher wie siebzig aus statt wie vierundsechzig, und auch ihr Haar wirkte farblos. Natürlich war es das nicht. Laut der Packung aus dem Supermarkt trug sie ein helles, schimmerndes Blond; im Moment jedoch sah es aus wie ein Stück ausgewaschenes, sonnengebleichtes Tau.

Kurz darauf klatschte sie sich ihre Vitamin-A-Creme auf die Haut, bis ihre Wangen glänzten. Noch einige Tropfen, die ihren Augen einen funkelnden Glanz verliehen, und sie spürte, wie sich ihre Haut straffte. Und ein Hauch Rouge verlieh ihr eine gesunde Gesichtsfarbe.

Tibby rieb sich an ihren Waden. »Wo ist der verdammte Lidschatten, Tibby? In meinem Alter muss man schon wie eine Kreuzung aus Picasso, Jeremy Irons und Einstein wirken, wenn man seine Arbeit nicht verlieren will.« Die Dose glitt ihr aus den Fingern, und der Puder verteilte sich über den gesamten Boden.

Sie ließ sich auf Hände und Knie nieder, was ihr einige Schmerzen bereitete, und versuchte, den Puder zu einem Häufchen zusammenzuwischen, doch er verstreute sich nur in der Maserung des Holzfußbodens. Nachdem sie genug zusammen hatte, um für heute auszukommen, gab sie es auf. Sie würde neuen kaufen müssen.

Sie stöhnte vor Rückenschmerzen, als sie sich wieder erhob. O Gott, war sie steif! Das Alter hatte sie überrascht. Gerade hatte sie sich noch als Dreißigjährige gesehen, da näherte sie sich bereits den sechzig. An einem traurigen, nasskalten Tag hatte sie diese demütigende Hürde genommen; betrübt und ganz allein war sie in ein neues Jahrzehnt eingetreten. Sie hatte sich betrunken, um später aufzuwachen und wie neunzig auszusehen und sich wie hundert zu fühlen.

Sie zog sich schnell an, spülte ihren Becher aus und stellte ihn an seinen Platz zurück. Ihre Leidenschaft gehörte handbemalten Bechern, die sie auf einer alten walisischen Ankleide aufgereiht hatte. Es verlieh ihr ein großes Gefühl der Sicherheit, wenn alles seinen Platz hatte.

Sie streichelte noch einmal Tibby, dann verschloss sie die Vordertür und eilte über den Schotterweg zur Garage mit ihrem geliebten Mini. Kurz hielt sie inne und blickte über den Kanal. Das Meer war ruhig, der Himmel wolkenlos. Es würde ein wundervoller Tag werden. Unter ihr funkelte der Fluss in einem durchscheinenden dunklen Türkis. Trevors Boot schaukelte sanft an seinem Anlegeplatz. Aber wo war Julies Boot? Vielleicht hatte es sich ein Freund ausgeliehen. Sie musste Sam danach fragen.

Sie warf einen letzten Blick auf das Cottage, den Jasmin, der gerade in voller Pracht erblühte, und die beiden karmesinroten Rosensträucher. Sie hatte Stiefmütterchen, Lavendel, Schmuckkörbchen und Vergissmeinnicht gepflanzt. Wie perfekt alles war! Was, wenn sie das alles verlieren sollte? Streng verbat sie sich jeglichen Gedanken daran. Jetzt war nicht die Zeit, um Angst zu haben.

## 13

Trevor hörte Schritte und schlug die Augen auf. Vor sich sah er Rosemary stehen, die nach seiner Hand fasste. »Ich bin auf dem Weg zur Arbeit und dachte, ich könnte vorbeischauen.« Sie klang heiser. »Ich wollte nur sehen, ob du was brauchst. Ach ja, soll das Boot ins Bootshaus gebracht werden?«

»Nein, bis zum Herbst ist es da sicher. Und bis dahin bin ich wieder auf den Beinen. Wie war die Sitzung gestern?«

O Gott, warum musste er danach fragen? »Wunderbar, ganz wunderbar. Die Dinge schreiten voran.«

»Da hat Sam mir aber was anderes erzählt. Sie war vorhin da. Rosemary, sie braucht alle Hilfe, die sie bekommen kann.« Er runzelte die Stirn. »Sie will neue Biersorten auf den Markt bringen. Ich bin, wie du weißt, eigentlich dagegen. Vielleicht bin ich doch ein wenig altmodisch.«

»Oder starrköpfig.«

»Jedenfalls bin ich zu dem Schluss gekommen, dass Sam die Möglichkeit haben muss, es so zu machen, wie sie es will. Schließlich ist es ihr Erbe. Ihres und das von Julie.«

Kurz nachdem die Bank am Morgen geöffnet hatte, transferierte Sam ihre Ersparnisse auf das Geschäftskonto. Um zehn Uhr war Rosemary bereits erschöpft, obwohl sie mit der Arbeit noch kaum begonnen hatten. Sie hatte Kaffee gekocht und unverhohlen Sams Telefonaten gelauscht. »Hör zu, Walter, ich brauche eine Marktstudie, sofort, dazu neue Etiketten und ein völlig neues Image. Bist du verfügbar? ... Ja, natürlich werde ich zahlen, Walter ... Wann kannst du hier sein? Oh, und nimm das Team mit ... Du hast den Vertrag nicht bekommen? Verdammt, das tut mir Leid, Walter. Ich sage nicht, das geschieht dir recht. Menschen sind keine Schachfiguren. Nein, ich kann nicht zurück – nicht die nächsten Monate, vielleicht überhaupt nicht. Trevor ist im Krankenhaus, und ich versuche die Wölfe von der Tür zu vertreiben ... Das hängt im Grunde von deinem Preis ab, aber ich muss neue Geschmacksrichtungen entwickeln. Dazu sind Studien notwendig. Ich brauche Ideen für die Renovierung der Pubs, neue Markennamen, Etiketten, Werbung. Ich muss exakt wissen, wie mein Markt aussieht ... Du machst es? Wunderbar. Wann kannst du hier sein? Hervorragend! Bis dann.«

Da gehen Sams Ersparnisse auch schon dahin, dachte Rosemary verzweifelt.

Die beiden Frauen machten sich an die Arbeit, schrieben Rechnungsanweisungen und erledigten Bürokram.

Es war Mittag, als Kupi anrief. Rosemary beobachtete, dass Sam stirnrunzelnd und einsilbig antwortete. Dann legte sie auf.

»Ein seltsames Gespräch«, begann Sam. »Er hat gesagt: ›Guten Morgen, meine Liebe. Letzte Woche ist uns allen ein wenig die Galle übergelaufen. So sagt man doch?‹ Und dann hat er gelacht. Mir läuft es dabei immer kalt über den Rücken.«

»Ich bekomme schon eine Gänsehaut, wenn ich ihn nur sehe.«

»Ja, und dann meinte er: ›Unser Angebot bleibt weiterhin bestehen. Rufen Sie an, wann immer Sie möchten. Sie haben Hemzos Privatnummer.‹ Die hab ich natürlich nicht.«

»Ich hab sie, Sam.«

»Ich habe ihm geantwortet: ›Keine Sorge, ich werde nicht anrufen.‹ Und seine Antwort darauf war sehr seltsam. Er hat nämlich gesagt: ›Aber, Miss Rosslyn, Sie können nie wissen. Manchmal geschehen Dinge, traurige Dinge, unerwartete Tragödien, Unfälle. Und wenn sich die Umstände ändern, ändern Sie vielleicht auch Ihre Meinung. Ich will Ihnen nur zu verstehen geben, dass Sie jederzeit anrufen können.‹ Und dann hat er sich verabschiedet und aufgelegt. Klingt das nicht wie eine Drohung?«

»Vielleicht, ich weiß es nicht.«

Kurz nach dem Mittagessen rief der Tierarzt an. Sam hörte ihm zu, wurde kreidebleich, knallte dann den Hörer auf und stürmte hinaus.

Rosemary hörte, wie sie sich übergab. Als Sam wieder zurückkam, sagte sie: »Ich wusste es, wollte aber nichts sagen, bevor die Autopsie nicht abgeschlossen war. Jemand hat Brutus umgebracht. Steve meint, er sei betäubt worden, und dann muss ihn jemand auf die Straße getragen haben, und dann … O mein Gott!«

»Ich werde Inspektor Joyce anrufen.« Rosemary sah sie besorgt an. »Unter diesen Umständen«, fuhr sie fort, »war Kupis Anruf bestimmt eine Drohung.«

Neville Joyce nahm die Sache ernst. Für Rosemary war jedoch nicht ersichtlich, dass er während seines zweistündigen Aufenthalts später am Nachmittag sonderlich viel erreichte. Es kamen keine neuen Fakten ans Licht. Schließlich riet er allen nur, die Türen in der Nacht abzuschließen, die Alarmanlage anzustellen und einige gute Wachhunde anzuschaffen.

Wenige Tage später tauchte am späten Vormittag eine Gruppe seltsamer Gestalten auf und drängelte sich in die Brauerei zu einer Bierprobe. Rosemary begleitete sie, um sie im Auge zu behalten.

»Was zum Teufel sind das für Leute?«

»Walters Kreativabteilung. Und Walter natürlich.«

»Verrückte Leute, alle miteinander«, sagte sie und kehrte ins Büro zurück, nahm den Hörer ab und rief die Manorial Society an. »Wie stelle ich es an, wenn ich einen Titel verkaufen möchte?«, fragte sie.

»Einen Moment, bitte.«

Schließlich meldete sich ein junger Mann mit Cockney-Akzent.

»Guten Morgen, Ma'am. Welchen Titel haben Sie?«, fragte er.

»Ich persönlich überhaupt keinen. Ich rufe im Auftrag meines Vorgesetzten an.«

»Verstehe. Also, um welchen Titel handelt es sich?«

»Lord of the Manor of ...«

»Ach, einer von denen. Die Frühjahrsauktion haben Sie leider schon verpasst, aber keine Sorge. Es gibt noch genügend, die unbedingt meinen, sie müssten Lord werden. Natürlich müssen Sie darauf hinweisen, dass mit dem Titel keine Adelswürde verbunden ist. Er ermächtigt den Käufer auch nicht, einen Sitz im Oberhaus einzunehmen. Dennoch ist damit ein gewisses Ansehen verbunden. Wahrscheinlich werden Sie fünftausend dafür bekommen.«

»Wir haben eher mit zwei Millionen Dollar gerechnet.«

»Nun ja, sind mit dem Titel weitere Rechte oder Besitztümer verbunden? Land? Eine Burg vielleicht?«

»Es gehören zwei Hektar Land dazu – im Grunde zwei große Felder –, auf einem aber steht ein kleiner Wald. Dazu Fischereirechte, eine verfallene Burg und ein Wappen.«

»Jeder hat ein Wappen. Es würde sich lohnen, wenn Sie die Burg etwas herrichten.«

»Wenn wir dafür das nötige Geld hätten, würden wir den Titel wohl kaum veräußern.«

»Wie steht's mit alten Schriftstücken?«

»Das weiß ich nicht.«

»Einen Moment. Ich sehe mal nach.«

Sie musste lange warten. Sie glaubte schon, er habe sie vergessen, doch dann meldete er sich wieder. »Es gibt eine Reihe von Urkunden, die auf das zehnte Jahrhundert datiert sind, aber es scheint, als wären sie verloren gegangen. Das ist schade – sie wären ein kleines Vermögen wert.«

Rosemary notierte sich, das Sam und Trevor mitzuteilen.

»Also, Sie können für den Titel natürlich verlangen, was Sie wollen. Die Frage ist nur, ob Sie die Summe auch bekommen. Ich schlage Ihnen vor, Anzeigen in Zeitungen wie der ›New York Times‹ aufzugeben. Auch ›Resident Abroad‹ lohnt sich immer. ›Sie haben vor, in die Heimat zurückzukehren? – Ihr Titel wartet bereits auf Sie‹ ... so in der Art.« Er listete zehn Zeitungen auf. Rosemary fügte noch die »Texan Daily« dazu. Ein netter alter Ölmilliardär würde es auch tun.

Als das Telefon das nächste Mal klingelte, war es Inspektor Joyce.

»Sam ist in der Brauerei«, antwortete Rosemary. »Soll ich durchstellen?«

»Sagen Sie Sam nur, die gesamte tschechische Delegation ist nach der Sitzung aus England abgereist. Sie hat die Tschechische Republik seitdem nicht wieder verlassen. Anscheinend hat Kupi Sam von Prag aus angerufen. Da wir keine anderen Verdächtigen haben, ist der Fall erst mal auf Eis gelegt. Wie geht es Trevor?«

»Wird schon wieder.«

»Richten Sie ihm meine Grüße aus.«

Rosemary seufzte. »Es ist nicht vorbei, Inspektor, weit gefehlt. Das war nur eine Warnung. Zur Einschüchterung. Das liegt doch auf der Hand.«

»Ja, sicher, aber solange sie hier nicht mehr auftauchen, können wir nicht viel machen. Halten Sie die Augen auf. Wenn Sie jemanden Verdächtigen sehen, der sich bei Ihnen rumtreibt, dann lassen Sie es mich wissen.«

Nach dem Mittagessen erschien Sam; sie wirkte völlig überdreht. »Hör zu, Rosemary, Walter hat für uns einen Pop-Star aufgetrieben. Sie heißt Dehlia und wird in nächster Zeit hier eintreffen. Sie schreibt ihre Songs selbst, ist aber ein wenig eigenwillig.«

»Dann ist sie bei uns ja genau richtig.«

»Jedenfalls können wir rechtzeitig eine neue Sorte entwickeln, wir müssen ihnen nur genügend Zeit geben, das richtige Etikett zu entwerfen. Wir brauchen also einen neuen Markennamen. Du und ich, wir werden uns die Nacht um die Ohren schlagen müssen.«

»Das ist ja nichts Neues.«

Sam sah sie entgeistert an. »Es ist doch nicht so, als würden wir das jeden Abend machen, Rosemary.«

»Bislang schon, aber anscheinend wird das hier von niemandem zur Kenntnis genommen.«

»Mit Ausnahme von dir!«

»Okay, tut mir Leid. Sollte nur Spaß sein. Aber ich habe deswegen meine Theaterproben abblasen müssen.«

»Das wirkliche Leben ist doch etwas wichtiger als dein Laientheater, meinst du nicht auch?«

»Manchmal kann ich da keinen großen Unterschied erkennen, Sam.«

## 14

Es war ein warmer Abend. Die Sonne ging gerade unter, als Rosemary, die Abkürzung über die Hügel nehmend, auf ihr Cottage zuschritt. Sie kam an der Burg vorbei, blickte hinab aufs Meer, und plötzlich glaubte sie eine kleine Jacht zu sehen, die weit unten in der kleinen Bucht lag. Sie sah aus wie Julies Boot, doch das war eigentlich unmöglich.

Sie duschte und zog dann eine Hose und einen Baumwoll-Sweater an. Zum Abendessen begnügte sie sich mit einem Sandwich und sah sich dazu im Fernsehen die Nachrichten an. Dann fuhr sie ihren Wagen in die Garage und ging am Fluss entlang zur Burg hinauf. Die purpurfarbene Dämmerung hatte sich mittlerweile über das Land gelegt, die Silhouetten der Bäume verschwammen in der hereinbrechenden Dunkelheit, und die Burg wirkte doppelt so groß wie sonst.

Als sie sich der Brücke näherte, sah sie eine hoch gewachsene, schlanke Gestalt, die das Boot am Kai festmachte.

»Großer Gott! Julie!«, rief sie. »Willkommen daheim! Was um alles in der Welt tust du hier?« Sie rannte auf den Steg zu.

Julie richtete sich auf. »Rosemary!« Ihr Gesicht verriet, dass sie sich ganz offensichtlich ertappt fühlte. Dennoch rannte sie zum Ufer hoch und nahm die ältere Frau kurz in den Arm. Dann wollte sie sich wieder davonmachen. »Wir sehen uns nachher«, rief sie noch über die Schulter zurück.

»Nein, das tun wir nicht. Wir sehen uns jetzt. Was geht hier vor?«

Rosemary fiel es schwer, Julie gegenüber – die immer ihr Liebling gewesen war – eine gewisse Strenge an den Tag zu legen. Julies golden schimmernde Lockenpracht fiel ihr über die Schultern, sie hatte große, klare blaue Augen, und fast immer lachte sie. Rosemary fiel auf, dass sie ein kleines schwarzes Opalherz an einer dünnen Goldkette trug, die sie ihr im letzten Oktober zu ihrem achtzehnten Geburtstag geschenkt hatte. Der dunkle Stein betonte die zarte Blässe ihrer Haut. Sie war von Natur aus eine Schönheit. Sie trug kein Makeup und lief meistens in zerrissenen Jeans und einem T-Shirt umher.

Rosemary wusste, dass Julie an ihrer Arbeit als Model und

der Welt des Laufstegs keinen großen Gefallen fand. Vor zwei Jahren hatte sie damit begonnen, um sich ein wenig Taschengeld zu verdienen, und war dabei außergewöhnlich erfolgreich gewesen. Sie arbeitete sehr unregelmäßig, wenn sie jedoch wollte, verdiente sie damit ein Vermögen. Sie kniete nun vor der Luke und versuchte etwas herauszulocken. Aber was immer es sein mochte, es schien nicht die geringste Absicht zu haben, sich zu zeigen.

»Sie ist krank«, rief Julie.

»Wer ist krank?«

»Tasha.«

Plötzlich schwankte das Boot, und ein weißer Blitz schoss aus der Luke und warf Julie um. Rosemary erblickte einen völlig verängstigten Hund, der sich wie wild im Kreis drehte, um sich von der Kette an seinem Hals zu befreien.

Rosemary näherte sich dem Tier.

»Du jagst ihr Angst ein«, japste Julie.

Rosemary fasste mit der rechten Hand den Hund am Halsband, mit der linken drückte sie die abgemagerten Hinterläufe zu Boden. »Sitz!«

»Sie versteht dich nicht.«

Julie schien ein wenig zu schmollen, als der Hund gehorchte und mit den Augen rollte, während Rosemary die Narben, die Verbrennungen und das aufgescheuerte rohe Fleisch am Hals untersuchte. Das Tier war lang und schmal, es besaß dünne Läufe, und sein Fell oder das, was davon noch übrig war, glänzte weiß und war von beigefarbenen Streifen durchsetzt. Das Tier kam Rosemary wie ein Wolf vor.

»Lass mich raten«, sagte sie. »Du bist heimlich nach Hause gekommen, hast das Boot genommen und bist nach Calais gesegelt, um dieses Vieh einzusammeln, wo immer du es auch versteckt haben mochtest.«

»In der Garage einer Freundin.«

»Du könntest dafür ins Gefängnis kommen, und dieser räudige Köter könnte erschossen werden.«

Julie war fast den Tränen nah. »Bitte verrat es niemandem.«

»Komm lieber mal mit zu mir; mal sehen, was wir für den Hund zum Fressen auftreiben können. Ich habe noch Hühnchen im Kühlschrank.«

»Rosemary, bitte, du musst mich verstehen. Ich musste sie einfach kaufen.«

»Ich dachte, dir wäre das Geld ausgegangen?«

»Ich hab ihnen meine Uhr, meine Kamera, das Fernglas und den Rest meines Reisegelds gegeben. Ich hatte große Probleme, Tasha überhaupt zum Fressen zu bewegen. Ich musste sie mit einem Löffel füttern. Ihr Magen war stark geschrumpft. Aber normalerweise ist sie nicht so verängstigt. Die Bootsfahrt hat sie aufgeregt. Rosemary, verstehst du, sie ist von den Jugendlichen geschlagen worden …«

»Halt sie fest. Ich will nicht, dass sie auf Tibby losgeht.« Sie hatten noch nicht das Cottage erreicht, als die Katze aus dem Fenster schoss und in einem Baum verschwand. Rosemary öffnete die Tür, ging in die Küche, holte einen Packen Hühnerfleisch aus dem Kühlschrank und schaufelte ihn auf Tibbys Teller. Die Hündin verschlang es. »Lass dir einen Rat geben«, sagte Rosemary, »gib morgen eine Anzeige auf. ›Ausgehungerter Husky-Mischling in London gefunden‹ … Irgendwas in der Art.«

»Du bist ein Genie. Danke!«

»Komm. Ich fahr dich nach Hause.«

Tasha sprang ohne zu zögern in den Wagen.

»Sie wird doch nicht die Sitze anknabbern?«

»Nein! Sie hat es jedenfalls nicht gemacht, als ich sie nach Calais gefahren habe.«

Während Rosemary den langen Umweg zu Woodlands nahm, plauderte Julie von ihrer Reise und wie sie Tasha gefunden hatte. »Sie wollten sie an einen Zoo verkaufen, aber die Einheimischen haben sie gequält. Sie haben große Angst vor Wölfen, sie hassen sie. Meistens ohne Grund.«

»Also wirklich, Julie. Eine Hundemeute kann ein Kind töten; du kannst dir also ausmalen, wozu ein ganzes Wolfsrudel in der Lage ist.«

»Wölfe sind sanfte, sensible Wesen.«

»Das ist auch der Mensch, solange er nicht in der Masse auftritt.«

»Du magst sie nicht, oder?«

»Ich denke nur, du hast dir da ein großes Problem aufgehalst.«

»Sie ist es wert. Ich verspreche es.«

»Wir werden sehen. Hör zu, Julie. Sei vorsichtig mit diesem Biest. Stell dir nur vor, was es bei den Geflügelhöfen in der Gegend anstellen kann. Wenn es dir einmal wegläuft, siehst du es nie wieder.«

»Sie ist kein *Es*, sie ist eine Hündin und hat einen Namen.«

»Es kann seine Abstammung nicht verleugnen. Es ist ein Wolf oder zumindest ein Wolfsmischling. Vergiss das nicht, gleichgültig, was du den anderen erzählst.«

Walters Kreative waren noch immer bei der Bierprobe, als Rosemary spät im Pub erschien. Vor ihnen auf der Theke standen reihenweise gekennzeichnete Plastikbecher mit bernsteinfarbener Flüssigkeit, und John spielte den Barmann. Sie waren begeistert von der neuen Sorte, die sie ausgewählt hatten – ihr Urteil war einstimmig ausgefallen, ein ermutigendes Zeichen.

Rosemary probierte die neue Sorte und runzelte die Stirn. »Ich versteh nicht, was euch daran gefällt. Für mich schmeckt es einfach nur nach Bier mit Zucker.«

»Mach dir darüber keine Sorgen, das ist einfach die neue Generation«, zog Fiona sie auf.

Sam sah sie nachdenklich an. »Nimm ein helles Ale, Rosemary, um den Geschmack zu überdecken.«

»›Die neue Generation‹ – das verfügt über Potenzial.« Walters Augen wurden schmal, er griff sich seinen Notizblock und kritzelte etwas nieder.

Sie saßen in einem Kreis zusammen, warfen sich verrückte Ideen zu und brachen immer wieder in schallendes Gelächter aus. Rosemary fragte sich, ob Sam vergessen hatte, dass sie dafür ein stattliches Honorar zu bezahlen hatte. »Warum versuchen wir nicht wirklich ernsthaft, uns einen guten Namen für die neue Marke auszudenken, statt hier herumzualbern?«, fragte sie.

»Genau das tun wir doch, Rosemary«, erklärte Sam. »Wir sagen kurzerhand, was uns in den Sinn kommt, rühren dann alles um, und schließlich kommt dabei irgendwann was Kreatives heraus. Was geht dir im Moment durch den Kopf, Rosemary?«

»Ein grauer Wolf«, kam es wie aus der Pistole geschossen.

»Was?« Walter fuhr herum.

»Du wolltest wissen, was mir durch den Kopf geht.«

»Aber was hat dich dazu veranlasst, ›grauer Wolf‹ zu sagen?«

»Ich hab die Augen geschlossen und das verdammte Vieh vor mir gesehen.«

»Genau«, sagte Walter leise. »Die reine Inspiration. Grauer Wolf, ›Grey Wolf‹ – das ist es.«

## 15

Die Anzeige lautete:

*ZU VERKAUFEN – Lord of the Manor zu Bourne-on-Sea, verzeichnet in der Bestandsaufnahme grundherrschaftlichen Landbesitzes durch das »Domesday Book« aus dem elften Jahrhundert (die Familienlinie kann bis zu Lady Godiva zurückverfolgt werden). Zum Titel gehören ein Wappen, eine größtenteils verfallene Burg, umgeben von zwei Hektar Land mit einem kleinen Wald, dazu Fischereirechte im Fluss und mittelalterliche Urkunden, über deren Verbleib nichts bekannt ist.*

*Berücksichtigt werden Angebote um etwa zwei Millionen Dollar. Weitere Informationen erteilt Rosemary Santer, Sekretariat, Woodlands, Bourne-on-Sea, Kent, England.*

Mendel Mandelbaum, ein renommierter Antiquar aus San Francisco, der sich auf alte Karten spezialisiert hatte, las die Anzeige ganz anders. Für ihn lautete sie ungefähr so: »Hier ist deine Chance, sich deinem Enkel für seine Hilfe erkenntlich zu zeigen.«

»Ich wette, Richard hat das noch nicht gesehen«, erzählte er seinem rötlich braunen Kater Ortelius, den er nach einem holländischen Kartographen aus dem sechzehnten Jahrhundert benannt hatte. Er schnitt die Anzeige aus, klebte sie auf ein Blatt Papier und schrieb darunter: »Dachte, das würde dich vielleicht interessieren, Grüße, Mendel.« Dann faxte er es an Richards Hotel in Chester, England.

Er setzte sich in seinen Sessel mit verstellbarer Rückenlehne und sah sich im Fernsehen die gesamte Aufführung der »Hochzeit des Figaro« an, ohne auch nur einen Ton zu hören. Stattdessen wanderten seine Gedanken zurück in die Vergangenheit. Er hatte eine Andersgläubige geheiratet, doch seine Frau Juanita war des langweiligen Lebens, das er ihr zu bieten hatte, bald überdrüssig geworden und hatte ihn verlassen; sie hatte die Hälfte seines Vermögens mitgenommen, ihm dafür jedoch ihren zweijährigen Sohn Jonathan überlassen, damit Mendel ihn aufzog.

Jonathan hatte sich als ebenso heißblütig erwiesen wie seine Mutter. Mendel hatte ihm aus einer Klemme nach der anderen geholfen. Nach einem Autodiebstahl war Jonathan mit einem sechzehnjährigen Mädchen halb kubanischer, halb irischer Abstammung vor den polizeilichen Ermittlungen nach Mexiko geflohen, wo beide drei Jahre später bei einem durch seine Trunkenheit verursachten Autounfall ums Leben kamen.

Mendel war zur Beerdigung nach Mexiko geflogen und hatte dort die Mutter des Mädchens kennen gelernt, die ihm erzählte, dass ihre Tochter zwei Jahre zuvor einen Sohn zur Welt gebracht hatte. Mendel kehrte nach San Francisco zurück, überredete einen Freund, sich um sein Geschäft zu kümmern, flog wieder nach Mexiko und begann mit der Suche. Es dauerte fast vier Monate, bis er Richard gefunden hatte. Das Kind war in einem von Dominikanerinnen geführten Waisenheim untergebracht, und nach einem weiteren Jahr, in dem Mendel ein kleines Vermögen ausgegeben hatte, um das Sorgerecht zu bekommen, holte er Richard zu sich nach Hause.

Dann machte er sich erneut an die beschwerliche Aufgabe, einen kleinen Jungen allein großzuziehen. Er hoffte, er habe aus vergangenen Fehlern gelernt, und nahm sich vor, strenger zu sein und Richard dazu zu bewegen, Sport zu treiben und viel Zeit im Freien zu verbringen. Doch Richard gehorchte seinen eigenen Gesetzen. Er ließ sich nur schwer disziplinieren. Und es dauerte nicht lange, bis Mendel bemerkte, dass er es hier mit einem Genie zu tun hatte.

Als ein Brand Mendels Antiquariat zerstört und er vor dem Bankrott gestanden hatte, war Richard ihm zu Hilfe gekommen; seitdem waren sie gleichberechtigte Partner im neuen Laden. Wenn Richard ein seltenes Manuskript kaufte oder verkaufte, beteiligte er Mendel daran. Eigentlich machte es keinen Unterschied; eines Tages würde sowieso alles Richard gehören. Richard betrachtete das Antiquariat als sein Hobby; sein Vermögen machte er mit Dingen, die Mendel nie ganz verstand.

Mendel vermisste den Jungen. Richard kam zwar regelmäßig nach Hause, aber für Mendels Geschmack eben doch viel zu selten. Vielleicht würde ihn diese Anzeige wieder in die Staaten locken. Schließlich würde er Recherchen anstellen müssen, und das würde eine Weile dauern. Kein Zweifel, er würde das Dokument, hinter dem er her war, finden und erneut ein kleines Vermögen machen. Er hatte bislang nicht erlebt, dass dem Jungen etwas missglückt wäre.

Jane Primpton, die Assistentin des Kurators der Kathedrale von Chester, und ihr ungeliebter amerikanischer Gast saßen in einem dunklen Gewölbe über einen alten eichenen Refektoriumstisch gebeugt, der nur von einigen Halogen-Spots beleuchtet wurde.

Janes Gedanken glichen sehr jenen von Mendel. Richard würde ihr ein Angebot unterbreiten, das nur den Bruchteil dessen darstellte, was er schließlich erzielen würde, und ein weiteres kulturelles Erbe Großbritanniens würde in die USA verschwinden. Nur über ihre Leiche!

Janes Abneigung gegen Richard grenzte an Leidenschaft. Schon der Anblick seiner schwarzen Locken, seiner durchdringenden blauen Augen und seines extravaganten guten Aussehens löste bei ihr eine bedrückende Verwirrung aus. Alles an ihm war überwältigend – sogar seine Stimme, die tief, selbstsicher und sehr amerikanisch war, ließ sie an sündhaft teure Hollywood-Produktionen denken.

Er war noch zu jung, um so von sich überzeugt zu sein. Er galt weltweit als die führende Autorität auf dem Gebiet mittelalterlicher Literatur und nahm damit eine Position ein, die sie ebenfalls anstrebte. Sie besaß die nötigen Qualifikationen, während Richard lediglich seinen Verstand und eine gewisse Geistesschärfe aufweisen konnte. Sie beobachtete, dass er die alten Dokumente durchblätterte, als überflöge er ein Taschenbuch. Niemand konnte Altenglisch so schnell lesen.

»Richard, Sie können mir nichts vormachen«, raunzte sie nach langem Schweigen. »Wäre es zu viel verlangt, wenn Sie mir sagen, was Sie hier lesen?«

»Ach, tut mir Leid, Jane, ich wusste nicht, dass es Sie interessiert. Das hier ist sehr bemerkenswert. Roger von Wendover, der Historiker aus dem dreizehnten Jahrhundert, schreibt Folgendes zu Leofric, dem Grafen von Mercia und Ehemann von Lady Godiva. Ich übersetze: ›Die alten Griechen und die eher ungelenken Römer sahen im nackten menschlichen Körper den höchsten Ausdruck für die Vollkommenheit der Natur. Leofric, der einen für seine Zeit bemerkenswert freizügigen Standpunkt einnahm, vertrat die Ansicht, dass die Zurschaustellung eines wohlgeformten nackten Körpers als eines Gegenstands von großer Schönheit, wenn nicht sogar der Kunst, für die einfachen Bauern aus Coventry, deren Anschauung niemals darin unterrichtet worden war, solche Vollkommenheit zu würdigen, eine Belehrung von unschätzbarem Wert darstellen würde. Deshalb verfügte er, die Steuern abzuschaffen, wenn Lady Godiva als Zeichen der Vollkommenheit von Gottes Werk nackt durch die Straßen der Stadt schritte.‹ Das sind unglaublich fortschrittliche Gedanken, bedenkt man, dass sich England damals im Würgegriff einer engstirnigen, frauenfeindlichen Kirchenphilosophie befand. Meinen Sie nicht auch, Jane? Welche Ansichten haben denn Sie zur Nacktheit?«

»Für Sie immer noch Miss Primpton«, blaffte sie zurück.

Richard erhob sich, wandte sich ab und streckte sich. Durch seinen Körper lief ein Zittern.

Als er sich umdrehte, hatte er sich wieder unter Kontrolle. »Miss Primpton, ich würde Ihnen gern ein Angebot für diese Dokumente unterbreiten. Ich kann noch keine exakte Summe nennen, aber sie dürfte wohl kaum unter hunderttausend Dollar liegen.«

»Damit Sie sie dann für den zehnfachen Betrag an ein amerikanisches Museum verkaufen können.«

»Möglich«, erwiderte Richard. »Aber darf ich Sie daran erinnern, dass Ihnen noch nicht einmal bekannt war, dass sich diese Schriften in Ihrem Besitz befinden?«

Er hatte die Frechheit besessen, sich über sie hinwegzusetzen, um die Dokumente einzusehen. Seit einiger Zeit hatte er behauptet, die Gewölbe würden Werke Henry Knightons beherbergen, eines 1396 verstorbenen Historikers aus Chester. Auf sein Drängen hin hatte sich bei Stichproben herausgestellt, dass sich in den Gewölben tatsächlich Schriften aus dem vierzehnten Jahrhundert befanden.

»Ich bin mir sicher, der Kurator wird den Verbleib der Dokumente in Großbritannien befürworten.«

»Das ist Ihr gutes Recht.«

Jane versuchte, ihre Wut zu zügeln. Sie war die Assistentin des Kurators, er hingegen nur ein Agent. Er kaufte und verkaufte im Auftrag amerikanischer Museen und machte dabei regelmäßig ein Vermögen, das er überhaupt nicht nötig hatte.

»Wenn das der Fall ist«, fuhr er fort, »fürchte ich, werde ich sie hier an Ort und Stelle studieren müssen. Es wird einige Tage in Anspruch nehmen.«

»Ich kann Sie davon nicht abhalten, da Sie sich ja über mich hinweggesetzt haben, aber ich werde anwesend sein müssen, um Sie im Auge zu behalten.«

Richard schien ihr Misstrauen eher amüsant als beleidigend zu finden.

»Jane … Miss Primpton, entspannen Sie sich! Wenn Sie wirklich den ganzen Tag an diesem alten, verstaubten Ort zubringen wollen, bestehe ich darauf, dass Sie mir zuerst bei einem kleinen Spaziergang und einer Tasse Kaffee Gesellschaft leisten.«

Sie schüttelte den Kopf.

»Kommen Sie schon! Es ist Sommer, die Sonne glitzert und funkelt. Die frische Luft wird Ihnen gut tun. Sie sind sowieso viel zu blass und zu ernst. Es gibt im Leben mehr als nur die Arbeit.«

Jane verschlug es vor so viel Unverfrorenheit fast die Sprache. Kurz darauf nahm er sie am Arm, stieg mit ihr die alte Steintreppe empor und schritt mit ihr über den Marmorboden. Jane wusste nicht, warum sie sich von ihm auf diese Art und Weise zu etwas zwingen ließ, das sie im Grunde nicht wollte.

Die Morgensonne erfüllte den vor der Kathedrale gelegenen Garten mit frühsommerlicher Wärme und legte einen goldenen Schimmer auf die alten Granitblöcke, die Pflastersteine und den Efeu.

Richard hatte ein Café mit einer Terrasse entdeckt, von der man den Fluss überblicken konnte. Er bestellte Kaffee und Kuchen und begann ihr von seiner lebenslangen Passion für mittelalterliche Geschichte zu erzählen; er erzählte, wie alles im Antiquariat seines Großvaters, umgeben von den alten Karten, begonnen hatte und auch von den Meisterstücken sich brüstender Fälscher, die stets vergeblich versucht hatten, seinen Großvater hinters Licht zu führen.

Nach einer Weile formten sich Miss Primptons blasse Lippen zu einem kleinen Lächeln, und dann lachte sie.

Während Richard sie beobachtete, fand er, dass es bislang ein gelungener Morgen gewesen war. Er hatte Recht gehabt mit den Knighton-Dokumenten, was ihn wieder etwas näher an sein Ziel geführt hatte; es war ein wunderschöner Tag, er hatte sich in die Stadt Chester verliebt, und Miss Primpton hatte endlich und wirklich gelacht.

Den Rest des Tages ging er die verstaubten Dokumente durch, sortierte, ordnete, und Miss Primpton, aus der nun doch Jane geworden war, machte sorgfältige Notizen und erwies sich als eine höchst effiziente Assistentin.

Als er in sein Hotel zurückkehrte, fand er das Fax seines Großvaters vor. Ein außergewöhnlicher Zufall, oder? Aber bei näherer Betrachtung beschloss Richard, dass es sich keineswegs um einen Zufall handelte. Er hatte immer wieder festgestellt, dass höchste Konzentration ihn genau dahin führte, wohin er wollte.

Richard rief noch am selben Abend bei seinem Großvater an.

»Das ist unglaubliches Glück, Mendel. In ein paar Tagen bin ich wieder in den Staaten. Wahrscheinlich am Mittwoch. Wenn du nichts dagegen hast, werde ich einige Zeit bleiben.«

»Das ist dein Zuhause, Richard. Ich hab dich doch seit Monaten nicht mehr zu Gesicht bekommen. Ist schon viel zu lange her, mein Junge, viel zu lange.«

Am nächsten Morgen checkte Richard früh aus seinem Hotel aus. Er musste in die Gänge kommen. Die Anzeige hatte ihm alle Möglichkeiten eröffnet. Vielleicht stellte sich sogar heraus, dass es das Beste war, was ihm jemals widerfahren konnte.

## 16

Jemand war in seinem Cottage. John war aus dem Pub zurückgekehrt und stand vor der Eingangstür. Dann ging er hinein.

»Wer ist da?«

Eine hohe Gestalt erhob sich aus dem Sessel. Es war Hans Kupi – er hatte mit ihm gerechnet. Schicke Kleidung, dachte John, als er den Armani-Anzug, die Dior-Krawatte und die teuren Schuhe bemerkte. Dennoch sah Kupi eher wie ein mieser Spitzel aus.

»Was zum Teufel treiben Sie hier? Wie sind Sie überhaupt hereingekommen?«

Kupi zuckte mit den Schultern. »Ist doch ganz einfach! Sie arbeiten für mich, John. Das wissen Sie doch? Oder haben Sie geglaubt, die Scheine waren eine milde Gabe?«

John begann zu schwitzen. »Nicht eine Sekunde. Aber das gibt Ihnen nicht das Recht, in mein Haus einzubrechen.« Er würde Kupi das Geld zurückgeben, wenn es denn möglich wäre. Allerdings hatte er den Eindruck, dass dies nichts mehr nutzen würde. Sie hatten ihn am Haken.

»Das nennen Sie Haus? Hütte wäre die bessere Bezeichnung. Gedulden Sie sich etwas, und Sie können das beste Gebäude weit und breit haben. Natürlich hängt das davon ab, auf welcher Seite Sie stehen. Wie konnten Sie sich gegen das Übernahmeangebot aussprechen?« Kupi wandte sich an Johns Sideboard und schenkte sich einen Scotch ein. »Was trinken Sie?«, fragte er.

»Glauben Sie wirklich, Sie hätten mich mit Leib und Seele gekauft für lausige zehn Riesen? Ich habe den Alten überredet, Stout auf Lager zu nehmen, oder? Das war unser Deal«, verteidigte sich John, während er sich selbst einschenkte.

»Vielleicht sind Sie der Meinung, Woodlands würde ewig bestehen. Da muss ich Sie eines Besseren belehren. Die Brauerei ist auf dem absteigenden Ast. Nur ich kann Sie hier rausholen. Warum sind Sie letzte Nacht, die Nacht zuvor und letzte Woche nicht ans Telefon gegangen? Sie meiden mich.«

»Ja. Die Familie ist großartig. Ich mag sie. Und sie hat sich mir gegenüber immer anständig verhalten.«

»Was wird sie wohl denken, wenn sie herausfindet, woher die Anzahlung für Ihren neuen Wagen gekommen ist? Oder wer die Berichte über den neuesten Biergeschmack gefälscht hat?«

»Sie Dreckskerl!« John stürzte sich auf Kupi und fand sich noch im selben Moment verdreht auf dem Boden liegend wieder. Er wusste nicht genau, was geschehen war. Schwer atmend rappelte er sich hoch.

»Versuchen Sie das nicht noch einmal, John, sonst muss ich Ihnen wehtun.« Kupi ließ sich im Sessel nieder, lehnte sich zurück, verschränkte die Arme hinter dem Kopf und streckte die Beine von sich. »Als Sie das Geld angenommen haben, sind Sie den Genossen beigetreten. Loyalität ist alles, was wir fordern. Wenn Sie einmal drin sind, kommen Sie nie wieder raus. Und, John, Sie sind drin. Sie sind einer von uns. Ich habe Großes mit Ihnen vor. Sie halten Anteile von Woodlands, aber

Woodlands wird expandieren. Alles ganz gesetzmäßig. Wir werden hier den gesamten britischen Export nach Russland und Osteuropa abwickeln. Später werden wir auch Westeuropa in Angriff nehmen. Ich werde Sie zu einem reichen Mann machen.«

»Wer sind Sie? Wen meinen Sie mit ›Genossen‹?«

»Organisierte Kartelle mit Sitz in Russland. Wir haben bereits '94 versucht, in Großbritannien Fuß zu fassen, aber es hat nicht funktioniert, wir haben einfach zu fremd auf die Briten gewirkt. Die verfluchten Brauer haben Scotland Yard eingeschaltet. Sie dagegen sind von Grund auf britisch. Man wird glauben, Woodlands gehöre Ihnen. Was zum Teil ja sogar stimmt. Sie werden einen respektablen Ausgangspunkt besitzen, um von dort eine britische Exportoffensive zu starten. Außerdem kann man Sie nicht ausweisen.«

»Wenn alles so gesetzmäßig ist, warum wurde dann Scotland Yard eingeschaltet?«

»Aus zwei Gründen. Eine der Personen, die damals versucht haben, unsere Dienstleistung zu umgehen, wurde unglücklicherweise durch einen Bombenanschlag in Russland getötet. Und dann hat jemand anders entdeckt, dass wir das russische Eisenbahnnetz kontrollieren.«

»Aber Sie sind doch Tscheche?«

»Wir sind international, mein Freund. Sie sind ja schließlich auch Brite.«

John suchte nach einem Ausweg, aber es schien, als gäbe es keinen mehr.

»Also, was wollen Sie von mir?«

»Wie lange hält das Stout noch?«

»Sechs Wochen.«

»Und ich brauche einige Zahlen. Hier ist eine Liste mit den von uns gewünschten Informationen. Sie haben zwei Tage.«

»Was springt dabei heraus?«

»So viel wie das letzte Mal.«

Neben der Scotch-Flasche lag eine billige Brieftasche aus Plastik.

17 Rosemary erfüllte es mit Stolz, wie Sam in den folgenden Wochen die Probleme in Angriff nahm. Sie stellte einen neuen Produktionsleiter ein, Ted Holmes, einen ruhigen, unauffälligen und effizienten Mann. Sie saß jeden Morgen mit John zusammen und ging die Verkaufszahlen durch. »Das reicht nicht«, hörte Rosemary sie leise sagen. »Wir haben früher mehr als fünftausend Hektoliter im Monat verkauft. Wir müssen unsere Zielvorgaben erfüllen, die momentan sowieso schon halbiert sind. Die neue Sorte ist gut, jeder mag sie, es hängt jetzt also von dir ab. Die Pubs müssen mehr verkaufen. Du hast dein tägliches Kontingent an Grey Wolf abzusetzen, und gnade dir Gott – und uns –, wenn du dieses Soll nicht erreichst.«

Als Trevors Entlassung aus dem Krankenhaus bevorstand, wandelte die Familie sein Arbeitszimmer in einen Empfangsraum mit Bett um.

»Glaube ja nicht, du könntest zurückkommen und das Geschäft sofort wieder übernehmen«, erklärte ihm Sam mit fester Stimme, während sie seinen Rollstuhl zum Wagen schob, den Julie vor den Eingang gefahren hatte.

»Nur keine Aufregung.« Das war alles, was er sagte.

Um zehn war sie wieder im Büro. Sie diktierte einige Briefe und blickte dann aus dem Fenster.

»Ist das zu glauben!«, rief sie aus. »Bei allen … Schau ihn dir an, Rosemary! Er humpelt mit einem Spazierstock über den Rasen. Vielleicht solltest du ihn begleiten. Nur für den Fall, dass er stürzt oder ihm etwas zustößt.«

»Sam, er wird nicht hinfallen, und ich fürchte, er wird es als Beleidigung auffassen. Er braucht kein Kindermädchen.«

Rosemary fühlte sich einsam. Die Arbeit mit Sam war erfrischend, doch sie vermisste die Plaudereien mit Trevor und die Freundschaft, die sich über die Jahre hinweg entwickelt hatte. »Ich hab's mir doch anders überlegt«, sagte sie schließlich. »Ich sag ihm einfach, ich möchte mich mit ihm über das Bierfest unterhalten.«

Sam blickte sie nur von der Seite an. Es war nicht zu übersehen, wie sehr sie bei ihm sein wollte.

Sie konnte mit ihren Planungen für das Bierfest und das Pop-Konzert fortfahren, die die Markteinführung des neuen Labels Grey Wolf begleiten sollten. Seit Tagen verlegten Elektriker um die Ruine Kabel und installierten Scheinwerfer. Ein Notarztteam aus dem St. Johns Hospital richtete eine Erste-Hilfe-Station ein, der Dorfladen stellte einen Kiosk auf, um Erfrischungen zu verkaufen. Sie hatte einen Posten für verloren gegangene Kinder organisiert, der ständig von einigen Frauen besetzt war, sowie einen Lieferwagen für entlaufene Hunde. Toilettenhäuschen waren unauffällig zwischen den Bäumen platziert, überall gab es Abfallbehälter. Shireen wollte als Zigeunerin verkleidet den Besuchern die Zukunft vorhersagen, eine Blaskapelle sollte auftreten, ein Schönheitswettbewerb würde stattfinden; daneben musste sie sich noch um den Kredit für die Rummelplatzgeräte kümmern und Preise für die diversen Spaßwettbewerbe auftreiben.

Rosemary hatte in einem Theaterfundus Robin-Hood-Kostüme aufgetan und sie ausgeliehen. Sie passten hervorragend zu Woodlands' Image, allerdings wusste Sam, dass sie darin alles andere als toll aussah. Julie hatte nur einen kurzen Blick darauf geworfen, sich kaputtgelacht und sich dann standhaft geweigert, ihr Kostüm überhaupt nur anzuprobieren. Sam seufzte. Es spielt keine Rolle, wie ich aussehe, beschloss sie. Es kam auf das Gesamtbild an.

Das Puppentheater, der Stolz der Theatergruppe, wollte das übliche Robin-Hood-Stück aufführen sowie ein neues Schauspiel, das Rosemary geschrieben hatte.

Als Sam später an diesem Tag die Post öffnete, flatterte etwas aus einem Umschlag und fiel auf den Boden. Sie hob es auf. Es war ein Verrechnungsscheck über zwanzigtausend Dollar und ein Brief:

*Sehr geehrter Herr, im Namen meines Klienten Mendel Mandelbaum, Rare Maps, Inc., lasse ich Ihnen diesen Scheck über zwanzigtausend Dollar zukommen zum Erwerb einer Option auf den zum Verkauf ausgeschriebenen Titel Lord of the Manor und der dazugehörenden Rechte. Meinem Klienten wird es in nächster Zeit nicht möglich sein, nach Großbritannien zu reisen; der Scheck dient zur Bekundung seines Interesses am Erwerb des Titels zu der von Ihnen festgelegten Summe. Sollten Sie sich einverstanden erklären, meinem Klienten für zwanzigtausend Dollar eine zweimonatige Option auf den Titel zu gewähren, bitten wir Sie, sich direkt an uns zu wenden. Unser Klient wird dann Vorkehrungen treffen, um Sie baldmöglichst zu besuchen. Mit freundlichen Grüßen …*

Darunter befand sich eine nicht zu entziffernde Unterschrift im Auftrag der Anwaltskanzlei Redgrove, Russel & Rose.

Sam stürzte in Rosemarys Büro. »Es hat funktioniert, es hat funktioniert!«, rief sie, warf sich dabei Rosemary in die Arme und drückte sie an sich. »Wir können schon bald das Geld bekommen.«

»Wenn wir Glück haben. Wahrscheinlich will er in Raten zahlen.«

»Sieh die Sache positiv, Rosemary. Wo steckt Julie?«

Rosemary runzelte die Stirn. »Tasha ist fort, und sie sucht sie.«

»Wir hätten das verdammte Vieh in einen Zwinger sperren sollen. Ich hätte darauf bestehen müssen.«

Die beiden Frauen sahen sich unruhig an.

»Wäre wahrscheinlich besser gewesen«, murmelte Rosemary. In diesem Moment ertönten von der Straße in etwa einem Kilometer Entfernung zwei Schüsse, denen schnell hintereinander vier weitere folgten.

»Was zum …?«, sagte Sam leise.

Sie gingen ans Fenster und sahen gerade noch, wie ein weißer Blitz an ihnen vorbeischoss und in Richtung Rosemarys Cottage lief.

»Ich sperr sie in die Scheune, bis Julie zurück ist«, sagte Rosemary.

Sie rannte die gesamte Strecke zum Haus und fand Helen über Tasha gebeugt, die flach auf dem Bauch und laut hechelnd am Boden lag. An ihrer Brust zeichnete sich ein dunkelroter Blutfleck ab. »O mein Gott, sie ist angeschossen worden«, keuchte Rosemary.

»Das glaube ich nicht«, erwiderte Helen. »An deiner Stelle würde ich den Hund so schnell wie möglich waschen«, murmelte sie noch, während sie bereits davonschritt.

Rosemary strich der Hündin über das dicke silbrige Fell, fand aber keine Wunden. Sie zerrte sie zum Gemüsebeet, band sie dort fest und richtete den Wasserschlauch auf sie. Tasha rührte sich nicht, zitternd stand sie nur da, bis sie sauber gewaschen war. Und im dicken Fell kamen drei lange karmesinrote Federn zum Vorschein.

O Gott, dachte Rosemary, vom schlechten Gewissen gepackt, was ist so ein Papagei eigentlich wert? Und hatte Jeff nicht auch Emus und Loris?

Mit einem Pflanzenheber grub sie ein tiefes Loch und hackte dabei wie wild auf die Erde ein, um sich abzureagieren. Es reichte anscheinend nicht, die einzelnen Mitglieder dieser halsstarrigen Familie zu lieben, man musste auch noch an ihren Verrücktheiten teilhaben. Sie vergrub die verräterischen Federn und führte Tasha in die Scheune.

18 Es war der Tag, bevor das Konzert und das Fest stattfinden sollten. Nach wochenlangen Vorbereitungen und Werbekampagnen herrschte auf Woodlands und in der Umgegend der Burg das Chaos. Männer zimmerten einen Tanzboden und eine provisorische Bühne zusammen; bunte Markisen schossen wie Fliegenpilze aus dem Boden, und der Rummelplatz wurde aufgebaut.

Alle hatten ihren Spaß daran, nur Sam und Rosemary nicht: Matthew Dearlove wollte den Kreditrahmen mit sofortiger Wirkung verringern, was ganz und gar unmöglich war.

»Vielleicht bringt das Fest genügend Geld ein, um die Differenz auszugleichen«, sagte Rosemary. Sie blätterte in der Liste ihrer Gläubiger, als das Telefon klingelte.

Sam nahm ab. Es war Tom Bowles, der Leiter des landwirtschaftlichen Guts. »Bei uns treibt sich jemand mit einem verdammt großen Schild herum, auf dem ›ARGUS‹ steht; er macht Fotos von den Schweinen.«

»Was ist ›ARGUS‹?«

»Eine dieser Tierschutzorganisationen, die von Frauen geführt werden, die mit ihrer Zeit nichts Besseres anzufangen wissen.«

»Warum kümmern Sie sich nicht darum, Bowles? Ich hab zu tun.«

»Es ist Ihr Grundstück. Nehmen Sie sich doch seiner an.« Er legte auf.

Sam rief Julie an. »Ein Mann von einer Tierschutzinitiative fotografiert die Schweine«, sagte sie. »Kannst du mal nachsehen und herausfinden, was da vor sich geht?«

Martin Luther Keyes kauerte vor einem Schweinestall, in dem ein junger Eber regungslos in seinem Holzkäfig stand. Das Tier konnte sich setzen, es konnte stehen, aber das war alles. Seine gesamte Energie ging in die Schinkenproduktion. Es bleckte die Zähne und rollte mit den Augen. Luther fotografierte das Tier von allen Seiten und ging dann weiter. Im nächsten Stall kletterten zwölf kleine Ferkel übereinander und suchten laut quiekend nach ihrer Mutter.

In diesem Moment hörte er hinter sich eine weibliche Stimme: »Hallo! Sie haben hier nichts verloren. Haben Sie sich verlaufen?«

»Nein, ich bin genau da, wo ich hin wollte.«

»Wer hat Ihnen erlaubt, die Ferkel zu stören?«

»Sie sind schon verstört. Sie haben ihre Mutter verloren.«

»Tierhaltung ist grausam, nicht wahr? Ich nerve Großvater schon seit längerem, die Tiere aufzugeben und sich auf den Hopfen zu konzentrieren. Er wäre sogar dazu bereit, aber Tom Bowles, der Leiter des Guts, besitzt Anteile an der Schweinezucht. Tom hat das Ganze aufgebaut, und er ist lächerlich stolz auf seine Schweine. Es gefällt mir nicht, wenn sie so eingepfercht sind, und noch weniger gefällt es mir, wenn sie zum Schlachthof geschickt werden.«

»Dann sind Sie Vegetarierin?«, fragte Luther und machte sich noch nicht einmal die Mühe, zu ihr aufzublicken.

Es kam keine Antwort.

Er erhob sich und sah sie an. Ihre Augen waren von einem leicht schimmernden, transparenten Blau, ähnlich der Farbe eines diesigen Sommerhimmels, ihre Haut war perlweiß, und ihr Haar besaß eine silbrige Leichtigkeit. Es umrahmte ihr blasses Gesicht und fiel ihr über die nackten Schultern.

Luther wusste nicht, was er sagen sollte. Er wusste nur, dass ihm das Blut durch den gesamten Körper schoss und sich ein leichtes Schwindelgefühl in seinem Kopf ausbreitete.

»Natürlich bin ich Vegetarierin«, sagte sie. »Sie nicht?«

»Ich heiße Martin Luther Keyes. Ich bin im Auftrag von ›ARGUS‹ hier, dahinter verbirgt sich die Organisation zur Rettung landwirtschaftlicher Nutztiere. Wir nehmen uns aller Tiere an, die von Menschen ausgebeutet werden. Ihr Gutsleiter sagte mir, ich solle verschwinden, ich fürchte jedoch, ich habe ihm nicht Folge geleistet.«

»Bowles hat soeben meine Schwester angerufen, deswegen bin ich hier, um nachzusehen. Sie hat viel zu tun, und Großvater, dem das Gut gehört, ist erst vor kurzem aus dem Krankenhaus entlassen worden. Ich bin Julie.«

»Sie können mich Luther nennen.« Er gab ihr die Hand.

Sie strich ihr Haar zurück und sagte: »Okay, Luther, ich zeige Ihnen die Schweineställe, wenn Sie es denn ertragen können. Vielleicht erzählen Sie mir ja so lange was von Ihnen.«

Sie schlug ein schnelles Tempo an, vorbei an den Reihen der Betongefängnisse; ihr weißer Hund wich ihr nicht von der Seite. Luther folgte ihr. Kurz überlegte er, sich einen Lebenslauf auszudenken, der sie beeindrucken könnte, beschloss dann aber, bei den Tatsachen zu bleiben. »Ich bin Rechtsanwalt, Julie, eigentlich auf Arbeitsrecht spezialisiert. Vor einem Jahr habe ich meine eigene Kanzlei eröffnet, wohne aber noch umsonst bei meinem Onkel. Ich berate einige Gewerkschaftsgruppen, könnte aber noch einige Klienten gebrauchen. Vor einigen Monaten hat eine Tierschutzgruppe mit mir Kontakt aufgenommen. Sie brauchten jemanden, der ihnen half, ihr Anliegen in die Öffentlichkeit zu bringen, und der vor Gericht diejenigen vertritt, die während der Aktionen verletzt wurden. Bei Demonstrationen gegen die Fuchsjagd haben einige Tritte von Pferden abbekommen… Solche Fälle eben.«

Er starrte auf den Hund, den sie an der Leine führte. War das überhaupt ein Hund? Er sah eher wie ein Wolf oder eine Wolfsmischung aus.

»Ein wunderbares Tier«, sagte er.

»Ein Husky. Sie heißt Tasha.«

Er wollte sie streicheln.

»Nein.« Sie fasste nach seiner Hand, zog sie von der Hündin weg, ließ sie aber nicht los. »Sie ist so ängstlich, dass sie leicht zuschnappt. Ich nehme sie überall mit, damit sie lernt, dass ihr nicht jeder wehtun will.«

»Sie passt gut zu Ihnen. Aber sie muss oft geschlagen worden sein, sie weist Verbrennungen auf, wie es aussieht. Und betrachten Sie ihren Hals. Macht man das nicht so mit den Hunden in Sibirien?«

Plötzlich wirkte sie verwirrt, schockiert und verängstigt zugleich. Es war ein Schuss ins Blaue, dachte Luther, aber er hatte gesessen. Er hatte von der Gruppe gehört, die durch Sibirien gereist war; sie musste daran teilgenommen haben. Und du siehst ebenfalls verletzt aus, Julie, dachte er.

Es überraschte ihn nicht, als die Hündin an seiner Hand schleckte. Julie jedoch umso mehr. Tiere hatten ihn schon immer gemocht.

»Sie sind der Erste, mit dem sich Tasha anfreundet. Schauen Sie sich das nur an!« Sie entspannte sich sichtlich.

Du vertraust ihrem Urteil mehr als deinem eigenen, dachte Luther. Er strich der Hündin über die Flanken, spürte die Narben, die Verbrennungen, aber auch die Kraft, die in ihren sehnigen Gliedern steckte. »Seien Sie vorsichtig mit ihr«, sagte er. »Wenn sie abhaut, werden Sie sie nie wiedersehen. Sie wird Schafe reißen, und früher oder später wird man sie erschießen.«

In ihrem Blick lag Bestürzung.

»Ich muss jetzt gehen. Schön, Sie kennen gelernt zu haben. Und vielen Dank für Ihre Hilfe. Hier ist meine Karte.« Er gab ihr nochmals die Hand und ging.

Julie sah ihm nach, wie er über den Feldweg zu seinem Wagen schritt. Seine großen orientalischen Augen hatten sie an die

Statuen antiker ägyptischer Grabmäler erinnert. Und Tasha hatte ihn gemocht. Sie sollte sich lieber auf den Weg machen und Sam erzählen, was geschehen war.

Sam wirkte genervt. »Dieser Typ, kann der uns Probleme bereiten?«

»Vielleicht. Und wir hätten sie verdient.«

Julie kauerte sich vor Tasha und schlang die Arme um das Tier. »Als ich Tasha in diesem winzigen Käfig sah – er war so klein, dass sie sich kaum rühren konnte –, da dachte ich, was müssen das für Ungeheuer sein, dass sie ein Tier so grausam behandeln können? Aber wir machen es doch genauso. Wir behandeln die Schweine genauso, wie Tasha behandelt wurde. Willst du das denn nicht einsehen?«

Julie brach in Tränen aus, und dann – sie kam sich dabei sehr, sehr dumm vor – rannte sie davon.

19 Woodlands glich einem Schlachtfeld. Der Parkplatz war bereits überfüllt, dennoch kamen immer weitere Fahrzeuge, Motorräder und Busse mit Dehlias Fans. Von überall her tönte Musik.

»Oh, was hab ich nur getan?«, stöhnte Sam. Sie kam sich in ihrem Robin-Hood-Kostüm äußerst lächerlich vor, während sie Dehlias Roadies beobachtete, die in ihren bunten Lastern über die Grasflächen walzten und tiefe Reifenabdrücke im Boden hinterließen. Sie parkten hinter der Burg, und nur Minuten später fielen sie mit ihren kilometerlangen Kabeln und Mikrofongalgen über die Ruinen her.

Dehlias Auftritt war für zweiundzwanzig Uhr geplant. Vorher war für ein umfangreiches Unterhaltungsprogramm gesorgt: Shireen spielte die Wahrsagerin, es gab Inline-Skating, einen Schönheitswettbewerb, einen Tanz um den Maibaum und traditionelle Sportarten, die von der Kaledonischen Gesellschaft organisiert wurden. John leitete die Bierprobe, und Steve, der Tierarzt, beaufsichtigte den Parkplatz. Greg, Walter und das Team der Werbeagentur fungierten als Jury bei den verschiedenen Wettbewerben.

Die Dorfbewohner hatten in voller Stärke die Buden besetzt und konkurrierten um die Großstadtjugend. Die Besucher allerdings zogen den Biergarten vor, der von Jim vom Castle Arms betrieben wurde.

»Trinkt!«, murmelte Sam nur. »Trinkt uns den gesamten Vorrat an Grey Wolf weg.«

Sie sah zum Himmel hoch. Es war zu schön, um wahr zu sein. Nicht der kleinste Wolkenfetzen war zu sehen, nur ein weiter azurblauer Himmel, der sich bis zum Horizont erstreckte; und es war heiß. Das beste Wetter für den Durst. Würde es halten? Es musste.

Rosemary stand oben auf einer Leiter und hämmerte die letzten Vorhänge über die Puppenbühne. Jeff Brink sah ihr dabei zu. »Hi, Sam«, rief sie. »Komm rüber! Wusstest du schon, dass Jeff singen wird? Bleib hier und schau zu.«

Jemand drehte die Musik an, und die ersten Tonfolgen von »Oh When The Saints Go Marching In« erschallten. Sie klangen hinter den Vorhängen sehr blechern.

Sam hatte schon immer ein Faible für Puppenbühnen besessen. Fasziniert sah sie zu, wie der Vorhang aufging und eine Cowboy-Puppe auf die kleine Bühne stolzierte. Sie hatte eine winzige Kamera um den Hals hängen, trug einen Stetson und große Lederstiefel mit Sporen. Die zweite Puppe erschien in Jeans und T-Shirt, wackelte mit den Hüften und klimperte mit den Wimpern. Sam rang nach Luft. Die Puppe besaß riesige Brüste, einen fulminanten Hintern, eine Wespentaille, große braune Augen und Wimpern wie Pferdeschwänze. Das konnte doch keine Karikatur ihrer selbst sein? Unbewusst zog sie ihr Wams weit über ihren Po. Der war doch nicht so dick, oder?

Der Cowboy wandte sich an das Publikum und begann zur Melodie zu singen: »Wie schön ist es, ein Lord zu sein. Ich hab 'nen Titel und ein Wappen und kann auch für ein Weib berappen.«

»Sehr drollig, aber ich kapier den Witz nicht ganz«, hörte Sam direkt hinter sich eine tiefe Stimme mit amerikanischem Akzent sagen. »Alle anderen scheinen damit kein Problem zu haben.«

Sie fuhr herum. Es konnte doch nicht sein ... Sie lief rot an. Nein, er würde erst in einigen Wochen kommen.

»Ich heiße Richard«, sagte er. »Ich war auf der Durchreise und habe die Musik gehört.«

Sam seufzte vor Erleichterung und grinste. »Oh, hallo, ich bin Sam. Eigentlich Samantha. Ich glaubte schon ... Na ja, spielt ja keine Rolle.«

»Kann ich Sie auf ein Bier einladen?«, fragte er. »Ich trinke nicht gern allein.«

»Warum nicht? Solange Sie die richtige Sorte wählen.«

»Und die ist?«

»Woodlands. Das ist unser Bier. Wir haben allerdings auch einige unserer Konkurrenten eingeladen.«

Sam musste ihn anblinzeln, da er gegen die Sonne stand. Er nahm sie am Arm und führte sie mit langen, ausgreifenden Schritten zu den Fahnen; er war groß, Mitte bis Ende zwanzig und hatte dunkles, lockiges Haar. Die Fältchen um die Augen, die sich zeigten, wenn er lächelte, verliehen ihm etwas sehr Sympathisches.

»Der berühmte britische Humor. Nicht unbedingt subtil, jedoch leicht als solcher zu erkennen, also lacht man. Aber den Witz habe nicht verstanden. Vielleicht könnten Sie mir erklären, warum sich alle so amüsiert haben.«

Sie waren am Zelt angekommen.

»Zwei, bitte«, rief Sam Jim zu, als sie ihren Begleiter zu einem Tisch unter der Markise führte. »Wir brauchen Geld, um neue Biersorten auf den Markt bringen zu können. Also bin ich auf die Idee gekommen, unseren Titel zu verkaufen. Na ja, es ist kein richtiger Titel mehr. Früher war es die Bezeichnung für den Landjunker, heute bedeutet er kaum noch was.«

»Sie meinen, Sie verkaufen etwas völlig Wertloses?«

»Na ja, das hängt davon ab«, antwortete Sam. »Wir hoffen, ein texanischer Ölmilliardär, der sich aus dem Nichts hochgearbeitet hat, könnte vielleicht Gefallen daran finden. Sogar an diesem Titel«, setzte sie noch hinzu und kam sich dabei etwas albern vor. »Titel verkaufen sich heutzutage doch wie warme Semmeln.«

»Verstehe. Nun, man kann es lassen oder auch nicht, oder?«

»Natürlich. Jemand, der sein Selbstwertgefühl etwas aufmöbeln will, zahlt vielleicht ein Vermögen dafür. Und deshalb ist diese Puppenszene so witzig. Im Pub wurden Wetten darauf angenommen, wer denn letztendlich anbeißen wird. Heißester Favorit ist der Ölmilliardär mit einem Stetson, einer Kamera und Sporen an den Stiefeln.

»Ah, jetzt verstehe ich. Und das Mädchen?«

Sam wurde knallrot. »Ich denke, diese Puppe soll mich darstellen. Glauben Sie, ich sehe wirklich so aus?«

»Und Ihre heftige Verlegenheit rührt daher, dass Ihre Person für das dicke Ende der Geschichte herhalten muss?«

»Vielleicht nicht so sehr wegen des dicken Endes, sondern wegen des dicken Hinterns«, sagte sie.

Wenn er lächelte, schien er wie verwandelt. Er zwinkerte, und seine Miene hellte sich auf.

Sam sah auf die Uhr. Es war fast halb drei. Zeit zu gehen. Plötzlich fühlte sie sich in ihrem Robin-Hood-Kostüm alles andere als wohl. Sie hätte wie immer Jeans und T-Shirt anziehen sollen, nicht diesen absurden, schreiend grünen und goldenen

Aufzug, der ihren Po kaum bedeckte. Sie stand auf. »Bedauere, aber ich muss los. Schön, Sie kennen gelernt zu haben. Vielleicht sehen wir uns später noch mal.« Sie eilte zur Bühne, schritt die aus einfachen Brettern gezimmerte Treppe hinauf und griff sich das Mikrofon. Der große Amerikaner, sah sie, stand noch immer unter der Markise.

Eine Startpistole knallte, Brieftauben und Ballons stiegen in den Himmel auf, während Sam sagte: »Hiermit erkläre ich das Grey-Wolf-Bierfest für eröffnet. Ich wünsche allen großen Spaß dabei.«

Sie suchte ihren Platz auf: Der Schönheitswettbewerb, zu dessen Jury sie gehörte, sollte gleich beginnen. Als sie sich umblickte, sah sie Greg die Bühne emporsteigen. Toll, dachte sie, wie anmutig er sich bewegt. Er hatte faszinierende Augen und sah stets so aus, als würde er sich insgeheim über alles amüsieren. Es blieb ihr nicht verborgen, dass sich unter seinem dünnen flaschengrünen Seidenhemd die Muskeln wölbten. Er setzte sich neben sie und lächelte ihr vertraut zu. Fiona, Walter und Dave von der Werbeagentur sollten die Plätze neben ihm einnehmen. Aber wo steckten sie?

Himmel, war es heiß. Ihr Kopf begann zu pochen. Sie hätte an einem so heißen Nachmittag kein Bier trinken dürfen. Julie konnte es literweise in sich hineinschütten und bekam nie Kopfschmerzen davon.

Verstohlen blickte sie wieder zu dem Amerikaner, der sich mit Julie köstlich zu amüsieren schien.

»Du wirkst sehr zerfahren, Sam. Was lenkt dich so ab?«

Sam wandte sich zu Walter. »Ich hab gerade gedacht, wir hätten Julies Hund für die neuen Etiketten nehmen können. Er sieht wie ein Wolf aus, meinst du nicht auch?«

»Klar, es ist ein Wolf. Ich hab noch nie einen Hund mit solchen Augen und Zähnen gesehen.«

»O nein«, mischte sich Rosemary von hinten ein. »Es ist eine neue Rasse. Sie haben doch von der Himalaya-Expedition gehört, die sich auf die Suche nach dem Yeti gemacht hat. Sie war nicht ganz erfolglos. Sie hat nämlich den sehr seltenen Taschkent-Hund mitgebracht. Ist er nicht schön?«

»Wirklich? Lady Jane hat auch zwei davon. Ich habe letztes Wochenende nämlich in ihrem Landhaus verbracht. Eine wunderbare Frau, auch die Hunde sind wunderbar. Sie haben ein Vermögen gekostet.«

Was für ein arroganter Mistkerl, dachte Sam. Wie hatte sie mit ihm je ins Bett steigen können? Sie drehte sich weg und starrte direkt in Gregs amüsierte braune Augen. »So vertreibt man also die Wölfe«, sagte er in seinem betörenden tschechischen Akzent. Er zwinkerte, sie grinste ihm zu. Er war wirklich ein toller Kerl. Sie beschloss, ein wenig mit ihm zu flirten, um sich von Richard abzulenken.

20 Die Teilnehmerinnen des Schönheitswettbewerbs betraten der Reihe nach die Bühne. Sie trugen Bikinis und hochhackige Schuhe, wirkten etwas verlegen, aber sehr entschlossen. Sie stammten alle aus dem Dorf oder der näheren Umgebung.

Der Vikar, der neben Walter saß, lief knallrot an, als ihm das erste Mädchen, Maria, Pauls Tochter, ein Lächeln schenkte und mit den Hüften wackelte. Der Geistliche war ein schüchterner, freundlicher Mann, der nicht mehr ganz in der Gegenwart zu leben schien. Er holte ein Taschentuch heraus und betupfte sein Gesicht.

»Ich hab schon die Gewinnerin des Trostpreises«, kam es von Greg. »Das Mädchen mit den O-Beinen.«

Sam brach eine Lanze für Agatha. »Ihr mangelt es nie an männlichen Verehrern, außerdem ist sie unsere Dressur-Amazone.«

»Wow! Seht euch das an!« Walter schien wie vom Donner gerührt.

Sam sah in träumerische blaue Augen, die von langem, leicht gewelltem dunkelrotem Haar betont wurden. Das Mädchen lächelte ihnen lasziv zu und schwebte hinter den anderen her.

»Das ist meine Nummer eins.« Walter lehnte sich zurück und schloss die Augen.

Sam stieß ihn mit dem Ellbogen an. »Wir müssen auch noch die Nummer zwei und drei wählen. Du kannst dich noch nicht ausruhen.«

»Was genau tun wir hier eigentlich, Sam?« In der Stimme des Vikars schwang leise Kritik mit. »Warum müssen wir das alles ertragen?«

»Um Geld aufzutreiben.«

»Um unsere neue Biersorte einzuführen«, warf Rosemary scharf und belehrend ein.

»Wenn ihr Geld auftreiben wolltet, dann hättet ihr mich fragen sollen.« Greg zog eine Visitenkarte aus seiner Tasche; auf ihr stand: »G. Selo & Co., Import – Export«, darunter war eine Prager Adresse angegeben.

Sam spürte, wie es ihr im Magen und im Unterleib kribbelte, als sie Greg ansah. Sie bemühte sich, die Unterhaltung so unpersönlich wie möglich zu gestalten. »Erzähl mir von deinen Geschäften, Greg.«

»Ich bin solvent. Geld bei Lieferung, das ist mein Motto. Und genau das brauchst du doch, oder? Es gibt in Osteuropa einen großen Markt für Bier, aber nicht für deine leichten, hellen Sorten, sondern für starkes, dunkles Ale.«

»Ich muss zugeben, Bargeschäfte üben im Moment einen großen Reiz auf uns aus.« Sie lachte leise und versuchte, ihre Verzweiflung zu verbergen. »Du bist noch ziemlich jung für einen selbstständigen Unternehmer«, fuhr sie fort. »Der Anfang muss schwer gewesen sein.«

»Der Anfang ist immer schwer, und so bleibt es auch später. Das stellst du gerade fest, nehme ich an?« Er lachte – ein wenig verbittert, wie Sam zu hören meinte. »He, die ist nicht schlecht.« Er zeigte auf Maria, die ein apartes schwarzes Etuikleid trug.

»Kennst du Maria noch nicht?«

»Doch. Sie sieht so anders aus. Du willst also wirklich die Geschichte meines Lebens hören, Sam?«

»Ich bin sehr interessiert.«

»Okay, ich habe als Lastwagenfahrer angefangen, bis ich so viel zusammen hatte, um mir einen eigenen LKW zu kaufen. Das hat einige Jahre gedauert, aber dann konnte ich auf eigene Rechnung Waren liefern und andere Aufträge übernehmen. Ich habe begonnen, mir Kontakte und ein Vermögen aufzubauen. Langsam konnte ich einen Großhandel eröffnen, den Hauptteil meiner Einkünfte aber erziele ich mit dem Verkauf von Starkbier in Russland.«

Starkbier! Sam musste sich zusammenreißen, um nicht lauthals loszubrüllen. Sie hatte davon sechzehntausend Hektoliter in ihrem Lagerhaus liegen, deren Verfallsdatum in kaum sechs Wochen überschritten sein würde. »Vielleicht sollten wir uns mal unterhalten«, sagte sie.

Die Mädchen defilierten nun in Ballkleidern an ihnen vorüber. Ihre Gesichter waren von der Sonne gerötet und schweißüberströmt. Als sie alle an ihnen vorbeigezogen waren, hatte Greg sich einverstanden erklärt, den gesamten Vorrat mit zwanzig Prozent Rabatt abzunehmen, Zahlung bei Lieferung; er war zu ihrem Handelsvertreter für Osteuropa ernannt worden und wusste nun über ihre Marketing-Pläne fast ebenso gut Bescheid wie sie selbst. Allerdings musste sie sich eingestehen, dass sie über ihn kaum mehr wusste als vorher.

Die Halbfinalistinnen präsentierten sich wieder in Bikinis. Das Bier und die Hitze machten Sam schläfrig. Plötzlich schreckte sie hoch. Was hatte Greg gesagt?

»Sag Ja, komm schon«, drängte er. »In Pilsen gibt es eine ganze Reihe von Brauermessen. Bring dein Ale und deine neuen Sorten mit, und du wirst erstaunt sein, wie viele Aufträge du bekommst. Glaub mir, Sam, du musst außerhalb Großbritanniens verkaufen. Export! Nur so kannst du überleben. In drei Wochen findet die nächste Messe statt. Ich kümmere mich um alles Nötige. Du musst nur deine Teilnahme zusagen.«

Die Idee faszinierte Sam. Hemzo hatte gemeint, Balaton könne die lokale Nachfrage nicht erfüllen. Warum sollte sie sich von diesem lukrativen Markt nicht einen Teil sichern?

»Ich werde es versuchen, Greg.«

»Sam, du musst dir nicht die geringsten Sorgen machen. Ich zahle im Voraus. Aufgrund deiner Kapazitäten und meiner Märkte können wir beide Gewinn machen. Für den Anfang würde ich mich verpflichten, dir monatlich sechzehntausend Hektoliter Stout abzunehmen. Ich werde dir eine schriftliche Auftragsbestätigung zukommen lassen.«

Warum nicht? Sie könnten es versuchen. Die Menge entsprach einem Viertel ihrer Produktionskapazität, und zumindest hätten sie dann einen regelmäßigen Abnehmer, während sie die Pubs und ihre Sorten auf Vordermann brachte. Sie überschlug es schnell im Kopf. Sie würden noch immer Verluste einfahren, allerdings wesentlich geringere als vorher.

»Abgemacht!« Sie streckte ihm die Hand hin. Als er sie ergriff, fühlte es sich an wie ein elektrischer Schlag.

»Ich werde heute noch nach Prag reisen. Mein Anwalt wird morgen einen Scheck ausstellen und mein Fahrer das Bier abholen. Wir haben nicht mehr viel Zeit, um es zu verkaufen. Ich setze mich später mit John Carvossah in Verbindung. Nach meiner Rückkehr können wir ja die Einzelheiten besprechen. Und soll ich in der Zwischenzeit einen Stand in Pilsen buchen?«

Sam wischte ihre Zweifel zur Seite. »Klar. Ich werde wahrscheinlich noch andere Brauer aus Kent mitbringen. Ich bin mir sicher, dass sie Interesse daran haben.«

»Das hier dauert länger, als ich gedacht habe. Verzeih mir bitte, wenn ich nicht mehr bis zum Ende ausharre. Meine Stimme geht an Maria.« Greg verbeugte sich leicht und verließ seinen Platz.

»Kann es sein, dass ich das geträumt habe?«, murmelte sie, als John Gregs Platz einnahm. »Ich hab ihm das Stout mit zwanzig Prozent Rabatt verkauft. Ich war schon nahe daran, es abzuschreiben. Wie lange hält es sich noch?«

»Noch höchstens einen Monat.«

»Es ist also in Ordnung, dass ich ihm den Rabatt gewährt habe?«

»Aber natürlich! Schätz dich glücklich, dass es wegkommt. Ich hatte schon jede Hoffnung aufgegeben.«

Sie bemerkte, dass ihm das schlechte Gewissen ins Gesicht geschrieben stand. Sie legte ihm die Hand auf die Schulter.

»Die Sache mit dem Stout war nicht deine Schuld, John. Nimm es nicht so tragisch.«

»Natürlich war es meine Schuld. Ich hätte Trevor davon abhalten sollen, es zu brauen, aber damals … Wie auch immer, er macht noch einen kleinen Gewinn damit.«

Hatte Rosemary nicht gesagt, das Stout wäre Johns Idee gewesen? Sie fühlte sich leicht verwirrt und zweifelte für einen Moment daran, ob sie ihrem Erinnerungsvermögen noch trauen konnte.

## 21

Sam sprang mit einem strahlenden Lächeln auf, als sie ihren Großvater mit seinem Stock über die Holzbühne klappern hörte. »Großartig, du hast die ganze Strecke allein geschafft. Hast du große Schmerzen?«

»Es ist bei weitem nicht so schlimm.« John erhob sich, doch Trevor winkte nur ab. »Ich setz mich neben Rosemary.« Er begrüßte den Vikar und nahm Platz. »Hör zu, Sam.« Er beugte sich über ihre Schulter. »Mandelbaum ist hier. Ihm ist ernsthaft daran gelegen, den Titel zu erstehen, allerdings möchte er noch einige Recherchen durchführen, bevor er unterschreibt.«

»Welche Recherchen?«, fragte sie.

»Er interessiert sich für unsere Familiengeschichte.«

»Warum das denn? Durch den Kauf des Titels wird er noch lange nicht in unsere Familie aufgenommen.«

»Nein, nein. Aber er ist ein sympathischer junger Mann, der an dieser Lady-Godiva-Geschichte interessiert zu sein scheint. Er heißt Richard, Mendel ist sein Großvater. Er will die Archive durchforsten. Ich habe ihm gesagt, er könne es sich in der Bibliothek bequem machen. Er bringt auch einen Architekten mit, der sich die Burg ansieht. Er hat vor, sie renovieren zu lassen.«

»Ich hoffe, er friert sich dort zu Tode.« Mistkerl!, dachte sie. Er hatte bestimmt über sie gelacht.

Trevor musterte sie. »Hast du deine Meinung über den Verkauf des Titels geändert, Sam? Irgendwas scheint dir zu missfallen?«

»Ich bin ihm bereits über den Weg gelaufen. Er scheint mir nicht der Typ zu sein, dem an einem Titel etwas gelegen wäre. Ich frage mich, was ihn hier tatsächlich interessiert.«

»Spielt doch keine Rolle, solange er zahlt«, warf Rosemary ein. »Du wolltest den Titel verkaufen, und jetzt hast du einen Kandidaten. Ich verstehe nicht, was dich daran stört.«

»Du hättest ihn verpachten sollen«, mischte sich Walter ein.

»Woher weißt du davon?«

»Das ganze Dorf weiß davon. Rosemary gibt Unterricht in gesellschaftlicher Etikette. Wie er anzureden ist, solche Dinge. Sie hat sogar den Tambourmajorinnen gezeigt, wie sie sich zu verbeugen haben.«

Rosemary errötete. »Versteh doch, Sam, ihm geht es doch um den Glanz, den so ein Titel ausstrahlt. Deiner hat da leider nicht so viel zu bieten, also dachte ich, wir könnten ein wenig nachhelfen.«

Trevor, der spürte, wie verlegen sie war, kam ihr zu Hilfe. »Rosemary, du hast das Herz am rechten Fleck. Aber es stimmt, es mutet etwas seltsam an. Man würde nicht auf die Idee kommen, dass jemand wie Richard einen Titel erwerben möchte … Vielleicht liegt ihm sehr viel an persönlichem Renommee. Also, warum lassen wir ihn nicht die Preisverleihung übernehmen? Das wäre eine ausgezeichnete Gelegenheit, um ihm zu zeigen, wie es bei uns so zugeht. Sam, ich bin mir sicher, dass du ihn in unsere Gepflogenheiten einweisen möchtest.«

Trevor erhob sich.

»Wo willst du hin, Großvater?«

»Sachte, sachte, Sam. Benimm dich nicht wie deine Großmutter. Ich komme schon zurecht.«

»Ich mach mir eben Sorgen.«

»Meine Liebe, du bist hier in großer Freiheit aufgewachsen, das Gleiche musst du auch anderen zugestehen.« Plötzlich funkelten seine braunen Augen, seine Lippen aber blieben hartnäckig geschlossen.

»Übertreibe es nicht«, sagte Sam. Es war eben nicht ihr Tag. Sie atmete tief ein und war sichtlich darum bemüht, sich zusammenzureißen. »Okay, ich geh ja schon und suche diesen hochnäsigen Idioten.«

»Und wer entscheidet nun, wer den Wettbewerb gewinnt?« Walter klang verwirrt. Die Hitze machte ihm zu schaffen. Er hatte sein kariertes Jackett ausgezogen, der Rücken seines schwarzweiß gestreiften Hemds war durchgeschwitzt, seine Fliege welkte nur noch vor sich hin.

»Das überlasse ich dir. Ich vertraue deinem Urteil.«

Sam stand auf und blickte sich um. Es war nicht schwer,

Richard unter den Besuchern auszumachen, die er alle überragte. Er schritt auf den Biergarten zu und wirkte sehr irritiert. Einige der Einheimischen zogen vor ihm die Hüte, als er an ihnen vorüberging, und dann machte Jennifer, die Floristin am Ort, vor ihm einen Knicks.

»O Rosemary, was hast du nur angestellt!«, flüsterte Sam.

»Meinen Sie nicht auch, dass Sie mit Ihrem Humor hier ein wenig zu weit gehen?«, fragte Richard sie, als sie zu ihm aufgeschlossen hatte. »Oder gehört das ebenfalls zu Ihren Marketing-Maßnahmen? Falls dem so sein sollte, können Sie Ihre Speichellecker wieder abbestellen.«

»Wie können Sie es wagen, mir zu unterstellen …«

»Unterstelle ich etwas? Ich glaube nicht. Ich habe Ihnen klar und deutlich zu verstehen gegeben, dass Sie und Ihre Dorfbewohner sich des Betrugs zu verantworten haben, wenn Sie einen völlig falschen Eindruck von der Bedeutung des Titels erwecken.«

Nun nannte er sie auch noch eine Betrügerin. »Die zum Titel gehörenden Rechte waren in den Zeitungsanzeigen und in dem Brief, den ich Ihnen geschrieben habe, eindeutig aufgeführt«, erwiderte sie aufgebracht.

»Miss Rosslyn, Sie sehen nicht wie eine Gaunerin aus, aber Sie sind eine. Jemand wie Sie sollte es doch besser wissen. Sie machen sich die grundlegendste aller menschlichen Schwächen zunutze – das Bedürfnis, sich über seine Mitmenschen zu erheben. Und warum verkaufen Sie den Titel überhaupt? Des Geldes wegen?«

»Natürlich wegen des Geldes! Und ganz offensichtlich verfügen Sie über mehr Geld als Verstand. Sie tun mir Leid. Ich jedenfalls würde mich nicht wohl fühlen, wenn ich mir mein Selbstbewusstsein erkaufen müsste.«

»Wollen Sie nun diesen gottverdammten Titel und die dazugehörenden Rechte verkaufen oder nicht?«

»Sagen Sie mir erst, warum Sie ihn kaufen wollen.«

»*Falls* ich ihn kaufe.«

»Warum können Sie auf eine eindeutige Frage keine eindeutige Antwort geben?«

»Warum wollen Sie das wissen?«

»Antworten Sie auf Fragen immer mit Gegenfragen? Ich will es wissen, weil Sie einfach nicht der Typ sind. Außerdem meinte mein Großvater, Sie wollten vielleicht die Preise verleihen.«

»Ich bin nicht verpflichtet, Ihnen auch nur das Geringste auf die Nase zu binden, Miss Rosslyn, und ich werde ganz bestimmt nicht die Preise verleihen. Ich habe den Titel ja noch nicht gekauft. Ich verabschiede mich. Vielleicht sehen wir uns noch, es sei denn, ich werde hier noch mit ›Euer Majestät‹ angequatscht.«

Sam sah ihm nach, wie er mit hängenden Schultern davonschritt, und hatte das seltsame Gefühl, als würde sie ihn schon ewig kennen. Sie unternahm den heldenhaften Versuch, Richard aus ihren Gedanken zu verbannen.

Die Zeit für die Abschlussparade und die Preisverleihung war gekommen. Als Sam ihren Platz wieder einnahm, hatte sich eine große Menge um die Bühne versammelt. Das erste der Mädchen trat aus dem Umkleidezelt. Lächelnd, aber mit angespannter Miene reihten sich schließlich alle auf. Die Auswahlprozedur erschien Sam überaus grausam, und sie fragte sich, wie die Mädchen noch lächeln konnten, als sie von der Bühne abtraten. Schließlich wurden die Gewinnerinnen verkündet, und Sam überreichte die Preise. »Gott sei Dank ist es vorbei«, stöhnte sie.

Es war heiß unter dem gestreiften Zelt – und noch heißer unter dem aus mehreren Schichten bestehenden Zigeunerrock und der Bluse mit der engen Samtjacke. Am schlimmsten aber war der Schleier.

Im Zelteingang erschien ein großer dunkler Mann.

»Werter Herr, legt Silber auf meine Hand«, intonierte Shireen.

»Lass es gut sein, Shireen.«

»Mach schon, John, es ist für einen wohltätigen Zweck. Leg was in die Dose.«

Sein Anblick brachte ihr Blut in Wallung. Seltsam, dass nur er dazu imstande war. Er hatte immer diese Wirkung auf sie. Und er wusste es. Sein lasziver Blick strich über ihre steif werdenden Brustwarzen, ihre geröteten Wangen und brennenden Lippen.

»Wohin können wir?«

Sie sagte nichts, sondern stand nur auf, schloss den Zelteingang und schnürte die Plane fest zu.

Sie zog Rock und Slip aus und begann sich die Bluse aufzuknöpfen.

»Ich liebe dich«, sagte er. »Du weißt doch, es geht nicht nur um Sex.«

»Um was denn sonst?«

»Du bist ein Biest!«

»Willst du, oder willst du nicht?«

»Ich will. Bitte … bitte lass mich …«

John flehte immer um ihre Liebe. Er stand auf und löste seine Hose, aber sie stieß ihn auf den Stuhl zurück und setzte sich auf ihn, bis er tief in sie eindrang. Sie seufzte leise und überließ sich den Empfindungen des köstlichen Augenblicks.

»Sag was«, hörte sie ihn mit rauer Stimme sagen. »Du sollst mir doch die Zukunft vorhersagen.«

»Vergiss die Liebe«, murmelte sie. »Nimm jeden Augenblick so, wie er kommt, und gib dein Bestes, gleichgültig, was du gerade tust. Und hör niemals damit auf. Hör niemals auf.«

Ihr Körper straffte sich vor Spannung, sie konnte sich weder bewegen noch reden, gefangen in diesem letzten Augenblick der Erwartung. Seine rechte Hand legte sich über ihren Mund, während er sie mit der linken heftig an sich drückte. Sie wollte schreien, aber sie konnte nicht. Sie wand sich, keuchte und biss ihm in die Hand.

Und dann weinte sie. »O Gott, o Gott. Drei verdammt lange Jahre, und ich hab vergessen, wie es ist. O John, wie wunderbar, o mein Gott, wie wunderbar das ist.«

Nur Sekunden später kam auch er. »Und jetzt?«, fragte er brüsk. »Ich will wissen, was vor sich geht.«

Sie zog sich an und nahm ihre Karten zur Hand. »Du liebst jemanden, der nicht lieben kann. Könnte sie nur einen Bruchteil dessen empfinden, was du empfindest, würde sie noch in dieser Nacht mit dir durchbrennen. Aber sie kann nicht. Außerdem hat ihr Vater sie einem alten, reichen Mann versprochen, den sie noch nicht einmal zu Gesicht bekommen hat. Da sie nicht lieben kann, kann sie wenigstens die Vorteile starker Familienbande genießen: Kinder, Stiefkinder und die gesellschaftliche Stellung, die der Reichtum ihres Vaters mit sich bringt. Sie hat beschlossen, ihr Schicksal zu akzeptieren.«

»Und dein Wunsch, Schauspielerin zu werden? Was ist damit?«

»Dieses Mädchen … Nun ja, es hat Talent, aber es wird es dazu gebrauchen, um den anderen vorzuspielen, dass es glücklich sei.«

Plötzlich brach sie in Tränen aus. John konnte es nicht ertragen, sie so unglücklich zu sehen. »Hör zu, der Tanz hat begonnen. Komm, lass uns tanzen«, drängte er sie. »Ich werde mir was einfallen lassen, ich verspreche es.«

»Wenn es denn möglich wäre«, antwortete sie, während sie bereits die Zeltplane zurückschlug.

Sam hörte wütende Schreie. Sie sprang auf und sah noch, wie Shireen von ihrem Vater vom Podium gestoßen wurde. Entsetzt musste sie mit ansehen, wie John auf Shun Desai losging und zum Schlag ansetzte; Desai jedoch wich aus, trat mit dem Fuß zu, und John wurde von den Beinen gerissen.

»Mr. Desai, Mr. Desai!« Sam stürzte über das Feld. »Ich möchte Sie daran erinnern, dass Shireen dreiundzwanzig Jahre alt ist. Shireen! Komm, lass uns etwas zusammen trinken, ich hab dich den ganzen Tag noch nicht gesehen.«

»Sam, meine liebe Sam.« Desai hielt inne, als hätte er den Faden verloren. »Wie lange ist es her, dass ich noch Onkel Shun war? Mir kommt es vor, als wäre es erst gestern gewesen. Shireen und du, ihr seid zusammen aufgewachsen, aber unsere Lebensweise ist nun mal verschieden. Ich entführe Shireen nicht, sie ist verlobt und wird heiraten. Mit einem anderen Mann zu tanzen ist ganz und gar unmöglich. Das Tanzen, wie es im Westen praktiziert wird, ist unziemlich. Und was John Carvossah betrifft: Ich habe nicht die geringste Absicht, diesem Alkoholiker zu erlauben, dass er ihr Leben noch mehr ruiniert. Also, wenn du uns entschuldigen willst …«

»Shireen! Sag was, lass dich nicht so behandeln!«, rief Sam ihr nach, aber Shireen schritt unbeirrt zum Wagen, stieg ein und blickte sich nicht mehr um, als ihr Vater mit ihr davonfuhr.

Sam ging zu ihrem Platz zurück und setzte sich. John war verschwunden, auch von Rosemary fehlte jede Spur. Sie versuchte, sich wieder etwas zu beruhigen. Der Tag war vollauf zufrieden stellend gewesen, oder? Tausende hatten ihr neues Bier gekauft, und es schien ihnen geschmeckt zu haben. Sie hatte in Greg einen Abnehmer für ihr Stout gefunden, was einen großartigen Erfolg darstellte, und vielleicht sogar einen wichtigen Exportmarkt gewonnen. Warum hatte sie dann das Gefühl, als sei ihr der Boden unter den Füßen weggezogen worden?

22 Es war bereits Mitternacht und noch immer angenehm warm, was den Jugendlichen nur recht sein konnte, die sich im Umkreis der alten Ruine niedergelassen hatten, dachte Luther. O Gott, was für Müllberge! Um die Abfälle wieder wegzuräumen, würde eine Armee nötig sein. Dehlia war bei ihrem letzten Song angelangt, und jene, die dem Verkehrschaos entgehen wollten, stauten sich bereits an den Toren. Die Polizei würde alle Hände voll zu tun haben.

Tausende von Zuschauern waren erschienen, darunter auch ein paar üble Gestalten; einige von ihnen waren voll gepumpt mit Drogen. Luther hatte nicht die geringste Absicht, mit ihnen aneinander zu geraten, aber wenn es nicht zu vermeiden war, wollte er den Schaden möglichst gering halten. Er hielt sich am Rand der Menge auf, ließ seinen Blick über die auf dem Feld verteilten Gruppen schweifen und hielt Ausschau nach Julie. Er wusste, dass es dämlich war, was er hier tat – sie war nichts für ihn –, dennoch hatte ihn etwas, das stärker war als sein Verstand, hierher geführt.

Als Dehlia ihr Crescendo anstimmte, sah er Julie am Waldrand entlangschreiten. Sie sah in ihrem fließenden, knöchellangen weißen Kleid unglaublich aus. Das Haar fiel ihr über die Schultern. O Gott, wie schön sie war, fast unwirklich schön!

O Luther, sie will von dir doch überhaupt nichts wissen! Seine Beine aber führten ihn bereits zu ihr. Dann sah er, dass sie zugedröhnt war, und blieb stehen. Sie war kreidebleich, ihre Lider waren schwer, und so bewegte sie sich leicht schwankend zur Musik. Behalte sie mal lieber im Auge, dachte er.

Julie ahnte nicht, dass Luther sie beobachtete; sie schwamm auf einer Welle des Glücks. Ein großer Mann beugte sich über sie. Sie sah hinauf in sein blasses, kantiges Gesicht. Sein Oberkörper war nackt, dann kauerte er sich neben sie. »Du fliegst, Schwester, komm mit zu meinen Kumpels. Mit uns wirst du noch höher fliegen, versprochen. Wer bist du?«

»Spielt das eine Rolle?«

»Wie soll ich dich nennen?«

»Julie.«

»Wie wär's, willst du sniffen, Julie? Ist toller Stoff.«

»Nein, das mach ich nicht.« Sie lächelte.

»Wenn du's nicht ausprobierst, wirst du nie wissen, was dir entgeht. Du wirst nie wissen, wie sich die Musik wirklich anhören kann. Was Bäume wirklich sind. Komm schon, ich helfe dir. Nur tief einatmen, und dann warte, bis sich dir die Welt auftut.«

»Warum nicht?« Sie lehnte sich zurück und schloss die Augen. Bruchstücke der Realität verschoben sich wie die ständig variierenden Strukturen in einem Kaleidoskop. Vor ihr stand ein Mann, ein riesiger Mann mit schwarzer Haut, mit Augen wie Achat, die funkelten und glitzerten; er war auf eine Leinwand gemalt, und dann trat er aus der Leinwand, ergriff ihre Hand und zog sie hinauf in den finsteren afrikanischen Himmel. Die Leiden der Stammeskriege … Sie sah, wie der weiße Stamm kam und alles eroberte und wiederum besiegt wurde. Sie sah das Blut ihrer Eltern, das in der schwarzen Erde versickerte.

Für Luther war der Anblick Julies, die voller Drogen und hilflos war, eine einzige Qual. Dennoch hielt er sich zurück; er wollte wissen, wie weit sie gehen würde.

»Verdammt, wir leben im einundzwanzigsten Jahrhundert; Jungfrauen gibt es nicht mehr.« Sie weinte, und sechs verdreckte Biker versuchten sie zum Tanzen zu bewegen.

Luther schlenderte hinüber. »He, ihr da! Das ist meine Freundin. Sie kommt jetzt mit mir.«

Beleidigungen prasselten auf ihn nieder. Mehr Sorgen aber machten ihm die Schraubenschlüssel, die sie aus ihren Taschen zogen. Luther handelte schnell, bevor sie überhaupt wussten, was geschah. Kampfsport gehörte zu seinen Hobbys. Er packte sich denjenigen, der noch halbwegs bei Bewusstsein zu sein schien. »Was hast du ihr gegeben?«

»Verdammt, Mann, Ecstasy vielleicht. Ein wenig Coke vielleicht. Nicht viel. Nimmt doch jeder.«

Luther warf sich Julie über die Schulter, ging davon und hoffte, sie würden sich ihm nicht in den Weg stellen. Erst als er sich ihrem Haus näherte, begann sie zu strampeln.

»Nein, nein, ich will nicht nach Hause. Trevor ist vielleicht noch wach, und Sam hört alles.«

Er stellte sie ab. »Wenn du reden kannst, bist du auch in der Lage zu laufen. Du bist verdammt schwer.«

»Ich hab dich nicht gebeten, mich zu tragen.« Sie klang eingeschnappt. »Ich habe das Konzert genossen.«

»Du hast geweint; außerdem ist das Konzert vorbei.«

»Halt mich fest. Ich möchte mit dir schlafen«, flüsterte sie.

»Vergiss es! Zugeknallte Frauen machen mich nicht an«, grummelte er.

»Du hast doch schon im Schweinestall mit mir schlafen wollen. Ich hab's dir angesehen.«

»Ich will mit dir nicht vögeln, Julie, ich will dich lieben. Aber es gefällt mir nicht, was du mit dir anstellst.«

Julie sagte lange nichts; sie setzte sich aufs Gras und rutschte dann an den nächsten Baum. Luther ließ sich neben sie nieder.

»Ich werde jetzt gehen«, sagte er. »Ich bring dich vorher noch nach Hause. Dann kannst du tun und lassen, was du willst.«

»Bitte, geh nicht.«

»Dann rede.«

Sie seufzte. »Ach, es ist nur, wenn ich stoned bin, dann fühle ich mich nicht mehr so allein. Die meiste Zeit bin ich nämlich einsam.«

Ihre Geschichte sprudelte nur so aus ihr heraus. Auf der Farm ihrer Eltern war sie wegen ihres blonden Haars und ihrer milchigen Haut von jedem Arbeiter angebetet worden, und sie hatte deren Bewunderung erwidert. Nanny, eine große Zulu-Frau aus Natal, hatte sie aufgezogen und geliebt. Sie hatte all ihre Muttergefühle Julie entgegengebracht. Jason, der für die Rinder zuständig war, hatte ihr das Reiten beigebracht, als sie erst drei Jahre alt gewesen war, und von Johnson, dem Vormann auf der Tabakplantage, hatte sie tanzen gelernt. Schwarz stand für Schönheit, Freundlichkeit und Liebe. Das war ihre Welt gewesen, die ihr entrissen und ersetzt worden war durch einen kühlen englischen Himmel und ihren freundlichen, aber oftmals unzugänglichen Großvater.

»Weißt du, warum ich manchmal als Model arbeite?«, fragte sie.

»Um Geld und Ruhm zu erlangen, nehme ich an.«

»Nur wegen des Gelds. Ich brauche es, um nach Afrika zurückzukehren und dort von vorne anzufangen. Ich mache ihnen keine Vorwürfe. Aber uns. Wir haben uns noch nicht einmal die Mühe gemacht, ihre richtigen Namen herauszufinden.«

»Sie brauchen dort keine Kolonialisten mit Geld, die ihnen das Land abkaufen – die hatten sie schon. Was sie brauchen, sind Fähigkeiten. Was hast du in dieser Hinsicht zu bieten, Julie?«

Sie wirkte entsetzt. »Weiß nicht. Ich hab noch nie drüber nachgedacht.«

»Beginn eine Ausbildung, geh an die Universität. Und hör mit dem Modeln und den Drogen auf.«

»Sagst du anderen Menschen immer, was sie zu tun haben?«

»Nur, wenn sie mir etwas bedeuten. Ich muss jetzt los. Ich hab morgen zu arbeiten.«

Sie hielt seine Hand fest. »Luther, ich glaube … Ich glaube, ich liebe dich.«

Nicht mich, dachte er traurig. Für dich bin ich Jason und Nanny und Johnson in einer Person.

Sie spitzte leicht die Lippen wie ein sprödes, aber folgsames

Kind, das einen Kuss erwartet. Er spürte, wie sie ihn an sich zog, und er beugte sich vor, um ihr die Wange zu küssen; ihre Hand aber legte sich um seinen Nacken, sie neigte leicht den Kopf, und ihre Lippen öffneten sich ein wenig, als er sie mit seinem Mund berührte.

Er schob sie sich auf den Schoß und wiegte sie, bis sie einschlief.

Die Morgendämmerung brach an. Er konnte sie nicht hier lassen – noch immer trieben sich Zuschauer auf dem Gelände herum. Aber er konnte auch nicht länger bleiben. Er trug sie zum Haus. Die Eingangstür war nicht verschlossen, so ging er einfach hinein und legte sie auf eine Couch.

Luther fuhr auf seinem Motorrad nach Hause. Er hatte das starke Bedürfnis, sich so schnell wie möglich aus ihrem Leben davonzumachen. Aber sie brauchte ihn, und er wusste, er konnte ihr helfen.

## 23

Trevor nahm die Fähre von Nizza nach Ajaccio. Als die korsischen Berge aus dem nachmittäglichen Dunst auftauchten, lief ihm beim Anblick der hohen zerklüfteten Granitklippen, die sich über dichten, dunklen Wäldern erhoben, ein Schauer über den Rücken. Bald darauf roch er den feinen herben, süßlichen Duft des Maquis, den ein warmer Südwind verbreitete – den Geruch von Lavendel, Myrte, Zistrose, Rosmarin und Thymian. Ajaccio, in einer türkisfarbenen Bucht gelegen, hinter der sich die hohen Berge auftürmten, überraschte ihn. Aus der Ferne wirkte es sauber und weiß. Erst als er die Fähre verlassen hatte und in einem Taxi zu seinem Bestimmungsort unterwegs war, bemerkte er den bröckelnden Stuck, die ausgeschlagenen Ziegel, die zwischen Regenrinnen aufgehängte Wäsche und die Gräser, die aus Hausruinen hervorwucherten.

Sein Ziel war ein großes Eckhaus abseits der Hauptstraße. Das gesamte Erdgeschoss wurde von einem Restaurant mit Bar eingenommen, das den sentimentalen Namen »Vlata« führte. Von außen sah es ebenso heruntergekommen aus wie die übrige Stadt, drinnen aber war es warm und sauber; die Einrichtung bestand aus einer Mischung aus Modernem und Traditionellem – die Wände waren mit Eichenpaneelen verkleidet, Tische und Stühle bestanden aus Chrom. Die gut bestückte Bar nahm eine gesamte Wandbreite ein, und Michel saß im Rollstuhl hinter der Kasse und beobachtete aufmerksam seine Gäste.

Als Michel Trevor erblickte, beugte er sich vor und winkte. Trotz seiner weißhaarigen Locken sah er jünger aus, als seine siebenundsiebzig Jahre vermuten ließen. Aber er war blass; die Schießerei hatte ihn sichtlich mitgenommen. Er war immer groß und stark wie ein Stier gewesen, nun jedoch wirkte seine knochige Gestalt wie ein Kleiderbügel, an dem sein restlicher Körper aufgehängt schien. Nur seine Augen waren wie immer: eisblau, hart und intelligent.

Trevor humpelte, gestützt auf seinen Stock, durch das Lokal und begrüßte seinen alten Freund mit der traditionellen Umarmung. »Wie geht es dir? Ich wäre schon früher gekommen, aber mein Bein hat mich doch eine Weile aufgehalten.«

»Es tut gut, dich zu sehen, Trevor. Gehen wir. Josephina! Übernimm die Kasse.« Eine müde, grauhaarige Frau, die Michel als die verwitwete Schwester seiner Frau vorstellte, eilte zur Kasse, während Michel zu seinem Arbeitszimmer an der Rückseite des Hauses vorausrollte.

»Das Mittagessen wird bald aufgetragen. Was möchtest du trinken? Brandy? Wein?«

Trevor wählte trockenen korsischen Wein und nahm Platz. »Michel, du weißt, manchmal habe ich das Bedürfnis, über den Krieg zu sprechen … wie Menschen gestorben sind, was wir getan haben. Diese Erinnerungen sind übermächtig, du kannst sie nicht verdrängen, sie brechen immer wieder hervor. Aber es gibt kaum noch jemanden, der sich daran erinnert. Der Krieg bedeutet heute nichts mehr.«

»Vergiss den Krieg! Begrab ihn! Denk an die Gegenwart! Du siehst besser aus, Trevor. Wie auch immer. Du hast es da mit einem üblen Pack zu tun. Hat wohl keinen Sinn, wenn ich dich bitte, es aufzugeben, nehme ich an.«

»Nein, aber ich bemühe mich, wieder fit zu werden. Das war eines unserer Probleme. Wir waren nicht vorbereitet. Aber erzähl von dir. Wie geht's mit der Verletzung?«

»Praktisch ausgeheilt. Um mich musst du dir keine Sorgen machen, mein Freund. Ich werde den Rollstuhl bald wieder verlassen. Wenn meine Frau nicht wäre, hätte ich es schon längst getan.«

»Ich hätte dich da nicht reinziehen dürfen. Es tut mir wirklich Leid, Michel. Deswegen bin ich hier. Um dir das zu sagen.«

»Ach, Trevor, wir sind doch alte Freunde! Du hast bei mehreren Gelegenheiten das Gleiche für mich getan.« Er winkte ab.

»Damals war es was anderes.«

»Es war ein anderer Krieg, mehr nicht. Wie sieht dein nächster Schritt aus?«

»Ich werde mich ein wenig auf den Docks rumtreiben und die Augen offen halten, bis ich rausfinde, wer den geschmuggelten Alkohol in Empfang nimmt. Danach werde ich versuchen herauszubekommen, wer dafür bezahlt. Schritt für Schritt, wie in alten Zeiten.« Michel betrachtete ihn aufmerksam. »Erinnerst du dich noch, damals im Nahen Osten, als wir davon überzeugt waren, einen Maulwurf im Büro zu haben, aber nicht wussten, wer es sein könnte?«

Michel seufzte leise und versuchte abzuschalten. Das größte Problem mit dem Älterwerden war seiner Meinung nach, dass alle nur zurückblickten. Kein Wunder, dass sie mürrisch wurden. Er war nicht so. Vielleicht hatte es in seinem Leben nicht viel gegeben, auf das er zurückblicken konnte. Er hatte ein ereignisloses Leben geführt. Noch im selben Monat, in dem er wieder nach Korsika zurückgekehrt war, hatte er geheiratet. Seine Frau und er waren zusammengeblieben und hatten fünf Kinder großgezogen. In seinem Leben war nichts Außergewöhnliches geschehen, von einigen Momenten abgesehen …

Er bemerkte, dass Trevor auf einen Kommentar wartete.

»Na ja, spielt alles keine Rolle mehr«, sagte Michel. »Wie geht es George?«

»Gut. Ich werde ihn morgen besuchen. Er ist ein großes Tier im Braugewerbe. Isst und trinkt zu viel. Das ist sein Problem. Er isst sich noch ins Grab, wenn er nicht aufpasst.«

»Gut, dann folgen wir seinem Beispiel. Hier kommt unser Essen. Das Essen ist bei uns eine sehr ernste Angelegenheit. Erst essen wir, und dann reden wir über das Geschäft. Komm! Oliven wie diese wirst du noch nie gekostet haben, sie kommen aus unserem eigenen Garten, und meine Frau backt das Brot. Später werden wir uns einen Plan ausdenken.«

Als die Bedienung die Teller abräumte, sagte Michel: »Hör zu, wir Korsen halten zusammen – außer in politischen Dingen. Das sagt einem schon der Verstand, was? Jedenfalls, wir haben diese Sache gemeinsam begonnen, wir werden sie auch gemeinsam beenden. Wir müssen unsere Energie bündeln. Wie weit bist du?«

»Ich bin noch immer nicht über die Frage hinausgekommen, warum sie es ausgerechnet auf Woodlands abgesehen haben. Es könnte einen weiteren Versuch darstellen, das britische Braugewerbe zu unterwandern. Ich nehme an, die führenden Köpfe gehören zum organisierten Verbrechen in Russland. Aber wenn das so ist, warum haben sie ausgerechnet Woodlands im Visier? Hat der Schmuggel in irgendeiner Weise mit dem Übernahmeangebot zu tun? Ich hab noch nie an Zufälle geglaubt.«

»Demnach willst du herausfinden, wer hinter dem Bierschmuggel nach Kent steht?«

»Das ist der erste Schritt. Ich habe da so eine Idee.«

Die beiden ehemaligen Partisanen saßen den ganzen Nachmittag zusammen und entwarfen ihren Plan. Die Abenddämmerung brach bereits herein, als Trevor aufstand und sich verabschiedete.

»Wir sind nicht mehr die Jüngsten«, sagte Michel. »Sei vorsichtig. Ich melde mich bei dir.«

»Keine Sorge, es ist nicht mehr so wie früher. Nicht wir befinden uns auf feindlichem Terrain, sondern sie. Wenn ich auf Schwierigkeiten stoße, muss ich nur die Bullen holen.«

Noch immer der gleiche überhebliche Hurensohn, dachte Michel, als Trevor im Taxi Richtung Flughafen davonfuhr. Noch immer die gleiche aufrechte Haltung, mit leicht hängenden Schultern, die gleichen dunklen, argwöhnischen Augen, das gleiche zynische Lächeln. Sehr von sich überzeugt, vor allem jetzt. Er hat sich im Alter kein bisschen verändert.

George Davenport wohnte in einem weitläufigen Haus außerhalb von Ashfort in Kent. Trevor hatte ihn sonst immer mit dem Auto besucht, da jedoch sein rechtes Bein nach wie vor schmerzte, nahm er den Zug. Am Bahnhof mietete er sich ein Taxi, und zwei Stunden später traf er bei George ein.

»Großer Gott, Trevor!« George eilte ihm entgegen und umarmte ihn überschwänglich. »Hättest du angerufen, dann hätte ich dich vom Bahnhof abgeholt. Du bist doch mit dem Zug gekommen, oder?« George schüttelte ihm die Hand, sodass es Trevor fast von den Beinen riss.

George sah trotz seines Herzschrittmachers aus wie immer. Sein Gesicht war zu rot, und seine blassblauen Augen schimmerten vor freundschaftlichen Gefühlen. Er führte Trevor durch die ausladende Eingangshalle mit alten Familienporträts in sein Arbeitszimmer. »Was darf es sein?«

»Nur Sodawasser«, antwortete Trevor, während er sich in

einen breiten schwarzen Lederarmsessel fallen ließ. »Ich unterziehe mich gerade einem Fitnessprogramm. Das letzte Mal war mir eine Lehre. Wie geht's deinem Herzen?«

»Keinerlei Probleme. Mein Arzt jammert zwar ständig, aber ich fühle mich wunderbar.« Er machte sich mit den Gläsern und Nüssen und dann an den Flaschen zu schaffen, um den richtigen Whisky zu finden. »Wie geht es dir?«, fragte er, als sie sich beide gegenübersaßen.

»Ganz gut. Das Bein wird besser. Das schlimmste Problem ist meine allzu fürsorgliche Familie.«

»Ich wäre froh, wenn ich dieses Problem hätte«, antwortete George nachdenklich. Er leerte sein Glas und blickte an Trevor vorbei zum Fenster. »Ich hätte gern geheiratet, habe aber nie die richtige Frau gefunden. All das hier wird mein Neffe bekommen. Willst du noch was zu trinken?« Trevor schüttelte den Kopf. George schenkte sich einen weiteren Scotch ein.

»George, es ist wichtig, fit zu bleiben. Würde dir nicht schaden, wenn du ein wenig auf dein gutes Leben verzichten würdest. Und wenn du vor allem den Alkohol wegließest.«

»Du hast natürlich Recht, aber ich weiß nicht genau, warum ich mir das antun sollte.« Er hielt inne, dann wechselte er das Thema. »Wie sieht dein Plan aus? Jedenfalls kannst du auf mich zählen. Ich hatte schon seit Jahren nicht mehr so viel Spaß, trotz meiner Herzprobleme.«

»Erzähl mir, was '94 geschehen ist. Ich weiß, die Russen haben damals versucht, sich in Großbritannien festzusetzen, jedoch vergeblich. Das ist alles, was mir zu Ohren gekommen ist. Du kannst mir sicherlich mehr erzählen, oder?«

»Ich werd's versuchen.« George stützte sich mit den Ellbogen auf die Knie. »War eine komische Sache. Hatte überhaupt nichts mit normalen Mafia-Aktivitäten zu tun. Die Kerle, die wir zu Gesicht bekamen, behaupteten, einer dieser quasioffiziellen Handelsmissionen anzugehören. Eine Zeit lang glaubte ich, alles sei nur der unausgegorene Versuch der neuen Regierung, die russische Brauindustrie in private Hände zu überführen. Man hat uns eine Delegation geschickt, die uns den wechselseitigen Handel mit Russland schmackhaft machen wollte, und wir – das heißt die britischen Brauer – meinten: ›Na ja, probieren wir's eben.‹«

»Und was ist dann genau passiert, George?«

»Wir dachten, es ginge darum, ihre Produkte zu vermarkten, aber genau das Gegenteil war der Fall. Sie wollten unsere Spirituosen und unser Bier in Russland verkaufen. Und jetzt frag ich dich, was besser wäre?«

Trevor lächelte. »Demnach habt ihr die Flitterwochen genossen?«

»Sie haben einige Monate angehalten, aber dann setzten die Komplikationen ein. Sie wollten erst alle Exporte nach Russland und dann nach ganz Osteuropa kontrollieren. Und schließlich lief alles auf Schutzgeldzahlungen hinaus. Wenn wir nicht gezahlt haben, gingen unsere Lieferungen beim Eisenbahntransport verloren – und wir konnten nichts dagegen tun.«

»Schutzgelderpressung im großen Stil.«

»Ja. Etwa um diese Zeit begannen einige von uns, sich dagegen zu wehren. Ich habe unseren Verkaufsleiter, Donald Shaw, nach Russland geschickt, damit er unsere ehemaligen Märkte für uns wieder erschloss. Er musste feststellen, dass wir nichts mit der Eisenbahn verschicken konnten. Die gesamte russische Eisenbahn wird von der Mafia kontrolliert. Wir haben einige Lieferungen eingeflogen, aber mit denen wurde kurzer Prozess gemacht. Wir haben sogar versucht, das Zeug einzuschmuggeln: Wir haben einige Wodkaflaschen zwischen Sojasoße versteckt, die wir über Hongkong verschickten. Natürlich sind sie abgefangen und konfisziert worden.

Schließlich wurde Don von seinem Fahrer gewarnt, er müsse Russland verlassen. Man habe ein Attentat auf ihn vor. Er verriet ihm sogar, wann es geplant sei: an einem Freitagabend, wenn Don allein zu seinem Lieblings-Nachtclub fuhr. Der Wagen flog in die Luft, doch Don saß natürlich nicht drin. Leider wurde sein Fahrer am nächsten Morgen auf dem Gehweg erschossen. Das war der Punkt, an dem ich darauf bestand, dass Don Russland sofort verließ. Hat aber nichts geholfen.«

George lächelte bekümmert und blickte unsicher zu Trevor. »Don konnte die Männer in ihrem Londoner Büro identifizieren; es waren dieselben, mit denen er in Moskau verhandelt hatte. Einige Tage später wurde er bei einem Anschlag in London getötet. Keiner konnte den Russen was nachweisen.«

»Wie schrecklich!«, sagte Trevor.

»Ja, eine fürchterliche Sache.« George schloss die Augen. »Die meisten von uns ... Na ja, diejenigen im Management jedenfalls, wir sind wie eine große Familie ...« Er riss sich zusammen. »Ich nehme an, du hast gehört, in welche Schwierigkeiten Douglas sich gebracht hat.«

»Ja, aber keine Details.« Trevor strich sich durchs Haar und fragte sich, was ihm bislang noch alles entgangen war. »War er ebenfalls in dieses Geschäft verwickelt?«

»Ja, und wäre seine Frau nicht gestorben, hätten wir nie davon erfahren. Douglas war als einer der größten Wodkaproduzenten von Anfang an ein entschiedener Befürworter der wechselseitigen Handelsbeziehungen mit Russland. Einige andere Spirituosenhersteller schlossen sich ihm an, aber als Beatrice starb, wandte sich Douglas sofort an Scotland Yard. Die übliche Geschichte, die mir allerdings auch nicht in allen Einzelheiten bekannt ist.« George errötete, er wirkte verlegen. »Irgendeine Ninette, zu ihrer Zeit eine berühmte Schönheit, besaß kompromittierende Fotos von sich und Douglas; sie hatte ihn überredet, seine Geschäfte ausschließlich über die russische Firma abzuwickeln.«

»Und er hat das Spiel monatelang mitgespielt?«

»Ja. Sie stritt zwar ab, dass sie mit den Genossen irgendetwas zu tun hätte – sie sagte, sie hätte alles nur aus Freundlichkeit getan –, konnte allerdings nicht erklären, wie sie zu ihrem teuren Wagen und ihrem Luxusapartment gekommen ist.«

»Ist sie angeklagt worden?«

»O ja. Sie hat ein paar Jahre bekommen. Sitzt wahrscheinlich noch immer im Gefängnis. Kurz bevor Scotland Yard eingeschritten ist, haben diese Typen einen nicht unbeträchtlichen Prozentsatz von allen Exporten in die osteuropäischen Staaten kassiert. Den Russen hat man Flugtickets nach Moskau gegeben, und ihre Firma wurde in aller Stille liquidiert. Die meisten haben geglaubt, sie sei Pleite gegangen.«

Trevor erhob sich und klopfte George auf die Schulter. »Ich habe das Gefühl, sie versuchen es wieder. Aber, um die Wahrheit zu sagen, George, ich finde keinen, der mich ernst nehmen würde. Außer dir und Michel.«

»Genauso ist es mir beim letzten Mal ergangen. Natürlich stellen diese Typen irgendwann alles auf eine legale Basis. Aber mindestens die Hälfte ihrer Aktionen verstößt gegen geltendes Recht. In einigen Jahrzehnten jedoch werden sie ganz legal auf ihrem Reichtum sitzen. Und sie haben ihr altes Netzwerk, auf das sie sich verlassen können. Gott stehe jedem bei, der sich ihnen in den Weg stellt.«

»Du hast völlig Recht, aber genau das sollten wir zu vermeiden suchen, vor allem in Großbritannien. Wir haben schon genügend eigene Probleme. Es steht viel auf dem Spiel, George. Die russische Mafia will hier Fuß fassen, George, und mit dir aller Voraussicht nach sicherlich wieder Kontakt aufnehmen.«

»Ach!« Er rümpfte verächtlich die Nase. »Sollen sie es ruhig versuchen!«

Aber du hast eine Achillesferse, mein Freund, nämlich deine Einsamkeit, dachte Trevor, als er sich verabschiedete.

24 Mit George verbindet mich eine lange Geschichte, dachte Trevor, als sich der Zug langsam auf London zuschlängelte. Sie begann an einem sonnigen Herbstnachmittag 1939. Trevor und eine Gruppe von Studenten hatten sich vor Downing Street Ten zu einer Demonstration versammelt; auf seinem Plakat stand in englischer und tschechischer Sprache: »München darf sich nicht wiederholen! Kämpfen wir für Polen, oder wir werden unsere Schande niemals wieder gutmachen können.«

Mit fünf anderen wurde er von einem freundlichen Bobby zu einem Kastenwagen geführt und zu einem finsteren Gebäude in Battersea gebracht, das als »Jenkins – Import-Export« firmierte. Dort wurde er in einen Raum gestoßen, in dem mehrere Stühle und ein Tisch standen. Anschließend, als die Reihe an ihn kam, wurde er von einem jungen Mann seines Alters etwa eine halbe Stunde lang auf Tschechisch ins Kreuzverhör genommen. Der andere gehörte zweifellos zum britischen Establishment, sprach aber Tschechisch wie ein Einheimischer – er nannte sich damals, bevor er seinen Titel erbte, der »Ehrenwerte« George Bulpin.

»Wer war für den tschechischen Spruch auf dem Plakat verantwortlich?«, hatte der junge Mann mit dem blonden Haar und den blassblauen Augen Trevor gefragt. Auch damals war George bereits leicht füllig gewesen. Erst nach den fünf Jahren in der Tschechoslowakei wirkte er schlank; es hat ihm besser gestanden, dachte Trevor.

»Ich.«

»Wieso sprechen Sie diese Sprache so gut?«

Zum Teil lag dies natürlich an Mira, dem fröhlichen Mädchen, das Trevor in einer tschechischen Brauerei kennen gelernt hatte. Sein Vater war Brauer, und wenn Trevor seinen Abschluss in Cambridge machen wollte, hatte er dafür eine Gegenleistung zu erbringen: Er musste in den Ferien in den besten Brauereien der Welt arbeiten, von denen viele in der Tschechoslowakei angesiedelt waren. Außerdem besaß Trevor Talent für Sprachen.

Nach dieser Unterredung folgten monatelanges Training, endlose Unterrichtsstunden, weiterer Sprachunterricht, Ausbildung im Nahkampf und in der Herstellung von Waffen und Bomben aus Schrottteilen sowie in der Kunst, den seltsamen Typen, die sich Ausbilder nannten, zahllose, auch nutzlose Informationen aus der Nase zu ziehen.

Schließlich wurden vier Männer ausgewählt: George, der ihn verhört hatte und im Begriff stand, eine große Brennerei, einen Titel und ein herrschaftliches Anwesen zu erben; er war mit halb Habsburg verwandt und in Prag aufgewachsen. Dann Michel, Sohn eines korsischen Ingenieurs, der fünf Jahre auf einer tschechischen Schule verbracht hatte; und Robin, ein Oxford-Absolvent, ein Dichter und Träumer, der wie ein Schuljunge aussah, aber bereits verheiratet war, nachdem er seine Freundin geschwängert hatte. Alle Mädchen flogen auf ihn. Er besaß ein sinnliches Gesicht mit tiefblauen Augen, weichen Zügen und einem lächelnden Mund, hellbraunes Haar und war von einer Freundlichkeit, die ihn zum beliebtesten Mitglied der Gruppe machte. Seine Mutter war Tschechin, sein Vater Engländer, und er war ihnen zugeteilt worden, weil er die Sprache wie ein Einheimischer beherrschte. Keinen schien zu kümmern, dass er sensibel war, und niemanden schien es zu interessieren, dass er für einen Agenten gänzlich ungeeignet schien. Das dachte Trevor zumindest – und wurde eines Besseren belehrt. Als Gruppenführer setzte er sich erfolglos für Robins Abberufung ein. Gemeinsam bildeten die vier eine starke Einheit, als jedoch die Stunde der Wahrheit anbrach, war jeder von ihnen auf sich allein gestellt und voller Angst.

Trevor konnte sich noch immer an den genauen Zeitpunkt erinnern, als ihm der Ernst der Lage dämmerte. Es war Mitternacht, und er fühlte sich schläfrig – er hatte bei der Abschiedsfeier in der Messe viel zu viel gegessen. Ein Fehler, wie ihm bewusst wurde. Es war eine klare, vom Mond beschienene Nacht, und durch die ein Meter fünfzig große Öffnung im Bauch der *Liberator* sah er unter sich die Felder und Wälder der Tschechoslowakei vorüberziehen, dazwischen das silbrige Band des Flusses Mže. Neben ihm lagen sechs große Metallbehälter, die bei jeder Vibration gegeneinander schlugen. Sie würden als Erstes runtergehen. Michel, Robin und George warteten hinter ihm.

Der Pilot schwenkte in die Abwurfzone ein, und Trevor hörte die Stimme des Einsatzleiters: »Nähern uns Zielgebiet.«

Er kauerte sich vor die Luke und versuchte an nichts anderes zu denken als an die routinemäßigen Abläufe, die er in den nächsten Minuten auszuführen hatte. Der Einsatzleiter brüllte: »Position erreicht!« Die Schläfrigkeit war verschwunden. Trevor saß am Rand der Luke, schob beide Beine nach außen und hielt sich an der Kante fest.

Dann erblickte er etwas, das alle anderen Gedanken auslöschte: Am Boden leuchtete der von flackernden Lichtern gebildete Code-Buchstabe C auf. Eigentlich war es verboten, nach unten zu sehen.

Sie waren über das Zielgebiet hinausgeflogen. Der Anblick der sechs Fallschirme unter ihm beruhigte ihn jedoch; er würde der Nächste sein.

Er drehte sich um und winkte seinem Team zu. In Michels Augen loderte das Feuer der Aufregung. Er zeigte mit dem Daumen nach oben. Robin wirkte verängstigt. Der Einsatzleiter hob den rechten Arm, dann senkte er ihn, das Licht schaltete von Rot auf Grün um, und Trevor warf sich aus der Luke. In der nächsten Minute lag er auf dem Rücken im Luftstrom und sah, wie das Flugzeug über ihn hinwegflog. Dann öffnete sich sein Fallschirm.

Es wehte ein starker Ostwind. Der Pilot hatte ihn wahrscheinlich mit einberechnet, als er über das Zielgebiet hinausgeflogen war. Trevor nahm die Landeposition ein, bevor er in einem Gerstenfeld niederging.

Sein Herz pochte, sein Mund war wie ausgedörrt; er zog den Overall aus, rollte ihn in die Fallschirmseide und rannte zu den Büschen am Feldrand, wo er mit seinem kleinen Spaten ein Loch aushob und alles verscharrte. Dann überkam ihn die Einsamkeit.

Wo zum Teufel befand er sich? Nirgends konnte er etwas entdecken, was ihm vertraut erschienen wäre. Keine Lichter von Dörfern oder Städten, keine Hügel, keine Landschaftsmerkmale. Und noch dazu verschwand der Mond hinter den Wolken und tauchte alles in Finsternis.

Wo waren die anderen, und wo zum Teufel blieb das Empfangskomitee? Er war durch den Wind abgetrieben worden, er würde sich also zu Fuß auf den Weg machen und hoffen, bald auf jemanden zu stoßen. Eine Stunde später marschierte er immer noch. Was für eine Scheiße! Er war wütend auf sein Schicksal, auf die Piloten, die örtliche Widerstandsgruppe, auf alle, die ihm gerade in den Sinn kamen.

Als die Morgendämmerung anbrach, konnte er endlich, deprimiert, erschöpft und ausgehungert, die Karten hervorholen; er stellte fest, wo er sich befand und in welche Richtung er zu gehen hatte. Im Notfall sollte er sich in einer Forsthütte etwa zwanzig Kilometer westlich von Pilsen einfinden.

Er machte sich auf den Weg und hörte plötzlich eine Stimme. Er warf sich zu Boden, wo er von Farnen verdeckt wurde. Sie näherten sich ihm ohne jegliche Vorsichtsmaßnahmen und brüllten sich zu. Wenn sie brüllten, dann konnten es doch nur Deutsche sein? Dann hörte er jemanden sagen: »Ich könnte schwören, dass der Behälter hier niedergegangen ist.«

Trevor erhob sich. »Guten Morgen.«

Die Männer suchten bei seinen Worten hinter den nächstgelegenen Sträuchern und Büschen Deckung. Dann glaubte er, sein Schädel würde explodieren, als er einen wuchtigen Schlag auf den Hinterkopf empfing. An mehr konnte er sich später nicht erinnern.

Er wachte in einer Scheune auf. Als er vorsichtig die Augen aufschlug, erwartete er SS-Wachleute neben sich. Stattdessen sah er eine Frau. Sie beugte sich über ihn, ihr dunkles Lockenhaar strich über sein Gesicht. Sie gab ihm Wasser zu trinken.

Nachdem er getrunken hatte, rief sie auf Tschechisch: »Er ist wach.« Trevor hörte das Klicken eines Sten-Gewehrs, das entsichert wurde.

Er rief: »Ist Vim hier? Wo sind die anderen?«

»Den kennen wir nicht. Leg deine Hände an den Kopf.« Er wurde mit erhobenem Gewehr in den grauen Morgen hinausgeführt; der Nieselregen lief ihm in den Nacken, seine Schuhe sogen sich voll Feuchtigkeit. Wie zum Teufel sollte er seinen Fallschirm finden? Es war dunkel gewesen, als er gelandet war.

Schließlich kamen sie an einem Gerstenfeld mit einer Hecke vorbei, die ihm bekannt vorkam. Von seinem Fallschirm war nichts zu sehen, dafür noch mehr Menschen. Einer von ihnen drückte ihm den Lauf seines Gewehrs in den Bauch. »Wie lautet das Passwort für diesen Einsatz?«

»Verdammt, ich hätte es mir denken können. Das ist eine ganz beschissene Aktion, und genauso beschissen seid ihr, ihr Dreckskerle«, sagte er auf Englisch. Auf Tschechisch antwortete er: »London hat mir kein Passwort gegeben.«

Die in Tüchern und einem langen Mantel gehüllte Frau aus der Scheune fragte ihn in perfektem Englisch: »Wie heißt du?«

»Albert.« Das war sein Code-Name.

»Er ist Engländer. Bringt ihn zu Vim.«

Wieder marschierten sie lange durch den Nieselregen.

Schließlich trat er jemandem gegenüber, von dem er hoffte, dass es Vim Jaromil war. Er war groß, stämmig, besaß ein massiges Gesicht und einen dicken, zerzausten Vollbart. »Sie sagen, du seist ein Spion, der sich für einen Engländer ausgibt. Beweis mir, dass du Engländer bist.«

»Du weißt verdammt gut, wer ich bin. Du hast mich erwartet.«

»Du hast genau eine Minute Zeit, um mir zu beweisen, dass du Engländer bist«, erwiderte Vim überraschenderweise auf Englisch.

»Deine Stimme«, begann Trevor. »Eton, Cambridge, drei Jahre in Deutschland, Ausbildung zum …«

»Das reicht!« Er zog eine Flasche aus der Tasche, schraubte den Verschluss ab und reichte sie ihm. »Probier das! Was ist es?«

»Britisches Ale, wahrscheinlich Whitbreat, aber schal geworden.« Er spuckte es aus.

»Okay, bestanden. Gehen wir. In einer Stunde fängst du an. Anna, nimm ihn mit.«

»Nein, nein, erst gehen wir nach Hause. Er muss was essen und seine Sachen wechseln. Ich bestehe darauf.«

Trevor erinnerte sich, dass er Anna am liebsten um den Hals gefallen wäre, als sie dies sagte. Er hatte ihrer Auseinandersetzung mit dem Schwager zugehört, gegen den sie sich verblüffenderweise durchgesetzt hatte. Er lernte ihre Stimme lieben.

Nun erinnerte sich Trevor an andere Dinge. Sie handelten von Anna: ein flüchtiger Kuss in einem feuchten Graben kurz vor dem Angriff; seine Panik, als sie bei einem Einsatz zur Beschaffung von Lebensmitteln als vermisst gemeldet wurde; seine Furcht, weil sie ihre Tätigkeit als Funkerin nicht aufgeben wollte, und ihr Streit, nachdem er sie aus völlig egoistischen Motiven durch Robins Kontaktperson ersetzt hatte.

»Anna, ich liebe dich«, flüsterte er in den nächtlichen Himmel.

## 25

Luther saß schwermütig an seinem Schreibtisch und starrte auf einen Stapel mit Artikeln zum Arbeitsrecht, in Gedanken bei Julie. Es hatte ihm nie an Frauen gemangelt – wo immer er sich aufhielt, liefen sie ihm nach –, und obwohl er mittlerweile achtundzwanzig Jahre alt war, hatte er bisher das Gefühl des Verliebtseins nicht gekannt. Er hatte nicht gewusst, wie es war, sich nach einer Frau zu verzehren, die er nicht haben konnte, und deswegen mit sich zu hadern. Aber er lernte schnell. Seine Konzentration war dahin und mit ihr seine Lebenslust.

Was für ein lausiger Tag!, dachte er. Er hatte den Morgen damit verbracht, eine Gruppe von Gewerkschaftsführern zur Annahme eines Kompromisses zu überreden – das Beste, was sie wahrscheinlich erreichen konnten. Aber sie hatten abgelehnt. Den Nachmittag hatte er sich freigehalten, um an seinem Buch zu arbeiten, aber er hatte nur einen Absatz zustande gebracht. Julies Bild schob sich immer wieder zwischen ihn und das Blatt Papier.

Er stand auf, schenkte sich ein Bier ein, stellte sich ans Fenster und starrte in den Nieselregen. Was macht sie gerade?, überlegte er.

»Es reicht jetzt!«, sagte er zu sich selbst; er hatte Recht. Er sollte nicht zulassen, dass er nur noch an sie dachte.

Es war beinahe Zeit für die Nachrichten. Er schaltete den Fernseher an, und das Erste, was er erblickte, war Julies Gesicht. Sie blickte sehr lasziv mit halb geschlossenen Augen in die Kamera und schüttelte ihr blondes Haar, während die Stimme aus dem Off die Vorzüge eines neuen Shampoos anpries.

»Zum Teufel!« Er wurde diese verdammte Frau einfach nicht wieder los.

Das Telefon klingelte. Luther nahm den Hörer ab.

»Hallo, Luther, hier ist Julie. Du erinnerst dich doch noch? Beim Konzert, dem Bierfest. Ich rufe an, um dich zum Essen einzuladen.«

»Ich glaube nicht, dass ich das will. Nichts Persönliches. Nur, du und ich … Wir kommen eben aus unterschiedlichen Welten.«

»Was bist du doch für ein ernster Mensch! Ich dachte, wir könnten uns anfreunden.« Sie lachte, und er kam sich ziemlich dämlich vor. »Bis dann, Luther.«

Am nächsten Tag um neunzehn Uhr hatte Luther bereits geduscht und saß mit einer großen Tasse Kaffee vor dem Fernseher. Palmenblätter rauschten im warmen Wind, und Julie, braun gebrannt, schlenderte in einem weißen Bikini über den weißen Sand. Sie näherte sich einer Strandbar, ließ sich auf einem Hocker nieder, schlug verlockend die Beine übereinander, während sie beobachtete, wie der Macho von Barmann eine Limone presste. Dann nippte sie am Saft und lächelte verführerisch. »Aufregend frisch, ein Geschmack, den Sie nie vergessen«, intonierte die Stimme aus dem Off.

Luther schaltete den Fernseher aus. Es war nicht mehr witzig. Er musste sie sehen. Es war die einzige Möglichkeit, von seiner Obsession loszukommen.

Am Sonntag fuhr er nach Woodlands, stellte den Wagen ab und drückte nervös auf die Klingel am Eingang, in der Hand einen welken Blumenstrauß. Er wusste, dass er nicht gerade freundlich gewesen war, als Julie ihn angerufen hatte, und er war sich nicht sicher, wie er empfangen werden würde.

Helen kam an die Tür und beäugte ihn. »Miss Rosslyn führt ihren Hund aus. Sie wird, nehme ich an, zum Mittagessen zurück sein.«

Es war erst zehn. »In welche Richtung ist sie gegangen?«

»Das weiß ich nicht. Sie kann überall sein.«

Es war ein schöner Tag, also beschloss Luther, zum Meer zu gehen und zu schwimmen. Seine Badehose hatte er im Kofferraum.

Es war heiß. Nach einem langen Marsch über die Klippen konnte er es kaum erwarten, in die Fluten zu tauchen. Er stieß auf einen schmalen Fluss, über den ein klappriger Holzsteg führte, an dem einige kleine Segelboote festgemacht waren. Er gelangte zu einer abgeschiedenen Bucht unterhalb der überhängenden Felsen. Niemand war zu sehen. Luther entkleidete sich, zog seine Badehose an, setzte sich auf den Sand und sah aufs Meer hinaus. Ein kleines Boot tanzte auf den Wellen, vorne auf dem Bug waren zwei Gestalten zu erkennen. Er beschloss hinauszuschwimmen, um vom Meer aus einen Blick auf die Burg zu werfen. Er kraulte los, und als er an dem Segelboot vorbeikam, bemerkte er, dass sich Julie und ihre Wölfin darauf in der Sonne räkelten.

»Hallo«, rief er.

Julie griff nach einem Handtuch und wickelte es um sich. »Luther! Was für ein seltsamer Zufall!«

»Es ist eigentlich kein Zufall. Ich war in Woodlands und wollte dich besuchen. Kann ich an Bord kommen?«

»Du kannst es versuchen. Es ist nicht einfach.«

Luther ergriff den Schandeckel und zog sich empor.

»Für jemanden, der nur am Schreibtisch sitzt, bist du ziemlich gut in Form«, sagte sie.

»Ich schwimme, spiele Fußball, Tennis, das Übliche eben.«

»Du überraschst mich. Du warst so kurz angebunden, als ich angerufen habe.«

»Ich versuche, nicht mehr an dich zu denken. Aber es funktioniert nicht, wenn ich mich von dir fern halte.«

Sie lachte. »Wenigstens bist du ehrlich. Segelst du gern?«

»Hab ich so gut wie nie gemacht.«

»Ich könnte dir eine Unterrichtsstunde geben. Dann wäre unsere Freundschaft schnell beendet. Männer mögen es nicht, wenn Frauen ihnen sagen, was sie zu tun haben.«

»In Ordnung, dann mal los.«

Am Ende des Tages beherrschte er das Boot perfekt. Er brachte es in die Bucht und verpasste unter Julies schallendem Gelächter lediglich dreimal die Anlegestelle.

»Hat nicht funktioniert, oder?«, fragte sie ihn mit unschuldiger Miene und sah dabei wie das Kind aus, das sie war.

»Nein, nicht richtig. Es hat eher das Gegenteil bewirkt.«

»Mir geht es ebenso. Luther, wir müssen das richtige Gegenmittel finden. Wie wär's, wenn du mir das Autofahren beibringen würdest?« Und voller Begeisterung erzählte sie von einem Aston-Martin-Sportwagen, an den sie ihr Herz verloren hatte.

»Der ist von deinem reichen Großvater, was?«

»Falsch. Ich hab ihn mir durch meine Arbeit als Model verdient.«

»Komm, lass uns doch den Abend genießen. Gehen wir essen, vielleicht noch tanzen? Und mit der Kur beginnen wir dann am nächsten Wochenende, wenn du nichts dagegen hast.«

»Zu spät, wenn der Patient überleben soll. Die Symptome werden nämlich akut.« Sie packte ihn und presste ihre Lippen auf seinen Mund. Er hatte nicht damit gerechnet, drückte sie dann jedoch an sich und ließ sie ebenso schnell wieder los. »Das war keine gute Idee, Julie.«

Nach diesem Vorfall erwartete Julie nicht, dass sich Luther an sein Versprechen erinnerte, doch Freitagabend rief er sie an und verabredete sich mit ihr für den folgenden Tag um Punkt zwei Uhr. Die Fahrstunden machten Spaß. Julie war ein Naturtalent, und Luther war stolz auf ihre Fortschritte. Am Ende der Woche kannten sie die Stärken und Schwächen des anderen und empfanden große Vertrautheit im Umgang miteinander.

»So geht das nicht, Julie«, sagte Luther ihr beim Abendessen. Er legte seine Hand auf ihre. »Wir müssen was unternehmen, aber ich weiß nicht was.«

»Ich hab eine Idee. Man sagt, man lernt einen Menschen erst

richtig kennen, wenn man mit ihm zusammen arbeitet. Geht deine Sekretärin nicht bald in Urlaub? Ich bin eine lausige Tippse, mein Gedächtnis ist so löchrig wie ein Schweizer Käse, und ich werde dich in den Wahnsinn treiben, wenn du mich als Aushilfe einstellst. Natürlich musst du mich bezahlen, damit es richtig wehtut.«

»Ich habe daran gedacht, Joan für eine Woche in einen Computerkurs zu schicken. Du meinst also, du seist völlig inkompetent?«

»Ich bin schrecklich.«

Nach fünf Tagen musste Luther zugeben, dass sie ihn nicht belogen hatte. Sie war chaotisch, unordentlich, aufmüpfig und undiszipliniert. Sie besaß aber auch einen brillanten, höchst originellen Geist. Ihr Sprachgefühl war bestechend, sie hatte einige seiner Manuskripte zum Korrigieren mit nach Hause genommen und ihn dabei auf einige Ungereimtheiten aufmerksam gemacht. Wie zum Teufel soll ich ohne sie auskommen, fragte er sich, wenn Joan zurückkehrt? Wenigstens würde er dann wieder effizienter arbeiten, weil er dann nicht unaufhörlich einen Ständer mit sich herumtragen würde. Jeden Tag acht Stunden in ihrer Nähe zu sein war einfach zu viel.

Julie ging es ähnlich. Wenn Luther nicht bald mit mir ins Bett geht, suche ich mir einen anderen Liebhaber, schwor sie sich. In ein Badehandtuch gewickelt, trat sie zum zwanzigsten Mal aus der Dusche, spähte in den Spiegel und inspizierte ihr Gesicht. »Seitdem ich mein Gesicht mit Medi-Wash behandle, gehören Unreinheiten der Vergangenheit an«, leierte sie herunter.

»Schnitt! Du klingst wie ein Papagei«, grummelte Hal, der Leiter der Werbeagentur.

»Hal, das ist nicht *meine* Schuld. Das Skript ist einfach schlecht. Wer schreibt so einen Mist? Du solltest ihn feuern.«

Sie stand am Fenster und sah schmollend hinaus. Hal legte seine Arme um sie. Sie schob ihn weg; plötzlich verabscheute sie sich selbst. Sie hatte zweimal mit ihm geschlafen und schämte sich deswegen. Die Arbeit mit Luther war so erfrischend gewesen; sie hatte das Gefühl gehabt, als Person ernst genommen worden zu sein, nicht nur als ein schöner Körper. Dass sie sich selbst verabscheute, dagegen gab es nur ein Heilmittel.

»Hast du einen Joint?«, fragte sie.

»Komm schon, Julie. Wir müssen diese Sache heute noch durchziehen. Zum Teufel, wo ist deine Professionalität? Wir müssen den Spot unter Dach und Fach bringen.«

»Lass es mich machen, wie ich will. Wenn es nichts taugt, kannst du die Szene ja zu den anderen in den Müll werfen.«

Hal sah sie finster an. »Okay, versuchen wir's, einmal nur.«

»Einen Moment, lass mich nachdenken.« Sie setzte sich auf den Duschrand und versuchte sich vorzustellen, was sie morgens immer tat. Natürlich sorgte sie sich um Fältchen und Hautunreinheiten – schließlich verdiente sie mit ihrem makellosen Teint ein Vermögen. Was tat sie denn jeden Morgen?

»Okay, fangen wir an.« Sie ging in die Dusche, trat wieder daraus hervor und hatte dabei die Augen geschlossen, bis sie ihr Gesicht abtrocknete. Dann starrte sie skeptisch in den Spiegel und runzelte die Stirn. Aus ihrer Skepsis wurde Erleichterung und aus der Erleichterung allmählich Freude. Sie griff nach dem Döschen und presste ihre Lippen darauf. »Danke, Medi-wash«, murmelte sie.

»Puh«, sagte Hal. »Scheint mir okay zu sein. Danke! Natürlich müssen wir den Spot noch vom Kunden absegnen lassen, er hat schließlich dem ursprünglichen Skript zugestimmt. Aber das hier ist besser. Ich denke also, es sollte durchgehen.«

»Es ist in Ordnung, Hal. Mach dir keine Sorgen. O Gott, ich langweile mich so. Gibt es denn nichts, was mich mehr ausfüllt?«

»Bei tausend Pfund in der Stunde? Machst du Witze?« Er griff in seine Tasche. »Jetzt kannst du ihn haben.«

»Danke.«

Sie steckte den Joint zwischen die Lippen, und Hal zündete ihn an. Dann ließ sie sich zu Boden gleiten, kauerte dort und konzentrierte sich auf das Gefühl des Wohlbefindens, das nun durch ihren Körper strömte. Die Welt wurde langsamer, jedes einzelne Ticken der Uhr gewann eine ganz besondere Bedeutung. Alles war eingehüllt in einen seligen Frieden, bis Luther hereinschlenderte.

»Was zum … Du bist wieder zugedröhnt«, sagte er leise.

Julie rappelte sich hoch, zog das Handtuch stramm und umarmte Luther; er fühlte sich wie ein kalter Stein an.

»Sei nicht so, ich liebe dich«, flüsterte sie.

»Beweise es. Was bin ich dir wert? Mehr als das?« Er entriss ihr den Joint und trat ihn auf dem Boden aus.

Dann ging er; im Türrahmen blieb er noch stehen und wirkte riesig, unüberwindlich. Seine dunklen Augen funkelten. »Zieh dich um, und beeil dich«, sagte er. »Ich will an die frische Luft.«

Luther brachte sie in sein Apartment, das er benutzte, wenn er sich in London aufhielt. Er kochte ihr ein Abendessen, überließ ihr sein Bett und schlief auf der Couch.

Am nächsten Morgen brachte er ihr Kaffee, Croissants und die Zeitung. Er setzte sich auf die Bettkante und strich mit seinem Finger über ihren Nacken, ihren Hals und über den Ansatz ihrer Brüste.

»Nein, danke, Luther«, sagte Julie und schob seine Hand weg. »Ich hab dich vom ersten Augenblick an gewollt, und du hast mich bislang nur hingehalten. Wenn du mit mir schlafen willst, dann darfst du mich streicheln, ansonsten aber lass deine Hände bei dir. Und im Übrigen bin ich davon überzeugt, dass du ein Eunuch bist.«

Er brach in schallendes Gelächter aus. »Jetzt drehst du unsere Rollen um.«

»Du hinkst doch ein Jahrhundert hinterher.«

»Julie, hör mir zu. Ich hab Angst. Wenn ich jetzt schon dieses Gefühl habe, was soll ich dann erst machen, wenn ich glaube, dass du mir gehörst, nur weil wir miteinander geschlafen haben? Ich habe mich nicht mehr unter Kontrolle. Ich habe mich noch nie in meinem Leben so gefühlt. Gestern hätte ich Hal am liebsten umgebracht, nur weil du, lediglich mit einem Handtuch bekleidet, mit ihm rumgemacht hast. Warum war das eigentlich so?«

»Es stand im Skript.«

»Ah ja!«

Luther spürte seine Augen brennen. Jeder Körperteil schmerzte, seine Fingerspitzen zitterten, sein Magen und sein Unterleib begannen sich zusammenzuziehen, während er vor Lust bebte. Er wollte sie auf das Kissen werfen, sich über sie hermachen und in sie eindringen. Aber er hatte Angst.

Er konnte seinen Blick nicht abwenden, als Julie ihr Nachthemd über den Kopf streifte und sich lächelnd zurücklehnte. Sie war weitaus schöner, als er sich vorgestellt hatte, ihre Brüste waren klein, aber voll und milchig weiß. Luther war so vor Ehrfurcht ergriffen, dass ihm fast die Luft wegblieb. Sie wollte ihn zu sich heranziehen, und er platzte fast vor Verlangen, dennoch hielt er sich zurück.

»Sex ist für mich eine Verpflichtung«, sagte er.

»Wem oder was verpflichtest du dich dabei?«, fragte sie und sah ihn dabei verblüfft an.

»Dass wir versuchen, eine Beziehung aufzubauen, einander treu sind und nicht mit anderen rumvögeln.«

»Werde erwachsen, Luther.« Sie fasste nach ihm, berührte ihn lachend und zog ihn näher, schmiegte ihr Gesicht an seine Schulter, wollte, brauchte und drängte ihn. »Luther, betrachte es von diesem Standpunkt. Wir haben alles Mögliche versucht, um dieser lächerlichen Obsession zu entkommen. Vielleicht klappt es mit Sex. Vielleicht kommst du zu schnell.«

»Ich bin mir verdammt sicher, dass ich zu schnell komme. Aber nur beim ersten Mal.«

»Vielleicht bin ich die größte Enttäuschung, die dir jemals begegnet ist.«

»Vielleicht hältst du endlich deinen Mund …«, sagte er und riss sich die Kleider vom Leib.

»Ja, Luther«, sagte sie und lächelte kokett. »Genau das will ich.«

## 26

»Großvater ist nicht zum Frühstück erschienen, Rosemary. Ich mach mir Sorgen«, sagte Sam am Montagmorgen, sobald Rosemary im Büro erschienen war.

»O Gott, ich hätte fast vergessen, es dir zu sagen. Trevor hat mich gestern Abend vom Hafen aus angerufen. Es war schon spät, er wollte dich nicht mehr wecken. Er hat mir gesagt, er wird einige Tage weg sein. Du sollst dir keine Sorgen machen.«

»Keine Sorgen machen? Natürlich mach ich mir Sorgen. Glaubst du, es geht ihm gut?«

»Natürlich. Er ist zäh.«

Das Telefon klingelte; Rosemary hob ab. »Shireen.«

»Danke.« Sam nahm den Hörer in Empfang. »Shireen, alles in Ordnung? Ich hoffe, ich hab nicht alles noch schlimmer gemacht.« Sie dachte an die absurde Szene mit John und ihrem Vater.

»Natürlich nicht.«

Es tat gut, Shireens weiche Altstimme zu hören, die wieder beruhigend normal klang.

»Sam, ich ruf an, um mich zu verabschieden. Ich werde morgen in der Früh nach Indien abreisen.«

»Aber das kannst du nicht machen! Ich weiß, du willst nicht fort. Tu es nicht, Shireen!«

»Ich muss eine Entscheidung treffen. Wenn ich jetzt nicht gehe, habe ich nichts mehr. Die Familie wird mich fallen lassen.«

»Geld ist nicht so wichtig. Mit der Zeit wirst du dein eigenes verdienen.«

»Es geht nicht nur um das Geld. Es geht um meine Stellung in der Familie. Ich werde hin und her geweht wie ein Blatt im Wind. Ich werde nicht wissen, wer ich bin.« Ihre Stimme zitterte.

»Wer du bist? Wie wär's mit einer berühmten Schauspielerin, Shireen? Für den Anfang wäre das doch nicht schlecht? Was ist mit deinen Träumen?«

»O Sam. Genau das waren sie: Träume. Die Träume eines Mädchens, das ein Filmstar werden wollte.«

»Ja, aber nicht alle Mädchen werden von der Schauspielschule aufgenommen, und nicht alle Mädchen besitzen dein Aussehen. Dein Vater hat kein Recht dazu – du sollst dein Leben opfern, damit seine Enkelkinder in Indien aufwachsen können.«

»Ich bin nicht unabhängig, Sam. Nicht so wie du. Ich bin Teil einer Familie. Ich habe Pflichten. Mutter hat mir gezeigt, wie viel Leid entsteht, wenn sich jemand seiner Verantwortung entzieht.«

»Du wirst nicht glücklich sein, und ich werde dich nie wiedersehen. Und was ist mit deiner Pflicht gegenüber deinem Ehemann? Er verdient die Liebe seiner Frau.«

»Ich muss jetzt los. Auf Wiedersehen, Sam.«

»O Rosemary, ist das nicht schrecklich? Shireen wird einen alten Mann heiraten, den sie noch nicht einmal gesehen hat. Allein der Gedanke daran ist mir unerträglich.« Sie hielt kurz inne, dann fuhr sie fort: »Wir sollten uns jetzt lieber um unsere eigenen Probleme kümmern.« Sie versuchte, die Magenschmerzen und die Anspannung zu ignorieren, räusperte sich und hoffte, ihre Angst überspielen zu können.

»Wir haben unser monatliches Verkaufsziel in einer Woche erreicht, aber das lag lediglich an unserer Werbung. Das Problem ist: Wir können nicht ständig Geld ausgeben. Hast du den Müll und das Chaos um die Burg gesehen? Unglaublich!«

»Ein Aufräumtrupp ist bereits unterwegs.«

»Danke. Ich bin schon völlig durcheinander. Jedes Mal, wenn das Telefon klingelt, glaube ich, es ist die Bank oder ein Gläubiger.«

»Oder das ›Daily Echo‹.«

»Was meinst du damit?«

»Sie haben gestern angerufen. Ich wollte dich damit nicht belästigen – du hast schon genug um die Ohren. Sie hätten gern einen Kommentar von dir. Luthers Tierschutzgruppe hat der Zeitung Fotos und einen Artikel über unsere Art der Schweinehaltung geschickt. Es sieht nicht gut aus. Sie haben es uns gefaxt.«

Sam überflog den Text, der Luther als Verfasser auszeichnete:

*Nach langen Wochen, die ich auf Bauernhöfen und in Supermärkten verbracht hatte, musste ich feststellen, dass wir uns ganz massiv von Selbsttäuschung leiten lassen. Wir reden uns ein, nichts sei natürlicher als die Wesen, um die wir uns kümmern und die uns nahe stehen, auch zu verzehren. Wir bilden uns etwas darauf ein, Nutztiere als liebe und schlaue Wesen darzustellen. Die Etiketten auf den Dosen mit Schweinefleisch, Schinken und Würstchen zeigen freundliche Schweine, die den Konsumenten strahlend anlächeln. ›Du sollst mich kaufen, grillen, braten und mit Apfelsoße servieren. Nichts ist mir lieber als das‹, suggerieren sie. Also reden wir uns ein, dass sie mit sich und ihrem Schicksal zufrieden sind, dass sie gut behandelt und schmerzlos getötet werden.*

*Aber entspricht das auch der Wahrheit? Werfen Sie einen Blick auf diese Bilder, die im Stall eines der größten Schweinezüchter in der Gegend aufgenommen worden sind, und entscheiden Sie selbst.*

»Du solltest mal mit Tom Bowles darüber reden«, sagte Rosemary. »Er ist für die Schweinezucht verantwortlich. Es war seine Idee, und er bekommt einen nicht geringen Anteil vom Profit.«

»Ja, schon. Aber Trevor hat doch erst vor kurzem einen Preis für seine Schweine und für seine Zuchtmethoden gewonnen?«

»Der Preis war eine Auszeichnung für die Qualität des Fleisches, nicht für die Lebensqualität der Schweine.«

»Sogar mir ist klar, dass hier ein Interessenkonflikt vorliegt. Hast du Trevor davon erzählt?«

»Ja.«

»Und was hat er gesagt?«

»Darum soll sich Sam kümmern.«

»Hmm. Wo ist Julie?«

»Irgendwo unterwegs.«

»Verdammt! Dann bitte Bowles, kurz rüberzukommen. Sag ihm, es sei dringend.«

Sam hatte sich noch nie lange mit Bowles unterhalten, sie mochte ihn einfach nicht. An diesem Morgen mochte sie ihn noch weniger als sonst. Er stampfte herein und baute sich breitbeinig vor ihr auf.

»Ah, Mr. Bowles, wollen Sie sich nicht setzen? Wir scheinen ein kleines Problem zu haben. Werfen Sie mal einen Blick auf diesen Artikel und die Fotos. Die Lokalredaktion hat uns um einen Kommentar gebeten.«

Bowles nahm das Fax und überflog es. »Warum soll ich solchen Müll kommentieren?«

»Weil es sonst in genau diesem Wortlaut veröffentlicht wird.«

Er verzog das Gesicht. »So werden Schweine heutzutage eben gehalten. Wie, glauben Sie, gewinnen wir sonst unsere Preise? Diese verdammten Medien! Sentimentale Weicheier, jeder Einzelne von denen. Die wollen doch nur ihr schlechtes Gewissen beruhigen, wenn sie sich mit Würstchen und Kartoffelbrei voll stopfen. Aber ansonsten interessiert sie das alles doch nicht.«

»Oh, ich glaube schon, dass sie das interessiert, Mr. Bowles. Sonst gäbe es den Artikel nicht.«

»Von der Schweinezucht verstehen sie absolut nichts.«

»Das glaube ich Ihnen gern, aber sie können erkennen, wenn die Tiere unter grausamen Lebensbedingungen gehalten werden.«

»Wenn Sie auch zu diesen rührseligen Leuten gehören, Miss Rosslyn, dann rate ich Ihnen, sich aus der Schweinezucht herauszuhalten. Das ist nichts für Sie.«

»Meine Meinung hat nichts mit Ihnen persönlich zu tun, Mr. Bowles. Aber Sie sollten sich im Klaren sein, dass ich das Gut führe, und es gefällt mir nicht, wie die Schweine gehalten werden.«

Bowles' Hände begannen zu zittern, sein Blick verfinsterte sich. »Sagen Sie denen, sie sollen sich um ihre eigenen Angelegenheiten kümmern. Und für Sie gilt das auch, Miss Rosslyn. Ich darf Sie daran erinnern, dass wir in der Gegend zu den führenden Züchtern und Schweinefleischlieferanten gehören. Wir haben dafür eine Auszeichnung bekommen, dass wir mit geringstem Futtermittelaufwand höchste Fleischerträge erzielen.«

»Oh, das wissen sie. Und ich denke, genau das ist der Grund, warum sie uns unter die Lupe genommen haben. Korrigieren Sie mich, wenn ich falsch liegen sollte, Mr. Bowles, aber ich kann einfach nicht glauben, dass dieses Schwein wirklich in dieser winzigen Box gehalten wird und sich sein ganzes Leben lang nicht bewegen kann.«

»Glauben Sie es oder nicht, aber das ist nicht Ihr Problem.«

»Ich denke, es ist nicht nötig, die Tiere aus Profitgründen so grausam zu behandeln.« Sam spürte, dass sie immer wütender wurde und sich sehr beherrschen musste, um ruhig zu bleiben.

»Miss Rosslyn, ich habe hier einen Vertrag, die Schweinezucht und die Landwirtschaft zu leiten, wie ich es für richtig halte, solange ich damit Gewinn mache.«

»Verträge können gelöst werden, Mr. Bowles.«

»Nicht ohne kostspielige Gerichtsverfahren. Sie hören noch von mir. Einen schönen Tag!« Mit gerecktem Kinn, funkelnden Augen und gestrafften Schultern verließ er das Büro.

Sam konnte sich kaum noch beherrschen. Sie wandte sich an Rosemary. »Wir müssen ihn loswerden.«

»Das hat Trevor auch schon gesagt, aber das dürfte äußerst schwierig werden. Du solltest den Herausgeber der Zeitung lieber bitten, gnädig zu sein.«

»Im Gegenteil, sag ihm, er soll es noch schlimmer machen. Provoziere ihn. Besteche ihn, das wäre noch besser. Mit einer Schweinehälfte. Und stell klar, dass sie von Bowles persönlich geschickt wurde.«

»Das kann nicht dein Ernst sein?«

»Es ist mein voller Ernst. Rosemary, protokolliere das Gespräch, das wir soeben hatten, und lass es von Bowles unterschreiben. Ich werde es dann ebenfalls unterzeichnen. Von jetzt an will ich, dass alle Unterhaltungen mit diesem fürchterlichen Menschen aufgezeichnet werden. Sollte er uns verklagen, werde ich sofort eine Gegenanzeige stellen. Wenn ich nachweisen kann, dass seine Grausamkeiten schädlich sind für den Bierverkauf, werden wir ihn ziemlich schnell los sein. Gib ihm einen Strick, der lang genug ist, damit er sich selbst daran aufhängen kann.«

»Gut. Jetzt solltest du aber los, Sam. Viel Glück!«

Matthew Dearlove, einst ein enger Freund der Familie, gab sich so arrogant und reserviert wie der Oberkellner in einem Nobelrestaurant. Sam war gekommen, um ihn um einen weiteren Aufschub zu bitten. Woodlands expandierte, aber um mehr verkaufen zu können, war es notwendig, mehr Geld in das Marketing zu stecken. Sie hatte alle Zahlen und Fakten parat, die für ihre Ansicht sprachen. Sie wollte Kreide fressen und ihren Standpunkt klarstellen. Dearlove blieb kühl und abweisend. Sie brauchte das Geld. Sie ging bis an die Grenze ihrer Selbstachtung und flehte ihn an. Der Schweiß stand ihr auf der Stirn; sie spürte, wie sich am Rücken und unter den Achseln feuchte Flecken ausbreiteten.

»Verstehen Sie, Folgendes …« Sie versuchte eine andere Schiene. »Greg Selo schuldet uns dreißigtausend Pfund. Ich kann Ihnen diesen Betrag als Sicherheit anbieten, aber ich brauche sofort Barmittel, um unsere Marketing-Kampagne in Pilsen zu finanzieren.«

»Vergessen Sie es! Ich sehe keine Möglichkeit, im Zweifelsfall das Geld von Selo einzutreiben.«

»Matthew, Sie wissen doch, nichts ist umsonst. Das Marketing, die Reise, die neuen Etiketten verschlingen Geld. Die Hopfenernte steht an. Ich muss Gerste kaufen.«

Eine halbe Stunde später verließ sie verzweifelt sein Büro.

27 Als sich Sam Woodlands näherte, sah sie bereits die Plakate. Was um alles in der Welt …? Am Eingang hatte sich eine Menschenmenge versammelt. Die Demonstranten schwiegen, als sie an ihnen vorüberfuhr. Auf den Plakaten stand: »Rettet die Schweine vor dem Schinken« und »Wer ist wirklich das Schwein: das Tier oder der Mensch?«.

Dann erblickte sie Julie in der Menge, zu ihren Füßen lag

Tasha und schlief. »Auf welcher Seite stehst du, Julie?«, rief Sam durch das Fenster.

»Auf der Seite der Schweine natürlich«, rief ihre Schwester zurück.

Sam zuckte mit den Schultern und fuhr weiter. Sie parkte vor dem Büro und seufzte, aber ihre Erleichterung war nur von kurzer Dauer. Aus Trevors Büro drang lautes, aufgeregtes Quieken.

»O Gott, was kommt als Nächstes?« Sie rannte die Treppe hinauf und schob sich durch die Angestellten, die sich vor dem Büro versammelt hatten. Rosemary war auf den Knien und versuchte, ein Ferkel in einer Lattenkiste zu beruhigen.

»Was ist hier los?«

»Lies lieber mal den Brief.«

Sam ergriff ihn, aber ihre Hände zitterten so sehr, dass sie ihn wieder auf den Schreibtisch legte und sich darüber beugte.

*Sehr geehrte Madam,*

*Ihre auf Unwissenheit und fehlgerichteter Rührseligkeit basierenden Ansichten empfinde ich als beleidigend und unangebracht. Sie haben Ihre Kompetenzen entschieden überschritten, und sollten Sie oder Angehörige Ihrer Familie noch einmal den Fuß in den Schweinestall setzen, werde ich Sie gewaltsam entfernen lassen. Werde ich ein weiteres Mal zu einem solch larmoyanten und kindischen Gezänk wie heute Morgen geladen, sehe ich mich gezwungen, meinen Anwalt einzuschalten. Ich bin es leid, mich weiterhin mit Menschen abgeben zu müssen, die meinen, sie könnten ihre ach so heiligen Gefühle in die Welt posaunen, während sie die Drecksarbeit Menschen wie mir überlassen. Schicken Sie dem Herausgeber doch ein noch nicht entwöhntes Ferkel, dem kann er dann einen Apfel ins Maul stecken und es dann rösten. Anbei ein Ferkel und ein Apfel. Nur zu! Mit freundlichen Grüßen und der Bitte, bis auf weiteres verschont zu werden …*

»O Gott! Du Dreckskerl!« Sie nahm das Ferkel in die Arme. »Himmel, bist du schwer. Du musst mindestens zweieinhalb Monate alt sein. Von wegen noch nicht entwöhnt! Hier, friss den verdammten Apfel.« Das Ferkel machte kurzen Prozess damit.

»Und was jetzt?«, fragte sie.

»Genau! Was jetzt?«

»O Gott! Richard!«

»Nur Richard?« Wenn er lächelte, war es, als würde die Sonne aufgehen. Er war so groß, dass er den gesamten Türrahmen ausfüllte. Seine schwarzen, dichten Locken ließen sich nicht bändigen, sein Grinsen zeigte einen leicht verschobenen Schneidezahn, und seine blauen Augen ließen Mitgefühl und Amüsement erkennen.

»Ich wollte Sie zum Essen einladen. Und was tun Sie nun mit dem Schwein?«

»Das weiß ich nicht. Vielleicht wieder in den Stall zurückbringen.«

»Auf keinen Fall«, war Julie von der Tür aus zu vernehmen. »Ich werde mich darum kümmern. Luther sucht gerade eins. Er wollte sich ein ausgewachsenes besorgen, aber das hier tut es auch. Wir werden es adoptieren und ihm beibringen, mit einem Computer umzugehen.«

Sam zuckte hilflos mit den Schultern und überreichte Julie das mittlerweile schlafende Ferkel.

»Sam, ich will Sie zum Mittagessen einladen und werde nicht dulden, dass Sie ablehnen.«

»Ich werde aber ablehnen müssen, da ich sofort nach Dover muss. Dort findet ein Treffen mittelständischer Brauer statt. Ich versuche sie zu überreden, mit mir nach Pilsen zu kommen. Einige haben bereits ihre Zustimmung signalisiert. Wir müssen Pläne ausarbeiten.«

»Warum gerade Pilsen?«

»Anscheinend bietet Osteuropa ein enormes Marktpotenzial. Und ich will mir ein Stück vom Kuchen abschneiden.«

»Das ist doch viel zu riskant, Sam. Sie schaffen es doch nicht, die Waren nach Russland zu bringen. Und wenn doch, wie wollen Sie Ihre Forderungen eintreiben?«

»Ich habe einen Zwischenhändler, der für mich alles übernimmt. Greg Selo. Vielleicht haben Sie ihn gestern getroffen. Er hat dort überall Kontakte.«

»Und Sie trauen ihm?«

»Ja.«

»Gut. Ich werde Sie nach Dover fahren. Sie können sich im Wagen auf die Sitzung vorbereiten. Ich warte draußen, und nachher gehen wir essen.«

»Tut mir Leid, Richard. Das Treffen wird wohl den gesamten Tag dauern. Kommen Sie doch mit in die Kantine auf einen Hamburger. Ach ja, ich denke, bis auf weiteres bin ich Vegetarierin.« Und über die Schulter rief sie Rosemary noch zu: »Notiere dir, dass die Kantine die Speisepläne ändern soll. Mindestens drei vegetarische Essen täglich. Wir sollten vielleicht mit gutem Beispiel vorangehen.«

»Die arme Rosemary«, wandte sich Richard an Sam, während sie in der Kantine in der Schlange standen. »Ich wusste nicht, dass Sie eine solche Sklaventreiberin sind.«

»Bin ich das? Ich verlange von ihr nicht mehr als von mir auch.« Sam nahm sich ein Tablett. »Was soll es sein? Die Auswahl ist sehr begrenzt.«

»Bin ich mit Räucherfisch und einem Salat aus der Schusslinie?«, fragte er.

»Ich denke, ich nehme das Gleiche, auch wenn der Hackfleischauflauf mit Kartoffeln ganz verführerisch duftet.«

»Ja, das tut er.«

»Zweimal geräucherten Fisch und Salat. Wir müssen standhaft bleiben. Okay?«

»Kein Problem. Geben Sie mir das Tablett.« Richard folgte ihr zum Tisch. »Sie schonen sich nicht im Geringsten, oder?«

»Das weiß ich nicht. Ich hab nie darüber nachgedacht.«

»Dann tun Sie das, Sam. Wann hatten Sie zum letzten Mal Ihren Spaß, wann hatten Sie Ihren letzten Urlaub?«

»Na ja, es war immer viel zu tun. Ich meine, jetzt in unserer Situation wäre es geradezu ein Verbrechen, in Urlaub zu gehen. Und davor, in der Werbeagentur, haben wir uns alle abgestrampelt, um für Walter die Agentur zu retten.«

»Walter sollte seine Agentur selbst retten.«

»Ja, aber wir dachten damals, dass wir es auch für uns tun würden.«

»Und davor?«, drängte er sie sanft.

»Musste ich meinen Abschluss machen. Ich habe an der Universität hart gearbeitet. Ich wusste, Großvater steckte in finanziellen Schwierigkeiten, da war es einfach nicht okay, sich freizunehmen.«

»Und haben Sie einen guten Abschluss gemacht?«

»Ich habe einen Doktortitel in Wirtschaftswissenschaften und Marketing und habe mich eingehend mit spontanem Konsumverhalten beschäftigt. Ich nehme an, deshalb sind auch Sie am Erwerb des Titels interessiert – es war eine spontane Entscheidung. Habe ich Recht?«

»Nein, ganz im Gegenteil. Und ich bin mir bewusst, dass Sie damit die Unterhaltung geschickt von sich selbst auf mich gelenkt haben.«

Sie lachte. Er lächelte sie an. Seltsam, wie viel ein Lächeln ausdrücken kann, dachte sie. Sie glaubte in seiner Miene Besorgnis, Zustimmung, einen Hauch erotischen Interesses, Mitgefühl und mehr als nur ein wenig milde Spöttelei zu erkennen.

Dann wurde er wieder ernst. »Sam, gehen Sie heute Abend mit mir zum Essen. Ich habe das Gefühl, wir sollten noch einmal ganz von vorne anfangen.«

»Klingt vernünftig. Wo sollen wir uns treffen?«

»Kommen Sie doch in mein Hotel. Es gibt dort ein ziemlich gutes Fischrestaurant. Sehr schön gelegen, unten im Hafen, genau auf den Felsen. Ich nehme an, Sie kennen es.«

»Ja, natürlich. Ich werde kommen, unter einer Bedingung.«

»Und die wäre?«

»Dass Sie mir sagen, warum Sie den Titel erwerben wollen.«

»Das ist die Bedingung?«

»Ja.«

»Gut, dann werde ich es Ihnen sagen. Wir sehen uns um acht.«

Punkt acht Uhr betrat Sam das Foyer, und Richard, der an der Rezeption auf sie wartete, entging nicht, dass die Männer sie sehnsüchtig anstarrten und die Frauen die Stirn runzelten. In ihrem weißen Seidenkleid mit den dünnen Trägern über den Schultern sah sie umwerfend aus. Sie hatte eine athletische Figur, muskulöse Oberschenkel, ausgeprägte Schultern, war aber dennoch wohl geformt und besaß eine schlanke Taille. Die weiße Seide betonte ihren dunklen Teint. Zum ersten Mal bemerkte er ihre samtige, sonnengebräunte Haut und die langen Wimpern, die ihre hohen Wangenknochen betonten. Sie wirkte gelöster als am Mittag und war von jener Schönheit, die auch im Alter nicht verblassen würde.

Zu Richards Prinzipien gehörte es normalerweise, kluge Frauen zu meiden; Sam jedoch faszinierte ihn. Er wollte mehr über sie in Erfahrung bringen, hatte aber vor, sich den Abend über reserviert zu geben, da er Gefühle und Arbeit strikt zu trennen pflegte.

Er ging auf sie zu. »Hallo, Sam. Pünktlich auf die Minute, wie nicht anders zu erwarten.«

»Dann können wir ja von Glück reden, dass ich nicht zu spät gekommen bin. Ich zerstöre nicht gern Illusionen.«

Sam besaß ein betörendes Lächeln, das Wärme verströmte. Sie gingen zum Aufzug, standen eng zusammen, und sie hakte sich bei ihm unter.

Richard hatte erst einmal im Restaurant gespeist. Er aß nicht gern allein und zog es vor, in seinem Zimmer zu lesen und nur ein Sandwich und einen Drink zu sich zu nehmen. Er war froh, dass es im Restaurant abends völlig anders aussah. Romantische Musik erklang, im fahlen Licht flackerten Kerzen, die Vorhänge wehten in der milden Meeresluft, und von der Küste waren die Geräusche der Brandung zu hören.

»Sam«, begann er, »ich habe das seltsame Gefühl, dass wir voneinander noch wesentlich mehr erfahren werden als bisher. Geben Sie sich nicht so zugeknöpft. Ich hätte gern ein freundschaftliches Verhältnis. Erzählen Sie mir doch zum Anfang, wie es ist, wenn die Wurzeln der eigenen Familie bis auf das ›Domesday Book‹ und noch weiter zurückreichen.«

Sam wirkte amüsiert und verlegen zugleich. »Das ist ein dummer Gedanke. Wir alle haben Wurzeln, die bis zu den Menschenaffen zurückgehen, nur unsere wurden seit einiger Zeit aufgezeichnet. Und wo liegt der Unterschied? Sie sind auf Titel und Stammbäume fixiert. Das sollten Sie nicht sein. Es ist sinnlos. Was man aus seinem Leben macht, das allein zählt.«

»Dann beginnen Sie mit der Gegenwart und gehen von da aus zurück. Ich möchte Sie näher kennen lernen.«

»Die Gegenwart? Das ist natürlich die Brauerei.«

»Und danach?«

»Manchmal hab ich Angst, dass es kein ›Danach‹ mehr gibt. Im Moment sehe ich nichts anderes als unsere geschäftlichen Probleme, die Schulden … Die Brauerei stellt also in absehbarer Zukunft mein Leben dar. Verstehen Sie …«

Richard hörte zu, wie sie ihm zu erklären versuchte, dass sie ihren Großvater liebte, der sie und ihre Schwester aufgezogen und das Trauma gelindert hatte, dass sie durch den Verlust ihrer

Eltern und ihres Zuhauses erlitten hatten, dass sie sich fürchtete, die Brauerei in den Ruin zu treiben, und Trevor dann mittellos sein würde.

Eins führte zum anderen, und Richard stellte plötzlich fest, dass er von seinem Großvater erzählte: wie dieser ihn in einem mexikanischen Waisenhaus aufgespürt und nach San Francisco zurückgebracht hatte. »Wenn wir keine Karten verkauften, haben wir uns eingeschränkt«, erzählte er ihr. »Wenn wir welche verkauften, haben wir uns teure Urlaube gegönnt. Mein Großvater hat eigentlich keine Vorstellung davon, was Geld ist.«

»Dennoch hat er für Sie die Anzahlung auf den Titel geleistet«, sagte Sam.

Richard musste sich schnell etwas einfallen lassen. »Ja. Es war ein Geburtstagsgeschenk.«

Verblüfft registrierte sie seinen schuldbewussten Gesichtsausdruck. Sie legte die Gabel nieder. Er log, aber warum? Vielleicht hatte er seinen Großvater gebeten, ihm das Geld für die Anzahlung zu leihen.

»Warum sind Sie so auf den Titel versessen?«, fragte Sam. Sie sah, wie er errötete.

»Es gehört zu meinem Geschäft, ich kaufe und verkaufe«, murmelte er.

»Und Sie meinen, Sie können mehr herausholen, als wir verlangen?«

»Nach einigen Recherchen und der richtigen Vorgehensweise, ja«, antwortete er vorsichtig. »Hören Sie zu, Sam, wenn Sie Ihr Angebot zurückziehen wollen, dann brauchen Sie das nur zu sagen. Ich nehme die Option zurück. Vielleicht sollten wir das sofort erledigen.«

»Nein, nein, ich will den Titel verkaufen – ich brauche das Geld. Außerdem habe ich Ihre Anzahlung bereits ausgegeben.«

Sam wirkte verlegen. Als Richard sie so sah, bedauerte er seine voreiligen Worte. Er versuchte, das Thema zu wechseln.

»Erzählen Sie mir von Walter und der Werbeagentur«, begann er. »Er macht auf mich nicht gerade den Eindruck, als sei er was Besonderes. Er ist so glatt wie seine gewienerten Schuhe.«

Sie unterhielten sich so angeregt, dass Richard kaum bemerkte, wie die Zeit verging. Sie tranken gekühlten Weißwein und verzehrten eine Meeresplatte für zwei Personen, auf der sich Krabben, Muscheln, Austern, Garnelen und Hummer türmten.

Schließlich erhob sich Sam und äußerte entschieden ihren Wunsch, nach Hause zu gehen. Die Erkenntnis, dass er sie nicht fortlassen wollte, traf Richard wie ein Keulenschlag. Wieder musste er sich schnell etwas überlegen. »Kommen Sie hier rüber.« Er zog sie ans Fenster. »Schauen Sie, wie ruhig das Meer ist. Man sieht das Meeresleuchten. Ich würde gern am Strand spazieren gehen. Wollen Sie nicht mitkommen?«

Sie sah ihn an, und plötzlich wusste er, dass sie mit ihm schlafen würde.

»Warum nicht?« Sie ließ ihre Tasche im Wagen, holte Turnschuhe aus dem Kofferraum, und sie stiegen durch die Klippen zum Meer hinab. »Ich habe es schon immer geliebt, nachts zum Schwimmen zu gehen«, sagte sie, »wenn es warm ist und das Meer so ruhig wie heute.«

»Gut. Dann machen wir das doch.«

Sie zog sich aus und legte ihre Sachen auf einen Felsen. Sie zeigte keinerlei Scham, was ihn überraschte. Ihre Brüste waren fest und voll, ihre Taille schlank, nur an den Hüften war sie etwas rund, und diese weibliche Unvollkommenheit brachte sein Blut in Wallung. Er sah zu, wie sie über die Kiesel zum Wasser schritt, als wären sie so weich wie Sand.

»Wie machst du das?«, rief er ihr hinterher.

»Was?«, fragte sie, ohne sich umzudrehen.

»Auf den Kieseln laufen.«

»Ach das, jahrelange Übung!«

Sie schritt so weit hinein, bis ihr das Wasser über die Hüften reichte, dann tauchte sie in die dunklen, glitzernden Fluten und schwamm weiter hinaus; bei jedem Zug umspülten sie funkelnde, phosphoreszierende Wasserperlen.

Richard zog sich eilig aus, warf seine Kleidung auf ihre und holte sie weit draußen ein. Dann drehte sie sich auf den Rücken, spritzte ihn voll und lachte ausgelassen.

»Ich hab das seit der Schulzeit nicht mehr gemacht«, sagte sie. »Shireen und ich haben uns nachts immer fortgestohlen, um in der Bucht zu schwimmen.« Sie ließ sich auf den schwarzen Wellen treiben und erzählte von ihrer Freundin und deren Einsamkeit, nachdem die Mutter die Familie verlassen hatte, und wie sie sich gegenseitig ihre verlorenen Elternteile ersetzt hatten. »Ich weiß nicht, warum ich dir das alles erzähle – außer, dass ich mir große Sorgen um sie mache«, sagte sie. »Lass uns wieder schwimmen, mir wird kalt.«

»Ich bin fast wieder nüchtern. Kehren wir um!«

Er erreichte den Strand vor ihr, holte sein Hemd, umarmte sie und rieb ihr den Rücken und die Arme trocken. Ihre Haut war eiskalt; als er mit seinen Lippen über ihren Hals strich, schmeckte es salzig. Dann begann er ihr die Brüste abzureiben; sie stöhnte leise, wand ihre Arme um seinen Nacken und zog ihn fest an sich heran.

»Diese verdammten Kiesel.« Er sah sich um. »Können wir nicht woanders hin?«

»Weiter oben gibt es einen sandigen Abschnitt.«

»Du kennst diesen Strand?«

»Natürlich. Wir haben hier immer Picknicks veranstaltet. Komm.« Sie fasste seine Hand, hielt sie fest und zog ihn mit sich fort. »Nichts Festes, Richard. Versprich es mir. Keinerlei Verpflichtungen.«

Sie ließ sich in den Sand fallen, zog ihn auf sich und stöhnte leise, während er sie sanft streichelte.

Er wollte sie liebkosen, doch bald darauf keuchte sie vor Verlangen und Lust. »Ich hoffe, du weißt, was du tust, Sam«, flüsterte er und versuchte, seine Schuldgefühle zu verdrängen, bevor er sich der Leidenschaft überließ.

## 28

In den Hecken blühten der Mohn und die lilafarbenen Skabiosen, dazwischen standen die golden schimmernden Butterblumen, und in den Bäumen befanden sich die Nester der Saatkrähen; alles war genau so, wie sie es in Erinnerung hatte. Es war zwei Monate her, dass sie in England angekommen war – die Zeit war viel zu schnell verflogen. Nun würde sie bereits wieder abreisen. Shireen blinzelte. Sie war keine Frau, die schnell in Tränen ausbrach, doch der Knoten in ihrer Kehle war so schmerzhaft, dass sie kaum schlucken konnte. Sie fasste sich an den Hals. Es war nichts zu spüren, keine verräterische Ausbuchtung, die sich dort hätte zeigen müssen. Drei Jahre lang hatte sie sich nach den satten grünen Wiesen Englands gesehnt, nach den sanft geschwungenen Hügeln und Tälern, dem weichen Licht der Morgen- und Abenddämmerung und der kühlen Luft des Landes.

Wonach sie sich gesehnt hatte, war nicht nur die Landschaft, sondern auch die Freiheit, sich selbst wieder zu finden, und sei es nur für kurze Zeit. Sie hatte darum gebettelt, wieder nach Hause kommen zu dürfen. Aber jetzt waren ihre Ferien vorüber, und sie fuhr mit einhundertzwanzig Stundenkilometern ihrem Untergang entgegen. Ihre depressiven Gefühle verstärkten sich noch, während sie den nur allzu vertrauten Argumenten ihres Vaters zuhörte.

»Wenn du älter bist, Shireen, wirst du mir danken. Hör mir zu. Du bist jung und schön, darüber muss man kein Wort verlieren. Wenn du hier bleibst, wirst du dich verlieben und heiraten. Das ist nur natürlich. Du wirst eine Weile lang glücklich sein, weil ein sich liebendes Ehepaar in seiner eigenen kleinen Welt leben will. Das will ich nicht abstreiten. Aber irgendwann einmal wird das zu deinem größten Problem werden. Eine Kleinfamilie ist nicht von Dauer.«

»Ich kenne so viele …«, begann sie.

Er legte seine Hand auf ihr Bein. »Natürlich, du glaubst mir jetzt nicht. Das verstehe ich. Aber später wirst du es zu schätzen wissen, dass du die indische Kultur in dir trägst. Du wirst dich nach dem Zusammenhalt und den Verbindungen einer großen Familie sehnen. Du wirst des westlichen Individualismus überdrüssig werden, der, das versichere ich dir, nur eine Haaresbreite von der Zügellosigkeit entfernt ist. Er hat dich bereits angesteckt, Shireen. Du kennst deine Verpflichtungen nicht mehr.«

Shireen schlug ihre Beine übereinander und löste sie wieder. Sie wurde von Schuldgefühlen gepeinigt, einem grässlichen Albtraum, der sie verfolgte wie ein wildes Tier. Sogar jetzt kroch es um sie herum, sodass sie seinen stinkenden Atem riechen konnte und es ihr kalt über den Rücken lief. Seitdem ihre Mutter von zu Hause weggegangen war, hatte er ihr Leben überschattet. Sie würde jene Nacht nie vergessen: Vaters Kälte und Abscheu, das hysterische Kreischen ihrer Mutter, die zu erklären versuchte, dass sie nach Irland zurückwollte, zu ihren Leuten.

»Ich habe immer angenommen, hier sei dein Zuhause«, hatte ihr Vater damals der Mutter gesagt. »Wenn du jetzt gehst, dann brauchst du nie wieder zurückzukommen.« Seither hatte ihre Mutter sie ein paar Mal in der Schule besucht, doch sie war stets von einer Aura von Schuld umgeben.

»Du wirst nicht immer jung bleiben, Shireen. Stell dir vor, wie du dich fühlst, wenn du einmal alt bist und allein und keine Kinder da sind, wenn du ihre Hilfe brauchst. Natürlich bin ich auch egoistisch. Ich will meine Enkelkinder um mich haben, wenn ich mich in Indien zur Ruhe setze.«

»Aber Vater«, unterbrach sie ihn harsch. »Ich verdiene es doch, einen Mann zu heiraten, den ich liebe.«

Noch während sie die Worte aussprach, wusste sie, dass dies niemals geschehen konnte. Sie dachte an John. Sie mochte ihn, sie begehrte ihn, sie wollte jedes Mal mit ihm schlafen, wenn sie ihn sah, aber sie wusste, dass sie ihn nicht liebte. Shireen hatte nie geliebt und war nie geliebt worden. Ihre Mutter hatte ein Kindermädchen für sie angestellt, eine tüchtige, aber lieblose Frau, und ihr Vater hatte immer nur gearbeitet. Sam war jener Mensch, den zu lieben sie am nächsten gekommen war. Und doch besaß Shireen eine heimliche Liebe: die Schauspielerei.

»Liebe! Was ist denn die Liebe? In Indien lieben sich verheiratete Ehepaare, weil es von ihnen erwartet wird.«

Ich werde ihm nicht zuhören. Er macht sich selbst etwas vor. Der einzige Mensch, dem ich vertraue, ist Großmutter. Sie lehrte mich, dass die Begierde der Grund allen Leidens ist.

Sie fasste in ihre Tasche, wo sie das Abschiedsgeschenk aufbewahrte, das Sam ihr geschickt hatte, eine wunderbare Puderdose aus Perlmutt. Dann las sie den beiliegenden Brief:

*»Der Mensch ist Geist, und wenn er das Werkzeug des Denkens einsetzt und die Welt nach seinem Willen gestaltet, schafft er damit tausend Freuden und tausend Übel. Was er sich im Geheimen ausdenkt, wird Wirklichkeit. Die Welt, die ihn umgibt, ist nichts anderes als sein Spiegel.« James Allen*

*Gestalte deine Zukunft gut, Shireen. In aller Liebe, Sam.*

*P. S.: Ich bin immer da, wenn du mich brauchst.*

*P. P. S.: Mach keinen Scheiß! Eine andere Chance bekommst du vielleicht nicht mehr.*

Sie näherten sich Heathrow. Shireen lehnte sich zurück und schloss die Augen. Am liebsten hätte sie geweint, konnte aber nicht. Der Wagen fuhr am Flughafen vor, ihr Fahrer stieg aus und besorgte einen Gepäckwagen. Wie in Trance folgte sie ihrem Vater zum Schalter. Er regelte die Formalitäten und schob ihr dann die Board-Karte in die Tasche. Das war es dann!

»Du musst noch nicht durch. Wir haben noch Zeit zum Mittagessen«, sagte ihr Vater. Eine Stunde Aufschub!

Shireen bestellte einen Salat und stocherte lustlos darin herum. Die gleichen Argumente prasselten auf sie ein. Sie sei die Erbin. Wenn sie sich verweigerte, wäre sie ein Nichts. Ihr Haus in Indien sei sehr schön, sehr viel besser als ihr Haus in England, und sie werde deshalb in der Familie eine herausragende Stellung einnehmen. Aber es waren nicht das Geld oder ihre Stellung, die sie ihrer Pflicht nachkommen ließen. Es waren ihre Schuldgefühle.

Am Tisch nebenan saß eine schwarz verschleierte Muslimin. Sie und ihr Ehemann bestellten Lasagne, und Shireen fragte sich, wie sie sie wohl essen würde. Dann löste die Frau einfach ihren Schleier. Sie hatte ein schönes Gesicht und sah sich lächelnd um. Ihre Blicke trafen sich, und sie lächelte Shireen zu. Ihr Lächeln schien etwas zu bedeuten. So einfach ist das, schien es zu sagen.

Shireen stand auf. »Entschuldige mich, Vater.« Sie sah seinen fragenden Blick, während er nach ihr griff, als wollte er sie am Arm festhalten; doch sie wich ihm aus, eilte an den Tischen vorbei zum Informationsschalter und von dort zum Büro der Flughafenleitung.

»Kommen Sie rein, setzen Sie sich. Was kann ich für Sie tun?«

Sie war sich ihrer Rechte nicht sicher, während sie nach ihrer Board-Karte und ihrem Pass suchte und beides dem Angestellten überreichte. Ihre Hände wollten nicht aufhören zu zittern. Schließlich stützte sie sich mit beiden Ellbogen auf dem Tisch auf und bedeckte ihr Gesicht mit den Händen.

»Ist es so schlimm, Miss Desai? Vielleicht können wir uns Ihrer Probleme annehmen?«

»Ich werde diesen Flug nicht nehmen. Kann ich bitte … bitte … mein Gepäck wiederhaben?«

Er sah sie kurz und musternd an. »Sie haben es ein wenig spät aufgegeben, nicht wahr? Wenn Sie Glück haben, ist es noch nicht verladen.« Er nahm den Hörer zur Hand und wählte eine Nummer.

Nur Augenblicke später hasteten sie durch Gänge und auf das Rollfeld hinaus. Atemlos plapperte sie vor sich hin, während sie mit ihm Schritt zu halten versuchte. Ihr war schwindlig, als stünde sie unter Schock. Vielleicht war sie das tatsächlich. »Es war die Frau. Ich konnte mir nicht vorstellen, wie sie essen sollte. Es erschien mir ganz und gar unmöglich. Und plötzlich wusste ich, ich kann es auch einfach wegschieben – das Pflichtgefühl, das mir von meinem Vater aufgedrängt wurde und von der jahrhundertealten indischen Kultur, die überhaupt nicht die meine ist. Meine Mutter stammt aus Irland, verstehen Sie?«

»Schön für Sie.«

»Aber Sie verstehen nicht, was ich meine, oder?«

»Nein, meine Liebe. Ich verstehe es nicht. Aber solange Ihnen klar ist, was Sie damit meinen, ist das schon in Ordnung. Sie tun doch das Richtige? Sie sind sich dessen ganz sicher?«

»O ja.«

»Dann ist es ja gut«, sagte er.

Sie erreichten den Gepäckwagen, der neben dem Flugzeug stand. Shireen schauderte. Die Maschine schien ihr viel zu nahe zu sein. Fast erwartete sie, jemand würde die Gangway herabkommen und sie in die Maschine zerren. Sie suchte ihren Koffer und rollte ihn in das Büro der Flughafenleitung.

»Ich habe Ihr Ticket annulliert. Wenn Sie jetzt schwach werden sollten, müssten Sie ein weiteres Mal zu mir kommen.«

»Danke. Ich werde nicht schwach werden.« Ihr kribbelte im Magen, als sie zu ihrem Vater zurückkehrte.

Er saß noch immer am Tisch und wirkte verbittert und verloren. Sie hatte ihn bereits einmal so gesehen. »Ich werde dich nicht verlassen, Vater, außer du willst es so. Aber ich gehe auch nicht nach Indien. Ich bleibe hier. Ich bin hier aufgewachsen, hier ist mein Zuhause. Und ich werde mich um meine Karriere kümmern. Ich muss dich nicht verlassen, es sei denn, du verlangst es.«

Das Gesicht ihres Vaters wurde noch verbitterter. »Nenn mich nicht mehr Vater, du hast das Recht dazu verwirkt.«

»Nein, das habe ich nicht, weil ich dich noch immer liebe«, sagte sie und unterdrückte ihre Tränen.

Stumm wandte er sich von ihr ab und ging. Shireen brachte ihr Gepäck zur U-Bahn-Station. Wo sollte sie jetzt hin? Dann erinnerte sie sich an Sams Apartment in Hampstead, das im Moment leer stand. Vielleicht konnte sie ja einige Wochen darin wohnen, bis sie sich zurechtgefunden hatte. Natürlich konnte sie das. Schließlich war sie nicht völlig allein. Sie hatte eine Freundin.

## 29

»Hallo, Sam.«

Der Abend erstrahlte plötzlich in einem hellen Licht, als Sam aufblickte und Richard in der Tür stehen sah.

»Was für eine Überraschung! Du kommst gerade rechtzeitig zum Kaffee. Oder vielleicht willst du einen Drink? Ich lasse Getränke kommen. Kekse dazu?«

»Nur Kaffee, danke.« Einfache Worte, aber seine Augen sprachen Bände! Sam fühlte sich, als werde sie auf einer Woge des Glücks davongetragen.

»Du hast so bekümmert ausgesehen. Kann ich dir irgendwie behilflich sein?«

»Trinke dreißigtausend Hektoliter Bier im Jahr und achte darauf, dass es Woodlands' Best ist.«

»Steht es so schlimm?«, fragte er nachdenklich.

»Das kann man wohl sagen.«

»Dein Problem ist mir klar. Trotzdem bin ich hier, weil ich dich dazu überreden möchte, nicht nach Pilsen zu fahren. Amerika ist ein sehr viel größerer Markt.«

»O Gott, nicht schon wieder! Ich will nicht darüber reden.«

»Ich könnte dir zeigen, wie du vorzugehen hast. Ich könnte dir sogar einen guten Vertriebspartner besorgen. Hast du das Gefühl, du könntest deinen Ruf aufs Spiel setzen nach allem, was Greg Selo gesagt hat?«

»Woher weißt du das?«

»Ich hab's mir zusammengereimt. Ich würde ihm nicht trauen. Er ist ein skrupelloser Mistkerl, soweit ich Männer zu beurteilen in der Lage bin.«

»Du kennst ihn doch überhaupt nicht.«

»Ich muss nicht wochenlang hin und her überlegen, um zu erkennen, wenn jemand Böses im Schilde führt. In den USA kannst du zehnmal so viel verkaufen wie in Pilsen.«

»Alles in den USA ist größer und besser, oder? Ich will dir was sagen: Du siehst vielleicht nicht wie Rosemarys texanischer Milliardär aus, aber, verdammt noch mal, du *bist* einer.«

»Du kannst verdammt taktlos sein. Warum überprüfst du seine Kreditwürdigkeit nicht?«

»Das hab ich bereits.« Warum sollte sie ihm erklären, dass für den amerikanischen Markt enorm hohe Summen notwendig wären, um neue Marken, neue Etiketten und eine ganz neue Werbekampagne aus dem Boden zu stampfen, während Greg ihr einfach nur das Stout abnahm. »Richard, hör zu. Nur weil du einmal mit mir gevögelt hast, gibt dir das noch nicht das Recht, über mein Leben oder mein Unternehmen zu bestimmen. Nimm es nicht persönlich, aber du kaufst den Titel, nicht die Familie.«

Noch bevor sie es ausgesprochen hatte, bedauerte sie ihre Worte. Richards Miene verwandelte sich. Sein freundschaftliches Mitgefühl verschwand, seine Augen blitzten, und seine Lippen verzogen sich zu einem zynischen Lächeln. Genauso hatte er sie auch auf dem Bierfest angesehen.

»Richard, das war nicht so gemeint, aber …«

Sie hielt inne; er war gegangen.

Es ist wie Rad fahren, dachte Trevor, als er Desais sechsstöckiges Lagerhaus beobachtete. Alte Fertigkeiten verlernt man nicht. Und das Alter ist nur eine Illusion. Du bist noch derselbe Mensch, denkst genauso wie damals, fühlst so, besitzt dieselbe Geschicklichkeit, lediglich dein Körper funktioniert nicht mehr so wie dein Geist. Heute hatte ihn sein rechtes Knie schmerzlich im Stich gelassen; er war bei weitem nicht in so guter Verfassung, wie er gehofft hatte. Früher wäre er mit einem Haken und einer Leine diese Wände wie ein Affe hinaufgeklettert. Heute konnte er von Glück reden, wenn er die Treppe hochkam – wenn er denn endlich im Gebäude war.

Also los, mach weiter, drängte er sich. Ein kurzer Blick, und er wusste, dass er allein war.

Desai hatte seine Schlösser in den letzten fünfzehn Jahren nicht mehr ausgewechselt. Das Hauptproblem war die elektronische Kamera. Aber nicht umsonst teilte sich Trevor die Fischereirechte mit dem Inhaber der Visor-Sicherheitssysteme. Die beiden kannten sich schon lange; Trevor wusste also, wonach er zu suchen hatte.

Er steckte den Schlüssel ins Schloss und öffnete leise die Tür. Jetzt hatte er dreißig Sekunden Zeit, um den Schaltkasten zu erreichen und die übrigen Alarmeinrichtungen abzustellen. So weit, so gut. Sam, die Shireen hier einige Male besucht hatte, wusste, dass sie an einem Computer in der Buchhaltung im sechsten Stock gearbeitet hatte. Als er das Großraumbüro erreichte, war er völlig außer Atem, und sein Knie schmerzte fürchterlich.

Trevor schaltete den Computer an und begann mit der Suche. Alles, was ihm dabei behilflich sein konnte, war das Datum der Tage, an denen die Schmuggelware ins Land geschafft worden war – was in jener schicksalshaften Nacht des fünfzehnten Mai, als Michel angeschossen worden war, seinen vorläufigen Höhepunkt gefunden hatte.

Die Morgendämmerung brach bereits an, als er schließlich beschloss, es gut sein zu lassen. Er hatte zwanzig Namen, mit denen er sich nun beschäftigen konnte. Die übrigen Gläubiger auf Desais langer Liste waren normale Handelsfirmen. Der meistversprechende Name gehörte einer Firma in Monaco, die sich Monexic Trading, Import-Export, nannte. Er würde sie als Erste überprüfen.

Als er ging, war es bereits ein wenig spät, aber noch war niemand zu sehen. Draußen vor dem Lagerhaus färbte sich der Himmel langsam dunkelblau; es versprach ein wunderbarer Tag zu werden.

Zurück in seinem Büro, schaltete Trevor seinen Rechner an und schickte die neuesten Funde an sein »Recherche-Netzwerk«, wie er seine alten SAS-Kumpel bezeichnete. Vielleicht hatte einer von ihnen bereits in der Vergangenheit mit Monexic Trading zu tun gehabt …

Als Trevor am Frühstückstisch erschien, sah er wie der Tod aus. Julie war verwirrt. Hatte er die Nacht außerhalb des Hauses verbracht, und wenn ja, mit wem? Er hatte sich nicht rasiert, trug schwarze Jeans und ein schwarzes Sweatshirt mit Polo-Kragen.

»Würdest du mir sagen, warum du wie ein Einbrecher aussiehst und so müde bist?«, platzte es aus Sam heraus. In letzter Zeit benahm sie sich unmöglich.

»Ich war die ganze Nacht auf. Ich werde mich ein paar Stunden hinlegen, und dann mach ich mich auf den Weg nach Korsika.«

»Pass doch bitte mehr auf dich auf. Ich meine … Warum willst du Michel schon wieder besuchen?«

»Komm schon, Sam! Ich hab mit Michel Geschäftliches zu regeln.«

»Beim letzten Geschäft wären beinahe drei Menschen umgekommen!«

»Das mag schon sein, junge Frau, aber das gibt dir noch lange nicht das Recht, meine Bewegungsfreiheit einzuschränken.«

Sam starrte auf ihren Teller.

Trevor leerte seine Kaffeetasse und ging zum Küchenboard. Dort blieb er einige Minuten schweigend stehen.

Als Helen mit einem weiteren Krug Milch hereinkam, fragte er nach Eiern.

»Die gibt es erst wieder, wenn Tom die Legebatterien abgebaut hat.«

»Und was ist mit Eiern aus dem Supermarkt?«

»Die betrügen doch. Eier von frei laufenden Hühnern, das ist doch eine einzige Werbemasche«, erklärte Julie. »Man kann sich nie sicher sein.«

»Und Schinken, Würstchen?«

Helen deutete mit dem Daumen auf Porgy, wie das gerettete Ferkel nun genannt wurde, das über seinem Porridge schlummerte und schnarchte.

»Also gibt es nichts anderes? Gegrillte Tomaten mit Räucherhering?«

»Im Moment nein. Man hat dir vier Monate Zeit gegeben, um auf biologische Landwirtschaft umzustellen«, bemerkte Sam in scharfem Tonfall.

»Luthers Eier auf Toast wären jetzt genau das Richtige für mich.«

Julie kicherte. »Luther ist nicht das Problem, Großvater«, erklärte sie vorsichtig. »Wir versuchen, die Welt etwas freundlicher zu gestalten.«

Sam schenkte sich eine weitere Tasse Kaffee ein. »Ich muss zur Arbeit. Ich weiß nicht, was du vorhast, Trevor, aber pass auf dich auf. Ich mach mir Sorgen.«

»Das brauchst du nicht. Mir geht's wunderbar. Ich hab mich schon lange nicht mehr so jung gefühlt.«

Er sieht wie hundert aus, dachte Julie, aber das wird er bestimmt nicht gerne hören. Und was ihre Schwester betraf, die hatte in letzter Zeit so schlechte Laune. Sie runzelte die Stirn. Dunkle Ringe umgaben ihre Augen, und oft brütete sie düster vor sich hin. Ihre Launen färbten auf alle ab – sogar Tasha schlich mit eingezogenem Schwanz umher.

»Alles okay, Sam?«, fragte Trevor. »Du kommst mir ein wenig geknickt vor. Ich kann jederzeit wieder die Leitung der Brauerei übernehmen. Du musst es nur sagen. Du weißt, ich bin wieder voll hergestellt.«

»Ich hab's euch doch schon gesagt, mit mir ist nichts, außer dass ihr beide mir gehörig auf die Nerven geht … Okay, tut mir Leid. Um ehrlich zu sein, ich hab einen kleinen Kater. Shireen hat gestern mit ihrem Vater gebrochen. Wir haben letzte Nacht gefeiert. Es ist im letzten Moment passiert. Kaum zu glauben: Ihr Gepäck war schon im Flugzeug, als sie schließlich den Mut fand, sich ihm zu widersetzen.«

»Schön für sie«, antwortete Trevor.

»Sie hat ein Vermögen in den Wind geschlagen«, fügte Julie an. »Das hat ihr die Entscheidung sicherlich nicht leichter gemacht.«

»Vor allem, weil sie pleite ist. Trevor, ich hoffe, du hast nichts dagegen, dass ich ihr einen Teilzeitjob gegeben habe. Eine Abendbeschäftigung; sie verkauft jetzt unser Bier in den Kneipen und Pubs und unternimmt, was sie kann, um unsere neuen Sorten bekannt zu machen. Und sie wohnt im Moment in meinem Apartment.«

»Natürlich hab ich nichts dagegen. Ich hätte es nicht anders gemacht.«

»Das wusste ich.« Sie lächelte dankbar.

»Ach, übrigens, ich habe Richard für übernächsten Sonntag zum Essen eingeladen«, sagte Trevor. »Das ist nach deiner Rückkehr aus Pilsen.«

»Nein!«, platzte Sam heraus.

Sie muss furchtbar wütend sein, dachte Julie. Sam ist ansonsten eine so freundliche, umgängliche Frau; Richard allerdings scheint sie gefressen zu haben.

»Tut mir Leid, ich kann es nicht erklären. Lade ihn wieder aus, bitte. Ich werde versuchen, sein Optionsrecht rückgängig zu machen.«

Trevor schien sich zu amüsieren, und Sam verlor mehr und mehr die Beherrschung. Jeden Moment konnte es zur Explosion kommen. Julie leerte ihre Tasse und bereitete sich auf einen schnellen Abgang vor.

»Brauchen wir das Geld?«, fragte Trevor sie.

Sam starrte ihren Großvater erstaunt an. »Machst du Witze?«

»Dann verkauf ihm den Titel und vergiss den Rest. Das wächst uns noch allen über den Kopf.«

»Mach dir keine Sorgen, Großvater. Er wird sowieso nicht kommen. Um die Wahrheit zu sagen, wir hatten nämlich … na ja, eine Meinungsverschiedenheit. Wir sind nicht gut aufeinander zu sprechen.«

»Na, das ist aber seltsam, denn er hat bereits zugesagt. Er meinte: ›Sagen Sie Sam, vielleicht bin ich Tschech-Matt gesetzt, t – s – c – h – e buchstabiert, aber noch liege ich gut im Rennen.‹ Ergibt das für dich irgendeinen Sinn?«

»O Großvater!«

Sams Miene hellte sich auf, ihr Mund wurde weicher, die tiefen Falten auf der Stirn verschwanden. Sie hatte wieder zu sich zurückgefunden. Dann lächelte sie. »Gut, dann soll er kommen.« Sie lachte.

Trevor wirkte erleichtert, und Julie verkniff sich ein Grinsen. Weshalb war sie nicht selbst darauf gekommen? Sam und Richard. Hmm, das war gar nicht so übel.

## 30

Es war fast Mittag, als Trevor den Flughafen in Ajaccio verließ und ein Taxi ins Stadtzentrum nahm. Nur wenige Minuten später war er schweißüberströmt, sein Hemd klebte ihm am Körper, seine Beine waren geschwollen und juckten. Mit trockener Hitze kam er gut zurecht, nur die Feuchtigkeit bereitete ihm Probleme. Er war froh, als er endlich die klimatisierte Bar betreten durfte. Wie schon beim letzten Besuch saß Michel hinter der Kasse, aber nicht im Rollstuhl. Mit einem breiten Grinsen sprang er auf, breitete seine Arme aus und hieß ihn lauthals willkommen.

Nur mit Schwierigkeiten konnte sich Trevor aus der überschwänglichen Umarmung lösen und trat zurück. »Du siehst hervorragend aus, Michel. Ich bin froh, dass du wieder gesund bist.«

Michel erfreute sich einer frischen roten Gesichtsfarbe, seine Augen funkelten vor Ausgelassenheit.

»Das war doch nichts.« Vielsagend zuckte er mit den Schultern. »Wir mussten zu unserer Zeit mit sehr viel Schlimmerem zurechtkommen. Komm, gehen wir.« Er legte Trevor den Arm um die Schulter. »Du bist sehr schnell gekommen, mein Freund. Ich hab dich erst in einigen Tagen erwartet.«

»Wie in alten Zeiten. Du hast uns alle geschlagen, Michel. Noch immer die Kobra, was?«

Michel wehrte den Kommentar mit einem Schulterzucken ab. »Gehen wir auf die Terrasse. Dort ist es zwar laut, aber schön. Josephina«, bellte er, »übernimm die Kasse!«

Trevor wäre es im Haus lieber gewesen, dennoch folgte er Michel die Treppe hinauf zur Terrasse, von der aus man die Stadt überblicken konnte. Nebliger Dunst lag auf dem Meer, hinter ihnen aber ragten die Berge auf, und plötzlich hatte er das Bedürfnis, dort einige Tage mit Wandern zuzubringen.

»Du hast einen weiten Weg zurückgelegt; ich will dich also nicht auf die Folter spannen«, sagte Michel. »Zunächst einige Hintergrundinformationen.«

Er öffnete eine Flasche Cognac und schenkte ihnen beiden ein.

»Ich muss dir erst von unserer Insel erzählen. Viele der Älteren haben noch Kontakte zum Untergrund in Marseille; es gehört aber zu unserer Tradition, dass die Heimat so sauber bleibt wie unsere Frauen. Es gibt auf Korsika keine Kriminalität, wenn man von politischen Hitzköpfen einmal absieht. Sollte jemand versuchen, die Insel mit Verbrechen oder Drogen zu vergiften, reagieren wir genauso, als wollte jemand unsere Frauen schänden.«

Trevor erinnerte sich an die Probleme des französischen Geheimdiensts in der Nachkriegszeit. Soldaten waren stationiert worden, um die Sümpfe an der Ostseite der Insel trockenzulegen und die Malaria auszurotten; einige unter ihnen verliebten sich dabei in die einheimischen Mädchen. Viele von ihnen verschwanden daraufhin spurlos.

»Verbrecher sollte sich von Korsika fern halten«, fuhr Michel fort. »1986 wollten einige junge Yankee-Dealer ihr Glück in Ajaccio versuchen. Vierundzwanzig Stunden später hat man sie im Hafen gefunden, wo sie mit aufgeschnittener Kehle auf dem Wasser trieben. Das war unsere letzte Invasion.«

»Ich erinnere mich.«

»Von diesem Zeitpunkt an haben die Mafia, die französischen Kriminellen und alle anderen einen weiten Bogen um unsere Insel gemacht. Und alle waren damit zufrieden. Aber jetzt!« Er warf mit gespieltem Entsetzen die Hände hoch und grinste dazu, als wäre alles ein großer Spaß, was es natürlich nicht war, wie Trevor sich vergegenwärtigen musste. »Jetzt ist Europa voll mit ehrgeizigen Typen, die schnell reich werden wollen und die Regeln nicht mehr kennen. Letzteres trifft vor allem auf die Kerle aus Russland zu.«

Aber sie lernen schnell, dachte Trevor.

»Einer ist sogar in meine Bar marschiert. Kannst du dir das vorstellen? Er wollte von mir Schutzgeld kassieren. Scheint, dass sie in Marseille eine ähnliche Masche abziehen. Jedenfalls, ob du es glaubst oder nicht: Er hat mich sogar bedroht.«

»Dann hätte er sich auch eine Kanone an den Kopf halten und abdrücken können«, sagte Trevor.

»Meine Freunde haben sich dieses Idioten angenommen und ihn ein wenig bearbeitet. Hier ist ein Foto von ihm. Erkennst du ihn?«

»Nein.« Ich verweichliche, dachte Trevor, als er das Foto schaudernd zurückgab.

»Er wusste nicht viel. Die Befehle hat er von seinen Vorgesetzten in der Organisation bekommen. Sein Handy war in Monaco zugelassen, die Rechnungen wurden bar beglichen. Aber einige Anrufe sind an eine Firma namens Monexic gegangen, für die du dich interessierst. Auf den Rat meiner Freunde hin habe ich die erste Forderung in bar gezahlt, die Geldscheine jedoch registrieren lassen. Sie wurden zusammen mit den Einnahmen eines Taxiunternehmens auf eine Bank in Monaco eingezahlt. Und jetzt rate, zu welcher Firma das Taxiunternehmen gehört?«

»Monexic.«

»Genau! Sie betreiben sechs Flotten und können so gegenüber der Bank ihre Bareinzahlungen legitimieren. Das Geld auf dem Konto in Monaco wird dann fast täglich auf zwei Schweizer Nummernkonten überwiesen, zwanzig Prozent auf das eine, achtzig Prozent auf das andere. Was lernen wir daraus, Trevor?«

»Dass wir es mit einem kleinen Gauner zu tun haben, hinter dem eine große Organisation steht. Wahrscheinlich ein russisches Syndikat, dem der Kerl in Monaco regelmäßig einen Anteil zukommen lässt. Sie besitzen eine Hand voll krimineller Geschäfte und einige Taxiflotten, um ihre Bareinnahmen zu kaschieren.«

Trevor nippte lächelnd an seinem Cognac. Das war doch ein Anfang.

»Ich hab noch mehr für dich. Noch einen Cognac?« Er schwenkte bereits die Flasche.

»Lieber einen Kaffee, danke.«

Michel riss die Tür auf und brüllte nach einem Kaffee. »Also, hör zu. Das Handy wurde von einer Gesellschaft erworben, die zwei zum Preis von einem verkauft. Die andere Nummer ist nahezu identisch mit der ersten und wird von der Frau benutzt, die das Monexic-Büro leitet. Sie führt regelmäßig Gespräche mit sechs Massagesalons in Marseille, Nizza, Cannes und Tanger, einer Truppe von Schutzgelderpressern, die sich in Marseille als Sicherheitsfirma ausgibt, mit sechs russischen Prostituierten im Antwerpener Rotlichtmilieu und mit den Taxiunternehmen. Das ist alles, was ich für dich habe, mein Freund. Nun können wir uns entspannen und zum Essen übergehen.«

»Alles?« Trevor sah ihn verblüfft an. »Michel, mit deinen Kontakten könntest du Interpol leiten.«

Michel zwinkerte. »Wir Korsen sind überall und halten zusammen. Viele meiner Freunde sind über ganz Europa verteilt. Wir werden Monexic weiterhin im Auge behalten.«

Die Abenddämmerung brach herein, als Trevor den letzten Flug nach Nizza nahm. Trotz Michels Informationen wusste er noch lange nicht, wer im Hintergrund wirklich die Fäden in der Hand hielt. Und warum sie unbedingt Woodlands haben wollten.

31 Shireen saß in einem Minibus und umklammerte einen Wischmopp und einen Eimer. Es ist nicht zu fassen, was ich hier mache. Aber es ist nur eine Rolle, oder? Wie jede andere auch. Vielleicht mein erster großer Auftritt. Warum habe ich dann solche Angst?

Sie trug einen groben flaschengrünen Overall und ein ebenso grünes Tuch auf dem Kopf. Die großen weißen Logos auf beiden Brusttaschen wiesen sie als Angehörige von »Joe's Cleaning Service« aus. Um sie herum saßen zwanzig Frauen unterschiedlichen Alters und unterschiedlicher Hautfarbe, denen lediglich gemeinsam war, dass sie kaum Englisch sprachen und etwas zu essen brauchten – was sie zu Joe geführt hatte.

Und vorne auf dem Fahrersitz saß Joe selbst wie ein kleiner König mit purpurroter Weste, glänzend schwarzer Hose, einer Vielzahl goldener Halsketten und einem großen goldenen Ohrring. Er war ein fürchterlicher Fahrer, und auf ihrem Schlingerkurs durch die Londoner Innenstadt wurden sie von lautem Gehupe und wütendem Gebrüll begleitet. Selbst zu dieser frühen Tageszeit gelang es ihm, die Londoner Verkehrsteilnehmer zu provozierenden Äußerungen zu bewegen: »Hast dich verfahren, Kumpel? Wenn du wieder in deinen Zoo willst, musst du vorne links abbiegen! – Wo hast du deinen Führerschein gemacht, Bruder? In Timbuktu?«

Joe ließ das alles völlig ungerührt. Er trug Kopfhörer, ließ sich mit lautem Rap zudröhnen und lächelte breit. Seine einschüchternden Muskeln vermittelten den Eindruck, als wäre es besser, ihm nicht in die Quere zu kommen. Shireen mutmaßte, dass er sein Geld und seine Zeit einem Fitnessclub schenkte.

Welcher Wahnsinn hat mich geritten, dass ich mir das antue?

Der Wahnsinn hatte einen Namen: Muriel Finch, die Rezeptionistin der Schauspielschule, an der Shireen unbedingt studieren wollte.

Dabei hatte Shireens neues Leben so vielversprechend begonnen. Sie besaß zweitausend Pfund auf ihrem Sparbuch, und Sam hatte ihr das Apartment in Hampstead geliehen und sie gebeten, Woodlands' Ale in den Londoner Pubs zu promoten; ein Abendjob, der ihr ermöglichen würde, tagsüber zu studieren. Die reine Wohltätigkeit, wie sie es jetzt im kalten Licht des trüben Morgens sah. Sie hätte es nie annehmen dürfen, aber was wäre ihr sonst geblieben? Sie hatte sich geschworen, es den Rosslyns irgendwie zurückzuerstatten.

Sam und sie hatten damals die Schule geschwänzt und waren zu ihrem Vorsprechen mit dem Zug nach London gefahren. Als das Schreiben eintraf, dass Shireen für die Dauer der dreijährigen Ausbildung aufgenommen sei, hatte ihr Vater fürchterlich gewütet und sie dazu gezwungen, in seinem Beisein einen Absagebrief zu verfassen.

Da sie von der Schule bereits einmal akzeptiert worden war, hatte sie nun gehofft, ohne größere Probleme angenommen zu werden. Doch Shireen hatte nicht mit Muriel Finch gerechnet, an der kein Vorbeikommen war.

Diese schreckliche Frau mit ihren baumelnden Ohrringen, Halsketten, zahllosen Ringen, Broschen und einer Brille, die an einem Band hing, hatte ihr nur ein Formular in die Hand gedrückt. »Füllen Sie das aus, und schicken Sie es uns mit zwei Passbildern zu. Das nächste Vorsprechen findet irgendwann im April statt. Sie hören dann von uns.«

»Aber jetzt ist August!«

»Das Schuljahr beginnt im September. Für dieses Jahr sind Sie viel zu spät dran.«

Sie spürte, wie sich in ihr die Enttäuschung breit machte. »Sie müssen eine Ausnahme machen.« Sie gehörte einfach hierher.

Die Frau ignorierte sie.

»Verstehen Sie doch, ich bin bereits aufgenommen worden. Ich konnte damals die Ausbildung nur nicht beginnen. Aber jetzt kann ich es.«

»Name?«

»Shireen Desai.«

»Schreiben Sie es auf.« Die Frau schob ihr einen Block hin. Kurz darauf hackte sie auf ihren Computer ein.

»Aber Sie haben uns mitgeteilt, dass Sie den Studienplatz nicht annehmen wollen.«

»Ja, das ging damals nicht anders.«

»Sie müssen sich neu bewerben. Schicken Sie uns das Formular im Lauf des Jahres zu.« Muriels gehässige Stimme überschlug sich fast vor Freude.

Shireen zog ihren Stift heraus und begann das Formular auszufüllen. Sie war fast fertig damit, als eine schüchtern wirkende, blasse Frau in einem grünen Overall erschien und mit einem Eimer und einem Wischmopp über den Boden schlurfte.

»Was zum Teufel treiben Sie da?«, schnaubte die Rezeptionistin.

Die Putzfrau blickte verängstigt auf. »Entschuldigung?« Sie ließ den Mopp fallen.

»Sie haben hier nichts verloren. Sie werden am Hintereingang abgeholt.«

»Entschuldigung?«

Die Empfangsdame schrie noch lauter, und die Frau fiel mehr und mehr in sich zusammen.

»Ich zeig's ihr«, sagte Shireen. »Wo geht's lang?«

»Die Treppe runter, um die Ecke, und dann sehen Sie sie schon auf dem Bürgersteig warten. Er kommt meistens zu spät.«

»Wer?«

»Der Fahrer, Joe, natürlich. Er soll seine Frauen besser einweisen. Sie treiben sich überall rum. Die meisten wissen doch überhaupt nicht, was sie hier zu tun haben. Richten Sie ihm aus, ich hätte mich beschwert.«

»Sie sind?«

»Muriel Finch.«

»Werde ich machen.«

Sie nahm die Frau am Arm und erblickte den Aufnäher an ihrem Overall: »Joe's Cleaning Service«. Unten parkte ein Minibus, Joe lehnte dagegen und rauchte einen Joint.

»Ha, Poko, du dumme Nuss! Wo hast du wieder gesteckt? Die Mädchen sind schon alle sauer auf dich. Los, steig ein! Rama ist in der Sechs-Stunden-Schicht. Leisten und Fenster? Richtig?«

»Ja. Leisten und Fenster.«

Die Frau, mit der er gesprochen hatte, war Inderin und konnte ebenso wenig oder ebenso viel Englisch wie Poko. Ganz klar, Joe holte sich billige illegale Arbeiterinnen.

»Ich such Arbeit.« Shireen sprach mit starkem indischem Akzent und blickte ihn flehentlich an.

»Komm morgen Mittag in mein Büro. Hast du das verstanden?«

Sie nickte und nahm die Karte, die er ihr hinhielt.

Als sie am nächsten Tag sein Büro betrat, ließ Joe oder Brutus, wie sie ihn nun im Stillen nannte, vor einem Spiegel selbstverliebt seine Muskeln spielen.

»Ha, kannst du nicht anklopfen?«

»'tschuldigung? Mein Englisch. Nicht sehr gutt. Aber ich putze Fenster serr sauber.«

»O Gott, nicht schon wieder eine Pakistani!«

»Indien.« Sie nickte vehement.

»So! Wo ist deine Arbeitserlaubnis?«

Sie zuckte mit den Schultern und sah ihn verängstigt an.

»Schon gut! Spielt keine Rolle. Mach deine Arbeit, und dann sehen wir, ob es passt. Kapiert?«

»Kapiert?« Sie nickte und lächelte.

»O Gott! Wisch den verdammten Boden auf, mal sehen, wie du dich anstellst.«

Am Ende der ersten Woche war Shireen müde, sie hatte abgenommen, ihre Hände waren rau und gerötet. Schlimmer allerdings war, dass sie die begehrte Schauspielschule kein einziges Mal von innen zu Gesicht bekommen hatte. Sie hatte ein Kino gestaubsaugt, Bürofenster geputzt, einmal war sie in einer Bank abgesetzt worden, um den Marmorboden des Foyers aufzuwischen, obwohl den ganzen Tag über reger Kundenverkehr herrschte. Freitag war Zahltag. Joe setzte ihr auseinander, dass ihr zweihundert Pfund Lohn zustünden, doch nach Abzügen und den Ausgaben für die beiden Overalls blieben ihr nur noch einhundertzwanzig Pfund. Nun besaß sie also zwei Overalls.

Am Montag wurde sie in die Schule geschickt. Nun war sie doch noch angekommen, auch wenn sie es sich ursprünglich etwas anders vorgestellt hatte. Wenn sie die Fenster putzte – so wurde ihr schnell klar –, konnte sie jedes Büro, jeden Lehr- und jeden Vortragssaal betreten, wann immer es ihr beliebte. Niemand stellte sich ihr in den Weg, niemand nahm sie überhaupt wahr; sie war so gut wie unsichtbar, solange sie am Fenster stand und die Schlieren wegpolierte. Am ersten Tag nahm sie an drei Kursen teil und war bei einigen Proben anwesend. So weit, so gut.

Am folgenden Morgen erzählte ihr Joe, dass sie den gesamten Tag am Flughafen sei. Aber wer brauchte noch Joe? Sie steckte die Overalls unter ihren Regenmantel, kündigte und kaufte auf dem Nachhauseweg einen Eimer und einen Wischmopp.

Am Mittwoch hatte sich der Himmel aufgeklart, und eine strahlend goldene Morgendämmerung spiegelte sich in den Fenstern und nassen Dächern, als Shireen auf den Hintereingang der Schauspielschule zuschritt.

»Eine Frühaufsteherin, was?«, begrüßte sie der Nachtportier, als er ihr die Tür öffnete.

»Bitte?«

»Okay, nichts. Wo sind die anderen?«

»Bitte?«

»Dann geh schon. Du weißt doch, wo du hinmusst, oder?«

Sie lächelte ihn an, füllte ihren Eimer zur Hälfte mit Wasser, gab ihr Reinigungsmittel dazu und machte sich auf den Weg. Mit einem Eimer kommt man überall hin, dachte sie, und genauso war es.

In den folgenden drei Wochen wählte sie ihre Vorlesungen sorgfältig aus, kaufte sich die Bücher, die die Studenten lasen, prägte sich Passagen ein und übte vor Sams riesigem Spiegel. Sie hatte keinerlei schlechtes Gewissen. Sie richtete keinen Schaden an, und die Scheiben der Schule glänzten und kosteten die Verwaltung keinen Pfennig. Sie arbeitete ununterbrochen, manchmal vergaß sie fast, nach Hause zu gehen. Ihre Finger rissen ein, hässliche Flecken breiteten sich auf ihnen aus; also kaufte sie sich Gummihandschuhe und arbeitete noch mehr.

Manchmal kam es ihr vor, als würde Hugh Bolton, der Rektor, einen fragenden Blick auf sie werfen. Er war groß, grauhaarig, ein wenig nach vorne gebeugt, hatte wachsame braune Augen, und immer schien ihm der Schalk im Nacken zu sitzen. Am folgenden Freitag fing er sie zwischen zwei Kursen ab. »Die Fenster gereichen Ihnen zum Ruhme, meine Liebe.«

»Bitte?«

»Ich fühle mich geehrt, dass meine Fenster die saubersten in der gesamten Schule sind, während jene von Frank Asherton von einem dicken Grauschleier bedeckt sind.«

»Bitte?« Sie versuchte, ihre Bestürzung zu verbergen. Er ahnte doch nichts? Jeder wusste, dass Hugh und Frank miteinander konkurrierten, wer der beste Dozent sei.

»Ich, Hugh Bolton!« Dabei klopfte er sich mit der geschlossenen Faust gegen die Brust. »Und du?«

»Shireen.« Sie stieß einen Wortschwall in Hindustani aus – einen Text, der zur »Bhagavadgita« gehörte, der Einzige, den sie auswendig kannte, was Bolton natürlich nicht wissen konnte.

»Meine Liebe, bestimmt stammen Ihre beiden Elternteile nicht aus Indien, das muss sogar ein Idiot sehen. Sie haben was Spanisches an sich.«

»Bitte?«

»Ich denke, es ist an der Zeit, Joe anzurufen und ihm mitzuteilen, dass er Ihnen ein zu großes Arbeitspensum aufhalst.«

»Bitte nicht. Er wirft mich raus.« Uups! Ihr Akzent war leicht verrutscht. Boltons Hand schwebte über dem Telefonhörer, seine Augen funkelten jedoch amüsiert.

»Okay, Mopp. Sie haben gewonnen. Mopp, so lautet Ihr Spitzname. Wussten Sie das? Ich weiß nicht, ob er von dem Tempfahl auf Ihrem Kopf kommt. Das ist doch eine Perücke, oder?«

»Bitte?«

»Lassen Sie den Quatsch, Mopp.«

Schweren Herzens machte sich Shireen auf den Weg, um Franks Fenster zu putzen. Sein Kurs hörte eine Vorlesung über Bühnenmanagement; es war unerträglich langweilig.

Vom Anschlagbrett erfuhr sie, dass einige Studenten für Jonathan Bernsteins neuen Broadway-Hit »Der schwach getüpfelte

Homo erectus« vorsprechen mussten. Das Stück stand für den Beginn des neuen Jahrs im West End auf dem Programm, und nur die beiden Hauptdarsteller würden mit der Produktion eingeflogen werden; alle anderen Charaktere waren mit einheimischen Schauspielern zu besetzen, und die Aussicht auf eine Rolle, mochte sie noch so bescheiden sein, versetzte die Studenten in helle Aufregung. Bolton ließ seine besten Schüler vorsprechen, um sie auf die Bewerbung vorzubereiten.

Das Stück war zum Schreien komisch und handelte von der Amazone und Karrierefrau May, die niemals Zeit für ihren weniger erfolgreichen Ehemann Rod finden konnte, der seine Libido verloren hatte. Die erste Szene spielte in einem Gang, wo die beiden sich manchmal auf ihrem Weg zu ihren vielen Besprechungen trafen. Shireen sah zu und kritisierte für sich die jeweiligen Vortragenden; wenn sie nur die Chance bekommen würde, dann würde sie dieses so und jenes so machen … Wenn …

Die Reihe kam an Diana Blossom, die trotz gewisser Ermahnungen, doch abzunehmen, in letzter Zeit etwas in die Breite gegangen war. Frank, der Ko-Rektor, las Rods Rolle.

Shireen rückte näher heran. Nach dem beinahe verhängnisvollen Zusammenstoß mit Bolton hatte sie sich auf einen großen Staubwedel verlegt. Diana war hölzern. Sie würde es niemals schaffen. Bolton war nahe daran, die Geduld zu verlieren. Man konnte es an seinem Lineal ablesen, mit dem er sich gegen die Handfläche schlug. Je schlimmer die Vorführung, umso schneller bewegte sich das Lineal. Im Moment hörte es sich wie das Klappern von Kastagnetten an.

»Meine liebe Diana, zum Wohle meiner Gesundheit, hören Sie bitte auf! Ihr amerikanischer Akzent schreit zum Himmel, und von der Rolle haben Sie keine Ahnung. Sie sind nicht May. Sie versetzen sich nicht in ihre Rolle. Das würde sogar der Mopp noch besser hinbekommen. Nicht wahr, Mopp?«

»Solche Stichwörter schickt nur der Himmel«, jubilierte Shireen, als sie das Skript ergriff.

Miss Blossoms Wangen liefen knallrot an, die Augen traten ihr hervor, und ihr Mund schnappte wie der eines Goldfisches auf und zu. Shireens Mitleid war schnell erschöpft. Hier bot sich die Möglichkeit zum Vorsprechen, und sie würde sie ergreifen.

»Gut! Wir fangen noch mal ganz oben auf Seite drei an«, befahl Bolton.

»Wie Sie meinen.«

Er blinzelte amüsiert, als er Shireen bemerkte, ebenso wie Frank.

Als sie vortrat, die Perücke in den Papierkorb warf und ihr Haar ausschüttelte, lechzte jede Faser ihres Körpers danach, May zu sein und die beißende, gehässige Schärfe dieses Frauencharakters zu personifizieren. Plötzlich wirkte sie größer und verkörperte die Leichtigkeit und Anmut eines Menschen, der immer erfolgreich war.

»Jerry?«

»Was?«, antwortete Frank.

»He, hast du kurz Zeit?« Und schon war Shireen weit weg und in ihrer Rolle. Am Ende der Szene folgte ein langes Schweigen. Dann begann der Rektor bedächtig zu applaudieren.

»Haben Sie jemals in den Staaten gelebt?«, fragte er sie.

»Nein.«

»Warum wollen Sie dann Schauspielerin werden?«

»Es ist nicht so, dass ich eine werden will«, sagte sie und wählte ihre Worte mit Bedacht. »Ich bin schon eine. Ich bin nie etwas anderes gewesen. Ich kann es nicht ändern. Ich kann durchfallen, aber sollte das geschehen, dann bin ich eben eine durchgefallene Schauspielerin. Niemals etwas anderes.«

»Okay, melden Sie sich morgen bei der Sekretärin. Sie wird alle nötigen Formalitäten erledigen, falls Sie ein Stipendium brauchen. Wovon leben Sie?«

Shireen hätte am liebsten losgeschrien oder Bolton in die Arme genommen und ihn so fest gedrückt, wie sie noch nie jemanden gedrückt hatte. Stattdessen brach sie in Tränen aus.

»Ich habe einen Teilzeitjob, abends«, schluchzte sie. »Ich weine nur, weil ich so glücklich bin.«

»Natürlich. Wie heißen Sie übrigens?«

»Shireen Desai.«

»Ich denke, Sie werden den Namen ändern müssen. Würde Sie das stören?«

»Nicht im Geringsten.«

»Gut, dann denken Sie darüber nach. Erstellen Sie sich eine Liste. Ich helfe Ihnen dann bei der Auswahl. Für uns werden Sie natürlich nie jemand anderes sein als der Mopp.«

»Mopp, ja, das ist es. Ein Spitzname, der Glück bringt. Wann fange ich an?«

»Sie haben bereits angefangen«, sagte er. »Joes Verlust ist unser Gewinn. Haben Sie wirklich für ihn gearbeitet?«

»Eine schreckliche Woche lang, und ich musste ihm diese Overalls abkaufen.«

»Verkaufen Sie sie ihm wieder. Bringen Sie sie in die Reinigung, Muriel wird das für Sie machen. Sagen Sie ihr, sie soll es ihm von der Rechnung abziehen.«

Das tat sie, und zwar mit aller Strenge; die Rache an Muriel war die reinste Freude.

32 Die Verkaufszahlen gingen nach oben, der Nettoertrag der Brauerei allerdings sackte ins Bodenlose. Wie sollten sie die Löhne sowie die Gerste und den Hopfen für die Produktion des nächsten Jahres bezahlen? Die Bank übte Druck auf Sam aus, und sie schuldete Walter noch die Rechnung für die Werbekampagne. Richard erwarb vielleicht den Titel, das Geld für

die Option war allerdings beinahe aufgebraucht; sie hörte schon eine innere Stimme fragen: Was, wenn alles ausgegeben ist? Wenigstens konnten die neuen Biersorten steigende Verkaufszahlen vorweisen. Sie zog daraus den Schluss, dass richtiger Geschmack plus richtiges Marketing zum Erfolg führen würden. Es wird gelingen, wenn ich mich nur genügend anstrenge, redete sie sich immer wieder ein. Dazu kamen die Sorgen um Trevor. Er hatte ihr gesagt, dass er einige Tage fort sein würde, sich aber geweigert, ihr zu erzählen, wohin er wollte.

Sam hatte ihre Hoffnungen für die Erschließung neuer Märkte auf die Messe in Pilsen gesetzt. Die gesamte vergangene Woche hatte sie mit Rosemary an ihren Strategieplanungen gearbeitet, dennoch stand noch so vieles an, und es waren nur noch fünf Tage Zeit. Um achtzehn Uhr holte Sam Kaffee und Sandwiches aus der Kantine, und sie legten eine Pause ein.

»Als ich Greg zusagte, hatte ich nicht die leiseste Ahnung, wie viel Arbeit das erfordern würde. Was für eine Schufterei!«

»Du hast dich verändert, Sam.« Die ältere Frau sah sie liebevoll an. »Früher warst du pessimistisch und mutlos. Jetzt bist du entschlossen und energisch.«

»Aber nur, weil für andere Dinge keine Zeit mehr bleibt. Was hat Walter über die Etiketten für Pilsen gesagt?«

»Sie sind fast fertig. Er ist ganz aufgeregt, wollte überhaupt nicht mehr aufhören, davon zu erzählen. Ach ja, und er will Geld.«

»Ich weiß. Er muss warten. Und John?«

»John benimmt sich in letzter Zeit etwas seltsam«, antwortete Rosemary. Eine glatte Untertreibung, dachte Sam. »Er ist ganz durcheinander«, fuhr Rosemary fort. »Man könnte glatt meinen, er wäre allein für das Projekt verantwortlich. Hast du bemerkt, wie ausgelaugt er aussieht, wie eingefallen sein Gesicht ist? Irgendetwas lastet ihm auf der Seele.«

Sam runzelte die Stirn. Sie erinnerte sich an seinen Gesichtsausdruck, als sie ihm erzählt hatte, sie würde nach Pilsen gehen. Er war kreidebleich geworden. »Vergiss nicht, auf diese Kerle aus Osteuropa aufzupassen. Manche von denen treiben sich in seltsamen Kreisen herum«, hatte er ihr gesagt.

»Rosemary, es ist mehr als zehn Tage her, dass wir Richard gesehen haben.«

»Wirklich? Zählst du mit? Machst du dir Sorgen, dass er den Titel nicht kauft?«

»Eigentlich nicht.«

»Hmm! Darum geht's also? Vielleicht macht er sich nichts aus Frauen? Hast du darüber schon mal nachgedacht?«

»Lassen wir das!«

Sam hatte Rosemary nicht anblaffen wollen, manchmal aber konnte sie einem auf die Nerven gehen. Sicherlich war ihr aufgefallen, dass Richard jeder Frau nachäugte, vor allem Julie. Sie richtete sich auf und zwang sich zu einem strahlenden Lächeln. »Wie wär's mit alten Volkstänzen? Wir müssen die Einheimischen doch unterhalten. Wir sollten uns was einfallen lassen.«

Der Abend brach herein, und die beiden Frauen waren noch immer an der Arbeit. An der Wand breitete sich die Planungstafel aus, verziert mit zahllosen bunten Stickern, die für noch zu erledigende Arbeiten standen.

»Wir schaffen es nie.« Rosemary wirkte müde, um ihre Augen lagen dunkle Ringe.

»Natürlich werden wir es schaffen. Aber du siehst ziemlich fertig aus. Es ist fast zehn. Vielleicht solltest du nach Hause gehen.«

Die Tür ging auf. »Ich habe sie nie solchen Belastungen ausgesetzt«, ertönte Trevors Stimme.

»Großvater! Wo um alles in der Welt hast du gesteckt?«

»Auf Korsika, in Nizza. Überall und nirgendwo.«

»Du hättest uns Bescheid geben können.«

»Trevor! Ich habe …« Rosemary errötete. »Wir haben uns Sorgen gemacht. Du hättest anrufen sollen.«

Trevor sieht so glücklich aus wie seit Jahren nicht mehr, dachte Sam. Auf seiner Haut schimmerten die seit einer Woche nicht mehr rasierten weißen Bartstoppeln, seine Augen funkelten gefährlich.

»Michel ist ein Ass. Einer der Gauner ist ihm in die Hände gefallen, und ich hab mich mit einigen seiner Landsleute unterhalten, sodass wir jetzt eine Liste der britischen Unternehmen haben, auf die sie es mit ihrer Export-Masche abgesehen haben. Es gibt deutliche Hinweise darauf, dass alles von den Russen kontrolliert wird – was ich schon immer vermutet habe. Ich habe alles Scotland Yard und Interpol übergeben. Sie werden mich zweifellos auf dem Laufenden halten.«

»Du solltest dich lieber ausruhen. Dein Humpeln ist wieder schlimmer geworden.«

»Einen Krüppel wie mich verdächtigt niemand.« Er erblickte die Planungstafel. »Was ist das denn?«

»Fünf Brauer, unabhängige Familienbetriebe, haben sich uns angeschlossen. Wir bilden also eine ziemlich starke britische Gruppe. Wir wollen das alles mit Moriskentänzern, Folk- und Popmusik, einer Band und Volkstänzen aufpeppen. Jeden Tag was anderes – neue Ideen sind immer herzlich willkommen, Trevor!«

»Ich bin beeindruckt, aber Rosemary sollte nicht so lange arbeiten. Geh nach Hause, meine Liebe! Acht Stunden am Tag sollten meiner Meinung nach ausreichen, um einen anständigen Lebensunterhalt zu verdienen.«

Rosemary nahm ihre Tasche und sah sich um. »Gute Nacht dann.« Unschlüssig verharrte sie an der Tür. Sie glich einer noch nicht ganz verblühten Blume, die bald ihre Blätter verlieren würde, doch für wenige Stunden am Tag erglänzte sie noch in ihrer alten Pracht.

Sams Vermutung wurde bestätigt: Rosemary war in Trevor

verliebt. »Komm doch noch mit zu einem späten Abendessen, Rosemary«, sagte sie.

Rosemary wirkte verlegen.

»Bitte bleib noch. Wir können dann noch unsere Pläne zu Ende besprechen. Großvater wird dich dann nach Hause fahren. Helen sollte uns noch was zum Essen aufgehoben haben.«

»Trevor, du hast eine Sklaventreiberin als Enkelin«, sagte Rosemary, sah aber nichtsdestotrotz sehr erfreut aus.

»Sie ist genauso arbeitswütig wie ihre Großmutter. Hab ich das noch nicht erwähnt?«, kam es von Trevor.

Rosemary sah aus, als hätte sie einen Schlag ins Gesicht bekommen. »Ja, hin und wieder. Ich fahr schon mal rüber. Ich hab meinen Wagen hier. Wir sehen uns dann im Haus.«

Sam hakte sich bei Trevor unter, und sie schlenderten zu Fuß nach Hause. Vom Meer kam eine leichte Brise, die sich mit dem Geruch feuchter Erde, frisch gemähten Grases und vielleicht auch noch mit dem Duft von Jasmin vermischte. In den Bäumen zwitscherten noch Vögel, dann hörten sie den Ruf einer Eule. Der Mond ging auf, und davor zeichnete sich die Silhouette der Burg ab. Der Gedanke, dass sie jemand anderem gehören könnte, stimmte Sam plötzlich traurig. Es war fast noch schlimmer, als Woodlands zu verkaufen. Und dann kam unerklärlicherweise ein Gefühl großer Einsamkeit über sie – und zugleich eine fast unerträgliche Sehnsucht nach Richard.

»Warum hast du in Anwesenheit von Rosemary Großmutter erwähnt?«, fragte sie plötzlich Trevor.

»Sollte ich das nicht?«

»Dir ist doch klar, dass Rosemary in dich verliebt ist.«

»Mit siebenundsiebzig Jahren bin ich über so etwas hinweg, Sam.«

Sie blieb stehen, starrte ihn an und nahm dann seine Hand.

»Bist du das wirklich? Tut mir Leid, Großvater. Heißt das, du hast es schon hinter dir?«

»Oh, um Himmels willen. Ich meinte damit nicht …« Er hielt inne und schüttelte den Kopf. »Spricht man heutzutage so über solche Dinge, ohne Feinsinn, ohne Taktgefühl?«

»Und … bist du's?«

»Nicht dass ich wüsste.«

»Hattest du nach Großmutters Tod eine andere Frau?«

»Was sind das für Fragen?«

Himmel! Er errötete. Wie altmodisch war doch diese Generation. Sie gab sich Mühe, nicht zu lachen. »Hattest du?«, beharrte sie.

»Ja. Jetzt komm aber, ich bin hungrig.« Er schritt halb vornüber gebeugt, mit schwingenden Armen, aber noch immer humpelnd, voraus.

»Gut, wer war es?« Lachend lief sie ihm hinterher.

»Du bist impertinent.«

»Warum lässt du dich nicht auf Rosemary ein?«

»Willst du mich verkuppeln?«

»Nicht unbedingt. Du könntest doch einfach ihr Freund sein, oder?«

»Ich weiß, dass Rosemary ein Auge auf mich geworfen hat. Oder vermute es zumindest. Aber ich würde nicht sagen, dass sie mich liebt. Das Wort ist zu stark dafür. Ich bin mir nicht sicher, ob es fair oder klug wäre, sich auf eine solche Albernheit einzulassen. Verstehst du, Sam, ich habe nur eine Frau wirklich geliebt, und das war deine Großmutter. Rosemary würde nur einen halben Mann bekommen. Sie hat Besseres verdient.« Er schnaufte laut.

»Warum versuchst du es nicht einfach mal mit ihr? Gib ihr eine Chance.«

»Gott bewahre, so arrogant bin ich nicht.«

Sie wollte ihn damit nicht davonkommen lassen. Sie griff nach seinem Arm, hakte sich ein und zwang ihn dazu, langsamer zu gehen.

»Ich denke, du bist dumm, Großvater.«

»Also, wer ist hier der Experte, wenn es um Dummheiten bei Gefühlsdingen geht?«

»Was meinst du damit?« Plötzlich hatte sie das Gefühl, ihre kühle Überlegenheit zu verlieren. Wussten es schon alle? Bei dem Gedanken spürte sie, wie ihr die Knie zitterten. »Du glaubst, ich mag Richard, nicht wahr? Vielleicht mag ich ihn auch. Aber warum bist du dir da so sicher?«

»Das ist das Alter, meine Liebe. Unter anderem bringt es einiges an Erfahrung.«

Helen hatte Sam nicht enttäuscht; es fanden sich kalter Braten und Salate. Julie und Luther stießen noch unerwartet zu ihnen, und Tasha mit ihrem neuen grünen Halsband beanspruchte wie selbstverständlich den Platz neben dem Sideboard und wartete auf die Knochen.

»Es ist erstaunlich, wie zahm Tasha geworden ist. Kaum zu glauben«, sagte Trevor nachdenklich.

»Sie weiß, wenn es ihr gut geht«, erwiderte Luther.

»Julie«, begann Sam, »hast du in den nächsten Wochen schon was vor? Ich könnte nämlich in Pilsen deine Hilfe gebrauchen. Könntest du mitkommen? Wenn ich vorausfliege und die Stände inspiziere, könntest du den Konvoi begleiten. Hab ein Auge auf die Fahrer, und halt mich über Handy auf dem Laufenden.«

»Natürlich. Liebend gern.« Sie sprang auf und umarmte Sam. »Wir haben schon so lange nichts mehr zusammen unternommen. Ich bin so froh, dass du gefragt hast.«

»Und Porgy? Ich glaube nicht, dass Helen mit ihm zurechtkommen wird.«

»Luther möchte ihn eine Weile übernehmen.«

Julie und Luther aßen wenig und brachen bald auf, um zum Tanzen zu gehen. Wenn Sam sie zusammen sah, fühlte sie sich noch einsamer. Sie beschloss, spazieren zu gehen, um ihre düstere Laune abzuschütteln. Als sie jedoch im Freien war, fühlte sie sich noch schlechter.

Was für eine Nacht! Der Wind war mild und warm und voller zarter Gerüche, die Bäume wurden vom Mond in ein weiches Licht getaucht. Die einmalige Schönheit der Nacht weckte in Sam die Sehnsucht nach einem Mann, der sie in den Armen hielt – solange der Mann Richard war. Es war eine Nacht für Liebende.

Als sie in Richtung Meer schritt, sah sie in der Burg ein aufflackerndes Licht. Eindringlinge? Was hatten sie da verloren? Sie ging darauf zu und hörte Klopfgeräusche. Was zum Teufel ging da vor? Sie packte einen dicken Stock und schlich sich hinein.

Das Hämmern kam aus dem verfallenen Innenhof, der etwa zwei Stockwerke unterhalb des Eingangsbereichs lag, in dem sie stand. Die Burg lag auf einem Abhang, und der Innenhof führte direkt zur Felsenspitze an der Südseite, von der man den Kanal überblicken konnte.

Sie ließ den Stock fallen, als sie Richard erkannte. Er kauerte im Licht einer Sturmlaterne unter dem Treppenaufgang und machte sich mit Hammer und Meißel daran zu schaffen. Er war so in seine Arbeit vertieft, dass er sie nicht bemerkte. Sie starrte ihn an, sehnte sich danach, ihn zu besitzen, und wusste gleichzeitig, dass sie ihn niemals ganz haben konnte.

»Richard, was machst du da?«

Er sah nicht sofort auf. Dann legte er den Hammer weg, stand auf und streckte sich.

Sie fühlte sich schwach vor Verlangen. »Du bist hier eingedrungen«, sagte sie.

»Du siehst wie ein Flittchen aus, wenn du so mit den Händen in den Hüften dastehst. Wenn du nicht aufpasst, fällst du noch hin. Und wenn du mich anblaffen willst, dann tritt bitte von der Kante weg. Es ist gefährlich hier.«

Seine tiefe, sinnliche Stimme. Sie tat einen Schritt nach vorn, einige lockere Steine lösten sich.

»Alles in Ordnung, Sam?« Der Strahl seiner Taschenlampe blendete sie.

»Ja, natürlich.«

Als er die Lampe abschaltete, standen sie in pechschwarzer Dunkelheit. Die bröckelnden Stufen hinab zum Innenhof waren schon bei Tageslicht nicht ungefährlich. Vorsichtig tastete sie sich eine Stufe hinunter.

»Was machst du hier?«

»Ich versuche festzustellen, ob die Burg restauriert werden kann … und wie viel es wahrscheinlich kostet.«

Er log. Warum? Sie nahm die nächste Stufe.

»Quatsch! Deshalb bist du nicht hier. Jemand wie du würde hier niemals wohnen wollen.«

»Wahrscheinlich nicht«, stimmte er fröhlich zu. »Trotzdem, es ist schön hier. Schau, wie der Mond sich im Meer spiegelt. Ich denke, genauso war es bereits vor tausend Jahren.«

»Und die römischen Soldaten hielten hier Wache.«

»Nicht die römischen, die normannischen.«

Warum musste er immer alles besser wissen? »Spielt doch keine Rolle. Meine Vorfahren jedenfalls.«

»Nein, so weit reicht die Linie nicht zurück.« Seine Stimme verhallte. »Das ist zwar möglich, aber nicht dokumentiert. Natürlich könnte unter diesen Ruinen eine römische Kaserne gestanden haben, aber dieses Gebäude ist normannisch.« Er nahm die Laterne auf und ging hinaus auf den Grasstreifen. »Ich denke, hier waren die Wachen postiert und hielten nach Invasoren Ausschau.«

»Von Frankreich?«

»Nein, vom Nordosten, wahrscheinlich nach Wikingern.«

»Wikinger, genau.« Sie musste sich eingestehen, dass er von englischer Geschichte mehr wusste als sie.

Dann rutschte sie ab und schlitterte einige Stufen hinab. Sie landete mit einem dumpfen Knall und fluchte leise, während sie sich das Bein rieb. Keine Minute später wurde sie von Licht überflutet, und Richard war über sie gebeugt und untersuchte ihr aufgeschürftes Schienbein.

»Wie bist du so schnell hierher gekommen? Mach das verdammte Licht aus. Es blendet mich.«

»Ich bin außen rum gelaufen. Ich dachte, du hättest dich verletzt. Rück zur Seite, ich setz mich an den Rand. Ich traue dir nicht, wenn es darum geht, auf dich selbst aufzupassen. Ehrlich gesagt, ich denke sogar, dass dir das völlig abgeht. Wenn du es könntest, würdest du dich von Greg fern halten.« Er schob sie zur Seite und setzte sich.

Sam wollte sich nicht wieder auf diesen Streit einlassen. Ihre Lippen waren trocken, sie versuchte, zu Atem zu kommen. »Warum hast du dich um Mitternacht hier eingeschlichen?«

»Warum nicht? Es ist meine Burg.« Er zog sie auf. Sie sah es an seinen funkelnden Augen.

»Noch nicht. Eine kleine Anzahlung ist noch kein Verkauf.«

»Ich habe ein wasserdichtes Optionsrecht.«

»Du meinst, du bist noch immer daran interessiert, den Titel zu erwerben?« Sie versuchte, sich nicht anmerken zu lassen, wie sehr sie sich das erhoffte.

»Genau.«

»Du siehst nicht aus, als wärst du so dumm oder renommiersüchtig.«

»Ich will meinen Sitz im Oberhaus noch einnehmen, bevor diese anachronistische Institution abgeschafft wird.«

Sie fiel auf ihn herein und vergaß, wie sehr er es liebte, sie an der Nase herumzuführen. »O Gott, ihr Amerikaner! Ich sag es dir zum letzten Mal: Es handelt sich nicht um einen richtigen Titel.«

»Um einen Betrug?«

»Nein, nein. Komm schon, Richard, du weißt mehr über das englische Adelswesen als ich.«

»Schäm dich.« Er legte den Arm um ihre Schulter und drückte sie an sich. »Also, was bekomme ich für mein Geld?«

»Nicht viel.«

Jeder muss denken, du willst den Titel überhaupt nicht verkaufen, belehrte sie sich selbst.

»Das Recht, dich Lord of the Manor of Bourne-on-Sea zu nennen. Dazu eine alte Ruine natürlich, einige Felder und das Recht, Miete für Telegrafenmasten zu verlangen, die hier aufgestellt werden. Dann gibt es noch die Fischereirechte, aber ein wenig weiter flussabwärts kannst du die gleichen Fische umsonst herausholen. Und du kannst Becher mit dem Familienwappen verkaufen, wie wir es tun. Also, überleg es dir. Verschwende dein Geld nicht. Trete von der Option zurück, damit ich den Titel an jemanden verkaufen kann, der mehr Geld als Verstand hat.«

»Das könnte ich sein.«

»Ich will aber nicht, dass du es bist.«

»Ist dir mein Geld nicht gut genug?«

»Ich will nicht, dass du so dämlich bist. Ich will nicht, dass du dir dein Selbstwertgefühl erkaufen musst.«

»Davon hab ich genug, Sam. Ich verrate dir mein Geheimnis: Ich bin nur hinter dem ›Jus primae noctis‹ her.«

»Was ist das?«, fragte sie leise; ihr Mund berührte fast sein Ohr.

»Wirklich, Sam, deine Bildung lässt sehr zu wünschen übrig. Ich werde dich aufklären müssen. Rück näher. Es bedeutet, dass der Grundherr das Recht hat, alle Jungfrauen in seinem Geltungsbereich als Erster zu vögeln. In meinem Fall bedeutet es, besonders diejenige, die ich am meisten schätze – nämlich dich, Sam. Heutzutage gibt es widersprüchliche Meinungen, ob dieses Recht jemals …«

Wieder verlor er sich in seinen Ausführungen. Sam hörte nicht mehr zu. In ihrem Bauch kribbelte es, ihr Gesicht und ihre Augen brannten, und sie verspürte das übermächtige Bedürfnis, sich auf ihn zu stürzen.

Sie rückte nach vorn und glitt weg. Im gleichen Augenblick wurde sie von Richard gepackt und fest gegen ihn gezogen. Er saß auf den Stufen, sie schob sich auf ihn. Sie stieß ein langes, lautes Stöhnen aus – halb vor Angst und halb vor Verlangen. Dann waren seine Lippen auf den ihrigen, seine Zunge brachte sie fast zum Wahnsinn, und seine Hände lagen auf ihren Brüsten.

Schließlich ließ er ab, um zu Atem zu kommen. »Sam, o Sam, du bist so eine Idiotin.«

Sie drehte ihren Kopf weg. »Soll das eine Liebeserklärung sein?«

»Das ist es.« Er drückte ihre Hand nach unten. »Spür das. Das stellst du mit mir an. Das alles gehört dir.«

»O Richard …«

Er passte wunderbar, wie schon beim letzten Mal, und sie hörte ihn in ihr Ohr murmeln: »Beweg dich nicht, Sam. Pass auf! Ich glaube, wir rutschen ab.«

»O, mach das noch mal. Noch einmal, bitte.«

»Autsch! Wir rutschen nach unten. Versuch dich irgendwo festzuhalten.«

»Oh … Ich komme, ich komme!« Sie stöhnte und schrie laut und lange auf, sodass es um sie herum widerhallte. »Richard, Liebling, warum hörst du auf?«

»Bist du fertig?«

»Hmm, ja.«

»Dann beweg dich nicht, und schau dich um.«

»Wow!«

»Genau. Siehst du das Bleirohr über deinem Kopf?«

»Ja.«

»Versuch es zu fassen, und zieh dich vorsichtig daran hoch.

Ganz langsam.« Sam ergriff das Rohr und hievte sich auf die Beine. Dann beugte sie sich nach unten, packte Richards Hand und zog ihn zur nächsten Stufe hoch. Ein losgetretener Stein fiel neben ihnen fünfzehn Meter in die Tiefe und prallte mit einem fürchterlichen Knall unten auf.

»O Gott, Richard, wir sind auf der untersten Stufe der verfallenen Treppe. Eine mehr, und wir wären abgestürzt. Aber das wäre es wert gewesen.«

»Du brauchst keinen fünfzehn Meter tiefen Fall, Sam. Was du brauchst, bin ich.«

»Schhh, jetzt ist nicht die Zeit für große Worte.«

Richard packte sie am Handgelenk. »Lass uns woanders hingehen.«

»Mach jetzt bloß nicht schlapp!«

»Schlapp? Du machst Witze. Zeig mir den nächsten Flecken Gras.«

Weich schloss sich der Himmel um die Sterne, der Mond war bereits abgetaucht; der sanfte Wind war nun kälter, und Sam zitterte. Sie presste sich gegen Richards warmen Körper.

»Das war großartiger Sex, Sam«, murmelte er schläfrig.

»Der beste.«

»Sam, hör mir zu. Geh bitte nicht nach Pilsen. Ich traue Greg Selo nicht. Ich will nicht, dass er sich in deine Geschäfte einmischt.«

»Deine Aussage wird durch nichts gerechtfertigt.«

»Was wir heute erleben, Sam, ist der Aufstieg einer kriminellen Schicht, die weit raffinierter vorgeht als alles, was wir bislang kennen. Ihre Syndikate kontrollieren Banken, Börsen, Hotelketten und Unternehmen. Es war so einfach für sie. In den letzten Jahren des kommunistischen Regimes hat der KGB die Privatisierungsprogramme kontrolliert. Er hat sich alles unter den Nagel gerissen und ließ die mächtigen Allianzen einfach unter dem Deckmantel der Privatunternehmen weiterlaufen. Greg ist sehr reich und sehr von sich überzeugt. Selfmade-Unternehmer sind in Osteuropa sehr selten, es sei denn … Ich könnte schwören, dass er zu den Genossen gehört.«

»Du bist auch jung und reich. Sollte ich dich ebenfalls verdächtigen?«

»Ja«, antwortete er nach einer Weile.

Am liebsten hätte sie zu ihm gesagt: Richard, ich hab keine andere Wahl. Ich brauche die Verkaufszahlen zum Überleben. Und wenn er der Teufel höchstpersönlich wäre, würde ich mit ihm Geschäfte machen. Stattdessen brachte sie das Thema auf ihn. »Warum bist du so verdammt geheimniskrämerisch, wenn es um dich geht?«

»Das bin ich nicht. Du bekommst, was du siehst.«

»Bist du sehr, sehr reich?«

»Natürlich nicht. In Wahrheit lebe ich von meinem Verstand.«

»Und was tust du damit?«

»Kaufen und verkaufen.«

»Warum willst du den Titel?«

Er stützte sich auf einen Ellbogen auf. »Um ihn zu verkaufen, ganz klar.«

»Oh!« Sie war enttäuscht. Er würde also nicht ihr Nachbar werden. Sie fühlte sich betrogen. »Du wirst niemanden finden, der so dämlich ist, und bleibst auf ihm sitzen.«

»Ich hab schon jemanden gefunden. Er ist Historiker und ist hinter den Urkunden her, die zum Titel gehören.«

»Es gibt keine Urkunden. Vielleicht gab es mal welche, aber sie sind schon seit Jahrhunderten verschwunden.«

»Aber er glaubt, dass sie noch da sind – er ist so sehr davon überzeugt, dass er sogar bereit ist, viel Geld für die geringe Wahrscheinlichkeit ihrer Existenz auszugeben. Sie wären sehr wertvoll, verstehst du.«

Entsetzt richtete sie sich auf. »Ich verbiete dir den Verkauf. Ich werde nicht zulassen, dass der Name unserer Familie in eine so … so abscheuliche Sache hineingezogen wird.«

»Aber du brauchst das Geld, Sam.«

»Aber nicht, wenn es mit einem Betrug wie diesem verbunden ist. Lieber gehe ich Bankrott. Ich zahle dir den Betrag für die Option zurück.«

»Dafür ist es zu spät. Wir haben eine schriftliche Vereinbarung.«

»O Richard, wie kannst du nur? Ich kann nicht glauben, dass du zu so etwas fähig bist. Siehst du nicht, wie unmoralisch das ist?«

»Aber, Sam, das Problem ist doch: Du glaubst, dass ich das tun könnte, oder?«

»Was soll das? Ist das eine Art Prüfung?«

Richard setzte sich auf und sah sie eine Weile lang an. »Liebe, sagt man, ist bedingungslos und bedarf des Vertrauens.«

»Ich müsste eine Idiotin sein, wenn ich dir vertrauen sollte«, blaffte sie zurück.

»Und eine noch größere Idiotin, wenn du Greg Selo vertraust.«

Sie starrte ihn finster an. »Ist das jetzt unser erster Streit?«

»Eher unser vierter oder fünfter«, erwiderte Richard leise.

»O Richard, warum hast du das Wort Liebe in den Mund genommen? Wir kennen uns nicht. Wir spüren nur eine große körperliche Anziehung … Sehen wir der Sache doch ins Auge. Sex ist etwas …«

»Ja?«

»Etwas Besonderes. Aber ich muss darauf achten, dass mein Geschäft nicht untergeht, und du kannst dich da nicht einmischen.«

»Das Gleiche gilt für mich«, antwortete er schroff.

»Etwas zu verkaufen, das es überhaupt nicht gibt, kann man

doch wohl kaum als ›Geschäft‹ bezeichnen. Mein Gott«, sagte Sam und spürte, wie sie die Geduld verlor, »jetzt fängt das wieder von vorne an. Ich gehe nach Hause. Gute Nacht.«

Als sie aber über die Felsen auf ihr Haus zuschritt, murmelte sie nur: »Sam, du bist eine Idiotin.«

## 33

Bereits am ersten Nachmittag in Pilsen drängte sich die Besuchermenge um den Stand von Woodlands und stürzte sich auf die angebotenen Biere. Sam beobachtete ihre Schwester, die die bewundernden Blicke der Männer nicht wahrzunehmen schien. Sie musste doch wissen, wie attraktiv sie war. Allein schon ihr Haar, diese honigblonden Strähnen, die ihr über die Schulter fielen. Sie musste doch bemerken, wie die Männer beinahe übereinander herfielen, nur um in ihrer Nähe zu sein. Ich bin mir nicht sicher, ob sie sich ihrer Wirkung überhaupt bewusst ist, dachte Sam. Julie trug selten Make-up, und wenn, dann nur dezenten blauen Eyeliner und blassrosafarbenen Lippenbalsam. Wahrscheinlich wusste sie noch nicht einmal, wie man sich schminkt. Kein Wunder, dass sie die Welt der Models im Sturm erobert hatte. Sogar in ihren abgetragenen Stretch-Jeans und ihrem Navy-Hemd sah sie großartig aus. Wenn sie nur über etwas mehr Selbstbewusstsein verfügen würde!

Die Brauermesse fand auf dem Gelände einer ehemaligen Militärakademie statt, im Herzen der Altstadt, die aus roten Backsteinbauten und engen Gassen mit Pflastersteinen bestand und bequem von ihrem Hotel aus zu erreichen war. Die Fahnen des Union Jack, von Spitztürmen und Kaminen überragt, hingen schlaff am Mast und bewegten sich kaum an diesem heißen Sommernachmittag.

Das Wetter war traumhaft – selbst für einen Tag mitten im Hochsommer außergewöhnlich schön, wie ihnen von allen versichert wurde. Es war warm und sonnig, am Himmel war nicht eine einzige Wolke zu sehen. »Ein besonderes Willkommensgeschenk, damit Sie uns bestimmt wieder besuchen«, sagten die Einheimischen. Trotz des Lokalkolorits zeichnete sich die Messe durch internationalen Flair aus: Jeder, der in der europäischen Brauindustrie Rang und Namen hatte, war anwesend. Fünf britische Aussteller, vorwiegend aus Kent, boten ihr Ale, Stout und ihre Bier-Mix-Getränke an. Woodlands offerierte seinen Grey Wolf, das dunkle Stout, das die Russen bevorzugten, die neuen Cidre- und Holunder-Bier-Mix-Getränke sowie sein Ale.

Die Stadt hatte die Aussteller mit einem umfangreichen Programm willkommen geheißen. Empfänge, Abendessen und Tanzveranstaltungen waren arrangiert worden; den Anfang hatte ein Biertrink-Wettbewerb gebildet, und später hatten sie im Garten einer Taverne zu Zigeunermusik die gesamte Nacht hindurch getanzt. Sam fühlte sich erschöpft, Julie sicherlich auch, obwohl sie keinerlei Anzeichen von Müdigkeit erkennen ließ. Sie teilten sich die Arbeit am Stand, beantworteten Fragen und erläuterten die Unterschiede zwischen britischen und tschechischen Brau- und Marketing-Methoden. Es schien, als wollte jeder Woodlands' Ale probieren. Greg stand bereit, um die Bestellungen aufzunehmen – bislang allerdings war es zu keiner Order gekommen.

Es war der entscheidende Versuch, im Exportgeschäft Fuß zu fassen, und es hatte sie bislang ein kleines Vermögen gekostet – wesentlich mehr jedenfalls, als Sam ursprünglich veranschlagt hatte. Sollte sie ohne Aufträge zurückkehren, würde ihr die Bank jeglichen Kredit streichen.

»Hör auf, dir Sorgen zu machen.« Julie berührte sie am Arm.

»Ich musste an den Aufwand und die Kosten für diese Ausstellung denken, und vielleicht ist dies alles völlig umsonst.«

Greg bemerkte ebenfalls ihre Stimmung. »Du siehst etwas angegriffen aus«, sagte er. »Warum geht ihr beide nicht einfach ins Hotel, esst zu Mittag und überlasst den Stand so lange mir?«

Warum eigentlich nicht, dachte Sam. Greg, der sich fließend in fünf Sprachen verständigen konnte, der den altmodischen Charme und die Gepflogenheiten der alten Welt verkörperte, zog das Interesse der Leute ebenso sehr auf sich wie Julie. »Was hältst du davon, Julie?«, fragte sie.

»Ich hab nichts gegen eine kalte Dusche und ein Mittagessen.«

Ihr Hotel war nur fünf Gehminuten entfernt, dennoch brauchten sie fast eine Stunde; sie schlenderten durch die engen Gassen mit ihren alten Läden, bewunderten die Glaswaren sowie die fein ziselierten Ornamente auf Vasen und kauften einige Geschenke: eine Vase für Rosemary, eine Fruchtschale für Helen und einen Humpen aus geschliffenem Glas für Trevor.

Ihr Mittagessen nahmen sie auf dem Balkon des im vierten Stockwerk gelegenen Restaurants ein, von dem aus man einen wunderbaren Blick über die Schieferdächer der Häuser, die Fialen der Kathedrale, die Backsteinkamine aus dem neunzehnten Jahrhundert und den dicken Smog hatte. Dahinter war das grüne Umland zu erkennen.

Eine gute Gelegenheit, um sich zu unterhalten, dachte Sam.

»Julie, es gibt da etwas, worüber ich mit dir reden möchte.« Sam schlug den Tonfall der älteren Schwester an. »Du hast deine Model-Aufträge abgesagt. Ich habe es erfahren, weil einige Anrufer nach dir gefragt haben.«

»Ich werde es aufgeben. Vielleicht werde ich zwischendurch noch einige Jobs annehmen, wenn ich Geld brauche, und ich habe einiges gespart. Aber ich will Biologie studieren, Ökologie … vielleicht sogar Jura oder Soziologie – ich weiß es noch nicht. Ich fange noch mal von vorne an, auch wenn es völlig absurd klingen sollte.«

Sam sah ihre Schwester überrascht an. »Es klingt alles andere als absurd. Das ist wunderbar! Du bist erst achtzehn. Mir war immer klar, dass das Leben eines Models nichts für dich ist.«

»Du hältst mich nicht für verrückt?«

»Nein, ich finde es toll.« Sam fasste über den Tisch und drückte Julie die Hand. »Ich würde sogar zustimmen, wenn du achtundvierzig wärst und nicht erst achtzehn.«

»Und deine Zukunft, Sam? Ist es das hier?«

»Nur so lange, bis ich den Laden für Großvater wieder zum Laufen gebracht habe.«

»Und dann? Was ist mit dir und Richard? Ist es was Ernstes?«

»Ja … Aber ich muss dir was sagen – dir und natürlich auch Großvater. Richard will den Titel an eine dritte Person verkaufen, jemanden, der glaubt, dass zum Titel auch wertvolle Dokumente gehören. Ich habe ihm gesagt, dass es keine Urkunden mehr gibt. Ich habe das Gefühl, er ist ein Betrüger.«

»Wenn man Titel verkauft, kommt man wohl mit einer Menge seltsamer Leute in Berührung, denke ich. Aber Richard ist in Ordnung«, erwiderte Julie bestimmt. »Darauf gehe ich jede Wette ein.«

»Wie auch immer«, antwortete Sam und wechselte das Thema. »Ich hoffe, es stört dich nicht, wenn ich danach frage: Aber was findest du nur an Luther?«

»Was würdest du sagen, wenn ich dir erzähle, dass ich ihn heiraten möchte?«

»Vermutlich, dass du zu jung bist.«

»Sam, hättest du diese Frage auch gestellt, wenn Luther ein Weißer wäre?«

»O Gott! Ich habe gehofft, wir könnten das vermeiden. Vergiss alles. Nein, vergiss es nicht! Was macht ihn so anziehend?«

»Abgesehen von der Tatsache, dass er gut aussieht, ist er groß, intelligent, gebildet, er besitzt mehrere Universitätsabschlüsse, eine vielversprechende Zukunft, einen brillanten Verstand, und er ist toll im Bett.« Julies Augen leuchteten.

»Ja?«

»Er macht mich an, und er hält mich für etwas Besonderes.«

»Du *bist* etwas Besonderes.«

»Das sagst du, aber die Tatsachen sprechen dagegen. Ich war und stehe immer noch in deinem Schatten. Du bist in allem besser als ich. Es ist fast so, als wäre ich in die falsche Familie hineingeboren worden. Ich selbst habe doch noch nichts erreicht.«

»Aber du bist berühmt, und ich bringe uns immer weiter in die roten Zahlen.«

»Darum geht es nicht. Du hast Talent. Du kannst schreiben und Kreatives leisten. Ich habe kein Talent. Du gibst mir das Gefühl, eine Versagerin zu sein.«

»Aber das ist doch Blödsinn! Du warst in der Schule ebenso gut wie ich. Du wolltest Model sein, also hast du die Universität aufgegeben, und jetzt begegnet man überall deinem Gesicht.«

»Aber ich habe zwei Jahre verschwendet, und ich habe Drogen genommen. Luther hat mir klar gemacht, wie sinnlos mein bisheriges Leben war. Er hat mich vor die Wahl gestellt: entweder er oder die Drogen. Also …«

»Du liebst ihn, nicht wahr?«

»Ja, aber wir stellen gerade fest, dass Liebe allein vielleicht nicht ausreicht.«

»Ja, tut mir Leid, das zu hören. Sei vorsichtig, Julie. Ich würde nur ungern sehen, dass du verletzt wirst.«

»Ich denke, das Gleiche empfinde ich für dich.«

Sam beschloss, Balaton einen unangekündigten Besuch abzustatten. Sie erzählte weder Julie noch Greg davon und bat den Hotelportier, ihr ein Taxi zu rufen.

Kurz darauf stieg sie in einen alten blauen Wagen. Neugierig betrachtete sie den Fahrer. Alles an ihm hing nach unten, die Haut unter seinen Augen, sein Mund und sein Kinn. Er stützte sich mit dem Ellbogen an der Rückenlehne seines Sitzes ab und drehte sich mühsam nach hinten. »Wohin?«

»Zur Balaton-Brauerei«, antwortete Sam. Sie lehnte sich zurück und genoss die ländliche Gegend, die kleinen Dörfer, durch die sie fuhren, und das umliegende flache Weide- und Ackerland.

Zwanzig Minuten später rief der Fahrer über seine Schulter hinweg: »Wen wollen Sie denn besuchen?«

»Mr. Balaton.«

Er lachte. »Der ist schon lange nicht mehr hier. Kennen Sie diese Leute? Die Brauerei hat sich ziemlich verändert, seitdem sie übernommen wurde.«

»Aber man hat mir gesagt, es sei ein altes Familienunternehmen!«

»Die Familie Balaton hat früher Führungen veranstaltet, einmal im Jahr ein Fest, Bierverkostungen. Vor kurzem aber ist die Brauerei aufgekauft worden. Keiner kennt die neuen Besitzer. Das gesamte Lager-Bier ist exportiert, und sie bleiben sehr unter sich.«

Er verstummte, während er eine gewundene Schotterstrecke entlangfuhr, die zu beiden Seiten von alten Eichen gesäumt war. Sie bogen in einen gepflasterten Hof mit hohen Kastanien ein. Der Fahrer parkte und holte eine Zeitung hervor.

»Ich nehme an, es wird so eine halbe Stunde dauern«, sagte Sam. Sie betrachtete das herrliche alte Gebäude, über dessen breitem Eingangsportal und Fenstern sich ein beeindruckender Fries wölbte, der Bauern- und Stadtvolk bei einem festlichen Umzug darstellte. Nach kurzem Zögern trat sie ein.

Das Innere verströmte eine Aura der Stille, als befände sie sich in einem Kloster. Die Bodenfliesen waren stark abgetreten, jahrhundertelang waren hier Menschen entlanggeschritten; in die Decke waren dunkle Holzbalken eingelassen.

Der Mann am Empfangsschalter wirkte in seinem schlecht sitzenden grauen Anzug ausnehmend deplatziert. Sam konnte ihn sich überall vorstellen, nur nicht hier.

»Sam Rosslyn von der Brauerei Woodlands«, stellte sie sich vor. »Ich würde gern den Manager oder den Geschäftsführer des Unternehmens sprechen.«

Mit seinen Augen stimmte etwas nicht. »Einen Moment«, sagte er ihr. »Nehmen Sie doch bitte Platz.« Dann zückte er sein Handy und wählte.

Sam setzte sich in einen der schwarzen Ledersessel, die in der Empfangshalle herumstanden, und versuchte sich zu entspannen. Eine halbe Stunde verging, dann hörte sie draußen im Innenhof einen Wagen vorfahren. Er bremste mit quietschenden Reifen; eilige Schritte waren zu vernehmen. Hans Kupi kam mit ausgestreckten Armen auf sie zu.

»Meine liebe Miss Rosslyn. Welch eine Freude! Folgen Sie mir.«

Er führte Sam in ein Büro, das augenscheinlich seines war.

»Bitte setzen Sie sich. Was kann ich für Sie tun?«

Er lächelte, wobei sein Stahlzahn zum Vorschein kam, und Sam erinnerte sich an ihren tot auf der Straße liegenden Hund.

»Ich bin eigentlich gekommen, um Mr. Balaton zu sehen, musste allerdings erfahren, dass die Brauerei aufgekauft worden ist und nun unter neuer Leitung steht. Mr. Kupi, Sie haben diese Tatsachen bei unserem Treffen etwas anders dargestellt. Sie sagten, Balaton befinde sich in Familienbesitz. Und was Ihre Drohungen und den Tod meines Hundes betrifft …«

»Miss Rosslyn, bitte, keine Ausfälligkeiten. Ihr Hund? Wovon sprechen Sie überhaupt?«

»Davon, dass ein hilfloser alter Hund betäubt und anschließend überfahren wurde. Ich habe eine Obduktion vornehmen lassen. Glauben Sie wirklich, wir würden uns von Ihren Drohungen einschüchtern lassen? Sie unterschätzen uns.«

»Stopp, stopp, einen Moment. Mr. Balaton hält weiterhin fünfzig Prozent an der Brauerei, Miss Rosslyn, aber es gehört zu unseren Aufgaben, neue Anlagen und ein neues Management zu installieren. Er verdient jetzt mehr Geld als jemals zuvor. Und darum geht es doch im Geschäftsleben, meinen Sie nicht auch?«

»Nein, Mr. Kupi.«

»Sie sind jung und idealistisch, Miss Rosslyn. Auch Sie werden Ihre Meinung noch ändern, ziemlich bald sogar.«

»Das bezweifle ich. Ich würde gern Mr. Balaton sehen.«

Kupi schüttelte den Kopf. »Er lebt jetzt in Frankreich. Den genauen Aufenthaltsort kenne ich leider nicht.«

Sam erhob sich. »Dann gibt es keinen Grund, diesen Besuch noch weiter auszudehnen. Wir haben viele Übernahmeangebote bekommen. Aber wir verkaufen nicht. Und falls wir uns doch dazu entschließen sollten, dann bestimmt nicht an Sie. Von Ihren Drohungen haben wir die Polizei in Kenntnis gesetzt. Seien Sie sich darüber im Klaren, und belästigen Sie uns nicht mehr.«

Der Taxifahrer las noch immer seine Zeitung. Er faltete sie zusammen und legte sie auf den Beifahrersitz.

»Bitte zurück zur Brauermesse«, teilte ihm Sam mit. Der Fahrer ließ den Motor an. Sam hatte eine Idee. »Man hat mir gesagt, Mr. Balaton lebe in Frankreich. Wissen Sie zufällig, ob das stimmt? Wenn er sich nämlich noch hier in der Gegend aufhalten sollte, würde ich ihn gerne treffen.«

»Das Letzte, was ich von ihm gehört habe, war, dass er irgendwo hier lebt. Ich kann es für Sie nachprüfen.«

»Danke. Ich bin im Hotel zu erreichen.«

34 Rosemary befand sich bereits auf dem Heimweg, als ihr einfiel, dass sie das Skript für die am Abend vorgesehene Theaterprobe auf ihrem Schreibtisch vergessen hatte. Sie eilte zurück – und fand jemanden über ihren offenen Aktenschrank gebeugt.

»Was zum …«

John fuhr herum. »Rosemary! … Ich suche nur etwas.«

»Warum wühlst du in *meinen* Akten herum?«

»Ich brauche eine Liste unserer Gläubiger«, erwiderte er.

»Warum?«

»Rosemary, ich bin der Geschäftsführer dieses Unternehmens. Es betrifft mich.«

Er geriet ins Stottern. Fast tat er Rosemary leid. John war noch nie ein guter Lügner gewesen.

»Warum fragst du dann nicht einfach?«

»Okay, dann frage ich dich jetzt. Wo ist die Liste mit den Gläubigern?«

»Sam bewahrt die Auszüge in ihrem Safe auf, und den einzigen Schlüssel dazu hat sie.«

»Das ist schlecht.«

»Nein, das sind vertrauliche Unterlagen. Sie bringt den Laden wieder auf die Reihe. Sie ist ein intelligentes Mädchen.«

»Sind wir solvent? Oder muss ich mich in den nächsten Tagen um einen neuen Job kümmern?«

»Wir sind solvent – ganz offensichtlich. Du bekommst die Zahlen bei der nächsten Sitzung präsentiert. Kannst du nicht bis dahin warten? Und warum fragst du nicht einfach Sam? Sie hält nichts vor dir geheim.«

»Um dir die Wahrheit zu sagen – mir ist ein anderer Job angeboten worden.« Es war deutlich zu sehen, dass er sich aus dem Stegreif eine Geschichte zusammenreimte. »Ich will ihn nicht annehmen, aber ich würde vorher gern wissen, wie es wirklich um die Brauerei steht, bevor ich eine Entscheidung treffe. Und ich will Sam damit nicht belästigen.«

»Sam kommt am Montag zurück. Frag sie doch einfach selbst.«

»Mach dich nicht gleich wieder aus dem Staub, Rosemary. Ich wollte mit dir reden.«

»Worüber?« Sie war spät dran, sie war aufgewühlt und hatte nicht die Zeit, sich Johns Unsinn anzuhören.

»Über Trevor.«

Rosemary zuckte zusammen; John entspannte sich. »John, fahr mich doch einfach nach Hause. Ich bin heute Morgen zu Fuß gekommen und bin jetzt etwas in Eile. Wir haben Theaterprobe. Wenn du willst, können wir uns im Wagen unterhalten.«

»Gut. Fahren wir.«

Er summte vor sich hin, bis sie fast vor ihrem Cottage standen. Rosemary war nahe davor, die Geduld zu verlieren. »John, wenn du etwas zu sagen hast, dann bleiben dir noch zwei Minuten«, blaffte sie ihn an.

»Gut, Rosemary. Wenn ich in den Pubs unterwegs bin, treffe ich alle möglichen Leute, und gestern habe ich von einem Barmann gehört, der nicht genannt werden möchte, dass es mit Trevor aus und vorbei ist, wenn er weiterhin herumschnüffelt. Eine Bande von Kleinkriminellen schmuggelt Bier von Frankreich nach England. Keine große Sache, aber sie sehen es nicht gern, wenn ihnen jemand hinterherschnüffelt. Ich will dir keine Angst einjagen, aber wir sollten Trevor davon abhalten.«

»Bist du damit zur Polizei gegangen?«

»Wieso denn? Ich habe nicht vor, unser Geschäft kaputtzumachen. Diese Kerle kommen in unsere Pubs. Der Barmann hat mir nur die Nachricht der Ganoven ausgerichtet.«

»Sind das die Kerle, die auch wegen versuchten Mordes gesucht werden?«

»Rosemary, wenn du es so sehen willst, sollte ich natürlich die Polizei informieren. Aber dann verlieren wir wahrscheinlich ein gut gehendes Pub. Trotzdem, Trevor sollte jedenfalls nicht in Monaco herumschnüffeln, oder? Er sollte lieber zu Hause bleiben und sein Bein pflegen.«

Monaco? Aber Trevor war doch auf Korsika gewesen? Warum hatte John Monaco erwähnt? Schlagartig wurde sie von Misstrauen befallen.

»Tut mir Leid, John, wahrscheinlich hast du Recht. Wir sollten das unter uns regeln. Ich werde mal mit Sam reden. Sie ist die Einzige, die Einfluss auf Trevor hat.«

John hielt vor ihrem Cottage an. »Mal sehen, was ich tun kann«, sagte Rosemary, als sie ausstieg. »Danke fürs Mitnehmen.«

Sie starrte dem Wagen lange nach, der über die Schlaglöcher des Schotterwegs glitt und schließlich aus ihrem Blickfeld verschwand. Er musste gute Stoßdämpfer haben. Woher hatte John das Geld für einen so teuren Wagen? Und dann fiel ihr ein, dass ebenfalls John darauf bestanden hatte, einen großen Vorrat von Stout anzulegen. Was hatte John vor? War Trevor in Monaco gewesen?

Tibby schnurrte um Rosemarys Beine und miaute nachdrücklich. Er wollte sein Abendessen. Sie sah auf die Uhr. Sieben! Sie musste sich beeilen. Schade, dass Greg fort war – bereits nach wenigen Auftritten hatte er sich als Star entpuppt. Die Schauspielerei lag ihm im Blut, dazu konnte er singen und tanzen.

Rosemary erreichte die Scheune pünktlich, während alle anderen zu spät kamen. Nur vier Frauen und der Vikar erschienen. Er war nahezu stocktaub und verpasste regelmäßig seinen Einsatz. »Peter, hör mir zu«, brüllte sie in sein Hörgerät, »wenn dein Einsatz kommt, lege ich den Zeigefinger ans Kinn. Kannst du darauf achten?«

»Meine liebe Rosemary, ich nehme nichts anderes wahr außer dir.«

Das tat er auch und stürzte prompt über einen Stuhl. Als die Frauen ihm wieder hochhalfen, trat Agatha auf seine Brille. Der arme Geistliche war den Tränen nah. Rosemary fühlte sich verzweifelt. »Machen wir für heute Schluss. Bei unserer nächsten Probe sind die anderen wieder da«, sagte sie zu den Anwesenden.

Sie ging nach Hause, schenkte sich einen Brandy ein und kippte ihn in einem Zug hinunter. Sie spielte mit dem Gedanken, Trevor anzurufen und ihm zu erzählen, was sie von John erfahren hatte; aber vielleicht wäre es besser, bis zum Morgen zu warten. Dennoch kreisten ihre Gedanken nur noch darum, was er allein in Monaco getrieben haben mochte.

Von seinem Schlafzimmerfenster aus sah Trevor das Licht in Rosemarys Cottage; er wusste, dass sie wohlbehalten von der Theaterprobe zurückgekehrt war. Was sollte er mit ihr tun, wenn die Brauerei verkauft wurde? Sie als Lebensgefährtin aufnehmen? Ihr eine Pension zahlen? Das war keine Lösung, das wusste er. Sie war immer hier gewesen, und jetzt fühlte er sich ihr gegenüber verantwortlich, nur wusste er nicht, wie weit diese Verantwortung ging. Er schätzte ihre Gegenwart. Es machte Spaß, er fühlte sich wohl mit ihr. Aber er würde sie nie lieben, wie er Anna geliebt hatte. Warum konnte er sich von ihr nicht lösen?

Als er so allein am Fenster stand, dachte er zurück an jenen Verrat, der bereits ein halbes Jahrhundert zurücklag und am besten in Vergessenheit geraten sollte. Er sah wieder die Hügel und Täler mit der fruchtbaren schwarzen Erde vor sich, spürte die bittere Winterkälte, erblickte die alten Burgen, von denen viele verfallen waren. Vor allem aber erinnerte er sich an Anna. Nur ihretwegen hatte er mit Vim Freundschaft geschlossen.

»Ich mag die Briten nicht«, hatte Vim an jenem Morgen nach seinem Fallschirmabsprung gesagt. »Ich mag dich eigentlich nicht, aber solange du mithilfst, die Boches aus unserem Land zu vertreiben, stehe ich auf deiner Seite. Ich würde sogar mein Leben opfern, um dir zu helfen. Ich werde darauf achten, dass dir nichts geschieht.«

Anna hatte Trevor zu sich mit nach Hause genommen und ihm zu essen gegeben. Er hatte auf dem Dachboden zwischen dem »Müll« geschlafen, wie sie die unzähligen Kunstwerke genannt hatte, die dort oben in Decken eingewickelt den Krieg überdauern sollten.

Vim kam mittags auf einem Rad angefahren, ein zweites Fahrrad führte er am ausgestreckten Arm neben sich her. Es war für Trevor zu klein, und der Sattel fühlte sich an wie ein Betonklotz.

»Das Haus, zu dem ich dich bringe, ist eines von vielen sicheren Verstecken«, rief ihm Vim über die Schulter auf Tschechisch zu. »Es gehört einer Witwe, deren Mann von den Boches zu Tode gefoltert worden ist, nachdem er eines seiner eigenen Hühner stahl, die die Deutschen beschlagnahmt hatten. Ich habe dir mehrere sichere Unterkünfte besorgt, alle mit einem zweiten Ausgang. Am besten, du wechselst planlos zwischen ihnen hin und her.« Jedes Mal wenn er »Boches« gesagt hatte, spuckte er aus.

Die Landschaft war für Radfahrer denkbar ungeeignet. Es gab zwischen den sanft gewellten Hügelketten kaum flache Strecken. Trevor war durchtrainiert, aber er war das Radfahren nicht gewohnt und verspürte noch Schmerzen vom Vortag.

»Diese Witwe ist was zum Flirten, aber ich nehme an, du bist ein typischer Engländer – kalt wie ein Fisch und für weibliche Avancen so gut wie unzugänglich«, erzählte Vim.

»Genauso ist es«, erwiderte Trevor. Er hatte bereits beschlossen, dass Anna die Liebe seines Lebens war.

Sie näherten sich der Ortschaft Chrast. Über den Baumwipfeln erkannte er Dächer und einen Kirchturm. Vim stieg vom

Rad und bedeutete Trevor, ihm hinter die dichten Büsche und Sträucher zu folgen. »Dort vorne ist eine Kreuzung. Die Boches stellen dort häufig Straßensperren auf und durchsuchen jeden, der vorbeikommt. Wir müssen einen kleinen Umweg nehmen.«

Der Umweg bestand aus einem schlammigen Pfad am Fluss, sodass sie ihre Räder auf der Schulter tragen mussten.

Bevor sie die ersten Häuser am Dorfrand erreichten, hielten sie kurz an der wunderbaren Strela an, deren klares, weiches Wasser dem hier gebrauten Lager-Bier seinen großartigen Geschmack verlieh.

Drei nackte Deutsche badeten in einem tiefen, von Felsen umstandenen Flussabschnitt. Trevor und Vim krochen über einen weiteren Pfad, bis sie das Haus der Witwe erreichten.

Sie empfing sie bereits mit weit ausgestreckten Armen und ängstlichem Gesicht. »Da oben ist eine Straßensperre«, flüsterte sie. »Kommt schnell herein.«

Sobald die Tür geschlossen war, schlang sie die Arme um Vim und küsste ihn voller Leidenschaft. Er wehrte sie ab und wischte sich mit dem Taschentuch über das Gesicht. »Komm schon, Frau, benimm dich! Das hier ist eine geschäftliche Angelegenheit.«

Trevor sollte im Dachboden untergebracht werden, wo ein großes Fenster zu einem hinter dem Giebel versteckten Dach führte und von dort zu einem gut getarnten Graben, der im Wald endete.

Könnte im Notfall funktionieren, dachte Trevor.

»Gut, dann machen wir uns wieder auf den Weg. Wir haben vor Einbruch der Nacht noch eine ziemliche Strecke zu bewältigen.«

Trevor stöhnte. Sie radelten, schoben und zogen ihre Räder über nicht enden wollende Hügel und durch dunkle, vom Regen getränkte Wälder. Vim unterhielt ihn mit Geschichten über die Boches und ihre Grausamkeiten.

In jedem Haus, zu dem er Trevor an jenem Tag führte, spielte sich eine ähnliche Szene ab. Frauen warfen sich ihm bei der Ankunft an die Brust und vergossen Tränen, wenn er wieder fuhr. Trevor sah ihn mit neuen Augen. Er betrachtete sein Äußeres, seine dicken, buschigen Augenbrauen, den gezwirbelten Schnurrbart, die kühnen, klaren Augen. Er trug bunte Kleidung, eine karmesinrote Windjacke, einen türkisfarbenen Schal und eine olivgrüne Kordhose.

»Alles Überbleibsel aus meiner Boheme-Zeit vor dem Krieg; alles, was ich noch habe«, erklärte er, als Trevor ihn darauf ansprach.

Die folgenden zwei Jahre überlebte Trevor, indem er sich von einer gefährlichen Situation zur nächsten lavierte. Seine Aufgabe bestand darin, die zahlreichen und sehr unterschiedlichen Partisanengruppen zu einer ausgebildeten Truppe zu vereinen, die in der Lage sein sollte, den Alliierten bei der Invasion beizustehen.

Als Trevor in der Tschechoslowakei ankam, hatte Anna den Funkverkehr mit den »Freien Tschechen« in London geleitet – ein Selbstmordkommando, da die SS den Sender früher oder später würde lokalisieren können. Trevor war sich darüber im Klaren, dass er ihr die Aufgabe wegnehmen musste – einzig aus dem Grund, weil er sich in sie verliebt hatte. Natürlich wollte sie nichts davon hören. Robin fand jedoch eine irische Nonne, Schwester Theresa vom fünfzehn Kilometer außerhalb von Pilsen gelegenen Herz-Jesu-Konvent, und rekrutierte sie. Sie war freundlich, intelligent und mutig und marschierte jeden Tag mehrere Kilometer, wobei sie sich als einfache Nonne ausgab und das Funkgerät unter den Pilzen und Puteneiern in ihrem Korb versteckt hielt. Sie sendete aus den Wäldern, verborgen im Dickicht, oder aus abgelegenen Dörfern, und die SS schöpfte niemals Verdacht.

Anna wollte Trevor nicht verzeihen, dass er ihr den Posten

weggenommen hatte, doch Vim glättete die Wogen. Er war ein guter Gefährte, und sein Sinn für Humor ließ ihn nie im Stich, mochte die Situation auch noch so gefährlich sein. Zwischen Trevor und ihm entwickelte sich ein starkes Band der Kameradschaft. Und außerdem – nachdem Trevor und Anna sich ineinander verliebt hatten – gehörte Vim schließlich zur Familie, was in diesen gefährlichen Jahren von großer Bedeutung war.

Während er so am Fenster stand und auf jene Jahre zurückblickte, wurde Trevor klar, dass seine Liebe zu Anna ihn für so vieles blind gemacht hatte. Es hätte ihm schon sehr viel früher auffallen müssen. Seine Frau war mittlerweile seit über zwei Jahrzehnten tot, und er war neue Bindungen eingegangen. Ganz deutlich wurde ihm nun bewusst, dass er für die Gegenwart keine Verantwortung übernommen hatte, weil er noch immer ein Gefangener seiner Vergangenheit war.

Er sah zu Rosemarys Cottage. In den frühen Morgenstunden brannte oft Licht bei ihr, und er wusste dann, dass sie sich einsam fühlte und nicht schlafen konnte. Er brannte darauf, sie zu trösten.

35 Am letzten Tag waren alle um die Mittagszeit bereits müde, dennoch drängten sich ausgelassene Biertrinker um Woodlands' Stand. Waren es Käufer? Sam vermochte es nicht zu sagen.

Sie nahm sich eine halbe Stunde frei, um einkaufen zu gehen, und überließ Julie die Leitung des Stands. Als sie zurückkehrte, fand sie einen an sie und Julie adressierten Umschlag vor, an dem zwei Rosen steckten.

Sie öffnete ihn. »Hervorragende Reaktionen auf Woodlands' Ale, was sich in den Verkaufszahlen widerspiegelt. Ein Grund zum Feiern! Ich hole euch beide um acht Uhr ab. P. S.: Unterzeichnete Lieferaufträge liegen bei. Morgen erwarte ich noch mehr.«

Sam brach vor Erleichterung fast in Tränen aus. O Gott! Warum hat er uns die ganze Zeit über nichts gesagt? Aber so war Greg: wohlmeinend, aber gedankenlos; man musste ihn einfach gern haben. »Lass uns die Einladung annehmen, Julie. Genießen wir den Tag. Vielleicht bringt Greg ja noch einen Freund mit, damit wir zu viert sind. Allerdings bin ich noch mit einigen Großhändlern verabredet. Ich glaube, das Taxi wartet bereits. Sag Greg nichts davon. Bis dann.«

Sie fühlte sich nicht besonders wohl, wenn sie log. Aber es hatte keinen Sinn, Julie zu erzählen, dass sie Mr. Balaton treffen würde, den sie doch noch hatte ausfindig machen können.

Er wohnte in einem eleganten Vorort nahe des Flusses; das malerische Art-déco-Haus lag, umgeben von blühenden Büschen, in einem gepflegten Garten. Sam wurde von einem uniformierten Hausmädchen in ein Arbeitszimmer geführt. Kurz darauf erschien Balaton und reichte Sam die Hand. Er war von kleiner, untersetzter Statur und mittleren Alters, besaß graues, glatt nach hinten gestrichenes Haar und kleine graue Augen, die sie durch die überaus dicken Gläser seiner Brille fischäugig anstarrten.

»Warum sind Sie hier?«, begann er barsch und in ausgezeichnetem Englisch. Die Knöchel seiner Hand, die den Stock umfasst hielt, waren weiß. »Sie haben darauf bestanden, sich mit mir zu treffen, aber ich habe Ihnen nichts zu erzählen. Ich habe mit dem Braugewerbe nichts mehr zu schaffen.«

»Aber Ihnen hat doch die Balaton-Brauerei gehört! Eine Gruppe von Männern wollte in Ihrem Namen die Brauerei meines Großvaters aufkaufen. Sie behauptete im Auftrag Ihrer Familie zu handeln. Ich würde gerne wissen, wer uns übernehmen will.«

»Großer Gott im Himmel! In Großbritannien? Das ist ja unglaublich!«

Er schritt auf und ab. »Ich muss Sie warnen. Dieses Treffen hier ist äußerst unklug. Sie haben überall ihre Spione. Ich möchte in nichts mit hineingezogen werden. Aus diesem Grund habe ich auch gezögert. Doch trinken wir erst einmal Kaffee.« Er ging zur Tür und rief das Hausmädchen.

Fünf Minuten später saßen sie auf der Terrasse und genossen ihren Kaffee und Schwarzwälderkirschtorte.

»Miss Rosslyn«, begann Balaton erneut, »heutzutage weiß keiner mehr, wer wer ist. Sie wollen wissen, wer meine Brauerei gekauft hat, doch das kann ich Ihnen nicht sagen. Sie wurde von einer Gruppe übernommen, die sich Caribbean Holding nennt, ein Unternehmen, das auf den Niederländischen Antillen registriert ist. Ich hatte immer nur mit ihrem Beauftragten Kontakt, einem Rechtsanwalt aus Prag, sowie zwei weiteren Männern, die, wie ich glaube, Angestellte des Unternehmens sind.«

»War ihr Anwalt ein grauhaariger Mann mit einem Metallzahn und einer ähnlich aussehenden Sekretärin?«

»Genau. Ich habe mein Geschäft aus Dummheit verloren«, fuhr er fort. »Ich habe ihnen erlaubt, immer mehr von meiner Produktion zu vermarkten. Sie haben mein Lager-Bier in Deutschland und Russland verkauft. Es schien wirtschaftlich durchaus einleuchtend, die Exporte auszubauen. Außerdem wuchs die Nachfrage stetig. Schließlich haben sie alles abgesetzt, was ich braute.«

»Steckte eine bestimmte Absicht dahinter?«, fragte Sam.

»Natürlich. Denn dann begannen sie die Preise zu drücken, sodass mir nur noch eine minimale Gewinnspanne blieb. Als ich dann endlich bemerkte, was gespielt wurde, und mich dagegen sperrte, war es bereits zu spät. Sie haben die Rechnungen nicht mehr beglichen, und ich bin in finanzielle Schwierigkeiten geraten.«

»Wie schrecklich!«, murmelte Sam. Wenn Greg nicht zahlen würde, wäre sie erledigt.

»Ich war zwar in den roten Zahlen, aber ich habe mich gewehrt. Ich habe einige private Vermögenswerte veräußert und sie dem Geschäft zugeführt. Dann kam ihr nächster Zug. Im neuen Bürogebäude ist ein Feuer ausgebrochen, bei dem alle unsere Aufzeichnungen vernichtet wurden. Man vermutete Brandstiftung, sodass die Versicherung nicht für den Sachschaden aufgekommen ist.« Er zuckte mit den Schultern.

»Danach geschah Folgendes: Meine Schwiegertochter wollte ihre alte Mutter im Krankenhaus besuchen. Sie ließ die Kinder im Wagen, aber da es ein heißer Tag war, ging sie zurück und holte sie, damit sie im Eingangsbereich spielen konnten. Kurz darauf flog ihr Wagen in die Luft, sogar einige Fenster im Krankenhausgebäude gingen zu Bruch. Zu diesem Zeitpunkt beschlossen meine Familie und ich, dass unsere Sicherheit wichtiger sei als die Brauerei. Wir nahmen ihr Angebot an, das sie bis dahin allerdings beträchtlich verringert hatten. Sie haben nur die Hälfte des vereinbarten Preises gezahlt, die andere Hälfte sollte mir als Gewinnanteil sukzessive zufließen. Natürlich habe ich davon nie etwas gesehen – damit haben sie sicher gestellt, dass sie weiterhin meinen Namen benutzen konnten. Mein Sohn und seine Familie sind ausgewandert, aber meine Frau und ich, wir fühlen uns bereits zu alt dazu. Miss Rosslyn, diese Leute verfügen über große Macht und schrecken vor nichts zurück. Mehr gibt es von meiner Seite aus nicht zu sagen. Ich kann Ihnen nur raten: Seien Sie sehr, sehr vorsichtig.«

Sam spürte, wie sich ihr Magen zusammenkrampfte; ungläubig starrte sie ihn an. »Ihre Brauerei ist also einer kriminellen Vereinigung in die Hände gefallen, die von Russland aus gesteuert wird?«

»Jedes Geschäft ist schmutzig, aber diese Verbrecher werden in einigen Jahren als ehrenwerte Geschäftsleute dastehen.« Er hielt inne und lächelte verbittert. »Die meisten Großgrundbesitzer in Europa sind nicht auf ehrliche Weise zu ihrem Eigentum gekommen. Nun meinen die Russen, dass die Reihe an ihnen sei. Der KGB hat die Privatisierungsprogramme kontrolliert, die in den letzten Jahren des Sowjetregimes eingeleitet wurden. Er hat seine Machtstrukturen auf die privaten Unternehmen übertragen und alles zusammengerafft, was ihm in die Finger fiel. Das gesamte Braugewerbe gehört ihm mittlerweile.«

»Warum ausgerechnet diese Branche?«, fragte Sam.

»Weil die Russen dadurch an westliche Devisen kommen, die sie unbedingt brauchen, um ihr Netz in Westeuropa auszudehnen. Die westlichen Regierungen waren sich in der Vergangenheit der kommunistischen Bedrohung sehr wohl bewusst, aber ich bin mir nicht sicher, inwieweit sie diese neue Gefahr erkennen. Sie gefährdet nämlich alles, wofür der Westen und seine Ideale stehen.«

»Ich denke, in Großbritannien lernt man schnell.«

»Das ist gut! Das Braugewerbe braucht dynamische Leute, solche wie Sie, Miss Rosslyn. Alte Familienunternehmen betrachten diese Leute lediglich als Kinderspiel.«

Plötzlich erschienen Trevors Verdachtsmomente in einem neuen Licht. Sam lief ein Schauer über den Rücken.

Balaton erhob sich und gab ihr die Hand. »Es war schön, Sie kennen gelernt zu haben, meine Liebe. Lernen Sie aus meinen Fehlern. Lassen Sie es nicht zu, dass irgendjemand mehr als zwanzig Prozent Ihrer Verkäufe kontrolliert, hören Sie! Und vergessen Sie nicht: Wir haben uns nie gesehen.«

Auf der Rückfahrt ließ sich Sam Balatons Warnung durch den Kopf gehen. Greg hatte bislang fünfundzwanzig Prozent ihrer Produktion verkauft. Mit den neuen Aufträgen würde sein Anteil bei über fünfunddreißig Prozent liegen. Konnte auch er Teil des kriminellen Netzwerks sein? Der Gedanke schien absurd. Kupi, ja – aber nicht Greg.

Sie seufzte. Die richtige Theorie, das war eine Sache, aber wenn sich keine Aufträge einstellten, musste man nehmen, was man bekommen konnte, wenn man überleben wollte. Und sie war verdammt froh, diese Aufträge zu haben.

Sie kam gerade noch rechtzeitig zur Abschlussfeier. Nach einer kurzen Rede des Bürgermeisters verließen Sam und Julie den Messestand, den ihre Fahrer bereits abbauten und auf die Lastwagen verluden. Sie wollten einen letzten Blick auf die Stadt werfen und die spätgotische Kirche aus dem vierzehnten Jahrhundert besuchen.

Als sie in ihr Hotel zurückkehrten, fanden sie dort überraschenderweise Luther vor. Er trug einen Anzug und wirkte überaus nervös, bis Julie einen Freudenschrei ausstieß und sich in seine Arme warf. »Ich wollte euch nach Hause fahren«, sagte er.

»Ich bin dabei«, antwortete Julie. »Was ist mir dir, Sam?«

»Natürlich. Luther, wir sind mit Greg zum Abendessen verabredet. Komm doch einfach mit.«

Als Sam aus dem Lift stieg, wartete Greg bereits im Foyer. Julie und Luther waren noch nicht da. »Wow! Kannst du dich damit überhaupt hinsetzen?«, fragte er.

»Vor Pilsen konnte ich das noch. Jetzt bin ich mir dessen nicht mehr so sicher.« Sie trug ein kurzes, rückenfreies, mitternachtsblaues Kleid von Versace.

»Du siehst umwerfend aus, Sam.«

Sie lachte. »Greg, du bist ein Charmeur. Die Mädchen in England sind alle verrückt nach dir. Was du natürlich provozierst. Du siehst gut aus in diesem Anzug, und wenn du ehrlich bist, ist dir das sicherlich bewusst.«

Es dauerte einige Sekunden, bis ihm klar wurde, dass sie ihn aufzog. »Dass ich groß, dunkelhaarig und attraktiv bin, dafür kann ich nichts, Sam. Hier in der Gegend sind alle so.«

»Wirklich? Vielleicht sollte ich mal darüber nachdenken, meinen Wohnort zu wechseln.«

Er lachte und legte seinen Arm um sie. »Da kommen die anderen. Gehen wir.«

Sie speisten in einem Zigeunerlokal. Ein pittoreskes Restaurant mit Nischen, die durch Vorhänge zu Separees wurden, mit reich verzierten Holzstühlen und weichen Samtkissen. Die hohe Decke hatte mit den Jahren vom Zigarettenrauch eine gelbe Patina angenommen. Kräuterdüfte vermischten sich mit dem Geruch der reichhaltigen Speisen. Eine bunt behängte Zigeuner-Sängerin schritt von Tisch zu Tisch.

Greg war ein ausgezeichneter Tänzer; durch seine Jeans und sein Seidenhemd spürte Sam jeden seiner Muskeln. Es überraschte sie, dass er sie so umgarnte. Warum auch nicht, sagte sie sich. Dann dachte sie an Richard und verspürte Gewissensbisse. Aber Greg sah viel zu gut aus, als dass man ihn überhaupt ernst nehmen konnte. Er zog sie an sich und wirbelte sie wieder von sich.

Um halb elf trieb Greg sie zur Eile an. Sie müssten unbedingt die neueste Show in der Stadt sehen, spanische Sänger und Tänzer, die in einem Nachtclub auftraten. Als der Kellner sie zu ihrem Tisch führte, erkannte sie ganz in der Nähe Balaton und seine Frau. Sie wollte ihnen bereits zunicken, als sie an ihnen vorüberschritt, erinnerte sich dann aber an Balatons Warnung. In diesem Moment kollidierte sie beinahe mit einem Mann, der zum Ausgang eilte.

»Ah, Miss Rosslyn. So trifft man sich wieder.«

Es war Hans Kupi. Er verbeugte sich lächelnd; im gedämpften Licht schimmerte sein Stahlzahn. »Wie kommen Sie mit Ihren Recherchen voran?«

Recherchen?

»Wer war das?«, fragte Greg, als sie an ihrem Tisch Platz genommen hatten.

»Du warst ja kreidebleich«, fügte Julie noch an.

»Das war nur unterdrückte Wut«, antwortete Sam und erzählte Greg von Brutus und was mit ihm geschehen war.

Sam hörte, wie Balaton den Kellner rief. Er und seine Frau wirkten sehr aufgewühlt. Ihre Rechnung kam, Balaton unterschrieb den Kreditkartenbeleg und eilte davon.

Kurz nachdem sich die Tür hinter ihm geschlossen hatte, erschütterte eine laute Explosion das Restaurant. Die Kronleuchter schwankten, die elektrischen Lichter flackerten, Gläser klirrten.

Alles verstummte. Der Geschäftsführer des Lokals rannte nach draußen, Augenblicke später kam er zurück. »Draußen, auf der anderen Straßenseite. Ein Wagen ...«

»Los«, sagte Greg. Draußen stand ein Wagen in Flammen. Überall auf der Straße lagen noch schwelende Teile verstreut. Im Wageninneren konnte Sam zwei Gestalten erkennen.

Jemand warf einen Schlauch durch das Fenster. Greg rannte über die Straße und versuchte, die Wageninsassen zu retten. Sie hörte Polizei- und Feuerwehrsirenen. Auch Luther stand nun neben Greg, doch die Hitze war so furchtbar, dass sie sich dem Fahrzeug nicht nähern konnten.

Sam fühlte sich seltsam fern und abwesend, wusste allerdings, dass sie den Anblick der beiden brennenden Menschen im Wagen niemals vergessen würde. »Ich würde gerne ins Hotel zurück, Greg, ich fühle mich schrecklich«, sagte sie.

»Natürlich, ich bring dich zurück.«

Es wurde eine lange Nacht. Immer wieder sah sie Balatons entsetzten Gesichtsausdruck vor sich, während er die Rechnung zahlte und das Lokal verließ. Schließlich rief sie mehrmals im Haus der Balatons an, aber niemand ging ans Telefon. Erst als bereits der Morgen graute, meldete sich eine Frau. Unter Tränen erzählte sie Sam, dass ihre Schwiegereltern am Vorabend bei einem Bombenanschlag ums Leben gekommen seien.

An Schlaf war nicht mehr zu denken. Sam war zu verängstigt, zu traurig; sie befürchtete, ihr Auftauchen sei der Anlass für diesen Mord gewesen. Sie packte ihre Koffer und ließ sich Kaffee aufs Zimmer bringen. Dann klopfte es an der Tür. Davor standen zwei Männer in Zivilkleidung. Sie stellten sich als Polizeibeamte vor, was durch ihre Ausweispapiere bestätigt wurde. Der Ältere war um die fünfzig, hatte eine Halbglatze und traurige braune Augen. Er trug einen ausgebeulten, speckigen Anzug und sprach ausgezeichnet Englisch. »Wir sind hier, um Sie zu fragen, warum Sie während der Nacht dreimal im Haus der Balatons angerufen und schließlich um sechs Uhr morgens mit deren Schwiegertochter gesprochen haben. Eine sehr seltsame Zeit für Telefongespräche, meinen Sie nicht auch?«

Sie erzählte ihnen alles, was sie wusste: von der Sitzung in Woodlands, der Ermordung ihres Hundes, Hans Kupis Bemerkung und Mr. Balatons Angst. Die beiden Polizisten nahmen ihre Aussage auf. »Es wird nicht nötig sein, dass Sie für weitere Ermittlungen im Land bleiben«, sagte dann der ältere der beiden Polizisten. »Kehren Sie mit dem nächsten Flug nach England zurück – und halten Sie sich in Zukunft von diesen Leuten fern, Miss Rosslyn.«

Als sie am Flughafen wartete, musste sie immer wieder an Trevor denken. Die gesamte Familie hatte ihm Vorwürfe gemacht, weil er wieder an seine SAS-Zeit anknüpfen wollte; aber er hatte Recht gehabt. Sobald sie zu Hause wäre, würde sie ihm alles erzählen.

36 Rosemary zitterte, als sie den Kaffee ins Filterpapier löffelte. Es war sechs Uhr morgens, und sie war nach einer unruhigen Nacht früh aufgewacht. Sie fühlte sich ziemlich mitgenommen und wurde den Gedanken nicht los, dass alles in einer

Katastrophe enden würde. Wenn die Brauerei schloss, würde sie wie die anderen ihre Arbeit verlieren; in der Gegend wäre dann nichts mehr los. In ihrem Alter war es mehr als fraglich, ob sie in London noch eine Stelle finden würde. Schon der Gedanke, jeden Tag in die Stadt pendeln zu müssen, erfüllte sie mit Trübsinn. Früher oder später würde sie umziehen müssen – wenn sie nicht sowieso ihr Haus räumen müsste. Sie liebte ihr kleines, am Rand der Klippe gelegenes Cottage, von dem aus man einen wunderbaren Blick auf die Burg und über den Kanal hatte. Aber es gehörte den Rosslyns und war Bestandteil ihres Arbeitsvertrags. Wenn sie umzog, würde sie ihre Freunde und ihre vertrauten Freizeitbeschäftigungen vermissen – die Besuche im Pub, das winzige Kino und die Theateraufführungen in der alten Scheune.

Rosemary beugte sich über ihre Kaffeetasse und versuchte sich den schlimmsten Fall auszumalen. Sie würde damit zurechtkommen – wie sie immer mit allem zurechtgekommen war. Sie hatte sich immer durchgebissen. Aber sie würde Trevor nicht mehr sehen; darauf lief alles hinaus. Sie liebte ihn, aber das war ihr Geheimnis und sollte es auch bleiben.

Trevor war im Juni 1968 in Saudi-Arabien auf äußerst unerwartete Weise in ihr Leben getreten. Seit zwei Jahren hatte sie damals bereits im Nachtclub Miradouro getanzt, in jenem Jahr aber war sie insgesamt dreimal erkrankt – sie hatte sich Typhus, Gelbsucht und eine Gürtelrose zugezogen. Ihr Boss, ein ehemaliger Tänzer, hatte sie wissen lassen, dass er ihren Vertrag nicht mehr verlängern wollte.

Sie war vierunddreißig Jahre alt und hatte mit Ausnahme der Schauspielerei niemals eine Ausbildung genossen. Sie verspürte nicht den geringsten Wunsch, nach England zurückzukehren; sie hasste das Klima und die grauen Städte. Sie sehnte sich nach hellem Licht, nach Aufregung, kosmopolitischen Menschen, Spaß und nach Jugend – und die welkte rasch in dem trockenen Wüstenklima.

Dann war ihr Scheich Feisal Bey in den Schoß gefallen wie eine überreife Pflaume, der er nicht unähnlich sah. Wen kümmerte es schon angesichts seines obszön zu nennenden Reichtums, dass er fett und rotgesichtig war? Nacht für Nacht saß er an einem Tisch unmittelbar vor der Bühne, den Blick auf sie geheftet. Anschließend ließ er ihr diskret Geschenke zukommen: Blumen, frisches Obst und manchmal auch Juwelen.

Dann kam ihre erste Verabredung: ein Dinner im Globetrotter, dem sich ein atemberaubender Flug im Helikopter über die Wüste nach Al-Khafaq anschloss, wo sie ein aus Obst, Joghurt und scharf gewürzten Pfannkuchen bestehendes Frühstück einnahmen. Es folgte eine stürmische Zeit: Fahrten auf seiner Hochseejacht ins Rote Meer, wilde Ritte über die Wüste auf seinen wundervollen Araber-Hengsten, überraschende Flüge nach Paris, wo sie in extravaganten Läden einkauften – aber niemals Sex. Manchmal zweifelte sie an seiner Männlichkeit, manchmal fragte sie sich, ob er der letzte noch verbliebene Gentleman auf der Welt sei. Sie aßen auf dem Balkon seines Hauses, von dem aus das Meer zu überblicken war, als er ihr einen Heiratsantrag machte. Da er freundlich und sanft schien und sie von niemandem bislang so verehrt worden war, willigte sie ein.

Zwei Wochen später heirateten sie in Saudi-Arabien. Die Hochzeit bestand aus einem bescheidenen Fest in Feisals Haus, nur einige Tänzer ihrer Gruppe waren anwesend. Nach dem kurzen Empfang begaben sie sich auf eine Flitterwochenreise, die eine Überraschung darstellen sollte. Rosemary war beeindruckt von der Jacht, die eines Königs würdig gewesen wäre. Die einzige Enttäuschung bestand darin, dass er Geschäftsleute aus dem Landesinneren eingeladen hatte, dunkle, wild aussehende Männer, die in ihrer Gegenwart niemals Englisch sprachen. Einer von ihnen, Ghalib Fayed, sah mit seinem schwarzen Haar, dem dunklen Teint, seinen wilden Augen und dem arroganten

Blick aus, als wäre er aus einem Wüstenfelsen gehauen. Er beäugte sie unverfroren, als wäre sie noch zu haben.

Eines Abends nach dem Essen näherte sich ihr Ghalib an der Bar und presste sich an sie.

»Lassen Sie mich in Ruhe, Ghalib! Sie müssen doch wissen, dass wir in den Flitterwochen sind.«

»Tun Sie nicht so, als wüssten Sie nicht, warum Sie hier sind! Feisal mag nur Jungs. Sie sind lediglich an Bord, um dafür zu sorgen, dass seine Geschäftspläne wie geschmiert laufen.«

»Das ist doch absurd! Seine Ölgeschäfte laufen doch hervorragend.«

»Öl?« Ghalib lachte, ein tiefes Glucksen, das irgendwo aus seinem Bauch kam. »Er verkauft Bohrausrüstungen.«

Nach diesem Vorfall ging sie nicht mehr schwimmen und zeigte sich kaum noch an Deck. Am Abend vor ihrer Rückkehr nach Saudi-Arabien sagte Feisal: »Heute Nacht, meine Liebe, bin ich bereit für dich. Ich werde zu dir kommen. Wir hatten wirklich sehr anstrengende Verhandlungen.«

Das erklärte alles. Früher oder später musste es ja geschehen. Sie war froh, Ghalib nicht geglaubt zu haben.

Sie war aufgeregt und fühlte sich seltsamerweise wie eine Hure, obwohl sie mit diesem Mann doch ganz legal verheiratet war. Um Mitternacht hätte sie vor Anspannung am liebsten schreien mögen. Es war fast ein Uhr, als die Tür aufging und schnell wieder geschlossen wurde; Schritte näherten sich dem Bett. Dann spürte sie einen festen, starken Körper.

»Verschwinden Sie! Wer sind Sie?« Sie versuchte, die Hysterie in ihrer Stimme zu verbergen.

»Sei ruhig!«, knurrte er.

»Ghalib?« Sie drehte sich zur Seite und machte das Licht an. »Was machen Sie hier?«, fragte sie mit kalter, wütender Stimme. Sie wand sich vom Bett und rannte zur Tür. Sie war verschlossen. »Geben Sie mir den Schlüssel, oder ich schreie.«

»Warum? Wir haben bis zur Morgendämmerung Zeit. Rosemary, komm her. Du hast dort draußen nichts verloren. Du glaubst mir noch immer nicht?«, fragte er. »Ich habe dir die Wahrheit gesagt. Ich habe den Vertrag unterzeichnet, und er hat mich gevögelt. Aber ich musste dich einfach sehen.«

Plötzlich kamen ihr Tränen der Verzweiflung.

Ghalib stand auf und verbeugte sich vor ihr. »Es tut mir Leid. Gute Nacht.«

Bevor er die Tür öffnen konnte, riss sie ihn zurück aufs Bett. Sie konnte nicht aufhören zu schluchzen.

»Tu einfach so. Tu so, als würdest du mich lieben. Als wären das unsere Flitterwochen. Tu es für mich!« Sie war unersättlich in ihrem Bedürfnis, getröstet zu werden.

Im Morgengrauen ging er. »Das war die Abmachung«, erklärte er ihr.

In der Nacht hatte die Jacht am Hafen angelegt. Rosemary zog sich Jeans und ein T-Shirt an, stopfte ihren Pass und das wenige Geld, das sie besaß, in ihre Strandtasche und ging auf Deck. Nur die Crew war zu sehen, und keiner stellte sich ihr in den Weg, als sie die Gangway hinabschlenderte. Sie hielt ein Taxi an, und zehn Minuten später erreichte sie das britische Konsulat. Sie fühlte sich großartig, ihre Freude war jedoch nur von kurzer Dauer.

Nachdem sie ihre traurige Geschichte zum Besten gegeben hatte, erklärte ihr der Konsulatsbeamte, dass Saudi-Arabien die doppelte Staatsbürgerschaft nicht anerkenne. Durch die Heirat mit Feisal Bey habe sie daher das Recht auf britischen Schutz verwirkt. Ihr Pass sei nicht mehr gültig. Britische Frauen, die des Ehebruchs bezichtigt worden waren, wären ausgepeitscht oder gesteinigt worden. »Aber der Ehebruch ist mir doch aufgezwungen worden! Verstehen Sie doch!«

»Wahrscheinlich besitzt Bey kompromittierende Fotos. Und selbst wenn er sie nicht besitzen sollte, wäre es das Beste, wenn

Sie zurückgehen würden. Sagen Sie, Sie hätten sich die Stadt ansehen wollen.«

»Ich gehe nicht mehr zurück.«

»Machen Sie sich bewusst, in welcher Gefahr Sie schweben. Wahrscheinlich hat Bey bereits Kundschafter ausgeschickt, die Sie suchen. Ich bezweifle, ob die Mullahs Ihre Geschichte verstehen oder gar glauben wollen.«

»Sie müssen mir helfen. Bitte! Verstecken Sie mich im Konsulat. Irgendwas! Ich flehe Sie an, gewähren Sie mir Asyl.«

»Mrs. Bey, Sie sind eine saudische Staatsbürgerin. Wie können wir Ihnen Asyl gewähren? Sie laufen vor Ihrem Ehemann davon, und es ist möglich, dass Sie wegen Ehebruchs angeklagt werden; ein Verbrechen, das hier mit dem Tod bestraft wird. Ständig warnen wir die Mädchen, die hierher kommen. Ich kann Ihnen leider nicht weiter behilflich sein. Sie müssen jetzt gehen, Mrs. Bey.«

Der Beamte ließ sie stehen.

Kurz vor einem Nervenzusammenbruch, trat sie hinaus auf den Balkon und starrte auf die geschäftige Straße, die fünf Stockwerke unter ihr lag.

»Tun Sie es nicht!«

Sie drehte sich um. Hinter ihr stand ein Mann, der sie anlächelte. Seine dunklen Augen, sein Mund und Kinn verrieten Stärke und Beharrlichkeit, sein breites Grinsen strahlte Skrupellosigkeit aus. Er hätte attraktiv gewirkt, wären nicht seine ausgeprägte Nase und sein harter Blick gewesen. Und obwohl er noch jung war, zeugte seine Miene von Erfahrung und Reife. Sein Lächeln verschwand. Er nahm sie am Arm und führte sie durch den Korridor zu einem Büro ohne Türschild, das anscheinend ihm gehörte. Er bat sie hinein und schloss hinter sich die Tür.

»Gut. Und jetzt erzählen Sie mir die ganze Geschichte.«

Sie ließ nichts aus.

»Der Konsulatsbeamte hatte Recht«, sagte er. »Offiziell

können wir nichts für Sie tun. Inoffiziell werden wir Sie hier rausschaffen, allerdings dürfen Sie niemandem davon erzählen. Ihr Ehemann wird Sie wahrscheinlich bereits suchen, Mrs. Bey.«

»Nennen Sie mich nicht bei diesem Namen. Ich bin Rosemary Santer.«

»Und ich bin Antony Jones. Ich betreibe hier im Auftrag der britischen Regierung einige Recherchen, operiere offiziell jedoch als Importeur von frischem Obst und Gemüse. Auf meiner Rückreise werde ich Kokosnüsse und Datteln mitnehmen. Ich versuche, Sie an Bord einer britischen Maschine zu schmuggeln. Sollten sich Probleme ergeben, werden wir uns eben mit Bestechung behelfen müssen. Das klappt hier eigentlich immer.«

Etwas an dem Mann erfüllte sie mit Zuversicht und Vertrauen. Vier Stunden später befand sie sich auf dem Rückflug nach England. Erst in der Maschine entdeckte sie in ihrer Tasche die zweitausend Pfund, die in einen Zettel gewickelt waren, auf dem zu lesen stand: »Alles Gute! Lassen Sie sich bald von ihm scheiden.« Das war alles, was sie besaß – neben ihrer Freiheit und der nachhaltigen Bewunderung für den Mann, der ihr das Leben gerettet hatte.

Sobald sie eine Wohnung und Arbeit gefunden hatte, reichte sie die Scheidung ein und begann ihre lange Suche nach Antony Jones: Sie wollte ihm danken und die zweitausend Pfund zurückzahlen. Zwei Jahre später kam sie zu dem Schluss, dass ein Mann dieses Namens niemals existiert hatte, und gab die Suche auf.

Die Geschichte hätte hier geendet, wäre nicht Edgar Hicks gestorben. Rosemary arbeitete mittlerweile als Croupier am Roulettetisch in Loxton's Casino in Mayfair: Schichtarbeit, bei der sie sich mit ihrer Freundin Diana Wesley abwechselte. Dianas Freund Edgar, der ein Vermögen erben sollte, starb zwei

Tage vor der geplanten Hochzeit bei einem Autounfall. Rosemary begleitete ihre unter Schock stehende Freundin zur Beerdigung. Als Edgars Cousin, Trevor Rosslyn, aufstand, um die Trauerrede zu halten, war Rosemary davon überzeugt, dass das Schicksal auf ihrer Seite stand.

Sie brachte in Erfahrung, dass er in Bourne-on-Sea lebte, gab ihm die zweitausend Pfund zurück und überreichte ihm ein kleines Geschenk.

»Erzählen Sie mir, Rosemary, was Sie getrieben haben, seit wir uns das letzte Mal gesehen haben?«

Die einfache Frage war der Anfang eines sechsstündigen Gesprächs, das beim Abendessen begann und später in einem Pub endete. Sie erfuhr, dass Trevors Frau vor kurzer Zeit gestorben war und sein einziger Sohn mit dem Gedanken spielte, nach Zimbabwe auszuwandern.

»Warum bleiben Sie nicht hier, Rosemary?«

»Oh, es macht mir nichts aus, in der Nacht noch zu fahren«, antwortete sie.

»Das meinte ich nicht. Ich suche eine Buchhalterin. Freie Unterkunft in einem Cottage ist in dem Job enthalten. Sie sind hier vielleicht glücklicher als in London. Kann sein, dass ich mich irre, aber ich habe den Eindruck, dass Ihnen das Stadtleben nicht sonderlich zusagt.«

Er hatte Recht. Sie nahm sein Angebot an und arbeitete sich zu seiner Privatsekretärin hoch, hatte damit Zutritt zu seiner Welt und erfuhr vieles über ihn. In letzter Zeit hatte sie sich damit abgefunden, dass sie ihn liebte und ihre Liebe nie erwidert werden würde. Trevor hatte den Tod seiner Frau noch immer nicht überwunden. Und nun? Das Familienerbe drohte verloren zu gehen, und ihrer beider Welt würde zusammenbrechen.

37 Als Sam in Heathrow eintraf, wurde sie bereits von Shireen erwartet. Der Anblick ihrer Freundin, die so glücklich aussah, heiterte Sam merklich auf.

»Ich seh es deinem Gesicht an: Wir haben was zu feiern.« Sam umarmte Shireen.

»Warte, bis ich dir erzählt habe, was geschehen ist.«

Sam musste nicht lange darauf warten: Alles sprudelte aus Shireen nur so hervor, während sie sich durch die Menge am Flughafen zu ihrem Wagen schoben und anschließend durch London fuhren – die Schauspielschule und Shireens Lehrer, ihr Unterricht, das Vorsprechen und die Stücke, die sie inszenieren wollten.

Sam betrachtete ihre Freundin, die endlich zum Leben erwacht schien.

»Ich kann hier und da ein wenig verdienen. Wenn du also dein Apartment brauchst – ich könnte mir selbst eines leisten. Wahnsinn, was man mit kleinen Model-Jobs verdienen kann. Ich hab mich bei einer Agentur vorgestellt, und sie haben mich einfach so genommen.« Shireen schnalzte mit den Fingern. »Rate mal, wie sie mich in der Schauspielschule nennen? Der Mopp. Und Hugh – der Rektor – hat mich unter seine Fittiche genommen. Er meint, ich habe wirklich Talent.«

»Niemand zweifelt daran.«

»Und ich glaubte schon, alles sei nur ein dummer, alberner Traum. O Sam, es ist großartig! Nur eines macht mir zu schaffen – mein Vater. Hast du ihn zufällig gesehen?«

»Nein, aber mach dir keine Sorgen. Wenn du erst einmal bekannt bist, dann wird er schon nachgeben. Darauf gebe ich dir mein Wort.«

Shireen blickte ihre Freundin an. »Eines Tages, Sam, werde ich dir alles vergelten.«

»Wo fahren wir eigentlich hin?«, fragte Sam, als Shireen in Richtung Ashford einbog.

»Tut mir Leid, ich habe es ganz vergessen. Dein Großvater ist hier. Er trifft Lord Davenport und dessen Neffen, Inspektor Joyce. Sie wollen, dass wir einige Fotos identifizieren. Onkel Trevor meinte, du wüsstest den Weg.«

Shireen plauderte weiter, Sam jedoch, die in Gedanken wieder bei den Balatons war, verfiel in düsteres Schweigen.

Kurz darauf erreichten sie Georges imposantes Haus. Die drei Männer standen auf dem Balkon. Trevor war außer sich vor Freude, weil Sam wohlbehalten zurückgekehrt war. Er umarmte sie und hing sich dann an ihren Arm, als fürchtete er, sie zu verlieren. Neville Joyce sah mitgenommen aus. Er hatte tiefe Ringe unter den Augen und wirkte, als habe er einige Nächte nicht geschlafen; sein Lächeln aber war wie immer freundlich und warmherzig.

Sam stellte Shireen vor und war aufs Neue von der Wirkung verblüfft, die sie auf Männer hatte. Flüchtig fragte sie sich, wie es wäre, wenn sie ebenfalls so hübsch aussehen würde wie ihre Freundin. Überall, wo Shireen auftauchte, drehte man sich nach ihr um. Männer prügelten sich beinahe, um in ihre Nähe zu gelangen, und Frauen starrten sie voller Bewunderung und Neid an.

»Wir sind bereits fertig«, erklärte Trevor. »Wir wollten euch nur noch bitten, euch diese Fotografien anzusehen. Vielleicht könnt ihr einige der abgebildeten Personen identifizieren.«

Er schlug das auf dem Tisch liegende Album auf, und die beiden jungen Frauen blätterten es langsam durch.

»Woher habt ihr diese Fotos?«, fragte Sam.

»Warum fragst du?«, antwortete Neville. »Erkennst du jemanden?« Sie blickte auf. Er schien zu spüren, dass sie viel zu erzählen hatte – obwohl sie doch versuchte, es sich nicht anmerken zu lassen.

»Dieser Mann«, und sie zeigte dabei auf Hemzo, »hat die Gruppe angeführt, die nach Woodlands kam, um die Übernahme unter Dach und Fach zu bringen. Und dieser hier saß an der Rezeption in der Brauerei Balaton.« Sie legte das Album weg. »Hört zu, in Pilsen ist etwas Schreckliches geschehen, und ich kann nicht anders, als mich dafür verantwortlich zu fühlen. Ich weiß, du hast mich vor der Brauerei Balaton gewarnt, ich habe sie aber trotzdem besucht.«

»Mach dir darüber jetzt keine Sorgen. Erzähl einfach, was passiert ist.«

Sie versuchte, nichts auszulassen, und als sie fertig war, folgte ein langes, angespanntes Schweigen.

»Scheint, als hätte Trevor bezüglich des Übernahmeangebots Recht«, sagte Neville schließlich. »Das sind Aufnahmen von Leuten, auf die George oder ich im Laufe unserer Ermittlungen gestoßen sind. Auch Don Shaw hatte natürlich einige Fotos aus Russland mitgebracht. George hat regelmäßig die Männer fotografiert, mit denen er zu tun hatte. Und dann haben wir noch erkennungsdienstliche Aufnahmen von jenen Männern, die wir 1994 ausgewiesen haben.«

Shireen konnte drei Männer identifizieren, die ihren Vater mit Billigbier beliefert hatten, und Sam erkannte in Don Shaws russischem Chauffeur jenen Mann im grauen Anzug, der in Pilsen ihr Stout gekostet hatte.

»Gut«, sagte Trevor. »Zumindest haben wir einige Anhaltspunkte. Nun, vielleicht wollt ihr beide ja ein wenig schwimmen. Versucht alles zu vergessen. Sobald wir fertig sind, gehen wir zum Essen. Sam, du weißt doch noch, wo deine Sachen sind?«

»Ob die mir noch passen? Es muss Jahre her sein, dass ich hier geschwommen bin.«

George stand auf. »Ich komme mit und zeig euch alles. Irgendwo muss noch eine ganze Menge sein.«

»Komm, Shireen. Der Pool ist im Haus und beheizt – ein Traum.«

Trevor sah ihnen mit großem Bedauern nach. »Es scheint

kaum ein, zwei Jahre her zu sein, dass sie noch mit Pferdeschwänzen herumgelaufen sind. Und jetzt sieh sie dir an!«

Fünf Minuten später kam George zurück. Das Erstaunen stand ihm im Gesicht geschrieben. »Trevor, großer Gott. Wo hast du Shireen nur die ganze Zeit versteckt? Was für eine Schönheit!«

»Sie ist Sams beste Freundin«, antwortete Trevor trocken. »Widmen wir uns wieder unserem Geschäft.«

Im Folgenden erklärte er den beiden, wie es dem Enkel eines seiner Kollegen im SAS gelungen war, sich in das Computersystem von Monexic Trading einzuloggen, der Firma, die Desai Trading mit illegalem Bier beliefert hatte.

»Dazu muss Folgendes gesagt werden«, fuhr Trevor fort. »Wie ihr wisst, ist auf jeder Bierdose eine Code-Nummer aufgedruckt, die angibt, wann und in welcher Brauerei sie abgefüllt wurde. Die nach Dover geschmuggelten Dosen, die wir in jener Nacht abfangen konnten, stammen aus unterschiedlichen Quellen – es handelt sich um Lieferungen, die im März in Deutschland, im April in Tschechien und zwei Wochen vor der Landung in Belgien gestohlen worden waren. Die Dosen wurden mit Papieretiketten überklebt, die dem Label von Woodlands sehr ähnlich sind. Sie waren einige Monate vor den Diebstählen in Litauen gedruckt worden. Was sagt uns das alles?«

»Dass dafür ein weit verzweigtes Verbrecherkartell verantwortlich ist.«

»Wahrscheinlich.«

»Trevor, das ist nicht nur wahrscheinlich, sondern ganz bestimmt so«, sagte Neville entschieden.

Trevor breitete auf dem Tisch eine lange Papierrolle aus und fixierte sie mit Aschenbechern und einem Briefbeschwerer. »Hier haben wir eine Auflistung aller Firmen, die jeden Monat beträchtliche Summen an Monexic Trading abführen. Wie ihr seht, sind sie über ganz Europa verteilt. Dazu gehören legale und halb-legale Betriebe, wie Taxiunternehmen, Striplokale, Bordelle und Nachtclubs sowie offensichtlich Kriminelle, die Schutzgeld erpressen und Schmuggel betreiben. Einen Teil der Einnahmen überweist Monexic Trading einer Unternehmensgruppe, die sich ›Swiss Investors' Club‹ nennt. Zu ihr gehört auch die Brauerei Balaton, die sie auf sehr zwielichtige Art und Weise übernommen haben. Diesen so genannten Club werde ich als Nächstes unter die Lupe nehmen.

Uns steht ein entscheidender Kampf gegen diese Kriminellen bevor, die auf ein weltweites Netzwerk zurückgreifen können und keinerlei Skrupel kennen. Das organisierte Verbrechen kontrolliert die russische Brauindustrie, die größten Teile Osteuropas und das russische Eisenbahnnetz. Bislang haben sie nur drei Prozent des europäischen Getränkemarkts infiltriert, und nun versuchen sie, ihre Hand nach Großbritannien auszustrecken.«

»Ich habe nicht viel zu berichten«, sagte George, »nur dass die Londoner Niederlassung einer litauischen Handelsgesellschaft mir große, für Russland bestimmte Aufträge für Wodka und Gin vermitteln will. Nach bereits beschlossenen Marketing-Verträgen gehören mir die Märkte bereits, allerdings schaffen wir es nicht, unsere Lieferung ins Land zu bringen. Diese Kerle versprechen also, die Waren an den Endverbraucher zu liefern – für einen ziemlich heftigen Aufpreis. Es handelt sich also um nichts anderes als verkappte Schutzgeldzahlungen. Sie tun nichts, außer dass sie uns die Benutzung der russischen Eisenbahn ermöglichen.«

»Genau wie beim letzten Mal«, sagte Neville. »Ich werde einige Leute darauf ansetzen.«

»Gut«, sagte George mit glänzenden Augen. »Sollen wir die jungen Damen jetzt ausführen und ihnen einen Abend bieten, den sie ihr Leben lang nicht vergessen werden?«

»Dürfte schwierig werden mit uns beiden Greisen«, erwiderte

Trevor und starrte finster zu George. »Da müssen wir uns schon auf deinen Neffen verlassen.«

»Schaut mich nicht so an. Ich bin glücklich verheiratet«, antwortete Neville lachend.

Es war dreiundzwanzig Uhr. Sie hatten Shireen zum Apartment am Hampstead Park gebracht, und Trevor fuhr Sam nun nach Hause. Es hatte leicht zu nieseln begonnen, das monotone Kratzen der Scheibenwischer schläferte Sam ein.

»Ich bin so müde. Der Flug, der Wein … Ich könnte jeden Moment wegdösen.«

»Besser nicht, wir müssen miteinander reden.« Trevor warf ihr einen kurzen, liebevollen Blick zu. »Wir scheinen ein Problem zu haben. John wusste, dass ich in Monaco war. Es ist ihm zufällig herausgerutscht, als Rosemary ihn dabei ertappte, wie er abends in ihren Akten wühlte.«

»Großer Gott!«

»Wusstest du, dass ich dort war?«

»Nein. Du hast ja nichts verlauten lassen.«

»Ja, ich bin sehr vorsichtig vorgegangen. John hat Rosemary gewarnt. Wenn ich ihnen weiterhin in die Quere kommen würde, könnte mir das schlecht bekommen. Es scheint, wir sind schon so nah an ihnen dran, dass wir ihnen einige Probleme bereiten. Wer immer ›sie‹ auch sein mögen.«

»John? Ich kann es nicht glauben!«

»Ich fürchte, er steckt mit drin. Es war mein Fehler. Er verdient nicht viel, da er durch den geringen Absatz kaum noch Provision bekommt. Wir müssen ihn im Auge behalten.«

»Großvater, ich muss mich bei dir entschuldigen.«

»Warum denn?«

»Ich habe dir nicht geglaubt, als du meintest, hinter dem Übernahmeangebot für Woodlands stehe das organisierte Verbrechen.«

»Und inzwischen glaubst du es?«

»Na ja, sagen wir, es scheint äußerst wahrscheinlich zu sein. Ich fühle mich schrecklich. Dearlove hat sich gegen uns gewendet. Richard versucht, mit dem Titel schnelles Geld zu machen. Und jetzt auch noch John.«

»Wir schaffen das schon, Sam. Ich bin fest davon überzeugt. Vielleicht solltest du dir einige Tage Urlaub gönnen.«

»Das ist das Letzte, was ich jetzt brauche«, erwiderte sie. »Ich brauche jemanden, dem ich vertrauen kann. Großvater, du hast mir einen falschen Eindruck von der Welt vermittelt. Ich bin im Glauben erzogen worden, die meisten Menschen seien freundlich und ehrlich. Kein Wunder, dass ich jetzt so desillusioniert bin.«

»Der Trick im Leben, meine Liebe, besteht darin, an seinen Illusionen festzuhalten. Denn meistens sind es nämlich überhaupt keine Illusionen. John wird sich noch als ein feiner Kerl herausstellen, und Richard ebenfalls. Ich vertraue Richard. Das habe ich dir schon mal gesagt.«

»Was bist du nur für ein Optimist!«

Sam wachte auf, als Trevor vor dem Haus anhielt. »Steig schon mal aus. Ich fahre den Wagen noch in die Garage. Schlaf gut, und versuche, nicht zu voreingenommen durch die Welt zu laufen.«

Spontan beugte sich Sam zu ihm hinüber und umarmte ihn. »Ich liebe dich, Großvater.«

»Ich liebe dich auch. Gute Nacht, Sam.«

## 38

»Rosemary, du bist eine Wucht. Wie kann ich dir nur danken?«

Sam war nach ihrem Aufenthalt in Pilsen zum ersten Mal wieder im Büro, und Rosemary hatte in ihrer Abwesenheit mit einigen Problemen fertig werden müssen: Tom Bowles hatte gedroht, die Demonstranten zu verprügeln, die in den Supermärkten die Kunden vom Kauf von Woodlands-Bier abzuhalten versuchten; Luther hatte Porgy zurückgebracht, und das Ferkel hatte Rosemary in der Folgezeit fast in den Wahnsinn getrieben; Dearlove hatte den Überziehungskredit ohne vorherige Warnung gekappt; und nachdem Jeff Brink einige Zier-Enten abhanden gekommen waren, hatte er angekündigt, jeden Hund auf seinem Grundstück zu erschießen.

»Der Bankdirektor wartet bereits auf dich, Sam«, sagte Rosemary in strengem Ton; ihre Miene jedoch verriet großes Mitgefühl.

»Weiß er nicht, dass ich erst gestern aus Pilsen zurückgekehrt bin?«

»Das weiß er. Hier ist sein letzter Brief.«

Sam zuckte leicht zusammen, als sie las, dass ihr Überziehungskredit, wie ursprünglich mit Trevor abgestimmt, am Monatsende um fünfzigtausend Pfund reduziert werde oder die Bank sich gezwungen sehe, ihre Anteilsscheine an Woodlands zu verkaufen.

»Bitte ihn herein.« Sam seufzte resigniert.

Matthew Dearlove kam ohne große Umschweife zur Sache.

»Der Scheck über zwanzigtausend Pfund, den Sie vor kurzem ausgestellt haben, ist durch keinerlei Sicherheiten gedeckt.«

»Er muss aber eingelöst werden, Matthew. Und wir müssen Löhne und Gehälter zahlen. Ich erwarte beträchtliche Einnahmen. Können Sie nicht noch einige Tage warten?«

Sie setzte sich aufrechter hin und hoffte, er könne den Schweiß nicht sehen, der ihr zwischen den Schulterblättern über den Rücken rann und ihre Bluse feucht werden ließ.

»Unmöglich, Sam. Die Aufwendungen für Pilsen grenzen an Wahnsinn.«

»Die Reise hat sich außerordentlich gelohnt. Ich habe Exportaufträge für fünfundzwanzigtausend Hektoliter im Monat. Matthew, wenn Sie uns im Stich lassen, suche ich mir eine andere Bank.«

»Das soll wohl ein Scherz sein«, sagte er, wirkte aber beunruhigt. »Wie viel kommt diese Woche noch rein?«

»Zwanzigtausend Pfund stehen von unserem Verkaufsagenten für Osteuropa in Prag aus. Vielleicht kann ich das Geld gleich an Ihre Bank weiterleiten?«

»Aus Osteuropa? Das kann nicht Ihr Ernst sein! Für die Zahlung können Sie doch keinerlei Garantien bieten. Tut mir Leid, Sam, ich gebe Ihnen noch bis zum Ende des Monats Zeit.«

»Auf dem Papier sind wir zahlungsfähig. Sie müssen diesen Scheck über zwanzigtausend Pfund auszahlen.«

»Gut! Aber hören Sie mir zu, Sam. Sie kämpfen hier gegen Windmühlen. Sie hätten verkaufen sollen, als die Gelegenheit dazu bestand. Kleine Brauereien haben keine Existenzberechtigung mehr, mit den importierten Bieren können sie nicht konkurrieren. Sie sollten wissen, wann es Zeit ist zum Aussteigen.«

Nachdem Matthew gegangen war, saß Sam, den Kopf auf die Hände gestützt, an ihrem Schreibtisch. Was sie brauchte, waren Zeit und Geld. Der laufende Absatz hatte bislang von dreißigtausend auf zweiundsechzigtausend Hektoliter gesteigert werden können. Davon fielen zugegebenermaßen sechzehntausend Hektoliter auf Greg. Durch Grey Wolf war der Absatz in den Pubs um weitere sechstausendfünfhundert Hektoliter gestiegen. Das war nicht schlecht, doch die Nettoeinnahmen waren nach wie vor verschwindend gering. Der verdammte Dearlove! Er tat glatt so, als hinge sein Leben von ihrem Konkurs ab.

Das Telefon klingelte, und Rosemary rief: »Es ist Greg aus Pilsen. Bist du zu sprechen?«

»Klar.« Sie nahm den Hörer ab. »Hallo, Greg. Nochmals

danke für das Abendessen. Gibt es irgendwas Neues zu dem Anschlag?«

»Nicht dass ich wüsste. Versuch es zu vergessen, Sam. Ich rufe an, um dir zu gratulieren. Soeben sind zwei weitere große Order aus Ungarn eingegangen. Sie mögen dein Bier-Mix-Getränk.«

Sam glaubte, ihr drehe sich der Magen um. Greg machte bereits mehr als ein Drittel ihres Umsatzes aus. Balatons Warnung ging ihr durch den Kopf.

»Greg, es tut mir schrecklich Leid, aber ich kann die Nachfrage nicht erfüllen. Mit den bereits bestehenden Aufträgen bin ich an der Grenze meiner Produktionskapazität.«

Er versuchte, sie eine Weile lang zu überreden, dann sagte er: »Wenn es daran liegen sollte, dass dir Barmittel fehlen, dann kann ich auf die Schnelle einige Schecks eintreiben.«

Spielte es eine Rolle, wer sie in den Untergang trieb – Greg oder die Bank? Wenn sie den einen gegen den anderen ausspielte, würde sie vielleicht überleben. Plötzlich wurde ihr klar, dass sie das Spiel mitspielen musste, bis sie in der Lage war, alternative Märkte aufzubauen. Ohne Greg würde Dearlove sie Bankrott gehen lassen.

»Wenn du mir einen Scheck über eine beträchtliche Summe zukommen lassen kannst, reden wir weiter. In Ordnung?«

»Wir hören morgen wieder voneinander. Oder vielleicht übermorgen. Wir bleiben in Verbindung.«

Sam legte auf und nahm Stift und Papier zur Hand. Sie hatten zu hohe Lagerbestände an ›Grey Wolf‹. Beim Fest hatte sich die Marke gut verkauft, seit sie keine Werbung mehr machten, waren die Zahlen allerdings rückläufig.

Damit sie überleben konnten, musste die Brauerei mindestens zu fünfundsiebzig Prozent ausgelastet sein. Durch die neuesten Aufträge von Greg würden sie das beinahe schaffen, was einen großen Fortschritt darstellte.

Irgendwie musste Woodlands zu einer in jedem Haushalt bekannten Marke werden. Aber wie?

Rosemary kam mit einem Tablett mit Kaffee und Sandwiches ins Büro. Sie sah glücklich aus. »Das ist der beste Sommer, an den ich mich erinnern kann«, sagte sie. »Ich wünschte, ich wäre wieder jung.«

»Vergiss den Sommer, Rosemary, ich muss ein Kaninchen aus dem Hut zaubern. Wir brauchen eine neue Biersorte, einen neuen Namen und eine zündende Marketing-Idee. Etwas, was das ganze Land mitreißt. Vielleicht fällt ja dir was ein, Rosemary. Schließlich stammt ja auch Grey Wolf von dir.«

Die nächsten Minuten saßen die beiden Frauen in hoffnungslosem Schweigen am Tisch und überlegten. Sam kramte in den hintersten Ecken ihres Gedächtnisses, stieß dort aber lediglich auf Richard: Richard beim Fest, in der Burg; sie konnte sogar seine Lippen auf ihrem Mund spüren.

»Verdammt«, murmelte sie. »Scher dich aus meinen Gedanken. Wo zum Teufel steckst du eigentlich?«

Richard setzte seine Suche in der Manorial Society fort. Bibliotheken besaßen für ihn einen ganz eigenen Geruch, der ihm das Gefühl gab, zu Hause zu sein; hier war es nicht anders. Der Geruch von altem Pergament, Leder und Staub weckte seine Sinne und schärfte seine Wahrnehmung, sodass es nicht lange dauerte, bis er sich ungemein wohl fühlte. Heute Abend war es jedoch anders. Er konnte sich nicht konzentrieren, er hatte mit einer Seite an sich zu kämpfen, die sonst stets im Hintergrund blieb.

Okay, ich lüge Sam also an. Aber was soll ich denn sonst tun? Es stellt kein Verbrechen dar, einen Decknamen zu benutzen, noch dazu, wenn es der Name des Großvaters ist.

Der Zweck heiligt also die Mittel? Willst du das damit sagen?

Sie ist in dich verliebt. Aber sie hält dich für einen völlig anderen Menschen. Einen Verlierer. Du erregst ihr Mitgefühl.

Wenn sie nicht einsehen will, wer du wirklich bist, dann hat sie es verdient, sich die Finger zu verbrennen.

Aber welcher Mensch bist du denn? Hast du dir jemals die Zeit genommen, über dich selbst nachzudenken?

Warum zum Teufel sollte ich das tun? Ich fühle mich sehr wohl, so wie ich bin.

Und warum hast du dann noch nie eine richtige Beziehung gehabt? Affären für eine Nacht haben dir bislang immer gereicht. Glaubst du nicht, dass du sie warnen solltest?

Sie warnen? Großer Gott! Ich tue alles, um sie vor den Gregs dieser Welt zu schützen. Aber sie will ja nicht auf mich hören. Dabei ist er in meinen Augen ein verdammter Schwindler.

Aber attraktiv.

Oder gefährlich. Sam jedenfalls ist das Gegenteil aller Frauen, in die ich mich bislang verliebt habe, und von nun an sollte ich sie meiden wie die Pest.

Nachdem du noch etwas unternimmst, um ihr zu helfen.

Richard rief seinen Anwalt in San Francisco an.

»Richard! Schön, von dir zu hören. Wo bist du?«

»In London. Ich werde wohl noch eine Weile bleiben. Ich treibe mich in London, Dover, Chester rum, rufe aber jeden Abend die E-Mails ab.«

»Wie läuft die Suche?«

»Das ist eine harte Nuss. Die fraglichen Dokumente gelten seit etwa hundert Jahren als verschollen.«

»Ach! Welche von *der* Sorte!«

»Du weißt, wir haben die Option auf Rosslyns Titel und Urkunden erworben. Gut, ich habe beschlossen, sie wahrzunehmen. Setz eine für beide Seiten genehme Vereinbarung auf und schicke ihnen bitte den Scheck.«

»Sofort?«

»Natürlich.«

»Du weißt, du bist durch unsere Option vollständig abgedeckt. Egal wie es ausgeht, du befindest dich auf der sicheren Seite.«

»Ja, aber ich will den Titel kaufen.«

»Du hast also eine Spur! Ich hoffe, du bist dir sehr sicher, was du tust.«

»Ich bin, was die Dokumente anbelangt, keineswegs davon überzeugt, dass es sie überhaupt noch gibt. Es ist ein Schuss ins Blaue.«

»Du bist doch sonst immer so vorsichtig.«

»Da hast du wohl Recht.«

»Also, was läuft hier anders?«

»Eine Frau ist mit im Spiel.«

»Vielleicht solltest du erst mit Mendel reden.«

»Tu einfach, was ich dir sage, Nick.«

## 39

Das sonntägliche Mittagessen gehörte zu den Gepflogenheiten, die Sam am meisten hasste. Immer gab es Lamm mit Soße, Röstkartoffeln, matschiges Gemüse und als Nachspeise Pudding. Julie und sie ertrugen es stoisch, da sie Trevor liebten. Sam setzte sich, holte Walters Brief heraus und las ihn zum zehnten Mal durch. Und bei jedem Mal schmerzte es mehr.

*Hallo, Sam, da ich mir Sorgen um dich mache, habe ich durch eine renommierte US-Agentur erneut Richards Kreditwürdigkeit überprüfen lassen. Es gibt keinen eingetragenen Immobilienmakler diesen Namens, auch sind auf ihn keine Kreditkarten oder Bankkonten registriert. Er hat dir einen Scheck ausgehändigt, der von einem gewissen Mendel Mandelbaum ausgestellt wurde. Dieser besitzt in San Francisco ein Antiquariat, das auf alte Karten spe-*

*zialisiert ist. Er ist mittlerweile achtundsiebzig Jahre alt und hatte einen Sohn, der mit einem Mädchen mit irisch-spanischen Vorfahren verheiratet war; ein übler Bursche. Er ist aus den USA geflohen, nachdem er des Autodiebstahls angeklagt wurde. Er und seine Frau starben bei einem Unfall, ihr Sohn wurde dadurch also zur Vollwaise. Mandelbaum brauchte eine Weile, bis er seinen Enkel gefunden hatte, und nahm ihn dann bei sich auf. Von diesem Kind, das heute erwachsen sein muss, fehlt jede Spur. Ich nehme an, es handelt sich dabei um Richard. Der Scheck wurde eingelöst, man kann also davon ausgehen, dass der Alte ihm unter die Arme greift. Vielleicht hat er aus irgendwelchen Gründen seinen Namen geändert.*

*Zu Data Power, wo er angeblich einige Jahre lang gearbeitet haben will: Ich habe in ihrer Niederlassung in Bloomsbury angerufen. Es stellte sich heraus, dass in den vergangenen acht Jahren – damals wurde die Firma gegründet – weder dort noch in New York jemand unter diesem Namen gearbeitet hat.*

*Wer also steckt hinter Richard? Höchstwahrscheinlich Mendels schwarzes Schaf. Ich wette, er kostet dem Alten eine schöne Stange Geld. Vermutlich will er den Titel zu betrügerischen Zwecken erwerben. Sei vorsichtig – Walter!*

O Gott, wie schrecklich! Er hatte sogar selbst zugegeben, dass er den Titel nur wollte, um ihn – unter Vorspiegelung der Tatsache, dass wertvolle Urkunden dazugehören würden – weiterzuverkaufen. Sollte sie es offen zur Sprache bringen oder unter den Tisch fallen lassen, weil er Trevors Gast war? O verdammt!

Ihre Knie waren wie der Pudding, der auf den Tisch kommen würde, ihr Magen krampfte, ihre Augen brannten, und sie konnte sich nicht vorstellen, wie sie das Essen überstehen sollte. Am liebsten hätte sie sich in ein dunkles Loch verkrochen.

»Punkt eins gibt's Essen«, rief Helen laut.

Julie eilte herein. »Der Herzog hat sich verspätet.«

»Ich hab dir doch gesagt, du sollst ihn so nicht nennen«, blaffte Sam sie an.

»Warum wollt ihr mir meinen hohen Stand abspenstig machen?«, ertönte Richards Stimme von der Veranda.

Julie rannte auf ihn zu, gefolgt von Tasha, die an ihm hochsprang und ihm die Hand leckte.

»Hallo, Richard. Schön, dass Sie gekommen sind.« Trevor trat humpelnd aus seinem Arbeitszimmer. »Kommen Sie, ich hab hier drinnen einen ausgezeichneten Scotch versteckt.« Er wirkte sehr zufrieden, als er Richard in sein Büro führte, und Sam, die den beiden nur noch nachstarren konnte, war äußerst verblüfft, als sich Richard auf der Schwelle kurz umdrehte und ihr zublinzelte. Sie wäre fast in Tränen ausgebrochen.

In diesem Moment hörten sie aus der Küche einen spitzen Schrei. Mona, die ihrer Mutter beim Kochen half, wenn sie Gäste empfingen, jagte Porgy hinterher; Helens Gesicht war knallrot angelaufen, und Monas Augen waren so groß und rund wie Kiesel.

»Porgy ist gar nicht dumm«, sagte Mona. »Er hat mit der Schnauze die Kühlschranktür geöffnet und sich sofort über die Eiercreme hergemacht.«

»Entweder Porgy verschwindet, oder ich gehe! So einfach ist das.« Helen meinte es ganz offensichtlich ernst.

Sam griff sich eine Schürze. »Wir helfen alle zusammen. Ich mach eine neue Eiercreme. Komm schon, Julie! Der Boden ist rutschig. Lass ihn nicht die Creme auffressen. Bring ihm endlich Manieren bei.« Sie schlug dem Ferkel heftig auf den Hintern, das darauf quiekend davonrannte.

»He, was soll das? Du schlägst Tiere?«, war in diesem Moment Luthers Stimme zu hören.

»Leg ein weiteres Gedeck auf, Mona«, rief Sam, während Luther in grünen Shorts und einem gelben Unterhemd vom Garten hereingeschlendert kam.

»Er kann sich in diesem Aufzug nicht zu Tisch begeben. Dein Großvater bekommt einen Anfall!« Helen rümpfte die Nase. Sie mochte Luther nicht. Aber sie mochte sowieso keinen, der nicht zur Familie gehörte, wie Sam nach kurzem Überlegen feststellte.

»Ich bin nicht zum Essen gekommen«, sagte Luther. »Ich will Porgy trainieren. Ich werde mich so lange im Garten aufhalten.«

»Nein, das wirst du nicht tun.« Julie hakte sich bei ihm unter. »Ich brauche deine moralische Unterstützung.«

»Ist Porgy heute schon gefüttert worden?«, fragte Luther.

»Nein, warum?«

»Ich habe einen Futterautomaten mitgebracht – einen umgebauten Computer.«

»Klingt interessant! Werfen wir doch einen Blick darauf«, kam es von Richard, der soeben mit Trevor aufgetaucht war. Und schon begab er sich mit Luther und Julie in den Garten.

»Nur fünf Minuten«, rief Trevor ihnen noch hinterher. »Lasst Helen nicht warten. Manchmal frage ich mich, ob ich euch nicht doch eine strengere Erziehung hätte angedeihen lassen sollen. Was findet Julie eigentlich an diesem Kerl?«

»Lass dich von seinem Aufzug nicht täuschen. Er ist Anwalt. Und in seiner Freizeit setzt er sich für die Rechte der Schweine ein. Ich mag ihn.«

Trevor wirkte erleichtert. »Wenn du das sagst, Sam, dann verlass ich mich auf dein Urteil.«

Wirklich, dachte Sam. Ich traue mir nämlich selbst nicht mehr. »Großvater, ich mach mir große Sorgen«, begann sie und führte ihn wieder in sein Arbeitszimmer. »Walter hat Richards Kreditwürdigkeit überprüfen lassen, dabei stellte sich heraus, dass er überhaupt nicht existiert. Die Computerfirma, für die er angeblich gearbeitet hat, kennt ihn nicht.«

»Sein Scheck ist nicht geplatzt.«

»Nein, aber der stammte auch von seinem Großvater. Walter glaubt, dass er unseren Familiennamen benutzen will, um einen Betrug in großem Stil abzuziehen. Wenn er erst einmal den Titel besitzt, dann …«

»Sam, hör zu! Ich besitze eine gute Menschenkenntnis, und ich sage dir, dass Richard genau zu jenen gehört, die ich für besondere Einsätze ausgesucht hätte.«

»Ein größeres Lob gibt es für dich wohl nicht?« In dem Moment, in dem sie es sagte, bedauerte sie ihre Worte. »Entschuldige, Großvater. Ich mach mir eben Sorgen.«

»So bezeichnest du das also?«

»Manchmal kannst du einen ziemlich aus der Fassung bringen. Ich rufe die anderen zum Essen.«

Luther holte schließlich noch ein T-Shirt von seinem Motorrad, was Helen ein wenig besänftigte. Porgy wurde in den Stall gesperrt, und Richard zeigte sich an Luthers umgebautem Computer außerordentlich interessiert. Die Unterhaltung drehte sich um technische Einzelheiten und war äußerst langweilig.

»Du scheinst dich mit Computern gut auszukennen«, sagte Sam schließlich verärgert. »Bist du Programmierer?«

»Fast ins Schwarze getroffen, Sam. Von Zeit zu Zeit bin ich das nämlich.«

»Und für wen arbeitest du?« Sie war gehässig und fühlte sich abscheulich.

»Sam, ich hab dir gesagt, für wen ich früher gearbeitet habe. Mittlerweile steht es mir frei, zu tun und zu lassen, was ich will.«

»Dann bist du also bereits im Ruhestand? Noch ziemlich jung, meinst du nicht auch?« Ihre Augen flehten ihn geradezu an, ihr die Wahrheit zu sagen.

»In Wahrheit arbeite ich sehr viel, gerade in letzter Zeit.« Wieder zeigte sich sein amüsiertes Lächeln.

»Und was arbeitest du so?«

»Ich mache Geschäfte. Ich sehe etwas, das mir gefällt, kaufe es und verkaufe es wieder. Das müssen nicht unbedingt Grundstücke sein. Eigentlich dachte ich daran, euer Dorf zu leasen. Natürlich hätten die Einheimischen, du eingeschlossen, davon profitiert, abzüglich eines Anteils für mich.«

Ihr blieb die Luft weg, doch dann erkannte sie, dass sich Richard auf ihre Kosten lustig machte. »Lass dir was Besseres einfallen«, sagte sie.

»Das hier ist ein reizendes Dorf. Und sehr authentisch. Ein Hollywood-Produzent würde viel Geld für die Erlaubnis springen lassen, das Dorf als Filmkulisse zu nutzen. Zufällig kenne ich einen Regisseur, der drei, vielleicht sogar mehr Filme über Chaucer drehen möchte. Die Summe läge sicherlich im sechsstelligen Bereich. Die Dorfbewohner müssten natürlich einige Veränderungen vornehmen, nichts Gravierendes, ich habe mich bereits umgesehen. Sie und du, ihr könntet euch dann den Vorschuss teilen, was natürlich davon abhängt, wie Woodlands in der Endfassung des Films wegkommt. Mit eurer Erlaubnis würde ich als Agent fungieren und die Sache ins Rollen bringen.«

»Warum nicht?«, sagte Trevor trotz Sams anklagender Blicke.

»Siehst du, Sam, solche Dinge mache ich.«

»Sam, lass dieses inquisitorische Fragespiel«, mischte sich Julie ein. »Du bist nicht gut darin, und außerdem kannst du Richard sowieso nicht in die Enge treiben.« Es war offensichtlich, auf welcher Seite sie stand. Sam lief vor Wut rot an.

»Im Grunde bin ich ein sehr langweiliger Mensch, über den es sich nicht zu sprechen lohnt«, fügte Richard hinzu. »Sam und Julie hingegen, ihr seid faszinierend. Ihr stammt von Lady Godiva ab, das habe ich jedenfalls in der Bibliothek in Erfahrung gebracht. Das stimmt doch, oder?«

»Nach der Familienlegende ist das so«, antwortete Trevor. »Aber das weiß keiner so genau.«

»Im Gegenteil, Sir, die Linie der Rosslyns gehört zu den ältesten in ganz Großbritannien und ist sehr gut dokumentiert. Sie haben zwei sehr vorzeigbare Enkeltöchter, Trevor. Ich habe den Familienstammbaum noch über das ›Domesday Book‹ hinaus zurückverfolgt.«

»Du kaufst nicht den Familienstammbaum, sondern nur den Titel«, sagte Sam scharf. »Deine Vorfahren sind davon also nicht betroffen.«

»Aber du gehörst doch auch mit zum Paket, Sam?« Auf seinem Gesicht zeigte sich ein sehr breites Grinsen, seine blauen Augen leuchteten vor Vergnügen.

Trevor wechselte das Thema. »Wie steht's mit Ihren Vorfahren, Richard? Woher stammen die?«

»Ich bin zum Teil Jude, zum Teil Spanier und zum Teil Ire. Das typische Ergebnis der Einwanderer, die sich vor dem Zweiten Weltkrieg in die Neue Welt aufgemacht haben. Nichts Aufregendes, fürchte ich.«

Wieder einmal hatte er sich charmant der Gefahr entzogen, etwas über sich selbst preisgeben zu müssen. Er muss etwas zu verbergen haben, dachte Sam, wenn er sich so reserviert gibt. Sie war froh, als das Mittagessen vorbei war.

## 40

Es war fast sechzehn Uhr, und es war heiß. Die Familie hatte sich unter den Eichen niedergelassen und wartete auf den Tee. Nur Porgy war frustriert und musste hungern. Julie war wütend, weil sie glaubte, Luther ärgere ihn. Und auch Richard und Luther waren nahe davor, die Geduld zu verlieren.

»Er ist doch erst vier Monate alt«, jammerte Julie.

»Wenn er intelligent genug ist, den Kühlschrank zu öffnen,

dann kann er wohl auch dieses Ding bedienen«, erwiderte Richard.

Das »Ding« war ein umgebauter Schokoladenautomat, der mit einem im Gras liegenden Laptop verbunden war. Das Keyboard war durch drei schnauzengroße Tasten ersetzt worden. Drückte man auf die linke, war ein lauter Hupton zu hören, durch die rechte wurden einige Futterkügelchen freigegeben, die Taste in der Mitte aber schickte einen Biskuit, Porgys Lieblingssorte, in den Ausgabeschacht. Porgy wollte keine der drei Tasten drücken, dennoch trieb es ihn in den Wahnsinn, die Biskuits so nahe, aber unerreichbar vor sich zu sehen.

»Das ist grausam«, flüsterte Julie. »Ich beschwere mich beim Tierschutzverein.«

»Es ist nicht grausamer als deine Schulbesuche«, sagte Richard.

»Ich musste nicht verhungern, wenn ich keine Leistung gebracht habe.«

»Wir müssen alle verhungern, wenn wir keine Leistung bringen«, erwiderte Sam bitter. Sie versuchte, nicht an Walters Brief zu denken, was ihr aber nicht gelang; er schmerzte noch immer.

»Komm schon, Richard, lass doch mal deinen klugen, am Computer geschulten Verstand spielen, um dieses Problem zu lösen«, stichelte sie weiter.

Richard ging nicht darauf ein. »Wir sollten bedenken, dass der Mensch vor allem über die Augen wahrnimmt, Porgy jedoch vieles über den Geruchssinn.« Er rieb die mittlere Taste mit einem Marmeladenbiskuit ein. »Also aufgepasst!«

»Wo bleibt der Tee? Ich werde mal nachsehen.« Trevor ging ins Haus.

Porgy stieß seinen Rüssel auf die Taste, und ein Biskuit wurde ausgeworfen. Er stürzte sich darauf und fraß ihn, dann blickte er flehentlich zu Julie und grunzte. Schließlich lief er wieder zur mittleren Taste und presste seinen Rüssel darauf.

Zwei Minuten später war der Schacht leer.

Trevor kehrte mit John und einem Tablett mit Tee und Kuchen zurück.

»Hallo. Was geht denn hier vor sich?«

»Porgy wird ein Computergenie«, trällerte Julie.

»Ja, so eines wie Richard«, murmelte Sam.

»Was geschieht, wenn wir eines von diesen Cremehörnchen in den Schacht stecken?«, fragte John.

»Vermutlich blockiert es alles«, sagte Luther.

»Dann vierteln wir es eben.« John griff zu einem Messer. »Probieren wir's doch.«

Porgy ließ es in Rekordzeit aus dem Schacht kullern.

»Wir sollten lieber etwas entwerfen, das leichter zu reinigen ist«, sagte Richard zu Luther. »Und ich denke, wir könnten etwas viel Komplizierteres entwickeln, das Porgy die Möglichkeit gibt, genau das auszuwählen, was er will.«

»Und wie sollen wir das anstellen?«

»Ich kenne einen Laden, der uns alles macht, was wir wollen.«

»Welchen?«, fragte Luther.

»Überlass das mir.«

»Sei doch nicht so verdammt zugeknöpft, Richard. Wie heißt die Firma?« Sam fühlte sich erschöpft.

»Jetzt fängt das schon wieder an!«, warf Julie in gespielter Entrüstung ein. Als Sam sich umdrehte, sah sie, dass sich ihre Schwester das Lachen verkniff.

»Meine alte Firma Data Power. Die werden uns sicher gerne helfen.«

»Hast du gekündigt, oder wurdest du gefeuert?«, setzte ihm Sam zu.

»Sam, komm schon!« Julie wurde es allmählich peinlich.

»Sam, wenn du meinen Lebenslauf erfahren willst, warum fragst du mich nicht einfach danach?«

Seine Stimme war leise und verhalten. Sam allerdings starrte ihn finster an und konnte sich nicht des Gefühls erwehren, dass sie hinters Licht geführt wurde.

»Was ist mit euch beiden?«, fragte Julie. »Könnt ihr keine fünf Minuten zusammen sein, ohne einen Streit vom Zaun zu brechen?«

»Julie, der Weg der wahren Liebe verläuft niemals glatt und gerade«, erwiderte Richard.

»O Gott, ich bin das alles leid.« Sam erhob sich und stolzierte davon. Als sie später zurückkehrte, waren alle fort.

Zwei Tage später sah Sam Richards Wagen auf dem Parkplatz stehen. Sein rätselhaftes Verhalten schien ein Muster aufzuweisen: Drei Tage ließ er sich nicht blicken, am vierten tauchte er dann wieder auf. Sam wusste, dass sie ihn zur Rede stellen musste. Walters Brief, den sie immer wieder aufs Neue las, erfüllte sie mit Traurigkeit.

Sie fand Richard in der Bibliothek sitzen, wo er sich mit der Familiengeschichte befasste. »Richard, wir müssen miteinander reden. Ich kann so nicht mehr weitermachen, und du kannst es auch nicht. Früher oder später werden deine Lügen auffliegen. Hast du wirklich geglaubt, dass du uns so leicht hereinlegen kannst? Ich weiß alles über dich.«

»So?« Er errötete, was ihr eine ziemliche Genugtuung verschaffte.

»Ich habe diesen Brief von Walter bekommen. Tut mir Leid, Richard, aber du hast nie für Data Power gearbeitet, sie kennen keinen früheren Mitarbeiter unter deinem Namen – du bist noch nicht einmal der, für den du dich ausgibst. Und es gibt auch keinen Immobilienmakler unter deinem Namen. Nur einen alten Mann, der mit antiquarischen Karten handelt.«

»Darf ich das sehen?«

»Nur zu.« Sie reichte ihm Walters Brief. Plötzlich wurde ihr klar, dass es sie nicht gleichgültig ließ, was mit ihm geschah. Die Erkenntnis, ihn zu lieben, erschreckte sie.

»Wenn das dein ehemaliger Freund ist, spricht das nicht gerade für deinen Geschmack. Er ist ein Dummkopf. Du solltest dich nach jemandem umsehen, der etwas intelligenter ist, wenn er für dich schon das Marketing betreibt.«

»Richard, im Ernst. Ich möchte dir helfen. Ich habe Großes mit Woodlands vor. Wenn du willst, findet sich da auch etwas für dich.«

»Nach allem, was ich gehört habe, kannst du noch nicht mal die Löhne auszahlen. Warum willst du dann mich auch noch auf die Gehaltsliste setzen?«

»Ich will nicht, dass du in noch größere Schwierigkeiten gerätst. Außerdem ... na ja ... bist du mir nah, Richard.« Sie errötete.

»Du willst mich also vor mir selbst beschützen?«

»Ich will dir helfen. Und ich könnte einen guten Verkäufer brauchen. Du bist charmant und überzeugend. Wenn du willst, kannst du den Leuten alles verkaufen – warum also nicht auch Bier? Du könntest dir eine wunderbare Zukunft aufbauen. Versuch es doch wenigstens.« Sie trat vor, legte die Arme um seinen Nacken, zog sein Gesicht zu sich heran und sehnte sich danach, geküsst zu werden.

Sein ganzer Körper aber versteifte sich, und seine Lippen blieben so fern wie zuvor. »Du schmeichelst mir. Ich weiß nicht, was ich sagen soll.«

»Lüg nicht. Du weißt immer, was du sagen sollst. Aber du kannst in deinem Leben nicht so weitermachen wie bisher.«

Richard schob sie weg und wandte sich wieder seinen Büchern zu. »Sam, in jener Nacht ... Es war wunderschön, aber das heißt nicht, dass wir irgendeine Verpflichtung eingegangen sind. Ich meine ... Du schuldest mir nichts, und du denkst mit deinem Herzen, nicht mit deinem Verstand.«

»Hör auf, dich immer nur in deinen Büchern zu vergraben. Sie sind doch nichts anderes als eine Flucht aus der Wirklichkeit. Wir müssen miteinander reden.«

»Ja, der Meinung bin ich auch. Ich war nicht sehr freundlich zu dir, tut mir Leid. Ich habe heute nicht viel Zeit. Ich bin noch mit diesem Hollywood-Produzenten, von dem ich gesprochen habe, in London verabredet.« Widerstrebend legte er das Buch weg.

»Hör auf, mir was vorzumachen. Bist du Mendels Enkelsohn?«

»Ja.«

»Tut mir Leid, dass du so vieles hast durchmachen müssen … Ich meine, dass deine Eltern umgekommen sind. Verstehst du, Julie und ich, wir haben ebenfalls unsere Eltern verloren, aber Trevor hat sich um uns gekümmert. Vielleicht ist das der Grund, warum ich gerne möchte, dass du auf eigenen Beinen stehst. Bitte, Richard, zieh mein Angebot in Erwägung.« Sie sah, dass sie nicht zu ihm durchdrang.

»Du bist eine seltsame Frau, Sam. Sehr fürsorglich, sehr kompetent, aber du denkst die Dinge nicht zu Ende. Stell dir nur vor: Ich arbeite für dich, und du machst dich in eindeutiger Absicht an mich ran – dann könnte ich dich wegen sexueller Belästigung am Arbeitsplatz verklagen. Ich könnte ein Vermögen kassieren.«

»Wie kannst du es nur wagen, daran auch nur zu denken – ich würde mich nie während der Arbeit an dich ranmachen.«

»Siehst du! Deswegen kann ich nicht für dich arbeiten.«

»Dann fahr doch zur Hölle!« Sie war traurig und wütend und glücklich zugleich.

Er seufzte. »Komm her, Sam. Bitte. Ich möchte dich in den Armen halten, wenn ich mit dir rede.«

Langsam ging sie auf ihn zu und schloss die Arme um ihn.

»Ich bemühe mich wirklich redlich, dich nicht anzuhimmeln, aber es fällt mir verdammt schwer. Danke, Sam, bislang hat mir noch niemand ein solches Angebot gemacht. Aber ich muss meinen eigenen Weg gehen.«

Seine Lippen berührten sie, strichen über ihre Wange und kehrten dann zu ihrem Mund zurück. Sie waren weich und sehr sinnlich. Und dann löste er sich von ihr. »Vertrau deinen Instinkten, Sam, nicht deinem Kopf, und hör verdammt noch mal nicht auf Walter. Ich muss jetzt los. Ich habe wirklich einen Termin mit dem Typen aus Hollywood, der sich momentan in London aufhält. Treffen wir uns morgen zum Abendessen?«

»Warum nicht?« Sie zuckte mit den Schultern.

»Ich hätte das alles nicht sagen sollen«, murmelte sie, als sie ihn wegfahren hörte. »Es geht mich nichts an. Er wird immer seine Sachen durchziehen, bis er eines Tages im Gefängnis landet. Und er hat es auch nicht anders verdient.«

## 41

George Davenport sah kritisch in den Spiegel. Es schien ihm, als hätte sich in den letzten Jahren nichts verändert. Hier und da waren einige Äderchen dazugekommen, seine Haut alterte, aber in Maßen, er konnte keine Falten erkennen – vielleicht weil er ein wenig an Gewicht zugelegt hatte. Sein Gesicht war ein wenig röter als früher, er hatte ein leichtes Doppelkinn, nichts Ernstes. Gut, sein Haar war weiß, aber das war es schon seit dreißig Jahren. Es war noch immer dicht und gewellt, und seine blauen Augen sprühten vor Schärfe und Entschlusskraft. Keiner käme auf die Idee, dass er auf die achtzig zuging. George hatte herausgefunden, dass das Alter nicht existierte. Er fühlte sich wie mit zwanzig Jahren. Sein rechtes Knie machte ihm zu schaffen, aber das kam vom Krieg, und seine Haut war bei seinen Urlaubsaufenthalten auf den Bahamas durch die Sonne ein wenig in Mitleidenschaft gezogen worden. Er hatte zugenommen, weshalb er Mitglied des nächstgelegenen Fitnessclubs werden wollte.

Er hatte soeben Shireen angerufen, die sich einverstanden erklärt hatte, mit ihm zum Essen zu gehen. Er konnte nicht anders – er hoffte, sie wäre vielleicht ein wenig an ihm interessiert und würde in ihm nicht nur ein Familienmitglied sehen.

George straffte sich, ging in sein Arbeitszimmer und rief die Sekretärin der Brennerei an. »Miss Jones, bitte reservieren Sie zum Mittagessen im Annabelle's einen Tisch für zwei Personen. Ach ja, und melden Sie mich für acht Uhr morgens beim Fitnessclub an. Ja, täglich, gleich bei dem an der Brennerei, der reicht vollkommen. Und schicken Sie Blumen – irgendwas Besonderes – an folgende Adresse ...«

Der Anruf war für Shireen eine willkommene Überraschung. Ihr Leben war faszinierend, doch sie vermisste ihren Vater, weshalb es sie freute, dass Sams Onkel sie in seine Familie aufnehmen wollte. Auch wenn sie hundert Jahre alt werden würde, könnte sie den Rosslyns ihre Freundlichkeit kaum zurückzahlen. Zweifellos hatte Onkel Trevor mit George gesprochen und ihn gebeten, sie aufzusuchen, wenn er sich in London aufhielt. Er war ein lieber Mensch, und sie freute sich auf das Essen.

Wie schüchtern er aussieht, ging ihr durch den Kopf, als sie im Restaurant erschien.

Er sprang auf. »Ich hätte es niemals für möglich gehalten, mit einer so reizenden Frau wie dir zu Mittag zu essen, Shireen.« Mit einem Blick erfasste er ihren modischen Seidenanzug, der ihre langen Beine betonte, ihr rotes Stretch-Oberteil, ihr zu einem Knoten geschlungenes Haar, das ihren Schwanenhals noch mehr zur Geltung brachte.

Sobald sie Platz genommen hatten, vertiefte er sich in die Weinkarte.

»Für mich bitte keinen Wein, George. Ich habe noch zu tun, und der Nachmittag wird sehr anstrengend werden.«

»Erzähl mir davon. Aber lass uns erst bestellen! Es stört dich doch nicht, wenn ich Wein trinke?«

George war ein wunderbarer Zuhörer. Sie erzählte ihm, wie sie es geschafft hatte, an der Schauspielschule aufgenommen zu werden, und genoss es sehr, als er in schallendes Gelächter ausbrach. Dann sprach sie von den vergangenen drei Wochen, den Vorlesungen und wie sehr sie den Unterricht liebte. Die anderen Schüler seien großartig, und mit einigen von ihnen hätte sie sich bereits angefreundet. »Versteh mich nicht falsch; obwohl wir unseren Spaß haben, steckt dahinter äußerste Ernsthaftigkeit. Jeder gibt sein Bestes, jeder will Erfolg haben. Genau danach habe ich mich immer gesehnt. Selbst als Kind habe ich immer gewusst, was ich eines Tages tun werde. Und dann habe ich die Hoffnung verloren.«

»Es fällt mir schwer zu glauben, dass du jemals die Hoffnung verlieren könntest, Shireen. Du bist so temperamentvoll, so voller Leben.«

»Damals war ich es nicht. Du kannst dir nicht vorstellen, wie es in diesem öden, von rotem Staub bedeckten, flachen Land gewesen ist. Als wäre ich in der Zeit zurückgegangen. Meine Großmutter war so alt und verrunzelt, als wäre sie mindestens zweihundert Jahre alt. Sie hat mich gelehrt, zu dulden und Leid zu ertragen. Und später hatte ich verinnerlicht, dass jeder Wunsch egoistisch und falsch sei. Bei allem, was ich jetzt mache, plagen mich Schuldgefühle.«

»Shireen, hör mir zu. Es ist nicht falsch, wenn man versucht, sich selbst zu verwirklichen.« Er fasste nach ihrer Hand und klopfte damit gegen das Tischtuch, um seine Worte zu unterstreichen. »Du besitzt ein Talent, das dir von Gott gegeben wurde, und das solltest du auch nutzen. Du kannst der Welt etwas schenken, und keiner hat das Recht, sich dir in den Weg zu stellen. Ich verspreche dir: Wenn du einmal eine Rolle bekommen solltest, egal welche, dann werde ich die Produktion finanziell unterstützen. Reicht dir das als moralische Unterstützung? Ich glaube an dich, Shireen.«

Shireen zog ihre Hand zurück. War er nicht etwas seltsam? Nach einigem Nachdenken glaubte sie, eine Lösung gefunden zu haben. »Kann ich dich Onkel George nennen.«

»Natürlich, meine Liebe.«

»Du bist sehr freundlich, Onkel George, aber ich will nicht, dass du irgendwelche Dummheiten machst. Es reicht, wenn du mich moralisch unterstützt. Mein Vater, verstehst du, hat das nie getan. Er wollte, dass ich der Tradition gemäß heirate. Fast hätte ich mich darauf eingelassen. Wenn ich nur daran denke, läuft es mir kalt über den Rücken. Nur so viel hatte gefehlt, und ich wäre in die Maschine nach Indien gestiegen.« Ihr Daumen und ihr Zeigefinger, die sie ihm vor das Gesicht hielt, berührten sich beinahe.

George hörte aufmerksam zu, während sie erklärte, wie sie sich in Heathrow ihrem Vater widersetzt hatte. Er ließ ihr seine ungeteilte Aufmerksamkeit zukommen, und sie fühlte sich als etwas Besonderes. Es tat gut, sich alles von der Seele zu reden. »Ich habe Schuldgefühle. Ich habe meinem Vater das Herz gebrochen. Erst hat meine Mutter ihn verlassen, und jetzt ich. Er ist nun ganz allein. Er wird nie darüber hinwegkommen.«

»Doch, das wird er. Er war egoistisch. Er wollte sein Leben und deines noch dazu. Eines Tages wird er einsehen, was er getan hat. Aber du, du bist nicht allein. Du hast Sam, Trevor und mich. Seit dem Tod meiner Frau bin ich sehr einsam. Ich wäre gern dein Freund.«

»Wir sind Freunde, George. Himmel, es ist schon nach zwei! Ich muss mich beeilen.«

»Wir nehmen ein Taxi.«

Shireen wandte sich an George und hakte sich bei ihm unter.

»Danke, es geht mir jetzt viel besser mit meiner Entscheidung.« Seine Miene hellte sich auf; es machte sie glücklich.

»Wie wär's mit morgen Abend? Hast du Lust auf eine Show?«

»Morgen sind Proben, aber sonntags habe ich frei.«

»Das bekommen wir schon hin. Da sind wir ja. Viel Glück weiterhin.«

»Ja, und nochmals Danke für das Essen.« George half ihr aus dem Wagen und drückte ihr die Hand, und einen kurzen Augenblick lang beschlich Shireen eine böse Ahnung. In seinem Blick lag so viel Bewunderung.

Es war Montagabend nach einem fantastischen Wochenende. Shireen war gesegelt und geritten, sie war über Felsen geklettert und in der St. Margaret's Bay schwimmen gewesen. Sie fühlte sich entspannt und glücklich. Sie saß in einer Bar, hatte Notizblock und Stift gezückt, plauderte mit den Gästen und nippte an ihrem Apfelsaft. Sie erstellte für Sam eine Marktuntersuchung und versuchte herauszufinden, welche Klientel sich in den Pubs von Woodlands aufhielt, ob sie mit den Getränken und der Einrichtung zufrieden waren und welche anderen Lokale sie außerdem besuchten. Die Arbeit machte ihr Spaß, und sie lernte interessante Menschen kennen. Sie trug die letzten Notizen in ihren Block ein und stand auf, um sich vom Barmann zu verabschieden.

Shireen war fast rund um die Uhr beschäftigt. Sie stand jeden Morgen um fünf Uhr auf, machte ihre Hausaufgaben und lernte ihre Rollen; es folgten sieben Stunden an der Schule, dann war nur noch Zeit für eine kurze Dusche, bevor sie in den Pubs ihre Runden drehte. Manchmal war sie damit erst um elf Uhr fertig, und vor halb eins kam sie nur selten ins Bett. Die Zeit flog nur so dahin, und Shireen war glücklicher als jemals zuvor.

Als sie um Mitternacht nach Hause kam, klingelte das Telefon. Sie nahm den Hörer ab.

»Endlich bist du da«, meldete sich John. »Kommst du denn überhaupt noch zur Arbeit, Shireen?«

»Ich denke, du solltest mir lieber gratulieren. Hab ich dir nicht genug Rückfragen und mündlich erteilte Aufträge durchgegeben?«

»Doch, das hast du. Ich spreche nicht vom Geschäft. Du bist nie zu Hause.« Es folgte ein langes Schweigen. »Wie geht's dir?« Sie wusste, dass er versuchte, seine Stimme fröhlich klingen zu lassen. »Wie ist es an der Schauspielschule?«

»Ich musste heute vorsprechen. Ich hab die Rolle.«

»Meinen Glückwunsch! Wie wär's, wenn wir das feiern würden?«

»Gut.« Sie versuchte, ihren Widerwillen zu verbergen.

»Schön. Dann sehen wir uns um neunzehn Uhr in Sams Apartment. Okay?«

»Nein, tut mir Leid, nicht morgen.« Verdammt! Jetzt schmollte er schon wieder. Aber warum sollte sie es ihm erklären? »Ich bin zum Abendessen verabredet.«

»Shireen, ich habe dich diese Woche jeden Abend angerufen. Ich denke, du bist es mir schuldig, dass du mir sagst, was hier vor sich geht.«

»Ich denke, ich bin dir überhaupt nichts schuldig, John. Wir haben uns vor drei Jahren, bevor ich nach Indien ging, getrennt. Mein Privatleben hat nichts mit dir zu tun.«

»Und was war auf dem Bierfest?«

»Das war toller Sex, John, aber nicht mehr.«

»Miststück! Ich liebe dich. Hat das für dich keinerlei Bedeutung?« Er klang aggressiv, aber nicht liebevoll.

»Es jagt mir Angst ein.«

»Shireen, komm runter. Dir hat noch nie was Angst eingejagt. Bist du mit einem anderen zusammen?«

»Nein, aber ich genieße mein Leben. Sams Onkel George hat mich im Moment als seine Nichte adoptiert… bis ich auf eigenen Beinen stehe.«

»Er ist achtzig.«

»Ich weiß, aber er ist nett und einsam und ersetzt mir den Vater.«

»Das ist doch dumm – jemanden zu ersetzen, den man nicht ausstehen kann.« Er klang barsch; es war nicht der John, den sie kannte.

»Das ist nicht wahr. Du hast immer nur eine Seite von ihm gesehen. Außerdem hat das nichts mit dir zu tun. Ich habe nächsten Mittwoch Zeit, aber bilde dir nicht ein, dass du irgendwelche Ansprüche auf mich hast, John. Alles, was zwischen uns war, ist vorbei.«

»Für mich nicht.«

»Dann lass uns den Mittwoch vergessen.«

»Nein, warte. Es tut mir Leid. Mittwoch also. Ich hol dich um acht ab.«

»In Ordnung.«

Shireen legte auf und kauerte sich, das Gesicht zwischen den Händen, in den Sessel. Sie fühlte sich unmenschlich. Natürlich sollte sie John lieben. Aber sie tat es nicht, weil sie nicht lieben konnte. John war ein netter, etwas verlorener Junge. Er wirkte kompetent, war aber nie erwachsen geworden. Seine Mutter war früh Witwe geworden und hatte sich an ihn geklammert und ihn vor allem beschützt. Nun trieb er mit einem charmanten Lächeln durch das Leben, kam mit seinen Problemen nie zurecht und träumte davon, dass sich alles Weitere von allein ergeben würde. Eines Tages würde er durch etwas aufwachen, und dann würde er verdammt schnell erwachsen werden. Sie glaubte fest an ihn.

42 Das Klicken des Hörers, den John auf die Gabel knallte, ging ihm durch und durch. »Verpiss dich, Onkel George«, murmelte er.

Er ging zur Anrichte und schenkte sich einen Scotch ein. Als er aufblickte, fuhr er zusammen; im Türrahmen stand eine Gestalt. Es war Hans Kupi. Er trug einen teuren Mohair-Anzug, einen Siegelring mit Opal und eine elegante Frisur, die zu seinem harten Gaunergesicht so gar nicht zu passen schien.

»Verdammte Scheiße, Kupi, Sie haben kein Recht, einfach ohne anzuklopfen in die Häuser anderer Leute einzudringen! Sie haben doch jedes verdammte Wort mit angehört.«

»Es gab nicht viel zu hören, oder? Ihr Mädchen hat sich einen anderen gesucht.«

»Der ist achtzig Jahre alt und gehört irgendwie zu ihrer Familie. Im Moment hat sie nur die Rosslyns.«

»Und was springt für diesen Greis dabei heraus?«

»Wahrscheinlich redet er sich ein, dass sie auf ihn steht.«

»Wer ist es?«

»Ihm gehört die größte Brennerei in Großbritannien. Einer von der alten Adelsgarde. Sie haben wahrscheinlich schon von ihm gehört – Lord George Davenport.«

»Klingt bekannt.«

Kupi schritt steifbeinig in seiner eigenartigen, schwankenden Gehweise ins Zimmer. Ein steifes Bein? Eine Schussverletzung, oder hat er Jahre auf See zugebracht, fragte sich John.

Kupi grinste. »Vielleicht ist mir sein Name schon mal in der Zeitung begegnet. Shireen hat sich also einen wohlhabenden Liebhaber gesucht.«

»Shireen ist nicht hinter Geld her. Ihr Vater ist sehr reich, aber sie braucht viel Zuwendung, und die gibt er ihr wohl. In seinem Alter hat er ja nicht mehr viel zu tun.«

»Dessen wäre ich mir nicht so sicher. Jedenfalls, ich bin hier, um Geschäftliches zu besprechen. Wir sind nicht auf der Gewinnerstraße, mein Freund. Wir müssen drastischere Aktionen in die Wege leiten.«

»Was meinen Sie damit?«

»Hören Sie John, Sie werden Vorstandsvorsitzender einer riesigen Unternehmensgruppe, aber nur, wenn wir alle an einem Strang ziehen. Wir müssen härter vorgehen. Ein Brand im Büro wird Samantha zur Besinnung bringen.«

John zuckte zusammen. »Einen Moment, versuchen Sie nicht, mich da hineinzuziehen.« Er schritt auf dem ausgetretenen Teppich nervös auf und ab.

»Beruhigen Sie sich. Sonst ruinieren Sie diesen zerfledderten Vorleger noch vollends. Was Sie brauchen, ist ein guter Perserteppich, und wenn wir diesen Deal durchgezogen haben, werden Sie sich Hunderte davon leisten können. Und ein nettes Häuschen für Shireen. Das ist ein wenig Nervenkitzel doch wert, meinen Sie nicht auch?«

»Was heißt hier Nervenkitzel, um Gottes willen? Es handelt sich um einen alten Krüppel und zwei Mädchen. Das ist … nein, ich lass mich da nicht reinziehen.«

»Welcher Idiot tritt der Bruderschaft bei und glaubt dann, er könne sich einfach so aus dem Staub machen? Ich habe es Ihnen schon mal gesagt: Es gibt nur einen Weg nach draußen, und den beschreiten Sie mit den Füßen voraus.«

John versuchte, sich seine Angst nicht anmerken zu lassen. »Ich bin Ihnen nicht beigetreten, ich habe Ihnen nur einen Gefallen getan. Und ich versuche auch jetzt nicht, mich aus dem Staub zu machen; ich denke nur, es ist keine gute Idee.«

»Hören Sie zu, John. Neunzig Prozent aller Firmen, deren Unterlagen in Flammen aufgehen, sind innerhalb von sechs Monaten pleite. Sie wird verkaufen müssen, was gar nicht so schlecht wäre, wie Sie selbst gesagt haben.«

»Tun Sie doch nicht so, als wären Sie ein Wohltätigkeitsfonds für Greise und Enkeltöchter.«

Kupi brach in ein tiefes, kehliges Lachen aus. »Könnte doch sein, John. Dennoch sollten Sie die Türen zur Brauerei und zum Bürotrakt offen lassen und anwesend sein. Ich werde Ihnen den genauen Zeitpunkt mitteilen.« Er hielt kurz inne. »Ich habe Sie gewarnt, John. Entweder sind Sie dabei, oder Sie sind nicht dabei. Und sollten Sie nicht dabei sein, dann sind Sie so gut wie tot.« Er ging hinaus. John hörte, wie er den Wagen anließ und davonfuhr.

Wie hatte er sich nur in diese schreckliche Lage begeben können? Gab es wirklich keinen Ausweg? Er könnte Kupi umbringen. Der Gedanke erschreckte ihn zutiefst, doch dann wurde ihm bewusst, dass damit nichts gelöst wäre. Kupi war nicht der große Boss, den er so gerne hervorkehrte. Es stand ihm ins Gesicht geschrieben, dass er nur ein Untergebener, ein Handlanger war – kaum mehr als ein Botenjunge.

John nahm seinen Drink mit nach draußen und setzte sich auf die Gartenbank oberhalb des Flusses. Hier war alles so normal. So friedlich, so ländlich, so englisch. Was störte es, wenn er wenig Geld hatte? Trevors Welt wäre ihm lieber als Kupis. Doch dorthin zurückzukehren war leichter gesagt als getan.

Shireen hatte gut gegessen und getrunken und einen wundervollen Abend erlebt, doch nun strahlte Georges Blick eine schüchterne Botschaft aus: »Lass mich bei dir bleiben, schick mich nicht zurück in mein verwaistes Herrenhaus, wo nur eine Flasche Scotch zwischen mir und der unendlichen Leere steht.« Sie wusste, wie er sich fühlte. Sehnsüchtig starrte er über ihre Schulter in ihr helles, bequemes Wohnzimmer. Dann winkte er ihr zu, nahm eine beschwingte Haltung an und eilte davon.

Shireen seufzte und lauschte seinem Wagen, als er abfuhr. Dann hörte sie Schritte, und ein Schatten fiel über den Weg, während ein Mann mittleren Alters sich dem Eingang näherte. Sie musterte ihn: Er trug einen maßgeschneiderten Mohair-Anzug, eine teure Krawatte, sah aber wie ein ehemaliger Schwergewichtsboxer aus. Sein graues Haar war kurz geschnitten, er hatte ein kantiges Gesicht. Er war hässlich, und beim Geruch seines Aftershaves und seines nach Zigaretten riechenden Atems wurde ihr beinahe übel. Als er sie anlächelte, bemerkte sie einen Stahlzahn.

Sie versuchte, an ihm vorbeizuschlüpfen, um zum Parkplatz zu gelangen, doch er verstellte ihr den Weg.

»Nicht so eilig, Shireen. Ich bin der Freund von einem Freund. Hans Kupi.« Er schob sie vor sich her und zwang sie, in die Wohnung zu treten. Dann schloss er hinter sich die Tür.

»Verschwinden Sie hier, oder ich schreie um Hilfe.« Sie lief zum Schalter der Alarmanlage.

»Nein, das werden Sie nicht tun. Dazu sind Sie nicht der Typ. Sie haben noch nicht einmal Angst. Und die brauchen Sie auch nicht zu haben. Niemand wird Ihnen was tun. Ich wollte mit Ihnen nur Geschäftliches besprechen. Ich könnte Ihnen eine Menge Geld verschaffen.«

»Geschäfte interessieren mich nicht. Ich bin mitten in der Ausbildung, und mehr Geld, als ich verdiene, brauche ich nicht. Bitte gehen Sie!«

Verzweifelt überlegte sie, woher sie diesen Stahlzahn kannte. Wo hatte sie bereits von ihm gehört? Dann fiel es ihr ein. Sam hatte ihr von dem Übernahmeangebot und von der tschechischen Delegation erzählt. Einer von ihnen hatte einen Stahlzahn gehabt. Wenn das hier etwas mit Sam zu tun hatte, dann sollte sie ihm lieber zuhören. Sie setzte sich.

Kupi lächelte. »Ein eigenes Apartment, einen Wagen, ein wenig Taschengeld. Will das nicht jeder haben? Lassen Sie mich wenigstens ausreden. Ich bin wegen Ihres nicht mehr ganz so jungen Freundes hier. Ich weiß nicht, was Sie glauben, aus ihm herausholen zu können, aber ich könnte es so einrichten, dass diese Freundschaft für Sie sehr lukrativ wird.«

Sie sah ihm in die Augen und fragte sich, ob er ihren Hass bemerkte. Dann erst erinnerte sie sich an ihr schauspielerisches Talent und lächelte ihm zu. »Wollen Sie was trinken?«

»Einen Fruchtsaft, bitte. Ich habe Sie beobachtet, Shireen. Ich denke, Lord Davenport ist in Sie verliebt. Er würde alles tun, was Sie wollen.«

»Das bezweifle ich. Er ist ein sehr integrer Mann.«

Kupi nickte. »Aber er ist einsam, also anfällig und verletzlich.«

Shireen versuchte, interessiert zu wirken, während Kupi ihre zukünftige Rolle in seinen Plänen umriss.

»Und warum kommen Sie zu mir?«, unterbrach sie ihn. »Was macht Sie so sicher, dass ich an Ihrem Angebot interessiert bin?«

»Ich habe mich gefragt, was eine so attraktive junge Frau an einem alten Mann wie ihm wohl findet. Geld, natürlich. Was sonst? Und ich kann es Ihnen schneller beschaffen. Und dann gibt es ja auch noch Ihren Vater, der bereit ist, jede beliebige Summe aufzuwenden, um Sie in eine Maschine nach Indien zu verfrachten. Führen Sie mich also nicht in Versuchung, indem Sie ablehnen.«

Shireen spielte weiterhin die gelassene Zuhörerin. Eines war klar: Sie musste herausfinden, was sie von George wollten. Er konnte in Gefahr sein.

»Gut«, meinte sie. »Sagen Sie mir, was Sie von mir wollen.«

»So ist es gut, Shireen. Ich wusste, dass ich auf Sie zählen kann. Im Moment will ich von Ihnen fast nichts. Treffen Sie sich weiterhin mit George. Aber gehen Sie mit ihm nicht ins Bett. Das haben Sie doch noch nicht getan, oder?«

Sie musste sich zwingen, nicht lauthals loszuschreien; sie schwieg.

»Fragen Sie ihn nach seiner Arbeit und seinen Problemen«, fuhr Kupi fort. »Geben Sie ihm das Gefühl, dass Sie vielleicht eine feste Beziehung mit ihm eingehen wollen. Und bringen Sie ihn dazu, von seinen Exporten zu sprechen. Ich werde Sie Stück für Stück in Ihre Rolle einweisen.«

»Wenn Sie mir nicht genau sagen, was das alles soll, bin ich nicht interessiert. Ich will George keinen Schaden zufügen.«

Kupi gluckste. »Wahrscheinlich wird er dadurch nur noch reicher. Ihr Auftrag ist ganz einfach. Überreden Sie Lord Davenport, seinen Widerstand gegen ein Geschäft aufzugeben, das ich ihm vorgeschlagen habe. Überzeugen Sie ihn, dass Handelsbeziehungen mit Russland der russischen Wirtschaft und dem russischen Volk zugute kommen. Aber wenn Sie ihn zu sehr bedrängen, weckt das vielleicht sein Misstrauen. Immer sanft vorgehen, so lautet die Devise. Als Ziel schwebt uns vor Augen, dass die Osteuropäische Handelsgesellschaft alle seine Exporte in jene Länder abwickelt.«

»Und wenn er auf Ihren Vorschlag eingeht?«

»Dann werden andere folgen, und Sie bekommen dann eine sehr großzügige Gratifikation. Genug für ein einträgliches Auskommen. Aber sollten Sie mich hinters Licht führen wollen, Shireen, dann landen Sie in Delhi. Verstanden? Ach, übrigens, ich habe ein Foto für Sie. Ihr Verlobter in Indien. Sie haben ein Vermögen ausgeschlagen, wussten Sie das? Und er wartet noch immer auf Sie.«

Er warf eine Fotografie auf den Tisch. Shireen erblickte ein Antlitz, wie sie es in ihren zahlreichen Albträumen gesehen hatte. Sie rang nach Luft und konnte ihr Entsetzen nicht verbergen. War sie eine Hellseherin? Das gleiche Gesicht. Es verschlug ihr die Sprache. Dann zog Kupi einen Umschlag aus der Innentasche seines Jacketts und legte ihn neben das Foto.

»Zuckerbrot und Peitsche, Shireen, hier liegen sie. Suchen Sie sich das Richtige aus.« Damit verließ er ihre Wohnung und schloss leise die Tür.

Shireen wartete zehn Minuten, bis sie sich sicher war, dass Kupi nicht zurückkehrte. Dann rief sie George an.

43 Die Sonne war noch nicht aufgegangen, am Horizont aber zeigte sich bereits der erste helle Streifen der Morgendämmerung, als PKWs und Lieferwagen durch die Einfahrt zu Woodlands bogen und vor dem Haus parkten. Die Dinge standen gut, entschied Sam.

Sie war früh aufgestanden und hoffte, ein Verkehrschaos vermeiden sowie die Wagen davon abhalten zu können, ihren Rasen in ein Schlammfeld zu verwandeln. Es sollte ein großer Tag für Julie und Luther werden, allerdings war sich Sam nicht sicher, ob das auch für sie gelten würde. Porgy sollte vor zahlreichen TV-Kameras seinen Computer-Parcours absolvieren, was live im Frühstücksfernsehen gesendet werden sollte.

Sam kam soeben von Julie, die Porgy für die Sendung vorbereitete, ihn striegelte und ihm seinen weißen, gestärkten Kragen mit der roten Fliege umlegte. Die Neuigkeiten hatten sich herumgesprochen, und außerhalb von Woodlands streckten treue ARGUS-Anhänger ihre Plakate den Journalisten vor die Nase, die sich das Medienereignis nicht entgehen lassen wollten.

Ein kleiner roter Wagen kam auf sie zugeprescht, bremste scharf und wühlte dabei den Kies auf. Luther stieg aus; er trug einen neuen, modischen anthrazitfarbenen Anzug.

»Hmm! Wenn Julie nicht wäre, würde ich selbst ein Auge auf dich werfen.«

»Mit Schmeicheleien erreichst du alles, Sam.« Er grinste. »Der Kragen ist zu eng.« Er fuhr sich mit dem Finger am Hals entlang. »Muss wohl zugenommen haben, seit ich dieses Hemd zum letzten Mal getragen habe. Wie ich gesehen habe, lassen die Demonstranten nichts unversucht, um ins Fernsehen zu kommen. Wie steht's mit Bowles?«

»Wir verkehren nur noch über unsere Anwälte«, antwortete Sam, »aber diesmal hoffen wir wirklich nachweisen zu können, dass er der Brauerei Schaden zufügt. Dann sind seine Tage hier so gut wie gezählt. Nach der Sendung werde ich unseren Anwalt auf ihn ansetzen.«

»Ich denke, dein Wunsch wird in Erfüllung gehen. Draußen steht eine Frau mit einem Plakat, auf dem zu lesen ist: ›Woodlands' Schweine – Tiere in Einzelhaft – boykottiert Woodlands' Bier.‹«

»Das ist Rosemarys Freundin. Sobald sie von den Kameras gefilmt wurde, kann sie auf einen Kaffee zu uns kommen. Glaubst du, du kannst den Kameramann bitten, kurz die Demonstranten aufzunehmen, während er auf Porgy wartet?«

»Ich werde es versuchen. Wo ist Julie?«

»Sie striegelt Porgy.«

»Hoffentlich füttert sie ihn nicht. Er muss Hunger haben. Voll gefressen ist er ein fauler Tropf.«

»Keine Sorge, Luther. Du hast das verdammte Schwein wochenlang trainiert. Jetzt musst du einfach sehen, wie es damit zurechtkommt.«

»Ohne Richards Hilfe wären wir nie so weit gekommen. Er hat den Computer entworfen.« Luther sah sie eindringlich und vielsagend an. Sam errötete.

Kurz danach rollte einer der Übertragungswagen zu den Demonstranten, die ihre Slogans brüllten. Erst nach einer guten Viertelstunde kehrte er wieder zurück. Kevin, der Programmdirektor, ein runder, rotwangiger Mann mit Glatze und schelmischen Augen, erklärte allen, welche Einstellungen er wollte und wo jeder zu stehen hatte.

Eine halbe Stunde später waren sie bereit. Und dann trat Julie aus der Terrassentür der Bibliothek, und die Kameraobjektive zoomten auf sie. Sie sah blendend aus in ihrem weißen Top und ihren Jeans. Das Haar fiel ihr über die Schultern. Sie trug Porgy in den Armen, der nervös die Augen rollte.

»Guten Morgen, hier ist Kevin Blaine. Wir befinden uns an diesem wunderbaren Morgen in der Woodlands-Brauerei in

Kent und wollen die Behauptung von Martin Luther Keyes und Julie Rosslyn etwas genauer unter die Lupe nehmen – die beiden meinen nämlich, Schweine seien keine schmuddeligen Schlammwühler, sondern sensible, intelligente Wesen mit einem IQ, der höher sei als der von Haushunden. Und außerdem hätten sie Ansprüche, die das Leben in einem gewöhnlichen Schweinestall zur Hölle machen. Also, meine verehrten Zuschauer, wünsche ich Ihnen guten Appetit, sollten Sie zufällig vor Ihrem Frühstück sitzen und Eier mit Schinken oder Schweinswürstchen verspeisen.«

Die Kamera fuhr zurück, während Julie auf Luther zuschritt. Auf dem Bildschirm waren nun alle drei vereint zu sehen.

»Luther ist ein Vertreter von ARGUS, dahinter verbirgt sich, wie Sie vielleicht wissen, die Organisation zum Schutz landwirtschaftlicher Nutztiere. Und hier ist Porgy, ein gewöhnliches Hausschwein, das einen Computer zu bedienen gelernt hat. Und seine beiden Trainer, Luther und Julie, werden ihn nun gleich durch sein Programm führen. Luther, warum quiekt Porgy?«

»Er ist noch nicht gefüttert worden.« Luther räusperte sich. »Der Computer ist seine Speisekarte. Selbstbedienung, wie Sie sehen können.« Er zeigte auf die Bilder über den Tasten. »Porgy wählt aus, was er fressen möchte, und drückt dann diese breiten Computertasten. Er trifft seine Auswahl, indem er die oben angebrachten Bilder betrachtet. Anfangs wählte er nach seinem Geruchssinn, mittlerweile aber hat er gelernt, die Bilder zu erkennen – ein gewaltiger Fortschritt, da das Erkennen von Bildern auf abstrakter Logik beruht. Er quiekt, weil er es kaum noch erwarten kann.«

Kevin trat vor. »Okay, fangen wir an!«

Julie und Luther wirkten nervös, doch Porgy benahm sich wie ein richtiger Profi. Er trottete zum Computer, besah sich die Bilder, legte den Kopf erst zur einen und dann zur anderen Seite.

»Nicht einfach, diese Entscheidung«, sagte Kevin mit einem Lachen.

Porgy kam zu einem plötzlichen Entschluss, wählte ein Cremehörnchen, drückte die dazugehörige Taste und stürzte sich auf das Hörnchen.

»Nun, das ist interessant«, sagte Kevin, als Porgy zum zweiten Gang zurückkam. »Porgy will kein weiteres Hörnchen, sondern einen Apfel. Er bevorzugt eine ausgewogene Ernährung.«

»Das ist unser Porgy«, sagte Julie. »Luther und ich sind Vegetarier, wir haben ihn entsprechend erzogen. Sieht man von seiner Schwäche für Cremehörnchen ab, liebt er Obst, Getreideflocken und Gemüse.«

Alle konnten dies sehen, als Porgy die Taste für sein Müsli drückte.

Als der erste Hunger gestillt war, wurde Porgy übermütig, machte einen Satz zur Seite und schnappte sich den langen Seidenschal von June, dem Scriptgirl.

»Porgy, bring ihn sofort zurück«, sagte Luther streng. Porgy kam angetrottet und legte ihm den Schal zu Füßen. »Tut mir Leid, June. Manchmal ist er wie jedes junge Tier – frech und übermütig, aber er hat seine Spielsachen und sein Xylophon, damit ihm nicht langweilig wird.«

»Und Sie, Julie, wie fühlt man sich, wenn man ein Ferkel aufzieht?«, fragte Kevin.

»Anfangs dachte ich, es sei ein großer Spaß, aber mittlerweile habe ich mich richtiggehend in Porgy verliebt. Er ist clever und der perfekte Gefährte, er ist aber auch gierig und flegelhaft und eine schreckliche Plage. Es hat nicht lange gedauert, bis er wusste, wie der Kühlschrank zu öffnen ist. Das gibt doch zu denken, nicht wahr?«, sagte sie zu Kevin. »Der Gedanke, dass Porgy sein gesamtes Leben in einer Box zubringen müsste, die so klein ist, dass er sich noch nicht einmal bewegen kann, ist einfach schrecklich. Aber es wäre beinahe geschehen. Und darum geht es hier bei dieser Aktion: Wir wollen verhindern, dass weiterhin Nutztiere unter solch grausamen Bedingungen leben müssen.«

Die Kamera schwenkte auf Julie und ihr hübsches Gesicht, das nun so traurig aussah, dass das Herz jedes Schweinezüchters schmelzen müsste, dachte Sam – ausgenommen das von Bowles natürlich.

»Also, liebe Zuschauer unserer Sendung, denken Sie darüber nach, wenn Sie mal wieder so richtig zugreifen. Unsere Zeit ist um, wir verabschieden uns von Porgy, dem liebenswürdigen Ferkel, und seinen bewundernswerten Pflegeeltern, Julie und Luther von ARGUS.«

Zufrieden, dass sein Computer so gut funktioniert hatte, schaltete Richard in seinem Londoner Hotel den Fernseher aus, ging auf ein spätes Frühstück nach unten und kehrte dann in sein Zimmer zurück, um noch die letzten Dokumente durchzusehen, die er mit einem profitablen Erlös an das Rosenheim-Museum in Los Angeles verkaufen würde. Sie gehörten zu Ranulf Higdens 1364 verfasstem »Polychronicon« und beschrieben Lady Godivas Ritt durch Coventry und wie Leofric, Graf von Mercia, die Bürger der Stadt von sämtlichen Steuern befreite außer der auf Pferde.

Das Dokument, das Richard jedoch am meisten faszinierte, war eine Handschrift auf Pergament, verfasst vom Abt der Benediktinerabtei St. Werburgh in Chester, wo Ranulf sein gesamtes Leben verbracht hatte. Das Pergament führte alle Unterlagen Ranulfs auf, darunter auch der berühmte Steuererlass, die im fünfzehnten Jahrhundert zum Kloster in Coventry gesandt wurden. Eine weitere Notiz, von einem späteren Abt unterzeichnet, wies darauf hin, dass diese Dokumente Leofrics Erben nicht zurückgegeben worden waren; wer diese jedoch waren, wurde nicht erwähnt.

Das gesamte vergangene Jahr hatte Richard versucht, diese Nachkommen aufzuspüren; ein nahezu aussichtsloses Unterfangen, da alle aus Coventry weggezogen waren und ihre Namen geändert hatten. Er wollte bereits aufgeben, als sein Großvater Sams Anzeige entdeckt hatte. Wäre sie nicht gewesen, wäre er zweifelsohne niemals auf die Rosslyns gestoßen. Und jetzt, nach dreimonatigen Recherchen, die ein ortsansässiger Genealoge für ihn unternommen hatte, stand eindeutig fest, dass die Familie der rechtmäßige Besitzer dieser Dokumente war. Wahrscheinlich war der gesamte Packen bei den verheerenden Luftangriffen, denen Coventry während des Zweiten Weltkriegs ausgesetzt war, zerstört worden, doch noch gab es eine hoffnungsvolle Spur: einen im Dezember 1939 ausgestellten Beleg des Britischen Museums, wonach gewisse Dokumente bei Kriegsausbruch dort in Sicherheit gebracht worden waren.

Bislang war seiner Suche Glück beschieden gewesen, nun aber kam er nicht mehr voran: Ihm wurde die Erlaubnis verweigert, diese Archive in Augenschein zu nehmen. Es war frustrierend und ärgerlich. Er wollte nicht aufgeben.

Während er so vor sich hin brütete, erinnerte er sich plötzlich an Emma Goldstein, die zwar in einer völlig anderen Abteilung des Museums arbeitete, aber dennoch immensen Einfluss auf ihre Vorgesetzten ausübte.

Es war einen Versuch wert. Er rief ihre Sekretärin an und ließ sich für den Nachmittag einen Termin geben.

Pünktlich um drei Uhr schritt er durch den imposanten Eingang und begab sich in ihr voll gestopftes Büro. »Hallo, Emma.«

»Hallo, Richard! Einen Moment noch, lass mich erst diese Papiere wegräumen.«

Emma strahlte ihn geradezu an: Richard war der Mann, den sie am meisten bewunderte. Emma wusste, dass sie aus ihrer Zuneigung keinen Hehl machte, aber in ihrem Alter durfte sie anhimmeln, wen sie wollte. Außerdem, redete sie sich ein, was machten schon ein paar Jahrzehnte, wenn sie beide mit alten Manuskripten zu tun hatten?

Sie hatten sich zwei Jahre zuvor kennen gelernt, als Richard von ihrem Chef Irwin Maxwell, dem Kurator der Abteilung, eingeladen worden war, um einige Dokumente zu prüfen, die ihnen von einer alten Adelsfamilie vermacht worden waren. Sie hatte nicht geglaubt, dass er ihre Assistententätigkeit überhaupt wahrgenommen hatte, doch einige Tage später erschien er mit einem Blatt aus Caxtons Originaldruck des »Polychronicon« als Geschenk und einer Einladung zum Abendessen.

Niemals zuvor hatte sie so viel Spaß gehabt. Sie teilten die Liebe zu griechischen, lateinischen und altenglischen Heldenepen und unterhielten sich, bis sie vom Kellner zum Gehen aufgefordert wurden. Nachdem sie eine Café-Bar gefunden hatten, die die ganze Nacht über geöffnet hatte, diskutierten sie bis zum Morgengrauen.

Auf ihre vorsichtigen Fragen hin erfuhr sie, dass Richard als Computerprogrammierer begonnen hatte. Er hatte mit einundzwanzig Jahren eine eigene Firma gegründet und mit sechsundzwanzig alle seine Patente verkauft, wodurch er über Nacht zum Millionär geworden war. Von diesem Zeitpunkt an widmete er sich nur noch seinem Hobby: dem Studium der mittelalterlichen Literatur.

Mit einem Ruck zwang sie sich, zur Gegenwart zurückzukehren.

»So, nun bin ich so weit.« Sie knallte die Schranktür zu. »Es kann losgehen. Aber zuerst erzählst du mir, warum du so bedrückt aussiehst.«

Richard versuchte, eine fröhlichere Miene aufzusetzen, was ihm allerdings kaum gelang. »Emma, ich bin etwas sehr Aufregendem auf der Spur, aber mir läuft die Zeit davon, und ich komme nicht in die Archive. Ich brauche unbedingt deine Hilfe.«

»Willst du Kaffee?«

»Wäre toll.«

Emma füllte zwei Tassen aus ihrer Thermoskanne – was nicht die schlechteste Möglichkeit war, guten Kaffee zu bekommen – und runzelte die Stirn, als er in immer lyrischeren Tönen von seiner letzten Jagd durch die Archive der altenglischen Geschichte erzählte. Ob er jemals verliebt gewesen ist?, fragte sie sich plötzlich. Keine Frage, mit seinem schwarzen Haar und seinen dunkelblauen Augen war er so attraktiv, dass er jede Frau bekommen konnte, wenn er nur wollte. Aber gab es denn eine Frau, die es wirklich mit seiner Leidenschaft aufnehmen konnte? Wenn sie selbst vierzig Jahre jünger gewesen wäre, hätte sie ihm fraglos nachgestellt.

Richard schnalzte mit den Fingern. »Emma, konzentrier dich! Wo bist du mit deinen Gedanken? Wie du weißt, ist es bereits einige Monate her, dass ich in einer Abtei in Chester eingemauerte Dokumente aufgespürt habe. Darunter fanden sich von Ranulf Higden persönlich verfasste Handschriften.«

Emma blieb fast die Luft weg. »Ich wusste, dass du einen Durchbruch erzielt hast, wusste aber nicht genau, was es war.«

»Also, in diesen Fragmenten schreibt Higden, dass sich in seinem Besitz der Erlass von Godivas Gemahl befunden habe, durch den dieser die Bürger Coventrys von allen Steuern – außer der Pferdesteuer – befreit hatte, nachdem seine Frau nackt durch die Stadt geritten war. Es besteht die Möglichkeit, dass dieses Dokument noch existiert, und wenn das der Fall sein sollte, will ich es finden.«

»Das ist äußerst unwahrscheinlich, Richard.«

»Trotzdem, ich habe da so ein Gefühl. Nenne es Instinkt, wenn du willst. Ich war mir nie sicherer. Nun habe ich den Nachweis, dass die Dokumente den Nachfahren von Lady Godiva zurückgegeben werden sollten und zu diesem Zweck an das Coventry-Museum geschickt wurden. Meiner Theorie zufolge aber wollte der Abt in Chester sich davon nicht trennen; vielleicht wusste er nicht, wer die wirklichen Erben waren. Jedenfalls bin ich auf eine Bescheinigung des Britischen Museums gestoßen, wonach dort für die Dauer des Zweiten Weltkriegs zur sicheren Aufbewahrung Dokumente aus Coventry eingelagert worden sind.«

»Wie lang hast du denn dafür gebraucht?«

»Das war monatelange harte Arbeit. Aber nun komme ich nicht mehr weiter. Seitdem ich versuche, diese Dokumente einzusehen, werde ich abgewiesen. Kannst du deinen Einfluss geltend machen, um den Grund dafür herauszufinden?«

Sie benötigte dafür zwei, drei Anrufe. »Die Dokumente gehören den Erben von Lady Godiva, und erst wenn die rechtmäßigen Eigentümer gefunden sind und diese – und nur diese – ihr Einverständnis erteilen, sie in ihrem Namen einzusehen, werden sie zugänglich gemacht. Außerdem weiß man nicht, wer die Erben sind, aber man weiß, wer du bist und dass du normalerweise amerikanische Mandanten ins Spiel bringst, die die von dir aufgespürten Dokumente erwerben. Es reicht ihnen allmählich, dass britische Schätze ständig in amerikanischen Museen landen.«

Er lachte. »Sie können die Angebote ja ablehnen. Emma, wenn ich den Nachweis liefere, dass ich der Eigentümer der Dokumente bin, kannst du mir dann die Erlaubnis besorgen, sie einzusehen?«

»Großer Gott! Natürlich kann ich das, Richard. Aber hast du denn diesen Nachweis?«

»Sicher. Ich gebe ein Vermögen dafür aus, aber vorher wollte ich wissen, ob die Dokumente wirklich hier sind. Es wird einige Tage dauern, bis ich alles zusammen habe, aus dem zweifelsfrei hervorgeht, dass die Familie, der ich sie abkaufe, wirklich der rechtmäßige Erbe ist. Ich erwerbe nämlich ihren Titel – Lord of the Manor –, verstehst du. Und dazu gehören auch diese Dokumente.«

Er erhob sich und reichte ihr die Hand.

»Viel Glück, Richard, ich hoffe, dass du Recht hast.«

Als Richard das Museum verließ, fühlte er sich euphorischer als jemals zuvor. Die Dinge liefen endlich wieder so, wie er es wollte.

In dieser Nacht konnte er nicht schlafen. Er machte sich Gedanken über sein bisheriges Leben und musste sich eingestehen, dass seine Liebe zu alten Manuskripten auf sehr ungewöhnliche Weise zustande gekommen war.

Als Junge hatte er ausschließlich in der Welt der Computer gelebt. Um Mendel eine Freude zu machen, betrachtete er hin und wieder die alten Karten oder half im Antiquariat aus – was manchmal zu einer sehr unangenehmen Pflicht wurde, vor allem an jenem Samstagmorgen. Er war vierzehn Jahre alt, seine Libido hatte schmerzhafte Ausmaße angenommen, und er wollte mit Freunden zur Mall gehen, wo sich die Mädchen aus der neunten Klasse regelmäßig versammelten. Er war entschlossen, mit einer von ihnen ins Gespräch zu kommen. Mendel jedoch hatte ihn in seinen Laden gerufen. »Schau dir das mal an, mein Junge«, sagte er und hielt eine alte Karte gegen das Licht, während ihr Besitzer nervös am Ladentisch wartete. »Betrachte das Wasserzeichen. Daran ist zu erkennen, dass sie aus dem siebzehnten oder achtzehnten Jahrhundert stammt. Bis zu diesem Zeitpunkt wurde transparentes Papier verwendete, sodass das Wasserzeichen im Gegenlicht sichtbar wurde. Später gebrauchte man dickeres Papier, auf dem es nicht mehr so leicht zu erkennen war.« Mendel stöhnte, als er sich über den Tisch beugte. Kurz darauf griff er sich an den Rücken und lächelte wehmütig.

»Siehst du, Richard, das Gitter, auf dem das Papier damals getrocknet wurde, war in jener Zeit immer etwas unregelmäßig und zeichnete sich auf dem Papier ab, wenn es trocken war. Das Muster auf diesem Blatt ist jedoch regelmäßig. Also bedeutet das, dass es sich hierbei um eine Fälschung handelt. Die Karte wurde vor nicht allzu langer Zeit auf modernem Papier gedruckt.«

Er grinste triumphierend, während Richard seine Ungeduld verbarg; er hätte sich längst mit seinen Freunden treffen wollen.

»Und jetzt zum Druckverfahren«, fuhr Mendel fort. »Auf alten Tafeln ist deutlich zu erkennen, dass die damaligen Druckerpressen sehr ungleichmäßig Druck ausübten; schwarze Linien variieren also in ihrer Dicke. Natürlich, wenn man heute alte Druckerpressen mit altem Papier und alten Platten verwendet, würde keiner den Unterschied bemerken. Es gibt sogar noch einige dieser alten Pressen, mit denen immer noch Karten hergestellt werden. Doch die Platten sind mittlerweile so abgeschliffen, dass die meisten Bilder nachträglich per Hand eingezeichnet werden müssen. Man kann sie also relativ leicht erkennen. Niemand weiß mehr, wie diese alten Platten neu zu gravieren wären. Ich muss ihm leider sagen, dass seine Karte eine Fälschung ist. Meinst du, du kannst so lange im Laden bleiben, bis ich von meinem Physiotherapeuten zurückkomme? Mein Rücken bringt mich noch um.«

Natürlich sagte er ja.

Mendel hatte Richard den Samstag verdorben, doch eine Woche später war er in einem Trödelladen auf eine alte Karte von Barbados gestoßen, die er für fünf Dollar erstand. Sie war echt. Sein Großvater verkaufte sie für ihn, und so konnte er sich den Computer seiner Träume anschaffen.

Richard dachte an den »Godiva-Kontrakt«, wie er genannt wurde. Gewöhnlich kaufte und verkaufte er im Namen der großen Museen und erhielt für seine Aufwendungen einen nicht geringen Anteil des Kaufpreises. Aber nicht der finanzielle Gewinn bereitete ihm Freude, sondern die Suche, das oftmals endlose Stöbern in der Vergangenheit, um seltene Schätze zu heben, die in staubigen Archiven vor sich hin schlummerten.

Aber seit kurzem hatte er es nun auch mit den Machenschaften des übellaunigen Schicksals zu tun: Er konnte Sam nicht aus seinen Gedanken verbannen und hatte sie bereits viel zu oft gesehen. Wenn er an sie dachte, geschah es mit einer seltsamen Heftigkeit, die ihn fast zu Tode ängstigte. Wenn sie herausfinden würde, was der wirkliche Grund für seine häufigen Besuche war, dann dürfte wahrscheinlich die Hölle über ihn hereinbrechen.

44 Es war ein wunderbarer Abend, obwohl sich in die vom Meer und Fluss aufsteigenden Nebel bereits die erste herbstliche Kühle mischte. Das Laub färbte sich gelb, einige Blätter waren schon gefallen, und der Sommer war fast vorüber. Daran dachte John, als er am Holzgeländer lehnte. Er vermisste Shireen, denn er liebte sie noch immer, hatte aber jede Hoffnung aufgegeben. Plötzlich kam ihm ein Gedanke: Seine Liebe zu ihr war so kostbar, dass sie ihm niemand wegnehmen konnte. Er musste nicht aufhören, sie zu lieben, nur weil seine Gefühle nicht erwidert wurden.

Das Telefon schrillte und holte John wieder in die Gegenwart zurück.

»O Gott, Kupi, hab ich nicht auch einmal einen freien Tag verdient? Heute ist Sonntag!«

»Morgen!«, sagte Kupi nur.

Johns Magen krampfte sich zusammen, sein Mund war wie ausgedörrt, er fühlte sich elend. »Hören Sie zu, Kupi, mit Brandstiftung will ich nichts zu tun haben. Mein letztes Wort. Es ist mir egal, was Sie tun und lassen, ich liefere Ihnen Informationen, mehr nicht.«

»Sie kennen die Regeln. Ich habe sie nicht erfunden. Außerdem arbeitet Shireen auch für mich. Sie beide stellen ein wunderbares Team dar. Sie wollen doch nicht, dass sie ebenfalls als Defätistin betrachtet wird, oder?« Allein schon Kupis Tonfall ließ erkennen, mit welchen Konsequenzen in diesem Fall zu rechnen wäre.

»Sie lügen! Sie würde niemals ...«

»Ein nettes Mädchen wie sie braucht ein wenig Taschengeld. Sie setzt ihre Reize ein, um Davenport zu beackern. Es dürfte nicht mehr lange dauern, bis er zu Verstand kommt. Hören Sie gut zu! Um zwanzig Uhr dreißig findet im Old Barn eine Versammlung statt. Um Punkt einundzwanzig Uhr treffen wir uns am Eingang zur Brauerei.« Er legte auf.

»O Gott!«, stöhnte John laut auf. »Hilf mir.«

Trotz des strömenden Regens kamen die Anwohner in Scharen. Über fünfhundert Menschen drängten sich im Old Barn, das eigentlich nur etwa dreihundert fasste. So etwas war im verschlafenen Bourne-on-Sea noch nie vorgekommen, weshalb die meisten Dorfbewohner in heller Aufregung waren.

Die Anzeige im Lokalblatt hatte gelautet: »Die bekannte Filmproduktionsfirma Jackson Bros, Inc., aus Hollywood ist daran interessiert, das Dorf Bourne-on-Sea als Kulisse für eine Filmreihe zu verwenden, die auf Chaucers ›Canterbury-Tales‹ basiert. Eine Diskussion darüber findet am siebten September, um zwanzig Uhr dreißig im Old Barn statt.«

Sam wand sich. Richard würde ziemlich dumm dastehen, wenn seine Filmidee den Bach runterging. Sie hatte versucht, ihn zu überreden, das gesamte Projekt fallen zu lassen, aber alle anderen in der Familie sowie Rosemary glaubten fest an ihn. Sam wusste, dass die Dorfbewohner ihre Häuser herrichten und ein Vermögen ausgeben würden, nur um dann enttäuscht zu werden.

Um zwanzig Uhr stellte Rosemary Richard als einen amerikanischen Geschäftsmann vor, der die Möglichkeiten auslotete, die Burg zu erwerben. Und als Richard »Hallo, Leute, danke für das zahlreiche Erscheinen« sagte, hatte er die Bewohner bereits für sich gewonnen.

»Ich werde mich kurz fassen und sofort zum Thema kommen. Sie kennen Jackson Films wahrscheinlich nicht. Es handelt sich um ein kleines, aber aufstrebendes Unternehmen, das eine Filmserie auf Grundlage der ›Canterbury-Tales‹ drehen will. Die einzelnen Folgen sollen komisch und derb sein, genau so, wie Chaucer es im Sinn hatte. Ich weiß, dass die Firma auf der Suche nach einer geeigneten Kulisse ist, deshalb habe ich bei meinem letzten Aufenthalt in Los Angeles einige Fotos vom Ort vorgelegt.

Im Moment würde die Firma gern eine für dreißig Tage gültige Option erwerben, während sie sich noch nach anderen Schauplätzen umsieht. Sollten sie sich für Bourne-on-Sea entscheiden, würden sie uns für drei Filme eine Million Dollar zahlen. Das Geld würde in einen von Ihnen noch einzurichtenden Fonds fließen und dann auf alle gleichmäßig aufgeteilt werden.«

»Und was springt für Sie dabei heraus, Richard?«, rief Jeff Brink.

»Nichts, wenn ich meine Option auf die Burg nicht einlöse. Kaufe ich aber die Burg, dann bin ich ebenfalls Mitglied des Konsortiums, das wir heute Abend hoffentlich ins Leben rufen. Das Projekt bedarf natürlich Ihrer Zustimmung. Ich denke, das Dorf, die Kirche, die Brauerei und die Burg erhalten etwa ein Drittel der Anteile, die restlichen zwei Drittel verteilen sich auf die Dorfbewohner. Das ergibt, wenn ich richtig gerechnet habe, pro Familie etwa zweitausend Dollar.«

»Was müssen wir für das Geld tun?«, fragte der Schmied.

»Das Dorf auf Vordermann und die Gärten in einen authentischen Zustand bringen. Ich komme darauf sofort zu sprechen. Sie erhalten, ich gebe es zu, nicht besonders viel Geld, und dafür steht einiges an Arbeit an. Der Fluss ist zu säubern, der Dorfplatz und der Kirchhof. Aber vergessen Sie nicht, dass durch Zimmervermietung zusätzliche Einnahmen zu erzielen sind. Die Filmcrew braucht Unterkünfte, außerdem Komparsen bei Massenszenen. Für die Jüngeren dürften Hilfsjobs bei den Dreharbeiten abfallen. Was aber wahrscheinlich den größten Anreiz darstellen dürfte, ist die Möglichkeit, einige Stars kennen zu lernen.«

Damit hatte er ihre ungeteilte Aufmerksamkeit. »Soweit ich es beurteilen kann, ist das Dorf in seinem jetzigen Zustand perfekt. Dennoch möchte ich vor einigen Unannehmlichkeiten warnen. Autos und Motorräder dürfen während der Dreharbeiten nicht zu sehen sein, Straßen werden gesperrt, Fernsehantennen müssen verdeckt werden. Die meisten heutigen Hunderassen hat es zu Chaucers Zeiten noch nicht gegeben, Hunde müssen deshalb vom Drehort fern gehalten werden. Und wahrscheinlich gibt es noch tausend andere Dinge, an die ich noch gar nicht gedacht habe. Natürlich werden Berater auftauchen. Ihre Mitarbeit ist also gefordert, und deswegen denke ich, sollten wir auf der Stelle über das Projekt abstimmen. Wir brauchen dazu neunzig Prozent Zustimmung. Noch irgendwelche Fragen?«

Es gab Dutzende. Sam wartete ungeduldig, während Richard mit der Menge umging, als wäre sie eine vorlaute Klassenbande. Rhetorisch konnte ihm keiner was anhaben.

Schließlich kam sie an die Reihe. »Was ist, wenn wir alle ein Vermögen ausgeben, um unsere Häuser herrichten zu lassen, und dann aus dem Projekt nichts wird?«

Richard runzelte kurz die Stirn.

»Wir werden mit den Renovierungsarbeiten eben erst dann anfangen, wenn der Vertrag unterzeichnet ist. Oder sollte es damit ein Problem geben?«

Sie errötete und ließ sich auf ihren Stuhl fallen.

»Sonst noch Fragen?«

Agathas Vater erhob sich. »Ich denke, wir sollten im Vertrag Regelungen aufnehmen, die sicherstellen, dass die Lärmbelästigung nicht überhand nimmt und Geschwindigkeitsbegrenzungen eingehalten werden und so weiter.«

»Einverstanden.«

»Und wir sollten darauf pochen«, meldete sich Mona zu Wort, »dass wir am Casting teilnehmen können.«

»Ja, warum nicht?«, rief Richard, um das Gejohle und die Pfiffe zu übertönen. »Gut, wer ist dabei?«

Sam stöhnte, als das gesamte Gebäude von lauten Rufen der Zustimmung widerhallte. Sie sah nur freudig erhobene Hände. Der verdammte Richard! Alles, was er anpackte, schien nach seinen Vorstellungen zu laufen. Sie wandte sich an Julie. »Ich gehe nach Hause. Wir sehen uns dann später.«

»Ich kann dich heimfahren«, sagte Julie – sie waren gemeinsam gekommen –, doch Sam schüttelte nur den Kopf und verzog sich leise. Gedankenversunken machte sie sich auf den Heimweg. Was hatte Richard nur vor? Er hatte noch nicht für den Titel gezahlt. Würde es jemals so weit kommen? Sie hatte ihre Zweifel. Sie war voller Misstrauen und hatte ein ungutes Gefühl. Vielleicht würde sie durch den Spaziergang den Kopf freibekommen.

Es war neun Uhr. Shireen hatte sich in Georges Arbeitszimmer in einem der Lederarmsessel eingerollt. Seit einer Stunde hatte sie sich mit ihm gestritten, nun war sie froh, dass Neville Joyce und Trevor erschienen.

»Meine liebe Shireen«, grüßte Trevor und ergriff ihre Hände, »wann ist das geschehen?«

»Gestern Abend, nachdem George mich nach Hause gebracht hatte.«

Trevor wirkte entsetzt. »Das muss fürchterlich für dich gewesen sein. Wie schrecklich! Du darfst auf keinen Fall in diese

Sache reingezogen werden. Es war richtig, George sofort zu informieren. Aber jetzt sollten wir dich aus der Schusslinie nehmen.«

»Das Übliche, Trevor?«, rief Neville ihm zu.

»Danke, mit viel Eis, bitte. Wie wär's mit den Bahamas? Ich weiß, Neville hat so eine Idee, dich als Köder auszuwerfen, um den Löwen aus der Höhle zu locken, aber das wäre unverzeihlich. Ich kann es nicht zulassen.«

»Genau das habe ich ihr auch gesagt.« George machte sich am Tisch zu schaffen, arrangierte Teller mit Biskuits sowie Käse und Oliven. Seine Hände zitterten, sein Gesicht hatte seinen rosigen Schimmer verloren. Er war über Nacht um zehn Jahre gealtert. Shireen hatte Mitleid mit ihm. Neville wurde ungeduldig.

»Kommt schon, Trevor, George! Er ist in eine Falle getappt, die wir noch nicht einmal ausgelegt hatten.« Nevilles leise, weiche Stimme täuschte über seinen eigentlichen Charakter hinweg: Sein Ruf bei Scotland Yard war ausgezeichnet, wie Shireen von Sam wusste.

»Neville!« George hob die Hand. »Ich verbitte mir das ein für alle Mal.«

»Aber hört doch zu«, mischte sich Shireen ein. »Ihr fällt Entscheidungen, die eigentlich ich zu treffen hätte. Ihr scheint meine Lage nicht im Geringsten zu verstehen. Soll ich mich denn für den Rest meines Lebens verstecken? Und was ist mit meinem Vater – von George einmal abgesehen?«

Neville schenkte sich einen Drink ein. »Hört mir alle zu«, begann er. »Sie muss sich doch nur mit George sehen lassen und Hans Kupi berichten, dass ihre Bemühungen erfolgreich verlaufen. George muss da natürlich mitspielen. Die Sache muss sich so weit entwickeln, damit wir die Beweise bekommen, die wir brauchen, um ihn zu verhaften und auszuweisen. Er wird niemals erfahren, dass Shireen daran beteiligt war.«

»Unmöglich!« In Trevors Stimme lag eine ungewohnte Schärfe. Shireen sah ihn überrascht an; er zeigte sich von einer Seite, die sie bislang nicht kennen gelernt hatte. »Sie verfügt über keinerlei Ausbildung. Beim geringsten Verdacht wird sie von ihnen eliminiert.« Er wandte sich an Shireen. »Meine Liebe, du magst eine brillante Schauspielerin sein, aber das reicht nicht. Wir schicken dich dahin, wo du in Sicherheit bist, und wenn die Sache vorbei ist, kannst du zurückkehren.«

»Und meine Ausbildung?«

»Die fängst du nächstes Jahr von neuem an.«

»Auf keinen Fall! George, hör mir zu!« Shireen sprang auf und legte ihm die Hand auf die Schulter. »Du magst mir deine Freundschaft aufkündigen, aber ich werde in einigen Stunden Hans Kupi treffen. Es steht mir zu, eigene Entscheidungen zu fällen. Aber es wäre sicherer für mich, wenn ich ihm etwas zu erzählen hätte. Meint ihr nicht auch?«

»Verdammte Scheiße!« George fühlte sich in die Enge getrieben. Er packte eine Schale mit Erdnüssen und warf sich die Nüsse hastig in den Mund. »Damit Shireen in Sicherheit ist, muss ich meine Exportabkommen fallen lassen. Ich hoffe, das ist euch klar?« Wütend sah er zu seinem Neffen.

»So weit wird es nicht kommen, George«, erwiderte Neville und versuchte, ihn aufzumuntern. Er war der jüngste der Männer, aber nicht in der besten Verfassung, wie Shireen bemerkte. Um seine Augen lagen dunkle Ringe, sein Gesicht war von tiefen Falten durchzogen. Seine Koteletten waren bereits weiß, und sein braunes Haar begann an den Seiten ebenfalls zu ergrauen.

»Wir wollen nur unumstößliche Beweise, dass Shireen von Kupi gezwungen wurde, Georges Entscheidung zu beeinflussen. Also, Shireen, erzähl ihm, dass George beabsichtigt, den anderen zu empfehlen, keinerlei Kontakt mit Kupi oder seinen Vertretern aufzunehmen. Er wird dir dann genügend Zeit geben müssen, um George zu bearbeiten.«

Shireen nickte. »Was soll ich mit den zwanzigtausend Pfund machen, die er mir gegeben hat?«

»Gib sie mir. Sie sind ein Beweismittel.«

»Ich muss jetzt los.« Sie stand auf. »Kann dein Chauffeur mich hinbringen, George?«

»Wenn du wirklich dorthin willst, dann bring ich dich selbst hin. Fühlt euch hier wie zu Hause«, sagte er noch zu den anderen.

George redete während der gesamten Fahrt nach London auf sie ein. Er wandte jeden Kniff an, den er kannte, damit sie sich nicht auf diese Sache einließ. Er versprach ihr sogar die Ehe.

»Onkel George, du bist ein netter, freundlicher, intelligenter Mann. Ich werde sicherlich nicht unsere Freundschaft aufs Spiel setzen, indem ich eine Beziehung mit dir eingehe, mir dein Geld leihe oder mich irgendwo auf den Bahamas verstecke. Und was die Ehe anbelangt, mag ich dich viel zu sehr, um dich zu heiraten. Verstehst du, George, ich bin bereits mit meiner Karriere verheiratet.«

»Danke für deine nette Absage, Shireen«, sagte George, als sie ausstieg. »Aber vergiss nicht, ich werde immer für dich da sein.«

## 45

Nachdem Sam ungefähr einen Kilometer zurückgelegt hatte, hörte sie einen Wagen auf der Straße näher kommen. Als sie sich umdrehte, erkannte sie Rosemary darin. Sie wirkte verängstigt und völlig durcheinander; ihre blassblauen Augen glänzten, als habe sie geweint. »Sam, steig bitte ein«, sagte sie. »Ich möchte mich mit dir unterhalten – als Freundin, nicht als Sekretärin.«

Schweigend fuhren sie bis zur Abzweigung zum Castle Arms, und da Rosemary nicht recht zu wissen schien, wie sie das Gespräch beginnen sollte, sagte Sam: »Rosemary, lass uns doch was trinken.«

Rosemary bog in Richtung Fluss und stellte den Wagen ab. Sam ging in das Pub und holte zwei Gläser Wein. Dann saßen sie am Geländer mit Blick auf den Fluss.

»Im Old Barn, da kam es mir noch so vernünftig vor, mit dir zu reden«, begann Rosemary. »Ich hab dich noch nie so konfus gesehen. Ich wollte dir etwas Hilfreiches sagen. Nun bin ich mir dessen nicht mehr so sicher.«

»Komm, Rosemary, schieß schon los.«

»Weißt du, manchmal ... manchmal werden Träume wahr. Dieses positive Denken – das hilft wirklich. Richard sorgt sich um dich. Er versucht dir zu helfen.«

Sam starrte auf ihr Glas. Auch Rosemary versuchte ihr zu helfen – aber warum hatte sie dann das Gefühl, dass sie von allem überfahren wurde? Vielleicht deswegen, weil sie nie eine Freundin gehabt hatte, der sie sich anvertrauen konnte. Shireen hatte immer viel zu viel Raum für sich selbst gefordert, immer schien sie in Katastrophen und Tragödien verwickelt zu sein, sodass sich Sam mit ihr niemals über ihre eigenen Probleme unterhalten hatte. Schließlich sagte sie: »Ich fühle mich so verloren, Rosemary. Ich weiß nicht, wer Richard wirklich ist, und ich verstehe die Gefühle nicht, die ich ihm entgegenbringe. Wie kann ich ihm auch nur ein Wort glauben, wenn er sich als jemand anderen ausgibt? Walter hat seine Kreditwürdigkeit prüfen lassen. Ich hab es noch niemandem erzählt ...«

»Ich gebe dir mein Pfadfinderehrenwort. Ich sag's nicht weiter.«

»Er hat nie für die Computerfirma gearbeitet, von der er immer spricht. Walter hat es überprüft. In den Staaten gibt es keinerlei Hinweise, dass er überhaupt existiert – keine Kreditkarten, keine Bankkonten, nichts dergleichen. Ich weiß nur, dass er Mendel Mandelbaums Enkelsohn ist.«

»Vielleicht hat er in einem anderen Land gearbeitet. Vertrau deiner Intuition, Sam. Was ist mit seinem Sinn für Humor, seiner Tierliebe? Und er ist freundlich und hilfsbereit – was hat er nicht alles für Luther und Porgy unternommen? Ich bin mir sicher, es gibt einen ganz einfachen Grund, warum er nirgends registriert ist. Warum fragst du ihn nicht einfach?«

»Das hab ich schon. Er hat mich abgewimmelt.«

Rosemary lachte, dann sagte sie: »Du musst jemandem vertrauen, warum also nicht dem Mann, den du liebst?«

»*Liebe*?« Sam zuckte zusammen.

»Ihr beiden macht mir Sorgen, aber Julie noch mehr als du. Und ich weiß nicht genau, warum das so ist.«

»Ich verstehe. Ich denke, es hat mit der Ermordung unserer Eltern zu tun.«

»Trevor hat es mir erzählt.«

»Aber es war nicht nur so, dass wir Mum und Dad verloren haben. Natürlich haben wir sie geliebt, aber sie haben immer gearbeitet, wir haben sie nur selten zu Gesicht bekommen. Wir wurden von schwarzen Hausangestellten erzogen, und sie, glaube ich, haben wir am meisten geliebt. Und dann mussten wir feststellen, dass wir nicht mehr erwünscht waren. Unsere Hunde, das Vieh waren tot, und unsere Eltern waren tot und wurden auf Tragen weggeschleppt. Julie hat so viel geweint. Ich weiß noch, wie sie sich an Nannys Schürze krallte und darum bettelte, hochgehoben zu werden. Nanny war eine große Frau, sie hatte Julie immer geliebt, aber in jenem Moment sagte sie: ›Ihr müsst jetzt gehen. Keiner will euch hier haben.‹« Sam versuchte zu lachen, was sich eher wie ein Schluckauf anhörte. Dann brach sie in Tränen aus.

»Auch ich habe schlimme Erinnerungen, meine Liebe«, sagte Rosemary.

Rosemary dachte an ihre Kriegserlebnisse. Sie seufzte. Manchmal drängten sie sich so lebhaft in ihre Erinnerung, dass sie glaubte, alles würde gerade im Augenblick geschehen. Vor einiger Zeit hatte sie einen Artikel darüber gelesen. Seitdem glaubte sie, an einem posttraumatischen Stresssymptom zu leiden.

»Wir müssen uns vor Bomben und Granaten nicht fürchten«, hatte ihr ihre Mutter gesagt. »Sie müssen nämlich unseren Namen tragen. Aber da keiner deinen Namen kennt, ist es doch logisch, dass dir nichts geschehen wird.«

»Aber was ist mit dir?«

»Meinen Namen wissen sie auch nicht.«

Rosemary fühlte sich also sicher bis zu jenem schrecklichen Tag, an dem sie herausfand, dass Erwachsene lügen konnten. Ihr Hase Tootsie war verschwunden. Mum sagte ihr, er habe zu viel gefressen und sei geplatzt. Rosemary stellte im Garten sogar ein Kreuz für ihn auf. Tootsie war ein gefräßiges Tier gewesen, das der Katze das Futter gestohlen hatte. Da es sich um einen Belgischen Riesen gehandelt hatte, wagte die Katze nicht, ihn anzugreifen.

Zwei Tage später brachte Onkel Leslie eine Flasche Gin, und Rosemary hörte ihn zu ihrer Mutter sagen, dass der Hase köstlich gewesen sei. Ihr schauderte noch immer bei der Erinnerung.

Einen Monat später ereignete sich etwas, das ihr Leben für immer verändern sollte. Es war ein wunderbarer Sommertag, und Rosemary war auf dem Heimweg von der Schule, einem zehnminütigen Spaziergang, bei dem nur zwei Gefahren drohten: Sie musste eine große Straße überqueren, und manchmal lauerten ihr Mädchen aus einer anderen Schule auf und schlugen sie.

Eine Menschenmenge stand in der Hauptstraße versammelt und schien sehr gespannt auf etwas zu warten, während ein halbes Dutzend Bobbys und alte Männer von der Bürgerwehr jeden aufhielten, der weitergehen wollte.

Es machte Rosemary nichts aus. Sie kannte einen anderen Weg, den sie oft benutzte, um der Mädchenbande zu entgehen. Sie musste nur durch eine enge Gasse, dann durch Mr. Smith' Garten, dann noch einmal durch eine schmale Gasse und durch den Hof des Bäckers zu einem kleinen Hotel, das sie durch die Schwingtüren vorne betrat und durch die Terrassentüren hinten wieder verlassen konnte. Dann stand sie gleich gegenüber dem Haus, in dem sie wohnte.

Wie in den Läden und auf den Straßen war im Hotel an jenem Tag kein Mensch zu sehen. Warum war alles so still? Nicht einmal ein Wagen oder ein Fahrrad stand herum. Rosemary hatte Angst. Sie bog um die Ecke und sah Tibby, der miauend auf der Eingangsstufe stand. Sie lief hinüber, nahm ihn auf und floh ins Haus. Als sie die Tür zuknallte, hörte sie einen Schrei und gleich darauf Schritte, die ihr folgten.

»Mum! Mum!«, rief sie, aber ihre Mutter war nicht da.

Als sie in die Küche rannte, spürte sie einen Luftzug. »Mum hat das Fenster offen gelassen«, sagte sie zu Tibby.

In der Wand aber klaffte ein riesiges Loch. Ihr Holztisch war zerschmettert, und über den Trümmern lag eine lange schwarze Röhre, die größer war als sie und Flügeln an den Enden hatte. Sie tickte laut. Eine Bombe! Da sie keine Namen darauf fand, ging sie darauf zu und trat mit dem Fuß dagegen.

»Wo bist du, Kleine? Komm, schnell! Es ist hier nicht sicher. Sag mir, wo du bist!«

Als der Mann auf sie zukam, nahm Tibby Reißaus und schoss durch die Öffnung in der Wand.

»Gott sei Dank hab ich dich gefunden. Komm schon, wir müssen hier sofort weg. Deine Mum wartet auf dich.«

»Nicht ohne Tibby.«

»Die Katze kann auf sich selbst aufpassen. Komm, lauf! Wir werden hier noch in die Luft fliegen, wenn wir nicht aufpassen.« Er packte sie am Arm und zog sie weg.

»Tibby!«, kreischte sie.

Sie wehrte sich gegen den alten Mann, bis er sie einfach über die Schulter nahm und auf die Straße hinaustrug. Ein Polizist kam angelaufen und ergriff sie. Zu zweit schoben und zerrten sie sie die Straße hinab.

Sie schrie noch immer, als das Haus explodierte. Die Druckwelle warf sie alle drei zu Boden.

Die folgende Nacht verbrachten sie bei Tante Maude. Am nächsten Morgen gingen Mum und Rosemary als Erstes zu ihrem Haus, um zu sehen, was noch zu retten war. Welch ein Chaos! Halb verbrannte Trümmer und Teile ihrer Besitztümer lagen zwischen schwelenden Ruinen: das abgerissene Ohr ihres Teddys, der Arm einer Puppe, Buchdeckel, verbeulte Pfannen.

Plötzlich wurde Rosemary bewusst, dass Sam sie voller Mitgefühl anblickte. »Was für eine schreckliche Geschichte, Rosemary.«

»Damals war das nichts Außergewöhnliches. Ich erinnere mich noch, wie Mum mit Tränen in den Augen einzelne Teile zusammensuchte, aber ich, ich wollte nur Tibby finden. Er ist nie wieder aufgetaucht. O Gott, was erzähle ich da überhaupt. Tut mir Leid. Was ich eigentlich sagen wollte …«

»Du hast es schon gesagt. Danke, Rosemary. Lass uns nach Hause fahren.«

Sam lächelte, dann legte sie Rosemary den Arm um die Schulter und drückte sie fest an sich.

Als Erstes nahmen sie den Geruch wahr. Sie bemerkten ihn, als sie noch einen halben Kilometer vom Haus entfernt waren. Es war dunkel, aber vom Feuer war nichts zu sehen.

»Vielleicht verbrennt jemand Abfall«, sagte Sam.

Der Geruch wurde stärker, und Rosemary beschleunigte den Wagen. Als sie in die Einfahrt zu Woodlands einbogen, sahen sie bereits durch die Bäume den roten Feuerschein. Er kam aus den im ersten Stock liegenden Fenstern des neuen Büroblocks.

Rosemary bremste ab, Sam riss die Tür auf, sprang aus dem sich noch bewegenden Fahrzeug und rannte zum Eingang. Kurz darauf war sie, keuchend und hustend, wieder im Freien, warf ihre Jacke in den Seerosenteich und zog sie dann über Kopf und Gesicht, stürmte erneut in das Gebäude, schlug den Feuermelder ein, rief die Polizei und raste nach oben. Nur zwei Büros und der Gang standen in Flammen, aber überall hing dicker schwarzer Rauch. Sie lief nach draußen, holte den Wasserschlauch, drehte ihn auf und versuchte, mit dem Strahl die Fenster zu erreichen. John kam mit einer langen Leiter auf der Schulter angerannt. »Ich hab die Feuerwehr gerufen«, schrie er. »Ich bin gerade vorbeigekommen und hab den Rauch gesehen.«

»Halte die Leiter«, rief er Rosemary zu. »Die ist verdammt schwer.«

Sam kletterte bereits mit dem Schlauch die ersten Sprossen hinauf.

»Komm runter, Sam. Lass mich das machen.«

»Versuch einen zweiten Schlauch aufzutreiben«, rief sie.

Sekunden später lenkte sie den Wasserstrahl durch das Fenster, aus dem dicke Rauchwolken quollen. Sam zielte auf die Flammen.

Dann hörte sie Rosemarys erschreckten Aufschrei. »Die Brauerei brennt. John! Kümmere dich darum!«

»Brandstiftung«, erzählte ihnen Neville Joyce. »Jemand hat das Büro und das Lager mit Heizöl getränkt und dann angesteckt. Gott sei Dank seid ihr früh genug zurückgekommen, um Schlimmeres zu verhindern. Dein PC hat es allerdings nicht überlebt. Deine Daten sind verloren.«

Sam schritt über den dicken, klebrigen Ruß, der ihr gesamtes

Büro überzog. Glasbilderrahmen waren zersprungen und verzogen, der Inhalt des Registerhängeschranks war zu Asche verbrannt. Wie viele Waren haben wir verloren, fragte sich Sam. Waren sie am Ende?

Rosemary kam sie suchen. »Kopf hoch, Sam! Im Lager ist einiges zerstört worden, aber das wird alles durch die Versicherung gedeckt. Wenigstens sind die Daten gerettet. Zweimal in der Woche erstelle ich von der Festplatte eine Sicherungskopie und schließe die Disketten in Trevors Safe ein. Die Versicherung wird für den Schaden aufkommen. Das lässt sich alles ohne größere Schwierigkeit regeln. Vergiss nicht: Jemand hat es darauf abgesehen, die Verkaufsunterlagen und Rechnungen zu zerstören, und das ist ihm nicht gelungen.«

»Danke, Rosemary.«

»Ihr dürft hier vorerst nichts verändern«, sagte Neville. »Wir werden einige Experten holen; die sollen sich mal umsehen.«

»Sam, ich geh dann, wenn es dir nichts ausmacht«, sagte Rosemary. »Und mach dir keine Sorgen. Es ist nicht so schlimm, wie es aussieht.«

»Wo ist John?«

»Im Lager.«

Rosemary und die Feuerwehrleute zogen ab. Der Einsatzleiter gab ihr die Hand. »Sie und Carvossah haben gute Arbeit geleistet. Er durch seinen Anruf, und Sie hier oben mit dem Schlauch. Also, wenn Sie mal Arbeit suchen, rufen Sie bei uns an.«

Bald danach stand Sam unter der Dusche und wusch sich den Ruß von der Haut. Dann wickelte sie sich in ihren Bademantel und ging in die Bibliothek, um nachzudenken. Sie brauchte exakte Zahlen über das Ausmaß der Schäden im Lager. Sie würde warten müssen, bis John auftauchte.

Dann holte sie einen Notizblock und einen Stift aus einer der Schubladen und notierte ihre Gedanken und Ängste. Auch wenn sie ihre kurzfristigen Probleme – den Brandschaden, die miserablen Nettoeinnahmen, den zugeknöpften Bankdirektor – irgendwie lösen könnte, würde sie vor großen langfristigen Problemen stehen.

Nun ja, im Grunde war es nur ein Problem: Sie verkaufte zu wenig, und vieles von dem, was sie verkaufte, lief zu reduzierten Preisen über Greg. Sie folgte den Fußstapfen von Mr. Balaton, die geradewegs in die Katastrophe führten.

Im Moment allerdings konnte sie nicht viel dagegen unternehmen. Sie brauchte Gregs Aufträge, damit die Brauerei überhaupt bestehen bleiben konnte. Sie musste neue Exportmärkte finden. Ihr traditioneller englischer Markt wurde durch die hohen Steuern ruiniert, und mit europäischem Bier konnte sie nicht konkurrieren. Wie konnte die Regierung nur so kurzsichtig sein?

Sie spürte, dass Panik sie zu überwältigen drohte und ihr der kalte Schweiß auf der Stirn stand.

Es war nach Mitternacht, Hans Kupi jedoch wartete noch immer. Er hatte eine Flasche Champagner und zwei Gläser bestellt; eine einzelne rote Rose lag ihm gegenüber auf dem leeren Platz. Als er Shireen erblickte, fuhr er hoch und verbeugte sich vor ihr; als sie Platz nahmen, verhärtete sich seine Miene.

»Und?«

»Was und?«

»Halten Sie mich nicht zum Narren. Was hat er gesagt?«

»Er hat gesagt, er will mit der Osteuropäischen Handelsgesellschaft nichts zu tun haben und wird seinen Geschäftspartnern dasselbe empfehlen.«

Kupi schenkte Champagner ein und reichte ihr ein Glas. »Verstehe. Und was haben Sie gesagt?«

»Dass ich glaube, das wäre voreilig und kurzsichtig. Dass die anderen seinem Beispiel folgen würden und ich ihn bislang als einen umsichtigen, vorausschauenden Mann eingeschätzt habe und Russland noch einen der wenigen Wachstumsmärkte darstellen würde.«

»Sie müssen subtiler vorgehen.«

»Ich bin so subtil wie nur möglich. Er hat mir versprochen, seine Haltung nochmals zu überdenken.«

»Sie haben einen Monat Zeit. Bemühen Sie sich. Davenport muss bei der Konferenz die anderen überreden, sich unserer Exportgruppe anzuschließen. Das ist Ihr Ziel. Es steht viel Geld auf dem Spiel.«

»Ich kann es schaffen.«

Kupi schien zufrieden. Er richtete seine Aufmerksamkeit auf die Bestellung: Suppe, Fisch, Filet Mignon, Dessert, Käse und Obst. Nach zwei Flaschen Champagner ging er zu Brandy über, wirkte aber nach wie vor sehr nüchtern. Schließlich stellte er seine Belehrungen ein und erzählte ihr Geschichten aus seiner Kindheit in Russland. Seine Familie war arm gewesen, so arm, dass die ganze Geschichte nichts weiter als ein Klischee zu sein schien; Shireen musste sich anstrengen, um nicht zu gähnen. Um zwei Uhr morgens begleitete er sie nach Hause.

Als sie die Tür aufsperrte, drückte er sie gegen die Wand und begann an ihren Brüsten zu fummeln. Sie gab ihm eine schallende Ohrfeige. »Lassen Sie das, oder ich spiel nicht mit.«

»Und was ist mit ihm?«, blaffte er sie an. Dann drehte er sich abrupt um und marschierte aufrecht, mit durchgestrecktem Rücken wie ein ehemaliger Soldat davon.

Auf ihrem Anrufbeantworter waren unzählige Nachrichten; sie stammten alle von George. Ihre Wut ließ nach. »Du solltest mein Vater sein, George«, flüsterte sie.

Richard hatte sich in seinen Wagen gesetzt und sich nach Woodlands auf den Weg gemacht, um mit Sam ein klärendes Gespräch zu führen. Als er sich der Brauerei näherte, schlug ihm bereits der beißende Geruch entgegen. Er parkte am Bürokomplex und betrachtete den Schaden. Dann fuhr er zum Haus. Überrascht stellte er fest, dass die Türen offen standen. Er vermutete, dass sie nicht schlafen konnte, und fand sie schließlich wie in Trance am alten Tisch in der Bibliothek sitzen. Er drehte das Licht an. »Sam«, sagte er.

Sie rang vor Überraschung nach Luft. »O Richard, mir ist so kalt, ich habe zu lange hier gesessen. Ich weiß wirklich nicht mehr, was ich tun soll.«

»Sam, Liebling, es ist nicht so schlimm, wie du denkst. Die Versicherung wird zahlen. Das größte Problem sind die verlorenen Daten.«

»Nein, die sind sicher in Trevors Büro. Er ist übrigens noch immer nicht zu Hause.«

»Ihm fehlt nichts.« Er lachte leise. »Und du machst dir zu viele Sorgen. Das Gebäude muss gereinigt werden, wahrscheinlich brauchst du eine neue Einrichtung, aber das ist keine große Sache.«

»Richard, du verstehst nicht. Es war Brandstiftung. Wer will uns so viel Schaden zufügen?«

Nachdenklich blickte er sie an. Ihr Gesicht war blass, auf ihren Wangen glänzten Tränen. Sie lächelte schwach und wischte sich mit dem Handrücken über die Augen. Sie wirkte so verloren. Mitgefühl flammte in ihm auf, und mit ihm brennendes Verlangen.

»Du musst heute Abend nicht allein sein«, sagte er und legte ihr den Arm um die Schulter.

Sie sah ihn an. Er berührte ihren Nacken, strich ihr übers Haar und spürte, wie sie zitterte. Sie ergriff seine Hand und drückte sie fest.

»Sollen wir ins Bett gehen?«, fragte er mit sanfter Stimme; sie sollte nicht allein sein und Angst haben.

Sie stand auf, schlang ihre Arme um seine Hüften und zog

ihn zu sich heran. »Ich brauche dich. O Richard, Liebling, ich weiß nicht, warum du hier bist, aber bleib bei mir.«

Er hielt ihr die Hand, während sie zusammen zu ihrem Zimmer gingen. Er sehnte sich danach, sie zu beschützen und alles zu tun, damit ihre Welt wieder in Ordnung kam. Ist das Liebe?, fragte er sich.

## 46

Rosemary wusste, sie hätte länger bei Sam bleiben sollen, aber sie musste weg. Nahezu panisch war sie nach Hause gefahren; sie hatte das Gefühl, die gesamte Welt würde einstürzen. Warum? Hatte der Brand sie wieder in die Vergangenheit versetzt? Um sie von den Schrecken des Krieges zu befreien? Hatte Rosemary Santer, die Erwachsene, diese Schrecken empfunden oder Rosemary, das Kind? Und wann hatte alles begonnen?

Rosemary tauchte in ihre Erinnerungen ein und stieß schließlich auf den Ort und den Zeitpunkt, an denen sie alles festmachen konnte: einen Freitagabend, an dem die nur während der Woche anwesenden Internatsschülerinnen bereits nach Hause gefahren waren. Sie roch wieder den Weihrauch in der Kapelle, der sich in den schwarzen Roben der Nonnen festsetzte, spürte ihren Teddybär und hörte das Ticken der Uhr. Dann kam das fürchterliche Heulen der Sirenen, die vor den anfliegenden Feindmaschinen warnten. Sie hatten fünf Minuten Zeit, bis die Bomber über ihnen waren.

Sie war sofort aus dem Bett, rieb sich die Augen und griff nach ihren Pantoffeln. Sie zog ihren Morgenmantel an, packte den Teddy und stolperte in den gruseligen Gang, der, wie alle schworen, verhext war.

»Los, Mädchen, macht schon, passt auf die Stufen auf!«, rief Schwester Agnes.

Zehn von ihnen waren über das Wochenende im Internat

geblieben; sie kauerten nun unter dem Refektoriumstisch, während die Schwester die Namensliste vorlas. Dann kroch Schwester Maria zu ihnen unter den Tisch. Die anderen würden unter der Treppe Schutz suchen oder in der Kapelle bleiben und beten.

Wenn Rosemary sich an den Rand des Tisches drängte, konnte sie das hohe Fenster über der Treppe erkennen. Der Mond war nicht zu sehen, doch der Himmel war von Hunderten von Suchscheinwerfern erhellt, deren Strahlen sich in der Dunkelheit kreuzten, während die Kanoniere der Flugabwehrgeschütze nach Feindmaschinen Ausschau hielten.

Die Kinder wie die Nonnen hielten die Luft an. In der Ferne war ein tiefes, dumpfes Brummen zu hören. Feindbomber. Britische Flugzeuge klangen anders.

Das Brummen wurde lauter, bis nichts anderes mehr zu hören war. Dann kam das Krachen der explodierenden Bomben.

In dem kleinen eigenen Himmelsabschnitt des offenen Fensters sah Rosemary, wie ein Suchscheinwerfer eine winzige silberne Fliege einfing. Weitere Lichtstrahlen tasteten sich durch den Himmel und versuchten die Fliege zu erfassen, die hin und her sauste und den Scheinwerfern zu entfliehen suchte. Es gab kein Entkommen, nur einen plötzlichen Lichtfunken, in dem die Fliege explodierte und in weiten Spiralen zu Boden trudelte. Rosemary verkniff sich einen Jubelschrei, damit die Nonnen sie nicht von ihrem Platz wegzogen.

Der Lärm nahm bedrohliche Ausmaße an: Das Wummern der Flugabwehrgeschütze, das ohrenbetäubende »Pong«, wenn deren Granaten in der Luft explodierten, das Dröhnen der Maschinen im Angriffsanflug und das Rattern ihrer Maschinengewehre. Sie hatten es auf die Docks und das nahe gelegene Industriegelände abgesehen.

Die Kinder und Nonnen weinten. Rosemary hielt Mabel die Hand. Sie war feucht und klebrig und zitterte. Mabel war erst fünf Jahre alt und vermisste ihre Mutter. Auch die Nonnen zitterten und hielten ihre Rosenkränze umklammert und murmelten dazu unermüdlich: »Heilige Maria, Mutter Gottes.« Durch das Fenster sah Rosemary Hunderte von blauen und roten, zur Erde regnenden Sternen: Brandbomben.

Dann ertönte ein mittlerweile vertrautes Geräusch. Ein Bomber raste in geringer Höhe auf sie zu, um den Suchscheinwerfern zu entgehen. Die stotternden Motorengeräusche sagten Rosemary, dass er getroffen worden war. Er klinkte seine Bomben aus, um an Geschwindigkeit zu gewinnen, damit er noch den Kanal erreichen konnte.

Der erste Einschlag war noch weit entfernt, der zweite bereits näher, der dritte erzeugte eine gewaltige Detonation, doch die Maschine kam noch immer auf sie zu. Der vierte Treffer zerstörte die Eingangshalle, die von einem weißen Blitz erhellt wurde; das gesamte Gebäude wankte, Fenster zerbarsten, Putz platzte von den Wänden. Instinktiv zog Rosemary Mabel an sich und wiegte sie in den Armen. Dann kam die fünfte Explosion außerhalb des Internats. Er hatte sie verfehlt. Den sechsten und siebten Abwurf, die das Flugzeug auf seinem Weg nach Süden hinterließ, nahmen sie kaum noch wahr.

Aber dann drohte erneut Gefahr: Rauch. Kurz darauf hörten sie das Knacken der Flammen und zu Boden stürzende Dachbalken.

»Evakuiert die Schule«, rief die Mutter Oberin. »Alle zum Vordereingang hinaus. Und passt auf Glasscherben auf. Kinder, achtet darauf, dass ihr Schuhe anhabt.«

Und dann standen sie mit weit aufgerissenen Augen und offenen Mündern auf dem Kopfsteinpflaster der Straße und beobachteten das schönste Feuerwerk, das ihnen jemals geboten wurde. Der Himmel strahlte lichterloh im Schein Tausender Brandbomben. Die meisten leuchteten hellrot, manche auch neonblau; sie waren eine tödliche Gefahr, aber dennoch so schön, und sie gingen überall nieder.

Eine landete nur wenige Meter von ihnen entfernt. Eine Nonne packte eine Mülltonne und stülpte sie über die Flammen. Überall um sie herum stürzten die Menschen aus den Luftschutzbunkern und versuchten, die Flammen zu löschen. Eine der Bomben hatte jedoch das Dach des Konvents getroffen und in Brand gesetzt.

Die Nonnen verließen so ruhig wie immer das Gebäude und taten ihr Bestes, um zu löschen. Das alte Gemäuer brannte wie Zunder, hoch stoben die Funken in den Nachthimmel hinauf. Das lodernde Feuer spendete Wärme, und den Kindern war kalt. Sie standen aneinander gedrängt und beobachteten die Luftkämpfe und die Scheinwerfer, die die Maschinen zu erfassen versuchten. Schließlich kam die Entwarnung. Aber sie hatten nichts mehr, wohin sie zurückkehren konnten.

47 Das Treffen der Dorfbewohner ging zu Ende, aber es war eine schöne Nacht, und Trevor hatte noch keine Lust, nach Hause zu gehen. Stattdessen fuhr er zum Meer hinunter, stellte den Wagen ab und ging eine Weile am Strand spazieren. Als sich die Schmerzen in seinem Bein wieder bemerkbar machten, setzte er sich auf eine Bank und sah auf den Kanal hinaus.

Anna hatte an seiner Seite gekämpft, hatte Nahrung besorgt, die Wunden der Partisanen gepflegt und die Fallschirmabwürfe organisiert. Sie waren immer zusammen gewesen, aber selten allein. Sie hatten in feuchten Gräben oder Höhlen kampiert. Wenn sich ihnen die Möglichkeit bot, hatten sie versucht, das Beste daraus zu machen. Manchmal hatten sie sogar eine gemeinsame Nacht auf ihrem Dachboden riskiert.

Eine dieser Gelegenheiten hatte sich an einem feuchten, nebligen Aprilabend ergeben. Fast außer sich vor Glück, hatten sie sich mit ihren Schlafsäcken und Gewehren die Berghänge des

Myto hinaufgemüht. Sie erreichten die zugewiesene Stelle für den Fallschirmabwurf zu früh, versteckten sich im dichten Unterholz, rollten ihre Schlafsäcke aus und liebten sich. Schließlich lagen sie da und wünschten sich, die kostbare Stunde möge nie vergehen.

Nach einer Weile brach Trevor das Schweigen. »Was wirst du tun, wenn der Krieg vorüber ist, Anna? Wirst du mit mir nach England gehen?«

»Wie kann ich denn die Frau eines Brauers sein? Ich bin die Verwalterin der Familiengüter. Wenn ich sie zurücklasse, werden sie das Château konfiszieren. Wie soll ich das alles aufgeben?«

Er seufzte. Sollte der Krieg doch ewig weitergehen! Er konnte sich ein Leben ohne Anna nicht mehr vorstellen.

Gegen elf Uhr hörten sie in der Ferne Motorengeräusche, Minuten später schwärmten Deutsche über das Gelände. Sie bereiteten einen Hinterhalt vor, ohne zu wissen, dass bereits zwei Partisanen in Stellung lagen.

»Trevor, hör zu.« Anna klang verängstigt. »Das ist kein Zufall mehr. Drei Hinterhalte in einem Monat. Robin hat Recht, wir haben einen Informanten in den höchsten Reihen. Ich muss die anderen warnen. Pass auf dich auf.« Sie kroch eilig durch das Unterholz davon. Als er Schüsse hörte, war er der Verzweiflung nahe.

Trevor musste zugeben, dass sie Recht hatte. Jedes Mal, wenn amerikanische oder britische Flugzeuge Waffen abwarfen, warteten die Deutschen bereits im Hinterhalt. Obwohl die Partisanen fast immer entkommen konnten, spürten sie schmerzlich die fehlenden Versorgungsgüter. Nur die britische Partisanengruppe und Anna kannten ihr Waffenversteck, was ebenfalls für Zwistigkeiten zwischen ihnen und den Kommunisten sorgte. Man murmelte bereits von einem britischen Maulwurf; die Beziehungen waren daher sehr gespannt.

Um ein Uhr hörte Trevor die viermotorige Maschine über dem Fluss Strela. An Bord hielten sie nach dem verabredeten Zeichen Ausschau, dem Sternbild des Orion, das am Boden mit Taschenlampen dargestellt werden sollte. Das große Flugzeug kreiste in niedriger Höhe und drehte schließlich wieder Richtung Heimat ab.

Als Trevor im Morgengrauen ins Hauptquartier zurückkehrte, lag Anna auf einer Pritsche und schlief. Gott sei Dank war niemand da, der die Tränen gesehen hätte, die ihm vor Erleichterung über die Wangen liefen.

Mit einem Ruck setzte er sich auf und sah auf die Uhr. Zwei Uhr morgens. Es wurde kalt. Das alles war so lange her, und beide waren sie so jung gewesen. Und später, als der Krieg zu Ende war, waren sie auch nur kurze Zeit zusammen gewesen; Anna war früh gestorben.

Er lehnte sich zurück und ließ die Erinnerungen an sich vorüberziehen. Die Russen waren auf dem Vormarsch, und die Partisanen exekutierten Hunderte von Zivilisten, weil sie mit den Deutschen kollaboriert hatten. Er hatte den Befehl bekommen, sich den Amerikanern anzuschließen, die für die Russen das Land räumen mussten.

»Sie werden Sie kaum als einen Verbündeten betrachten«, versicherte ihm das Londoner Büro. »Versuchen Sie rauszukommen, solange es noch geht.«

Die einzige Möglichkeit, Anna mitzunehmen, bestand darin, sie zu heiraten. Doch sie hatte ihren eigenen Kopf. Einige Tage später, als er sich zum Konvent aufmachte, um Schwester Theresa abzuholen, die nach London zurückgerufen worden war, fand er Anna dort vor. Sie wollte sich von ihm verabschieden. Er machte ihr deutlich: Wenn sie nicht mit ihm kam, würden sie sich die nächsten Jahre, wenn überhaupt, nicht mehr sehen. Schließlich willigte sie ein und heiratete ihn noch im am

See gelegenen Konvent. Obwohl Trevor kein Katholik war, hielt Vater Klima in der alten Kapelle die Zeremonie ab. Die Nonnen banden Anna eine Blumengirlande und gaben ihr einen weißen Schleier, den sie über ihrer groben Arbeitshose trug.

»Anna«, flüsterte er in die Nacht hinein. »Ich danke dir.«

Er döste ein. Dann sah er Sam vor sich. »Was tust du hier?«, fragte er. Aber es war nicht Sam, es war Anna, die sich über ihn beugte, deren schwarzes Haar ihm ins Gesicht fiel, deren braune Augen Wärme und Mitgefühl ausstrahlten und deren Lippen zu einem leisen Lächeln geöffnet waren. »Trevor, bleib nicht allein, Liebling! Du hast doch so viel Liebe in dir.«

Als er erwachte, konnte er das seltsame Gefühl nicht abschütteln, dass er die ganze Zeit über gar nicht geschlafen hatte.

Der Spätsommer wärmte die Erde. Der Duft des Jasmins und der Tabakblüten hing in der Luft, die Schreie der einsamen Möwen waren zu hören und das rastlose Meer, das unter den Kreidefelsen gegen den Kieselstrand schlug. Rosemary saß auf ihrer alten Bank und sah auf den Kanal hinaus.

Sie hörte Schritte, sah sich um und erblickte Trevor, der über die Brücke schritt.

»Du hast gespürt, dass ich dich hier haben wollte«, sagte sie fünf Minuten später, nachdem er den Hügel erklommen hatte. »Ich mach Kaffee, oder?«

»Ein Drink wäre besser.«

»Scotch?«

»Ja, bitte.« Er betrachtete sie nachdenklich. Sie sah blass und aufgelöst aus. Ihr Gesicht war rußverschmiert, und ihre Kleidung verdreckt.

»Was ist los, Rosemary? Was ist passiert? Alles in Ordnung?«

Sie schüttelte den Kopf.

»Warum sitzt du hier ganz allein?«

»Warst du denn noch nicht zu Hause?«, fragte sie.

»Nein.«

»Es hat gebrannt. Die Feuerwehrleute sprechen von Brandstiftung. Im ersten Moment hatte ich John im Verdacht, doch er hat die Feuerwehr gerufen und zu löschen versucht. Ich glaube nicht, dass es besonders schlimm ist. Großer Gott! Schau mich nur an! Schenk dir ein, und mir auch einen. Ich mach mich nur ein wenig zurecht. Ich hatte Angst, ins Haus zu gehen. Wie absurd!« Sie zitterte und strich ihr Haar zurück.

»Es ist alles in Ordnung, Rosemary. Wir werden uns morgen um alles kümmern. Heute Nacht will ich nicht vom Geschäft reden.«

Trotz seiner besänftigenden Worte hatten die Neuigkeiten Trevor merklich aufgewühlt. Nun hatten sie ihm den Krieg erklärt. Es würde ein schmutziger Krieg werden, und der Feind war bereits da. Wegen seiner Familie fühlte er sich umso angreifbarer. Er musste Rosemary sofort von diesem abgelegenen Cottage wegschaffen.

Trevor saß auf der Couch und nippte nachdenklich an seinem Drink. Rosemary war eine wunderbare Frau mit viel Sinn für Humor. Sie betete ihn an – aber nur, weil er sie aus Saudi-Arabien herausgeholt hatte. Nicht unbedingt die beste Grundlage für eine Freundschaft. Als sie zurückkam, eingehüllt in einen flauschigen weißen Morgenmantel, das Haar zerzaust, ohne Make-up, glaubte er, sie sehe einfach zauberhaft und sehr viel jünger aus. Er stand auf. »So siehst du also wirklich aus? Einfach großartig.«

Sie lächelte verbittert. »Was vorbei ist, ist vorbei.«

»Du bist noch immer eine schöne Frau, Rosemary.«

Er berührte ihren Nacken, spürte ihr Erschauern und ließ seine Hand sanft zu ihrer Wange gleiten.

Sie fasste seine Hand und hielt sie fest. »Trevor … ich …«

»Sag nichts. Ich denke, wir verstehen einander sehr gut. Die einzige Frage, die du stellen könntest, lautet, warum ich so lange gebraucht habe, bis ich zu Sinnen gekommen bin. Sollen wir ins Bett gehen? Sollen wir es so anfangen? Oder hast du einen besseren Vorschlag?«

Sie zog ihn ins Schlafzimmer, dann zögerte sie nervös. »Ich habe das Gefühl, ich bin im Kreis gelaufen und habe nun wieder den Ausgangspunkt erreicht.«

»Ich muss zugeben, es ist schon eine Weile her.« Er lachte unsicher.

»Ich hab mir erzählen lassen, es sei wie Rad fahren. Man verlernt es nie.«

»Sam wollte wissen, ob ich dazu noch in der Lage bin. Ich hab ihr gesagt, ja, klar. Aber ehrlich gesagt: Ich weiß es wirklich nicht.«

»Trevor, ich liebe dich.«

Er zog ihr den Morgenmantel aus und sah sie mit unverhohlener Bewunderung an. »Wenn ich gewusst hätte, was sich darunter verbirgt, dann hätte ich keine Sekunde gezögert …«

Sie sah ihn schüchtern an, und plötzlich brachen sie in schallendes Gelächter aus.

Danach lag Rosemary mit dem Kopf auf seiner Schulter und fuhr mit dem Finger über seinen Brustkorb. »Du warst wundervoll.«

»Ich hab's ja lange genug aufgespart.«

Sie strich ihm über den Wangenknochen und die Lider. »Weißt du was? Ich liebe dieses Gesicht schon sehr, sehr lange.«

»Ich liebe dich auch.« Er drehte sich ihr zu, schlang seine Arme um sie und bedeckte sie mit sanften Küssen.

»Soll ich Kaffee machen und ihn ans Bett bringen?«

»Hm! Ja. Hast du was dagegen, wenn ich dein Telefon benutze?«

»O Trevor, wie kannst du das nur fragen? Du bezahlst doch die Rechnung.«

Sie hörte ihn wählen. »Hallo, Sam. Ja, ich weiß vom Feuer. Wenigstens haben wir die Dateien. Wir schaffen das schon. Rosemary sagt, es sei nicht so schlimm. Was wohl vor allem dein und Johns Verdienst ist. Ich komme wahrscheinlich zu spät zum Frühstück, vielleicht bringe ich auch Rosemary mit …« Er hielt inne, dann hörte sie ihn lächeln. »Mädchen, kümmere dich um deinen eigenen Kram!« Er legte auf.

Rosemary kletterte wieder zu ihm ins Bett, legte ihren Kopf auf seine Schulter und sah zur Decke.

»Es gibt etwas, das ich dich schon immer hatte fragen wollen, und jetzt musst du es mir erzählen. Es ist wichtig. Erinnerst du dich noch, damals in Saudi-Arabien im Konsulat, als du hereinkamst und sagtest: ›Machen Sie es nicht!‹ – und mich dann in dein Büro mitgenommen und versucht hast, mich nach Großbritannien zu bringen? Wurdest du gebeten, mir zu helfen, oder war das deine eigene Idee?«

»Dieser Dreckskerl hätte ja noch nicht einmal seine eigene Mutter aus dem Meer geholt.«

Sie schlang ihre Arme um ihn. »Du hast mein Leben gerettet.«

Das erinnerte ihn an etwas. »Rosemary, ich will, dass du mit ins Haus kommst und auch dort bleibst. Du bist hier nicht sicher.«

»Und Tibby?«

»Na ja, ich hab darüber nachgedacht, ob du es glauben willst oder nicht. Du kannst das Zimmer im Erdgeschoss haben, das wir das Frühstückszimmer nennen. Mach dein Privatbüro daraus. Es führt auf einen von einer Mauer umschlossenen Garten hinaus, in den Tasha nicht eindringen kann. Schau, Rosemary«, und er setzte sich auf, »ich bin mir sicher, du kommst damit zurecht. Frauen sollen solche Dinge ja können. Als Hausherrin kannst du tun und lassen, was du willst. Ach, und halt nach jemandem Ausschau, der deine Stelle im Büro übernehmen könnte.«

»Wird Sam etwas dagegen haben?« Sie hatte sie in diesem Sommer sehr lieb gewonnen und hätte ihre Beziehung zu ihr nur ungern aufs Spiel gesetzt.

»Ganz im Gegenteil. Sie geht mir schon seit geraumer Zeit auf die Nerven und wollte wissen, warum ich mit dir nicht zusammen bin. Und Julie vergöttert dich geradezu. Das wäre also geregelt, oder?«

»War das eine Frage?«

»Vielleicht hätte ich es ein wenig besser formulieren sollen.«

Rosemary zuckte mit den Schultern.

»Gib mir Zeit, um das Chaos, das im Moment herrscht, auf die Reihe zu bekommen, und ich verspreche dir, dass ich meine Aufmerksamkeit auf etwas romantischere Dinge lenken werde.«

»Lass mich nur mit den Mädchen reden. Wenn sie nichts dagegen haben, dann kannst du meinetwegen tun und lassen, was du willst.«

»Wenn das so ist, dann komm her zu mir ...«

## 48

Die Morgendämmerung war noch nicht angebrochen. Sam schlief, doch Richard hatte fast die gesamte Nacht wach gelegen und über einen Ausweg aus ihrer schwierigen Situation nachgedacht. In Großbritannien war die Zeit für kleine Brauereien abgelaufen, es sei denn, die britische Regierung würde sich zu steuerlichen Zugeständnissen durchringen, was allerdings mehr als unwahrscheinlich war. Welche Möglichkeiten gab es also? Die Produktion und Kapazität erhöhen? Aber was nützte das, wenn die Kunden fehlten?

Sams einzige Hoffnung, so sah es Richard, bestand darin, mehr zu exportieren. Mit den Preisen in Westeuropa konnte sie allerdings nicht konkurrieren. Das brachte ihn auf Amerika, das groß genug war, um die gesamte britische Bierproduktion aufzunehmen. Amerika stellte zwar sein eigenes Bier her – doch lebten dort so viele Menschen, sodass jedes Getränk einen Absatzmarkt finden könnte. Das Geheimnis lag lediglich darin, die potenziellen Kunden zu erreichen und ihnen etwas zu verkaufen, das sie *neben* dem Bier wollten. Sam brauchte etwas, das an ihre Emotionen appellierte.

Was bedeutete den Amerikanern am meisten? Mut, der Wille, sich gegen widrige Umstände zu behaupten, das Überleben des kleinen Mannes – oder der kleinen Frau. Und was fehlte in Amerika? Gewiss nicht Bier. Aber Geschichte, dachte er.

Wie konnte Sam ihrem Bier eine historische Komponente verleihen? Und wie es so hindrehen, dass damit auch noch Mut, Durchhaltevermögen und all die anderen Eigenschaften angesprochen wurden, die die Amerikaner so sehr verehrten?

Richard schlüpfte aus dem Bett, setzte sich ans Fenster, blickte über den Kanal und dachte nach. Gab es etwas, das einzig und ausschließlich Sam gehörte? Natürlich! Plötzlich passte alles zusammen.

Er legte sich wieder neben sie. Sein letzter Gedanke vor dem Einschlafen galt der Frage, wie er es anstellen sollte, dass Sam selbst auf die Idee kam – ansonsten würde sie sich nicht darauf einlassen.

Er wachte auf, als Sam ihn rüttelte. »Es ist Morgen, Richard. Du musst gehen. Ich will nicht, dass Großvater uns hier findet.«

Er setzte sich schlaftrunken auf. Sie sah müde aus; wahrscheinlich machten sich ihre Sorgen bereits morgens nach dem Aufwachen als Knoten im Magen bemerkbar.

»Hör zu, Sam, lernen wir doch aus der Geschichte. Ihr Briten habt euch doch seit Jahrhunderten gegen hohe Steuerabgaben zur Wehr gesetzt. Ihr seid die Nachfahren von Menschen, die wussten, wie sie sich durchzusetzen hatten. Was haben denn eure Vorfahren getan, um das Steuerproblem in den Griff zu bekommen? Und hat es funktioniert?«

»Willst du mir damit etwas sagen?«

»Ich hab nur laut nachgedacht.« Und damit ging er. Er schlich die Treppe hinab, hoffend, dass Trevor ihn nicht hörte.

Die Arbeit war für Sam seit einiger Zeit vor allem mit Unannehmlichkeiten verbunden. Dearlove rief jeden Tag an und forderte Geld, das sie nicht hatte. Gläubiger gingen ihr auf die Nerven. Der Messeauftritt in Pilsen hatte ein kleines Vermögen gekostet. Sie hatte dadurch zwar Aufträge gewonnen, Gregs Kunden allerdings beglichen die Rechnungen nur zögerlich. Außerdem wollte die Versicherung wegen des Verdachts auf Brandstiftung nicht für die Schäden aufkommen. Einige Gutachter wollten am Morgen erscheinen und sich umsehen. Glücklicherweise war im Lager nur wenig zerstört worden.

Auf der Habenseite konnte sie jedoch verbuchen, dass sie eines der besten Bier-Mix-Getränke Großbritanniens produziert hatte, das für den Jugendmarkt wie geschaffen war. Sie hatte das Gefühl, dass es sich auch in den USA wunderbar verkaufen würde – wenn sie denn das Geld hätte, um es dort zu vermarkten. Wenn Richard nur für den Titel zahlen würde ...

Sie machte sich Sorgen wegen Greg. Er rief täglich an, um neue Aufträge durchzugeben, die sie unter dem Vorwand, sie könne sie aus Kapazitätsgründen nicht erfüllen, ablehnte. Balatons Warnung ging ihr nicht aus dem Kopf.

Rosemary erschien ein wenig verspätet zur Arbeit; sie sah sehr glücklich aus.

Vergnügt trällerte Sam den Refrain von »All You Need is Love«.

Rosemary errötete. Sie starrte Sam an und sagte dann: »Trevor will, dass ich nach Woodlands ziehe. Ich habe ihm noch keine Antwort gegeben. Ich meinte, ich möchte erst mit dir und Julie reden. Was hältst du davon, Sam?«

»O Rosemary, das solltest du doch wissen!« Sam stand auf

und umarmte sie. »Nichts würde mich glücklicher machen. Das gilt auch für Julie. Frag sie ruhig, aber sie hat dich doch immer geliebt. Das weißt du doch.«

»Wenn das so ist«, antwortete Rosemary, »dann mach dir um mich keine Sorgen. Aber was ist mit dir? Du siehst so betrübt aus.«

Sam zwang sich zu einem schwachen Lächeln. »Ich brauche eine gute Marketing-Idee, eine teure Werbekampagne können wir uns nicht mehr leisten. Etwas, wodurch ich in die Zeitungen und vielleicht sogar ins Fernsehen komme. Etwas, wodurch sich die Leute an Woodlands erinnern, wenn sie das nächste Mal Bier kaufen. Wir haben diese tolle neue Sorte. Es besteht, ob du es glaubst oder nicht, aus Ale und Met.«

»Wirklich? John hat sie mir zum Probieren gegeben. Sie schmeckt wirklich gut.«

»Aber ohne richtiges Marketing wird sie sich nicht verkaufen.«

»O Sam, sag doch so was nicht.«

»Hör zu, ich hab eine ziemlich verrückte Idee. Richard hat mich darauf gebracht, ich weiß nicht, ob er es wirklich so gemeint hat. Ich dachte, ich könnte Lady Godivas Ritt wieder aufführen, durch den sie gegen die hohen Steuern protestiert hat.«

»Soll das dein Ernst sein?«

»Was hältst du davon?«

»Könnte vielleicht klappen«, murmelte Rosemary. »Du kannst gut reiten, und wir könnten dir eine Perücke besorgen, die dich verhüllt … Sam, das ist eine fantastische Idee. Aber sie muss bekannt gemacht werden.«

»Ich werde Walter anrufen.«

»Könnten wir keinen Besseren nehmen?« Rosemary sah unsicher zu Sam. »Ich weiß, ihr seid befreundet, aber …«

»Wir haben kein Geld, und außerdem ist er gut, Rosemary. Wirklich!«

»Worum geht es denn?«

John stand in der Tür.

»John, hör dir das an«, sagte Rosemary.

John sah sie erst zweifelnd, dann völlig ungläubig an. Schließlich war er begeistert. »Wenn du den Mut hast, es zu tun, Sam, dann unterstützen wir dich. Und wir müssen uns einen Namen ausdenken. Ich hab auch schon eine Idee – ›Sinal*po*‹.«

Rosemary verzog das Gesicht.

»›Godiva‹?«, schlug Sam fragend vor.

John runzelte die Stirn. »Teilen wir den Namen doch einfach. ›Go-Diva‹, das könnte funktionieren.«

»Gefällt mir«, erwiderte Sam. »›Diva‹, so heißt der Drink, und ›Go-Diva‹ bedeutet: Geht, holt euch die Diva.«

»Ja, aber was hat das mit einer Sängerin zu tun?«, fragte Rosemary.

»Nichts! Muss es auch nicht. Wo ist dein Wörterbuch, Rosemary?« Rosemary schob es über den Tisch, und Sam blätterte durch die Seiten. »›Diva – die Göttliche, weibliche Form von *divas,* göttlich, Göttin, auch erste Sängerin, *prima donna*.‹ Perfekt!«

»Und es schmeckt *göttlich*«, fügte Rosemary hinzu.

»Und man wird sich dadurch an deinen Ritt erinnern. Du wirst auf dem Gaul wie Venus aussehen, so splitterfasernackt«, sagte John.

»Alles, was ich brauche, ist Mut, um es durchzuziehen«, erwiderte Sam nachdenklich.

49 Sie war die einzige Person in Woodlands, die noch bei Trost zu sein schien, so kam es Sam jedenfalls vor. Rosemary war der Panik nahe. Sie trippelte in hochhackigen Sandalen nervös umher und reichte Sam das Make-up, Haarnadeln, Bürsten und

sprach ihr gut zu. Seitdem ihr zu Ohren gekommen war, dass sich Großmutter immer todschick gekleidet hatte, hatte sie ihre Garderobe radikal umgestellt. Mit den Perlenkettchen, Twinsets und züchtigen Schuhen war es nun vorbei.

»Heutzutage ist es völlig normal, sich nackt zu zeigen, Liebes«, sagte sie. »Stell dir einfach vor, du seist an einem französischen Strand. Oder, noch besser, du würdest in einem Club in Soho arbeiten. Das erste Mal, dass ich nackt auf der Bühne stand, war in ›Savages‹«, plapperte sie in einem fort. »Nicht in dem Westend-Stück, sondern einer kleinen Eigenproduktion, die wir in Saudi-Arabien aufgeführt haben. Solange ich meinen Rubin im Bauchnabel hatte, fühlte ich mich bekleidet. Sam, soll ich ihn dir leihen?«

»Danke, aber das ist nicht nötig.«

Warum habe ich keine Angst?, fragte sich Sam. Vielleicht, weil alles so unwirklich schien. Als würde sie sich einen Film ansehen.

Julie kam hereingeplatzt. »Die Regierung hat auf deinen Protestbrief gegen die hohe Steuerlast geantwortet. Schau, hier ist das Wappen des Unterhauses auf dem Umschlag.« Sie wedelte damit vor Sam herum.

»Schön, mach ihn auf!«

Julie zog ein Blatt heraus und las vor: »Für den Südostteil des Landes sind kalte Winde und Regen vorhergesagt. Hoffentlich ist Ihre Perücke warm genug. Alles Gute.«

»Was zum …«

»Wer hat ihn unterzeichnet?«, fragte Rosemary.

»Du wirst es nicht glauben.« Julie hielt ihnen den Brief hin.

»Wow!«

»Weiß eigentlich Großvater davon, Sam?« Julie wirkte besorgt.

»Nein.«

»Dann ist er der einzige Mensch in ganz Großbritannien, der nicht Bescheid weiß«, sagte Rosemary. »Die Presse weiß davon, die BBC weiß es, die Leute aus dem Dorf – sie haben versprochen, Plakate zu basteln und dich anzufeuern. Die Bierbrauer wissen es. Aber kümmert es irgendjemanden? Wie ich schon gesagt habe, heutzutage ist es völlig normal, sich auszuziehen.«

»Wenn man davon absieht, dass es ungesetzlich ist«, fügte Sam hinzu. »Vielleicht kommt sowieso niemand, von den üblichen Passanten einmal abgesehen.«

»Inspektor Joyce wird kommen«, sagte Julie. »Darauf kannst du dich verlassen.«

»Neville hat versprochen, mich nicht zu verhaften, bis die Show vorüber ist.«

»Nett von ihm. Und Luther wird da sein«, erzählte ihr Julie. »Er passt auf, damit keiner deinem Pferd zu nahe kommt.«

»Natürlich.«

»Walter und die Leute aus der Agentur müssen auch da sein.« Sam wirkte beunruhigt. »Das sollten sie zumindest, schließlich waren sie für die Publicity verantwortlich. Und sie müssen Fotos schießen und Presseerklärungen herausgeben, falls niemand von der Presse auftauchen sollte.«

Rosemary sah auf ihre Uhr. »Es ist fast neun. Wir sollten dir jetzt die Perücke überziehen.«

Sie war aus Rosshaar gefertigt und würde Sam vom Kopf bis zu den Knien bedecken. Und sie wog eine Tonne, wie Rosemary bemerkte, als sie sie Sam aufsetzte.

»Ich mach mir noch immer Sorgen wegen Mirabelle«, sagte Sam. »Sie ist ein wenig nervös.«

»Richard hat darauf bestanden …«, warf Julie ein.

»Richard!« Plötzlich war Sam wie verwandelt; sie benahm sich wie eine Furie. »Er ist in den Staaten, ich hab's nachgeprüft.«

»Ja, das ist er«, erwiderte Julie. »Vor seinem Abflug sagte er, es müsse eine weiße Stute sein, damit es den historischen Fakten entspricht.«

Rosemary sah von ihrer Uhr zum Zeitplan, dann streckte sie den Kopf aus dem Fenster. »Da kommt ja Mona mit Mirabelle.«

»Mona?«

»Ich dachte, eine Frau wäre dir lieber, die dir beim Ausziehen hilft.«

Sam strich das raue Haar auseinander und betrachtete sich im Spiegel. Unter der Perücke, die wie ein Zelt über ihr lag, sah sie nur ein Auge herausspähen.

»Kommt schon«, hörte sie Mona rufen.

»Gehen wir!« Sam schritt die Treppe hinab.

Als Sam sich der Stute näherte, rollte diese mit den Augen und schlug mit den Hinterbeinen aus.

»Das kommt von der Perücke«, hörte Sam unmittelbar hinter sich Trevors Stimme. »Sie sollte Scheuklappen tragen. Geht mal kurz zur Seite – ich hab welche mitgebracht.«

»O Großvater«, sagte Sam mit zitternder Stimme. »Du solltest davon doch gar nichts wissen.«

»Ich hab die Ankündigung im ›Herald‹ gelesen. Die Journalisten werden direkt hinter dir sein. Es kann sehr chaotisch werden. Lass dich auf keinen Fall abwerfen – zwischen dir und den Pflastersteinen ist dann nichts mehr.«

Sam schlüpfte aus dem Kimono. »O Gott, ist das kalt.«

»Du läufst ja jetzt schon blau an«, sagte Julie.

»Kannst du viel von mir sehen?«

»Nur von den Knien abwärts«, log Julie.

»Okay, Sam. Jetzt bist du auf dich allein gestellt. Wir drei werden versuchen, dir in meinem Mini so dicht wie möglich zu folgen«, rief Rosemary. »Viel Glück!«

Trevor ging in sein Büro zurück, schaltete den Fernseher an und setzte sich. Von seinem Armsessel aus konnte er Sam besser verfolgen als auf der Straße. Er hatte großes Vertrauen in Richards Marketing-Anstrengungen, vor allem, nachdem er eine der besten PR-Agenturen eingeschaltet hatte. Weder Trevor noch Richard hielten besonders viel von Walter.

Sams Gesichtsfeld war durch den dicken Haarschleier sehr begrenzt. Als sie in die Hauptstraße einbog, sah sie, dass beide Seiten ihrer Route dicht mit Demonstranten besetzt waren. Würden sie versuchen, Mirabelle in Angst und Schrecken zu versetzen? Sie spähte durch das Haar, um die Plakate zu lesen: »Runter mit der Gewerbesteuer«; »Die nackten Fakten der Sündensteuer«; »So sieht die nackte Wahrheit der stümperhaften Regierungspolitik aus«; »Den Brauern wird das letzte Hemd ausgezogen«.

»Wow!«, murmelte sie. Als sie ihnen zuwinkte, erscholl von beiden Seiten lautstarkes Gejohle. Sam war von ihren Gefühlen überwältigt; sie versuchte, sich zusammenzureißen.

»Bringen wir's hinter uns, was?«, sprach sie zum Pferd und ließ Mirabelle im Schritt gehen. Die Stute stellte die Ohren steif, warf ihren Kopf herum – und los ging's.

Ein leichter Wind strich über ihren Körper, das septemberliche Sonnenlicht wärmte ihre nackten Schultern. Sam spürte, dass ihr Körper die ungewohnte Freiheit genoss.

Vor sich sah sie eine große Menschenmenge und unzählige Fahrzeuge. Die Straße schien versperrt zu sein, und das Sonnenlicht glänzte auf Hunderten von Spiegeln. Erst dann wurde ihr bewusst, dass es Kameras waren.

Trevor hatte es sich in seinem Armsessel bequem gemacht, schenkte sich seinen zweiten Scotch ein und versuchte sich zu entspannen, während er dem Fernsehkommentator zuhörte.

»Hier spricht Bob Hume live aus Bourne-on-Sea in Kent. Guten Morgen, verehrte Zuschauer, am heutigen Tag hat eine mutige junge Frau, Samantha Rosslyn, der Regierung den Fehdehandschuh hingeworfen – eine Aktion, die schwerlich ihr Ziel verfehlen wird.« Er lächelte in die Kamera. »Sam führt heute den Ritt ihrer berühmten Vorfahrin Lady Godiva wieder auf, die um das Jahr 1060 nackt durch die Straßen von Coventry geritten ist, um ihren Ehemann zu zwingen, den armen Bürgern der Stadt die Steuern zu erlassen.

Samantha ist der letzte Spross einer alteingesessenen Brauerfamilie, ihre Brauerei allerdings ist von der Schließung bedroht – ein Problem, mit dem fast alle klein- und mittelständischen Brauereien in Großbritannien zu kämpfen haben. Allen macht der große Konkurrenzdruck durch billiges europäisches Bier zu schaffen. Sams Ritt soll die Regierung dazu bewegen, die so genannte ›Sündensteuer‹ zu überdenken, eine besondere Abgabe, die Bierbrauer zu leisten haben.

Doch anders als bei Lady Godivas historischem Ritt haben sich die Stadtbewohner nicht in ihren Häusern verkrochen. Ganz im Gegenteil, sie sind in großer Zahl erschienen, um sie in ihrem Vorhaben zu unterstützen. Schauen Sie nur!« Die Kamera hielt auf die Zuschauermenge. »Schulkinder, Pfadfinder, Radfahrer, Hausfrauen, Touristen – alle sind da und haben sogar ihre Hunde mitgebracht. Und da kommt sie.« Seine Stimme wurde lauter. »Sie ist von Hunderten von Demonstranten umgeben, die sie auf der drei Kilometer langen Strecke begleiten.«

Trevor hörte den Jubel, der von der Menge zu beiden Seiten der Straße ertönte.

»Während wir hier auf sie warten, können wir ja einige der Zuschauer fragen. ›Entschuldigen Sie, Sir. Können Sie mir sagen, warum Sie heute hier sind?‹«

»Ich bin Polizist. Bill Keene, so heiße ich. Ich habe dienstfrei und bin gekommen, um sie zu schützen, wenn es nötig werden sollte. Deswegen sind wir alle hier. Sie ist in der Gegend hier eine Heldin. Sie hat ein lukratives Übernahmeangebot für ihre Brauerei ausgeschlagen, damit die Einheimischen ihre Arbeit nicht verlieren. Es gehört also jetzt zu unserer Pflicht, ihr ebenfalls beizustehen, nicht wahr?«

»Und die Gewerbesteuer?«

»Je schneller sie gesenkt wird, umso besser. Kleine Betriebe bilden doch das Rückgrat der britischen Wirtschaft. Es ist kurzsichtig und unverantwortlich, sie durch zu hohe Steuerabgaben in ihrer Existenz zu bedrohen.«

»Danke, Bill Keene. Das ist also die Meinung der örtlichen Polizei. Und über uns kreist ein Helikopter, der nun tiefer geht. Um Himmels willen, er ist schon viel zu niedrig. Das kann gefährlich werden. Sams Pferd gerät in Panik. Wow! Das Pferd bricht aus. So was sieht man sonst nur im Rodeo, wie fürchterlich, das kann böse enden …«

Der Lärm des Helikopters war ohrenbetäubend. Sam hing mit einer Hand am Zügel, mit der anderen versuchte sie, dem Piloten zu signalisieren, dass er sich entfernen sollte. Doch er ging immer tiefer; Sam spürte den Aufwind, den die Rotorblätter erzeugten, und plötzlich wurde ihre Perücke in die Luft gerissen, als wäre sie ein dünnes Federkleid, und im Luftstrom davongetragen.

Mirabelle schwitzte stark. Die Menschenmenge und die Spruchbänder hatten sie von Anfang an nervös gemacht, nun jedoch, als sie sich dem Dorfkern näherten, jagten ihr die Schreie, das Blitzlichtgewitter der Reporter und der dröhnende Helikopter noch mehr Angst ein. Sie wollte durchgehen, nur durch die Zügel ließ sie sich noch zurückhalten; sie versuchte, ihre Reiterin abzuwerfen und schlug mit den Hufen aus – sie stand kurz vor der Panik. Die Menge wich zurück. Einige Leute kreischten, was Mirabelles Furcht und Schrecken nur steigerte.

Sam dachte in diesen furchtbaren Augenblicken nur daran, dass jemand verletzt werden könnte. Irgendwie musste sie die Stute und ihre tödlichen Hufe unter Kontrolle bringen. Lass dich nicht abwerfen, hatte Großvater gesagt. Sie klammerte ihre Beine um die mächtigen Flanken und versuchte mit dem feuchten, rutschigen Pferderücken zu verschmelzen, während sie die ganze Zeit damit kämpfte, den Kopf der Stute unten zu halten. Endlich kam Mirabelle widerstrebend zum Halt, zitternd stand sie auf der Straße. Dann stieg der Helikopter höher und entschwand in Richtung Rathaus.

»Okay, Mirabelle, jetzt ist es vorbei«, sprach Sam beruhigend. »Gut gemacht, Mädchen. Dann lass uns die Sache über die Bühne bringen.«

Sam hielt Mirabelle am kurzen Zügel und ließ sie mit erhobenem Haupt langsam weiterschreiten.

Die Menge schickte dem Presse-Hubschrauber noch Buhrufe und Verwünschungen hinterher, während dieser abdrehte.

»Puh!«, sagte der Kommentator. »Sam, nun ohne Perücke, hat das Pferd wieder unter Kontrolle. Das war das aufregendste Reiterkunststück, das ich jemals gesehen habe, verehrte Zuschauer. Sie ist eine ganz außerordentliche Reiterin. Sie hat sich nicht abwerfen lassen.

Sie wird nun ihre Petition Roger Whitlock übergeben, dem Unterhausmitglied dieses Wahlkreises, der auf den Stufen zum örtlichen Postamt steht und das Anliegen dann der Regierung vortragen wird. Gratulation an Samantha Rosslyn, der Brauerin aus Kent, die der Regierung heute einiges zum Nachdenken gegeben hat. So viel aus Bourne-on-Sea in Kent – und auf Wiedersehen von Bob Hume.«

Für Richard war der Anblick Sams, die mit dem Pferd kämpfte und es zu zügeln versuchte, beinahe unerträglich. Die dreiminütige Rodeo-Aufführung schien Stunden zu dauern. Wäre sie gestürzt, wäre er im Bruchteil einer Sekunde bei ihr gewesen. So zwang er sich, in der völlig entgeisterten Menge zu bleiben und jede ihrer Bewegungen zu beobachten. Als sie das Pferd wieder unter Kontrolle hatte, ging ein hörbarer Seufzer der Erleichterung durch die Menge. In diesem Augenblick wusste er, dass er sie liebte.

Wo zum Teufel steckte Rosemary? Sie sollte doch mit Sams langem Mantel hier sein. Dann sah er, dass sie mit ihrem Wagen weiter hinten im Stau festsaß. Glücklicherweise hatte er Sams Regenmantel mitgebracht.

Er sah Sam die Petition überreichen. Das Unterhausmitglied schwitzte vor Verlegenheit, seine Hände zitterten so stark, dass es sogar aus einiger Entfernung zu sehen war, und er starrte einen Punkt kurz über Sams Kopf an.

»Runter mit der Steuer!«, rief Sam, und die Menge fiel lautstark mit ein.

Rosemary kam mit Sams Mantel angelaufen. Sie hatte ihre Schuhe ausgezogen, ihr Kleid war zerrissen. Sam stieg vom Pferd, das Julie wegführte.

Plötzlich war alles vorbei. Sam war umschlossen von der bewundernden Menge. Jeder wollte ihr gratulieren. Sie brauchte ihn jetzt nicht, und so beschloss Richard, sich zu entfernen. Nur eines war noch zu tun: Er wollte den Hubschrauberpiloten ausfindig machen.

## 50

Julie kam es vor, als würde ganz Bourne-on-Sea durch ihre Einfahrt pilgern, um sie zu beglückwünschen. John holte einen Kasten Bier nach dem anderen, die in schneller Reihenfolge geleert wurden. Um zehn Uhr erschien Inspektor Joyce, um Sam die Anzeige zu übermitteln. »Keine Sorge«, sagte er mit jovialem Unterton. »Es ist Ihr erstes Vergehen, daher werden wir es bei einer Verwarnung belassen. Was sollen wir denn sonst tun nach dieser umwerfenden Publicity?«

Um elf hielt die Familie eine nachträgliche Lagebesprechung ab, die zu einer großen Feier wurde. Das Projekt wurde als der Erfolg des Jahres, wenn nicht des Jahrzehnts bewertet.

Richard mit seinem ironischen Lächeln stieß ebenfalls dazu.

»Na, wie ist es gelaufen?«, fragte er Julie.

»Ausgezeichnet. Meine Schwester, die Rodeo-Reiterin, ist die Heldin des Tages. Die verdammte Mirabelle hätte sie beinahe abgeworfen.«

»Nein, ich bin nicht die Heldin des Tages«, sagte Sam. »Das ist jemand anderes. Warst du das, Rosemary? Hast du die Pfadfinder, die CAMRA, die Brauer und ihre Familien und weiß Gott noch wen dazu überredet, sich in den Straßen und auf dem Marktplatz zu versammeln, Plakate zu schwenken und mich anzufeuern?«

»Ich wünschte, ich hätte es getan«, sagte Rosemary.

»Julie?«

»Leider nicht.«

»Trevor?«

Er schüttelte den Kopf und sah sie traurig an.

»Jemand«, begann Richard, »hat das Gerücht verbreitet, dass Hollywood-Regisseure die Aufnahmen auf mögliche Kandidaten absuchen, die als Komparsen für die Hollywood-Produktion in Frage kommen könnten – einen Film, der *angeblich* hier gedreht werden soll. Das haben mir einige Dutzend Leute erzählt. Und ich habe erfahren, dass jemand ein ganz abgefeimter Lügner sein soll. Jemand, der sonst ehrlich und über jeden Makel erhaben ist, wurde der Lüge bezichtigt.«

Unerklärlicherweise brach Sam in Tränen aus.

Trevor sah sie entsetzt an. »Ich kann mich nicht erinnern, dass sie das jemals getan hat«, sagte er zu Richard, »selbst nicht, als sie noch klein war.«

»Sie steht unter Schock«, erklärte Richard, »und ich fürchte, es wird noch schlimmer kommen, weil … Na ja, Sir, hier ist Ihr

Scheck. Ich nehme meine Option auf den Titel und die dazugehörenden Urkunden wahr. Vollkommen legal. Zwei Millionen Dollar, der vereinbarte Preis, und wir befinden uns noch innerhalb der Optionsfrist. Bei Gelegenheit hätte ich gern eine Quittung.«

»Ja, natürlich.« Trevor sah aus, als würde er gerne etwas anderes sagen, allerdings fiel ihm nichts Rechtes ein. »Verstehen Sie, Richard«, begann er etwas verlegen, »wir mögen Sie alle sehr gern, deshalb möchte ich hervorheben, dass es keinerlei Hinweise auf die Existenz der Urkunden gibt.«

»Klar. Aber ich habe das Gefühl, als würde ich sie trotzdem finden.«

»Gut, dann lege ich das Geld auf ein Treuhandkonto, sodass es dem Käufer zurückgezahlt werden kann, falls die Urkunden nicht auftauchen.«

»Sir, so läuft das nicht«, erwiderte Richard lachend. »Kommen Sie auf den Boden der Tatsachen, Trevor. Wenn diese Dokumente auftauchen, sind sie zehnmal so viel wert wie der Preis für den Titel. Das heißt, unser Historiker bekommt sie zum Sonderpreis. Dafür allerdings muss er ein gewisses Risiko eingehen. Kein Gewinn ohne Risiko. Eine Grundregel der Wirtschaft.«

»Genauso ist es«, platzte Julie heraus.

Sam putzte sich geräuschvoll die Nase und starrte Richard an. »Ich möchte mit dir reden, Richard. Gehen wir in die Bibliothek. Und lasst euch nicht bei eurer Feier stören. Wir sind gleich wieder zurück.«

Richard folgte ihr, bewunderte ihre aufrechte Haltung, die elegante Schulterlinie und ihr schmale Hüfte. Hätte er es aufs Heiraten abgesehen, würde er sie vom Fleck weg nehmen.

Sie schlug die Tür zu und ließ sich in einen Sessel fallen. »Trevor mag dich. Meine gesamte Familie mag dich. Ich kann es nicht ertragen, wie du einen nach dem anderen übers Ohr haust. Erst versprichst du ihnen Hollywood, jetzt bietest du einem naiven Historiker nicht existierende Urkunden an und sagst allen Leuten, dass sie vielleicht in einem Film mitspielen dürfen. Warum nur, Richard? Was springt für dich dabei heraus?«

»Die Freude, dir zu helfen, Woodlands wieder auf die Beine zu stellen. Daran hast du noch nicht gedacht, was?« Er malte sich aus, was sie sagen würde, wenn er ihr die Wahrheit erzählte.

»Nein! Das nehme ich dir nicht ab. Du bist kein Menschenfreund, nicht im Geringsten.«

»Da magst du Recht haben. Die Wahrheit ist: Ich versuche, mein schlechtes Gewissen zu beruhigen.«

»Wie?«

»Ich habe dich hinters Licht geführt, Sam.« Er fühlte sich sofort besser, nachdem er es ausgesprochen hatte.

»Das war das Einzige, dessen ich mir sicher war.« Sie sah auf; ihre Augen funkelten, sie biss sich in die Oberlippe.

»Trotzdem hast du mir einen Job angeboten«, fuhr er unverzüglich fort. »Das bedeutet mir sehr viel. Es zeigt, dass ich dir etwas bedeute.«

»O Richard, das weißt du doch. Du bist nicht blind. Ich bin es leid, diese Farce noch länger mitzuspielen. Ja, du bedeutest mir etwas, ich liebe dich sogar. Und? Rosemary sagte mir, ich solle an meine Träume glauben, aber jeder Trottel sieht doch, dass es für uns beide keine Zukunft gibt, solange die Brauerei nicht floriert.«

»Ich verstehe den Zusammenhang nicht.« Er verstand ihn sehr wohl und spürte, wie seine Wangen zu brennen anfingen.

»Na ja, einer von uns beiden muss doch den Lebensunterhalt verdienen.«

»Du meinst … Aber das … So plötzlich … Sam, Liebling, hör mir zu, und werde bitte nicht wütend. Mein Name lautet Richard Mann, die verkürzte Form von Mandelbaum. Ich habe ihn offiziell ändern lassen, weil er mir immer zu lang erschienen ist und weil ich, anders als mein Großvater, kein Jude bin. Meinem

Großvater gehört das Antiquariat, dessen Finanzierung ich übernommen habe, nachdem er vor einiger Zeit durch einen Brand in Schwierigkeiten gekommen ist. Daher kaufe und verkaufe ich über sein Geschäft. Und die Computerfirma Data Power, die, wie du ganz richtig herausgefunden hast, mich niemals beschäftigt hatte, war im Grunde meine eigene Firma.«

»Bitte, bitte!« Sam fasste sich mit einer theatralisch-verzweifelten Geste an die Stirn. »Erzähl mir nicht noch mehr dumme Geschichten. Du musst mich nicht anlügen. Meine Gefühle dir gegenüber werden sich nicht ändern. Verstehst du?«

Richard fühlte sich verletzt und frustriert. Warum glaubte sie ihm nicht? »Wie gesagt, ich habe das Unternehmen vor drei Jahren in den USA verkauft. Hier kennt man mich nicht, aber ein Anruf in der Zentrale genügt, und sie beschäftigen sich mit jedem Projekt, das ich vorschlage. Das war Teil des Kaufvertrags. Daher Porgys neuer Computer. Und übrigens, sag Walter, dass ich nicht im Gefängnis war. Ich habe nur an einem Buch geschrieben. Wenn ich mir etwas vornehme, dann verwende ich meine gesamte Zeit und Konzentration darauf. Zufällig befindet sich eines meiner früheren Bücher hier im Regal. Es hat mich gefreut, als ich es hier stehen sah.«

Ob er nicht vielleicht doch die Wahrheit sagte?, fragte sich Sam, als sie Richards Miene betrachtete. Er zog ein dickes Buch heraus, das Trevor gekauft hatte, da ihre Familie darin erwähnt wurde. Lächelnd reichte er es ihr.

Sam wog das Buch in der Hand und besah sich den Titel: »Das Domesday Book und sein Einfluss auf das Klassenbewusstsein im mittelalterlichen England«.

»Schau dir den Umschlag an, Sam. Dort findest du ein Foto von mir und meinen Namen, ich bin also eindeutig zu identifizieren. Natürlich fehlen die Fingerabdrücke. Tut mir Leid. Vielleicht könnte man bei zukünftigen Ausgaben …«

»Mistkerl.«

»Hör mir gut zu. Ich bin diesen Urkunden auf der Spur, und ich glaube, ich werde sie auch finden.« Er schlang seine Arme um ihre Taille und drückte sie an sich.

»Ja.« Sie war verblüfft und gekränkt zugleich. »Es gibt also gar keinen Dritten?«

»Nein, nur mich.«

»Warum hast du das nicht von Anfang an gesagt?«

»Ich lüge sonst nicht. Allerdings musste ich die Erfahrung machen, dass die Preise in den Himmel wachsen, wenn es sich herumspricht, ich sei hinter gewissen Dokumenten her. Und ich bin fast immer erfolgreich. Auf meinem bescheidenen Feld bin ich ziemlich berühmt, verstehst du?«

»Hast du schon was gefunden?«

»Nein, aber mein Instinkt sagt mir, dass ich sie finden werde. Deshalb habe ich den Titel erworben.«

»Das Geld können wir gut gebrauchen«, antwortete Sam.

»Aber wie lange wird es reichen? Hör mir ein letztes Mal zu, und nimm endlich meinen Rat an, statt immer nur auf Walter oder Greg zu hören. Wusstest du, dass du auf CNN zu sehen warst? Dein wunderbarer Auftritt wurde in den USA landesweit ausgestrahlt. Und jetzt ist es an der Zeit, dein Ale dort zu verkaufen. Ich habe unzählige Ideen für Etiketten, die den Ansprüchen des amerikanischen Marktes genügen. Ich habe sogar eine Werbeagentur darauf angesetzt: eine internationale Top-Agentur, die auch für die Publicity zu deinem Ritt gesorgt hat – und nicht dein billiger Ex-Liebhaber und sein Haufen.«

Sam sagte lange Zeit nichts. »Ich glaube, ich stehe unter Schock. Glaubst du wirklich, dass sich unser Bier in den Staaten verkaufen wird? Ist es schon zu spät, um sich noch für die Brauermesse in Denver anzumelden?«

»Nein, ich hab bereits in deinem Namen eine Buchung vorgenommen. Ich hab dir meine Hilfe angeboten, falls du dich erinnern willst.«

»Ich nehme sie an – danke. Trotzdem verstehe ich nicht, warum du dir das alles antust.«

»Aus dem gleichen Grund, warum ich auch die Filmfirma hierher bringe oder deine reizende Unfreundlichkeit ertrage – ich mag dich.«

»Und die Hollywood-Tycoons kommen wirklich?«

»Na ja, es handelt sich eher um ein kleines Unternehmen, an dem ich Anteile besitze. Sie hoffen auf den großen Durchbruch. Eigentlich sind es Verwandte vonseiten meines Großvaters.«

»Verzeih mir, dass ich so unfreundlich war.«

»Du musst dich nicht entschuldigen, Liebling. Du warst klug genug, um zu erkennen, dass ich dich anlüge und ich nicht der Typ bin, der einen Titel kauft. Wer lügt, muss damit rechnen, dass man ihm nicht glaubt.«

Sie versuchte ein Lächeln; es fühlte sich gut an. »Dann können wir das alles ad acta legen.«

»Nicht alles, hoffe ich. Ich hab einige sehr schöne Erinnerungen. Warte, bis ich die Tür verschließe. Wir sollten die seltenen Augenblicke, in denen wir uns nicht streiten, nutzen. Außerdem, glaube ich, liebe ich dich ebenfalls.«

Und dennoch hast du mich angelogen und wirst mit unseren Urkunden einen riesigen Profit machen, dachte sie. Ist das auch Liebe?

## 51

Paul, der Gärtner, fuhr mit einem zufriedenen Lächeln durch die Gegend und sang: »Weißt du, wie viel Blümlein blüühen hier auf unserem weiten Feld?« Er hatte sich einen eigenen Text zusammengereimt und den Bestellungen angepasst, die er tagsüber auslieferte.

»Butterblumen, Fingerhü-üte, Ringelblumen und Rosen. Dazu kommen die Lupi-inen, Vergissmeinnicht und Levkojen.«

Sein Geschäft blühte; die Bewohner von Bourne-on-Sea wetteiferten um den besten authentischen Garten, damit ihr Heim im vorgesehenen Film als Kulisse Verwendung fand. Rosen wucherten an Spalieren, Lavendel säumte die Wege, und in jeder Ritze wuchsen Gänseblümchen und Flohkraut. Ausgerissen wurden Tulpen und Agapanthus und ähnlich seltsame fremdländische Pflanzen. Paul sang den ganzen Tag, vor allem aber, wenn er seine Einkünfte auf die Bank trug.

Aber wann würden die Filmleute endlich kommen? Diese Frage ging jedem durch den Kopf. Der Vertrag mit der Produktionsfirma war bereits seit Wochen unterzeichnet. Sie hatten ihre Meinung doch nicht geändert?

Als die Zweifel erst gesät waren, verbreiteten sie sich wie eine Grippeepidemie im ganzen Dorf. Kaum jemand blieb davon unberührt. Als Symptome äußerten sich Übellaunigkeit, Unmut, das drängende Bedürfnis, die Rosenbüsche wieder auszureißen, und eine gewisse Nachlässigkeit, wenn es galt, Pauls Rechnungen zu begleichen.

Dann, an einem Samstagmorgen, wurde eine Stretch-Limousine gesichtet, die durch das Dorf fuhr und schließlich am Marktplatz anhielt. Die hintere Tür ging auf, und ein schmaler junger Mann mit zerzaustem schwarzem Haar, einer randlosen Brille und verwirrtem Gesichtsausdruck stieg aus.

Er sah sich um, entdeckte eine Gruppe von Frauen, die in einem Straßencafé Kaffee tranken, und sprach sie in seinem amerikanischen Akzent an. »Gibt's hier irgendwo eine Burg?«

Agatha erhob sich. »Sind Sie vom Film?«

»Wir sind die Voraustruppe, Ma'am.«

»Dann kommen Sie also wirklich! Das müssen wir feiern. Wie viele sind Sie?«

»Bislang fünf. Ich bin Bob MacKay, der Location Manager.«

»Ich bin Agatha, und das sind Maria und Mona. Kommen Sie, wir bringen Sie zur Burg.«

Die Crew wurde zum Castle Arms geführt, wo sie vom gesamten Dorf gefeiert wurde. Nach mehreren Drinks und Starkbier fühlten sich die Jungs etwas konfus. Sie machten sich in Richtung Burg auf den Weg und fielen dabei in die Brauerei ein, wo sie John sofort zum Testen der neuen Bier-Mix-Getränke einspannte. Sam erfuhr dies alles von Mona. Sie rief Richard, der die Truppe schließlich erlöste und in Rosemarys Cottage einquartierte.

»Hinter der Brauerei ist ein großes Bauernhaus«, erklärte Richard. »Dort werden Sie essen. Finden Sie sich dort zum Abendessen oder zum Tee ein, wenn Sie bis dahin bereits wach sind. Aber schlafen Sie sich erst mal aus. Und nehmen Sie sich vor den englischen Mädchen in Acht. Die meinen es nämlich ernst.«

Die fünf jungen Männer waren allesamt Workaholics, wie Sam schnell bemerkte. Sie standen bei Sonnenaufgang auf und arbeiteten bis Mitternacht. Sie organisierten die Unterkünfte, mieteten einige Wohnwagen und wählten die besten Häuser für die ersten Filmsequenzen aus. Sam benötigte einige Zeit, bis sie herausfand, dass sich unter ihnen auch der Regisseur befand, Irwin Levy, der bereits einige Kassenerfolge gelandet hatte. Mit seinen spitzen Ohren und den meist zusammengekniffenen grünen Augen sah er wie ein bösartiger Elf aus.

Mehrere riesige Wohnmobile wurden durch die engen Gassen manövriert und auf dem Feld neben der Burg aufgestellt, wo sie als Garderobe und Requisitenkammer dienten. Eine gesamte, von Pinewood gemietete Studioeinrichtung fand ebenfalls ihren Weg auf das Feld. Dazu kamen ein halbes Dutzend Wohnwagen für die Schauspieler und den Regisseur. Die Kostümbildnerin und ihre Assistentin trafen ein und packten ganze Ladungen mittelalterlicher Kostüme aus.

Bob MacKay wanderte mit einem Notizblock und einer Polaroidkamera durch das Dorf und suchte nach geeigneten Schönheiten, die in verschiedenen Filmszenen mitwirken sollten.

Drei Tage später erschien Jules Cameron, der Casting Director. Zu Sams großer Überraschung gelang es ihm, Rosemary dazu zu überreden, ihm für einige Wochen die Scheune zu überlassen. Er war riesig, übergewichtig, hatte große graue Augen, die hinter den dicken Brillengläsern ständig blinzelten. Er gehörte sicherlich nicht zu den attraktivsten Erscheinungen, wenn man jedoch die Frauen sah, die ihn die ganze Zeit umschwirrten, hätte man es beinahe glauben können. Fast alle Dorfbewohner stellten sich vor der Scheune an, dort wurde getestet, ob sie sich als Komparsen eigneten.

Rosemary erhielt als Belohnung eine Rolle als Nonne, Mona spielte eine Nachbarin, Richard den Dorftrottel und Helen eine Frau, über die sich das gesamte Dorf das Maul zerriss. Sam führte als Entschuldigung an, dass sie sich um die Brauerei kümmern müsse, überlegte aber, ob sie nicht vielleicht bei den Massenszenen mitmachen wollte. Julie zeigte keinerlei Interesse.

Zwei Wochen später trafen die Stars ein – und mit ihnen die Presse, die einige Zeit lang, sehr zu Sams Ärger, auf dem Rasen vor dem Haus kampierte.

Eine der Filmgrößen, Marilyn Darlowe, die in der Geschichte des Müllers die Frau des Zimmermanns spielen sollte, wurde von Richard in Heathrow abgeholt und nach Woodlands gefahren, wo sie untergebracht wurde. Er trug ihre Koffer ins Haus und stellte sie der Familie vor.

Sie sieht so gewöhnlich aus, dachte Sam.

»Ich hätte Sie nie erkannt, Marilyn«, meldete sich Rosemary zu Wort. »So sehen also Hollywood-Stars aus, wenn sie nicht das Sexsymbol spielen.«

»Ich versuche mich diesem Image so oft wie möglich zu entziehen.« Die Rolle des blonden Dummchens, auf die Marilyn festgelegt zu sein schien, hatte sie hinter sich gelassen.

»Ich denke, Sie wollen sich erst duschen und ausruhen. Ich zeige Ihnen Ihr Zimmer.«

Sie zögerte. »Ich dachte, ich hätte einen Wohnwagen. Wissen Sie, ich brauche meine Unabhängigkeit – und ein eigenes Bad. Außerdem verkehre ich nicht oft in Gesellschaft. Die Abende verbringe ich damit, meinen Text zu lernen.«

»Probieren Sie es doch einfach. Vielleicht wird Ihnen dort draußen einsam. Und wenn die anderen Schauspieler kommen, können Sie ja noch immer ausziehen. Außerdem haben Sie hier natürlich Ihr eigenes Bad.«

»Nur damit Sie Bescheid wissen.« Mit finsterer Miene blickte sie sich um. Ihren berühmten Charme zeigte sie anscheinend nur vor der Presse.

Ihr Handy klingelte. »Hallo, Liebling.« Plötzlich schien sie vor Angst in sich zusammenzufallen. »Nein, du musst dein Frühstück essen. Natürlich magst du Getreideflocken. Die isst du doch immer. Rupert, tu, was Hannah dir sagt. Ja, ich bin müde. Es dauert noch einige Tage, bis wir mit dem Drehen beginnen. Hallo, Hannah. Wo ist Jason? Im Bett? Warum?« Ihre Stimme schwoll zu einem schrillen Kreischen an. »Miss seine Temperatur, Hannah. Und ruf mich zurück, wenn was nicht stimmt. Hast du mich verstanden? Tagsüber oder auch nachts. Wenn Probleme auftauchen, dann ruf mich einfach an…«

Das Gespräch schien kein Ende zu nehmen. Sam wartete einige Zeit, dann ging sie.

Fünf Minuten später zeigte Rosemary Marilyn das größte Gästezimmer. »Wenn Sie wollen, können wir Ihnen die Mahlzeiten auch aufs Zimmer bringen. Was immer Sie wollen – sagen Sie es einfach.«

»Warum nehmen Sie das alles eigentlich auf sich?«, hörte Sam Marilyn fragen.

»Wegen des Geldes und weil der Vertrag Woodlands' Bier-Export ankurbelt – deswegen«, murmelte Sam leise für sich.

»So, eine ist erledigt, die anderen kommen noch. Aber es war nicht so schlimm. Eigentlich mag ich sie«, sagte Rosemary, als sie zurückkehrte. »Ich geh mal lieber in die Küche. Helen auf Trab zu halten ist eine Vollzeitbeschäftigung.«

Die männliche Hauptrolle, Kevin Quinn, traf noch am gleichen Tag ein und wurde sofort von Mona in Beschlag genommen. Sie schien darauf bedacht zu sein, ihn nur für sich zu beanspruchen. Sie zeigte ihm seine Suite, brachte ihm einen Drink und blieb eine halbe Stunde bei ihm. Dann raste sie in Rosemarys Zimmer, das die Familie vorübergehend als privaten Wohnraum nutzte, platzte in die Runde und blieb wie angewurzelt stehen, als sie Greg erblickte, der auf einen Drink vorbeigekommen war. Kurz nachdem er Rosemarys Schauspieltruppe beigetreten war, hatte sie ihm ein Stück geschrieben, das allerdings nie zur Aufführung gelangt war.

»Du hast Konkurrenz bekommen, Greg«, verkündete sie. »So sexy wie Kevin Quinn ist sonst niemand. Und er hat die wunderbarsten blauen Augen, die man sich nur vorstellen kann; sie sehen einen an, als …«

»Das ist sein Kapital«, erwiderte Greg trocken. »Ich verkaufe Alkohol, er verkauft laszive Blicke.«

»Greg, sei nicht eifersüchtig! Ich denke, Mona übertreibt ein wenig«, zog Sam ihn auf.

»Nein, das tu ich nicht«, blaffte Mona zurück. »Er ist einfach wunderbar.«

»Schon gut, Mona, wir haben's verstanden«, warf Rosemary ein. »Hast du ihm gesagt, dass es um acht Uhr Abendessen gibt?«

»Nein.«

»Dann solltest du das mal lieber tun.«

Am folgenden Abend gab Rosemary ihre erste offizielle Cocktailparty. Sie fand in Woodlands' Salon statt, und eingeladen waren an die fünfzig Gäste. Die Terrassentüren standen offen und führten auf den Rasen hinaus, der leicht zu dem von Eichen und Weiden gesäumten Fluss abfiel – eine idyllische Szenerie.

Die Einheimischen hatten sich aufgetakelt. Sam wusste, dass Agatha und ihre Mutter zum Einkaufen nach Paris geflogen waren. Mona trug ein kurzes weißes Kleid, das mit silbernen Fransen besetzt war, die schimmerten, wenn sie sich bewegte. Paul sah in seinem maßgeschneiderten Anzug, zu dem er nur ein schwarzes T-Shirt trug, einfach großartig aus. Der Vikar zeigte sich mit einem roten Kummerbund und ebensolchen Wangen. Er hatte den Talisker-Whisky für sich entdeckt. Sam fragte sich, ob sie ihn nach Hause fahren müsste; es wäre nicht das erste Mal. Sie hatte selten erlebt, dass so viele Dorfbewohner zusammengekommen waren – der Tierarzt und seine Frau waren erschienen, der Arzt, Jim, der Wirt, alle waren sie da. Sogar Julie hatte sich dazu überreden lassen, über ihren Jeans einen ärmellosen, glänzenden schwarzen Sweater zu tragen, den sie sich von Sam geliehen hatte.

Ihre Gäste aus Hollywood traten auf; langhaarige Männer in Jeans und T-Shirts, aufmerksam, intellektuell, die Frauen ohne Make-up, jedoch in teuren Hosenanzügen.

Helen hatte Kanapees mit Garnelen, Kaviar und Austern vorbereitet; Schinkenscheiben lagen auf dick mit Butter bestrichenen Baguettes, und an einer behelfsmäßigen Bar gab es Scotch, Brandy, Bier, Wein und einen Krug mit Wasser.

Das Wasser war bald weg, doch das Essen und die Getränke wären kaum angerührt worden, wären die Einheimischen nicht gewesen.

»Was ist denn in die gefahren?«, beschwerte sich Helen bei Sam. »Isst man in Hollywood nicht?«

Sam suchte nach Richard und zerrte ihn in die Küche. »Warum essen sie nichts?«

»Mach dir darüber keine Sorgen. Diese Leute essen nicht viel.«

Ihm war nicht wohl in seiner Haut, aber Sam kannte keine Gnade. »Richard?«

»Vermutlich sind sie entweder Juden oder Vegetarier.«

»Warum hast du uns nichts gesagt?«

»Ich hab's vergessen«, gab er kleinlaut zu.

»Wenn ich das gewusst hätte!« Rosemary war wie vom Donner gerührt. »Wie lange werden sie bleiben?«

»Die ganze Nacht, so wie es aussieht.«

»Okay, ihr beiden. Amüsiert euch, und überlasst alles andere mir.«

Das Essen kam eine Stunde später: Gänsebrust auf Roggenbrot, Bagels mit Weichkäse, Räucherlachs, russischer Salat, Käseblintzes, Kichelach, Teiglach, Fruchtsäfte und alkoholarmer Wein, fünf verschiedene Sorten Mineralwasser und Käsekuchen.

Sam konnte nie herausfinden, wie Rosemary es geschafft hatte. Von Mona erfuhr sie nur, dass Eric Falkow, der Betreiber einer kleinen Hubschrauberflotte, mit Richard Mann und den Rosslyns lieber Frieden schließen sollte, wenn er weiterhin im Geschäft und bei guter Gesundheit bleiben wollte.

»Um Himmels willen, was hat das denn alles gekostet?«, fragte Sam flüsternd die anderen in der Küche.

»Nur einen Schuss vor den Bug, denke ich«, antwortete Rosemary. Ansonsten war ihr nichts mehr zu entlocken.

»Und damit ist er noch billig weggekommen«, murmelte Richard.

Am nächsten Morgen wurde das gesamte Dorf durch Marias wütende Schreie geweckt. Das Tudor-Cottage ihres Vaters Paul war als Hintergrundkulisse für die Geschichte des Müllers ausgewählt worden. Bob MacKay hatte es wegen der großen Rasenfläche ausgewählt, die es erlaubte, den Fenstererker von allen Seiten zu filmen. Allerdings waren irgendwann in der Nacht mit

Unkrautvernichtungsmittel quer über den Rasen die Worte »Fick dich, Paul« geschrieben worden.

Inspektor Joyce fand den Schurken noch vor dem Mittagessen: Es war der Metzger gewesen, der in Pauls Gärtnerei ein Vermögen ausgegeben hatte und ebenfalls auf der Liste der eventuell geeigneten Kulissen stand. Das verbrannte Gras wurde durch Kunstrasen ersetzt, neue Blumen wurden gepflanzt, alles auf Kosten des Metzgers.

Von diesem Zeitpunkt an zog ein grüner Racheengel durch das Dorf, das sonst so friedlich war. Freds Ligusterhecken, die er zu kunstvollen Pferde-, Ritter- und Damenfiguren gestutzt hatte, waren eines Morgens geköpft; über dem Myrtenstrauch der Frau des Doktors war eine Wagenladung Mist ausgeschüttet worden; die Petunien des Tierarztes wurden von einem Esel, den jemand in seinen Garten gelassen hatte, niedergetrampelt; und der Hund der Friseurin wurde entführt.

Auf Richards Rat hin hing Bob MacKay seine Liste öffentlich aus und ließ alle wissen, dass er sich strikt daran halten würde. Von da an hatte es mit der Rivalität ein Ende.

Fast jeder hatte einen Untermieter bei sich wohnen. Die Amerikaner standen frühmorgens auf und arbeiteten bis Mitternacht; die Einheimischen taten es ihnen gleich. Hausfrauen begannen im Morgengrauen zu joggen, diätetische Lebensmittel wurden zur Norm, und der Gemüsehändler ließ Lastwagenladungen mit frischem Obst und Gemüse herankarren.

Will, der Metzger, dankte Gott dafür, dass sie nicht auch noch ihre Hunde zu Vegetariern machen konnten. »Das wird nicht anhalten«, sagte er seinen Freunden. »Irgendwann sehnen sie sich wieder nach ihrem Roastbeef und ihren Steaks.«

Keiner hörte auf ihn. Der Zauber Hollywoods hatte sich auf jeden Haushalt gelegt.

52 Es war fünf Uhr morgens, Frühstückszeit am ersten Drehtag. Sam eilte in die Küche, in der Helen bereits Müsli, Joghurt, Rühreier und Heringshappen zubereitete.

»Kann ich irgendwie behilflich sein?«, fragte sie.

»Nein. Geh einfach frühstücken – du kannst ja den Toast mitnehmen und fragen, ob noch jemand etwas möchte.«

Beim Hinausgehen stieß sie fast mit Delain zusammen, dem Maskenbildner, den keiner zu mögen schien – obwohl Sam den Grund dafür nicht recht verstehen mochte.

Er fasste sie am Arm, sah ihr in die Augen und fragte sie: »Wie geht es Ihnen heute Morgen?«

Offensichtlich war ihm aufgefallen, dass sie sich erschöpft fühlte. Er nahm seine Umwelt wahr – warum mochte ihn dann niemand, warum rissen die anderen ständig Witze über ihn? Sie lächelte ihn an. »Wunderbar, danke, Delain. Es ist nicht einfach, mit euch Schritt zu halten; ich denke, das Schlimmste hab ich schon überwunden. Ich hab mich daran gewöhnt, nur vier Stunden Schlaf zu bekommen. Allerdings weiß ich nicht, wie man das über einen längeren Zeitraum durchsteht.«

»Schön zu hören.« Er klopfte ihr auf den Rücken und richtete seine Aufmerksamkeit auf den Fruchtsaft.

Der Milchkrug war leer. Sam eilte in die Küche und füllte ihn auf. Als sie ihn kurz darauf auf dem Sideboard abstellte, fragte Delain erneut: »Wie geht es Ihnen heute Morgen?«

»Ich hab noch einen Monat zu leben, aber ich ertrage es tapfer«, zischte sie.

»Schön zu hören.« Er klopfte ihr auf den Rücken und schenkte sich Kaffee ein.

»Idiot«, murmelte sie, als sie sich setzte.

»Aber ein Idiot, der zaubern kann«, flüsterte Irwin ihr zu und wies mit einem Kopfnicken auf Marilyn. »Nach dem Frühstück werden Sie sehen, was er aus ihr macht. Deswegen halten wir an ihm fest.«

Julie erschien, hinter ihr trotteten Tasha und Porgy in den Raum. Irwin runzelte die Stirn und lächelte entwaffnend. »Kann das sein? Ein Schwein und ein Wolf als Haustiere? Das ist ja wie im Märchen!«

Julie lächelte. »Keine Sorge, hier wird keiner gefressen. Außerdem sind es kluge Tiere. Sie wissen, wann sie genug haben.«

»Haben Sie schon eine Rolle, Julie? Ich könnte Ihnen noch eine besorgen.«

Sie schüttelte den Kopf. »Kameras lassen mich kalt. Deswegen habe ich auch meine Arbeit als Model aufgegeben.«

»Zu unser aller Bedauern.«

Sam mochte Irwin. Er war sensibel, intelligent, bekam alles mit und sprach nur, wenn es nötig war. Dennoch hatte er seine Crew fest im Griff. Sam entging nicht, dass Marilyn sehr daran gelegen war, sich mit ihm gut zu stellen.

Die Filmleute erhoben sich und gingen. Kurz darauf hörte sie, wie der Wagenkonvoi aus der Einfahrt fuhr. Nur einer blieb zurück.

Die Tür zu Trevors Arbeitszimmer ging auf, und zögernd trat Trevor ein. »Sind alle fort? Kann ich jetzt endlich in Ruhe frühstücken?«

Dann kam Shireen ins Zimmer geplatzt.

»Wo hast du nur gesteckt?«, riefen alle gleichzeitig.

»Das Beste ist dir entgangen«, fügte Sam hinzu.

»Ich bin so schnell gekommen, wie ich konnte. Die Sommerpause hat gerade begonnen. Ich hatte die Hauptrolle in dem Stück, das wir aufgeführt haben. Sind die Rollen schon alle vergeben? Man muss sich das vorstellen – Hollywood fällt in das verschlafene Bourne-on-Sea ein!«

Ihre Stimme hatte an Volumen gewonnen, und Shireen strahlte eine große Selbstsicherheit aus, ohne ihre natürliche Wärme verloren zu haben.

Alle wandten sich um, als sie auf der Treppe Schritte und

Stimmen hörten. Kurz darauf traf Marilyn ein; sie war wie verwandelt. Ihre Haut schimmerte, ihre Augen wirkten riesig, die Lippen schienen voller zu sein und zeigten ihren berühmten Schmollmund. Ist das eine Perücke, die sie auf dem Kopf trägt?, fragte sich Sam. Delain konnte in dieser kurzen Zeit ihr Haar doch unmöglich gemacht haben!

Erleichtert sah Marilyn, dass ihr Handy auf dem Tisch lag.

»Hat jemand angerufen?«

»Nein«, versicherte ihr Rosemary.

»Das wäre ein Wunder. Danke.« Sie steckte es ein und wollte bereits gehen, als sie Shireen erblickte. Wie vom Donner gerührt, blieb sie stehen und sah sie eindringlich und kritisch an. »Wer sind Sie?«, fragte sie mit einem Anflug von Wut in der Stimme.

»Oh, Verzeihung, Marilyn. Das ist Shireen Desai, meine beste Freundin«, erklärte Sam. »Shireen, darf ich bekannt machen: Marilyn Darlowe.«

»Ich habe alle Ihre Filme gesehen …«, begann Shireen.

»Wohnt sie hier?«

»Ja«, antwortete Rosemary.

Marilyn stampfte aus dem Zimmer, Delain im Gefolge. »Haltet sie aus meinen Szenen fern. Ich will ihr auf dem Set nicht begegnen«, war noch deutlich durch das geöffnete Fenster zu hören.

»Ich denke, sie empfindet dich als Bedrohung«, meinte Sam zu ihrer sprachlosen Freundin. »Schade, dass du so spät gekommen bist. Aber ich fahr dich zur Scheune, dort werden die Rollen vergeben. Vielleicht finden wir ja noch was für dich, man weiß ja nie.«

»Du kannst meine Rolle haben, Shireen, aber sie ist nicht sehr groß«, bot Rosemary ihr an.

»Sei nicht albern, Rosemary, lass dir das Vergnügen nicht entgehen! Komm schon, Sam, gehen wir – ich bin ja so aufgeregt.«

Die beiden jungen Frauen fuhren unter ständigem Geplauder zur Scheune. »Es ist so schön, wieder bei dir zu sein«, sagte Shireen, drehte sich zu Sam hin und umarmte sie, als sie bei der Scheune waren. »Ohne dich wäre ich jetzt wahrscheinlich in Indien.«

»Es war reiner Egoismus. Ich wollte meine beste Freundin nicht verlieren. Bitte, Shireen, bleib für einige Tage bei uns. Du kannst mein Zimmer haben«, sagte Sam noch, als Shireen bereits ausstieg. »Wir sehen uns dann später.«

Shireen blickte Sam mit einem seltsam wehmütigen Gefühl hinterher. Sam war immer so zuverlässig. Dann ging sie in die alte Scheune. »Hallo, ist jemand hier?«, rief sie. »Ich hätte gern eine Rolle. Die Hauptrolle würde es auch tun. Ich kann begrenzte Schauspielerfahrung vorweisen und unbegrenzten Ehrgeiz.«

Ein Mann hievte sich in der Ecke aus einem Liegestuhl. »Entschuldigen Sie, ich muss jede Gelegenheit für ein Nickerchen nutzen. Sie haben Schauspielerfahrung?«, fragte er gelangweilt.

»Ja. Ich studiere an der Londoner Schauspielschule.«

Erst jetzt bekam sie ihn richtig zu sehen. War er wirklich für das Casting zuständig? Er sah eher wie eine mürrische Eule aus und blinzelte sie halb blind an, während er seine rahmenlose Brille putzte.

Dann setzte er sie auf und starrte sie an. Seine Augen weiteten sich. »Großer Gott!«, murmelte er. »Sie sind keine Erscheinung?« Und dann wich seine Bewunderung scharfem Kalkül. »Hören Sie zu, ich bringe Sie rein, aber Sie müssen allen zu verstehen geben, dass ich Sie entdeckt habe. Und Sie können schauspielern?«

»Klar. Warum nicht?«

»In der Garderobe ist ein langes geblümtes Kleid, grün mit blauen und gelben Flecken. Das braucht im Moment niemand.

Marilyn trägt nämlich kein Grün. Ziehen Sie das an, bevor die Kostümbildnerin auftaucht. Ich wette nämlich, dass man bald nach einer Zweitbesetzung suchen wird. Und nehmen Sie den Korb mit den Kirschen mit. Ich fahr Sie zum Set.«

»Himmel!«, entfuhr es Jules, dem Casting Director, als sie hinter der Bühne auftauchte. »Sie sind eine Sensation!«

Es wurde im Kirchhof gedreht. Trotz der frühen Morgenstunde hatte sich außerhalb der Mauer eine große Zuschauermenge versammelt.

Irwin saß hoch über der Menge im Regiestuhl, hatte das Skript in der Hand und nahm nichts wahr außer der Szene, die vor ihm ablief. Die Luft schien vor Spannung zu knistern. »Okay, dann probieren wir es!«, rief er. Jemand zählte laut von zehn abwärts. Bei Null ging das Kirchenportal auf, und der Vikar erschien und blieb neben dem Portal stehen. Arm in Arm schritten die in ihrem besten mittelalterlichen Sonntagsstaat bekleideten Komparsen heraus. Mindestens zwanzig Dorfbewohner waren an der Szene beteiligt und spielten großartig, wie Shireen beobachtete. Und der Vikar war ein richtiger Star.

Marilyn, die Alison, die kokette Müllersfrau, verkörperte, schwebte am Arm ihres Gatten aus dem Gotteshaus. Plötzlich erblickte sie Nicholas, ließ sich etwas hinter ihren Ehemann zurückfallen und warf jenem laszive Blicke zu.

Nicholas zwinkerte, fasste sich an den Schritt und schüttelte sich überaus eindeutig. Einige der Dorfbewohner blickten sich indigniert um und tuschelten dann mit ihrem Ehepartner.

Es sah so echt aus. Shireen war wie verzaubert, doch dann ertönte das schrille Klingeln eines Handys. Marilyn zog es aus ihrer Tasche.

»Hallo! Wer? Hannah! O mein Gott, *o mein Gott*! Ich komme mit der nächsten Maschine.«

»Schnitt!«, brüllte Irwin. »Um Himmels willen, Marilyn, du hast die gesamte Szene ruiniert.«

»Es geht um mein Kind!«, kreischte sie. »Jason hat Masern, es sind Komplikationen aufgetreten. Er kann nicht mehr richtig sehen!« Sie begann zu schluchzen. »Ich fliege nach Hause.« Dann sprach sie wieder ins Handy. »Du hast doch den Arzt gerufen? Gut!«

Irwin zog an einem Hebel, und sein Regiestuhl auf der Hebebühne senkte sich nach unten. Er kletterte heraus und ging auf Marilyn zu. »Den Teufel wirst du tun«, murmelte er, aber jeder hörte es. »Es geht nicht, Marilyn! Du hast ein professionelles Kindermädchen, Hannah kommt damit schon zurecht. Wenn du jetzt abhaust, wirst du keinen Job mehr bekommen – nie wieder. Und, glaub mir, der Produzent wird dich verklagen.«

Marilyn brach in Tränen aus. »Meine Kinder sind mir wichtiger als dieser lausige Film. Ich kündige«, kreischte sie.

»Okay. Das ist dein Einsatz!« Jules packte Shireen an den Schultern und schob sie nach vorn. »Schlendere einfach dort hinüber, ganz ruhig, ganz cool, schenk Irwin ein Lächeln, nimm eine Kirsche zwischen die Lippen, beiß hinein, und sieh ihn dabei an, als … als …«

»Keine Sorge, ich weiß, wie ich ihn anzusehen habe.«

Sie ging wie im Traum auf den Regisseur zu und hörte ihn ausrufen: »He, wer ist diese Frau?«

Sie wurde von allen Seiten vor die Kameras und die Scheinwerfer geschoben.

»Sehe ich recht? Seht ihr, was ich sehe? Oder halluziniere ich?«, kam es von Irwin.

»Ich hab sie entdeckt, Irwin!«, rief Jules.

Man drückte ihr ein Skript in die Hand. »Lies das. Versuch ganz natürlich zu wirken.«

Es war eine Actionszene mit wenigen Dialogen. Den kurzen Text kannte sie nach wenigen Sekunden auswendig, dann ging sie in der Rolle auf. Shireen vergaß die umstehende Menge, die Scheinwerfer und den Regisseur. Sie verlor jegliches Zeitgefühl –

so war es immer, wenn sie sich auf die Arbeit konzentrierte: Die Zeit schien stillzustehen.

»Okay, das war fantastisch. Wo hast du die Schauspielerei gelernt?«

»An der Londoner Schule.«

»Das sieht man. Wir drehen sofort weitere Probeaufnahmen«, versprach Irwin und versuchte, die Erregung in seinen Augen zu verbergen. »Haben Sie einen Agenten?«

»Ja«, antwortete sie. Hugh Bolton würde bestimmt einen für sie finden.

»Bringen Sie ihn wenn möglich heute noch hierher. Wir müssen alle Aufnahmen von gestern neu drehen. Wir fangen sofort damit an.«

53 »Schau, Rosemary«, sagte Helen laut genug, damit Sam und Julie es hören konnten, »ich will nicht, dass Fremde in meiner Küche herumtrampeln. Sie machen nur Ärger. Ich bin die letzten zwanzig Jahre allein zurechtgekommen. Mrs. Rosslyn hat es nie für nötig befunden, weitere Haushaltshilfen anzustellen. Sie hat mir immer vertraut.«

»Helen ist unfair«, murmelte Sam zu Julie. Die beiden Schwestern saßen am Frühstückstisch und lauschten ungeniert. »Wir sollten es ihr ganz offen sagen. Sie hat Rosemarys Achillesferse gefunden und greift gnadenlos an.«

»Schhh!«

»Mrs. Rosslyn hat immer große Feste gegeben. Sie hatte viele Freunde. Das Haus war oft gesteckt voll …«

»Miststück!«, zischte Julie. »Helen, wenn du meinst, du kommst damit allein zurecht, dann will ich mich nicht einmischen. Wir erwarten etwa zweihundert Gäste, dreißig von ihnen essen koscher, etwa die gleiche Anzahl sind Vegetarier. Falls du

Hilfe brauchen solltest, dann lass es mich wissen, aber bitte nicht erst auf den letzten Drücker.«

»Rosemary kann sehr gut auf sich selbst aufpassen, Julie. Es ist besser, wenn wir uns nicht einmischen«, sagte Sam.

Sie wusste, dass Helen das häufige Auftauchen Rosemarys in der Küche, um »zur Hand zu gehen«, auf die Nerven ging. Sogar der Catering-Service und die Putzfrauen, die Rosemary beauftragt hatte, um während der Anwesenheit der Filmleute auszuhelfen, schienen Helen zu belästigen. Rosemary war allerdings die Hausherrin und hatte natürlich das Recht, die Küche aufzusuchen, wann immer sie wollte.

Die Sache war eskaliert, als die Familie beschlossen hatte, zur Feier von Shireens Filmvertrag – sie sollte in drei Produktionen die Hauptrolle spielen – eine Party zu geben. Helen hatte darauf bestanden, das Kochen ganz allein zu übernehmen; nur Mona wollte sie als Hilfskraft zulassen.

Kurz darauf erschien Rosemary.

»Sie wird es nicht schaffen, ich spüre es«, sagte Julie.

»Das denke ich auch. Wir brauchen einen professionellen Catering-Service«, fügte Sam hinzu.

»Natürlich brauchen wir den«, erklärte Rosemary. »Aber Helen fasst es als Beleidigung auf.«

»Wir bestellen bei einem Catering-Service«, schlug Sam vor, »und lassen so spät wie möglich liefern. Bis dahin hat sie hoffentlich bereits aufgegeben.«

»Und was ist mit Bowles?«, fragte Julie. »Heute ist der letzte Tag des Ultimatums, Woodlands zu verlassen.«

»Wahrscheinlich wird er gehen.«

»Mit oder ohne seine Schweine?«

»Ich bin mir sicher, dass er sie mitnimmt. Wir sollten aber lieber ein Auge auf ihn haben. Gut, ich muss jetzt in die Brauerei. Bis später dann.«

»Also, wie sieht's aus, Clare?«, fragte Sam ihre neue Assistentin, als sie das Büro betrat. Clare war immer vor ihr da und konnte alle Zahlen und Fakten mit wenigen Mausklicks abrufen. Sie bestand darauf, Sam mit »Miss Rosslyn« anzusprechen und lächelte nie, soweit Sam es bislang mitbekommen hatte.

»Der Absatz liegt momentan bei fünfundsiebzig Prozent unserer Kapazitätsgrenze, die Schulden konnten wir etwas abbauen, gerade so viel, um uns Dearlove vom Leib zu halten. Ted hinkt mit der Produktion eine Woche hinterher, Greg Selos Aufträge können also nur mit Verspätung geliefert werden.«

»Sagen Sie John, er soll für eine Woche Ted helfen, die Verzögerung abzubauen.«

»In Ordnung. Es sind zwei Faxe für Sie gekommen. Greg Selo möchte sein Auftragsvolumen verdoppeln ...«

»Lehnen Sie ab.«

»Und dann sollten Sie einen Blick auf dieses zweite Fax werfen, das auf Ihrem Schreibtisch liegt, Miss Rosslyn.«

Sam nahm es zur Hand. Es stammte von Ruark & Mallory, Inc., einem der bedeutendsten Getränkegroßhändler in den USA. Ihr Auftrag belief sich auf einhundertdreißigtausend Hektoliter Go-Diva pro Jahr – doppelt so viel, wie Woodlands insgesamt produzieren konnte. Darüber hinaus beabsichtigte die Geschäftsleitung, nach Kent zu fliegen, um sich über potenzielle Investitionen in Woodlands zu unterhalten, um, so das langfristige Ziel, mit dieser zukunftsträchtigen Marke sehr viel größere Märkte in den USA zu erschließen.

Sam ließ sich fassungslos auf den Stuhl fallen. Eine Schande, dass sie diesen Auftrag nicht erfüllen konnte. Oder doch? Was, wenn sie die anderen unabhängigen kleinen Brauereien daran beteiligen konnte? Sie waren doch alle nicht ausgelastet. Go-Diva herzustellen war nicht schwierig. Sollte sie es vielleicht erst patentieren lassen? Sie nahm den Hörer ab, um Richard anzurufen.

»Zur Hölle mit ihnen allen«, murmelte Tom Bowles. »Diese dummen kleinen Weiber mit ihrem sentimentalen Gewäsch, und diese ARGUS-Frauen, von denen, nach ihren Plakaten zu urteilen, die Hälfte Analphabeten sind.«

Bowles wurde von Selbstmitleid geplagt. Er hatte fünf Jahre seines Lebens geopfert, um aus dem landwirtschaftlichen Gut ein Gewinn bringendes Unternehmen zu machen. Ohne seine Sachkenntnis wäre ganz Woodlands doch Bankrott gegangen. Und jetzt, da alles wunderbar lief, wollten sie seine Schweine loswerden. Also würde er gehen. Es würde ihnen noch Leid tun. Sie würden noch angekrochen kommen und darum bitten, dass er wieder zu ihnen zurückkehrte.

Und was hatten sie nach allem erreicht, fragte er sich, während er seine patentierte Schweinebatterie betrachtete. Würden die Schweine glücklicher sein? Sicherlich nicht. Mittags wären sie bereits verwurstet, was bedauerlich war, denn sie gaben gutes Zuchtmaterial ab. Bestes Zuchtmaterial, und das alles war nur die Schuld dieser Frauen, die meinten, sie müssten sich in alles einmischen.

Er sah auf die Uhr. Noch eine Stunde. Er ging nach draußen und besah sich die Holzpferche, die gerade so groß waren, dass die Tiere hineinpassten und das gesamte Futter für gute Schinken sorgte. Daneben befanden sich die Ställe für die Muttersäue. Die waren so eng, dass sich die Schweine nicht rühren oder ihre Ferkel berühren konnten, was sie davon abhielt, unnötig Energie zu verschwenden, und die Ferkel davor bewahrte, zertrampelt zu werden. Er hatte sie entworfen und jeden Einzelnen selbst gezimmert. Tränen stiegen Bowles in die Augen, als er nun daran dachte. Bei den Schweinezüchtern genoss er einen ausgezeichneten Ruf, er war eine Berühmtheit – das jedenfalls konnten sie ihm nicht nehmen. Vielleicht würde er sich einen eigenen Betrieb aufbauen.

Helen hatte sich selbst übertroffen. Zu Mittag waren die Regalreihen in der Speisekammer mit Köstlichkeiten gefüllt.

»So, meine Liebe, und jetzt machen wir Blätterteig. Dabei kannst du mir helfen«, sagte sie.

»Es ist so heiß«, jammerte Mona.

Mutter und Tochter arbeiteten eine halbe Stunde lang Seite an Seite, doch dann wurden sie durch einen Knall und lautes Quieken, das aus der Speisekammer ertönte, aufgeschreckt.

»O Gott, Mona, du hast doch nicht die Tür zur Speisekammer offen gelassen?«

Mona erbleichte. Kurz darauf hörte Helen sie entsetzt aufschreien; sie nahm ihr Tranchiermesser zur Hand.

»Er hat alles gefressen, was in seiner Reichweite war. Und von den anderen Sachen hat er die Hälfte zu Boden geworfen. Die besten Teller sind zerbrochen«, kreischte Mona.

Doch Helen hörte ihr längst nicht mehr zu. Sie jagte Porgy mit dem Messer durch die Küche, und das Ferkel hatte es nur seiner Geschicklichkeit zu verdanken, dass es nicht von oben bis unten aufgeschlitzt wurde. Helen war nicht mehr in der Lage, einen vernünftigen Gedanken zu fassen. Das Blut, das ihr durch die Adern schoss, schien so zähflüssig wie Sirup geworden zu sein. Sie spürte einen Stich im Brustkorb, und das Atmen fiel ihr schwer. Sie wollte das Tier töten.

»Mum! O Gott, Mum! Setz dich. Ich hol dir ein Glas Wasser. Beruhige dich!«

»Lass das Wasser. Schaff das verdammte Ferkel raus! Wenn es mir noch einmal unter die Augen kommt, dann weiß ich nicht mehr, was ich tue.«

Nach einem ängstlichen Blick zu ihrer Mutter packte Mona das Ferkel am Halsband und schleifte es in den Garten. Wo war Julie? Bei den Dreharbeiten natürlich, dort, wo jetzt – bis auf sie – alle waren und ihren Spaß hatten. Was sollte sie mit diesem kleinen Biest nur machen? Na ja, sie hatten doch

Schweineställe, oder? Dorthin gehörte es. Sie würde es für den Tag einsperren.

Porgy quiekte und wehrte sich, wurde durch einen Tritt in den Hintern jedoch unwiderruflich in den Pferch katapultiert. Dann rannte Mona zurück, um sich um ihre Mutter zu kümmern.

Bowles sah Mona hinterher und ging dann in den Schweinestall.

»Hier haben wir also unseren berühmten Porgy. Jetzt ist er wieder da, wo er hingehört. Haben sie von dir die Schnauze voll, was, mein Freund? Na ja, von mir haben sie ja auch die Schnauze voll.«

Bowles betrachtete das Tier mit Kennerblick. Es hatte viel zu viel Fett angesetzt. Er beugte sich hinab, nahm dem Tier das lächerliche Halsband ab, und Porgy, der glaubte, Hilfe sei eingetroffen, schnüffelte an Bowles Hand. Er klatschte ihm auf die Nase. »Feiner, zarter Schinken, mehr bist du nicht«, sagte er mit einem Lächeln, als er hörte, wie der Tiertransporter sich den steilen Weg zum Stall hinaufmühte.

Julie kam nachmittags um vier nach Hause. Tasha stieß ihr Willkommensgeheul aus, doch vom quiekenden Ferkel fehlte jede Spur. Sie ging in die Küche, in der Mona zugange war.

»Wo ist Helen?«

»Beim Arzt.«

»Du hättest Rosemary Bescheid sagen sollen. Wo ist Porgy?«

»Ich hab ihn im Schweinestall eingesperrt. Er hat sich über unser Essen hergemacht.«

»Wann?«

»Heute Morgen.«

»Wie konntest du ihn nur so lange dort drinnen lassen? Hast du ihm wenigstens Wasser gegeben?«

Monas Miene nahm einen wissenden, ängstlichen Ausdruck an.

»Wir sprechen später darüber«, sagte Julie. »Ich hole ihn.«

»Julie.« Sie hörte Mona, die ihr nachrannte. »Es tut mir wirklich leid, ich wollte ihm nichts antun. Aber Bowles hat alle Schweine in den Schlachthof geschickt. Auch Porgy. Ich weiß nicht, wie das passieren konnte. Er hatte doch ein Halsband um. Jeder kannte ihn.«

Julie rannte zu den Ställen, die alle leer waren. Bowles' Wagen war verschwunden.

Sie eilte zu ihrem Auto zurück und raste mit quietschenden Reifen über die Einfahrt.

Als Rosemary kam, um nachzusehen, fand sie nur noch die weinende Mona vor.

»Was ist denn geschehen?« Mona erklärte ihr alles. Rosemary ging daraufhin in Trevors Büro und rief den Schlachthof an.

»Die Schweine, die Sie von uns heute Morgen erhalten haben – was haben Sie mit denen gemacht?«

»Sie wurden noch am Morgen verarbeitet.«

»Alle?«

»Natürlich.«

»Aber da ist ein Irrtum geschehen. Eines der Tiere war Porgy, das Fernseh-Schwein.«

»Was? Sie meinen …? Das haben Sie absichtlich getan, nicht wahr? Ich weiß doch, wie solche Leute wie Sie vorgehen. Aber wir wussten von nichts. Sie können uns nicht die Schuld in die Schuhe schieben. Und haltet euch von unserem Schlachthof fern! Haben Sie mich verstanden? Lassen Sie uns in Ruhe«, brüllte er. »Ich will keinen von euch hier sehen!« Er knallte den Hörer auf.

»O mein Gott! Wo steckt Trevor? Wo ist Sam? Und Luther. Ich brauche Luther«, murmelte Rosemary. Sie rief als Erstes Sam an. »Sam, wir haben hier einen Notfall. Sag dem Catering-Service, sie sollen früher liefern, und schaff Mona aus der Küche. Helen ist beim Arzt.« Und sie erklärte ihr, was vorgefallen war.

»Ich fahre sofort zum Schlachthof, um Julie beizustehen. Ich habe das Gefühl, sie kann jetzt Unterstützung gebrauchen.«

Julie parkte den Wagen und rannte zum Seiteneingang, wo ein Mann in einem Plastik-Overall und in Stiefeln mit einem Schlauch hantierte. Er wusch das Blut weg. Dann sah er auf, lächelte und rief: »Vorsicht! Sie machen sich dreckig!«

»Wo sind die Schweine?«

»Die heute Morgen von Woodlands gekommen sind?«

»Ja.«

»Hier drin.« Er warf eine schwere Eisentür auf, aus der kalte Luft strömte. Der Kühlraum war voll mit bereits verpackten, gewogenen und etikettierten Würsten, Salami und Hunderten von Schweinehälften.

»Sie sehen ja so aufgeregt aus? Was ist denn los?«

»Mein Porgy!« Sie konnte nicht mehr reden; ihre Zähne klapperten aufeinander, und ihr Mund fühlte sich trocken an.

»Auf der anderen Seite gibt es eine Freibank, dort bekommen Sie alles, was Sie wollen«, versuchte der Arbeiter ihr zu helfen.

Plötzlich kam sein Chef angerannt. »Halten Sie den Mund! Und schaffen Sie die Frau raus!«, schrie er. »Sie macht nur Schwierigkeiten.«

Julie fühlte sich wie gelähmt. Sie fiel gegen die Wand. Der Mann im Overall hievte sie über die Schulter, trug sie nach draußen und legte sie auf den Rücksitz ihres Wagens. Dann ging er wieder in den Lagerraum und verschloss die Tür.

Rosemary, die schließlich eintraf, brachte Julie zum Arzt. Er diagnostizierte einen Schock, Julie allerdings widersetzte sich der Behandlung. »Ich bin nicht krank, ich bin nur traurig. Alle Schweine, die zusammen mit Porgy gestorben sind, waren so wie er. Und das geschieht jeden Tag. Das einzig Besondere an Porgy war nur, dass wir ihn geliebt haben.« Sie stand auf und begann im Sprechzimmer auf und ab zu gehen.

»Natürlich, Liebes«, tröstete Rosemary sie.

»Lass uns nach Hause fahren«, sagte Julie. »Es gibt keinen Grund, Sam den Abend zu vermiesen. Um ehrlich zu sein – so gern ich Sam habe, ich glaube nicht, dass sie mich wirklich versteht. Und ich glaube, du verstehst mich auch nicht.«

»Ich liebe dich, Julie. Ich habe dich immer geliebt. Wenn es dir wichtig ist, dann ist es das auch für mich.«

Dennoch fragte sich Rosemary, ob es wirklich angeraten war, Julie wieder nach Hause zurückkehren zu lassen. So viel Aufregung nur wegen eines Schweins! Sie würde heute Abend auf sie aufpassen müssen.

54 »Hallo, Shireen«, rief Irwin. »Na, wir haben dir den richtigen Tag ausgesucht!«

Shireen war wütend auf sich selbst, weil sie sich auf eine Nacktszene eingelassen hatte. Sie hätte ablehnen sollen. Vor einigen Tagen, als sie den Vertrag unterzeichnet hatte, war sie so von ihrem Glück überwältigt, dass sie allem zugestimmt hätte; jetzt aber, da das Unvermeidliche immer näher rückte, erschien es ihr schlichtweg verrückt. Sie sollte sich vor allen anderen ausziehen und im Fluss baden, um Nicholas, der von Kevin gespielt wurde, nach allen Regeln der Kunst zu verführen.

Es war Mittag. Kein Lufthauch war zu spüren, vom taunassen Gras stiegen Hitzeschwaden auf. Auf der anderen Flussseite lagen die Kühe im Schatten, die Luft allerdings war vom Vogelgezwitscher und von dem Summen der Insekten erfüllt. Sie schlenderte den schmalen Pfad zum Fluss hinab. Ihre Sandalen schlitterten über den glatten Abhang.

»Das reicht. Und jetzt stehen bleiben«, rief Irwin.

Ein nervöses Zucken durchfuhr sie. Wenn Sam es konnte, kann ich es auch, dachte sie.

Jane, die Kostümbildnerin, eilte auf sie zu. »Leg deinen Bademantel hier hinter den Felsen. Dann hast du ihn sofort bei der Hand, wenn die Szene zu Ende ist«, sagte sie.

»Danke«, antwortete Shireen; sie fühlte sich erbärmlich.

Jane blickte auf. »Shireen, wenn ich deine Figur hätte, dann würde ich damit nur so protzen.«

Plötzlich stand Irwin neben ihr und legte ihr den Arm um die Schulter. »Vergiss nicht, du bist Alison. Du fühlst dich eingesperrt in der Ehe mit diesem hässlichen alten Mann, der keinen mehr hoch bekommt, du bist sexuell so frustriert und sehnst dich so sehr nach Erfüllung, dass du fast platzen möchtest. Nicholas ist in dich verliebt, und er kommt jeden Tag hier vorbei. Du willst mit ihm vögeln, also verführst du ihn, indem du nackt im Fluss badest. Also, versetz dich in ihre Lage, ihre Gefühle. Okay? Vergiss deine Schüchternheit, Shireen.« Er stieg das Ufer hinauf und drehte sich dann zu ihr um.

Shireen war wie in Trance. Ihr Gesichtsausdruck war eher nachdenklich und versonnen statt lüstern. »Ich will Lust!«, brüllte Irwin vom Abhang herab. »Ungezügelte Leidenschaft, verdammt noch mal! Alle Männer runter vom Set, bis auf die Beleuchter und Kameraleute!«

Hartes Licht überflutete das Flussufer.

»Ich brauch mehr Licht!«, rief einer. »Mehr Saft, die Schatten sind noch zu hart!«

Irwin war außer sich über die Verzögerung. Er hatte das Gefühl, dass sein neuer Star das Weite suchen würde. Die nächsten fünf Minuten kamen ihm wie Stunden vor.

Schließlich war die Crew bereit. Shireen wusste, was sie zu tun hatte. Ihr blieb genau eine Minute, um sich auszuziehen und langsam ins Wasser zu waten, während sie sich immer wieder nach Nicholas umblickte. Es gab nur eine Szene, in der sie nackt von vorne zu sehen war – als sie sich ganz umdrehte und ihn ansprach.

»Wow!«, murmelte Irwin. Es lief trotz allem wie am Schnürchen. Er atmete tief aus, spürte, wie sich seine Anspannung löste, und lächelte sogar ein wenig. Shireen war ein echter Profi. Ihr Äußeres war wie verwandelt: Sie hatte die Lippen zu einem Schmollmund verzogen, in ihren Augen lag ein verträumter Ausdruck, und ihre Brustwarzen waren steif vor Erregung. Dann strich sie sich mit den Fingerspitzen über den Körper und stöhnte leise. »Verdammt!«, entfuhr es Irwin. Sie war nicht nur schön, sondern auch noch außergewöhnlich sexy. Er bekam einen Ständer und hoffte bei Gott, es würde niemand bemerken.

Als Shireen aus dem Wasser stieg, war sie vor Kälte ganz blau und wollte nur noch weg. So eilte sie über den schmalen Uferpfad flussaufwärts und genoss den Anblick der Wildblumen in den Hecken.

Es war ein wundervoller englischer Spätsommertag, genau der Tag, von dem sie in ihrem indischen Exil immer geträumt hatte. Würde Hollywood mir gefallen?, fragte sie sich. Sie würde ihre Kollegen an der Schauspielschule und ihre Freunde, vor allem Sam, vermissen. Doch das hier war ihre große Chance, die sie mit beiden Händen ergreifen wollte.

In ihre Gedanken vertieft, bemerkte sie kaum, dass sie das Ende des Feldes erreicht hatte. Der Uferpfad wurde immer breiter, und anstelle des Farngestrüpps und des Ginsters wuchsen hier Rhododendronbüsche.

Sie hörte Stimmen. Da sie in ihrem Aufzug niemandem begegnen wollte, huschte sie zum Ufer hinab und setzte sich, die Füße im Wasser, auf einen umgestürzten Baumstamm. Die beiden Männer unterhielten sich in einer fremden Sprache. Sie kamen in ihre Richtung. Shireen versteckte sich hinter einem Busch, spähte durch die Zweige und erkannte Hans Kupi und den örtlichen Herzensbrecher Greg Selo. Sie schienen sich gut zu kennen. Wie seltsam! Aber noch seltsamer war, dass Greg Befehle zu erteilen schien.

Und dann setzten sich die beiden auf eine Bank über dem Ufer und führten ihr Gespräch fort. Sie musste zum Set zurück, aber wenn sie ihr Versteck verließ, würde sie sich verraten. Sie machte es sich bequem und stellte sich auf eine längere Wartezeit ein.

Und dann erst wurde ihr bewusst, was die Bekanntschaft zwischen Kupi und Selo bedeutete; ihr Magen krampfte sich schmerzhaft zusammen. Ihr wurde regelrecht übel. Sie kauerte sich tiefer unter das Gestrüpp.

Kupi stand auf und schlenderte auf den Busch zu, zog den Reißverschluss seiner Hose auf und wollte bereits zu pinkeln beginnen, als er ihren Bademantel entdeckte. Er bog die Zweige auseinander und stieß einen lauten Ruf aus. Sie warf sich den Uferabhang hinab und landete im Wasser, hörte noch Kupi schreien, während sie bereits auf die andere Seite watete und über das Ufer in Richtung Johns Haus lief. Hinter sich hörte sie das Knallen von Schüssen.

»Helft mir, helft mir«, stieß sie keuchend hervor. Die beiden Männer blieben zurück. Shireen brach durch Farne und Brombeersträucher und erreichte den steilen, rutschigen Hang, auf dem Johns Cottage stand. Auf Händen und Knien kroch sie hinauf und warf sich über den Holzzaun.

Johns Wagen stand wie erhofft vor dem Gebäude. Sie wusste genau, wo er die Schlüssel aufbewahrte, und die Tür war wie immer unverschlossen. Außer sich vor Angst hastete sie durch das Cottage. Hatten sie gesehen, dass sie den Hang hinaufgeklettert war? Vielleicht waren sie schon draußen vor der Tür.

Wo waren die verdammten Schlüssel? Sie hingen nicht an ihrem Haken. Dann entdeckte sie sie auf dem Sideboard. Sie brauchte ein Hemd, eine Jacke. Sie riss den Schrank auf, packte Shorts und ein T-Shirt, schlüpfte hinein und ging nach draußen. Mit klopfendem Herzen lief sie zum Wagen. Plötzlich hörte sie einen Schrei.

Sie ließ den Motor an, der Wagen machte einen Satz nach vorne und holperte über die Furchen. Als sie durch das Tor fuhr, sah sie Kupi über den Zaun kommen. Er feuerte zweimal auf sie, die Rückscheibe des Wagens zersplitterte.

Kurz darauf fuhr sie über den holprigen Weg und bog schließlich auf die Straße ab. Sollte sie zum Set zurück? Wäre sie dort sicher? Wenn Greg Selo ein internationales Verbrecherkartell leitete, wäre sie nirgends sicher.

»Reiß dich zusammen, Shireen«, sagte sie sich mit scharfer Stimme. Sie zwang sich, tief ein- und wieder auszuatmen, während sie das Gaspedal durchdrückte. Kupi besaß ein Handy. Vielleicht waren Komplizen in der Nähe. Es gab nur eine Hauptstraße zum Highway. Wenn sie die Feldwege nahm, würde sie es bis nach Canterbury schaffen und konnte von dort aus die A2 ansteuern. Aber wie sollte sie London erreichen? Kupi wusste, wo sie wohnte. Onkel George wohnte nur dreißig Kilometer von New Romney entfernt. Er würde wissen, was nun zu tun war.

## 55

Vierundzwanzig Stunden waren vergangen, seitdem Shireen per E-Mail Trevor von Greg und Kupi erzählt hatte. Trevor hatte unverzüglich einen alten tschechischen Kollegen aus der Partisanenzeit kontaktiert, einen ehemaligen Polizisten, der versprach, Greg Selo zu überprüfen und sich per E-Mail wieder zu melden.

Gegen einundzwanzig Uhr hielt es Trevor vor Anspannung kaum noch aus. Er versuchte zu lesen, konnte sich aber nicht konzentrieren. Schließlich überredete er Rosemary zu einer Partie Snooker. Als sie um Viertel vor zwölf ins Bett ging, setzte er sich wieder an seinen Computer.

Als die E-Mail eintraf, bestätigten sich Trevors Befürchtungen. Greg Selo war als Gregory Milan Jaromil, als einziger Sohn von Mira und Ludvik Jaromil, geboren worden. Demnach war er der Enkel von Vim Jaromil, der in den letzten Tagen des Zweiten Weltkriegs als Verräter hingerichtet worden war. Kurz darauf waren die Ländereien der Familie konfisziert worden, und wegen Vims Kriegsverbrechen wurde ihr der Anspruch auf Entschädigung abgesprochen. In dem Bericht stand:

*Greg Jaromil und sein Vater waren als einfache Arbeiter in der Brauerei beschäftigt, die einst der Familie gehört hatte und nach dem Krieg als dorfeigene Kooperative betrieben wurde. Mit der Einführung der Demokratie wurde sie von einem Regierungsvertreter, Juri Balaton, aufgekauft. Greg Jaromil übernahm nach dem Tod seines Vaters den Posten eines Aufsehers. Nach einem Einbruch in das Lager, bei dem beträchtliche Mengen Bier gestohlen wurden, kündigte er seine Stelle. Im selben Monat änderte er auch seinen Namen von Jaromil zu Selo. Dass er mit dem Einbruch zu tun hatte, konnte niemals nachgewiesen werden.*

*Von diesem Zeitpunkt an führte er ein kleines Transportunternehmen. Ein Jahr später gründete er einen Getränkegroßhandel und baute allmählich sein in Prag ansässiges Handelsunternehmen auf.*

*Eine Reihe von Punkten spricht dafür, dass Selo mit dem organisierten Verbrechen in Russland zu tun hat. Erstens: die enormen Exporte, die er über das russische Eisenbahnnetz abwickelt. Zweitens: die Geschwindigkeit, mit der er seinen Wohlstand mehrte. Drittens: Wer sich ihm widersetzt, verschwindet von der Bildfläche. Im Einzelnen sind zu nennen: vier Bombenanschläge, Dutzende von Leuten, die auf mysteriöse Weise verschwunden sind, insgesamt fünfmal wurde auf konkurrierende Geschäftsleute geschossen. Selo besitzt in allen Fällen ein Alibi für die Mordzeiten. Wir haben keinerlei Beweise, um ihn mit den Morden oder dem organisierten Verbrechen in Verbindung zu bringen.*

*Das ist im Moment alles. Wenn wir mehr Infos erhalten, melde ich mich wieder.*

Trevor schickte die Nachricht weiter an George; um ein Uhr erhielt er eine Antwort:

*Jetzt wissen wir also, wer Selo ist. Er benutzt das kriminelle Netz, um seinen ganz persönlichen Rachefeldzug zu führen, gleichzeitig unterstützt er die russischen Absichten, die britische Brauindustrie zu unterwandern. Er scheint also ihr Mann hier zu sein.*

*Shireen ist verschwunden. Sie sagte, sie wisse einen sicheren Platz, aber ich mach mir Sorgen um sie. Nur Shireen kann Selo mit Kupi und den laufenden Ermittlungen in Verbindung bringen. Selo wurde bislang nie erwischt, weil er seine Gegner unwiderruflich aus dem Weg räumt. Ich fürchte also, es wird uns ebenso schwer fallen wie den Tschechen, ihn dingfest zu machen. Pass auf dich auf! George.*

Es war nach eins, als jemand an das Fenster klopfte. Trevor blickte auf und sah John vor dem Haus stehen. »Komm rein, mein Junge, die Eingangstür ist noch nicht abgeschlossen.«

John trug einen Trainingsanzug und Joggingschuhe, sein Haar war zerzaust, die Wangen waren voller Bartstoppeln. Er sah aus wie jemand, der nicht mehr weiter wusste. Seine Augen hatten Trevor schon immer an Robin erinnert; jetzt fiel es ihm erneut ganz deutlich auf.

»Schön, dass du noch auf bist, Trevor«, sagte John. »Ich bin hier, um zu kündigen. Und ich muss dir was Dringendes sagen. Zunächst aber – weißt du, wo Shireen sich aufhält?«

»Nein, ich fürchte nicht.«

»Ich hatte angenommen, sie wäre bei Onkel George. Ich hab dort angerufen, aber er sagte, sie sei nicht da.«

»Das stimmt.«

»Ich mach mir große Sorgen um sie. Sie hat sich in eine ziemlich üble Situation gebracht. Die Kerle, die Woodlands zu übernehmen versuchen, die sind, na ja, nicht gerade rechtschaffen. Das weißt du vielleicht. Sie haben Shireen dazu überredet, ein paar dumme Jobs für sie auszuführen. Alles, was sie tun sollte …«

»Ich weiß, John. Shireen hat uns die ganze Zeit über auf dem Laufenden gehalten. Ich wollte nicht, dass sie da mit hineingezogen wird, George war ebenfalls dagegen, doch Neville Joyce hat sie dazu überredet. Nun hat sie herausgefunden, dass Greg Selo die Verbrecherbande anführt, und sie kann mit einiger Berechtigung davon ausgehen, dass ihr Leben in Gefahr ist – nachdem sie die Unterhaltung zwischen Selo und Hans Kupi belauscht hat.«

John wurde kreidebleich. »Greg – und Kupi? Mein Gott! Ich wusste, dass da noch jemand sein musste. Kupi ist nur der Zweite in der Befehlshierarchie.«

»Ach, übrigens, es ist ein Anruf von der örtlichen Autowerkstatt gekommen. Sie haben deinen Wagen, den sich Shireen geliehen hat. Sie würden gerne wissen, wie die Einschusslöcher zustande gekommen sind.«

John wirkte verzweifelt. Seine Hände zitterten so sehr, dass die Eiswürfel in seinem Glas zu klimpern begannen. Er stellte es auf dem Tisch ab. »Mein Gott! Sie hätten sie töten können.« Er hielt inne, um sich etwas zu beruhigen, bevor er fortfuhr. »Trevor, hör zu, es gibt da einiges, das du wissen solltest. Ich hätte es dir schon längst sagen sollen. Im April ist Hans Kupi auf mich zugekommen und hat mir von seinen Plänen mit Woodlands erzählt. Er hatte genau die Dinge vor, von denen ich dich die ganze Zeit zu überzeugen versuchte. Nun, Sam führt das jetzt alles aus. Jedenfalls war Kupi entschlossen, die Brauerei zu übernehmen, und gab mir eine ›Anzahlung‹ auf zukünftige Gratifikationen, um seinen guten Willen zu bekunden. Er hat mich auch gebeten, dir einzureden, den Lagerbestand an Stout zu erhöhen. Ich hatte eigentlich vor, das Geld zur Polizei zu bringen, doch dann hat mein Auto schlappgemacht. Also habe ich mit dem

Geld einen neuen Wagen angezahlt. Im Ernst, ich habe noch nicht einmal genug verdient, um den alten irgendwie am Laufen zu halten.«

»Es war mein Fehler«, sagte Trevor. »Tut mir Leid. Erzähl weiter.« Trevor schloss die Augen und hörte John zu. John war schwach, aber kein böser Mensch; er hatte den falschen Weg eingeschlagen und bedauerte es nun.

»Als Nächstes wollte er, dass ich den Bürokomplex in Brand setze. Ich habe mich strikt geweigert. Seitdem habe ich ein Auge auf die Gebäude gehabt, und das ist auch der Grund, wieso ich so schnell die Feuerwehr rufen konnte. Trevor«, entfuhr es ihm dann, und die Worte sprudelten nur so aus ihm heraus, als wollte er alles schnell hinter sich bringen, »ich kann dir nicht sagen, wie sehr ich mich wegen alldem schäme. Und deshalb möchte ich kündigen. Sam hat mir das Angebot meines Lebens gemacht; ich soll die US-Verkäufe managen, mit einer sehr großzügigen Provision, aber ich kann ihre freundliche Geste nicht annehmen.«

»John, das hat nichts mit Freundlichkeit zu tun. Wir brauchen dich. Siehst du nicht, dass sie dich in die Enge getrieben haben? Genauso operieren sie. Offiziell werde ich dieses Gespräch vier Monate zurückdatieren. Das heißt, du hast die ganze Zeit für uns gearbeitet. Wir hoffen, Selo vor Gericht zu bringen. Du bekommst Zeugenschutz, Shireen ebenso. Wir wollen, dass er für sehr lange Zeit aus dem Verkehr gezogen wird.«

Johns blaue Augen waren blutunterlaufen. »Aber was hast du gegen Selo in der Hand? Eine belauschte Unterhaltung in einer fremden Sprache. Das reicht noch nicht einmal dafür, dass er aus dem Land gewiesen wird.«

»John, ich werde dir jetzt einige Dinge erzählen, die als streng vertraulich zu behandeln sind. Ich erzähle sie dir vor allem aus dem Grund, weil sie deine Sicherheit betreffen. Es ist eine sehr alte Geschichte, und ich weiß kaum, wo ich beginnen soll. Sie betrifft deinen Großvater Robin und seine Arbeit in der Tschechoslowakei. Du musst wissen, Robin und ich waren Kollegen und darüber hinaus sehr gute Freunde. Er war ein einsamer, introvertierter Mensch und ein sehr sensibler Dichter. Hätte er überlebt, wäre er sicherlich berühmt geworden. Doch neben seinem literarischen Genie besaß er noch ein weiteres Talent – er hatte die Fähigkeit, aus dem Nichts heraus Stimmungen zu erfassen. Er konnte Gefahr meilenweit erkennen. Heutzutage nennt man das wohl den sechsten Sinn.«

»Das hat ihn nicht vor dem Tod bewahrt, oder?«, erwiderte John leise.

»Hör zu …«

Es dauerte eine Stunde, John von seinem Großvater zu erzählen, von dessen Ehrgefühl, Humor und den vielen Momenten, in denen er seinen Kameraden mit seinem sechsten Sinn das Leben gerettet hatte.

»In der Nacht, in der Robin verhaftet wurde, hätte er mit unserem neuesten Funkgerät zum Konvent fahren sollen. Er sagte mir aber, er habe sich am Bein verletzt und könne die Radtour nicht durchstehen. Deshalb fuhr ich. Ich war ein wenig überrascht. Er hat sich niemals vor Aufgaben gedrückt. Später erfuhr ich, dass er intuitiv gespürt hatte, dass uns Vim zuvorkommen wollte – in der Annahme, wir würden ihm eine Falle stellen. Also nahm Robin meinen Platz im Hauptquartier ein, nachdem Vim angenommen hatte, er würde mich dort vorfinden.«

»Woher weißt du, dass er das wusste?«, fragte John beinahe flüsternd.

»Er hat es Anna erzählt. Sie hatte mitgespielt, weil sie ebenfalls wollte, dass ich am Leben blieb. Robin wurde gefangen genommen und gefoltert. Wir haben mehrere Versuche unternommen, ihn zu befreien. Sie sind alle gescheitert. Die Verhöre fanden in unterirdischen Bankgewölben statt, und wir sind nicht an den Wachen vorbeigekommen. Wir haben bei den Versuchen vier gute Männer verloren. Keiner von uns glaubte, dass er auch nur eine Nacht überstehen würde, doch er hat wochenlang durchgehalten.

Allein schon der Gedanke, was Robin alles zu erleiden hatte, machte mir damals jeden Tag zu einem Albtraum. Dann erfuhren wir, dass er bei der Evakuierung des Gestapo-Hauptquartiers erschossen worden war. Kurz darauf erhielt ich eine dringende Nachricht von Schwester Theresa, einer irischen Nonne im Herz-Jesu-Konvent fünfzehn Kilometer außerhalb von Pilsen. Als ich dort ankam, wartete bereits ein Besucher auf mich.« Trevor stand auf, ging zu seinem Safe und schloss ihn auf. Er nahm eine Schachtel heraus, in der ein vergilbtes Blatt lag, das aus dem Diarium eines Priesters herausgerissen worden war. Darauf stand: »Trevor, kümmere dich um meine Familie. Vim Jaromil ist der Maulwurf. Er ist mit mir verhaftet und sofort wieder freigelassen worden. Sei vorsichtig, Robin!«

John zitterte. Trevor schenkte ihm einen weiteren Scotch ein.

»Ich bin zu unserem Hauptquartier zurückgeeilt und ließ Vim verhaften, der unverzüglich vor ein Standgericht gestellt wurde. Er wollte nicht gestehen. Er beteuerte laut seine Unschuld. Dennoch wurde er schuldig gesprochen und zum Tode verurteilt. Die Partisanen bestanden auf der Anwesenheit seiner Familie. Seine Frau habe das Recht zu wissen, warum er exekutiert werde, meinten sie. Also wurden Vims Frau und sein Sohn mitten in der Nacht geweckt und zum Bauernhof gebracht. Sie war barfuß und hatte nur einen Mantel über ihr Nachthemd geworfen, und ich war wie versteinert, weil sie Anna sehr ähnlich sah.

Vim wurde aus dem Haus gezerrt und das Urteil verlesen. Ich erinnere mich noch, dass er schrie: ›Das ist alles Quatsch! Trevor ist derjenige, der lügt. Er will euch nicht sagen, von wem er die Informationen hat. Natürlich nicht, weil er es nämlich nicht kann. Er hat alles nur erfunden. Seht ihr denn nicht, dass das alles nur erfunden ist? Er weiß, dass ich dagegen bin, dass er meine Schwägerin heiratet, deshalb will er mich aus dem Weg schaffen. Und ihr Dummköpfe glaubt ihm auch noch.‹

Man hat ihm ein Tuch vor die Augen gebunden, und dann wurde er von seinem Stellvertreter erschossen.

Und jetzt lies bitte diese E-Mails, John.«

Er reichte dem jungen Mann den Ausdruck der Nachrichten, die er vor kurzem empfangen hatte.

»Also, John, wenn Selo bereit ist, so weit zu gehen, um mich zu ruinieren, was, glaubst du, hat er dann mit dem Enkel des Mannes vor, der seinen Großvater Vim des Verrats beschuldigt hat, was schließlich zu dessen Hinrichtung und zur Verarmung der Familie geführt hat? Er hat ganz bestimmt nicht vor, dich zu belohnen. Ich würde es begrüßen, wenn du gleich morgen in aller Früh Inspektor Joyce aufsuchen würdest, um eine Aussage zu machen.«

John stand auf und ging zur Tür. »Vielleicht, Trevor. Es gibt vieles, über das ich nachdenken muss.« Er ging, schloss sacht hinter sich die Tür und ließ Trevor zurück, dem allerdings nichts Gutes schwante. John hatte aus seiner Wut, die ihm im Gesicht stand, keinen Hehl gemacht. Wut auf wen? Auf ihn? Oder auf Selo?

Die Nacht war hereingebrochen. Greg saß auf seinem Balkon, in der Hand einen Cognac-Schwenker, und sah auf das vom Mondlicht beschienene Wasser des Ärmelkanals. Vor seinem geistigen Auge zog sein Leben vorüber – wie aus dem hart arbeitenden Jungen ein Mann voller Hass geworden war. Er sah die Brauerei vor sich, in der er nach der Schulentlassung ab dem fünfzehnten Lebensjahr gearbeitet hatte. Über die Jahre hinweg hatte er alles gelernt, was es über die Kunst, ein gutes Pilsener zu brauen, zu wissen gab. Er besaß Talent dazu, jeder hatte es ihm gesagt; es schien ihm im Blut zu liegen. Er sah seine Mutter

Nachtschichten in der Bäckerei arbeiten und das langsame Siechtum seines Vaters, der an Leberkrebs litt.

Eine weitere schmerzliche Erinnerung drängte sich auf: die kalte Dezembernacht, in der sein Vater gestorben war. In seiner letzten Stunde hatte er Greg von seinem Leid und der Schande erzählt, die auf der Familie lastete.

»Warum, glaubst du, heißt die Brauerei Jaromil, genau wie wir? Die Brauerei hat einst deinem Großvater Vim gehört. Wir haben in dem großen Haus dahinter gewohnt, und die Hopfenfelder, die haben alle uns gehört. Kilometer über Kilometer nichts als Hopfen- und Gerstenfelder, und alles hat uns gehört.«

Er erzählte vom Krieg und vom Hunger. Er war dreizehn Jahre alt gewesen, als er gezwungen wurde, der Hinrichtung seines Vaters beizuwohnen. Er beschrieb sie in aller Ausführlichkeit und brach in Tränen aus. »Und alles wegen einer Lüge.« Er schluchzte. »Sie haben uns alles weggenommen. Sie behaupteten, mein Vater sei ein Nazi-Informant gewesen, aber der englische Agent, Trevor Rosslyn, hatte die angeblichen Beweise nur fingiert. Deswegen ist aus unserer Brauerei eine Kooperative geworden; sie ist der Familie nie wieder zurückgegeben worden.«

Der Winter in diesem Jahr war kalt, Greg allerdings spürte nur die Wut in sich lodern. Als das tschechische Volk sich von der kommunistischen Herrschaft befreite, übernahm ein ehemaliger Regierungsvertreter, Juri Balaton, die Brauerei.

Greg änderte seinen Namen in Selo, den Namen eines verstorbenen Freundes, und nahm seine Arbeit in der Brauerei wieder auf. Bald darauf wurde er zum Vorarbeiter ernannt. Dann kaufte er sich einen Lastwagen. Eines Nachts brach er mit zwei Jugendlichen in der Brauerei ein und lud den Laster mit dem besten Pilsener voll. Noch vor der Morgendämmerung war die Ware in Österreich verkauft.

In der darauf folgenden Nacht bekam er unerwartet Besuch. Es war kalt. Greg verließ nur ungern sein warmes Bett, um im kalten Wohnzimmer aus der Glut wieder ein wärmendes Feuer zu entfachen.

»Lass es sein«, blaffte der Russe. »Du hast ausgespielt, Greg. Du bist erledigt – außer du trittst der Bruderschaft bei.«

»Wovon sprechen Sie? Welcher Bruderschaft?«

»Du kannst weit kommen, Junge, aber nur mit uns. Andernfalls bist du am Ende. Wir gestatten es niemandem, auf eigene Faust Geschäfte abzuziehen.«

Es dauerte nicht lange, bis von den Russen, die er nur selten zu Gesicht bekam, die Befehle eintrafen. Gleichzeitig baute Greg sich ein eigenes Geschäft auf. Er kaufte und verkaufte Spirituosen, saß nächtelang hinter dem Steuer, sammelte Schutzgeld ein und führte Racheaktionen durch, wenn er dazu aufgefordert wurde. Er war weit gekommen, aber noch weit davon entfernt, den Krieg zu gewinnen, der in der Todesnacht seines Vaters begonnen hatte.

Nun hatte er ein neues Ziel, das zum Teil das eigene, zum Teil auch das der Bruderschaft war: einen Fuß in die britische Brauindustrie zu bekommen. 1994 war er noch gescheitert, nun jedoch verfolgte er einen neuen Plan. Woodlands war sein Trojanisches Pferd. Es war nur eine Frage der Zeit.

Sam war eine mutige Frau, die um das Erbe ihrer Familie kämpfte. Aber sie konnte nicht gewinnen. Er hatte alle Asse im Ärmel. Sie war wie ihre Großmutter, so wie er in vielem seiner Großmutter glich. Diese beiden schönen Schwestern aus Pilsen – seltsam, dass ihr diese Familienähnlichkeit niemals aufgefallen war.

Lange war er tief in Gedanken versunken. Dann hörte er einen Wagen die Anfahrt entlangkommen. Es klingelte. Greg drückte auf den Knopf der Sprechanlage.

»Ich bin's, John Carvossah«, hörte er. »Es eilt, deshalb musste ich Kupi übergehen. Du hättest mir vertrauen sollen, Greg, wir sitzen im selben Boot – das hab ich erst vor kurzem rausgefunden. Ich weiß, wo Shireen ist. Sie hat mich angerufen. Wir müssen schnell handeln.«

»Du hast Recht, John. Ich wollte dich sowieso kontaktieren. Wir hätten uns schon längst unterhalten sollen. Komm rein«, sagte Greg und öffnete per Knopfdruck.

Er empfing John mit ausgestreckter Hand. »Ich war mir nicht sicher ...«

»Verschwenden wir keine Zeit! Shireen weiß über dich Bescheid. Es ist nur eine Frage von Stunden, bis sie ihre Aussage macht. Im Moment versteckt sie sich auf der Jacht von Lord Davenport. Ich kann dich dorthin bringen, allerdings sollten wir bewaffnet sein.«

»Wie viele Männer sind an Bord?«

»Gewöhnlich zwei. Eines der Mannschaftsmitglieder ist ein Kumpel von mir. Er wird uns helfen; das ist nur eine Frage des Geldes. Lord Davenport ist bei einer Konferenz, Shireen ist allein an Bord. Sie fühlt sich einsam, deshalb hat sie mich angerufen.«

»Gut gemacht, John. Genau solche Leute wie dich brauchen wir, wenn das Unternehmen ins Ausland gehen will.«

»Wir werden nirgendwo hingehen außer ins Gefängnis, wenn wir uns nicht bald in Bewegung setzen.«

56 Die *Connemara* zerrte an den Leinen, drehte sich in den Wind und schien sich regelrecht danach zu sehnen, die Wellen zu durchpflügen und sich ihrem wie auch immer gearteten Schicksal zu stellen. An Mut und Unverwüstlichkeit würde es ihr nicht fehlen, und John wollte ihrem Beispiel folgen.

Er und Greg stiegen in das Dingi, starteten den Motor und fuhren hinaus zum Ankerplatz. Greg war stark und gut in Form, er schwang sich an Deck, während John das Dingi festmachte, bevor er ihm nachkletterte.

»Es wird eine stürmische Fahrt. Ich schlage vor, du bleibst in der Kabine. Wenn du an Deck kommen willst, dann leg eine Schwimmweste und einen Sicherungsgurt an.«

»Nicht so schnell.« Greg fühlte sich sichtlich unwohl und hatte leichte Probleme, einen sicheren Stand zu finden. John wurde bewusst, dass er mit dem Segeln nicht vertraut war.

»Bevor wir lossegeln, sollten wir doch erst einen Blick auf die Karten werfen«, sagte Greg.

»Ich hol sie dir. Du kannst sie unterwegs studieren. Verschwenden wir keine Zeit. Wir haben eine ziemliche Strecke vor uns und müssen Shireen noch vor Tagesanbruch an Bord schaffen.«

Die Kabine war ein Traum; sie war so geräumig, dass man es monatelang auf See aushalten würde, und enthielt einen großen rechteckigen Tisch, der an drei Seiten von Bänken umgeben war, und daneben befanden sich Eichenschränke, in denen alles fest verstaut war, auch der Scotch.

»Bedien dich, aber vergiss nicht, wir werden die ganze Nacht wach sein.« John stellte eine Flasche Talisker auf den Tisch. Er breitete die Karten aus, schaltete das Deckenlicht an und nahm ein Lineal zur Hand. »Unsere Route sieht folgendermaßen aus: Davenports Jacht liegt bei Ramsgate vor Anker, das sind fünfundzwanzig Kilometer Luftlinie. Wir aber nehmen diese Route.« Er zog eine Linie nach Nord-Nordost und dann eine zweite Richtung Nord-Nordwest.

»Warum das?«, wollte Greg wissen.

»Wegen des Winds. Auf der geraden Strecke hätten wir den Wind direkt vor uns. Daher müssen wir gegen den Wind kreuzen.«

»Dann wirf doch die Maschine an«, sagte Greg mit wütendem Blick.

»Dieses Boot ist ein Segelboot. Wir brauchen die Maschine nicht. Wir haben zwar einen kleinen Außenborder, aber der ist nur für Notfälle und für die Einfahrt in Häfen gedacht. Außerdem habe ich nicht viel Treibstoff. Und ein Segelboot hört man nicht. Wir werden in nicht ganz vier Stunden da sein, was genau richtig ist.«

Er hisste das Hauptsegel und löste die Leinen.

Die *Connemara* benahm sich wie immer wunderbar. John hatte sie vor zehn Jahren zum ersten Mal gesehen; es war Liebe auf den ersten Blick. Die Rennjacht war für einen verrückten pensionierten irischen Sportsegler gebaut worden. Sie war so entworfen, dass er mit ihr für den Rest seines Lebens um die Welt segeln und allen Stürmen und Gefahren trotzen konnte. In der Nacht vor dem Auslaufen, nach einer großartigen Abschiedsfeier in Galway, war er bei einem Verkehrsunfall ums Leben gekommen.

John hatte sie mit seinen gesamten Ersparnissen und einem Darlehen von Trevor, das er jahrelang zurückzahlen musste, erworben. Er hatte mit der Jacht meist sehr erfolgreich an Rennen teilgenommen, und sie hatten einige wunderbare Urlaube miteinander verbracht. Allein schon das Geräusch der Segel, die sich im Wind bauschten, und das Schlagen des Wimpels, eines schwarzen Wolfs auf blauem Grund, versetzte John in Entzücken; heute jedoch drohte der Schmerz ihn zu überwältigen. Er war dabei, die Liebe seines Lebens zu zerstören.

Wie war es so weit gekommen? Er sah es als einen langen Weg des Unheils: Er hatte einen falschen Schritt getan, und nun würde er einen Mord begehen. Es gab keinen anderen Ausweg. Trevors Idee war absurd: Er würde im Gefängnis landen, und Greg würde ausgewiesen werden.

Zwei Stunden später segelten sie mit acht Knoten, der Wind hatte aufgefrischt und erreichte nun fünfundzwanzig Knoten in der Stunde. Die Wellen türmten sich vor ihnen auf. Die *Connemara* benahm sich wie der Champion, der sie war, und blieb unbeirrbar auf Kurs.

John brachte das Ruder hart nach Steuerbord; sie befanden sich nun zwanzig Kilometer vor Deal. Mit dem anderen Arm griff er in den Kasten, in dem drei Gasflaschen untergebracht waren, und drehte das Gas auf.

Greg stürzte aus der Kabine. »Wie lange noch?«, grummelte er. Er sah seekrank aus.

»Leg deinen Sicherungsgurt und die Schwimmweste an.« John hakte Selo ein. Dann schaltete er den Autopiloten ab und übernahm wieder das Ruder. Er lavierte fünfunddreißig Grad am Wind, und die *Connemara* zischte davon. Aber John hatte entsetzliche Angst.

Zwei Stunden vergingen, in denen er sich an die schönen Augenblicke mit Shireen erinnerte. Sie hatten glückliche Zeiten erlebt, in denen sie ausgelassen gewesen war und nicht an die Vergangenheit oder Zukunft, an die Pläne ihres Vaters oder an ihre Karriere gedacht hatte.

Greg stöhnte. »Wo, verdammt noch mal, sind wir?«

»Fast da«, erwiderte John. »Reiß dich zusammen! Ich kann mit Schusswaffen nicht besonders gut umgehen. Aber ich werde mein Bestes versuchen.«

»O Gott, ist das finster«, sagte Greg und spähte auf die dunkle See und in den schwarzen Himmel. »Wo ist das Boot?«

»Kein Boot. Lord Davenport besitzt eine riesige seegängige Jacht. Ich weiß nicht, warum man das überhaupt noch Jacht nennt. Ich hab noch nie ein Segel auf dem Kahn gesehen.«

»Wie kommen wir dann an Bord?«

»Ich sagte dir doch, dass ich jemanden von der Besatzung kenne. Wir müssen ihm ein Signal geben. Es ist an der Zeit. Ich kann nicht vom Ruder weg. Hol die Taschenlampe. Sie ist in dem Regal, in dem auch die Karten liegen.«

»Das verfluchte Ding funktioniert nicht«, hörte er Greg von unten rufen.

»Dann ist sie wieder feucht geworden«, sagte John. »Für solche Fälle hab ich hier oben eine Laterne.« Er deutete auf die Luke zum Kielraum. »Hier sind ein paar Streichhölzer, damit du sie auch findest.«

Das war's dann, sagte sich John. Es war, als bestünde er plötzlich aus zwei Personen. Während die eine mit allem abgeschlossen hatte, das Vaterunser aufsagte und glücklich war, dieses hab- und machtgierige Leben beenden zu können, ließ ihn die andere über Bord ins Wasser springen. Aber noch im Fallen schien er von einer mächtigen Hand gepackt, zusammengepresst und gegen den Mast geschleudert zu werden, der schneller als er zu fliehen versuchte.

Als Letztes verspürte er ein Gefühl des Bedauerns, die *Connemara* und auch sich zerstört zu haben.

## 57

Es war halb zehn Uhr morgens. Sam saß an ihrem Schreibtisch und machte sich Sorgen um Shireen, als das Telefon klingelte. Es war Ted, der Produktionsleiter der Brauerei. »John ist nicht da«, sagte er. »Normalerweise würde ich mir darüber keine Gedanken machen, aber er hatte sechs von uns für acht Uhr dreißig zu einem Treffen einbestellt und ist nicht aufgetaucht. Weißt du zufällig, wo er ist?«

»Nein, aber ich schau mich mal um.« Sam legte auf. »Kümmere dich bitte um alles, Clare«, rief sie ihrer Assistentin zu. »Ich bin in etwa einer Stunde wieder zurück. Ich geh kurz zu Johns Cottage.«

Eine Viertelstunde später sprach Sam mit Johns Putzfrau, einer blonden, blauäugigen Irin.

»Hier gehen komische Dinge vor sich, wenn Sie mich fragen«, erzählte sie. »Mr. Carvossah hat letzte Nacht nicht hier geschlafen, heute Morgen aber hat die Autowerkstatt angerufen. Ich soll ihm ausrichten, dass sie die gesamte Heckpartie ersetzen müssen – wegen der Einschusslöcher! Wer sollte denn auf John schießen? Und da ist noch was. Sein Ölzeug und sein Neoprenanzug sind weg. Gestern waren sie noch hier!«

Neoprenanzug? War er in der Nacht zum Tauchen gegangen? Allein? Er tat das manchmal, auch wenn er es nicht sollte. Aber wozu dann das Ölzeug? Sam beschloss, zum Dover Jachtclub zu fahren und sich dort umzuhören.

Eine halbe Stunde später betrat sie das Clubhaus. Der Präsident des Clubs, ein hagerer, nach vorne gebeugter und schwerhöriger Alter, klopfte ihr auf die Schulter und begrüßte sie mit einem breiten Grinsen, bei dem seine gelben Zähne zum Vorschein kamen. »Sam, wir haben uns ja schon lange nicht mehr gesehen! Wie geht's denn so?«

Sie brachte das höfliche Geplaudere so schnell wie möglich hinter sich. »Pat, ich brauche deine Hilfe. Ich mache mir Sorgen um John. Er ist heute Morgen nicht zur Arbeit erschienen.«

»Carvossah?«, brüllte er. »Um den musst du dir keine Sorgen machen. Der ist ein brillanter Skipper! Er kommt mit nächtlichen Törns schon zurecht.«

»Nächtlicher Törn?«

»Er hat sich eingetragen. Hat einen Gast mitgenommen. Hier, sieh selbst. Er hat sogar den Namen des Gastes aufgeschrieben. Greg irgendwas – Smith?«

»Selo«, sagte Sam. »Ganz bestimmt Selo.«

»Wie auch immer. Ständig muss ich dem Kerl gut zureden. Ein wunderbarer Segler, aber um solche Einzelheiten will er sich einfach nicht kümmern. Na ja, wenigstens diesmal hat er darauf geachtet. Ich denke, er wird bald wieder einlaufen.«

»Ja, diesmal hat er darauf geachtet«, sagte Sam nachdenklich. »Danke, Pat, bis zum nächsten Mal.«

Irgendetwas ging hier vor sich, aber was? Sam fuhr nach Hause und fand Trevor in seinem Büro. Im ersten Moment dachte sie, er sei krank. Er hatte nicht geschlafen, was ihm ganz deutlich anzusehen war. Seine Augen waren von dunklen Ringen und ausgeprägten Tränensäcken umgeben, sein Gesicht war blass.

»Ich komme wegen John«, begann Sam. »Er ist nicht zur Arbeit erschienen. Stattdessen ist er segeln gegangen.«

»Verdammt! Ich habe mir bereits gedacht, dass etwas in der Art geschehen würde.«

Sam starrte ihren Großvater an. »Was?«

»Dass John abhaut.«

Trevor hatte John nie für besonders mutig gehalten, was zwischen den beiden immer wieder für Missstimmung gesorgt hatte. Doch Sam war sichtlich verwirrt. »Er ist nicht abgehauen. Er hat letzte Nacht Greg Selo auf seiner Jacht mitgenommen. Bislang sind sie nicht zurückgekehrt.«

Zu ihrer Überraschung wirkte Trevor nach dieser Neuigkeit eher erleichtert als besorgt.

»Es wäre schön, wenn du mir sagen würdest, was hier vor sich geht? Trevor, ich habe immer gedacht, wenn du jemandem vertrauen würdest, dann mir. Hat das Ganze irgendwas mit Shireen zu tun?«, fügte sie in gereiztem Tonfall hinzu.

»Ich wollte es dir heute erzählen. Verzeih mir, dass ich bislang nichts gesagt habe. Ich habe es nicht nur dir verschwiegen, sondern auch John. Ich wusste, wie sehr es ihm zu Herzen ging, dass Shireen verschwunden ist, aber ich wollte nicht, dass er den Grund für ihr Abtauchen erfährt. Und ich wollte nicht, dass du Selo gegenüber eine gewisse Antipathie an den Tag legst, wenn du mit ihm zu tun hast. Setz dich und hör mir zu.«

Trevor brauchte eine gute Stunde, bis er die Geschichte vollständig aufgeschlüsselt hatte. Er erzählte von Shireens Flucht, ihrem nachfolgenden Anruf, von seinen Kriegserlebnissen und den Recherchen, die er zu Selos Vergangenheit angestellt hatte – alles, was er bereits John erzählt hatte.

»Ich dachte, ich hätte ihn auf unsere Seite gezogen. Vielleicht hat er aber auch Selo gewarnt und ihm zur Flucht auf den Kontinent verholfen.«

»Du hast John immer unterschätzt. Kein Gericht würde Selo aufgrund der dünnen Beweise, die wir gegen ihn haben, verurteilen. John wusste das. Und außerdem, warum sollte er sonst Selos Namen im Clubhaus hinterlassen? Pat meinte, er würde sonst nie Einträge vornehmen. Es war eine Botschaft. John wird zurückschwimmen. Er ist ein ausgezeichneter Schwimmer. Das weißt du. Es *darf* ihm einfach nichts passiert sein.«

»Wir müssen abwarten«, erklärte Trevor mit ruhiger, sicherer Stimme, während seine Miene die Furcht nicht verbergen konnte, die er empfand. »John ist eine Kämpfernatur.«

»Ich rufe Neville an und bitte ihn, Nachforschungen anzustellen. Sicherlich wird er die Küstenwache verständigen.«

»Es wird ihm nichts passiert sein. Glaub einfach daran.«

Ich werde es versuchen, redete sie sich ein. In ihrem Hinterkopf aber schlummerten Schuldgefühle. Hatte sie nicht immer geahnt, dass Greg ein Verbrecher war, der sich Woodlands einverleiben wollte, so, wie er bereits die Brauerei Balaton übernommen hatte? Sie hatte mitgespielt, hatte sich noch nicht einmal selbst diese Befürchtungen eingestanden, weil sie auf seine Aufträge angewiesen war. Jetzt zweifelte sie nicht mehr daran, dass Greg beim Mord an Balaton seine Finger mit im Spiel gehabt hatte.

Sam kehrte in ihr Büro zurück, wo Julie mit der Morgenzeitung auf sie wartete.

»Schau«, sagte Julie. »Mitglieder von ARGUS wollen die Regierung zwingen, Schweinemastbetriebe zu verbieten. Sie haben sich mit mehreren Gruppen vom Kontinent zusammengeschlossen, die mit ihren Initiativen bereits mehr Erfolg hatten. Legebatterien für Hühner sind dort bereits verboten. Tausende von Menschen boykottieren Schweinefleischprodukte – Porgys Tod war also nicht umsonst.«

»Wenn jemand den Tod verdient gehabt hätte, dann Bowles«, sagte Sam.

»Er ist wie vom Erdboden verschluckt. Die Presse kann ihn nicht finden, auch Luther weiß nicht, wo er steckt. Übrigens, wo ist Richard?«

»Jemand vom Britischen Museum hat sich vor einigen Tagen gemeldet. Daraufhin hatte er es sehr eilig mit der Abreise. Seitdem habe ich nichts mehr von ihm gehört. Oh, Julie, ich bin sehr besorgt. Richard glaubt, er habe die Urkunden gefunden, nach denen er gesucht hat. Er wird ein Vermögen einstreichen und weiterziehen. Rechtlich kann man ihm nicht ans Zeug flicken, aber moralisch … Na ja, lass uns nicht über Richard sprechen. Was macht Luther?«

»Ich geh ihm aus dem Weg. Ich habe das Gefühl, er schiebt mir die Schuld für Porgys schrecklichen Tod zu.«

»Natürlich tut er das nicht.«

»Ich weiß, aber ich fühle mich so. Ich weiß nicht, wann ich ihn wiedersehen werde.«

»Willst du ihn denn sehen?«

»Ja. Jetzt schon, vor einigen Tagen nicht.«

»Dann ruf ihn an.«

»Vielleicht. Ich weiß nicht. Vielleicht sollte er mich anrufen.«

»Ich bin mir sicher, dass er das machen wird, Julie. Wie wär's, wenn wir die Schweineställe abbauen würden? Und wir könnten das Cottage für Ted instand setzen. Ich denke, das wäre doch ein Anreiz für ihn, sich hier ganz niederzulassen. Könntest du dich darum kümmern?«

»Klar. Ich hab sowieso noch einige Wochen Ferien. Übrigens, ich habe einen Studienplatz an der Universität London für Soziologie bekommen.«

»Wie wunderbar!« Sam umarmte sie. »Das freut mich. Wann hast du die Nachricht erhalten?«

»Gestern.«

»Schön! Dann gehen wir heute Abend essen, nur du und ich, und feiern.«

»Wenn du das sagst!«

Plötzlich lächelte sie, und für einen kurzen Augenblick brach die alte Julie wieder durch; manche Dinge schienen doch wieder in Ordnung zu kommen.

Sobald Julie gegangen war, rief Sam bei Luther an.

»Sam!« Seine Stimme verriet ein gehöriges Maß an Überraschung und Bestürzung. »Ist mit Julie alles in Ordnung?«

»Ja und nein. Ich mische mich nur ungern ein, verzeih mir bitte. Aber gibt es einen Grund, warum du sie nicht mehr anrufst?«

»Ja. Kurz gesagt, ich liebe sie so sehr, dass ich sie nicht beeinflussen möchte, was sie mit ihrer Zukunft anfängt.«

»Ich denke, die Beurteilung dessen solltest du ihr lieber selbst überlassen. Ruf sie doch einfach mal an!«

Es folgte ein langes Schweigen.

»Denk darüber nach. Auf Wiedersehen, Luther.« Sam legte auf.

## 58

Luther legte den Hörer auf die Gabel und seufzte.

Von seinem großen Büro im Dachgeschoss konnte man meilenweit über die Dächer der Stadt blicken. Die Schmalseite des Raums wurde von einer Korktafel eingenommen, an der seine Sekretärin ausgeschnittene Presseberichte zur jeweils aktuellen Kampagne aufzuhängen pflegte.

Luthers Vertrag mit ARGUS war beendet, die Organisation allerdings führte ihre Arbeit fort. ARGUS-Vertreter hatten sich mit Unterhausabgeordneten getroffen und einige auf ihre Seite ziehen können.

Luthers Sekretärin betrat mit einer Zeitung in der Hand den Raum. »Der Artikel hier gefällt mir besonders gut«, sagte sie. Sie holte ihre Schere, schnitt ihn aus und pinnte ihn an die Wand. Mona hatte in einem Interview zugegeben, dass sie Porgy in den Schweinestall gesperrt hatte, weil er sich über das Essen hergemacht hatte. Der Text wurde von einem Foto begleitet, das sie in der Rückenansicht zeigte, wobei ihre Proportionen unmäßig verzerrt wurden und ihre Oberschenkel unnatürlich dick wirkten. Die Bildunterschrift lautete: »Wer mag schon ein gefräßiges Schwein?«

Luther lachte. »Das wird ihr überhaupt nicht gefallen.«

»Diese ARGUS-Sache ist also vorbei – endgültig, oder?«, fragte die Sekretärin.

»Ja. Dieses Kapitel ist zu Ende.«

»Dann werden wir dich also hier ein wenig öfter zu Gesicht bekommen?« Sie warf ihm einen koketten Blick zu.

»Vielleicht.« Sein Lächeln verschwand.

»Dein Elf-Uhr-Termin ist bereits da.«

»Gut, bitte ihn herein.«

Luther sah auf seinen Terminplan: Dr. Antoine Gizenga, Doktor der Medizin, Chirurg, Buchautor, Humanist und Denker.

Gizenga war ein kleiner Mann, der Luther kaum bis zu den Schultern reichte; er war so schmächtig, dass man ihn beinahe als ausgemergelt bezeichnen konnte, und besaß riesige, ausdrucksstarke Augen. Er schüttelte Luther die Hand und betrachtete dann die Presseausschnitte. »Brillant!« Er lächelte ungläubig.

»Für den Humor britischer Zeitungsschreiber bin ich nicht verantwortlich, Sir.«

»Sie haben den Anstoß dazu gegeben. Sie haben das alles in die Wege geleitet, und jetzt weiß ganz Großbritannien über die haarsträubenden Zustände in Schweinezuchtbetrieben Bescheid.

Ich möchte, dass die Welt von den haarsträubenden Zuständen bei einigen nigerianischen Stämmen erfährt, deren Gesundheit und deren Land durch gefährlichen Sondermüll zerstört wird.«

Er setzte sich und zog ein Fotoalbum aus seiner Aktentasche; Kinder mit deformierten Körpern, manche bis aufs Skelett abgemagert, waren zu sehen, in einer Landschaft, in der nur noch einige verkrüppelte Bäume standen. »Diese Fotografien vermögen das ganze Ausmaß der Tragödie nicht im Geringsten zu dokumentieren«, sagte er mit weicher, melodiöser Stimme. »Sie haben nur ein Jahr Zeit, um Ihre Mission zu erfüllen. Glauben Sie, dass Sie das schaffen können?« Er sah Luther fragend an.

»He, nicht so schnell. Ich bin ein auf Arbeitsrecht spezialisierter Anwalt.«

»Das Arbeitsrecht wird auch ein Jahr ohne Sie auskommen. Meine Patienten sind bis dahin vielleicht schon tot. Und ich auch.«

»Vielleicht erzählen Sie mir alles von Anfang an«, erwiderte Luther.

Gizenga zeichnete ein Bild skrupelloser Grausamkeit und Korruption. Ein Großgrundbesitzer hatte mit Unterstützung einiger Regierungsbeamten sein Land einem europäischen Kartell als Sondermülldeponie zur Verfügung gestellt. Als jedoch Mitglieder eines dort ansässigen Stamms erkrankten, fand man heraus, dass die Container undicht waren und hochtoxische Stoffe freigesetzt wurden. Seitdem hatte Dr. Gizenga auf die Schließung der Deponie hinzuwirken versucht – mit dem Ergebnis, dass drei Mordanschläge auf ihn verübt worden waren. »Das Hauptproblem in Afrika ist nun mal, dass die armen Staaten immer bereit sein werden, für hohe Geldsummen giftigen Sondermüll aufzunehmen. Das Problem kann nur in Europa gelöst werden, wo die Menschen sich um solche Dinge kümmern. Die Regierungen müssen gezwungen werden, schärfere Gesetze einzuführen. Mit anderen Worten, die Industriestaaten müssen lernen, Verantwortung zu übernehmen. Sie haben es geschafft, dass sich ganz Großbritannien um Porgy gekümmert hat. Ihn in den Schlachthof zu schicken war ein genialer Schachzug.« Er stand auf; seine Augen glänzten vor Aufregung, als er Luther die Hand hinstreckte.

Luther ignorierte die Geste. »Ich bin nicht Ihr Mann, Sir. Was mit Porgy geschah, war ein tragisches Missgeschick. Methoden wie diese wende ich nicht an. Versuchen Sie es bei jemand anderem. Ich muss Sie bitten zu gehen.«

Gizenga setzte sich und schlug die Beine übereinander. »Nun bin ich wirklich davon überzeugt, dass Sie der Richtige sind. Lassen Sie mich Ihnen einige Fakten darlegen.«

Drei Stunden später war Luther noch immer wütend, hatte aber eingewilligt. Er stand auf, gab dem Arzt die Hand, dann rief er Julie an.

»Ich habe einen Job angenommen, der mich laufend nach Afrika führen wird. Ich würde es gern mit dir besprechen. Willst du auf einen Drink bei meinen Leuten vorbeikommen? Dann kannst du meine Eltern kennen lernen. Wir gehen dann zu mir, und ich mach dir ein Abendessen. Am nächsten Morgen bring ich dich wieder zurück, wenn du das willst.«

»Deine Eltern kennen lernen? He, Luther, ich dachte, es wäre vorbei, und plötzlich sind wir so gut wie verlobt.«

»Verlobt? Nein, niemals. Du bist noch viel zu jung. Das ist nur der Beginn der zweiten Phase unseres Projekts.«

»Wenn es ein Projekt ist, dann muss es auch ein Ziel geben. Wie lautet es?«

»Miteinander Spaß haben, stelle ich mir vor, solange es uns möglich ist.«

»Dann bin ich dabei.«

»Schön! Dann um sechs. Ich hol dich ab.«

Es war Mitternacht, und Julie schlief in Luthers Armen. Sie hatte seine Eltern mit ihrem Charme verzaubert. Dann waren Julie und Luther zu seiner Wohnung gefahren, und er hatte sie bekocht – ein jamaikanisches Gericht mit scharf gewürzten Garnelen, Ananas und Reis. Sie hatte sich geweigert, ins Bett zu gehen, doch jetzt schlief sie, und am Morgen würde sie nicht aufstehen wollen, aber dann war Samstag, und so spielte es keine Rolle.

Und was kam nach Samstag? Das war ein Problem, über das sich Luther noch keine Gedanken gemacht hatte. Er war sonst immer bereit, sich jedem Problem zu stellen – aber Julie zu verletzen, das konnte er nicht ertragen. Sie brauchte ihn. Er wusste das.

Bis vor kurzem hatte er seine Energie nur jenen Dingen gewidmet, die ihn auf dem von ihm eingeschlagenen Weg voranbrachten. Er hatte immer genau gewusst, was er wollte. Jetzt aber sah er sich in einer schmerzhaften Sackgasse stecken – schmerzhaft für sie beide, da er bereits einige Jahre hinter sich hatte, in denen er erwachsen geworden war, die Julie allerdings noch fehlten. In fünf Jahren würde sie ihn vielleicht nicht mehr wollen. Und er wollte nicht zulassen, dass sie ihr Leben ruinierte, wenn sie ihm nach Afrika folgte.

Sie rührte sich und schlug die Augen auf. »Luther, hör auf, dir Sorgen zu machen.«

»Ja, Ma'am.«

Sie setzte sich auf. »Das war toll vorhin.«

»Ist es doch immer, oder?«

»Ja. Also, was ist los? Sag schon!«

»Ich werde nach Afrika gehen.«

»Das haben wir doch schon alles besprochen.«

»Wie wirst du ohne mich zurechtkommen?«

»Ich werde dich begleiten.«

»Nein, Julie, du gehst auf die Universität.«

»Luther, ich komm mit. Ich werde eben nächstes Jahr mit dem Studium beginnen. Ich hab noch viel Zeit.«

»Julie, es wird dir ohne mich besser gehen.«

Sie richtete sich abrupt auf, drehte das Licht an und starrte ihn finster an. »Wen versuchst du hier zu kurieren – mich oder dich?« Dann schaltete sie das Licht wieder aus und kuschelte sich in seine Arme. »Wir werden gemeinsam gehen. Keine Versprechungen, keine Verpflichtungen, nur hin und wieder ein wenig Spaß. Verstanden?«

»Reicht dir das, Julie?«, murmelte er.

»Das ist alles, was ich will. Abgesehen davon, dass ich jetzt ganz gerne schlafen würde.«

59 Sams Prioritäten hatten sich enorm verlagert. Neue Probleme hatten die alten verdrängt, aber immerhin stand sie nicht mehr unmittelbar vor dem Bankrott. Nachdem der Vertrag mit Ruark & Mallory, Inc. unterzeichnet war, wurde sie von der Bank anders behandelt. Man rollte ihr den roten Teppich aus, wenn sie erschien, und Matthew Dearlove und sie sprachen sich wieder mit Vornamen an. Die Vorsitzenden des amerikanischen Großhändlers wollten im Lauf der Woche eintreffen, um die Einzelheiten ihrer finanziellen Beteiligung an Woodlands und der geplanten Expansion zu besprechen. Der Markt warte nur auf sie, hatten sie ihr mitgeteilt, und Richard war von der Seriosität der Firma mehr als überzeugt.

»Komm schon, Sam«, sagte er glücklich, als sie ihm die Neuigkeiten berichtet hatte. »Da es sehr schwierig ist, als kleines mittelständisches Unternehmen in Großbritannien zu überleben, heißt die Lösung, ein großes Unternehmen zu werden. Sie werden dir helfen, ein Topmanagement auf die Beine zu stellen, und du kannst dich daran beteiligen oder auch nicht, ganz wie du willst. Die Anteile von Trevor und der Familie werden in guten Händen liegen, und du und deine Schwester werden nach wie vor die Mehrheit am Unternehmen halten. Worüber machst du dir also noch Sorgen?«

Doch sie konnte sich nicht so recht daran gewöhnen, dass sie nicht mehr mit dem Rücken zur Wand stand. Nun konzentrierte sie sich auf ihre unmittelbaren Probleme. Sie brauchte für das Treffen Werbeideen, Slogans und neue Etiketten, weshalb sie Walter und sein Team zu sich beorderte. Sie kamen wie immer zu spät.

Der Anruf traf mitten in ihrer Sitzung ein. »Hier ist Pat vom Jachtclub. Entschuldige, wenn ich mit den schlechten Nachrichten so reinplatze, Sam, aber die Küstenwache hat die Suche abgebrochen. Inzwischen sind vierzig Stunden vergangen, seit John mit Selo ausgelaufen ist. Es wurden Wrackteile gefunden, die eindeutig von der *Connemara* stammen. Wir haben heute Abend sehr stürmische See. Natürlich gibt keiner von uns die Hoffnung auf. Ziemlich viele sind noch draußen und suchen nach ihm – fast jeder, der ein Boot besitzt. Wir müssen uns damit abfinden, dass sich auf dem Boot eine Explosion ereignet hat. Eine sehr schwere Explosion. Aber wir geben die Hoffnung nicht auf.«

»Danke, Pat.«

Sie legte auf. Würde sich John freiwillig in die Luft jagen? Vielleicht aus Schuldgefühlen oder aus einem verqueren Gerechtigkeitsgefühl. War er vor der Explosion noch über Bord gesprungen und war dann an Erschöpfung gestorben? Aber er hatte doch seinen Neoprenanzug dabei, oder?

»Sam, hörst du uns überhaupt zu?«, fragte Walter. »Könntest du dich bitte auf diese Etiketten konzentrieren!«

Sam richtete sich ruckartig auf. »Entschuldige.«

»Dir scheint nicht viel einzufallen, Sam. Wir versuchen hier gemeinsam, ein neues Etikett zu entwerfen, und du bist nicht bei der Sache.«

Sam lachte. »Walter, ich bin die Kundin. Geh und lass dir

einige Etiketten einfallen, und dann kommst du wieder und präsentierst uns deine Vorschläge. Du kannst dazu den Besprechungsraum benutzen. Termin ist irgendwann heute Nacht.«

Es war zwei Tage her, dass Shireen untergetaucht und John mit Selo in See gestochen war. Johns Verschwinden überschattete ihr gesamtes Leben, aber die Morgenzeitung hatte ihm lediglich zwei dünne Spalten gewidmet. Shireen hingegen sorgte bereits den zweiten Tag für dicke Schlagzeilen.

Irwin hatte am Morgen in Woodlands eine Pressekonferenz abgehalten und eingestanden, dass er sich schuldig fühle, Shireen zu Nacktszenen gezwungen zu haben. Er betonte ihre Skepsis und bat die Presse, eine Entschuldigung abzudrucken. »Komm zurück, Shireen«, lautete die Botschaft.

Sam versuchte, mit ihrer Arbeit voranzukommen, aber es fiel ihr schwer; sie wünschte sich, Shireen würde anrufen, damit sie wenigstens erfuhr, dass es ihr gut ging.

Sam richtete sich auf und streckte sich müde, als Julie mit den Abendzeitungen ins Büro stürmte und sie auf dem Schreibtisch ausbreitete. »Hollywood-Mogul zerrt britische Frauen in den Schmutz – alles im Namen der Kunst.« Irwin kam kaum besser weg als ein Zuhälter.

Die Pressesprecherin der Produktionsfirma, Madeleine, hatte mehrere Bilder der Flussszene in Umlauf gebracht. »Shireen sucht Deckung«, lautete eine der Bildunterschriften.

»Shireen ist berühmt, noch bevor sie überhaupt auf der Leinwand zu sehen ist«, sagte Sam.

»Es ist nicht fair«, erwiderte Julie. »Irwin hat nicht die geringste Vorstellung, was der wirkliche Grund für ihr Verschwinden ist, wird aber von allen Seiten unter Beschuss genommen. Warum können wir es ihm nicht erzählen?«

»Weil er das vermutlich nicht für sich behalten würde und weil er in Shireen verliebt ist. Weiß Gott, was er anstellt, wenn er glaubt, dass sie in Gefahr schwebt. Neville will, dass alles still und unauffällig abläuft. Kaum jemand weiß von der Ausweisung Kupis oder der Konfiszierung von Selos europaweitem Unternehmen. Wenn die Polizei es so will, was sollen wir dann dagegen tun?«

»Lass uns essen gehen. Irwin wird ein wenig Aufmunterung gebrauchen können. Ich wünschte mir nur, dass er nicht für das Verschwinden von Shireen verantwortlich gemacht würde.«

Sam dachte nach. »Ich hab eine Idee. Vielleicht hilft sie ja. Ich mach mich sofort auf den Weg.«

Das Esszimmer war fast leer. Delain, der Maskenbildner, litt nach einer lautstarken Auseinandersetzung mit Irwin an Migräne, und die anderen trieben sich irgendwo herum. Nur Irwin und Madeleine waren anwesend.

»Es tut mir Leid, dass die Presse Sie so fürchterlich behandelt«, sagte Sam zu Irwin.

»Na, das ist nicht so schlimm. Jede Publicity ist gute Publicity. Das müssten Sie doch wissen. Es stört mich nicht, wenn sie über mich herfallen, solange Shireen und der Film für Schlagzeilen sorgen. Nur, Sam, sagen Sie mir, dass es ihr gut geht. Sie wissen nicht, wo sie ist, oder?«

»Nein, ich weiß es nicht«, antwortete sie. »Aber ich bin mir sicher, dass sie Sie niemals im Stich lassen würde. Ihre Karriere ist ihr viel zu wichtig. Aber passen Sie auf, Folgendes sollten Sie wissen.«

Madeleine hörte aufmerksam zu, während Sam erzählte, dass es Shireens Vater beinahe gelungen wäre, sie zu einer traditionellen Heirat mit einem älteren Mann in Delhi zu zwingen. »Sie ist zu Beginn des Sommers fortgelaufen und hat daraufhin ihr Studium an der Schauspielschule aufgenommen. Abends arbeitete sie für Woodlands. Vielleicht hat er erneut versucht, sie nach Indien zu schaffen.«

Irwin war entsetzt. »Geschehen hier wirklich solche Dinge?«

Madeleine war eher darum besorgt, wie die Story der Öffentlichkeit mitgeteilt werden sollte. »Ich will nicht, dass es so aussieht, als käme sie von uns. Dann glauben sie, Irwin versuche nur sein Gesicht zu wahren.«

»Wie wär's, wenn Sie einem Ihrer Freunde von der Presse den Tipp gäben, am Flughafen Heathrow einmal nachzufragen, was sie dort über Shireens nicht angetretenen Flug nach Indien wissen.«

Madeleine stand auf. »Sie entschuldigen mich.« Sie blickte auf ihre Uhr. »Wir schaffen es vielleicht noch in die Morgennachrichten.«

Nur eine Zeitung veröffentlichte die Geschichte, doch das reichte aus. Alle Flughäfen wurden alarmiert und sollten nach vermissten Schauspielerinnen Ausschau halten, und der Flughafenangestellte gab sich als eine Art Rambo, der Shireen aus den Klauen ihres Vaters errettet hatte. Einige Journalisten spekulierten, wie viele junge Mädchen zu traditionellen Hochzeiten gezwungen wurden, und noch am selben Tag brachten alle Medien die Story. Die tatkräftige Ehefrau eines Unterhausmitglieds richtete unverzüglich ein Zentrum ein, in dem Mädchen in derartigen Situationen um Hilfe bitten konnten.

Aber niemand wusste, wo Shireen war.

Am folgenden Morgen wurde von einem Fischkutter ein Toter aufgefischt und in die Leichenhalle der Polizei überführt. Später meldete sich Neville bei Trevor und George und teilte ihnen mit, dass es sich dabei um die eindeutig identifizierte Leiche von Greg Selo handele. Im Radio und Fernsehen kam ein kurzer Bericht über einen nächtlichen Segelausflug, der für John Carvossah, den Skipper, und Greg Selo, seinen Freund, in einer Katastrophe geendet hatte.

Der lang ersehnte Anruf kam um drei Uhr morgens. »Shireen, wie schön, von dir zu hören«, sagte Sam. »Bist du in Sicherheit?«

»Ja.« Sie schluchzte. »Tut mir Leid, dass ich erst so spät anrufe. Ich habe soeben die Nachrichten gehört. Ich kann nicht glauben, dass John tot ist.«

»Das wissen wir noch nicht, Shireen. John ist mit Greg nachts losgesegelt und hat seine Jacht zur Explosion gebracht.«

»O Gott.« Sie weinte. »Aber warum nur?«

»Das ist eine lange Geschichte, und ich erzähle sie dir gern, Shireen, aber nicht am Telefon. Komm erst zurück. Irwin sorgt sich um die Finanzierung, wenn die Dreharbeiten sich noch weiter verzögern.«

»Ich komme, aber was um alles in der Welt soll ich nach all der Publicity Irwin erzählen – geschweige denn der Presse? Die Wahrheit?«

»Nein. Neville und seine Vorgesetzten wollen alles unter Verschluss halten. Aber ich hab eine Idee.«

»Wie in alten Zeiten. Ich meine, willst du dir für mich wieder was einfallen lassen?«

»Hoffen wir, dass es funktioniert.«

Sam legte auf und rief Shun Desai an.

»Sam! O mein Gott, was ist los? Ist mit Shireen alles in Ordnung?«

»Es geht ihr gut, Onkel Shun, aber sie braucht deine Hilfe. Wir wollen, dass du öffentlich erklärst, dass du zugunsten ihrer Schauspielkarriere ihre Verlobung offiziell löst.«

»Sie ist schon vor langer Zeit gelöst worden. Das weiß sie.«

»Das spielt keine Rolle. Du sollst mitteilen, du würdest ihr die Rückkehr zu den Dreharbeiten erlauben, falls keine weiteren Nacktszenen vorkämen.«

»Als würde man auf mich wirklich hören.«

»Sie wünscht sich nichts mehr, als sich mit dir zu versöhnen, Onkel Shun.«

»Das Gleiche gilt für mich, Sam. Aber warum ist sie verschwunden, und warum trage ich die Schuld daran?«

»Ich werde dir alles erklären, wenn du um sieben zum Frühstück kommst.«

»Ich werde da sein.«

»O Gott, was für eine Nacht!« Sam ging Madeleine wecken. »Hören Sie zu, Madeleine, können Sie kurzfristig eine Pressekonferenz anberaumen? Shireen könnte morgens um neun Uhr anwesend sein – mit ihrem Vater, der sie gegen ihren Willen festgehalten hatte, um darauf zu drängen, dass Irwin von weiteren Nacktszenen absieht.«

»Ist das wahr?«, wollte Madeleine wissen.

»Darum geht es hier nicht. Die Frage lautet: Ist es glaubwürdig genug?«

»Ich denke, wir könnten es hinkriegen«, antwortete Madeleine. »Dann fangen wir mal an.«

## 60

Frühmorgens am ersten September erhielt Richard einen Anruf von Emma Goldstein.

»Ich hab tolle Neuigkeiten, Richard.« Sie klang aufgeregt. »Die Manorial Society hat bestätigt, dass du durch den Erwerb des Titels Lord of the Manor of Bourne-on-Sea auch der Eigentümer der damit einhergehenden Urkunden bist. Der Titel gehört übrigens zu den ältesten in ganz England. Ich nehme an, das war dir bekannt. Herzlichen Glückwunsch!«

»Danke, Emma. Kann ich jetzt meine Urkunden einsehen?«

»Das kannst du, allerdings wurden sie während der Renovierungsarbeiten in den Sechzigerjahren zur sicheren Aufbewahrung in die Gewölbe der Kathedrale von Chester geschickt. Soweit wir wissen, lagern sie dort noch immer. Keiner weiß genau, was sie beinhalten.«

Richard fluchte verhalten. »Hör zu, Emma, ich hab mir bereits in der Vergangenheit an Jane Primpton die Zähne ausgebissen. Ich muss alles, was du mir soeben mitgeteilt hast, schriftlich beglaubigen können, am besten in dreifacher Ausfertigung, oder ich komme an ihr nicht vorbei.«

»Ich weiß. Deshalb habe ich bereits alles vorbereitet. Wie soll ich dir die Bestätigung zukommen lassen?«

»Wie wär's bei einem Essen heute Abend?«

»Perfekt.«

Am folgenden Tag, einem grauen, regnerischen Donnerstag, saß Richard am Morgen erneut neben Jane am Refektoriumstisch in den Gewölben unter der Kathedrale in Chester. Es war dunkler als das letzte Mal, und Richards Bitten, seine Urkunden einsehen und mitnehmen zu dürfen, um sie genauer in Augenschein zu nehmen, stießen bei ihr auf taube Ohren.

»Ich weiß, sie gehören Ihnen«, wiederholte Jane, »aber ich brauche erst die Einwilligung der höheren Stellen, um sie Ihnen aushändigen zu können. Ferner würden wir vorher noch gern ihre Echtheit bestätigen.«

»Genau deswegen bin ich hier. Das ist mein Job. Außerdem gibt es hier keine ›höhere Stelle‹ als Sie.«

»Da haben Sie Recht«, räumte sie ein. »Trotzdem würden wir sie vorher gern datieren.«

»Sie meinen, *Sie* wollen sie datieren. Aber lassen Sie sich gesagt sein: Sollten die Urkunden dabei beschädigt werden oder gar verloren gehen, werde ich Sie auf mehrere Millionen Pfund verklagen«, warnte Richard, was sie zu einem längeren Nachdenken veranlasste. Zögernd stand sie auf und verschwand in den Archivgewölben. Zehn Minuten später kehrte sie mit einem großen Karton zurück. Als Richard die Größe des Pakets sah, wusste er, dass er mehrere Tage für die Durchsicht brauchen würde. Er beschloss, sie sofort in Angriff zu nehmen.

Es dauerte nicht lange, und er hatte jegliches Zeitgefühl verloren. Während er durch die Dokumente blätterte, wurde die

Vergangenheit wieder lebendig. Lady Godivas Leben und die Familiengeschichte waren auf dem vergilbten Pergament minutiös verzeichnet.

Ihr Ehemann, der mit dem Handel von Schaf- und Hammelfleisch ein Vermögen gemacht hatte, trachtete danach, in den Landadel von Shrewsbury aufgenommen zu werden. Nachdem sein Anliegen dort abgewiesen worden war, siedelte das wohlhabende Paar nach Coventry um, wo ihre Träume in Erfüllung gingen und er den Titel »Graf von Mercia« erwarb.

Wie viele gesellschaftliche Emporkömmlinge verschrieben sich auch Leofric und Godiva der Wohltätigkeit. Betroffen von der Tatsache, dass es in Warwickshire keinerlei Unterkünfte und Ausbildungsmöglichkeiten für den Klerus gab, ließen sie im Stadtzentrum von Coventry eine Abtei erbauen, die nach dem heiligen Eunice von Saxmundham benannt wurde, einem frühchristlichen Märtyrer, der von den Römern zu Tode gegeißelt worden war.

Leofric hatte breit gefächerte Interessen; er war religiös, vertrat dennoch hartnäckig liberale Anschauungen, war ein Unternehmer, ein großer Erzähler und unterhaltsamer Mensch. Er und Godiva erwarben sich als gefeierte Wohltäter den Respekt der Bevölkerung sowie der höheren Stände, nach dem sie sich immer gesehnt hatten. Leofric spielte zudem eine immer wichtigere Rolle in der Stadtverwaltung.

»Richard, kommen Sie wieder zu sich!«

Mit einem Ruck richtete er sich auf und starrte Jane an. »Sie sitzen hier nun schon seit Stunden. Wie wär's, wenn ich Sie zu Kaffee und Kuchen in dieses wunderbare Café einlade, das Sie beim letzten Mal entdeckt hatten?«

Richard sprang auf und ließ sich kaum anmerken, dass er seine wertvollen Dokumente nur ungern im Stich ließ. »Jane, lassen Sie das mal, es geht auf mich. Heute ist mein Glückstag. Ich weiß es.«

Zu seiner großen Freude schien Jane bereit zu sein, das Kriegsbeil zu begraben.

Noch am selben Tag um achtzehn Uhr war Richard erschöpft; er exzerpierte ein weiteres Pergament und übertrug den mittelalterlichen Text in eine moderne Sprache.

*Edward der Bekenner, durch die Gnade Gottes König von England. An alle, die diese Worte betreffen: Seid gegrüßt vom vertrauenswürdigen und hoch geschätzten Leofric, Graf von Mercia, Bürger und Stadtoberhaupt von Coventry. Hiermit sei bekannt gegeben, dass, anerkenntlich der Kühnheit seines Eheweibs und ihrer Rücksicht auf ihre Mitbürger sowie in Einhaltung des ihr gegebenen Versprechens, besagter Leofric, Graf von Mercia, von hieran den Bürgern von Coventry die hierselbst aufgeführten Steuern erlässt, ausgenommen die Steuer auf Pferde, und die Bürger freistellt …*

»Jane!«, rief Richard, »Jane, kommen Sie sofort!« Sie eilte die Treppe herab, ihr Gesicht glühte vor Aufregung, und Richard packte sie und schleuderte sie im Kreis herum, bis ihr schwindlig war und der Atem stockte.

»Sie haben es also gefunden, oder? Sie verrückter Idiot!« Sie strich ihr Haar und ihren Rock glatt.

»Schauen Sie nur, Jane! Ich habe gespürt, dass ich es finden werde. Seit fast zehn Jahrhunderten lag es hier, verborgen unter Briefen und Dokumenten. Faszinierend, nicht wahr?«

»Ein Hoch auf Ihre Hartnäckigkeit«, sagte Jane zu seiner Überraschung. »Angesichts des Aufbewahrungsortes und der anderen Dokumente im Paket würde ich sagen, dass die Urkunde authentisch ist. Dennoch sollten wir sie datieren lassen.«

»Sie können eines der anderen Blätter dafür nehmen«, protestierte Richard. »Ich will nicht, dass es in Stücke gerissen oder irgendwie beschädigt wird.«

»Wir brauchen nur einen winzigen Streifen, Richard. Sie werden den Unterschied kaum bemerken, das wissen Sie doch.«

Richard willigte widerstrebend ein. Er konnte es kaum ertragen, von seinem wertvollen Dokument getrennt zu werden; Jane aber wollte nicht nachgeben.

Abends lud er sie zum Essen ein, am nächsten Morgen fuhr er für einen Tag und eine Nacht nach Schottland, um in den Bergen zu wandern und sich zu entspannen. Er wollte zu seiner und Sams Welt Abstand finden. Und er hatte über vieles nachzudenken. Als er in sein Hotel zurückkehrte, fand er eine Nachricht von Emma Goldstein vor: »Ruf mich an, jederzeit. Egal, wie spät es ist.« Doch bevor er zum Telefon greifen konnte, meldete sich Emma bereits bei ihm.

»Hallo, Richard, schön, dass ich dich erreiche. Kannst du es einrichten, dass wir uns morgen treffen?« Sie klang so aufgeregt, dass er wusste, sie hatte gute Neuigkeiten für ihn.

»Klar. Worum geht es denn?«

»Das hat Zeit, bis du hier bist. Punkt ein Uhr, schaffst du das?«

»Wir sehen uns morgen.«

Richard verließ frühmorgens sein Hotel und nahm den Zug nach London. Kurz vor eins traf er in Emmas Büro im Museum ein. Von ihr fehlte jede Spur, ihre Sekretärin allerdings führte ihn in einen kleinen Sitzungssaal, in dem bereits offizielle Vertreter des Museums und die Presse versammelt waren. Etwa fünfzehn Journalisten und Fotografen drängten sich um das Büfett.

Emma begrüßte ihn mit einer Umarmung. In ihrem schwarzen Anzug und der weißen Chiffon-Bluse sah sie, wie er ihr charmant mitteilte, hervorragend aus.

Lächelnd errötete sie. »Richard, ich habe einen jungen Mann von der Manorial Society eingeladen. Er hat die Bestätigung bei sich, dass die Dokumente ein unveräußerlicher Bestandteil des Titels sind. Darf ich vorstellen, Roger Brown – Richard Mann.«

»Wir sind alte Bekannte, Emma, manchmal auch Widersacher«, sagte Roger.

»Ah, ich bin froh, dass Sie sich bereits kennen. Das muss mit Champagner begossen werden. Richard, du siehst, worum es hier geht. Wir brauchen die Publicity, weil wir alles daransetzen wollen, damit die Dokumente möglichst in Großbritannien bleiben. Die Kathedrale in Coventry hat bereits angefragt, ob ihr nicht das Privileg zugebilligt werden könne, die Dokumente aufzubewahren und auszustellen. Vielleicht findet sich ja ein historisch versierter Engländer, der bereit ist, das Geld vorzustrecken.«

»Emma, wirklich! Wir Amerikaner betrachten England doch als unser Mutterland. Wir haben eine gemeinsame Geschichte. Daran muss ich dich doch nicht erinnern. Welchen Unterschied macht es denn, ob die Dokumente nun hier oder in den USA ausgestellt werden?«

Roger verzog das Gesicht und entfernte sich, um sein Glas nachzufüllen.

»Verscherze es dir nicht mit allen, Richard«, sagte Emma und nahm ihn am Arm. »Komm mit. Du hast den Ehrenplatz am Kopfende des Tisches. Die Presse will nur einige wenige Worte hören, wie du die Dokumente gefunden und was du nun damit vorhast.«

Emma erhob sich und stellte Richard vor, während die Fernsehkamera auf sie gerichtet war, die sie allerdings kaum wahrnahm. »Es ist fast zwei Jahre her, dass Richard Mann in einer Abtei in Coventry eingemauerte alte Urkunden gefunden hat. Das führte zu einer monatelangen Suche in den Gewölben unserer ältesten Kirchen. Die Dokumente, die er nun aufgespürt hat, wurden datiert, ihre Authentizität wurde bestätigt. Es handelt sich dabei um einen der kulturell wertvollsten Funde des

Jahrzehnts. Sehr viel wichtiger als das eigentliche Vertragswerk, der so genannte Godiva-Kontrakt, sind jedoch die beiliegenden Dokumente, die eine einzigartige Beschreibung des Lebens in der damaligen Zeit liefern.«

Kurz darauf erklärte Richard, wie es zu seinem stillen Triumph gekommen war, wie er sich auf die Suche nach dem originalen Vertragswerk gemacht hatte, das im elften Jahrhundert Lady Godiva von ihrem Ehemann Leofric überreicht worden war – eine Suche, die drei Tage zuvor im Gewölbe der Kathedrale in Chester von Erfolg gekrönt wurde.

»Als Sie den Titel ›Lord of the Manor of Bourne-on-Sea‹ erworben haben, wussten Sie da bereits, dass die Dokumente existieren?«, fragte einer der Zeitungsleute.

»Ich wusste, dass die Möglichkeit bestand – es war der einzige Grund für den Kauf des Titels –, ebenso groß aber war die Wahrscheinlichkeit, dass sie verloren gegangen oder zerstört worden waren.«

»Wie viel ist das alles wert?«, rief jemand.

»Das ist abhängig von den Angeboten. Einige Millionen, würde ich schätzen.«

»Glauben Sie, die fragliche Familie könnte Einspruch gegen den Verkauf des Titels erheben, da sie nicht wusste, dass die Dokumente noch existieren?« Die letzte Frage stammte von einer Frau.

»Ich hoffe nicht. Nein, ganz bestimmt nicht. Erst letzte Woche sprach ich mit einem Mitglied der Familie und bot an, die Option aufzulösen, doch die Familie bestand auf dem Verkauf des Titels.«

Roger erhob sich. »Ich möchte hinzufügen, dass Richard Mann den Titel, die Burg und die Dokumente legal erworben hat. Sie gehören ihm. Er ist der rechtmäßige Besitzer des Godiva-Kontrakts. Alle weiteren Spekulationen in dieser Richtung erübrigen sich also. Doch wenn Sie nichts dagegen haben, möchte ich Sie fragen, ob es eine Möglichkeit gibt, dass die Dokumente in Großbritannien verbleiben?«

»Danke, Roger«, erwiderte Richard. »In meinem Gewerbe wird gewöhnlich an denjenigen verkauft, der das höchste Gebot abgibt.«

»Kann es sein«, meldete sich hartnäckig die Journalistin erneut zu Wort, »dass das Familienmitglied, mit dem Sie gesprochen haben, die Leiterin der Woodlands-Brauerei, Sam Rosslyn ist, die wir alle im Fernsehen gesehen haben? Der Kommentator erwähnte, dass sie in direkter Linie von Lady Godiva abstammt.«

Richard fühlte sich wie ein von einer Meute Hunde in die Enge getriebener Fuchs.

»Äh … ja«, murmelte er. Es folgten gleich mehrere Fragen zu der Art seiner Beziehung zu Sam, zu denen er standhaft jede Auskunft verweigerte.

»Bieten Sie immer an, von der Option zurückzutreten, wenn Sie fast am Ziel sind?« Wieder war es diese verdammte Reporterin.

Richard stand auf. »Ich habe Ihre Fragen zu den Dokumenten beantwortet. Zu allem, was darüber hinaus geht, möchte ich mich nicht äußern. Diese Pressekonferenz kam für mich sehr unvermittelt und unvorbereitet, außerdem – Sie entschuldigen mich – muss ich zum Flughafen, um meine Maschine noch zu erreichen. Sollten Sie weitere Fragen haben, wird Emma Goldstein sie Ihnen sicherlich gern beantworten.«

Er lächelte entschuldigend und flüchtete aus dem Konferenzraum, ließ sich von einem Taxi nach Heathrow bringen und nahm den nächsten Flug nach Hause.

Das Taxi hatte ihn vor Mendels erst kürzlich renoviertem Antiquariat abgesetzt. Es befand sich in einem dunkelblau und weiß gestrichenen Art-déco-Gebäude, dessen gesamtes Erdgeschoss vom Geschäft eingenommen wurde. Darüber wohnte Mendel, aber es gab auch ein Zimmer und ein Büro für Richard. Das Schaufenster wurde jede Woche neu dekoriert; diese Woche zeigte es Karten von Afrika.

Mendel hörte das Taxi anhalten und erschien mit ausgebreiteten Armen in der Tür. Richard bemerkte, dass man ihm sein Alter mittlerweile ansah. Er würde sich an den Gedanken gewöhnen müssen, dass Mendel nicht unsterblich war.

Noch während Mendel Richard nach oben führte, bestürmte er ihn mit Fragen. »Du warst in den Nachrichten, weißt du das, Richard? Der Sprecher sagte, ein amerikanischer Experte, Richard Mann, habe einige wertvolle Dokumente gefunden. Es gab eine kurze Einblendung von dir während der Pressekonferenz.«

»Sie haben mir eine Menge unangenehmer Fragen gestellt, Mendel. Sie suchen immer einen Aufhänger für ihre Storys. Aber lass dir von Emma und Jane erzählen.« Richard unterhielt Mendel mit seinen Geschichten über die Welt der staubigen Dokumente, die in düsteren Gewölben lagerten und von gestrengen Hüterinnen mit Zähnen und Klauen bewacht wurden.

»Gut gemacht, Richard«, sagte Mendel. »Das sollten wir feiern. Heute Abend machen wir einen drauf.« Einen draufmachen – damit meinte Mendel, dass sie sich eine Flasche Rotwein zu einem zweigängigen Menü gönnten. »Also, die Dokumente gehören dir wirklich?«

»Im gewissen Sinne ja«, erwiderte Richard. »Man kann sagen, sie gehören mir.«

»Komm, Richard, hast du sie nun, oder hast du sie nicht?«

»Momentan hat sie noch das Britische Museum. Mein Titel ist jedoch unwiderruflich anerkannt worden.«

»Das will ich doch hoffen nach all den Auslagen – und dem Risiko, das Geld zu überweisen, ohne dass du dir sicher warst. Das passt sonst nicht zu dir. Aber natürlich geht mich das nichts an.«

»Es geht dich natürlich etwas an, Mendel. Deshalb bin ich auch hier. Wir teilen uns den Gewinn. So lautet die Vereinbarung.«

»Deine Vereinbarung, mein Junge. Ich hab dem nie zugestimmt. Mein Anteil liegt auf der Bank und wartet darauf, dass du ihn nimmst.«

»Sag das nicht. Zieh dich aus dem aktiven Geschäftsleben zurück. Geh auf eine Weltreise. Genieß das Leben, solange es dir noch möglich ist.«

Wie immer blieben seine Worte ohne Wirkung. Von dem Vermögen, das er mittlerweile auf Mendels Konto überwiesen hatte, wollte der Alte nicht einen Cent anrühren.

»Ich will doch nur, dass es dir gut geht«, sagte Richard betrübt.

»Das ist dir bereits gelungen. Es geht mir gut. Ich liebe meinen Laden. Und ich kann von Glück sagen, dass ich ihn noch habe, nachdem du meine Hypotheken zahlen musstest. Ich habe hier oben meine Wohnung, meine Katze. Was kann ein alter Mann mehr wollen? Übrigens, wie geht es Irwin?«

»Gut. Ich denke, der Film wird ein Erfolg.«

»Demnach bist du der Einzige, Richard, der Probleme hat. Stimmt's?«

»Woher weißt du das?«

»Ich kenne dich mittlerweile sehr gut. Deine plötzliche Rückkehr. Dein Unvermögen, auf eine klare Frage eine klare Antwort zu geben. Komm mit in die Küche, ich mach uns Kaffee. Erinnerst du dich noch, wie wir am Küchentisch gesessen und uns über deine Schulprobleme unterhalten haben? Und dann waren es deine Computerprobleme und schließlich deine geschäftlichen Probleme.«

»Und du hattest immer Recht. Ich glaube, du hast nicht die geringste Ahnung, wie klug und weise du eigentlich bist.«

»So klug, dass ich Pleite gegangen bin.«

»Du bist brillant, Mendel, aber nicht gerissen genug.«

Richard lehnte sich zurück und ließ Mendel alles machen. Es war wie früher. Jede Bewegung des Alten – er stellte die Käseplatte auf den Tisch – weckte in ihm Erinnerungen an alte Zeiten. Mendel hatte stets köstliche Käsesorten, die er im Feinkostladen unten an der Straße kaufte und die sie zusammen mit Matze aßen. Die cremige Landbutter befand sich noch immer im selben Steinguttopf wie früher und die Matze in einem Weidenkorb, den, gefüllt mit kandierten Früchten, jemand Mendel geschenkt hatte. Sogar das Einschenken des Kaffees ließ ihn an alte, glückliche Tage zurückdenken.

»Und jetzt haben wir ein neues Problem, oder?«

»Du hast dafür schon immer einen sechsten Sinn gehabt«, sagte Richard mit vollem Mund. »Mein Problem, Mendel, ist ein moralisches. Wem gehören die Godiva-Dokumente wirklich? Mir oder den Nachfahren von Lady Godiva?«

»Als du sie gekauft hast, warst du dir darüber im Klaren, dass die Dokumente noch vorhanden sein könnten?«

»Ja.«

»Und die Verkäufer?«

»Sie dachten, sie seien verloren gegangen.«

»Also hast du dich beeilt, nach Hause zu kommen, um deinem moralischen Dilemma zu entgehen. Aber du entkommst ihm nicht, weil du dich nach eigenen Maßstäben zu richten hast. Was sich für dich als richtig anfühlt, nur das ist und kann die Vorgabe sein.«

»Okay, ich hab verstanden«, erwiderte Richard. Er suchte nach einem Ausweg, um das Thema zu wechseln. »Wie geht's mit dem Laden?«

Richard hörte Mendel zu, der von den seltenen Karten erzählte, die er in den letzten Wochen ge- und wieder verkauft hatte, und sorgte sich um den Alten. Er wurde langsam gebrechlich. Es fiel ihm schwer, die Kaffeekanne zu heben.

In diesem Augenblick beschloss Richard, ihn zu einem gemeinsamen zehntägigen Urlaub zu überreden, bevor er nach Europa zurückkehrte.

61 Die Trauung sollte in einer Stunde beginnen, aber Julie hatte Sam den ganzen Morgen noch nicht gesehen. Sie fand sie schließlich in ihrem Zimmer zusammengerollt in ihrem Sessel am Fenster sitzen.

»Alle fragen sich schon, wo du steckst. Was ist los? Warum siehst du so traurig aus?«

»Ich sitze hier und schaue den Krähen zu, wie sie in der Luft kreisen. Bald sind sie fort, genau wie du. Shireen und Irwin fliegen gleich nach der Hochzeit nach Hollywood, und sogar Großvater und Rosemary werden für einen Monat weg sein. Dann ist keiner mehr hier.«

»He, was sind denn das für Töne? Ein wenig mehr Freude! Und außerdem hast du dann ja noch Tasha. Du wirst dich doch um sie kümmern, oder?«

»Natürlich, aber nichts wird mehr so sein wie jetzt.« Sie blinzelte. »Bei uns allen stehen große Veränderungen an, und eigentlich sollte ich mich darüber freuen. Stattdessen fühle ich mich so verdammt deprimiert und muss mich dazu zwingen, an die wenigen positiven Dinge zu denken, die mir noch bleiben.«

»Dann lass sie uns doch mal aufzählen«, sagte Julie und lümmelte sich auf dem Läufer zu Füßen ihrer Schwester. »Erstens hast du im April eine fast bankrotte Brauerei übernommen und in nur sechs Monaten ein glänzendes Unternehmen daraus gemacht. Woodlands floriert, wir haben einen riesigen Markt in den USA, eine der besten Werbeagenturen an der Hand, einen erfahrenen leitenden Vorstand, und Ted hat sich zu einem erstklassigen Produktionsleiter entwickelt.«

»O Julie«, unterbrach Sam sie, »wenn John nur nicht …«

Julie biss sich auf die Unterlippe. »Ist die Suche mittlerweile eingestellt worden?«

»Ja. Aber ich habe die Hoffnung nicht aufgegeben. Und falls er überlebt haben sollte, hätte Großvater einen tollen Job für ihn.«

»Und Kupi und seinen Genossen ist nun endgültig das Handwerk gelegt. Das ist ein weiterer Pluspunkt«, sagte Julie.

»Ja, natürlich. Großvater hat mir gestern erzählt, dass französische und monegassische Ermittler den Hinweisen von Scotland Yard nachgegangen sind und alle Besitztümer der Bande konfisziert haben. Alle Mitglieder wurden ausgewiesen.«

»Großvater hatte die ganze Zeit Recht. Und jetzt ist er glücklich. Jedes Mal, wenn ich ihn und Rosemary sehe, möchte ich am liebsten losheulen vor Freude.«

»Sie sind beide glücklich und wir auch.«

»Und wenn wir schon bei den positiven Dingen sind – vergessen wir nicht Shireen. Alle ihre Träume sind wahr geworden«, sagte Julie.

»Es waren keine Träume, das ist der springende Punkt. Sie hat nur verwirklicht, was das Schicksal für sie vorgesehen hat. Weißt du, Julie, man spricht immer vom positiven *Denken*, aber ich glaube, was wirklich zählt, ist das positive *Wissen*. Wenn du ohne den geringsten Zweifel weißt, dass etwas geschehen wird, dann wird es auch eintreffen. Das kann gut oder schlecht sein. Deswegen, nehme ich an, tritt immer das ein, wovor wir Angst haben. Niemand versteht, wie viel Macht unser Verstand hat.«

»Irwin ist in Shireen verliebt. Hast du das auch bemerkt?«, fragte Julie.

»Ja.« Sam verstummte und dachte an die letzte Unterhaltung, die sie mit ihrer Freundin geführt hatte. Dann versuchte sie, ihrer Schwester zuliebe ein etwas fröhlicheres Gesicht aufzusetzen. »Du gehörst auch zu meiner Liste mit den positiven

Dingen«, sagte sie gerührt und umarmte ihre Schwester. »Wir haben einen schönen Sommer verbracht.«

»Wir haben gelernt, uns wie zwei Erwachsene zu benehmen. Du musst nicht mehr meine Ersatzmutter spielen.«

»Gerade noch rechtzeitig, bevor wir uns trennen«, sagte Sam und wünschte sich sofort, sie hätte es gelassen.

»Es ist doch nicht so, dass wir uns ganz in Nigeria niederlassen. Wir werden häufig nach England fliegen. Es sind nur einige Stunden mit dem Flugzeug.«

»Du wirst doch auf dich aufpassen? Ich könnte es nicht ertragen, wenn dir etwas zustoßen würde.«

»Das werde ich, versprochen. Und nächstes Jahr werde ich auf jeden Fall hier sein. Luther ist entschlossen, dafür zu sorgen, dass ich meinen Abschluss an der Universität mache. Er hat vor, für die UN zu arbeiten, und meint, dass er dafür meine Unterstützung braucht.«

»Du siehst bezaubernd aus, Julie. Was für ein schönes Kleid.« Von blauer Farbe müsste es sein, hatte Rosemary gesagt und den Rest ihrer Fantasie überlassen. Julie trug ein gerade geschnittenes, knielanges Seidenkleid mit hauchdünnen Trägern, das ihre unglaubliche Figur perfekt betonte.

»Und Luther hat es ausgesucht, nicht wahr? Ich verliere dich an ihn.«

»Sam, warum bist du so unglücklich? Wo ist Richard? Kommt er zur Hochzeit?«

»Ich habe seit zwei Wochen nichts mehr von ihm gehört. Ich hab ihm eine Einladung geschickt.« Sam lächelte. »Ich habe sie an den Lord of the Manor of Bourne-on-Sea geschickt und ihn an sein ›Jus primae noctis‹ erinnert.«

»Das würde ja Rosemary betreffen!«, kicherte Julie.

»Er hat nicht geantwortet. Ich glaube nicht, dass er kommt.«

»Warum denn nicht?«

»Er hat seine wertvollen Urkunden gefunden und einige weitere Millionen verdient, und jetzt wird er sich eben auf die nächste Suche begeben.«

»Sei nicht so verbittert! Außerdem glaube ich nicht, dass du Recht hast. Er kommt bestimmt.«

Es folgte ein langes Schweigen. Julie suchte nach etwas, womit sie ihre Schwester aufmuntern konnte; es wollte ihr allerdings nichts einfallen.

»Jetzt bist du also arbeitslos«, sagte sie schließlich.

»Ja, frei und ungebunden.« Sam wirkte trauriger als zuvor. Sie vergrub ihr Gesicht in den Händen. »Ich könnte reisen. Vielleicht werde ich das auch. Gestern habe ich mit verbundenen Augen eine Nadel in die Weltkarte gesteckt, um zu sehen, wo ich hinfahren werde.«

»Und?«

»Sie steckte mitten im Great Barrier Reef.«

Das Telefon klingelte; Sam rührte sich nicht.

Schließlich nahm Julie den Hörer ab. »Hallo.«

»Es ist für dich, Sam. Emma Goldstein vom Britischen Museum.«

Sam nahm den Hörer entgegen.

»Hallo, spreche ich mit Samantha Rosslyn? Hier ist Emma Goldstein vom Britischen Museum. Ich wollte nur wissen, wie Sie weiterhin mit dem Godiva-Kontrakt verfahren möchten. Er scheint Ihrer Familie, wahrscheinlich Ihrem Großvater, zu gehören, aber ich habe gehört, Sie hätten alle Vollmachten.«

»Hab ich die noch? O Gott, das hab ich ganz vergessen. Nun ja, ich werde sie ablegen, weil er wieder als Vorsitzender in die Brauerei eintritt. Aber Ihnen scheint hier ein Fehler unterlaufen zu sein. Der Godiva-Kontrakt gehört Richard Mann.«

»Nein, das tut er nicht. Der Vertrag, den Sie mit Richard abgeschlossen haben, handelt vom Erwerb *unbekannter* und *verloren gegangener* Dokumente. Er meint, der Godiva-Kontrakt gehöre sicherlich nicht in diese Kategorie. Dass der Verbleib des

Kontrakts in jüngster Zeit nicht mehr bekannt war, beruht einzig auf der Tatsache, dass sich der Aufbewahrungsort geändert hatte. Eine kurze Überprüfung der Aufzeichnungen ergab allerdings, dass die Dokumente in den vergangenen Jahrhunderten sehr wohl bekannt gewesen waren. Darüber hinaus waren sie über nahezu zehn Jahrhunderte von unterschiedlichen Stellen im Namen der Erben des Grafen von Mercia eifersüchtig gehütet worden. Der Godiva-Kontrakt kann daher unter keinen Umständen als unbekannt angesehen werden. Aus dem gleichen Grund trifft auch der Terminus ›verloren gegangen‹ nicht zu, da der Godiva-Kontrakt nunmehr ja gefunden ist. Alle übrigen Dokumente jedoch gehören seiner Meinung nach durchaus in diese Kategorie. Richard Mann weist darauf hin, dass sie ihn für seine Auslagen mehr als entschädigen; daneben müsse man ja auch in Betracht ziehen, was er durch den Vertrag sonst noch erworben habe – nämlich die Burg, das Land, das Wappen und die Fischereirechte, ganz zu schweigen von dem Recht, auf Telegrafenmasten Mietzins zu erheben.«

»Soll das Ihr Ernst sein, Miss Goldstein?« Sam rang nach Luft. »Sie wollen mir doch einen Bären aufbinden, oder?«

»Ich versichere Ihnen, ich gebe Ihnen ausschließlich Richards Botschaft weiter. Er schreibt im Moment an einem Buch über die neuen Erkenntnisse, die sich aus diesen Dokumenten ergeben. Er ist Historiker, Miss Rosslyn, kein Dieb, und er besteht darauf, dass der Godiva-Kontrakt im Besitz der Familie Rosslyn verbleibt. Ich werde Ihnen eine schriftliche Bestätigung dieses Sachverhalts zukommen lassen. In der Zwischenzeit aber gilt es, Folgendes zu klären: Das Britische Museum ist am Kontrakt interessiert, die Kathedrale in Chester ebenfalls, natürlich auch Coventry und das Rosenheim-Museum in Los Angeles. Es hat ein Angebot über sechs Millionen Dollar unterbreitet, Richard meint jedoch, die Summe sei eher am unteren Ende angesiedelt.«

»Miss Goldstein, der Kontrakt ist seit fast zehn Jahrhunderten im Besitz der Familie. Und wenn er noch uns gehört, dann kann er da auch noch für einige Generationen bleiben. Wo befindet er sich zurzeit?«

»Im Archiv des Britischen Museums.«

»Gut, dann lassen Sie ihn dort, bis wir Zeit haben, darüber nachzudenken und eine Entscheidung zu treffen. Ich danke für Ihren Anruf. Oh, und richten Sie bitte auch Richard meinen Dank aus.«

Sie legte den Hörer auf und ließ sich auf ihren Stuhl fallen.

»Julie, das sind wunderbare Neuigkeiten. Rate mal!« Sie sprang auf und packte mit leuchtenden Augen ihre Schwester.

»Sag's mir.«

»Richard hat uns nicht vergessen!«

»Ich dachte, es ging um den Godiva-Kontrakt?«

»Ach, der! Ja, er meint, er gehöre uns. Kaum zu glauben, was? Dieses dumme Stück Papier hat ihm so viel bedeutet.«

»Es hat ihm anscheinend nicht alles bedeutet, Sam. Du bedeutest ihm wohl mehr. Aber solltest du dich nicht langsam fertig machen?«

»Natürlich. Was für ein toller Tag für eine Hochzeit! Schau dir nur den Himmel an. Kein Wölkchen in Sicht. Komm, hilf mir mit dem Kleid!«

»Wow! Sehr sexy! Wie hält das nur an dir?«

»Durch die Kraft des Geistes«, antwortete Sam lachend. »Komm schon, gehen wir.«

Sams Euphorie hatte sich in nagende Zweifel verwandelt. Die Rückgabe des Godiva-Kontrakts hieß noch lange nicht, dass Richard zurückkehrte oder sie liebte. Es bedeutete lediglich, dass er ein anständiger Mensch war. Sie fuhr Julie zur Kirche, wo ihnen nur noch fünf Minuten bis zur Zeremonie blieben. Shireen war bereits da, umgeben von der Presse und einer großen Menschenmenge; sie trug ein gewagtes Voilekleid, das ihre Figur wunderbar betonte. Die drei Brautjungfern stellten sich auf die Eingangsstufen, begrüßten ihre Freunde und schickten sie nach drinnen in die Kirche.

Sam ging in Gedanken kurz noch einmal alles durch. Rosemary hatte in der Kirche eine kleine Zeremonie für die Familienmitglieder und Freunde geplant. Danach gab es einen großen Empfang im Garten von Woodlands, der für Bekannte, Dorfbewohner, Angestellte und für jeden gedacht war, der kommen wollte. Zehn Großtanten waren aus den verschiedensten Winkeln Englands angereist und in den nächsten Pubs untergebracht worden. Michel und seine Familie wohnten einige Tage in Rosemarys altem Cottage. Dazu kamen noch einige Kameraden Trevors aus den SAS- und Kriegszeiten samt ihren Frauen. George war natürlich erschienen und Neville Joyce mit zwei Kollegen. Luther gab den Trauzeugen des Bräutigams, und Irwin sollte Rosemary zum Traualtar führen.

Helen kümmerte sich um den Catering-Service, dennoch waren sie und Mona noch rechtzeitig zur Kirche gekommen.

Trevor traf mit Luther im Schlepptau ein und betrachtete gelassen die drei Brautjungfern. »Ich glaube, ohne Übertreibung sagen zu können, dass ich die drei bestaussehenden Brautjungfern habe, die jemals bei einer Hochzeit zugegen waren. Wir sehen uns dann später.«

Noch während sie auf der Treppe standen, nahm George Irwin zur Seite; Sam lauschte schamlos ihrem Gespräch.

»Irwin, hören Sie zu, ich habe beschlossen, meinen Geschäftsbereich ein wenig zu erweitern. Das Braugewerbe hat immer mein Leben bestimmt, in letzter Zeit aber habe ich großen Gefallen am Scheinwerferlicht und dem ganzen Brimborium drum herum gefunden. Das englische Klima macht mich depressiv, ich würde mich daher gern in Ihre Firma einkaufen. Mir ist zu Ohren gekommen, dass Sie etwas knapp bei Kasse sind.«

Irwin betrachtete ihn lange und eindringlich, und was er sah, schien ihn zu beeindrucken. Er streckte ihm nur die Hand entgegen und sagte: »Herzlich willkommen!«

In diesem Moment traf Rosemary ein. Die drei Brautjungfern eilten auf den Wagen zu, um ihr beim Aussteigen zu helfen. Auf ein Zeichen hin begann der Organist den Hochzeitsmarsch zu spielen. »Ich schaff das schon«, zog Rosemary sie auf. »Ich bin ja nicht so püppchenhaft gekleidet wie ihr. Ich hab meinen Mann schon gefunden.« Sie trug einen weißen Anzug aus Seidenbrokat und einen passenden Hut mit Schleier.

Plötzlich kreischte Shireen auf, rief nur »John!« und rannte bereits über die Anfahrt auf einen blauen Jaguar zu. »Er ist es«, rief sie über die Schulter zu den anderen zurück, »er ist es wirklich!«

Braut und Brautjungfern stürzten zu dem Neuankömmling, der mit zittrigen Beinen aus dem Wagen stieg.

»Warum hast du nicht angerufen? Warum hast du nichts von dir hören lassen? Die Küstenwache hat die Suche aufgegeben.«

John hob abwehrend die Hände. »He! He! Langsam, langsam! Ich fühl mich noch sehr schwach. Ich wurde von einem französischen Fischerboot aufgegriffen und bin gerade erst wieder zurück.«

Luther kam angerannt, gefolgt von Mona, Trevor und Neville Joyce. Der Organist stellte sein Spiel ein. »Ich bin ja so froh, dass du noch am Leben bist, John«, flüsterte Shireen, laut genug, damit Sam es hören konnte.

»Und wer heiratet hier wen?«, fragte John sie.

»Ich heirate Trevor«, antwortete Rosemary.

John umarmte sie. »Hast du ihn dir doch noch geschnappt! Das freut mich. Dann sollten wir mal weitermachen, bevor er noch seine Meinung ändert. Bin ich eingeladen? Ich habe aber kein Geschenk.« Er war wie immer zu Späßen aufgelegt; Sam jedoch blieb nicht verborgen, wie erschöpft er in Wirklichkeit war.

»John, dich hier lebend zu sehen ist das schönste Hochzeitsgeschenk, das ich mir vorstellen kann«, sagte Rosemary.

»Nach der Zeremonie würde ich gern eine kurze Aussage aufnehmen«, meldete sich Neville zu Wort. »Ganz kurz, nur um zu hören, was mit Greg Selo geschehen ist.«

»Die Gasflasche ist explodiert, und dabei wurde er getötet«, antwortete John. Zu Trevor gewandt, fügte er hinzu: »Ich bin hier, um mich zu verabschieden.«

»Absoluter Unsinn!« Trevor klopfte ihm auf die Schulter. »Ich will davon kein Wort mehr hören. Wir brauchen dich, mein Junge, du gehörst zu uns. Außerdem haben wir für dich einen Job als Koordinator unserer amerikanischen Auslieferer.«

Schließlich erschien der Vikar in seinem Ornat. »Könnten wir nun bitte weitermachen?«

Und der Organist schlug zum zweiten Mal den Hochzeitsmarsch an.

Hoch oben auf dem Hügel war noch die Musik aus der Kirche zu hören. Sie verhallte zwischen den Mauern der Burg. Ein alter Mann starrte auf die Ruine. Als er sich umdrehte und auf den Ärmelkanal hinaussah und dann seinen Blick über die Bäume, die Felder und die alten roten Backsteinbauten schweifen ließ, wirkte er irritiert. »Sehr pittoresk das alles, aber was hat das mit einem Juden wie mir zu tun?«, murmelte er. Er war bunt gekleidet: Er trug eine karierte Jacke, eine rote Fliege und ein gestreiftes Hemd; ein rotes Barett saß schief auf seinem drahtigen grauen Haar.

»Du bist der neue Lord of the Manor of Bourne-on-Sea, und das ist deine Burg.«

»Das verstehe ich nicht, Richard. Die Burg gehört mir? Warum, glaubst du, sollte ich ein solches Geschenk haben wollen?«

»Es ist nicht unbedingt ein Geschenk. Es ist etwas, das jetzt einfach zu dir gehört, ob du es nun willst oder nicht. Es ist einfach geschehen.«

»Zufällig weiß ich aber, dass du dafür zwei Millionen Dollar bezahlt hast.«

»Das Land gewinnt an Wert«, antwortete Richard und fühlte sich dabei nicht ganz wohl in seiner Haut.

»Unsinn, Junge. Du hast es gekauft, weil du den Godiva-Kontrakt haben wolltest.«

»Genau!«

»Und jetzt hast du ihn wieder verschenkt.«

»Wir haben noch immer den Titel und die Burg«, rechtfertigte sich Richard. »Hier in dieser Gegend ist das ein großartiger Titel.«

»O weh! Wer hat jemals von einem jüdischen Lord gehört?«

»Es ist gut, einen Titel zu haben, Mendel. Er verleiht der Familie Wurzeln.«

»Mein Junge, unsere Wurzeln gehen auf Abraham zurück, wir können sie sogar genau belegen«, sagte er in seinem tiefen jiddischen Akzent amerikanischen Anstrichs. »Meistens verblüffst du mich mit deinen Geschäften, aber gewöhnlich verstehe ich, was dahinter steckt. Diesmal aber ist es anders. Ich verstehe dich nicht. Ich halte es für lächerlich, einen Titel zu kaufen. Ich verstehe, dass du ihn erwirbst, um ein bestimmtes Dokument in die Hände zu bekommen, aber nachdem du es ja wieder zurückgegeben hast … Vielleicht sollten wir die Diskussion lieber lassen.«

»Betrachte es mal so. Wenn du stirbst – natürlich wünsche ich dir ein langes Leben –, aber wenn du stirbst, dann kannst du ihn mir hinterlassen.«

»Du bist nicht glücklich mit dem Karten-Antiquariat und dem Gebäude?«

»Das kannst du mir nicht hinterlassen, weil du es mir sowieso schon gegeben hast«, erwiderte Richard leise. »Komm schon, Mendel, sonst kommen wir noch zu spät.«

Sie eilten zu Richards Wagen und fuhren durch die engen, verwinkelten Gassen zur Kirche. Hunderte von Zuschauern und Dutzende von Fotografen hatten sich bereits um das alte Steingemäuer versammelt. Richard blieb stehen und wartete am Rand der Menge.

»Gotisch«, sagte Mendel, »aus dem vierzehnten Jahrhundert. Ein Kleinod unter den Kirchen. Ich würde sie mir gerne von innen ansehen.«

»Das kannst du. Du bist der Lord hier, vergiss das nicht.«

Oben am Treppenaufgang erschienen die Braut und der Bräutigam und warteten auf ihre Gäste, um ihnen die Hand zu schütteln.

»Mein Gott, sie ist ja in meinem Alter«, flüsterte Mendel.

»Eine nette Frau. Sie war früher Tänzerin.«

»Richard, das ist eine private Familienfeier. Ich weiß nicht, was wir hier verloren haben.«

»Schhh!«

Drei junge Frauen in blauen Kleidern schritten aus der Kirche, eine schöner als die andere, und stellten sich neben der Braut auf. War nicht eine von ihnen im Fernsehen zu sehen gewesen? Neben den jungen Frauen saß ein großer, langhaariger Hund. Plötzlich hob er den Kopf, gab ein lang anhaltendes, schreckliches Geheul von sich, und Sekunden später stürmte er auf sie zu.

»Das Vieh ist ja ein Wolf. Pass bloß auf!«, sagte Mendel, während der Hund bereits über die Mauer setzte.

»Das ist so Tashas Art, dich zu begrüßen«, erklärte Richard, während zwei riesige Pfoten auf seiner Schulter landeten und die Hündin mit ihrer langen Zunge sein Gesicht abschleckte.

»Richard!«, rief eine der Brautjungfern. »Richard ist da!« Sie hastete fast so schnell wie der Wolf die Treppe hinab, kletterte über die Mauer, achtete dabei nicht auf ihr schönes Kleid, drängte den Hund zur Seite und warf sich Richard an den Hals. Auch die anderen beiden wollten ihr folgen, wurden von der Braut aber daran gehindert.

Hier war also sein Enkelsohn, küsste und umarmte diese Frau und war für den Rest der Welt verloren. Mendel ging zur nächsten Bank und sank darauf nieder. Seine Füße schmerzten, und so wie es aussah, würde er hier noch eine Weile lang sitzen. In diesem Moment aber wurde ihm vieles klar. »Ach«, murmelte er, »jetzt, jetzt versteh ich alles.«

*Danksagung*

Mein Dank gebührt meiner Tochter Jenni Swindells für ihre unschätzbare redaktionelle Arbeit; Cliff Warren, Ashley Joyce sowie Cathy und Derek Chivers für ihre Recherchen; Jeffrey Sharpe für seine moralische Unterstützung; Ian R. Loe, Research-Manager von CAMRA (»Campaign for Real Ale«), für seine Geduld und sein Wissen zum Brauereiwesen, »Viva!« für ihre Mitarbeit und all meinen Freunden, die mir in der einen oder anderen Weise behilflich waren.

*Eine Geschichte um das Erwachsenwerden, richtige Entscheidungen und die Liebe des Lebens*

Susan Sallis
WOHIN DIE
LIEBE FÜHRT
Thriller
384 Seiten
ISBN 3-404-15342-1

Die junge Lydia wird einundzwanzig Jahre alt und feiert ihren Geburtstag mit der gesamten Nachbarschaft des Städtchens Exmoor. In dieser Nacht rufen zwei unterschiedliche Männer ihr Interesse hervor: der gut aussehende, erfolgreiche Gus Pascoe und der religiöse Wesley Peters. Gus strebt nach dem Stück Land, das Lydias Vater gehört, und Wesleys Familie verbirgt ein schreckliches Geheimnis. Welcher Mann ist der richtige für sie? Als Lydias Schwester eine erzwungene Ehe mit Wesleys Bruder eingehen muss, kommt es zu Spannungen zwischen den Familien, und Lydia flieht verzweifelt und mit gebrochenem Herzen nach Bristol …

Bastei Lübbe Taschenbuch

*Vom Verlust und der Kraft der Hoffnung.*
*Ein Roman voll Farbenpracht und Liebe*

Alexandra Jones
DIE MAGIE DES HERZENS
Roman
544 Seiten
ISBN 3-404-15349-9

Die junge Engländerin Angela reist nach Birma, um dort ihren langjährigen Verlobten zu heiraten. Die intelligente und stolze junge Frau ist im viktorianischen England nach strengen Grundsätzen erzogen. In Birma schließt sie sich einer Gruppe von Missionaren an. Sie werden von Banditen überfallen. Angela gelingt die Flucht, nachdem sie den Anführer der Banditen getötet hat. Dann lernt sie Kapitän Nathan Vorne kennen, einen skrupellosen Amerikaner, und verliebt sich in ihn …

Bastei Lübbe Taschenbuch